漕运三部曲 之三

漕運船幫

王梓夫——著

北京出版集团
北京十月文艺出版社

目 录 Contents

第一章　正卷一

经过三天四夜揪心撕肝脑壳欲裂的冥思苦想，他终于记起了自己叫翁麒麟，并且记起了自己是安清帮师祖大房翁佑堂堂主翁岩之子。

他打了个冷战。安清帮是朝廷下面最大的江湖，是江湖中最有权势的朝廷，而这个举足轻重的江湖朝廷正是自己的父亲翁岩和钱坚、潘清三兄弟创立的。他缓缓地站起身来，整理了一下囚衣，面壁端立。有顷，他调整了一下呼吸，进入了一种具有仪式感的庄严。他将左手的食指弯曲与拇指衔接，轻轻地放在左胸上，右臂伸向侧身，右手拇指屈向掌心，四指并拢。左三右四，左手为法，右手为心，三老四少，三参九叩，这是安清帮内日常联络及参师拜祖最基本的动作。

香堂上香烟缥缈，紫雾氤氲。一个女人从烟雾中飘然走来，一身素白，长发及腰，他不禁叫出声来：蓝蓝，蓝蓝，我的蓝蓝……云朵慢慢地融入烟雾中，一道阳光照射过来，天地间一片殷红。

刑部大牢。单身牢房狭小逼仄，像一口直竖的枯井，坐井观天，晚霞从天顶上那扇小窗户投射在对面的墙壁上，一排长方形的格子像是……他怎么也想不起这个名称，长条状的有一个木柄，冰冷的锋利的刀刃，是一种凶器，可以杀人。燕人荆轲就是带着它去刺秦王的，把它裹在燕国的版图里，到了秦王面前，荆轲从容地一点一点地把版图打开，那个家伙露出来了，图穷匕首现。呃，他娘的，它叫匕首。这匕首是阳光投射进来的。他觉得阳光是险恶的，它统治了整整一个白天，到了夜晚还不肯坠下，坠下之前还露出如此的凶相。他明白了，太阳坠下的目的，就是用整个黑暗吞噬人间。

墙上那一排匕首黯淡下去了，无边的黑暗笼罩了大牢。他的神志反而渐渐地清晰起来。他靠在墙上，想养一养神。真的是养神，他的“神”出了问题。他开始怀疑自己的记忆了。他对自己的记忆一直很自信，三岁能背《千字文》，五岁能背《千家诗》，七岁能作诗。十三岁便考取了贡生，即所谓的“秀才”，成了大运河沿岸有名的“神童”。现在他警觉起来，他觉得自己的记忆正在背叛他。这是一个背叛的时代，先是李自成背叛了大明朝，逼得崇祯皇帝吊死在煤山上；后有吴三桂背叛了大汉族，引满人入主中原；再后来吴三桂又背叛了大清朝廷……谁都有可能成为叛徒，谁都有可能被出卖，包括他自己和他自己的记忆。

记忆的背叛是明目张胆的。它就在你眼前逃遁，眼见着消逝，手再快也抓不住，抓住了也拿不起来。像一滴墨汁掉进一缸清水里，慢慢地往下沉，一边沉一边溶化扩散。由黑变灰，由灰变浅灰，由浅灰变成无色，最后与水融合为一体，半点儿踪迹都没有了。

他恐慌起来。

搅得他心烦意乱的是隔壁的大牢房，是那里的呻吟声和恐吓声。

他这个牢房有点儿不可思议，像是悬在了半空中。隔壁的牢房在他的下面，相差有一人高，如果没有那道栅栏，他的脚正好踩在他们的头顶上。如果说，他的牢房像一口深井，那么隔壁的牢房就是在井底下又挖了一个坑，很大的坑。坑里面装着十几个鬼一样的囚徒。

有时候，他也有意无意地低头看看底下的大牢，一个个蓬头垢面衣衫褴褛面目狰狞。他们在外面都劣迹斑斑，有的是山林的强盗，有的是运河的水贼，有的是溜门撬锁的惯犯，有的是蹭集市的"三只手"，最多的是打架斗殴的混混儿。眼下他们的牢头是水耗子，一位大名鼎鼎的风客。所谓风客，就是在运河上贩卖私盐的走私大户。他们与漕船上的运丁舵手勾结，利用回空的粮船捎带私盐，从塘沽运往江南，获利分成。中国自古盐铁国营，清廷亦然。贩卖私盐历来是重罪，要砍头的，不砍头也要流放到宁古塔给披甲人为奴。翁麒麟早就听说过水耗子的名字，以为他是一个虎背熊腰虬髯豹眼的壮汉，没想到原来是一个干瘦矮小的半大老头儿。怪不得叫他水耗子呢，他长得还真像耗子。小眼睛，滴溜儿圆，两撇小胡子，薄嘴唇尖下颏。说话低声慢语，手脚却敏捷得出奇。不知道他是怎样称霸牢房的，不过他当上牢头之后并不张扬，采取的是无为而治。故此，那些恶狗一样的囚犯难免会蹬鼻子上脸，常常放肆地胡作非为。

在牢房的马桶旁边蜷缩着一个年轻人，十四五岁的样子，长得清清瘦瘦的。他进来的时候就受了伤，左腿上伤口溃烂了一大片，又是脓又是血。他整天价喊痛，哇哇地叫着，又叫又哭，吵得人心烦意乱。那些囚徒们哪能容得下这般骚扰，烦了就是一顿踢打。年轻人越发叫骂起来，囚徒们先是无奈，后来越发烦了。几个人凑在一起嘀咕起来，眼睛里露出了凶光。

对于隔壁年轻囚徒的哭叫吵闹，翁麒麟更烦，烦得他心里抓挠，脑袋都要裂了。可是看到几个野兽的眼睛，他心里咯噔震了一下。年轻的囚徒哭闹固然可恨，可是他身上有伤啊，他还是个孩子啊，大小是条性命。他知道隔壁那些家伙都是亡命徒，不拿自己的命当回事，更不把别人的命当回事。牢房里弄死个人太容易了，太平常不过了。随便编个理由就行，什么理由都没有也没有人追究。第二天报告狱卒，狱卒拿块席片卷走扔掉就是了。

夜深了，翁麒麟一直没有睡，他在密切地关注着隔壁牢房的动静。外面打更的梆子三下三下地敲，隔壁响起了窸窸窣窣的声音，那个年轻的囚徒没有哭闹，大概是睡着了。

翁麒麟心里一惊，他们要动手了。他靠在粗木栅栏上，轻轻地敲了几下。下面被惊动了，有人低声问，你干什么？

翁麒麟说，麻烦请老大说话。

他没敢称水耗子，也不知道水耗子的大号叫什么。更主要的是，他知道风客常年跟漕船打交道，漕船上大多是安清帮的人。安清帮称呼老大是官称，又是尊称，还是联络信号。果然，水耗子过来了，扬起头，客气地说，老大有何话讲？

翁麒麟想试探一下水耗子是不是安清的人，便说，请问老大在帮吗？

水耗子愣了一下，依然客气地说，老大，我在门槛外面。

翁麒麟明白了，他不是安清的人，便说，想必老大经常跟安清的人打交道，交情是现成的。

水耗子有点儿不耐烦了，我跟你们安清做的是生意，图的是银子，谈不上交情不交情的。

翁麒麟说，不谈交情，谈点儿人情吧。那孩子也是爹生娘养的，活这么大不容易，好歹是条性命。

水耗子说，你跟他是沾亲还是带故，跟你有什么关系？

翁麒麟说，我劝你们不积阳德，也要留点儿阴德。免得在人间脑袋掉了，到阎王爷那儿还得下油锅。

有人说话了，骂骂咧咧的，你他妈要管闲事，碍你娘的蛋疼了？

翁麒麟说，我只是替他求个情。

水耗子低声笑了笑，我是个生意人，你懂的。

翁麒麟转身端起一碗酒，这是我特意留下，正宗的高粱烧酒。

一听说酒，水耗子的口水立即流了出来。要知道，牢房里吃的是猪狗食，连滴油点子都见不到，更不用说酒了。

翁麒麟弯下身子，把酒递下去。

水耗子急忙伸出双手，牢牢地把酒接住了。

翁麒麟却没有松手，你是生意人，做生意讲的是诚信。

水耗子说，一碗酒一天，我保证今天不要他的命。

翁麒麟说，好吧，明天我还把酒留给你。

第二天中午，陆青林照例来送牢饭：一荤一素，一壶酒。

一壶酒正好一大碗，陆青林把酒倒好，翁麒麟却没有喝。

陆青林问，怎么不喝？

翁麒麟说，这是救命的酒。

陆青林问，救谁？

翁麒麟说，一个孩子，就在隔壁的牢房里。

翁麒麟将隔壁的事情说了。

陆青林说，这事还用您操心，您要是可怜那孩子，我跟外面的司狱大爷说一声就行了。

翁麒麟说，你是要说一声，你塞给司狱点儿银子，把那个孩子调到我的牢房里来吧。再有，你再带点儿刀伤药来。

隔壁看只觉得这个年轻人又瘦又小，近了才发现，他长得很清秀，细皮嫩肉，唇红齿白，像个小姑娘。只是满身污秽，满脸肮脏。翁麒麟心里一动，幸亏他受了伤惹人烦了，否则，那群恶狼不定怎么糟蹋他呢。

让翁麒麟欣慰的是，年轻人不但长得乖巧，还很懂礼数，很会说话。

我听司狱老爷说了，是您把我要到您的牢房来的。我还听说了，隔壁牢房那些家伙要害死我，是您省下酒不喝，把我的命换下来的……您是我的救命恩人，我这辈子是报答不了您了，下辈子变成一只猫，就守在您的身边，专门替您拿耗子。要不，我……就变成一只鸡，天天为您打鸣报晓。嗨，这没多大用，还不如变成一只老母鸡呢，天天下蛋给您吃……

看得出来，年轻人在说这些话的时候，是忍着剧烈的伤痛，两个腮帮子都变形了，话从嘴里出来，也是磕磕绊绊颤颤巍巍的。

翁麒麟摆了摆手，行了行了，先别说下辈子的事，你躺下，我先给你治伤吧。

翁麒麟撕开年轻人的左腿的裤腿儿，顿时一股恶臭腾上来。他的伤很严重，小腿溃烂了大半，脓血淋淋，一片模糊。翁麒麟一阵恶心，他强忍着不让自己呕吐出来，用棉絮蘸着酒为他擦拭。自从进入翁麒麟的单人牢房之后，年轻人变得很乖，再也不哭闹喊叫了。烧酒滴在他的伤口上，疼得钻心裂肺。年轻人紧紧地咬着牙，眼泪哗啦哗啦地流下来。

翁麒麟说，要是疼，你就哭吧，哭出来会好些。

年轻人带着哭腔说，不，我不哭，不哭，不哭，不哭啊……

翁麒麟看着年轻人，为他的坚强点了点头。

洗清伤口之后，翁麒麟又为他敷上了刀伤药，并用白布为他包扎好。

翁麒麟的单人牢房长六尺，宽三尺，再加上一个马桶，自己住还勉强，现在又多了一个人，尽管这个人又瘦又小，可是也要占一个人的地方啊。牢房更加逼仄起来，没办法，凑合吧。翁麒麟试验了几次，找到了一个算是最好的睡觉方式。自己的头和脚对着两个墙角，将小牢房分成两部分。左边的墙角放马桶，年轻人睡在右边。地方狭小，年轻人只能蜷缩着身子躺下，将屁股顶在翁麒麟的肚子上。

陆青林送来的刀伤药确实有神力，加上小家伙年轻底子好，睡了一夜觉，他的伤口居然不那么剧烈地疼痛了。伤口不大疼了，精神便好了许多。

中午，陆青林没有来，打发伙计把牢饭送来的。菜和饭多出了一份，酒还是一壶酒。没等翁麒麟张罗，年轻人就手脚麻利地把饭菜从提盒子里取出来。除了一荤一素之外，还有一条清蒸鲤鱼，大运河吃鱼算是家常便饭。鱼是放在一个盘子里的，年轻人端起鱼盘，摆在翁麒麟面前，鱼头对着翁麒麟，说了一句，请大叔开罩。

翁麒麟一愣，随口说道，沾祖师爷灵光。

年轻人又给翁麒麟倒酒，倒完之后也给自己倒了一碗，然后将酒碗端起来，跪起那条好腿，对翁麒麟说，大叔，您是我的救命恩人，无以回报，先敬您一碗酒吧。

年轻人一副卑恭虔诚，将酒碗高高地举过了头。

翁麒麟看到年轻人端碗的双手，心里咯噔一动。那两只手捧在酒碗两边，左手大拇指跷起，食指蜷曲，其余三指并拢伸开。

翁麒麟两只眼睛盯着年轻人，严肃地问，请问老大贵姓？

年轻人说，好说，敝姓安。

翁麒麟问，是本姓安，还是头顶安？

年轻人说，既是本姓安，又是头顶安。

翁麒麟问，老大在帮？

年轻人说，沾祖师爷灵光。

翁麒麟问，老大在会？

年轻人说，沾点儿盐味儿。

翁麒麟问，老大贵帮主何名？帮中什么旗号？装的何人粮？粮有多少石？什么地方装粮？什么地方卸粮？有什么记号？几只太平船？几次停修？共计多少粮船？初一十五打什么旗？旗上何为？有无飘带？吃什么水？烧什么柴？

年轻人说，敝帮江淮泗，分帮兴武四帮头。白旗红绣边，玉色飘带，红黑亮月。初一十五打龙凤旗，进京打五色日月龙凤旗，出京打杏黄旗。船五十六只，兑粮五十一只。运粮一万三千二百石。三只太平船，两只停修。在淞江领票，至湖北东门外小石桥兑粮。吃的是梢后水，烧的是昆山柴……

年轻人对答如流，翁麒麟却越发怀疑起来。这么年轻，还是个孩子，怎么可能是安清帮的人呢？

翁麒麟又问，贵庵为何？

年轻人说，黄氏庵。

翁麒麟问，贵师爷是哪位？

年轻人放下酒碗，挺了挺身子，双手下垂，恭恭敬敬地说，弟子在香堂，听传道师慈悲，在家子不敢言父名，出外徒不敢言师姓。

翁麒麟大喝一声，说！

年轻人低下了头，大叔，我是门槛外的人。

翁麒麟说，好你个小崽子，竟敢辱没安清？

年轻人急忙磕头，大叔，安清许充不许赖！

翁麒麟将头扭向一边，无奈地叹了一口气。

年轻人说，大叔，我原本也不敢冒充安清，只是刚才大叔问起，随口答了几句。

翁麒麟说，随口答了几句，你是不是经常在外面招摇撞骗？

不敢不敢……

你到底叫什么？

大叔，侄儿叫……丢丢。

怎么叫这么个名？

我从小总是被弄丢，有时候是父母不留神丢了，有时候是被拍花子拍走了，有时候是被人贩子卖了，还有的时候是我自己走丢了，后来我娘索性就叫我丢丢。

你没有学名吗？

学名叫……秦小安。

翁麒麟沉吟了一下，又问，你刚才盘口的通漕，是谁教给你的。

我曾经在随运尾帮船上当过差，耳朵随便听了几句。

你在随运尾帮船上当什么差？

给大当家姚师父当茶童。

夜又将黑暗挤压进了牢房，牢房里的囚徒们消磨了一天，进入了“试死”。这是丢丢发明的一个词儿，他觉得进了牢房大多都会死的，不是被判死刑砍了脑袋，就会被囚禁折磨死，或者被牢头狱霸打死。活一天赚一天，到了晚上就告别了一天，权当死了。如果第二天还能看见新的太阳，就算是“试死”了一回。天天“试死”，真死就不那么可怕了。

翁麒麟说，说“试死”实在不准确，你听听隔壁的牢房多热闹。呼噜声、咬牙声、放屁声，还有说梦话的，瞎折腾的。死人哪儿能弄出这么大的动静？

丢丢说，所以叫“试死”嘛，真要死了，就清静了。

翁麒麟笑了笑，随着伤势的康复，丢丢越来越活跃，越来越善说，却不讨厌，还能讨人喜欢。不得不承认，翁麒麟有点儿喜欢上这个小家伙了。

小家伙坐在马桶上撒尿，直起身子，正系着裤子。

翁麒麟说，你伤好了怎么还坐在马桶上撒尿？像个娘儿们似的。

丢丢嘻嘻笑了笑，习惯了，站着尿不出来了。

翁麒麟说，你刚坐着撒尿几天呀就习惯了，骗鬼吧你，你就是懒。

丢丢坐下来，往翁麒麟的身边凑了凑，换了个话题说，大叔，您看您，一肚子学问，一脸的官气，怎么也混到大牢里来了？哦，我知道了，您是忠良，被奸臣陷害吧？您给我说说，您是怎么跟贪官奸臣争斗的？

你呀，是书听多了，还是戏看多了？

不信您自个儿瞧瞧啊，牢房里一个个都是青面獠牙妖魔鬼怪，哪儿有您这么斯文的？

犯了罪，还讲什么斯文不斯文？斯文扫地了。

您真的犯罪了？犯的是啥罪？

我杀了一个人。

丢丢惊叫起来，什么？您？您还会杀人？您杀了个什么人？

翁麒麟仰着脑袋，悠悠地说，一个女人，一个我深爱的女人。

丢丢不说话了，呆呆地看着翁麒麟。

翁麒麟瞟了一眼丢丢，你不信吗？

丢丢说，我信。

你怎么信了？

我也是。

你是什么？

我也杀了人，我为一个深爱的女人杀了人……

你相信红颜祸水吗？就是说，越是漂亮的女人越是容易引来祸殃。这个世道真他娘的混蛋，漂亮女人谁不喜欢？她应该受到保护才对，怎么会引来灾祸呢？

我说的是我妈。

我妈到底有多漂亮，我还真没法跟您说。这么说吧，把您见过的，听说过的，想象过的所有的美女都加在一块儿，还没有我妈的一半漂亮。您别笑，您还不信，不信……哦，对了，您等一下。

丢丢说着，把手伸进怀里，掏出了一个纸袼褙做的小夹子，打开夹子，里面叠着一张小纸片。打开小纸片，原来是一张画，有巴掌大小。

翁麒麟接过来，仔细地看着。这是一张工笔肖像画，画的是一个女人。女人布衣素面，未戴饰物，却让人眼前一亮。面容温润丰盈，眉目清亮传神，唇红齿白，神态慈爱和善。翁麒麟心里说，丢丢说的是实话，是一个漂亮的小家碧玉。再看画工，细致准确，用笔熟练，形似更重神似。画像的旁边还有一行小字：家慈杜采薇小像。

你母亲叫杜采薇？

是的。

这像是你请画师画的？

我自己画的。

什么？你还会画画？

学过几年。

在哪儿学的？

扬州……拜了个师父。

这字也是你写的？

也是师父教的。

你师父是女人吧？

您……怎么看出来的？

画工笔法都出自女人之手。

唉，丢丢也是投错胎了。

翁麒麟笑了，你接着说吧。

哦，对了，我妈要是不漂亮，怎么会有那么多人追求她呢？我姥爷家开的是一家小点心铺，就在通州北大街妃子楼对面的街角上。一个很小的铺面，比这牢房大不了多少。我妈每天在那小点心铺里卖点心，生意那个好啊，没法说了。点心铺一开门，外面早排起了长长的队伍，长得拐过街角横到对面去。对面就是大名鼎鼎的妃子楼，老字号。老字号管什么，生意风光都被我妈这边抢过来了。别以为来买点心的都是色眯瞪眼的嘎小子，很多都是很体面很有身份的老头儿老太太。为什么，为他们的儿子孙子挑媳妇呗。半个通州城，谁不知道我妈是桃酥仙子。对了，我姥爷的点心铺主要做桃酥，最拿手的也是桃酥。

无论是大户人家的少爷，还是达官贵人的公子，或者是摇头晃脑的秀才，我妈都瞧不上。我妈有心上人，我妈的心上人就是我爹。哦，对了，那时候还没有我，还不是我爹呢。我爹姓赵，是通州北门外赦孤台的人。

翁麒麟挥了挥手，等等，刚才你可告诉我，你姓秦。

丢丢愣了一下，啊，我姓的是我养父的姓。

翁麒麟扬了一下头，让他讲下去。

我爹在运河边长大，一身好水性，会驶船，会打鱼，更奇的是，我爹太有名了，从通州到杭州，没有不知道喊亮天这个大名的？

翁麒麟又拦住了他，什么什么，你爹不是姓赵吗？怎么又喊亮天了？

丢丢说，喊亮天是我爹的外号。我爹姓赵名江字天流，江湖大号喊亮天。

翁麒麟问，你爹是干什么的？

丢丢说，我爹是号子手。

翁麒麟问，号子手是什么东西？

丢丢说，号子手不是东西……哦，不许您糟蹋我爹。您不知道号子手，总该听说运河号子吧，运河号子五花八门成千上万，随时随处都有人喊。

翁麒麟说，明白了，你爹是喊运河号子的。

丢丢说，我爹可不是一般喊号子的，他是号子手，是带着别人喊的。我爹的嗓子好，韵味十足，花样翻新。什么样的号子只要从他嘴里喊出来，那就是不一样。有人说，我爹白天喊号子，河的浪花能从北运河翻到钱塘江；我爹要是夜里喊号子，连太阳都早出来半个时辰，要不怎么叫喊亮天呢？

我妈回绝了许多大户人家的媒婆，愣是从家里跑出来，跟我爹结婚了。结婚不到一年，就有了我。我两岁半的时候，我爹就死了……

翁麒麟问，你爹是怎么死的？

丢丢说，喊号子喊死的。

我爹一直在大运河上喊号子，各种各样的号子，起锚号子、冲船号子、立桅号子、跑篷号子、拉纤号子、摇橹号子、闯滩号子、绞关号子，出仓号子……一天到晚地喊。我爹的嗓子真是金不换，怎么喊都不倒，都不哑。我妈呢，摇着一只小船，在大运河上漂。我爹站在船头上喊，我呢，就躺在船舱里睡觉，或者坐在船板上玩……

可惜啊……就是我两岁半的那一年，七月二十八深夜子时。那一天起了大雾，大雾把整条大运河都吞没了。所有的漕船商船客船货船都停泊在岸边，连船头上的桅灯都看不见了。谁也不敢动一动，真可以说是伸手不见五指，比黑暗还黑。

就这么一个大雾天，内务府来了一个大官，非要让停泊在河西务的皇船连夜开到通州。说船上装运的是从景德镇烧好的瓷器，这批瓷器是为皇太后生日定制的。皇太后的生日就在两天以后，如果今天到不了通州，明天就不能送进宫，后天就把皇太后的生日耽搁了。朝廷无小事，谁担待得起。

仓场总督和通州知州亲自出面，命令我爹到河西务领船。所谓领船，就是喊号子，大雾弥天看不见，完全听从号子指挥。我妈要去给我爹撑船，夜里又不能带着我，只好把我锁在家里了。

您可以想象，在那大雾天里，我妈驾着小船在前面摸索着，万分小心地划着船，我爹站在船尾，喊着号子指挥着后面的皇船：

喔喔嗨呀，左转舵啊
喔喔嗨呀，进三丈啊
喔喔嗨呀，右上前啊
喔喔嗨呀，偏向左啊……

可以说，那皇船是一寸一寸地向前挪，循着河道，钻着缝隙，前进一步，又后退两步，再前进三步，就这么磨磨蹭蹭。急得仓场总督和通州知州直骂粗话，原来当官的也骂粗话，世界上根本就没有真正的斯文人。

就这样，我爹好不容易把那艘皇船引出狭窄的地段，进入了一片稍微宽绰一点儿的河面。雾也渐渐地淡了，像是被人撕开了似的，前面的船上的桅灯也亮了起来。谁想到，这是老天爷使的迷魂阵。大雾还没有退尽，大风从河底下掀了起来。紧接着，霹雳闪电，天崩地裂，大雨像是把大运河倒挂起来，直接浇灌，大运河的浪头翻过了堤岸。停泊在河面上的船都乱套了，有的挣脱了缆绳，在狂风暴雨中摇摆漂荡。我爹刚刚引出来的那艘皇船，来不及抛锚，像脱了缰的野马一样朝我妈驾驶的小船冲了过来。我爹扑向我妈护救，小船被撞碎了，压在了皇船底下……

我爹死了。我妈被人救了上来，已经不省人事了。

三天以后，我妈才睁开眼睛，睁开眼睛就找我，找我爹。她弄清了这一切之后，疯了一样跑回家。

家里空了，连我的影子都不见了，丢了。

我妈为了寻找我，沿着大运河走了三年。

直到九年之后，我们娘儿俩才相见。

我丢的那年两岁半，我两岁半就记事了。我是被拍花子偷走的，拍花子你知道吧？专门偷小孩子的。拍花子把我卖给人贩子，人贩子把我带到扬州，卖给扬州一个姓季的牙婆。老牙婆子把我当扬州瘦马养了起来，专门请来师父教我唱歌跳舞琴棋书画……

翁麒麟打断了丢丢的话，等等，扬州瘦马不都是女孩儿吗？牙婆怎么会养你？

丢丢说，啊……是啊，后来他们也发现了，就让我滚蛋了。

翁麒麟说，什么？让你滚蛋了？那他们的银子白花了？

丢丢嘻嘻笑了笑，啊……是我自己逃跑的。

翁麒麟明显地感觉到，丢丢有些地方没说实话。先放下，以后再慢慢问他吧。

我为什么要逃跑呢？我得找我父母啊，我后来知道我爹死了的，可是我妈还活着啊。

从扬州出发，沿着大运河，我一路北上，整整花了六年时间才来到通州。

翁麒麟问，就靠两条腿走着？

丢丢说，有时候也搭搭船蹭蹭车什么的。不能光走啊，我还得混饭吃啊。就这样，走走停停，停停走走，好不容易来到了通州漕运码头。那一天，我师父请我吃饭，进的是漕运码头上最大的饭庄，天河楼，您听说过吗？您肯定知道的。我喜欢吃饺子，我师父喜欢吃炸酱面。吃饺子要醋，吃炸酱面要大蒜。那天吃饭的人特别多，我师父跟跑堂的要了几次大蒜都没拿来。我说，别等了，我去给您拿吧。

就这样，我来到了天河楼饭庄的后厨。后厨有个女人在择菜，我跟她要大蒜，她指了指门口的墙壁，那里挂着蒜瓣子，我个头儿矮，够不着，旁边有一个小杌凳，我用脚尖儿一钩，踩上去，结果一脚蹬空，摔了个四仰八叉，脑袋正好摔在择菜女人的怀里。那个女人吓坏了，急忙抱着我的脑袋往上扶我。这一来不要紧，那个女人抱着我的脑袋不放了。您看看，我的鬓角上有一颗痣，红的，高粱米粒儿那么大，看见了吧？那个女人抱着我脑袋的时候刚好看见，我先是躺在她的怀里仰着脸让她看，后来她又扶我坐起来脸对脸看。刚开始，我被她看得直发毛，以为她是扬州那个牙婆派人来抓我的。后来看着看着，我心里怦怦怦乱跳起来。这个人怎么看着那么眼熟啊？像是一个梦里的影子。这个人怎么这么亲切、这么慈祥啊？她身上怎么有一股我熟悉的味道啊？

那个女人流泪了，颤抖着声音问，你是亮亮……啊，我的亮亮……

我小时候叫亮亮，用我爹外号的一个字。我说过，我两岁半就记事了，虽然离开我妈九年了，可是我妈的模样我一直没有忘记。我打量着眼前这个女人，没错，就是她，她就是我的妈妈。九年的日日夜夜，白天想，夜里盼，没想到就这么跟妈妈见面了。我一头扑在妈妈的怀里，哇哇哭了起来，哭得那个痛快，恨不得把九年的苦水都哇啦哇啦倒出来……

翁麒麟一边听着丢丢的讲述，一边仔细分辨着真伪虚实。

等等，你刚才说你丢失的时候是两岁半，又离开你妈九年了，那么你现在多大了？

十四岁呀。

那天你可告诉我你十五岁？

虚岁，我说的是虚岁好不好。

还有，你刚才说你叫亮亮，你怎么告诉我你叫丢丢。

亮亮是乳名，乳名好不好？除了我爹妈，没有人叫过我亮亮。

好了，你接着说吧。

后来我才知道，妈妈为了寻找我，从通州到杭州，大运河跑了两个来回。后来实在支撑不住了，天河楼的东家收留了她。天河楼的东家姓许，论起来跟妈妈是远房亲戚，我妈妈叫他三舅。妈妈留在他家做杂役，来来往往哪儿忙哪儿去，什么都干。许东家听说妈妈找到了孩子，高兴得晚上在家里摆了一桌酒菜。我叫许东家三舅爷。席前，妈妈让我给三舅爷磕了头，三舅爷赏给我一吊钱。

这样，我也在天河楼住下来，我也帮助妈妈做杂役，管吃饭，没有工钱。有一天，我在后厨捅莲子心。这活儿很麻烦，先要用剪刀把莲子两头剪掉一点儿，然后再用绣花针把莲子心捅出来。干得无聊，我突发奇想，这么大的饭庄，临着大运河，上下三层楼，四十多个包间，八十多个散座，一天得赚多少钱呀？想着想着，我就算计起来了，这一算，让我心里呼呼地冒火苗子。真没想到，世界上还有这么有钱的人。

有一天晚上，妈妈伺候着三舅爷和三舅奶奶喝茶，我在一边玩九连环。听到三舅爷和三舅奶奶抱怨饭庄的生意不好，每天开销这么大，雇用这么多的师傅伙计，人吃马喂，到头来全弄个瞎忙活，赚不了一壶醋钱。

三舅奶奶问三舅爷，现在每天流水多少？

三舅爷说，好的时候二百两银子，平常就是一百七八十两。

我忍不住插话说，不对呀三舅爷，我算计着，每天总有三四百两银子。

妈妈吓坏了，厉声呵斥我，大人说话，小孩子别搭茬儿。

没想到三舅爷却很感兴趣，问我，你是怎么算出来的？

我把捅莲子心时默默算账的事说了，三舅爷瞪大了眼睛看着我，半天才问，你说的真话？

我点了点头，骗你干什么？

三舅爷站起身，来到我的身边，这么吧，明天你跟我到天河楼去……

天河楼的账房在一楼，管账先生姓佟，大号佟宝砂，四十多岁，长得膀大腰圆五大三粗肥头大耳。别看他长得粗，却心细，有一手绝活儿，能用两只手同时打算盘。两本账同时报，他同时扒拉算盘。你报多快，他打多快，最后结果准确无误。外号人称铁算盘，是漕运码头上的一位名流。

三舅爷办公的地方在二楼包房的旁边，临着楼梯，上上下下都看得清楚，听得明白。三舅爷让我坐在他的对面，听着外面的人来客往。楼下六个伙计一个堂头，楼上包房八个伙计，再加上铁算盘佟先生，前堂就这么些人。

每当有客人进门，堂头就会高声喊着，爷，里面请，您几位？三位散座您哪……要是进包房，堂头就会喊，二楼包房，七位……

听着堂头喊堂，就知道有多少人进了饭庄，多少人进了包房，多少人在散座。

客人点菜的时候，楼下的伙计会向后厨师傅高声报单，滑熘肉片，大葱爆羊肉，干炸丸子，素炒白菜丝儿，家常豆腐，红烧鲫鱼……马上哪您哪……

如此一来，谁接待的什么客人，谁报的什么菜，就一清二楚了。当然，事先要做好一件事，把六个跑堂的声音都熟悉了，知道谁在报单。

至于包房，就更简单了，伙计直接到后厨窗口报单，哪桌几个菜，多少酒，什么饭食，都在明处。

听着外面的喊堂报单，我默默地记着。开始的时候，三舅爷也在桌上铺一张纸记起来，后来越报越多，他记不过来了，也就放下了笔。

那一天是八月十七，中秋节之后，用餐的特别多，楼上楼下两餐来了三百八十九个人。晚上完事之后，三舅爷通知所有的师傅伙计都不要走，集中在楼下大堂里开会。三舅爷先让铁算盘报账，那天他报的流水是一百九十一两三百六十文。

三舅爷转身对我说，亮亮，过来把今天的账报给大伙儿听听。

我往前走了两步，站在大伙儿面前，一字一板地说，今天的流水是四百二十三两六百三十六文。

所有的人都傻了，铁算盘跳了起来，小兔崽子你胡吣什么？

我走到铁算盘面前，客气地说，先生，麻烦您摆好算盘，我报账您算。

铁算盘抓起账桌上的算盘，使劲一摔，你报吧，看你能报出什么花样来。

我说，好，我先报今天中午陈东师傅接的单。陈师傅您听好了，看我报得对不对。

陈东是楼下散座的大伙计，是天河楼伙计中最伶俐的一个。

我说，先报中午的。第一桌，五个人。凉菜四盘：花生米、拍黄瓜、酱肘子、饹馇盒。热菜六个：熘肝尖儿、爆腰花、炖吊子、红烧鲤鱼、酿豆腐、炒芹菜。漕运湾酒两壶，肉丝炒饼二斤，蛋花汤一盆，对吧？

陈东惊愕地点头，对对，我记着呢。

我接着说，第二桌，三个人。两个凉菜：豆腐丝、蒜肠。四个热菜：糖醋排骨、大葱爆羊肉、尖椒土豆丝、炒雪里蕻。三碗打卤面，一壶东北小烧。对吧？

陈东还是惊愕地点头，对对，一点儿没错。

我继续报着，再说晚餐，您也接待两桌，第一桌六个人，点的是六凉八热……

就这样，我一个一个地报着，报完陈东报魏强，报完魏强报刘三水，楼下六个伙计接的单都报完了，又报午晚两餐楼上的包房。

我还没报完，铁算盘早就坐不住了。开始的时候，他还按照我报的单打算盘，后来脑瓜顶上哗哗地流汗。先是两只手不听使唤，算盘珠子都扒拉不开了。后来两条腿又打软，站都站不住了……

这还用说吗？当天晚上，铁算盘佟先生就卷铺盖滚蛋了。

我和铁算盘结上了仇。他被天河楼开除倒没有什么，关键是名声坏了。都知道他是因为黑东家的钱被开除的，谁还敢用他，算盘打得再好也没有用。不要说生意人家不用他，他想当个先生，教孩子们打珠算，也没有敢把孩子交给他，怕跟他学坏。

这个仇惹来了杀身之祸。

第二章　青卷·子篇

同一个夜晚，同一铺土炕上，两个人能做同一个梦吗？答案应该是否定的。有一个谜，你能做，我能做，人人都能做，就是不能一起做。谜底是：梦。

奇迹就发生在翁麒麟和钱金豹身上了。

雍正八年，翁麒麟为赴来年庚戌春闱会试，搭漕帮兴武六粮船北上，六月一日抵通，宿漕运客栈。陪同前来的是钱金豹。翁麒麟是文人，钱金豹是武把式，一文一武两兄弟。

钱金豹是安清帮二房钱保堂堂主钱坚之子。

漕船过了张家湾，便直抵通州了。进入通州地界，就要办理交兑漕粮的诸多手续，坐粮厅的官员和衙役也会随时登船查验。有诸多不便，翁麒麟和钱金豹便提前下了船。他们下船之后，雇了两个挑夫，为他们担着行李。他们要在这里待将近一年的时间，行李自然多了些。

已经过了酉时，太阳在西山后面入浴，蒸腾起漫天的霞光异彩，大运河也滔滔滚滚地沸腾起来，筛金簸银。

离他们投宿的漕运客栈还有十几里的路程。因为是沿河行进，没有正经的路，都是人踩马踏出来的小径，坑坑洼洼，穿滩过堤，荆棘载途。好在他们临下船的时候吃了些东西，肚子不饿，也不着急，闲庭信步地走着，享受一些北方初夏傍晚的香气凉风，亦优哉乐哉。

天渐渐地黑暗下来，河底下沉淀着笑逐颜开的小星星，停泊的船只点起了桅灯。星光与灯光在远处照耀着，脚下的路却越来越难走。

前面黑森森的一片，挑夫说，到黑森林了。大运河北端是一马平川的大平原，怎么还会有森林？挑夫说，所谓森林其实就是一片野林子。百多年前，大运河改道，空出了一大片河滩地，长出了许多荆棘树木。年深日久，树木越长越大，越长越密，林子也越来越大，密密匝匝深不见头暗不透光，如同原始森林一般。

翁麒麟问，有野兽没有？

挑夫说，野兽也无非就是狐狸兔子土獾刺猬什么的，豺狼虎豹倒是没听说过。不过……听说有时候闹飞贼。

钱金豹问，飞贼？什么飞贼？

挑夫说，就是那些打家掠舍拦路抢劫的土匪。

翁麒麟说，光天化日朗朗乾坤，在这天子脚下的漕运码头，居然还有如此胆大妄为之辈。果真如此，倒也不失为真豪杰。

挑夫说，听说还是个女的。

钱金豹笑了，好啊，待我抓回一个，给大哥当状元娘子。不行不行，瞧我这臭嘴。大哥中了状元，怎么能娶一个土匪呢？再说，到时候潘灵芝还不把我的脑袋拧下来。

两个人一起说说笑笑地进了黑森林。路越来越难行了。挑夫挑着东西，磕磕绊绊地不便往前走。翁麒麟和钱金豹只好头前开路。翁麒麟拿着一根铁箫，钱金豹举着一把佩剑，扒拉着树棵草丛寻路，真有点儿披荆斩棘的架势。时分早已入夜，他们摸索着前行。没有月亮，星光再亮再密，也照不透这海底般的黑森林。也不知道跋涉了多久，居然进入了一片林木较为稀疏的场地，一棵棵苍松翠柏和橡树白杨笔挺地伸向天空，下面的空地长满了闲花野草，还有虫鸣，还有被惊起的飞鸟。翁麒麟擦了擦满头的汗水，微微喘着气，肚子也有点儿饿了。他刚想跟钱金豹商量休息一下，突然眼前的树梢晃动起来，一朵莲花般的白云向他扑过来。白云轻飘飘的，静悄悄的，甚至还是软绵绵的，无声无息，如影如幻。翁麒麟正在疑惑踌躇，耳边响起了钱金豹的喊声，大哥，小心……

紧接着，钱金豹蹿了上来，挥剑劈向云朵。云朵在翁麒麟面前迅速散开，变幻了形状，与钱金豹纠缠在一起。这时，翁麒麟才真真切切地看清了，这云朵是一个白衣女子，从上到下，白衣白裤，白色长裙。她也是使着一把长剑，灵活地与钱金豹搏斗着。她似乎从来没有落过地，像猿猴一样，从树上飞下来，在空中与钱金豹打斗，眼看着双脚就要落地，又一转身飞扑到另一棵树上。她从一棵树飞向另一棵树，钱金豹也从一棵树追向另一棵树。翁麒麟看到，钱金豹虽然武艺高超，但是却远没有云朵灵活。云朵飞来飞去，变幻莫测，钱金豹如追风捕影，劳而无功，就算他能打败云朵，也未必能把云朵生擒活捉。翁麒麟挥起手中的铁箫，从侧面冲杀过来。云朵受到两面夹击，渐渐显出气虚技拙。翁麒麟见云朵要逃，奋力冲上去，举起铁箫劈头便打。云朵全力招架着钱金豹，不提防翁麒麟的袭击，眼见铁箫落下，迅速躲避。翁麒麟的铁箫落空了，云朵乘机逃走了。两人一起追去，眨眼之间，云朵消逝得无影无踪了。

翁麒麟收起铁箫，觉得有点儿异样，举起来一看，铁箫上面的箫孔上卡着一个东西，揪下来一看，是一朵绢花。绢花是蓝色的，再仔细一看，是一只蓝色的蝴蝶。

钱金豹大叫起来，两个挑夫不见了，他们的行李也不见了。

翁麒麟和钱金豹赶到漕运客栈的时候，已经将近子夜了。好在漕运客栈夜间是不关门打烊的。两个人推开门，找一个座位坐下来。一个伙计打着哈欠过来，也没打招呼，夜间营业，一切规矩全免。

翁麒麟忽然想到坏事了，他们的行李没了，银子也都没了。为了图方便，轻装简行，他们把所带的银两都放在行李箱里了。没有银子，不要说住宿，连碗热乎面都吃不上。这时候，他的肚子已经咕噜咕噜叫唤了。

钱金豹也意识到了眼前的危机，他却没有像翁麒麟那样着急。他摘下帽子，帽口朝上，仰放在桌上。

伙计端来一壶茶，放在桌上。

钱金豹右手端起茶壶，左手三指扶着茶壶盖，倒了一杯茶，然后将茶壶嘴朝外放好。

伙计没有说话，默默地看着钱金豹。

钱金豹左手屈起食指，右手伸出四指，端起茶杯，冲着伙计举了举，一饮而尽。

伙计转身走了。

翁麒麟笑声说，这客栈是安清帮的吗？

钱金豹说，肯定是。

不大一会儿，掌柜的来了。见了翁麒麟和钱金豹，也没有盘海底，慌忙说道，二位小老大在上，请受弟子参拜。

说着，掌柜的左脚上前一步，一参一拜，然后起身，双手下垂两侧，躬身肃立。

翁麒麟和钱金豹坐在凳子上，左三右四向掌柜的行答礼。

既然掌柜的认识翁麒麟和钱金豹，就免去了盘海底的程序。但是，他们不认识掌柜的，还是要踏根问答的。掌柜的报了三帮九代，原来他叫陆青林，佛字辈的门徒。比翁麒麟和钱金豹小两辈，更何况，他们不是一般的前辈，而是安清祖师之后，龙脉尊贵不可冒犯。陆青林立即吩咐伙计备菜上酒，热情招待。

翁麒麟和钱金豹讲了他们在路上的遭遇，好在到了漕运客栈就是到了家，陆青林一切都会安排好的。随后再通知家里捎些银子来就完事大吉了。

陆青林说，你们碰上飞贼蓝蝴蝶了。

飞贼蓝蝴蝶居无定所，来无影去无踪。大约每隔三年，在京城春闱会试之前，她就会在大运河沿途出现一次，而黑森林是她作案最多的地方。她不劫官不劫商不劫平头百姓，专劫读书郎。明年庚戌，又逢春闱，她就提前动手了。

翁麒麟问，她为什么跟读书人过不去？

陆青林叹了口气，说来话长，也真是命运捉弄。

清朝的科举分院试、乡试、会试、殿试。院试在州府举行，每年一次，考取者称生员，亦即秀才；乡试在省城举行，每三年一次，逢子午卯酉年份秋天，称为秋闱，也称大比，考取者为举人，亦即孝廉；会试在京城，逢辰戌丑未年份三月，称春闱，会试考取者称贡士；贡士参加殿试，皇帝亲自主持，不再淘汰，按成绩分三甲。一甲三名，状元、榜眼、探花，余者赐进士及进士出身等。乡试第一名称解元，会试第一名称会元，殿试第一名称状元。

虽说会试在三月，可是大多数举人都在头一年赶到京城。除了路途遥远交通不便之外，更主要的是需要拜各种门子，走各种路子，拉各种关系。会试不但决定一个读书人的命运，而且决定着整个家族和乡党的命运与期盼。翁麒麟就是这样，如果他在明年春闱蟾宫折桂金榜题名，那他不仅仅是父亲翁岩的荣耀，更是整个安清帮的荣耀，他将是安清帮有史以来第一个进士。

安清帮上下对翁麒麟进京赶考非常重视，专门派钱坚的儿子钱金豹一路随从。师祖潘清亲自把他们送到码头上登船，临别的时候，潘清从身上摘下一把金锁，戴在翁麒麟的脖子上，噙着泪水对翁麒麟说，这是潘家的传家宝，到我这儿已经六辈了。

翁麒麟感动地说，叔叔，您还是把这传家宝留给如虎吧。

潘清说，潘氏家训，这传家之宝传给长子长孙。咱翁潘两家原本一家，你是如虎的大哥，自然要传给你的。

翁麒麟忍不住流下了眼泪。

潘清拍了拍翁麒麟的肩膀，孩子，佛祖会保佑你的。

原本万无一失，还是大意了，赶巧遇上了蓝蝴蝶。

陆青林说，二十多年前，有一个读书人从杭州登船进京赶考。这个读书人说不上苦读努力，却是天资聪慧，善于取巧。加上他家境丰裕，长得又是风流倜傥一表人才，常常呼朋唤友，混迹于烟花柳巷之中，是出了名的风流才子。

这位仁兄追逐名利，很是洒脱，考上更好，考不上，权当是进京游览。游览第一，考试次之。他所谓的游览，不仅仅是游山玩水，更主要的是采花盗草寻找艳遇。

一路上，停停走走走走停停，专门拣大户人家的附近留宿寻访，大户人家的后花园成了他猎艳的重要场所。哪个少女不怀春，有钱有才又有一副好皮囊，更有一个大好的前程，那些整天大门不出二门不迈的梦幻佳人，怎能不对他动心呢？

一路风流，一路孽债，沿着大运河走了半年才到北京，不知道有多少金枝玉叶被他俘虏糟蹋了。离开之后，那些单纯得像柳芽一样的小佳人天天泪眼思念，夜夜辗转难眠，盼望着心上人考取功名回来成婚。三年过去了，柳芽变成了柳絮，随着信誓旦旦的春风飘然远去，最后多跌落在泥潭河沟里，化作了腐草春泥。

蓝蝴蝶的母亲便是其中之一，不幸的是，与读书人那几日风流后她怀孕了，更不幸的是，怀孕之后便被祖训森严家规刻板的父母和族人无情地赶了出来。一个尊贵的大家闺秀变成了一个遭人唾弃的叫花子。

蓝蝴蝶的母亲不甘心，背着蓝蝴蝶沿着大运河千里寻夫，直到通州，又进了皇城。无名无姓，恐怕告诉她的名字也是假的，京城人海茫茫，到哪儿去寻找那个负心人。无奈，蓝蝴蝶的母亲又背着蓝蝴蝶顺着大运河南下，一边寻找一边想方设法地活命养女。

终于有一天来到临清地界，发现漕运码头上挤满了人，吵吵嚷嚷哭哭闹闹愤愤谩骂。蓝蝴蝶的母亲随便问了一句，一个老太太说，这些女人都是来寻亲的。寻什么亲？她们都是河道御史大人的女人，御史大人把她们糟蹋了，不认账，她们是来向御史大人讨公道的。

蓝蝴蝶的妈妈心里一动，挤上前去。那个御史大人刚好从船舱里出来，登上码头。有七八个女人一起拥上去，拉着御史大人哭闹起来。蓝蝴蝶的母亲一看，差点儿晕倒，天啊，眼前被女人们围剿的，不正是那个进京赶考的读书人吗？于是怒从心起，抱着孩子也冲了上去……

河道御史当众出丑，恼羞成怒，立即命令身边的衙役驱赶这些女人。衙役们豺狼恶狗一般，挥着刀棒朝女人身上胡劈乱打，女人们急了，她们并不惧怕刀棒，叫喊着要跟河道御史拼了，一起冲向前去。衙役们更加凶恶，推挡着女人们，保护着河道御史。蓝蝴蝶的妈妈挤在人群中，又抱着孩子，跌跌撞撞，一失足从码头上掉进河里。人们又惊呼着救人。蓝蝴蝶母女被看热闹的众人救上来，蓝蝴蝶活了，她的母亲却丧了命……

吃完饭以后，陆青林为他们安排好了住处。两个人都没有睡意。翁麒麟坐在炕沿上，手捏着那只蓝蝴蝶，心里想，世界上果真有如此少廉寡耻的读书人，真给孔圣人丢脸，该杀。而钱金豹则想着，在黑森林里遭遇了蓝蝴蝶，要是翁麒麟一个人来，多危险啊！

钱金豹是个急性子人，心里想的嘴上就要说出来，嘴上说出来手脚马上就要动。他对翁麒麟说，大哥，世道不太平，我得教你几手防身的功夫。

翁麒麟想了想，点了点头，是啊，可是我这半路出家，能学什么呢？

钱金豹说，刀枪拳脚你就甭学了，太费工夫，我教你一招儿速成的吧。

说着，钱金豹伸手向怀里摸了摸，伸出手来给翁麒麟看。钱金豹的掌心里有几枚小玩意儿，花生米大小，铁的，略为弯曲，一边是圆头，一边是敞刃。

这是什么？

你看它像什么？

翁麒麟摇了摇头。

钱金豹说，像不像隶书的一捺？

翁麒麟笑了，亏你想得出来。

钱金豹说，不是我想的，是我的师父传授给我的。这是一种飞镖，依照隶书的一捺打造的，所以叫汉隶镖。

钱金豹拉着翁麒麟来到院子里，左边墙壁上有个橛子。钱金豹朝四下看了看，到小菜园里摘了一朵倭瓜花，挂在墙壁的橛子上。然后，钱金豹又拉着翁麒麟退到十步开外。钱金豹给翁麒麟详细地讲着，从藏镖取镖到出手再到投掷，讲一招儿看翁麒麟一眼，直到翁麒麟点了头，他才做起了示范。钱金豹投出一个连环镖，一抬手，三只飞镖鱼贯而飞，镖镖中粑，那朵倭瓜花被打得粉碎。

钱金豹又挂上一朵倭瓜花，翁麒麟试着投掷，还不错，中了一镖。

钱金豹高兴起来，你自幼练字，有临摹的功夫，现在练飞镖都用上了。

翁麒麟又练了几遍，悟性极高，居然镖镖都能击中目标。

钱金豹说，字无百日功，镖亦如此，只要你坚持每天练习两三个时辰，不出百日，就能成为江湖上的神镖手。不是我夸你，有的人天生聪明，学什么会什么；有的人天生就是笨，花多大功夫都学不会。

钱金豹说得也没错，翁麒麟这个人，只要他喜欢的，就一定能学出门道来。读书如此，写字如此，吟诗作文如此。练了几下飞镖，他顿时来了兴致。来了兴致便不能放手，足足练了有一个时辰，才被钱金豹拖进房间里睡觉。

经历了这么多事情，两个人也确实困了累了。翁麒麟睡在炕头，钱金豹睡在炕尾。躺下还没说两句话，便都酣然睡去。

夜深人静，喧闹了一天的大运河也沉沉地睡去了。万籁俱寂，只有运河的波浪有节奏地涌动着，轻轻地撞击着船帮，像是眠人均匀的呼吸。时至三更，翁麒麟与钱金豹同时大叫了一声，腾地坐起身来，同时问道：你是谁？

没有人回答，屋子里一片寂静。

翁麒麟看了看钱金豹，钱金豹也看了看翁麒麟。紧接着，两个又同时披衣下了炕，点起了桌上的油灯，四下照耀着，寻找着。门是关着的，门闩也插得死死的；窗户是关着的，没有任何被人动过的痕迹。

钱金豹问，大哥，人呢？

翁麒麟也说，是啊，人呢？

钱金豹说，大哥，你看见了什么？

翁麒麟说，看来我是在做梦。

钱金豹问，你在梦里看见了什么？

翁麒麟说，蓝蝴蝶，我看见了蓝蝴蝶。

钱金豹说，是啊，我也看见了蓝蝴蝶，她就站在这炕沿前面，真真的。

翁麒麟说，她还是穿着那身白衣素裙，不知道她是怎么进来的。

钱金豹说，她不是要杀我们吧？

翁麒麟说，看样子不像，她手里没有拿武器，只说了两句话。

钱金豹说，对，我也听见了。大哥，她跟你说什么？

翁麒麟说，你们的父亲还活着，在哪王庙，让我们赶快去救他们。

钱金豹忙说，对对对，她跟我也是这么说的。

翁麒麟说，奇怪，我们这是做梦吗？莫非蓝蝴蝶真的进来了？

钱金豹说，是做梦，肯定是做梦。这门窗都关得严严实实的，蓝蝴蝶是从哪儿进来的？

翁麒麟说，难道蓝蝴蝶有穿墙过壁的功夫。

钱金豹说，就算蓝蝴蝶有穿墙过壁的功夫，可是我们都没醒啊，我们是从梦中惊醒过来的。

翁麒麟说，是的，我们是从梦中惊醒过来的，我们是在做梦，可是，两个人怎么可能同时做一个梦呢？

漕运客栈在大运河的东岸，第二天早饭以后，翁麒麟和钱金豹便过了浮桥，来到通州城里。早上，他们把昨天晚上做的梦跟陆青林说了，陆青林百思不得其解，建议他们找天师去解解梦。翁麒麟跟陆青林借了一些银两，便去找解梦天师。

如果在别的什么城市，打听当地人当地事是很容易的事情。通州却不然，正是漕粮上坝之际，满大街都是操着方言和拗口京腔的外地人。有天南地北前来做生意的商贾，有红男绿女看热闹的游客，有捐官买官找门路的小政客，有像翁麒麟这样进京赶考的举子，更多的是像饿鸟一样前来觅食的穷苦人。男人到漕运码头上扛大个儿搬粮食，女人端着针线笸箩缝穷扫粮食，还有摆摊儿的小贩，玩杂耍儿的艺人，拉骆驼的口外汉，穿来走去的三只手……跟这些人问路问事，都摇头。

钱金豹听见一阵悦耳的响器，不远处一个老头儿正在卖酸梅汤，手里捏着两个光亮亮的碟形小铜碗儿，嘀儿铮铮地敲击着。钱金豹跑过去，给老头儿两个铜板。老头儿给他舀着酸梅汤，钱金豹却拿起老头儿的小铜碗儿耍了起来。

老头儿很健谈，新鲜吧，这叫冰盏儿，卖果子饮料的响器。不是这样打，来，我教你。

翁麒麟过来，向老头儿打听天师。

老头儿说，你问哪个天师呀？

翁麒麟说，通州天师很多吗？

老头儿说，大天师一十六，小天师六十八，无名无姓的天师赛鱼虾。

翁麒麟说，我们找一个能圆梦解梦的天师。

老头儿说，圆梦天师阮宏道，解梦天师杜五经。

翁麒麟问，哪个天师道行高？

老头儿说，君子不挡人财路，谁高谁低您自个儿看。

翁麒麟说，那……我们就找解梦天师吧。

老头儿告诉他们，解梦天师杜五经在鼓楼前面摆摊儿。赶到鼓楼前面又打听，说杜五经每天上午睡觉，午饭后才出来。

解梦天师杜五经原来是老头儿，说不清多大年纪，干瘦干瘦的，小脑袋小脸蛋儿，脸上满是又深又密的皱纹，两只小眼睛滴溜乱转，一看就是个精灵鬼怪。

翁麒麟把昨晚的梦境跟解梦天师说了一遍，杜五经说，此梦不用解，就是这么回事。

翁麒麟不解，此话怎讲？

杜五经说，蓝蝴蝶闯进你们的梦里，你们就是梦见了她。

钱金豹说，哪有两个人做同一个梦的？

杜五经说，大千世界，千奇百怪，一切皆有可能。

翁麒麟问，难道蓝蝴蝶说的也是真的。

解梦天师说，她费尽心机进入你们的梦境，犯不上说假话。

钱金豹问，难道我们的父亲真的活着？

杜五经说，这你们只有去问蓝蝴蝶了。

翁麒麟站起身来，向解梦天师躬身施礼，请天师费心，为我们找到蓝蝴蝶。

杜五经说，我只管解梦，不管找人。

钱金豹从怀里摸出一锭五两重的银子，摆在了天师面前。

解梦天师脸上的核桃皮绽开了，我试试吧。

早上起来，蓝蝴蝶从卧室里走出来，看见丢丢正在客厅里翻拣东西，她的身边是两口箱子和两包行李。她记起来了，这是昨晚在黑森林的收获。她随便问了一句，有值钱的东西吗？

丢丢没有理睬她，蹲在一只箱子旁边低着头看着一本书，很入神。

蓝蝴蝶火了，上前一把将书夺过去，伸手就要撕碎。

丢丢急忙抓住蓝蝴蝶的胳膊，师父师父手下留情，这是一本好书。

蓝蝴蝶说，世界上哪儿有好书，都是一些胡说八道的废纸。

丢丢说，这是《桃花扇》，您没听说过吗？

蓝蝴蝶说，你赶紧给我烧了，管他桃花扇杏花扇的。

丢丢说，这书很贵的，千金难求。师父，要不咱把它卖了，还能赚几个钱。

蓝蝴蝶使劲戳了一下丢丢的脑门儿，你这个小财迷。

丢丢笑了。

蓝蝴蝶说，刚才我问你，有没有值钱的东西。

丢丢说，除了这部书，还有二百两银子，两张银票。

蓝蝴蝶问，银票有多少？

丢丢说，两千两。

蓝蝴蝶满意地说，嗯，还不错。

蓝蝴蝶住在运河东潞邑古镇南面的小潞邑村。院子不大，却四棱四致，扁砖到顶，磨砖对缝，柁木檩件，硬木门窗，倒也精致舒适。三年前，她是花六百两银子，从一个姓洪的私塾先生手里买的。这小院后面是一座沙丘，沙丘东面是一个小湖泊。沙丘周围是古树野花，湖泊里长满芦苇菖蒲，洪老先生给它取了个雅号，叫翠屏斋。小院正房五间，东西厢房各三间。正房旁边有两间耳房，二门外面有一间小门房。蓝蝴蝶在的时候，跟丢丢一起住在正房。洪老先生无儿无女，卖掉翠屏斋之后并没有搬走，而是住在门房里给蓝蝴蝶看家护院。平时的蓝蝴蝶，或者说白天的蓝蝴蝶，可谓是大门不出二门不迈，偶尔有事出去，也是普通的农妇装束。谁也不知道洪老先生的翠屏斋已经易主，更是谁也不会想到这里住着名闻遐迩的飞贼蓝蝴蝶。

等蓝蝴蝶梳洗完毕，丢丢伺候她吃早餐，是门房洪老先生从外面买来的油条豆浆，倒也简单。

丢丢问，师父，您昨天晚上做梦了吗？

蓝蝴蝶说，我正要跟你说呢，我做了一个奇怪的梦。梦见一只麒麟和一只豹子追我，追上了我又不咬我不吃我，一前一后一左一右地围着我转。转来转去就把我转晕了，我一个劲儿地喊，喊又喊不出来，生生把自己憋醒了。

丢丢喃喃地说，麒麟……豹子……麒麟送子，豹子抱子……师父您还没结婚，怎么做这晦气的梦？

蓝蝴蝶说，你别满嘴胡吣，这哪儿跟哪儿呀，挨得上边吗？

丢丢说，您还不信，您没听说过麒麟送子的故事吗？要我说呀，您趁早找解梦天师去问问。

蓝蝴蝶警觉起来，不就是那个干老头儿吗？他给了你多少好处？

丢丢尴尬地笑了笑，那算什么好处呀，他就给我买了一串糖葫芦。

蓝蝴蝶说，我才不信呢，一串糖葫芦就把你收买了。

丢丢说，信则有，不信则无，师父您瞧着办吧。

话虽然这么说，两天之后，蓝蝴蝶还是忍不住去找了解梦天师杜五经。

杜五经上下打量着蓝蝴蝶，故作高深地说，大侠不必开口，本师知道你做的是什么梦，一只麒麟和一只豹子对不对？

蓝蝴蝶说，少来这一套，你跟我的徒弟串通好了，成心要讹我的钱。

杜五经说，您别急呀，这是您前天夜里做的梦，我要说的是您昨天夜里做的梦。昨天夜里您梦到的是喜鹊和乌鸦对不对？

蓝蝴蝶傻眼了，前天做的梦她跟丢丢说了，可是昨天做的梦她并没有跟丢丢说呀，这么说杜五经还真有些道行？她抿着嘴看着杜五经，不说对也不说错，神态有点儿嘲弄的意味。

杜五经说，您梦到的是一只喜鹊落在铁树上，一只乌鸦落在桃树上，前面是一条大河。朝前走没有船，朝后走没有路，两边是白茫茫云缠雾绕……

蓝蝴蝶更傻了，杜五经说得真真的，就是这个情景。

杜五经说，大侠，您眼下有一劫啊。

蓝蝴蝶心想，我是专门劫别人的，不信有人还能劫我？

杜五经说，草怕寒霜霜怕日，恶人自有恶人磨。

蓝蝴蝶问，有办法破解吗？

杜五经说，人世间有矛就有盾，有病就有药。

蓝蝴蝶知道，他卖这副关子为的就是要钱，嘲弄地笑了笑。

杜五经伸出了手。

蓝蝴蝶扭头就走，少来，姑奶奶不信这一套。

杜五经朝她的背影喊着，看在老相识的分上，我白送您一招儿。您还是到漕运客栈去一趟吧，喜鹊和乌鸦在那里等着您呢……

蓝蝴蝶不给他钱，可是杜五经毕竟拿了翁麒麟他们五两银子，这不是小数目。拿人钱财，为人消灾办事，杜五经还是讲究职业操守的。

第三章　白卷·甲篇

往下沉，往下沉，一直往下沉。在大运河闯荡了半辈子的翁岩，水性极好。他可以在水面上漂浮着睡觉，也可以在水底下如履平地般地游走，据说他还能在水下换气，半个时辰不用露出水面。现在他是必死无疑了。他被装进了一个大麻袋里，麻袋口紧紧地扎上了，又坠了一块大石头。他是被从船头上扔进大运河的，他的身子随着麻袋一直往下沉。他知道大运河没有多深，浅的地方不足丈，深的地方丈余，最深的地方也不过两三丈，三五丈，七八丈。一个重重的大麻袋，沉入几丈深的河底，怎么要这么久的时间呢？莫非他沉入了大运河的磬子里？所谓磬子，便是传说中的海眼，是能直通大海的。是的，他要想活命，只有去找海龙王救他了。

下沉，下沉，漫长的下沉。随着身子的下沉，他觉得脑袋渐渐地涨痛起来，越涨越紧，越紧越涨得厉害，像是要爆裂了一样。眼睛也凸起来，奇怪的是，凸胀的眼睛却愈发明亮。一片光亮，闪电般的光亮。耀眼的光亮中，他看见了从来没有见到过的场面。

硝烟滚滚，清军的辫子兵驾着铁骑，挥舞着银枪，潮水般地杀进了山海关，杀进了紫禁城，杀向中原大地。华夏江山破碎，尸横遍野血流成河。在一片哀号中，南方的热血男儿奋起抗敌。倒下一片，又冲上去一片；冲上去一片，又倒下一片……一切都寂静了，江山易主，改朝换代。幸存下来的男儿依然不屈不挠，含冤盟誓，结帮立会，恢复大明江山。

天地会，以天为父，以地为母，以兄弟为日，以姐妹为月。天地会乃洪门。洪门，亦即汉门。“漢”失“中土”即为“洪”。

天地会始祖洪英，五先贤为朱之瑜、顾炎武、黄宗羲、王夫之、傅山，五宗为文宗史可法、武宗郑成功、宣宗陈近南、达宗万云龙、威宗苏洪光。

这些都是光照日月的名字，我翁岩此生能成为他们的门徒，并为他们牺牲生命，无憾无悔了，值了。

洪门忠义总堂之下，有内八堂，外八堂，管职十行。此次被清廷逮捕的乃是插花三爷董超。

翁岩奉桓侯大爷张岳之命，与银凤七妹一起去营救插花三爷董超。

插花三爷董超是在江苏武进被捕的，据说是被叛徒出卖。董超是朝廷重犯，要押解到北京刑部受审。他被秘密押至淮安，又秘密囚禁在一条漕船上。

这帮漕船属嘉白帮，专门向朝廷运送白粮的。所谓白粮，是皇宫的特供，皆是江南特殊地区生产的贡米。嘉白船帮在大运河上有着极为特殊的待遇，所有船只包括兵船官船都要给它让路。总帮有船二百六十六只，分派运送白粮的一百零八只。船上进京悬龙旗，出京悬凤旗，平日悬正白旗红皓月红镶边，初一十五悬十三太保灯笼。吃的是长流水，烧的是昆山柴。与嘉白帮同行的还有云南运铜的铜船和轻赍船及税银，加在一起有二百多只。所谓轻赍，亦即轻赍银，是江南某些省份在漕粮征收中以实物折收的银两。这些银两与税银都要事先打造好银锭，五十两一锭。将檩条一样粗细的圆木劈成两半，中间挖成槽，将银锭压在槽里，然后将圆木两半木合在一起，用铁箍箍捆起来，放在漕船下面。如此重要的船队，当然要重兵押送。每条船上都有一名穿着盔甲佩着刀剑的兵丁，一首一尾的船帮上还有全副武装的兵勇，岸上亦有沿途押送的队伍。

而押解这批船帮的总统领，是户部侍郎薛曼和卫所军守备高德发。两员大官一前一后，都骑着马，周围兵丁簇拥着，万分警惕地领帮行运。

船这么多，这么杂，插花三爷董超到底押在哪条船上呢？

漕船所过之处，一律清河戒严，任何船只都要退避三舍。

翁岩和银凤七妹买了一只花船，花船小巧，行动方便，又不大为人关注。银凤七妹装扮成一名妓女，翁岩则扮作撑船人。他们尾随在嘉白帮的后面，趁卫兵不注意，将船划到船帮当中。银凤七妹在船头上卖弄风情，翁岩则悄悄地放下船篙，溜进水里侦探。往往被发现也会遭到驱逐，花船只好离开，翁岩则继续在水下游动寻找。

夕阳如燃，金光闪闪的大运河将满河的船帆都染成了桃花色，一片温馨静谧。小小的花船在漕船中间穿行着，一个刚刚出道的小阿妹站在船头上唱着软软的歌。

花花阿姐爱风光，
郎君推倒后船舱。

撑篙把舵，

两情仓仓。

风颠浪急，

云疯雨狂……

正是漕船靠岸停泊系缆的时候，运丁船夫兴致顿时高涨起来，粗腔野调地叫好调情。船上的兵丁急忙上前驱赶着花船，花船周旋躲避，去了又来。大运河的浪花放纵地欢笑起来，释放着一天的疲惫和终日的愁苦。

河底下，翁岩顺着船帮摸索着前行。他是从后面开始向前搜索的。漕船在大运河里航行，编好队列之后，一般是不变的。一连三天了，他一条船一条船地排查，寻找着囚禁插花三爷董超的那只船。

天渐渐地暗下来，薄薄的雾气笼罩了河面，这更给他提供了方便。他从两只靠得最近的船中间探出头来，换换气，歇息一下。河边的芦湾里传来了鹧鸪的叫声，叫的是“光棍儿好苦，光棍儿好苦”，这是他与银凤七妹的暗号。他下水将近两个时辰了，银凤七妹大概不放心了，呼唤他回去。他还不想回去，他已经发现了轻赍船的所在。刚才在下面，他摸到了那些镶嵌着银锭的檩条儿。那些檩条儿都固定在船帮底下，这些运送轻赍银的官兵也实在聪明。将银锭放在船帮底下，即使盗匪登上了船，也找不到银锭。他刚刚找到八条轻赍船，每条船上有五根檩条，每根檩条儿内镶嵌着十锭银子，每锭五十两。这样算来，每条船上就运载两千五百两银子。恐怕还有，据说这次他们运送的银两多达二十万两以上。他要摸索清楚，到底有多少条轻赍船，运送多少银两，这些船都在什么位置上。他为什么对轻赍船感兴趣了呢？他觉得，在嘉白帮的船队当中，轻赍银两比白粮重要得多，而朝廷重犯插花三爷董超又比轻赍船重要得多。插花三爷董超的囚船一定在轻赍船中间。

翁岩又潜入水底，又在船隙中穿行摸索。突然，他身上一阵刺痛，他挣扎了一下，越挣扎越刺痛。他露出头来，换了一口气，刺痛又把他拉入了水底。他陷入了一片铁蒺藜当中了。这些布置在船帮间的铁蒺藜，一团连着一团，密密麻麻，钻进去就出不来了。他不挣扎不行，挣扎也不行。不挣扎出不去，越挣扎越刺痛。他几乎是光着身子的，只穿了一条大裤衩子。铁蒺藜尖尖的刺扎进他的皮肉里，鲜血止不住地流淌着，将头顶上的河面都染红了。他嘱咐自己沉住气，一定要沉住气，不能慌，一点儿都不能慌。往上挣扎不行，往前后左右挣扎都不行。他小心翼翼地伸手摘着蒺藜，两只手也都被扎破了。他一边摘着蒺藜，一边往下潜水。他知道，蒺藜是挂在船帮上的，没有沉到底下，沉到底下就会影响行船了。他终于沉到水底，挣脱了铁蒺藜的缠绕。他划出一段距离，确信离开了铁蒺藜，才浮到水面上来。

天完全黑了，不知道在铁蒺藜里挣脱了多久。就仗着水性好，否则就变成一团烂肉了。

他藏在船帮下面探视着，找到芦湾的方向，慢慢地潜游过去。

当他爬上花船，银凤七妹将他拉上来的时候，便一点儿气力都没有了，软塌塌地趴在了船头上。

银凤七妹吓坏了，她已经辨认不清翁岩的模样，船头上是一个血肉模糊的男人。银凤七妹还沉得住气，她让船上的另一个艄公帮助她将翁岩抬进了船舱。

银凤七妹让所有的人都离开了船舱，自己为翁岩清洗着伤口，浑身上下无处不伤，没有一块整齐的皮肉了。身上那条大裤衩子也都被扎烂了，丝丝缕缕镶陷进血肉里。没有办法，银凤七妹只好把他的大裤衩扯下来，仔细清洗着伤口。

翁岩只是累了，精疲力竭了，他并没有昏迷。银凤七妹所做的一切他都知道。当银凤七妹撕扯着他身上的大裤衩子的时候，他想阻止，却没有力气说话。再说，阻止有什么用，要清洗伤口，不扯掉那些烂布行吗？

现在，他赤身裸体地躺在了银凤七妹的面前。顾不了许多了，好在有血伤遮丑，他只能闭着眼睛，什么都不想了。

银凤七妹倒是非常镇定从容，有条不紊地为他清洗着。清洗完了之后，又为他一点儿一点儿地敷药。前胸后背，上身下身，都敷满了药粉。药粉浸在血液里，很快结成了痂。不知道银凤七妹从哪儿弄来的神药，银凤七妹真是个有心人，难道知道他要受伤，临行时还带来了这么多药。

从清洗伤口到敷药，持续的剧痛穿透他的全身，钻进他的心肝肺叶，甚至骨头缝里。他咬紧牙关强忍着，硬是一声都没有吭。银凤七妹说了许多遍，痛你就喊，喊出来就会好许多。他没有喊，特别是在银凤七妹面前，他绝不能喊。说不上为什么，反正不能喊。

翁岩的意识是清醒的，他恨自己的清醒。如果在昏迷中，要好得多。不是因为疼痛，再剧烈的疼痛他也能忍受。无法忍受的是他要赤身裸体地面对银凤七妹。为什么单单是银凤七妹呢？换个别人也好啊，随便什么人都行。

银凤七妹是谁？是他的妹妹，义妹。尽管这个二十岁的姑娘一直在默默地爱着他，甚至苦苦地恋着他，可是无数次都被他无情地拒绝了。不是他不喜欢这个冰雪聪明又武艺高强的姑娘，实在是因为他有一个说不出口的苦衷。银凤七妹怎么可能理解他呢？

银凤七妹叫任洁香，一个令人爱怜的名字。不过，门里门外几乎没有人知道她的真名实姓，都称她银凤七妹。银凤七妹是她在洪门里的排行。在洪门的十大排行中，唯独没有四和七，凡是四和七均为女流。传说洪门成立之初，第二任香主苏洪光，即陈近南的徒弟，发兵蜀汉，大败四川总督王春美。王春美设计，让自己的心腹符达、田坚去诈降，取得了苏洪光的信任加入了洪门，列为第四排和第七排。战争到了关键时刻，符达、田坚起兵造反，与王春美里应外合，令苏洪光全军覆没。洪门受到重创，衰落下来。为了报此大恨深仇，洪门女将关玉英擒杀了符达和田坚。从此之后，洪门忌讳四、七排行。四、七行仅以女将安插。大嫂排金凤，称四姐；姑娘排银凤，称七妹。而那个擒杀了符达和田坚的关玉英，被洪门敬为女军师，开山立堂大小议会，同前后五祖共受祭拜。

认识银凤七妹，是翁岩离开嵩山少林寺的时候。一冬无雪，一春无雨，旱魃肆虐。翁岩随着逃荒的队伍疲惫地走着，有时赶在队伍前面，有时又落在队伍后面。找到了吃的，就往肚子里填一填，找不到吃的，就紧紧地勒住腰带。他已经打好了主意，要到京杭大运河去找口饭吃。大半个中国都没有粮食，粮食都在大运河上漂着。再灾再饥，不能饿着皇帝，不能饿着当官的。皇帝在北京，半天下的粮食都源源不断地运往通州。

这是一个下午，未时刚过，天便黑了。不是太阳落山早了，根本就没有太阳。太阳都被铺天盖地的雾霾遮盖住了，那雾霾里卷着浓浓的尘沙，整个天地都被弥漫得暗无天日。开始还灰蒙蒙，见得到前面十来步远的地方。越来越黑，连前面走着的人都看不见了。走着走着，就会撞到人的身上，或者被后面的人踩掉了鞋。突然，翁岩的脚下被绊了一下，摔了一个跟头。他爬起来，刚要往前走，发现有什么牵住了他的裤角儿。他转过身来，弯下腰，原来他是被一个人绊倒的。

是个姑娘，蓬头垢面，看不出年龄，也看不出模样。她穿着一件破旧的棉衣，躺在地上，像一堆烂棉絮。翁岩蹲下身来，姑娘满脸都是泥土，只见她的小嘴唇嚅动着。

翁岩将耳朵贴近，听到了姑娘那微弱的声音：大叔，救救我……

翁岩将姑娘背在肩上，继续赶路。这姑娘实在太瘦小了，背在身上，就像背了一袋米糠，显不出什么分量来。

来到了一个荒僻的村庄，翁岩将姑娘放在一个水井边。还好，井台上有一盘辘轳。翁岩打了点儿水，用手捧着滴在姑娘的嘴唇上。姑娘抿着干裂的嘴唇喝着水，慢慢地缓过气来。他让姑娘等着，自己向村民的宅院走去。十室九空，好不容易找到几户人家，都是清锅冷灶，什么吃的都没有。找到一个豆腐房，讨得半碗豆腐渣熬的豆浆，端回给姑娘。

就是这半碗豆浆救了姑娘的命，姑娘活了过来，能起身走路了。两个人结伴前行。

姑娘告诉翁岩，她叫任洁香，也是要去大运河的。

翁岩就是被任洁香引进洪门的。

任洁香的舅舅张岳，在洪门排行桓侯大爷。据说此官职取自桃园三结义中的张飞。张飞字益德，死后被追谥为桓侯。

入洪门的时候，任洁香刚刚十四岁。十四岁的任洁香天资聪颖，武艺超群，屡立战功，人缘又好，再加上有舅舅张岳的庇护，在洪门的地位上升得很快，刚过二十岁就升到了银凤七妹，排行老七。

还没有到大运河，任洁香就对翁岩改了称呼。不叫大叔，叫大哥了。有时候连大字也不叫了，干脆利索地叫哥。翁岩知道女人的心计，哪怕是十四岁的少女，也不能等闲视之。反复纠正着任洁香的称呼，任洁香更加变本加厉毫不客气。

翁岩说，你刚十四岁，我都二十八了，比你大一倍，你怎么能叫我哥呢？

任洁香说，你今年大我一倍，明年呢？明年还大得了一倍吗？

翁岩说，就算大不了一倍，我也大你十四岁呢？

任洁香说，那你等等我，再过十四年，我就追上你了。

翁岩无奈，只好随她去了。

进了洪门，任洁香时时处处都表现出与翁岩非同一般的关系。有事没事就往翁岩的身边凑，就是捉了个蚂蚱烧熟了，也要留条大腿给翁岩送过来。桓侯大爷张岳似乎也喜欢翁岩，也认可任洁香与他的亲密关系。这让翁岩很头疼，总想找个机会跟任洁香谈开，甚至跟张岳谈开。告诉他们，他只能做任洁香的哥哥或叔叔，不能有别的关系。为什么呢？对了，他就怕任洁香或张岳问他这句话，为什么呢？

插花三爷董超被捕之后，桓侯大爷张岳把搭救董超的任务给了翁岩，任洁香死活要跟着一起来。翁岩坚决不同意，任洁香找张岳，没想到张岳却痛痛快快地答应了。唉，翁岩无可奈何。

现在，银凤七妹这样毫无避讳地为他疗伤换药，他躲无处躲，逃无处逃，恨不能在船舱里找个缝隙钻到大运河里去。

他不能再下水侦探了，银凤七妹每时每刻都在船舱里陪着他。他不想让她陪，他想让她走开。这太让人尴尬了，可是银凤七妹劝不走，赶不走，就牢牢地守在他的身边。

银凤七妹大概也觉得需要打破这尴尬的气氛，便说，你也别干躺着，我也别干坐着，咱们聊聊天吧。

翁岩问，聊什么？

银凤七妹说，聊聊你。

翁岩说，我没什么可聊的。

银凤七妹说，那就聊聊我，我说，你听，行吗？

翁岩无奈地笑了。

银凤七妹说，真的，我还从来没跟别人聊过我自己呢。

翁岩说，好吧，你说，我喜欢听。

银凤七妹说，从哪儿聊起呢？

翁岩说，随便，想到哪儿说哪儿。

银凤七妹说，你知道史可法吗？

翁岩笑了，把我当小孩子了？谁不知道史可法呀，那是名垂千古的人物。再说，他是咱们洪门五宗之首，文宗史可法。

银凤七妹坐在翁岩的身边，用手抚摸着翁岩的额头，像哄着婴儿入睡一样，喃喃地讲起了自己的身世。她低垂着眼睛，声音沉弱，自言自语一般。

弘光元年，清将多铎分亳州、徐州两路，直抵扬州，史可法收兵退保扬州。清军水陆包围了扬州，有十万人，而扬州的守军只有一万人。敌众我寡，史可法写血书向弘光皇帝求援，弘光不应。南明总兵李栖凤、监军副使高歧凤劫持史可法不成，拔营降清。谁都知道，扬州不可守，也守不住。不断有人来劝降，多尔衮给史可法写信，多铎也连写五封信，史可法毫不动摇。清军用重炮攻城，扬州随时都有被攻破的危险。史可法对众将领说，我誓与城共存，城存我存，城亡我亡，然仓皇之中绝对不能落入敌人之手，临期谁能为我成此大节？副将史德威站了出来。史可法说，我没有儿子，你当以同姓为我之后，我将写信给母亲，你将列我族谱，列诸孙之中。扬州被攻破之后，史德威没来得及为史可法成节，史可法便落入敌人的手里。多铎继续劝降，史可法慷慨斥敌。多铎恼羞成怒，杀了史可法。

清军入城之后，大开杀戒。扬州城里，尸体堆积如山，血流成河。清军一连杀了十天，男女老幼，被杀死者有八十多万人……

可怕吗？太可怕了。我真的很庆幸，如果自己生在那个年代，又不幸生在扬州……天呀，想都不敢想。

你知道吗？扬州守卫战，出现了许多叛徒降将，可也真有不怕死的。听说过任民育吗？

银凤七妹说完，看着翁岩。

翁岩说，就是那个扬州知府任民育？

银凤七妹说，扬州知府任民育，在破城之后，换上明朝的官服，端坐在大堂上，等候着清兵。他说，此吾土也，当死此。

清军进来之后，见到这阵势，吓得竟然不敢上前。

银凤七妹说完这句话，半晌无言。

翁岩侧目一看，银凤七妹已经泪流满面了。

银凤七妹用泪眼瞟了一下翁岩，问，在扬州守城和破城之后，出现了许许多多的英雄好汉，知道我为什么单单提起知府任民育吗？

翁岩脑子嗡的一下子，像是一扇窗户被撞开了。任民育，多么熟悉的名字啊，熟悉这名字，不仅仅因为任民育是一个英雄，是载入史册的，是说书先生嘴上称颂的？不不，是……是什么呢？师爷，对，师爷……师爷讳名任承先。对，是师爷，师爷告诉他的，任民育是师爷的父亲。任民育……任承先……任洁香……天呀！

翁岩腾地坐起身，双手紧紧地扳着银凤七妹的肩头，脸对着脸，紧紧地盯着银凤七妹。

银凤七妹反而慌了，你……你怎么了？

翁岩问，你是任知府的后人？

银凤七妹愣愣地没说话，这还用问吗？

翁岩又问，任承先是你什么人？

银凤七妹呆了，哪个任承先？

翁岩说，少林寺的大和尚任承先。

银凤七妹说，你怎么知道任承先？

翁岩说，你先告诉我，任承先是你什么人？

银凤七妹说，是我的大爷爷。任民育有三个儿子，长子任承先，次子任承志，三子任承宗。我是任承宗的孙女……

翁岩大叫着，天啊，这也太巧了。

银凤七妹说，这么说，任承先是你的师父？

翁岩说，不，任承先是我的师爷，我的师父是他的入室弟子。

银凤七妹拍手欢叫起来，对呀，对呀，正好呀！

翁岩不解，什么正好？

银凤七妹说，咱俩的辈分没乱呀，你看，我管任承先叫大爷爷，你管任承先叫师爷，咱都是孙子辈的。

翁岩忍不住笑了，他真不明白银凤七妹的小脑瓜儿怎么像枝头的小鸟一样蹦来蹦去，不知道下一步要蹦到什么地方。

在银凤七妹的精心照料下，翁岩身上的伤口很快就愈合结痂了。他几次要爬出船舱下水侦察，都被银凤七妹拦下了。银凤七妹说，不行，要等痂脱落才行，要不然一沾水会腐坏的。

翁岩说，要脱痂得等什么时候？太耽误工夫了，现在漕船已经进入宿迁地界了，再往前就要进山东了。

银凤七妹说，三天，最迟五天。你慢慢养着吧，听话，啊。

翁岩无奈，只好躺在船舱里养伤。有银凤七妹在的时候，一点儿都不寂寞。就怕银凤七妹离开，一个人躺在黑咕隆咚的舱下，烦都烦死了。银凤七妹要常常出舱，给他弄饭，给他洗衣服，还要察看漕船的行径，探听消息，不能每时每刻都陪伴他呀。没有银凤七妹的陪伴，翁岩简直受不了了，心里乱，像长了草。他这是怎么了？莫非真的恋上了银凤七妹？不行，不能这么放纵自己，自己是个男人，男人不能这么婆婆妈妈的，得把自己的心看管起来。

突然听到船舱外一阵尖叫，是银凤七妹的声音。这是呼救的声音，充满了惊慌和恐惧。放开我，你这混蛋，放开我……

一个男人粗鲁的声音，你他娘的不就是卖的吗？老子有钱，给你钱还不行……

翁岩腾地坐起来，蹬上裤子，急忙跑了出来。

船板上，一个官兵和银凤七妹纠缠在一起，银凤七妹被官兵摁在船头，撕扯着她的衣服。

银凤七妹的衣服已经被官兵撕开了，露出了里面大红的胸衣。她努力挣扎着，裤带又被官兵扯开了。船舱上下，老鸨和窑姐儿都被吓得躲在一边，连气都不敢出。

翁岩冲上前，从后面薅住官兵的衣领，将官兵扯起来。官兵见到翁岩，以为他只是个撑篙的船夫，顿时大怒，抽出腰刀向翁岩砍过来。翁岩躲闪开，在船头上与官兵打斗起来。官兵人高马大，又有些武艺，与翁岩格斗着。船上比不得地面，本事再大也很难施展开。官兵见翁岩脚下一滑，险些跌落下水，遂举起刀向翁岩劈过来。翁岩躲闪过去，顺势一拳，打在官兵的太阳穴上。这一拳太重了，官兵扑通倒下，鲜血从额头和眼眶里流出来。

翁岩上前一看，官兵死了。

老鸨吓坏了，哭叫着要报官。

翁岩吼着，你要是敢声张，我也把你一拳打死。

老鸨和窑姐儿吓得不敢吱声了，瑟瑟地躲到一边。

入夜之后，翁岩把花船划到漕船中间那片有铁蒺藜的地方，将官兵的尸体悄悄放下去，造成了落水误被铁蒺藜缠住的假象。

翁岩对银凤七妹说，清军丢了个士兵，会警惕起来，这事早晚会露出马脚的。不能再等了，我今夜必须找到押解插花三爷的囚船。

像是一个有经验的猎手迷失在一片原始森林中，那片森林浓密茂盛，原本已经暗无天日，又是阴沉的夜晚。不必仰头看天，密密麻麻的枝叶将天遮盖得严严实实，不要说没有星月，就是有星月也看不见。只能凭着本能凭着经验摸索。一棵树一棵树地摸索，在树干上能分辨出阴面阳面。找到阳面就找到了南方，先确立方位。然后就是敲击树干，只能敲击那些枯死的树干。枯死的树干中间是空的，敲起来声音浑厚，能传到很远的地方。这是求救的信号。

翁岩在水下一只船一只船地摸索，不是为了辨认方向，他的方向是明确的，只是为了确认船的类似。是装运白粮的漕船，还是运载轻赍银的货船，抑或是隐藏着兵丁的军船。好在船帮的编队是有规律可循的，船上也有编号。不过编号是写在船头上的，他只能从船的位置中推测出编号。他也敲击船帮，不是为了求救，而是为了寻找。一条船一条船地敲，漕船货船敲击错了无妨，没有回应就是了。万一敲击了军船，引起了船上兵丁的警觉，就会惹来大麻烦。

他小心翼翼，凭着胆大心细，凭着超强的水性，凭着良好的记忆，凭着苦难生活留给他的宝贵经验。终于，在这天夜里，子时刚过，他像绝望的淘宝者发现了宝物一样，激动得心脏差点儿从心口窝儿里蹦出来。

他找到了。清兵太狡猾了，原本他确定的目标是在轻赍船帮中，没想到就在白粮漕船中。在老堂船后面左侧第三只。老堂船是粮米帮帮主所在的船只。

开始的时候，翁岩并没有在意，他在船帮上轻轻地敲击了三下，把耳朵贴在船帮上听了听，刚要离去，便听到了船里面的回应。也是敲击船帮三下，声音虽然很微弱，在水中还是听得清清楚楚的。翁岩立即紧张起来，紧接着，他又敲击了三下，里面回应了三下。翁岩又敲击一下，里面回应了一下。翁岩连续敲击了七下，里面回应了七下。这是翁岩自己想象出来的暗号，敲击三下，问里面是不是插花三爷？敲击一下，是确定了。又敲击七下，是说银凤七妹来救你了。不知道里面的插花三爷懂了没有。

翁岩又在水下游了一圈儿，记牢了这只船前后左右的位置，然后便朝岸边潜游过去，他要立即把这个好消息告诉银凤七妹。突然他觉得有些异样，手脚像是被什么罩住了。他以为是水草，或者铁蒺藜乱绳索之类的。罩住了他的东西一直在收缩，越缩越紧，他的手脚都被困住了。他明白了，是网，一张打鱼用的网。他被网住了，他逃过了铁蒺藜，却没有逃过这张网。

他被拉上船的那一刻，看到的是一张张惊愕的脸。这些脸茫然地看了他一会儿，便狰狞起来。刀枪架在了他的脖子上，然后上来两个兵丁，七手八脚地将他捆绑起来。

他被推到一只官船上审讯，审讯他的是个四品武官。他是从审讯官的官服上看出来的。大清的官职主要看身上的补服。补服，又叫补褂。无领，对襟，石青色，前后各缀一块补子，上绣图案，文官飞禽，武官走兽，所谓衣冠禽兽是也。审讯官补服上绣的是虎，官帽上顶子上镶的是小蓝宝石。

官船的船舱还是比较宽阔的，里面居然能设置一个有模有样的审判堂。四品武官端坐在堂前的条案后面，两旁还分列出几个佩刀执杖的衙役。更让翁岩不可思议的是，他被推进官船的时候，两边的衙役居然还喊起了堂威：威武……

翁岩差点儿笑出来，这个四品武官可真能弄事儿，到了大运河上面还摆这么大的架势，耍这么大的威风，给谁看呢？由此看来，此官一定是贫贱出身，祖上没有当官的，轮到他这代坟头上冒了青烟。越是没有当过官的人越是要过官瘾，耍威风，玩花架子，就像终年吃糠咽菜的人见到肥肉非吃个顺嘴流油不可。

四品武官拍起了惊堂木，翁岩更觉得可笑。这不是文官的架势吗？一个赳赳武夫也画虎类犬，真是浅薄到家了。

接下来翁岩就没有心思嘲笑四品武官了，居然有板有眼地进行着对话，如同舞台上的演戏一般。

堂下何人？

小民翁岩。

何方人士？

山东东昌。

年齿几何？

三十四岁。

以何为业？

吃横水竖水，打鱼为生。

为何夜闯漕运船帮？

捉王八……

大胆，你敢嘲弄本官？

回禀大人，小民确实是捉王八。

你不是打鱼的吗？

鱼都被来来往往的船只吓跑了，只有水底的王八缩在泥里。

大胆刁民，你还敢狡辩，身上满是伤痕烂肉，此为何故？

也不知道哪些混账东西，在河道里扔了许多铁蒺藜，小民身上的伤就是被铁蒺藜扎的。

如此说来，你不是打鱼的，你是个探子，给我大刑伺候。

翁岩不好过了。船上实在也没有什么刑具，所谓大刑伺候，就是脱了裤子打屁股。两边的虎狼班过来，抡起板子，照着翁岩的屁股噼里啪啦地打起来了。翁岩身上铁蒺藜的扎伤未好，一碰就钻心地疼痛，现在大板子实实拍拍地打下来，更是疼得昏天黑地。翁岩也顾不得颜面了，狂呼大叫起来。在银凤七妹面前连呻吟都咽下去了，现在可以痛痛快快地叫唤了。

无论如何刑讯逼供，翁岩一口咬定自己就是个捉王八的。到了第二天傍晚，四品武官对他第三次审讯，依然没有结果。四品武官无奈地挥了挥手，那意思是把他放了。没想到一个狗头军师上来了，说翁岩在水下侦探也好，捉王八也罢，反正把船帮里里外外都摸得一清二楚了。船帮里这么多秘密，放了他会后患无穷的。

四品武官说，不放他怎么办？船上的地方如此狭仄，难道还要为他设个牢房？

狗头军师献计说，他不是捉王八的吗？不如把他沉到水底喂王八算了，也绝了后患。

翁岩彻底栽了，他被装进了麻袋，坠上石头，沉下了水底。死不足惧，插花三爷董超怎么办？银凤七妹见不到他，该急成啥样？

他往水下沉着，所有的忧虑也都会沉到水底，想也无可奈何了。

他继续下沉着，下沉的路是如此漫长，像苦难的人生。他开始感到憋闷了，憋闷得胸膛都要炸开了。慢慢地，他眼前开始出现一片亮色，那亮色在遥远的地方，一条长长的隧道。他在这一头，亮色在那一头。他渴望着穿过这条隧道，奔向那亮色，那一定是一个非常完美的世界。

似乎不对，那条隧道不见了。他觉得自己的身子轻起来，轻飘飘的，顿时失去了分量。失去了分量的身子在往上漂，一直往上漂。他觉得自己的手脚不再被束缚，他怎么能用脚踩水了，怎么能在水里划动双臂了。

他终于看见了满河的星光，不是星光，是船桅上的灯笼。一串串的红灯笼，灯笼下的人影在晃动，还有声音，远处鹧鸪的呼唤声，好苦，好苦，光棍儿好苦……

他得救了。

第四章　正卷二

铁算盘佟宝砂这个人，除了算盘打得好，没有一点儿沾人味儿的地方。吃喝嫖赌都占全了，特别是嫖。四十多岁了还没成家，下了工就往运河边的校书里钻，那里娼寮妓院挤满了胡同，是通州城最不要脸的地方。

佟宝砂的钱来得容易，都是从天河楼饭庄贪污来的，去得也麻利，大手大脚，大撒币。身上积攒的那点儿银子很快用完了，被人家从校书里赶了出来。离开了校书里，他那点儿毛病可改不了，满大街找暗娼野鸡。后来，连吃饭的钱都没了，肚子不答应了。

为了活命，总得找点儿事干呀。可是干啥呢？老天爷饿不死瞎家雀，大运河不亏待手脚勤快的人。卖力气，可以到漕运码头上扛大个儿；图清闲，可以随便做个小买卖。铁算盘懒，懒人有懒办法，他在土坝下面摆了张小案桌，为人家写字，好在他还能写会算。什么都写，账单呀，借据呀，家书呀，状纸呀……这都是小打小闹，一天到晚，赚到钱勉强够吃窝头啃咸菜的。

想起原来风风光光的日子，他肯定恨死了我和我妈。也该着有事，有一天我妈从他案桌前路过，被他一把抓住了，非说我妈欠他三两银子。他紧紧地拉住我妈不撒手，我妈拼命地挣扎，一下子把他的小案桌撞倒了。案桌上有一个瓷笔洗，掉在地上摔碎了。这一下子他更抓到了把柄，说那笔洗是元青花，值二十两银子，逼着我妈赔。遇上这样的流氓，我妈有理也说不清。满大街都是人，人人都是看热闹的，没有一个人站出来说句公道话。现成的纸笔，他逼着我妈给他写欠据。我妈说什么也不干，趁着被他拉倒的空子，从地上抓起一把土，扬在他眼睛上，挣开他跑了……

这天晚上，我从外面回到家，还没进门，就听到院子吵吵嚷嚷。我急忙跑进去，见铁算盘和几个混混儿把我妈从屋子里拖出来，连踢带打。铁算盘原本是个色鬼，加上我妈又是漕运码头上出了名的美人，铁算盘早就不怀好意了。他把我妈从地上拉起来，趁机在我妈的身上乱摸。我妈挣扎着呼救，街坊邻居来了，都站在门口看新鲜。铁算盘见没有人管闲事，更加放肆，将我妈身上的褂子撕开了。正是夏天，你知道大运河无论男女，都不穿内衣内裤的。我妈的整个胸脯子都露出来了。那些看热闹的人非但不出援手，还跟着起哄叫嚷，这更给铁算盘鼓了劲儿。铁算盘色胆包天，竟然把手伸进了我妈的裤裆……

我急眼了，真的急眼了。朝四下看了看，墙根底下有一把鱼叉。我抄起鱼叉，从后面刺向铁算盘的后腰，铁算盘倒下了。那些混混儿刚要对我动手，我挥着鱼叉，一通乱扎乱刺。混混儿见倒在地上的铁算盘没有爬起来，都吓得逃命了……

我扎死了铁算盘，妈妈抱着我顾不上哭，急忙给我包两件衣服，又把家里所有铜钱和碎银子塞给我，让我逃跑……

翁麒麟静静地听着丢丢讲他的故事，心里觉得很憋闷，像是被关闭在一个封闭的铁罐里，连口气都喘不上来。

丢丢讲完了，他半天没说话，靠在墙上，闭着眼睛，似乎还要听丢丢继续讲下去。

丢丢看着他，也不说话了，长长地吐了一口气。他从来没有讲过自己的故事，至少没有这么详尽地讲过。他像是完成了一件使命，心里似乎轻松了许多。

翁麒麟终于开口了，你不是逃跑了吗？

丢丢说，是啊，逃跑了。

翁麒麟问，跑了多久？

两年，啊……三年多了。

怎么又进了刑部大牢？

我被人出卖了。

谁出卖了你？

我师父。

你师父为什么出卖你。

他发现了我。

什么？他发现了你什么？

他想要……我把他打蒙了，哎呀，跟您说不清楚。反正我师父向官府出卖了我，说我是杀人犯，我就被抓进来了……

翁麒麟知道丢丢又在搞什么小把戏，或者真的有什么难言之隐，也不深究细问，遂又闭上了眼睛。

丢丢向翁麒麟的身边凑了凑，那么您呢大叔？

翁麒麟说，我怎么了？

丢丢说，您不是说您杀死了您最深爱的女人吗？到底是怎么回事？那个女人是谁？

翁麒麟沉默良久，终于说，听说过蓝蝴蝶吗？

您说的是飞贼蓝蝴蝶？

你知道她？

当然知道了。

你认识她？

当然认识了。

我……把她杀死了。

丢丢一下子跳起来，什么什么？您在说什么？您杀死了谁？

翁麒麟缓缓地说，我杀死了蓝蝴蝶。

丢丢猛地扑向翁麒麟，挥着拳头，撸头盖脸地打起来，一边打着，一边哭叫着，你杀死了我师父，你杀死我师父……我要给我师父报仇，我要杀死你……

翁麒麟一时被打蒙了，他一边招架着，一边问，你胡说什么？蓝蝴蝶怎么会是你师父，她是飞贼……

丢丢依然愤怒地打着，她就是我师父，就是我师父，你杀死了我师父，我要给我师父报仇……

翁麒麟尽可能地抗拒着丢丢的击打，不再发问，更不辩解。

丢丢打着打着，突然伏在翁麒麟的胸膛上，呜呜地哭起来，师父啊师父，你死得好惨啊……我的师父……

天渐渐地暗淡下来，太阳一如既往地转移到西边的山顶上。血红的夕阳透过头顶上的铁窗，又把一排排锋利的匕首摆放在东面的墙壁上。

翁麒麟靠在牢房的角落里，眼睛盯着那排殷红的匕首。嘴里喃喃地说，记住，它叫匕首，匕首，荆轲刺秦王，图穷匕首现……

无论他怎样叮嘱自己，那个恶魔还是来了。不知道它用的是什么魔法，怎么不声不响地就钻进了他的脑袋里。恶魔在他的脑袋里膨胀着，将他的记忆挤压成一滴小水珠儿，淡蓝色的小水珠儿。慢慢地，淡蓝色的小水珠儿从他头顶的百会穴冒了出来，腾空飘起。飘呀飘，跌落在那一缸清水里。小水珠儿在水里慢慢地下沉，慢慢地溶化扩散。颜色越来越淡，由淡蓝色到浅灰色，缓缓地消逝了，完完全全溶化在一缸清水里……

翁麒麟恐惧起来，不知道那小水珠儿什么时候才能回来。如果回不来呢？他到那里去寻找？到那缸清水里吗？清水里一点儿痕迹都没有了。

小水珠儿终归会背叛他的，会离他远去的。如果那有一个容器，一个密封的容器，将小水珠儿封存起来就好了。什么容器呢？那个容器什么样呢？到哪儿去寻找这么一个神奇的容器呢？

不知不觉地，他耳边响起了噼里啪啦的响声。是算盘珠子的响声。谁的算盘打得这样好，像炸响的鞭炮一般，炸得他脑袋都要开裂了。这脑袋开裂的感觉真好，顿时空空荡荡干干净净，无比的轻松，连呼吸都顺畅了许多。

墙壁上的那排匕首慢慢地隐退了，一阵昏昏睡意突然袭上来。翁麒麟嘱咐自己不能睡，每次都是这样，昏昏中他会恢复一切的。开裂的脑袋渐渐地收拢了，从鼻子到眼睛开始潮湿，一直渗透到脑袋里，晃一晃，居然有水的声音了。那个小水珠儿又钻了回来。像是一只调皮的小鸟，傍晚时飞出去玩了一会儿，天黑了又归巢了。他真想将它拴住，让它不再飞走。不，不是拴住，是封存起来，永远地封存起来。封起小鸟容易，编个笼子就行了，可是要封存那个小水珠儿，非要一个特殊的不泄不漏不蒸发的罐子。什么罐子？陶的，瓷的，铁的，银的，铅的，锡的？

他瞥了瞥同他一个姿势倚靠在对面墙角上的丢丢，快一个白日了，两个人谁也没有理睬谁。丢丢将脑袋歪向一边，故意不朝他看。看样子，真想一辈子不再理睬他了。中午和晚上送来的牢饭还摆在两个人中间，谁也没有动。

经过了一番折磨，翁麒麟的肚子饿了，咕噜咕噜直叫。他想丢丢肯定也饿了，年轻人饿得更快。也许不是，丢丢的脑袋装得满满的，肚子会不会也是鼓鼓的呢？真是奇怪，丢丢的脑袋是怎么长的，记性怎么会这么好，什么都记得清清楚楚，什么东西装进去了再也不会出来，不泄不漏，像一个密封的容器……啊，密封的容器，不泄不漏……众里寻他千百度，蓦然回首，那人正在灯火阑珊处……我的天呀，他不禁喊了一声，丢丢。

丢丢似乎动了一声，但是没有吱声。

翁麒麟又叫了一声，小安。

丢丢白了他一眼，依然不吱声。

翁麒麟苦笑了一下，你就准备一辈子不理睬我吗？

丢丢还是不说话。

翁麒麟说，我们和解吧。

丢丢说，师徒如父子，你杀了我师父，就等于杀了我父亲，我跟你有杀父之仇，怎么能和解?

翁麒麟说，我就是为了报杀父之仇，才误杀了你师父的。

丢丢又哼了一声，头一仰，又不看翁麒麟了。

翁麒麟说，我知道你恨我，可是你不能恨自己呀?

丢丢说，废话，我恨自己干什么?

翁麒麟说，你看，从中午到现在，你一口东西都没有吃，这饿的不是你自己吗?

丢丢说，你不是也没吃吗?

我没吃是因为我恨自己，我有理由恨自己，你没有理由呀?

哼，得了吧你，还恨自己?骗谁呢?

我真的非常悔恨，我那样地爱她，却把她杀了。

为什么?到底是为什么?

你想知道吗?

我当然要知道的，我要知道我师父到底是怎么死在你手里的。

这话说起来很长，真的很长，恐怕几天都说不完。

那就长话短说。

我得先问问你，蓝蝴蝶是怎么成了你师父的?

我不是跟你说了吗，我杀死了铁算盘，逃跑了。怕后面有人追，我就钻进了黑森林，正赶上蓝蝴蝶在干活儿。

干活儿?干什么活儿?

你真笨，就是打劫。

不是打劫我们吧？

跟你们没关系，那是一个已经考上了进士当了官的人。那个当官的还带了两个随从，蓝蝴蝶打劫没成，反倒被他们包围了。三个人越围越紧，眼看就要被他们杀死了。我身上也没有别的家伙儿，只有一把弹弓。大运河的孩子都玩弹弓，我的弹弓打得还是相当好的。当时掏出三枚石子儿，连发出去。三弹两中，第一个倒下去的就是那个当官的……

你为什么要帮助蓝蝴蝶？

我跟蓝蝴蝶一样，恨当官的。

蓝蝴蝶恨的是读书人。

当官的大多是读书人。……她那么恨读书人，没想到还是被读书人杀死了。

我可以告诉你，蓝蝴蝶最后爱上了一个读书人，很爱。为了这个爱，她为他送了命……

到底是怎么回事？

我真的说不清楚。

说不清楚也要说。

我有个条件。

你放心，我不会出卖你的。

不是这个条件。

那你还要我怎么样？

我要你替我保存一样东西。

什么东西？

我的记忆。

记忆？

我要你把我对你讲的事情牢牢地记住，不许忘记。

为什么？让我记恨你一辈子？

我的记忆在背叛我，常常逃离我，离我远去。我怕……有一天，它再也不回来了。所以，我求你，拜托你，把我的记忆封存在你的脑袋里。等我需要的时候，你再给我取出来。

这个你放心，凡是进入我脑袋里的东西，连从我眼前飞过一个蚊子都逃不脱。

翁麒麟起身，在丢丢面前站好，深深地鞠了一躬，又跪了下来。

丢丢慌了，急忙爬起来，干什么干什么？你要干什么？

翁麒麟说，如此重托，恩深如海，请受我一拜。

丢丢急忙拉住翁麒麟，别别别，您别折我的寿，我可承受不起。

翁麒麟非常认真地说，秦先生，翁某以身家性命相托，望先生成全。

丢丢急着问，到底什么事情呀这么重要？

翁麒麟说，我们先吃饭吧，以后你听我细细道来。

这一回，丢丢不再拒绝了。

晚饭以后，牢房里沉静下来，翁麒麟开始有计划、有次序、有层次地往丢丢的脑袋里搬运储藏着记忆，他说得很认真，也很谨慎，几乎是字斟句酌的，像是写文章一样。

家父讳岩，上德下林，字福亭，称进清禅师，生于顺治十三年五月十三日。江苏常熟人，祖居山东东昌府聊城县鼓楼街，后迁居河南南阳府北门外把子桥，秀才出身，后弃文习武，师从河南少林寺僧，后入天地会……

自此，翁麒麟讲，丢丢听，成了刑部大牢单人牢房的日课。整整讲了九天，翁麒麟轻松地出了一口气，似乎完成了平生一件性命攸关的大事。

翁麒麟相信丢丢，他不会忘记的，从他那轻松自然的神态中已经感觉到了。

这天晚上，翁麒麟让陆青林送来几个好菜，一瓶好酒，算是感谢丢丢。

丢丢很高兴，他听完了翁麒麟误杀蓝蝴蝶的全过程，已经原谅他了。翁麒麟向丢丢敬酒答谢，丢丢说，谢我什么，您比我累，您一边想一边说，又动脑袋又动嘴，我只是伸出了两只耳朵。

翁麒麟笑了笑，在我说你听的时候，我无意中给你取了个绰号。

丢丢说，叫什么？太难听了我可要罚您酒。

金罐子，难听吗？

难听倒是不难听，就是不知道什么意思？

我总觉得我的记忆是液体，像一个个的小水珠儿。这小水珠儿可金贵，千金不换。而我的脑袋呢，却是一片阳光暴烈的大晒场。我那些娇贵的小水珠儿很快就会被晒干了，蒸发了。我要把我的小水珠儿封存在你的脑袋里，你的脑袋像不像一个密封的金罐子？

哈哈，倒是这么回事，不过这个绰号叫不出去，没有人懂得。

那就在我们两个人之间叫，什么时候我真的失忆了，连你都认不出来了，你就对我说，我叫金罐子，我的罐子里储存着你的小水珠儿。

两个人又是碰杯又是击掌，从来没有这么兴奋过，这么放松过了。丢丢挪过身子，与翁麒麟并肩靠在墙上，这样舒服了许多，也显得亲近了许多。突然，丢丢将脸贴在翁麒麟的胸前，用鼻子闻了起来。

翁麒麟闪着身子，你干什么？

丢丢说，打我进了您这间牢房，就闻到一股味道，不知道是从哪儿发出来的。

什么味道？

一股香味儿，这香味儿又与众不同。

翁麒麟笑了，别闻了，在这儿呢。

说着，翁麒麟从脖子上摘下来一把金锁，递给丢丢。

丢丢看了看，又放在鼻子下闻了闻，对了，是这里面的味道。还是长命百岁锁，是您小时候就戴着的吧？

还记得我跟你说过的吧？我进京赶考，潘父送给我的，这是潘家的传家宝，到我这儿已经第七辈了。

潘家的传家宝为什么传给您？

潘父说，翁潘两家本是一家，我是老大，自然要传给我的。后来我才知道……

丢丢仔细把玩着金锁，这里面装着香吧？

翁麒麟说，里面是一尊佛。

什么佛？

达摩佛祖。

我能打开看看吗？

看吧，除了家人，我只给一个人看过。

丢丢打开金锁，拿起里面的祖师像看了看，又放了回去。然后看了一眼翁麒麟，心里痛惜着，他的记忆确实出了毛病。

翁麒麟说，丢丢，有件事我一直想问你，总是没能腾出工夫来。你说蓝蝴蝶是你师父，你又跟她感情那么深，那么她为什么要出卖你呢？

丢丢说，她出卖我？她怎么会出卖我？

翁麒麟说，你不是说，你进大牢是你师父出卖的吗？

丢丢说，咳，猴吃麻花——满拧。

翁麒麟说，是你亲口告诉我的呀。

丢丢说，我被我师父出卖了不假，可不是蓝蝴蝶。

翁麒麟问，蓝蝴蝶不是你师父吗？

丢丢说，出卖我的是另一个师父。

你到底有几个师父呀？

我从小到大，什么都学过。雅的琴棋书画，俗的打鱼摸虾，还有江湖那些鸡鸣狗盗坑蒙拐骗的小零碎儿，你说我有多少师父？算得清吗？

我问的是出卖你的师父。谁呀？

我跟蓝蝴蝶没多久，她说要到口外去，说不准什么时候才能回来，就把我介绍给了一位天师。

天师？通州城里，大天师一十六，小天师六十八，没名没姓的天师似鱼虾。

我师父可是位大天师。

什么天师？

灭鼠天师，听说过吗？

翁麒麟摇了摇头。

丢丢问，行船运粮，你知道最让运丁头疼的事情是什么？

翁麒麟说，当然是通关过闸贪官恶吏的层层盘剥欺诈了，运丁们都叫他们官耗子。哦，我明白了，你师父是灭鼠天师，就是专门整治这些官耗子的。好啊，为民除害啊，替天行道啊，佩服佩服，来让我敬你一杯。

等等，慢慢，您倒真会想。我师父叫灭鼠天师不假，可是他整治的不是官耗子，官耗子两条腿，他整治的是船上四条腿的耗子。

哦，灭鼠，灭的是吃粮食的老鼠呀，漕船上有老鼠吗？

怎么没有老鼠呢？多的是，您没听说过吗？船上十八窗，船下十八舱，还有五位进进出出的花姑娘。

花姑娘不是在花船上吗？漕船怎么会有？

花姑娘就是猫，狸花猫。每条漕船上都养五只猫，专门捉老鼠的。

哦，我想起来了。征收漕粮的时候，专门有一项叫作“飞鼠粮”，是鼠吃鸟啄的消耗。这消耗运丁不能出，运丁也出不起，只好摊派到农民的税赋上。

您说得对，是有飞鼠粮一说。您看每条船桅杆的顶端，都有一根横杆，您知道这叫什么吗？

这个安清的人都知道，这叫雀杆，是随船的飞鸟落下歇息的地方。一路上，漕船北上，有飞鸟相伴，同风共雨，苦乐不离，是一种吉祥，也是一种情趣。行船的运丁把这些飞鸟当作朋友，从来不伤害它们。不但不伤害，每天还拿出粮米撒在船头上，让飞鸟们享用。

飞鸟吃点儿粮食不算什么，一个是它们吃不了多少，除了船上还可以到岸上觅食呢。运丁们行船运粮日子太素淡，听着飞鸟在雀杆上唱高兴，乐得它们来。可是老鼠就讨厌了，它们只吃船上的粮食。

不是有五个花姑娘吗？

听说过这句话吗？鹰饱了不拿兔，猫也一样，船上有的是粮食，运丁们吃剩下的鱼呀肉呀又随便喂它，它还能捉老鼠吗？花姑娘指望不上了，老鼠就疯了一样折腾。其实，老鼠吃点儿粮食倒也没什么，要命的是老鼠除了吃，还要磨牙。您知道老鼠为什么要磨牙吗？我师父告诉我的，老鼠的牙每天都要磨，不磨就疯长，能顶破嘴唇，还能往上长穿破脑袋。老鼠磨牙要找硬的东西啃，什么硬，当然是船帮了。老鼠天天啃船帮，把船帮啃一个窟窿，水就冒进来了。水一进来，轻则把粮食泡霉了，严重了能沉船，您信不信。

道理上我信，但没想到这么严重。

可严重了。漕船上的运丁常常没日没夜地打老鼠，老鼠夹子，灭鼠药，都没用。老鼠这个东西贼得很，你运丁怎么对付岸上那些两条腿的老鼠，老鼠就怎么对付运丁。这样一来，就显出了我师父的本事，要不怎么会叫灭鼠天师呢？

你师父用什么方法灭鼠？

您这才刚刚问到根子上，我师父灭鼠，那是天下一绝。运丁把我师父请到漕船上，捉一只老鼠一两银子。

你那是金鼠呀？

您放心，每条漕船上只捉九只老鼠，多了不要。

那剩下的老鼠怎么办？

只要捉到九只老鼠，船上其他的老鼠就会死光光。

为什么？

我能告诉你吗？这是祖师爷传下来的绝招儿，上不传父母，下不传妻子。我拜师的时候发过誓，要是说出去，活活被老鼠咬死。

牢门哗啦啦响了，两个狱卒来提丢丢。丢丢倒是挺沉静，意料之中的事。只是他谈兴正浓，有点儿遗憾，看了看翁麒麟，无可奈何地摇了摇头，跟着狱卒走了。

一个声音，似声音又非声音，或者只是脑子里的一个意念。但这个意念还是真真切切的，是可以用耳朵听见的。如同一缕虚无缥缈的青烟，从遥远的天边徐徐飘来，越飘越近，越近越浓烈，直至弥漫在他的眼前。那声音清晰起来：

梦哈拉古拉胡胡吉……梦哈拉古拉胡胡吉……

天呀，这是蓝蝴蝶的声音，蓝蝴蝶来了，蓝蝴蝶……他抬起头来，朝着牢房的门口张望着，又朝着头顶上的天窗张望着。蓝蝴蝶，你在哪儿?

大运河临清码头，闹闹哄哄的，一片愤怒的叱骂，又一片哀号，几个疯了样的女人拥上那个衣冠禽兽……

山上的一片密林，密林深处，一座孤坟。蓝蝴蝶跪在坟前哭诉着，娘啊，我对不起您啊……我不配做您的女儿啊……娘啊，您被读书人害苦了，您被读书人害死了，可是您的女儿却偏偏喜爱上了一个读书人……娘啊，不是女儿不孝，是这个人对女儿太好了，女儿就是喜爱他，女儿由不得自己啊……

翁麒麟默默地走过去，跪在蓝蝴蝶旁边。

蓝蝴蝶止住了哭诉，依然跪在母亲的坟前。

翁麒麟磕了一个头，声音哽咽着说，岳母大人在上，受小婿翁麒麟叩拜。蝴蝶姑娘都告诉我了，您是一个苦命的人。您是被读书人害死的，我知道您恨读书人。读书人也确实可恨，无情无义，见利忘义，卖国求命，卖友求荣，贪腐受贿，欺压百姓……这些大多是读书人干的。读书人该死，该杀，该千刀万剐。我为天下的读书人感到羞耻，也为天下的读书人向您谢罪。不过，岳母大人，我也想告诉您，天下的读书人有坏人，坏人不少，这些坏人坏透了，坏到底了。可是，天下也指望着读书人，读书人也有好人，好人也不少。那些有担当、有良知、有才华的读书人不是也干了许多好事吗？岳母大人，您放心，我翁麒麟也许成就不了大事业，但是绝不会做读书人的败类……

梦哈拉古拉胡胡吉……

翁麒麟靠在墙角上，模模糊糊地，听着那声音飘来，又听着那声音飘去……那缕青烟还在，缭绕在他眼前。

他睁开眼睛的时候，丢丢已经坐在了对面的墙角上。他低垂着头，努力表现出一副无所谓不在乎的神态。可是越表现越露出了他的慌乱和绝望。

翁麒麟眯缝着睡意蒙眬的眼睛看着丢丢。

丢丢瞪了一眼翁麒麟，嘟囔着，真是没良心的，我去过堂受审，您却在这儿睡大觉，呼呼地还睡得挺瓷实，我叫都叫不醒。

翁麒麟有点儿羞愧，嗯，你叫我了？

丢丢说，喊了您两声，见您没动静，懒得搭理您了。

翁麒麟问，判了吗？怎么判的？

丢丢说，还用判吗？这不是明摆着吗？杀人偿命欠债还钱，我死定了。

翁麒麟大吃一惊，真的判你死刑？

丢丢说，斩监候，知道什么叫斩监候吗？就是让我回来等着砍脑袋。

翁麒麟不言语了，他心里像开了锅一样翻腾起来。他原以为，丢丢最多也就是判十年八年的。他还是个孩子，杀人又事出有因情有可原，怎么也不至于死罪呀。唉，都怪自己太大意了，早知如此，应该早想办法才对。现在该怎么办呢？他不知道该安慰他呢，还是该为他鸣不平。看着丢丢那副没心没肺的样子，好像既不需要安慰，也不需要同情。他急切地说，小安，你坐下，把你的案子原原本本地再跟我说一遍，我要给你写申诉状，不能这样，他们判错了。你虽有罪，但罪不至死。

丢丢说，我也觉得憋屈，用我的命换铁算盘的命不划算。我多年轻啊，再说，他又是个坏人。

翁麒麟说，来来，你说，现在就说。

丢丢说，等一下，先等一下，我还有一件更重要的事情要做。丢丢起身站在翁麒麟面前，神态很严肃。翁麒麟扬起脸看着他，不知所措。

您站起来。

翁麒麟没动，不知道丢丢什么意思。

丢丢犹豫了一下，算了，您别站起来了。

翁麒麟还是莫名其妙地看着丢丢。

丢丢蹲在翁麒麟的面前，拉起他的右手，让他握紧拳头，伸出拇指。

翁麒麟觉得丢丢在恶作剧，又见他脸上很严肃，便问，你这是干什么？

来，用大拇指冲着我点三下，就算给我磕了三个头。

我凭什么要给你磕三个头？

拜师呀，我收你为徒，把一身绝技传给你。这里只有咱两个人，我不传给你，难道还让我带进棺材里？

你让我拜师，如果我愿意，该磕头我还是要磕头的。

别别，我一直叫您大叔，您又是我的救命恩人，让您给我磕头，折寿。

你都要死了，还怕折寿？

折寿不折寿的倒在其次，做人说话要讲信誉。我在天师面前发过誓，如果把灭鼠绝技告诉别人，就被老鼠咬死。只有收您做徒弟，我才能把秘诀传给您。这拜师有一大套规矩呢，沐浴更衣，这牢房里没有水，就免了吧。焚香上供，没有香，咱就插三根草棍儿吧。来，咱先拜祖师爷。

啊，这灭鼠还有祖师爷。

各行各业都有祖师爷，木匠瓦匠拜鲁班，做豆腐的拜刘安，窑姐儿拜管仲，小偷儿拜时迁，管粮仓的拜韩信，乞丐拜范丹……咱灭鼠的嘛，你猜拜谁？

拜猫爷？

净瞎扯，咱拜的是魏延？

魏延？哪个魏延？

三国时候蜀国大将魏延啊。

这灭鼠跟魏延怎么扯到一块儿了？

诸葛亮早就说过，魏延的脑袋后面长了一块反骨。

那反骨跟灭鼠有什么关系？

我不是告诉您了吗，我师父灭鼠，每条漕船上捉九只老鼠，通过训练，把这九只老鼠变成叛军。然后将叛军放出去，让它们向同类攻击，这样就能杀死船上所有的老鼠。来吧，刚才您给我磕的三个头免了，给祖师爷磕头不能免。

翁麒麟忍着笑，绷起了脸，郑重其事地给祖师爷磕了三个头。

丢丢很高兴，来，我教您灭鼠咒语。

居然还有咒语。

丢丢更加严肃，低声传授，这咒语分上三句和下三句，上三句是，我杀谁敢，我杀谁敢，我杀谁敢，记住了吗？

翁麒麟认真地重复了一遍咒语。

丢丢接着传授下三句，代马开躲，代马开躲，代马开躲。

翁麒麟又重复了一遍。

丢丢直了直身子，我现在教你绝招儿，附耳过来。

翁麒麟刚要向丢丢伸过耳朵，牢门哗啦一声打开了，狱卒高声叫着，秦小安，跟我们走。

丢丢急了，啊？不是斩监候吗？怎么就候这么一会儿，还不到一个时辰呢。求求你们，我跟我徒弟说几句话，几句就行。

狱卒上来，不由分说，拉起丢丢就往外拖。

丢丢冲着翁麒麟叫喊着，大叔……徒弟……我要走了，想着给我烧纸啊，师父对不起你，还没传授你绝招儿呢……

翁麒麟倒不像丢丢那么慌乱，他知道狱卒把丢丢拖出去，不是砍头，而是换一个牢房。关在这里的都是候审的人，判了刑的人要关在另外一个牢房里的。一切都还来得及，他敲了敲牢门，向狱卒要来笔墨纸砚，开始为丢丢写申诉状。他居然记忆得超乎寻常地好，铺上纸，提起笔来，丢丢向他讲述的一切细节都涌现出来。满腔的义愤和不平涌上了心头，他舔笔蘸墨，文不加点地写了起来。

第二天中午，陆青林来给他送牢饭。他先让陆青林看了看他为丢丢写的申诉状，问，能不能通融一下。

陆青林叫起苦来，我的师爷啊，您的案子还没有结，安清上下都在跑您的案子，您怎么还惦记别人呀？

翁麒麟说，我的案子有安清出面，朝廷总会给些面子的，他们不会把我怎么样。可怜这个孩子，他实在是罪不至死啊。

陆青林说，真的要为这孩子通融，恐怕要把您的申诉状递到刑部尚书的手里才行，连侍郎都做不了主。

翁麒麟说，那就往刑部尚书的门里塞。哦，对了，现在的刑部尚书是张照，一个了不起的大文人。学问越大应该越讲理，说不定丢丢还有救。

陆青林说，那得花多少银子呀？

翁麒麟说，我在东昌府和开封城里有两所院子，杭州还有四十多顷地，都卖了吧？

陆青林愣住了，您不过了？

翁麒麟说，救人要紧。

陆青林说，就为了一个外人，您倾家荡产。

翁麒麟说，顾不了许多了，只要能保住那个孩子的命。

第五章　白卷·乙篇

往下沉，往下沉，一直往下沉……

依然是那条滔滔滚滚的大运河，依然是那深不见底的河水。而这一次，却没有那么漫长了。翁岩觉得很快就要沉入水底了，胸口像压上了千斤重负，眼睛也开始金星乱蹦。他似乎看见了灵魂开始脱离他的躯壳，漂浮着向水面挣逃。刚刚离开这阴阳之界还不到一个时辰，他便又被沉入了河底。装着他的还是那样的麻袋，麻袋上坠的还是那样的大石头。这回不会有人救他了，上次救他就是个误会。同样的误会不会发生两次，死定了，他不抱有任何生的希望，那就认命吧……

他是怎么被救上来，又是怎么再次被沉入河底的，说起来糊里糊涂，他却记得清清楚楚。他有点儿后悔，晚了。

大概在一个时辰之前，那个装着他的大麻袋连同他被拉上了船头。麻袋打开了，还没容他看清方向，就被晕晕乎乎地推进了一个大船舱里。船舱里有几个人，恍惚中觉得像进了魔窟，一个个青面獠牙的凶神恶煞。那些人冲着他咆哮，他一时听不懂他们在说什么。过了好半天，他才意识到，这是一伙来历不明的陌生人。

中间的一个人像是头儿，坐在一只箩筐上，审讯般地向他问话。这场景很熟悉，前几天他被那张大网捉住的时候，也是在一个船舱里被这样审问的。

堂下何人？

小民翁岩。

何方人士？

山东东昌。

年齿几何？

三十四岁。

以何为业？

吃横水竖水，打鱼为生。

为何夜闯漕运船帮？

捉王八……

大胆，你敢嘲弄本官？

回禀大人，小民确实是捉王八。

你不是打鱼的吗？

鱼都被来来往往的船只吓跑了，只有水底的王八缩在泥里。

现在所问所答都不是上面的原话，内容却丝毫不差。他们也不相信他是潜入漕船底下捉王八的。不信就不信吧，反正我不能实话实说。那个头儿走过来，低声说，我们注意你好几天了，你每天潜入漕船底下，是不是都摸清楚了。

翁岩装傻，我只知道捉王八，别的一概不管。

头儿说，我们一起干怎么样？到手的货二一添作五。

翁岩依然不改口，捉那几个王八有什么可分的，你想要，都给你。

头儿火了，你跟我装傻是不是？我说的是王八吗？

翁岩问，那你说的是什么？

头儿说，我说的是银子，轻赍银？

翁岩问，什么轻赍银？在哪儿？

头儿说，在哪儿你知道，这些天你下河闯漕船，不就是为了那些银子吗？你不愿意跟我们一起干也行，告诉我们那些轻赍银在哪些船上，什么位置？

翁岩明白了，他们是水贼，要劫持大运河上的轻赍银。这可是弥天大罪，捉到之后就不是杀头的事了，要灭九族。无论如何不能跟他们搅和在一起，连他们的边都不能沾。他宁可自己死了，也不能与他们同流合污。如果他入了伙儿，犯了案，直接受牵连的就是洪门天地会。这是到哪儿都说不清楚的事情。再说，跟他们一起去劫持轻赍银，那插花三爷还救不救了？

他只好继续装傻充愣，一口咬定是捉王八的，只是捉王八的，一个普普通通靠吃横水竖水的渔民。

那些人被激怒了，威胁他从哪儿来的送他回哪儿，他不怕。死有什么可怕的，又不是没死过。

头儿不知道因为什么事情出去了，手下的马仔问他怎么处理这个捉王八的。头儿说，你们瞧着办。

几个人在船舱门口小声地嘀咕着，老大说让我们瞧着办，我们怎么办？

有人说，也许他真的就是捉王八的，把他推进河里放了算了。

有人说，不行，他已经知道了我们的底细，要跑上岸报官怎么办？

有人说，要不先关在船舱里，别让他跑了。

有人说，不行，太麻烦，还得派人看着他……

他本来是仄着耳朵细听外面的谈话的，却突然听到了鹧鸪的呼唤：好苦，好苦，光棍儿好苦……

他心里一阵震颤，这是银凤七妹在呼唤他。说不清楚离开银凤七妹几天了，银凤七妹肯定急坏了，肯定在疯了一样地寻找他……他慌忙扒着船舱的窗户，冲着呼唤的方向回应着，不苦，不苦，娶个媳妇……

好苦，好苦，光棍儿好苦……

不苦，不苦，娶个媳妇……

正在这个时候，几个大汉进来了，先是把他的手脚捆上，又拾起一条麻袋，套进他的脑袋。然后，抬到船舱外面，又一阵七手八脚，他被推进了河里。他明白了，他真的如同那伙儿人所说，哪儿来的送你回哪儿，他又被扔进大运河里。

让他明白了的还有另一层意思，非常重要的。他之所以不愿意跟他们合伙，就是因为怕牵连洪门天地会。可是你不想想，洪门派你干什么来了？桓侯大爷张岳说得明明白白，要想尽一切办法将插花三爷救出来。你死了，插花三爷谁去救？还有银凤七妹，你让她怎么办？为什么不跟那伙人合作，不就是为了自身的清白吗？清白个屁！人家劫持轻赍银是犯了朝廷的弥天大罪，你劫持朝廷要犯算什么？悔呀，悔得肠子都青了。傻死了笨死了，你答应与那伙儿人合作有什么不好。银子他们抢了，插花三爷你救了。事成之后，他们要银子，你要插花三爷，不是两全其美吗？

就这么死了，没完成任务，被一伙儿莫名其妙的人弄死了。翁岩啊翁岩，你是怎么死的，不是在大运河淹死的，是蠢死的，笨死的，糊涂死的……

三天四夜了，整整三天四夜了。翁岩没有回来，银凤七妹急坏了。出事了，肯定是出事了。是被船底下的铁蒺藜缠住了脱不了身，还是被官兵抓住了？无论是哪种情况，都是要命的。她百爪挠心，火烧火燎地搜寻着，盼望着。开始的时候，她指挥着花船冲进漕船中察看，后来官兵似乎发现了什么，对她们的花船极为警惕，离得老远就挥着刀命令她们离开。她想夜间去闯船帮，老鸨不干，船上的窑姐儿也不干。你不要命，我们还要命呢，官兵手里的刀不是吃素的。翁岩在的时候，老鸨言听计从，一是他们花了银子，二是她们知道翁岩的厉害。现在，她一个弱女子怎么指挥得动老奸巨猾的老鸨呢？更要命的是，原来说好的，租用这条花船十天，每天一百两银子。现在，已经是第十三天了，老鸨天天缠着她要银子。翁岩不在，她哪儿有银子。只好给老鸨写欠据，向老鸨说好话。老鸨是什么人，那是一枕头荞麦皮里都要榨出四两油的人。她的钱是那么好欠的吗？老鸨说走就走，想去哪儿就去哪儿，她才不管翁岩的死活呢。不仅如此，她还觉得银凤七妹是个累赘了。她在船上，穿戴成窑姐儿的样儿，却不干窑姐儿的事，不赚窑姐儿的钱。整天价白吃白喝白住，这不是个冤大头吗？

老鸨不听银凤七妹的指挥了，银凤七妹又不能离开花船，她怕翁岩回来找不到她。失去了翁岩就失去了解救插花三爷的机会，就不能完成桓侯大爷交代的任务。更要命的是，不能失去翁岩，翁岩是谁呀？翁岩是她的最爱，是她的一辈子，是她的命根子。翁岩要是有个三长两短，她肯定会跳进大运河的。

老鸨越来越讨厌银凤七妹了。原来有翁岩和她的限制，花船上很少有嫖客上来。现在她管不了了，任什么嫖客只要给钱老鸨就放他上船。

银凤七妹在船头上洗菱角，仔细观看着河面上的动静。她多么希望翁岩能从她面前的水面上冒出来啊，水面上有点儿动静她就紧张起来，就觉得有可能是翁岩回来了。她在船头上看着水面，对面漕船上却有一个人看着水面上的她。那是嘉白帮的领运官，卫所军的千总，在帮里已经算是很大的官了。他被银凤七妹迷住了，银凤七妹的倒影在水面上闪闪烁烁，一时清晰一时迷蒙，像一股股的小风吹着他心中的欲火。终于忍不住了，欲火在他的肚子下面燃烧着，火烫烫的，让他浑身上下都蒸腾起来。他终于解下腰刀，跨上了花船。

老鸨见来了个穿着熊补服的人，立即知道了他是个五品军官，满面春风花枝招展地迎了上去。千总指了指船头上洗菱角的银凤七妹，老鸨刚要说不行，见千总头也不抬地便进了船舱。看来是个老嫖客了，门儿清。

这是个得罪不起也不愿得罪的人，老鸨顺水推舟，干脆借着这个机会把银凤七妹撵走就是了。

老鸨招呼银凤七妹进船舱，银凤七妹刚才一心惦念着翁岩了，没有看见那个五品千总进来。便端着洗好的菱角下了船舱，老鸨指了指船舱里的一个单间，银凤七妹以为老鸨有什么事要她做，毫无防备，便进去了……

领运官原本是个赳赳武夫，到了花船上却装作斯文起来，当然，他也是为了自己玩得尽兴，讨窑姐儿的欢喜。见银凤七妹进来，他起身抱拳，又深深行礼，口称倾慕佳人已久，今日佳人抬爱，天赐良缘，三生有幸云云。都是戏台上学来的俗套。

银凤七妹顿时明白了，老鸨要让她接客。简直岂有此理，她向千总客气地说，老爷，您别误会，我不是姐儿，我是船上做饭的，您没见我刚才在洗菜吗？

千总立即沉下了脸，别装，蒙谁呢？这船上，包括老鸨在内，哪个不是卖的。快给我脱衣服，老子公务在身，没有磨牙的工夫。

说着，千总扑过来，伸手便扯银凤七妹的衣服。

银凤七妹火了，抬起膝盖朝千总的裆里猛撞上去。这是致命的一招儿，千总疼得立即弯下了身子，连叫喊的气力都没有了。银凤七妹顺势又朝千总的颈部一击，千总立刻瘫软在地上。银凤七妹将床单扯成布条儿，像捆猪一样将千总两只手和两只脚捆在一起，又将枕巾塞进他的嘴里，从窗户跳出来，游进了大运河。

恰好有一条采莲的小船，船上只有一个姑娘。银凤七妹爬上船，谎称是从花船里逃出来的。采莲姑娘急忙将她拉上了船，向岸边划去。

银凤七妹身上还有一些碎银子，统统掏出来送给采莲姑娘。采莲姑娘说什么也不收，说在大运河上搭救个人是寻常事，不能贪图报答，这话是她爷爷告诉她的。

银凤七妹很感动，又觉得采莲姑娘很可爱，便说，请问姑娘尊姓大名，大恩不能报，小女子倒愿意与你交个朋友，有缘日后定会相见。

采莲姑娘说，小女子姓韩，我干的活儿就是我的名字。

银凤七妹立即明白了，莫非你叫韩彩莲？

采莲姑娘笑了，小姐好聪明。

彩莲要送银凤七妹上岸，银凤七妹说，不急着上岸，我还有个朋友也在这大运河里，我要把他找到。我看好了，那边有个芦苇荡，我们划到那里去吧……

说来也巧，彩莲的小船刚划进芦苇荡，银凤七妹便生发出一股强烈的预感。这片芦苇荡进口很小，只有小户人家的院门那么宽，进来后却别有天地，无边无际，一眼望不到边。芦苇长得极为茂盛浓密，晚风一吹，层层叠叠，云雾一般。

银凤七妹不禁惊叫起来，哎呀，这么大！

彩莲说，你不知道吗？这就是有名的苏马荡，我爷爷说，苏马荡，苏马荡，东西长百里，南北宽千丈，养着飞禽走兽，藏着天兵天将。

银凤七妹说，能进去吗？有路吗？

彩莲说，大路十三，小路三千，若是没人指，够你找三年。

银凤七妹笑了，这彩莲好有意思。

彩莲说得极对，表面上看，苏马荡的芦苇密不透风连成一片，根本无路可寻。可是彩莲的小船撞开一条缝隙之后，芦苇便自动闪出了一条路来，神仙作法一般。

进了一片开阔地，银凤七妹四下观看着，这里真是与世隔绝的隐秘之地，或许真的藏着天兵天将。银凤七妹试着用暗号呼唤起了翁岩，好苦，好苦，光棍儿好苦……

没想到呼唤了三遍，就接到了翁岩的回应，不苦，不苦，娶个媳妇……

银凤七妹急忙催促着彩莲朝着回应声音的方向划去，小船又穿过一片芦苇的帷帐，进入了一条狭长的小巷。小巷弯弯曲曲，只见一片幽暗的湖水，通向一个未知的地方。

突然前面又开阔起来，一条大船，船上晃动着几个人影儿。彩莲的小船划过去，立即引起了船上人的警觉。突然看见对面的芦苇丛中钻出一条小船，船上一个人从小船跳上了大船。透过这熟悉的身影，银凤七妹立即认出了那个人，急切地喊着，钱坚，翁岩在你这儿吗？

钱坚抬头一看，也认出了银凤七妹，洁香，你怎么跑这儿来了？

银凤七妹急着说，你先告诉我，翁岩是不是在你这儿？

钱坚奇怪地问，谁是翁岩？

银凤七妹急不择言，翁岩是我男人，我刚跟他对完暗号，他就在你的船上。

钱坚立即想起来了，他们抓到的那个捉王八的就叫翁岩，转身问身边的人，人呢？

身边的也慌了，指着水面说，刚刚……

钱坚抽出腰间的短刀，噗的一下子跳进了水里……

翁岩第二次被救上来的时候，肚子里已经灌满了水。钱坚及其手下的人七手八脚地救护着，船头上倒扣着一个箩筐，把翁岩趴放在箩筐上。翁岩大口大口地吐着水，吐了很长时间。银凤七妹一边拍打着翁岩的后背一边哭叫着，翁岩，翁岩，你醒醒，快醒过来啊……

翁岩醒过来的时候，听见的就是这撕心裂肺的呼叫声。

钱坚见翁岩醒过来了，急忙命人将他抬入船舱，好生照料。

银凤七妹该叫钱坚表哥，从舅舅张岳那边论的，张岳是钱坚的表叔。钱坚出生在江苏武进县，父亲是做粮行生意的。后来全家移居到安徽歙县张公桥，父母去世之后，他到河南开封投奔了表叔张岳。张岳常年漂泊在外，无力照料钱坚，便将他寄养在任家。银凤七妹四五岁的时候，钱坚还在任家。后来任家也破落了，钱坚也能够自立了，便出外自谋生路。尽管银凤七妹与钱坚十几年没见面了，依然还是很熟悉的。

钱坚见翁岩无碍了，才得空相问，洁香，你结婚了？

银凤七妹摇了摇头。

钱坚说，你不是说他是你男人吗？

银凤七妹说，我要是不说他是我男人，你能急吗？

钱坚苦笑了一下，你还是小时候的样子，天不怕，地不怕。

银凤七妹关心地问，你怎么样？我们有十几年没见面了。

钱坚说，我离开你们后就去了安庆，跟着师父练了几年武。后来明白了，练武没有什么用处，养家糊口还得有个正经营生，就来到大运河当运丁。我打听过你们，知道姑妈姑夫都不在了，剩下你一个人逃荒去了。天下这么大，我不知道去哪儿找你，今天见到你，真是天意。你现在怎么样？

翁岩醒过来了，银凤七妹急忙凑过来，钱坚退了出去。

翁岩恢复了神志和体力之后，被钱坚请下了船。

苏马荡中间有一个隐秘的小岛，周遭不足百丈，故称为百丈滩。

小岛上有两间草屋，屋前两棵柳树，长得挺拔清秀亭亭玉立，故此这小草屋又称为双柳居。这一切都源于钱坚的发现和灵感，翁岩觉得，钱坚是一个很有情趣格调的人，遂增添了几分敬意。

钱坚在双柳居里摆下了酒席，为翁岩赔罪。钱坚端起酒杯，退后一步，将赔罪酒高高举过了头顶，以示真诚。

翁岩急忙站起身来，错，错，钱先生错矣。你两次将我从大运河里救出来，恩重如山，何罪之有。这酒该我敬你，感谢钱先生的救命之恩。

钱坚说，我第一次救你，出于贪心图利，无恩可言；第二次救你，出于表妹洁香的亲缘关系，理所应当。倒是在两次救你之间，又将你投入大运河，这便是罪大恶极了。虽然是属下干的，钱某也难辞其咎。请翁先生还是接受我这杯谢罪酒吧。

银凤七妹笑了，你们俩人的恩恩怨怨还真说不清，算了，我们还是喝一杯庆贺酒吧。一是庆贺我找到了翁岩，二是庆贺我和表哥巧遇。来来来，我敬你们两人，敬者先干。

银凤七妹这么一说，两个人都释然了，于是重新入座，推杯换盏，酒热心热，感慨万千。

很快切入了正题，翁岩和银凤七妹要救插花三爷董超，钱坚要劫持轻赍银。

救插花三爷，是翁岩和银凤七妹的任务，钱坚不是洪门的人，没他什么事。可是这个任务是张岳下达的，张岳是钱坚的表叔。表叔的事情怎么能袖手旁观呢？再说劫持轻赍银，钱坚知道犯的是朝廷重罪，不想把表妹任洁香和翁岩牵扯进来。营救插花三爷需要钱坚的帮忙，钱坚抢劫轻赍银又需要翁岩指认装银的船只，两件事情紧紧地搅和在一起了，谁都需要谁，谁都躲不开。最后三个人决定，干脆一起干，把救人和劫银捆绑在一起，各得其利。

这么大的事情，面对着二百多条船只，几百名官兵，怎么行动才能万无一失呢？

银凤七妹说，我想好了一计。

翁岩说，我倒有个办法。

钱坚说，我设计好了一个谋略。

三个人你看看我，我看看你，又分别看看他，心里都明亮起来。

翁岩说，我们也学学诸葛孔明和周公瑾的办法，将所设谋略写在手心上，然后张开对照。

银凤七妹说，还写什么，这一下让你给捅破了。

翁岩看了看银凤七妹，又看了看钱坚，是吗？

钱坚看了看翁岩，不是吗？

银凤七妹看了看他们俩人，不是是什么？

三个人心领神会，哈哈大笑起来。

船队过了济宁，进入了会通河，河道变得狭窄起来。船队行程缓慢下来。原来的船队可以两条乃至三条并行前行，现在只能排成单队，依次鱼贯行驶。船队通过狭窄的河道，便被拉长了，漕船铜船轻赍银船和兵船排列出三十几里路远。保卫船队的官兵都紧张起来，他们严肃军纪，万分警惕，不许任何船只插入船队当中。

船到山东路程过半，需要补充给养。米不用补充，起航的时候就备足了。水不用补充，大运河里都是水，喝水做饭直接从河里舀。最需要补充的就是柴，每条船上都有灶台，没有柴便不能烧水做饭。前面是鲁山镇，鲁山镇是专门为南来的船只补给柴的。河两岸的百姓忙活儿了一冬，家家户户都到鲁山上砍柴。把柴砍回家后，晒干劈匀捆好，就等着开漕以后卖给南来的船只。这是一笔不错的收入，许多家庭是以此为生的。

船到鲁山镇，就会看到两岸摆满了柴堆。都是一捆一捆地劈好的劈柴，卖柴的站在柴捆后面一边抽烟闲聊，一边有一搭无一搭地与买主讨价还价。看样子，他们并不急于出手，反正这些柴早晚都能卖出去。买柴的都是船上下来的运丁水手，他们也装模作样地挑选着。其实没有什么可挑选的，都是从鲁山上砍下来的，差不多，又是不值钱的柴草。他们挑选也好，讨价还价也好，就是为了打发寂寞，消磨时间。

翁岩、银凤七妹、钱坚及他的手下也都成了卖柴人，他们混在卖柴的队伍中间，没有人认识他们。不管认识不认识，该搭讪搭讪，该让烟让烟，仿佛都是老相识。

往年运丁买柴，讲好价钱以后都是让卖柴人把柴挑到船上去，到了船上再结账。今年却不然了，每个运丁后面都跟着一个帮手，他们在河岸上买柴，河岸上结账，货款两清后，让帮手把柴担上船，卖柴人不准上船。这样一来，买柴人叫苦不迭，卖柴人偷着乐。往年也有买柴的自己担柴上船的，那多是官船和私家船。官船上坐着官，大官。百姓怕官，不假，其实官更怕百姓。当官的总是防着老百姓，官越大防范越严。他们是有自知之明的，知道平时作恶太多，老百姓早就对他们恨之入骨了，为此怕百姓防百姓成了官场的重中之重。再有私家船，船上有大姑娘小媳妇，在家里大门不出二门不迈，在旅途中不见外人也是情理之中的。可是今年怎么了，为什么整个船帮都不让外人上了，难道每条船上都有大官，都藏着大姑娘小媳妇。这也保不准，中国的官原本就多，多到什么份儿上也不奇怪。有当官的自然有女人，当官的不就是贪银子玩婊子吗？

渐渐地，从船上下来买柴的人有点儿慌了，岸上的柴越来越少了。不会吧，往年的柴是买不完的，买完一摊儿，又加上一摊儿，莫非今年打柴卖柴的人少了？老百姓懒了，老百姓不指望着卖柴度命了？柴少了就会涨价，这且不说，买不到柴开了船怎么办？沿岸卖柴的没几处，这是最大的一处，错过这处买柴，就要等下一处，下一处在三百里开外，要七八天才能到达。

突然起了风，北风。风是雀杆上的鸟先发现的，风很凉很烈，鸟受不了了，突地飞走了。紧接着，船上的旗帜呼啦啦翻卷起来。嘉白帮打的是正白旗，红皓月红镶边。满河的旌旗翻波滚浪，白闪闪红艳艳，如火如荼，煞是夺目。河水掀起了波浪，船帮晃荡起来。买柴的运丁急了，管他价高价低，剜到篮里才是菜。货越紧张越是多买囤积，帮手不够，他们打破了规矩，让卖柴的直接把柴送到船上……

子时三刻，石破天惊，呼声喊声求救声哭号声，震醒了半天下。整条大运河变成了一条火龙，火龙翻滚着，伸展着，把河水都烧红了。更可怕的是漕船，运丁们一边扑火自救，一边拼命摇橹划桨，逃离火海。大运河上，船连成帮，火连成片，一条船要逃离，前后左右都撞着别的船。整个大运河，火龙咆哮，河水呜咽，成了鬼哭狼嚎的地狱。风后便是雨，一场大雨铺天盖地地浇灌下来，如同救灾救难的天兵天将。

这场神雨挽救了漕船，风雨过后，在老堂船的统一指挥下，各条船都大摆香案，运丁水手聚集在船头，拜祖祭天……

领运官奉命清点漕船，漕粮损失甚微，可以忽略不计。只是轻赍船丢了一万两银子，押解囚徒的官船翻了，插花三爷董超趁机逃跑了。

为什么说插花三爷董超是趁机逃跑了呢？灾难过后，户部侍郎薛曼和卫所军守备高德发急得欲哭无泪，轻赍银被抢，朝廷重犯被劫，这是掉脑袋的罪啊。两个人弃官逃跑的念头都有，还是高守备的刘军师出了个主意，他们才哭出声来。刘军师说，这么大的暴风雨，任谁也顶不住，只能把责任推给老天爷了。就说是不可抗拒的灾祸，起火原因是由霹雳引起的。火起之后，全帮上下官兵通力救火，才使漕粮免于回禄之灾。在混乱中押解天地会要犯的船翻了，犯人趁机逃跑了。

薛侍郎和高守备一拍即合，妙哉妙哉。

薛侍郎转念一想，囚犯趁机逃跑还说得过去，可是那一万两轻赍银怎么说？总不能说沉船所致吧，就算是沉船，也要打捞上来呀，运河又不是大海。

刘军师说，至于那一万两轻赍银嘛，只能剜自己的肉了。

高守备急了，什么？你说让我们自己补上。

刘军师说，舍命还是舍财，您掂量着吧。

薛侍郎和高守备的嘴唇像抹了辣椒面，咂摸了半天，为了活命，只能破财了……

宿迁天地会忠义堂，入夜，灯火通明，开香堂设坛案，燃红烛摆供果焚“三把半香”。

桓侯大爷张岳率众拜始祖洪英，五先贤朱之瑜、顾炎武、黄宗羲、王夫之、傅山，五宗——文宗史可法、武宗郑成功、宣宗陈近南、达宗万云龙、威宗苏洪光，以及前五祖、中五祖、后五祖，五义五杰三英二帅。大礼毕，燃放鞭炮，大摆宴席，为插花三爷董超获救压惊，为翁岩、银凤七妹庆功。

一时间，香堂口觥筹交错，推杯换盏，笑语欢声，其乐融融。

插花三爷董超谢过桓侯大爷张岳及各位兄长，又专门来到翁岩和银凤七妹的桌前，敬酒答谢，翁岩和银凤七妹急忙答礼。心热酒热说出来的话更热，众人皆热情高涨，喧哗满堂。

突然有人来报，说粮米帮江淮泗帮头钱坚求见，张岳急忙招呼进来。钱坚来了，后面跟着几个属下，抬着两个大箱子。

钱坚见到张岳，忙给表叔行礼，张岳又引见插花三爷董超相识。然后便与翁岩、银凤七妹热乎起来。

钱坚指着抬进来的两只大箱子对张岳说，这次劫持轻赍银，想必洁香妹妹已经跟您禀报过了，原本我只要八千两，可是手下人贪心，弄来了一万两，多出来的二千两我不要，给您送来了。

翁岩还记着原来的茬口儿，插嘴说，一万两和八千两没什么区别，犯的都是杀头灭门的罪。

钱坚说，翁大哥说对了，我们是犯下了杀头灭门的罪，可是说来奇怪，事情都过去三天了，官厅上既没有人提起这个案子，更没有人追赃捉凶。

张岳说，或许他们还没有发现轻赍银丢失，等船到通州卸仓一清点就会露馅，早晚是个雷。

钱坚说，表叔，这个雷我钱坚一个人恐怕顶不住，所以……

张岳说，什么，你想让天地会给你背黑锅啊？

钱坚说，天地会劫持朝廷重犯，这罪过一点儿也不比我劫持轻赍银轻。反正一只羊是牵着，两只羊是赶着，没给您添多大的麻烦。

张岳哈哈大笑起来，好你个钱坚，算计到表叔头上来了，该罚。

钱坚说，小侄任罚。

翁岩急忙说，来，钱老弟赶快入座端酒。

钱坚说，且慢，我还有话没说完呢。刚才表叔您说我算计您，这话您说错了，我是来投奔您，投奔天地会。求表叔开恩，收下我这莽汉，将来即使朝廷追查到天地会，我愿意挺身顶罪。

大家听说钱坚要投靠天地会，都非常高兴。特别是插花三爷董超，当即表示愿意当钱坚的引见人，并和张岳商定，择良辰吉日开坛拜祖师爷，上“三把半香”。于是，各自落座，将酒席推向一个新的高潮。

钱坚急切地要入天地会，当即向插花三爷董超讨教，何为“三把半香”。插花三爷更是急切地要引见钱坚入帮，便迫不及待地向他传授：来，把手伸开，小指是第一把香，叫仁义香，纪念的是羊角哀和左伯桃；无名指是第二把香，叫忠义香，纪念的是刘关张；中指是第三把香，叫侠义香，纪念的是梁山泊一百单八将；把食指弯曲，与拇指勾成一个圆，算半把香，叫有仁无义香，纪念的是秦叔宝和单雄信……

翁岩举着酒杯凑到钱坚跟前，先敬了一杯酒，然后说，钱老弟，我有一事不明，心里忍不住，特过来请教。

钱坚痛快地说，翁老兄请讲。

翁岩说，你刚才说你们原来准备劫持八千两轻赍银，是因为属下贪心才劫持了一万两。

钱坚说，是啊。

翁岩说，这我就不明白了，要账有数，还账有数，没听说过劫持还有数。

旁边的人一听，都觉得新鲜，哈哈大笑起来。

钱坚说，众位别笑，我们准备劫持八千两轻赍银是事出有因的，因为朝廷去年欠了我们八千两。

翁岩更加奇怪了，朝廷怎么欠了你们八千两？

钱坚说，我们江淮泗前面那个领运帮头姓郑，卫所军的千总，生性耿直暴烈，宁折不弯，几乎得罪了沿途所有的漕运官员。去年运送漕粮，处处设卡刁难，简直寸步难行。淮安停船过关，硬是不发照单。等了半个多月，后面的漕船都过完了还是不让我们过。该检验的不检验，检验了又说不合格。没办法，只好用银子砸了。花了将近二千两银子才放行。到了东昌又刁难我们，又花了上千两银子。然后是临清、德州、河西务……都是用银子买的通关。好不容易到了通州，坐粮厅又不让我们停船靠岸，说我们违限了。这么折腾能不违限吗？好不容易用钱买通停船验粮了，又是粮食潮湿掺杂需要卸在岸上晾晒扬筛，又是亏空。这样郑千总不但挨了板子，还被罚银三千两。我们把粮食运到通州已经折腾得卖裤子了，到哪儿弄三千两银子？可是不交罚银郑千总就得被流放宁古塔，我们运丁船夫只好到处拆借，拣鸡毛凑掸子，才把罚银交了，漕船回空。郑千总被气得一病不起，才换我当了领运官。去年的一趟漕运，连亏带罚赔了八千两，今年要是凑不起银子，漕船就无法装船行运。各位评评理，我们该不该劫持八千两轻赏银？

道理讲明了，大家立即觉得钱坚可敬可爱可信，纷纷敬酒言欢。

在男人们热血沸腾高谈阔论频频举杯的时候，银凤七妹却倍感受到了冷落。救出了插花三爷董超，完成了桓侯大爷张岳交代的任务，她很高兴，与翁岩共同应付那些千变万化的危险和磨难的时候，她感到很充实乃至很幸福。现在，她有许多话要跟翁岩说，有许多感受要与翁岩交流。她只想跟翁岩在一起，不要这许多人，不要这许多夸奖和赞许，不要这满桌的美酒佳肴。她看看翁岩，翁岩完全把她忽略了，完全沉浸在豪言纵酒中了。男人真是奇怪，都说男人喜欢好酒美女，才不呢。有了酒，他们就忘了女人；纵谈天下的时候，酒又变成了佐品。难道他们生来就是为天下操心的，女人呢，家庭呢，孩子呢？这些在男人的眼里算个什么？

在接下来的几天里，银凤七妹越来越觉得伤心、凄凉、孤独。翁岩整天价跟张岳、董超、钱坚在一起，不是喝酒高谈，就是策划于密室，或者外出寻亲访友，完全无暇顾及她。她找了翁岩几次，翁岩都是跟别人在一起。凭着敏感和一些零言碎语，银凤七妹断定，张岳又交给了翁岩一个新的任务，大概还有表哥钱坚。他们要去哪儿呢？要干什么呢？不行，她必须拼命争取，无论翁岩去哪儿，她都要随同前往。这天夜里，她躺在床上辗转反侧，琢磨了半夜，决定明天一早就要找舅舅张岳，把与翁岩同行的任务争取下来。

第二天一早，银凤七妹打开房门，见外面的窗台上放着一把折扇。她顿时认出来了，这是在花船她使用的那把折扇。离开花船她一直带在身边，救出插花三爷董超之后她才交给翁岩的。这折扇怎么又回到她的窗台上来了？莫非翁岩来过？不好，莫非是用这把折扇向她告别的。她急忙打开折扇，见折扇背面多了一行字：洛阳亲友如相问，一片冰心在玉壶。

这字出自翁岩之手。

翁岩走了，他是和钱坚一起走的。

第六章　青卷·丑篇

翁麒麟红马青衫，钱金豹黑马短打扮，蓝蝴蝶白马白衣白裙白披风。三个人出了通州北关，进朝阳门出德胜门，过昌平沙城宣府出张家口奔向了蒙古大草原。

蓝蝴蝶自己也觉得奇怪，她怎么就答应跟着这两个冒失鬼去口外寻找他们的爹呢？他们的爹是他们的爹，跟我有什么关系。我跟他们非亲非故，何止非亲非故，应该算是仇人。他们刚入通州，就被我打劫了。当然，跟他们出来是有条件的，就是打劫他们的行李，书籍衣物归还，银子扣下当酬金。这两个人带的银子还真不少，整整二千两。

难道蓝蝴蝶就是冲着这二千两白银跟着他们闯口外的吗？不是，肯定不是。这银两无论是谁的，劫到我蓝蝴蝶手里还能退回去？那么是因为解梦天师杜五经那句话，我眼下有一劫，即将大难临头，帮助翁麒麟和钱金豹找到父亲，才能渡过劫难。骗鬼呢，杜五经的鬼花活儿谁不知道，我蓝蝴蝶能信这个邪吗？还能因为什么呢？莫非是这两个冒失鬼的央求与劝说，被他们的花言巧语迷了心窍，我蓝蝴蝶哪儿是这么好糊弄的？特别是两个讨厌的男人。那……到底是为什么呢？

或许，真的是因为那个奇怪的梦？管他呢，想不明白就不想，省点儿脑子想点儿别的。

别的也没有什么可想的，这个念头总是在她的脑子里晃来晃去，像夏夜里一只讨厌的蚊子，总是在她耳边嗡嗡叫唤，飞来飞去。

三个人一路无话，这也太无聊了。看得出来，翁麒麟总往她身边凑，可是她不理睬他。他讨厌读书人，读书人是她的天敌。她往那个钱金豹身边凑，钱金豹只是心里美，这个棒槌实在不会聊天。说出话来直通通硬邦邦的，要多难听有多难听，而且跟女孩子说话脸还红，结结巴巴的。

翁麒麟又凑上来，蓝小姐，累不累呀？

蓝蝴蝶不理他。

翁麒麟又问，蓝小姐，饿了吧？我们什么时候打尖？

蓝蝴蝶还是不理他。

翁麒麟真是好脾气，蓝小姐，要不我们歇歇脚吧，马也该饮了。

蓝蝴蝶火了，我说你别蓝小姐蓝小姐的好不好？我可不是什么小姐？你们读书人最讲究喊小姐太太的。

翁麒麟说，那叫你蓝大姐可以吗？

蓝蝴蝶说，我有那么老吗？

翁麒麟有点儿为难了，那……还是叫你大侠吧，蓝大侠。

蓝蝴蝶很喜欢大侠这个称呼，嘴上却说，随你便。

见蓝蝴蝶跟翁麒麟聊得热闹，钱金豹又不甘心，也凑上来，插嘴说，我觉得蓝大侠的名字不好，乍一听还以为是个男人呢。

钱金豹的话虽然不好听，蓝蝴蝶却不驳斥他，总共只有两个男人，讨厌一个，再讨厌一个，这路还有法走吗？

路越走越长，满眼都是绿色的庄稼，天空辽阔起来，清风吹来，翁麒麟不禁吟诵起来：

> 敕勒川，阴山下，天似穹庐，笼盖四野。
>
> 天苍苍，野茫茫，风吹草低见牛羊……

蓝蝴蝶很反感，酸，真酸。

翁麒麟说，这可是南北朝时有名的《敕勒歌》，千古流传的佳作。

蓝蝴蝶说，我不是说这诗酸，是说你酸。

翁麒麟借机耍起了贫嘴，穷酸穷酸，我是酸而不穷；酸腐酸腐，我是酸而不腐。

蓝蝴蝶朝四下看了看，指着路边的一片绿色的植物问，你不是能耐吗？我问你，这是什么庄稼？

翁麒麟看了看，这不是庄稼。

蓝蝴蝶说，不是庄稼是什么？

翁麒麟说，庄稼指的是我们日常食用的谷物，这个东西不能吃。

蓝蝴蝶以为翁麒麟不知道，跟她绕圈子，逼着他问，先甭管能吃不能吃，我问你它叫什么。

翁麒麟说，它只能叫作物，农作物。

蓝蝴蝶说，别鸭子上粪堆——臭转了，给我说出它的名字来。

翁麒麟浅笑了一下。

蓝蝴蝶想给钱金豹一个机会，你说，给他听听。

钱金豹脸红了，我……我也不知道。

蓝蝴蝶哈哈大笑起来。

翁麒麟突然说，你笑什么？你以为我真的不知道？它叫麻，苘麻。

蓝蝴蝶一愣，立即说，算你蒙对了。

翁麒麟说，怎么是蒙呢，我本来就知道。它的皮剥下来，可以织麻布编麻袋搓麻绳纳鞋底儿。

蓝蝴蝶说，你们这些孔夫子的徒子徒孙，就是四体不勤五谷不分，一知半解就碎嘴唠叨。

翁麒麟说，你说我五谷不分，我问问你，什么叫五谷。

蓝蝴蝶笑了，考三岁小孩呢，钱金豹，你告诉他。

钱金豹又胡噜起了脑袋，这个嘛，我就知道有谷子，稻子……

翁麒麟说，我问的是你，你难为人家钱金豹干什么？

蓝蝴蝶说，五谷是庄稼，这有什么好问的。

翁麒麟说，是庄稼不假，我问的是五谷，五种庄稼，你说都有什么？

蓝蝴蝶反唇，那你说有什么？

翁麒麟说，我告诉你，五谷是稻粟稷麦菽，稻就是水稻，也有旱稻；粟就是小米，刚才钱金豹说的谷子；稷就是黍子，也包括高粱；麦，就是小麦大麦莜麦燕麦；菽就是豆类，黄豆蚕豆红豆绿豆豌豆……

蓝蝴蝶心里服了，嘴上还硬，这五谷里为什么没有玉米？玉米可是北方人的主要口粮。

翁麒麟说，中国古代没有玉米，直到明朝嘉靖年间，才从墨西哥引进来。

蓝蝴蝶问，墨西哥是哪个省的？

翁麒麟说，墨西哥不是咱中国的，是美洲的一个国家，离我们很远，隔着大海大洋呢。

蓝蝴蝶不说话了，她被震惊了。考翁麒麟庄稼，是她挑起的，本来想寒碜一下这个读书人，没想到庄稼里面还有这么多她不知道的东西。他怎么知道的？莫非是从书本上看的？这么说，读书还是有用的。

渐渐地，他们交谈得顺畅起来，蓝蝴蝶虽然还是讨厌翁麒麟，但是愿意听翁麒麟说话。翁麒麟说话不但委婉中听，还包含着许多知识，这都是蓝蝴蝶闻所未闻的。钱金豹则不然了，蓝蝴蝶不讨厌钱金豹，却不爱听他说话，他说话太费劲，吭吭哧哧，还常常说不到点儿上。

翁麒麟策马靠近蓝蝴蝶，蓝蝴蝶刚要躲避他，便听他说，我们后面好像有人。

蓝蝴蝶也警觉起来，说了声，你们先走，便把马缰绳一勒，钻进路边的一片小树林里。

躲在小树林里的蓝蝴蝶不一会儿便发现了跟在他们后面的人，一个骆驼队。蓝蝴蝶笑了，这有什么，从通州到口外，最常见的就是骆驼队。光是通州漕运码头上的石坝附近，就有大小十八家骆驼店，而大大小小的骆驼队不下几百个。南方的布匹绸缎瓷器茶叶，通过商家卖给骆驼队；骆驼队又将北方的烧碱毛毡药材卖给南方的商贾。以通州漕运码头为界，南方的货物靠船只运输，北方的货物则靠骆驼运送了。为什么骆驼叫作沙漠之舟呢！

蓝蝴蝶心里嘲笑翁麒麟的少所见多所怪，刚要策马追赶他们，忽然心里一动，觉得有点儿不对劲儿。骆驼队是长途运输，每队骆驼多则过百，少则数十，这个骆驼队怎么只有七头骆驼呢？再有，驮在骆驼身上的货物分为草屉和大屉。草屉是用草包披垫夹棍来垫护驼背的，大屉则是用毡子皮子包裹，外面再用绳子捆绑围放在驼背上的。可是这几匹骆驼驮的货物，既不是草屉又不是大屉，像是随随便便放在骆驼身上的，分量又显得很轻。还有，骆驼队从通州出发，可以远达库仑，三千多里的路程，与大运河从杭州到通州的距离差不多。这么远的运送商家要精打细算顾及成本的，尽可能多用骆驼少用人。大骆驼队，一个人要牵十二头骆驼，叫作一槽，也叫一把。可是眼前这七八匹骆驼，却用了三个人。他们到底是做生意的，还是游山玩水的。游山玩水应该下江南呀，他们到口外干什么来了？对，还有，更重要的。骆驼队的每一匹骆驼的脖子下面，都挂着一个铜铃铛。走路的时候，随着骆驼身子的晃动，驼铃便叮叮当当地响起来，这动听的声音能传得很远，成了沙漠上的天籁之声。而他们的骆驼，都把驼铃摘掉了。由此看来，他们不仅不是游山玩水的，简直像做贼的了。

蓝蝴蝶穿过小树林，追上翁麒麟和钱金豹，将看见的情况和心里的疑惑说了说，翁麒麟和钱金豹也警惕起来。

莫非真的是跟踪他们的，谁呢？为什么呢？

路越走越荒凉了，已经看不见道路两旁的庄稼地了。无边无际的沙漠，在烈日下黄灿灿的，像是有无数火苗跳动，又像是连天的波浪滚动。天气又热又干燥，还好他们带足了水。脚下已经没有路了，怎么走朝哪儿走完全是信马由缰。翁麒麟问，没有路我们怎么走？

蓝蝴蝶说，你们只管跟着我走就行了，别瞎操心。

钱金豹讨好地说，那是，蓝大侠肯定认识路。

蓝蝴蝶说，我没那么大的本事。

翁麒麟说，原来你也不认识路，这……这样走行吗？

蓝蝴蝶说，我不认识路，有认识的呀？

钱金豹忙问，谁呀，谁认识路？

蓝蝴蝶说，我的马呀，没听说过老马识途吗？

翁麒麟不说话了，他怎么把蓝蝴蝶的马忘了呢，怪不得她一直走在前面呢。

前面出现了一座高山，是从沙漠上突兀而现拔地崛起的。山势不高，却很险峻，一条狭窄的小路钻入了大山深处。翁麒麟突然有一种莫名的恐惧感。这山也太狰狞了，完全是石头堆积起来的。他见惯了南方的山，有山就有水，有山就有树木花草。可是这座山，光秃秃的，干枯枯的，大石头压着小石头，小石头架着大石头，连一棵树一丛草都没有，见不到一点儿绿色。

翁麒麟说，这山也真怪，怎么这么干净？

蓝蝴蝶说，这里的山都是光屁股山。

钱金豹笑了，对对，一丝不挂，赤身裸体。

蓝蝴蝶不满地剜了他一眼。

翁麒麟心里埋怨着钱金豹，“光屁股”三个字从一个大姑娘嘴里说出来，本来就不雅，你再重复再发挥，这不是锅烟擦灰——越擦越黑吗？

那条小路也是窄得邪乎，像是用斧头胡乱劈出来的。两边是陡峭的山崖，岩壁毛毛糙糙，挂满了石块石片，不知道什么时候就会有石块石片掉下来。小路只能容一匹马，钱金豹自己走在前面，让蓝蝴蝶走在中间，翁麒麟断后。他毕竟是习武出身，懂得一些军情战略，这样是为了保证蓝蝴蝶的安全。

翁麒麟的恐惧感不完全是由于山势的险要复杂，更有一种不知来自何处的警示与预感。别出事，千万别出事。他默默地向上苍祷告着。

翁麒麟问，这是什么山？

蓝蝴蝶说，两狼山。

翁麒麟心里像是被什么敲击了一下，两狼山，这名字怎么这么熟悉？在哪儿出现过，有什么典故，我肯定没有来过，那么听人说过吗？在书上见到过吗？

前面的路似乎开阔了一些，路面上也不再是整块的大石头，现出了鸡蛋大的石子碎石。翁麒麟以为将要走出了大山，心里稍微松了一口气。还没容他将这口松弛的气吐出来，便听到乱糟糟一片响，几匹马从对面冲上来，一个个蒙着面巾，持枪挥刀，也不报字号来路，上来就横劈竖砍。

钱金豹慌忙驱马迎战，蓝蝴蝶也抽出剑来迎上前去，翁麒麟没有兵器，依然用那只铁箫抵挡。他只能抵挡，没有功夫，能抵挡就不错了。杀过来的有七八个人，看起来个个都武艺高强，他们三个人肯定不是对手。

翁麒麟急着问，你们到底是什么人，我们跟你们无怨无仇，要钱我们给你们钱就是了，何必厮杀？

那伙人根本不理睬他，依然凶狠地挺枪挥刀。敌强我弱又敌众我寡，翁麒麟说，求求你们别打了，你们到底要什么，我们投降还不行？

那伙人还是不理他，继续厮杀。

翁麒麟渐渐地发现，这伙人虽然凶猛，却不想要他们的命。几次枪尖都刺到他的胸口了，又收了回去，他举着那只铁箫迎战，人家只是用刀背碰撞，连铁箫都不肯砍断。钱金豹那边也是这样，他一个人战三个人，肯定不是对手，人家只是围着他周旋，并不真的出手。再看蓝蝴蝶那边……不对，人家只是不想要翁麒麟和钱金豹的命，对蓝蝴蝶却下了毒手。两个武士真刀真枪地攻击蓝蝴蝶，一招一式都实实在在，都冲着蓝蝴蝶的致命处下手。幸亏蓝蝴蝶功底扎实，竭力与他们拼搏。翁麒麟见了，急着喊钱金豹，保护蓝蝴蝶。

钱金豹也看到了蓝蝴蝶的危机，可是他摆脱不了三个人的纠缠，急得前突后冲，也杀不过来。

这时候，蓝蝴蝶被挑下了马，摔在地上，仰着头要翻身起来，一个家伙挺着长枪刺向了蓝蝴蝶的咽喉。翁麒麟急了，掏出汉隶镖，抛了出去，正好打在长枪手的胳膊上，长枪当啷一声掉在了地上，蓝蝴蝶趁机跳了起来。

又有两个人向蓝蝴蝶冲过来，蓝蝴蝶不能上马，只能在地上与他们迎战。

翁麒麟喊着，朝山上撤！

一句话提醒了蓝蝴蝶，蓝蝴蝶虚应了两招儿，退到山根下，猛地转身，朝山上跑去。

蓝蝴蝶有仙猿攀缘的本事，在大运河畔的黑森林里，翁麒麟和钱金豹就见识过了。现在的蓝蝴蝶更是活灵活现。她一只手攀住了一条石棱，一根长枪朝着后背猛刺过来。她一个鲤鱼打挺儿，双脚挂在了上面的一块石头上。持长枪的家伙还想刺向她，她又一个鹞子翻身，从一块石头飞到另一块石头上。紧接着，她又一纵一跳，飞猿般地挂在了高高的山崖上。那伙人都骑着马，马当然不能攀缘。就是他们下了马，对蓝蝴蝶也无可奈何。蓝蝴蝶在悬崖上哈哈大笑，向那伙人挑战，那伙人气急败坏地撤了。

蓝蝴蝶纵身从山崖上跳下来，直接落在了她的马背上。

翁麒麟说，此处不可久留，快走。

蓝蝴蝶说，走不了了，他们肯定在前面等着我们。

钱金豹问，那怎么办？

蓝蝴蝶说，跟我来。

蓝蝴蝶带着他们打马回头，走了一段路，蓝蝴蝶让他们下马，牵着马爬上一道小山梁，前面又出现了一条小路……

出了两狼山又走了三天，前面就是蒙古大草原了。一马平川，一望无际，碧波荡漾，天高云轻，翁麒麟心里舒畅起来，钱金豹和蓝蝴蝶也兴致高涨。他们策马扬鞭，在大草原上狂奔起来。

人和马都大汗淋漓，通身爽快。蓝蝴蝶勒住马，大口吸着气，草原上的空气新鲜甘甜，饱含着浓郁的花草清香。忽然，蓝蝴蝶高声唱起了蒙古长调：

天上的雄鹰为何你这样彷徨，

草原上的骏马你奔驰去何方，

小伙子的歌声怎么这样哀伤，

他是去寻找离他远去的姑娘……

蓝蝴蝶的嗓音很美，歌儿唱得轻盈嘹亮，情义饱满绵长，翁麒麟听了，有一种想流泪的感觉。

没想到，蓝蝴蝶刚刚唱完，钱金豹便也学唱起来，听了一遍，他几乎一字一句地把那首歌唱了下来，而且嗓音浑厚清亮，也把歌儿唱得愁肠百转，意味悠长。

不但蓝蝴蝶惊愕了，翁麒麟也被震住了。平时他也听过钱金豹唱歌，不过是顺口吟唱，三句长两句短，只知道嗓子不错，却没想到他有如此高的天赋。

蓝蝴蝶叫起来，行啊，钱金豹，真人不露相，露相三千丈啊。

钱金豹说，我就是跟着你瞎哼哼，唱得对吗？

蓝蝴蝶说，对，大部分都对，只是有几个弯儿拐得还不到位。了不起了，学唱一首歌，行家也得三五遍，你听一遍就八九不离十了。冲着你这唱歌的本事，在草原上放牧，姑娘们都得像花蝴蝶一样地飞扑过来。

钱金豹说，我就想能有一只蓝蝴蝶飞过来。

蓝蝴蝶一愣，竟然被钱金豹的话噎住了。

翁麒麟哈哈大笑起来，说得好，谁说我这兄弟不会说话，这话说得多给劲儿。

蓝蝴蝶红着脸说，蔫人出豹子，看你拙嘴笨舌的，心里边憋着一大兜儿坏水。

钱金豹觉得自己失言了，也涨红了脸，慌忙道歉说，蓝大侠，我不是故意的。

蓝蝴蝶说，都这么直截了当了，还不是故意的。

钱金豹说，我也不知道怎么回事，顺嘴就说出来了。

翁麒麟说，言为心声，钱金豹只不过说出了心里话，何错之有？

蓝蝴蝶冲着翁麒麟说，挑事儿是不是，你们读书人就是阴奸损坏，看别家出殡不嫌殡大，看别家着火不嫌火苗子高。

翁麒麟急忙告饶，罢罢，这里原本也没有我什么事。

如此一来，三个人之间的关系反而松弛下来，在以后的行程中，便有说有笑，趣味无穷。

见气氛缓和了，翁麒麟认真地问蓝蝴蝶，你怎么知道我们的父亲还活着？

蓝蝴蝶说，我不知道呀？

你不知道带我们来干什么？

是你们让我来的啊！

蓝大侠，求求你，你把真相告诉我们吧。

我真的什么都不知道。

那你为什么让我们来找父亲？

我什么时候告诉你们的？

你在梦中告诉我们的呀！

那是你们的梦，不是我的梦，我管天管地，还管你们做梦？

对，是我们的梦。可是解梦天师杜五经让我们去找你，说你能帮助我们寻找父亲，你也没否认呀？

我也是死马当活马医，至于能不能找到你们的父亲，只有天知道。

大侠，求你跟我们说说，你怎么知道要去哪王庙寻找我们的父亲？

我师父说的？

翁麒麟紧盯着问，你师父是谁，他怎么知道的？

蓝蝴蝶叹了一口气，唉，说来话长了。

我娘死了之后，我被一个商人收养了，算是我的养父吧，我这蓝姓就是随了他的。这个商人是个拉骆驼的，专门跑通州至库仑这条线。商人的家远在扬州，他要是把我托付给别人又不放心，就把我带在身边。用一个装粮食的笆斗绑在骆驼背的大屉上，再把我放进笆斗里。好在这条路上有的是牛奶羊奶马奶，我就躺在骆驼背上，吃饱了就睡，睡醒了就玩。笆斗是我的摇篮，我在骆驼背上摇啊摇，一摇就是三千里，回来又是三千里。可是回来那三千里却没有走完，遇见了暴风雪。大雪铺天盖地，暴风把石头都刮得满地滚。茫茫大沙漠，没有任何遮风挡雪的地方。先是人倒下了，倒下后便立即让冰雪掩埋了。骆驼见主人没了，也都四散了。

连人带骆驼，都消逝在大沙漠里了。没想到，驮着我的那匹骆驼，却非常仁义。风雪狂暴的时候，不知道它在哪里躲避的，风雪过后，它把我驮到了哪王庙……

哪王庙的大喇嘛丹巴嘉收养了我，也收养了那匹浑身是伤的骆驼……

听了蓝蝴蝶的身世，翁麒麟和钱金豹半天没说话，心里都很沉重。

蓝蝴蝶说，我在哪王庙里，学会了说蒙古话，也学了一些蒙古字。我就是念不了经，一念经就犯困。丹巴嘉大喇嘛说我俗缘未了，进不了佛门，就不强求我了。可是我对练武非常有兴趣，藏族大喇嘛蒙嘎拉有一身好武艺，成了我的师父。他没日没夜地教我，我没日没夜地苦练。到了十四岁的时候，我离开哪王庙，自己去闯荡江湖……

蓝蝴蝶见翁麒麟和钱金豹不说话，自己也沉重起来。她索性抽了一下马鞭，策马飞奔起来。翁麒麟和钱金豹一见，也驱马追了上去。三匹马前后在草原上奔驰着，耳边呼呼风响，草原被他们犁起一条碧波翻滚的河流。

跑了许久，太阳西沉了，他们在一个敖包前歇息下来。他们拿出随身带的水和干粮，补充营养。

蓝蝴蝶又开始了刚才的话题，你们问我怎么知道你们的父亲还活着，我真的不知道。从今年开春的时候起，我就经常做一个梦，一个一模一样的梦。我总是梦见哪王庙，庙里见不到丹巴嘉呼图克图，也见不到我的师父蒙嘎拉。见到的是两个陌生人，他们的脸色很难看，衣衫破烂，蓬头垢面。什么模样我记不住，只记住他们的眼睛，眼睛里含着泪，目光里满是可怜和哀求。他们喃喃地对我说，告诉我们的儿子，我们还活着，让他们来救我……我一直被这奇怪的梦困扰着，多少次也想去找解梦天师杜五经，都忍住了。我信不过他，也信不过我身边的人，我觉得这件事很重要，跟谁都不能说。直到那天在黑森林劫持了你们，夜里那个梦又出现了。哪王庙的两个陌生人又出现了，他们很急，让我马上把他们的话传给你们，我说，我又不知道你们的儿子在哪儿？他们说，就在你身边……

翁麒麟和钱金豹都瞪大了眼睛。

钱金豹说，怎么会有这么奇怪的事情？

翁麒麟说，后来你真的告诉了我们。

蓝蝴蝶说，怪就怪在这儿呢，我没有去找你们，却闯入了你们的梦里。

三个人又都沉默起来。

蓝蝴蝶说，要不是这么奇怪的梦，我能相信这些吗？我能带着你们到哪王庙来吗？

钱金豹喝下最后一口水，站起身来，背对着蓝蝴蝶和翁麒麟，眺望着广袤无垠的大草原，用一种哀伤的调子唱起了刚才跟蓝蝴蝶学的那首歌：

天上的雄鹰为何你这样彷徨，
草原上的骏马你奔驰去何方，
小伙子的歌声怎么这样哀伤，
他是去寻找离他远去的姑娘……

横在眼前的又是一道山脉，层层叠叠的山峰连绵起伏，接连天际。走近后才发现，这里是一座热闹的小镇。在茫茫无际的大沙漠里，发现一座小镇就像进入天国一般，无比的新鲜与神奇。镇南门外，竖着一个雕龙刻凤的石牌坊，上面刻着“铜雀镇”三个大字。

三个人不约而同地下了马，在小镇上徜徉闲逛，饶有兴致。镇上有一些古老的门店，除了饭庄茶楼之外，还有南方的绸缎布匹、陶瓷琉璃、茶叶雨伞以及北方的毛毡地毯、药材山货、铁木家具，等等，都悬挂着古色古香的牌匾，多是老字号店铺。沿街摆放的东西就多了，热气腾腾的美食，琳琅满目的杂物，色彩斑斓的衣帽，奇形怪状的鸟兽，还有许多杂七杂八的家什用品。来往的商贾旅客，多是穿着长袍的蒙古人，也有不少来自内地乃至南方的商旅，还有一些说话打嘟噜的俄国老毛子和深眼窝儿大鼻子的新疆人。

走了一个多时辰，他们才来到铜雀镇的北门，出了北门就是一条通往大山深处的道路。他们又跨上了马，沿着山路前行。头顶上一片金碧辉煌，闪光耀眼，一座宏伟的寺庙出现在半山腰上。山寺周围和后面，是郁郁葱葱的苍松翠柏，甚是庄严肃穆。

这便是哪王庙，来到了大门口，翁麒麟和钱金豹勒住了马，回头想问蓝蝴蝶，蓝蝴蝶竟然掉转马头走了。

翁麒麟喊着，喂，蓝大侠，你别走啊……

蓝蝴蝶的马消逝在山路的转弯处。

钱金豹愣愣地望着翁麒麟，她不管我们了？

翁麒麟无可奈何地摇了摇头。

两个人下了马，牵马来到了庙门口，将马拴在一棵松树上，然后整衣进庙。

门前有一个打扫院门的小喇嘛，翁麒麟上前施礼问安。

小喇嘛问，你们是进香的，还是住宿的？

翁麒麟心里一亮，原来这里还可以住宿，忙说，我们是进香的，也是住宿的。要先住下来，才好安排进香之事。

小喇嘛帮助他们牵着马，绕过寺庙，进了东边的一个旁门。这是一个专门招待香客和挂单僧尼的小院，翁麒麟和钱金豹选了靠里面的房间住下来。

安置好之后，钱金豹说累了，便四脚八叉地躺在了炕上。翁麒麟也累，可是兴致和好奇心更浓，便一个人出了屋门。

这个小院后面还有一个小门，通往哪王庙的大殿，翁麒麟信步走了进去。里面是一个很大的院落，两棵水缸粗的千年柏树直冲云端，前面是一个大殿，后面又是一个院落。很静，没有声音，也不见人影。翁麒麟徘徊犹豫着，好不容易从后面走来一个挑着水桶的小喇嘛，翁麒麟忙拦住打听，请问丹巴嘉大喇嘛在哪儿？

翁麒麟不知道哪王庙有什么人，只是路上听蓝蝴蝶提起过丹巴嘉和蒙嘎拉两位大喇嘛。

小喇嘛没有说话，只是朝后面扭了一下头。

翁麒麟缓步朝后院走去。

后院也是空落落的。翁麒麟仔细观察着，不知道该敲哪个房门。

一股异香飘过来。开始的时候若有若无，翁麒麟觉得是自己的鼻子过敏了，没大在意。慢慢地，异香越来越清晰，挥之不去了。这是什么香味呢？柔柔的，淡淡的，味道却很特别。不是普通的檀香沉香，似乎有一股浅浅的苦味儿。这苦味儿又不难闻，也不刺激，还很诱人，闻后还想闻。但是，当你认真想品鉴一下这味道的时候，它又消逝了。刚要放弃，它又飘过来。闻香寻路，翁麒麟仔细辨认着香气飘来的方向，朝前走去。

左前方一个月亮门，跨进去又是一个小院，哪王庙到底有多少个院落？小院更加幽静雅致，别有洞天。院子中间一个花坛，里面是草原上不常见的名花异草，有芍药刺梅兰花，花朵半开半绽，含羞带露，娇贵惊艳。花坛的两边是两株西府海棠，海棠花也开得矜持静雅，有如待字闺中的佳丽。

穿过花坛，便是一座雕梁画栋的小殿堂，殿堂的门紧闭着。翁麒麟心里狂跳起来，莫非这股异香就是从这座小殿堂里飘出来的。

翁麒麟走向前去，轻轻地推开了门。殿堂里香烟缭绕，供案上供奉着香花水果灯、茶食宝珠衣。供案上一尊玉佛，翁麒麟认得，这是白度母。

翁麒麟在供案前端立了一会儿，便在案前的蒲团上跪拜诵佛，求白度母帮助他们找到自己的父亲。

那股异香到底是从什么地方散发出来的，翁麒麟自左向右转了一圈儿，也没有找到。他又来到了白度母的供案前，只觉得那异香进入他的胸腔里，又在他的胸腔里扩散，渗入他的骨髓，融入他的血液中了。随着异香的渗入，眼前的白度母活了起来，她慈悲地看着他，冲着她微笑。这微笑的模样太熟悉了，在哪儿见过，这是谁的微笑。很快他便想起来了，是母亲，母亲的笑容。

他没有母亲，他生下来母亲就去世了。

他有母亲，他的母亲就是潘灵芝的母亲。

母亲去世之后，潘灵芝的母亲就把他抱到了自己的怀里。

他和潘灵芝是同一个母亲养大的。

大床上，潘母给他和灵芝喂奶。他和灵芝都光溜溜的，两个小肉滚儿。潘母左边搂着麒麟，右边搂着灵芝。麒麟抱着潘母那鼓鼓胀胀的乳房贪婪地吮吸着，眼睛却瞟着灵芝抱着的乳房。麒麟吃得差不多了，突然向灵芝进攻，翻过潘母的胸脯，去抢夺灵芝的乳房。灵芝不干，潘母生是将灵芝翻到左边，把右边的乳房让给麒麟……

大运河边，潘母用一个大木盆给麒麟和灵芝洗澡，两个人坐在大木盆里玩耍着，灵芝朝麒麟脸上撩着水，水溅进麒麟的眼睛里，麒麟哭了。潘母朝着灵芝的屁股上打着，灵芝也哭了。见灵芝哭了，麒麟笑了起来……

莲花塘，潘母驾着一条小船，到荷塘里采莲蓬。麒麟和灵芝挤在小小的船上，又互相打逗起来。

一只钓鱼郎飞落在小船上，灵芝去抓，扑了空掉进水里。潘母急了，慌忙扑进水里救灵芝。这一扑用力过猛，将小船扑翻了，麒麟也掉了下去。潘母见了，急忙丢下灵芝去救麒麟。旁边的人见了急忙过来帮忙。麒麟很快救上来了，平安无事。灵芝救晚了，肚子里灌满了水，在荷塘岸上救了半天才缓过气来……

这些事不是翁麒麟回忆起来的，是在他眼前真真切切再现出来的。事后很久，翁麒麟还是百思不得其解。不可能是回忆起来的，小时候的事情他不可能记得那么清楚，采莲落水的时候，他大概三岁多，此事他是记住的。之所以记住，是因为灵芝后来多次责怪母亲偏心。明明是她先落水的，母亲见麒麟也落水了，却扔下灵芝去救麒麟。要不是乡亲帮忙，灵芝就被淹死了。母亲是偏心，或者说重男轻女。可是，灵芝毕竟是自己亲生的女儿，他只是一个养子啊……

在河边大木盆里洗澡的时候，大概两三岁，两三岁能记事吗？也许能，也许不能。即使能，也大多忘了，却偏偏记住了这件事。

怪就怪在抢奶头那件事，当时他们才一岁多，肯定不记事的。他不记得，灵芝也不会记得，他比灵芝还大两个多月。不记得的事情怎么能回忆起来呢？

他抬头望着白度母，这不是白度母，是潘母，是妈妈。

他不由得呼唤起来，妈妈……

妈妈笑了，依然笑得那么慈爱、那么亲切，暖暖的，甜甜的。

背后响起一个声音，他回过身来。门外立着一位喇嘛，穿着黄色长袍袈裟，面色红润，神态慈悲，双目炯炯，大耳阔额。

翁麒麟躬身施礼。

大喇嘛却说，施主快请出来。

翁麒麟迈出了门槛，开口说，这是什么香味？

大喇嘛说，此乃本庙香坊，哦，就是配制合香的地方。此香不可久闻，久闻会伤魂魄。

翁麒麟走向台阶。

大喇嘛上前，将小殿的门关好，又转身问道，施主尊姓大名？

翁麒麟的眼前依然呈现着潘母和灵芝的身影，脑子里浑浑噩噩，一片茫然。他知道喇嘛是在问他姓名，可是他不记得了。他叫什么？他是谁？怎么也想不起来了。

大喇嘛又问，施主来自何方？

翁麒麟依然迷茫地看着大喇嘛，他也知道大喇嘛是在问他从哪里来的。可是他也不记得了，他从哪里来呢？

大喇嘛似乎又问了一句，他只听到了声音，全然不知道大喇嘛问的是什么？他是怎么了，怎么突然失去了记忆，失去了魂魄？此刻他能深切感觉到的，只有那股异香。

异香像河水一样把他淹没了，他又记起了荷塘落水。水可以让人致死，那香呢？

这是什么香?

他嚅动着嘴唇，没有回答大喇嘛的问话，却问出了这么一句。

梦哈拉古拉胡胡吉。

他听到的是这样一句莫名其妙的话，眼前空荡荡的，没有大喇嘛，大喇嘛来过吗?他怎么又消逝了呢?回过头来，殿堂的门紧闭着。他进去过吗?明明是进去过的，还见到了白度母，还见到了潘母和灵芝。这一切都是真的吗?

他真想再去推开那扇紧闭的门证实一下，可是他的双腿软软的，怎么也迈不开脚步了。

第七章　白卷·丙篇

翁岩和钱坚来到安庆的时候，这里发生了一件奇事。

七月十五日，中元节，又是佛教的盂兰节，还是民间所谓的“鬼节”。三节合一，长江边上热闹非凡。特别是到了晚上，万家空巷，人如潮涌，焰火花灯将长江映照得波光粼粼，灿如白昼。永昌禅寺的僧尼搭台设坛，做起了盛大的道场；附近区县村镇的花会来演艺争雄；更有城内外的民众来焚纸烧香放河灯。长江，成了流光溢彩的灯笼河流：观音灯、罗汉灯、三星灯、三才灯、玉皇灯、王母灯、瑶池灯、鬼王灯、钟馗灯、冥王灯、判官小鬼灯、鬼头马面灯、南极仙翁灯不计其数，争奇斗艳多姿多彩。

正当万众欢腾的时刻，一只千年神龟从长江里慢慢腾腾地爬上来。这只乌龟有磨盘那么大，背上那硕大的龟壳斑斑驳驳，如苍山老石。人们惊恐地围上来，谁也不敢大声喧哗。神龟旁若无人，笨拙而缓慢地向前爬行着。人们默默地让开一条路，有的人则在它的侧面跪下来磕头祷告。神龟从河滩一直爬到岸上，攀缘上永昌禅寺的石级，翻过高高的门槛，一直爬进了大雄宝殿……

神龟进了永昌禅寺的大雄宝殿之后再也没有出来，老住持带着众僧侣到里面去找，没有半点儿踪迹。

翁岩和钱坚来到安庆，已经是三天之后了，满城的街谈巷议，纷纷传诵的依然是这件奇事。

钱坚问，大哥，您说这是真的吗？

翁岩说，三人市虎，风传而已。

钱坚说，那么多人说是亲眼所见。

翁岩说，耳闻为虚，眼见亦未必是实。

翁岩和钱坚是奉桓侯大爷张岳之命来安庆的，这次是个绝密行动，据说当初插花三爷董超就是在执行这个任务的途中被捕的。桓侯大爷张岳没有让他带银凤七妹，让他带着刚刚入帮的钱坚来的。他没有跟银凤七妹告别，银凤七妹的着急、埋怨和恼怒是可想而知的。

两个人都是第一次到安庆，这是一个名不虚传的古城，雄踞在长江北岸，正是皖河入江处。西接湖北，南邻江西，面对黄山余脉，背靠大别山主峰，素有“万里长江此封喉，吴楚分疆第一州”之美誉。

翁岩和钱坚的任务，是来联络潘清。

在漕运一百二十八帮半的粮米帮中，安庆帮不是最大的，却是名声最显赫的。清朝入关之后，各地反清复明的结社组织屡禁不绝。安徽凤阳有朱安、朱庆二社，规模影响颇大。凤阳乃太祖朱元璋肇基之地，最为正宗。朱安、朱庆领帮行运，在粮米帮中称为安庆帮。后来朱安、朱庆垂垂老矣，把帮主禅让给了潘清。潘清原籍杭州状元街，其六世高祖乃大明状元，状元街亦因此得名。潘家世代既为宦族又为商贾，广有家资权势。后来因为从事长江一线的漕粮入淮，便移居至安庆。潘清天资聪慧，体魄健硕，又生性豪爽仗义，好客养士，结交天下英雄贤良，江湖上尊为小孟尝。

翁岩和钱坚是从枞阳门进的城，拐过卸甲坡，穿过东岳庙，来到火正街，街面上热闹起来。翁岩向一个老翁打听潘清，老翁直接指向了集贤楼。

集贤楼原来不是楼，是一个很气派的大宅院，宅院的高门楼上写着“集贤楼”三个大字，不知道出自谁的手笔。或许里面有楼，翁岩他们刚一进大门便被拦住了。门房客气地询问了他们，把他们带到管家的屋里。管家是个年轻人，姓王名伊，号降祥。王伊见了他们，一边吩咐上茶，一边为他们登记造册，同时还给他们每人五两银锭。

翁岩觉得管家误会了，忙说，王管家，我们不是投奔潘老爷的。

王伊一愣，不是来投奔潘老爷的，你们到这儿干什么来了？

翁岩说，我们是拜访潘老爷的，拜访完之后便告辞。

王伊看了看二人，哦，那可要等几天了。

翁岩问，潘老爷不在家吗？

王伊说，在家是在家，只是……潘老爷每逢三一九才到集贤楼来。

翁岩不解，何为三一九？

王伊说，就是逢三逢一逢九的日子。

翁岩又问，潘老爷届时到集贤楼做什么？

王伊说，与文人吟诗作画，与武将比枪论剑，与谋士谈天说地，当然，也与杂家谈些鸡零狗碎……

王伊说话很幽默，翁岩和钱坚笑了。

翁岩朝王伊拱手作揖，王管家，我们要单独拜访潘老爷，可否行个方便？

王伊问，你们有约吗？

翁岩说，我们是奉命而来。

王伊问，奉谁的命？

翁岩说，奉天地会桓侯大爷张岳之命。

王伊虽然不知道张岳何许人士，但是天地会的鼎鼎大名还是知道的。忙拱手还礼，得罪得罪。这样吧，你们直接去潘宅吧。

翁岩和钱坚急忙称谢。

王伊朝里面喊着，茵蝶，茵蝶……

一个女孩儿跑出来，王管家，什么事？

王伊说，把这两位客官领到潘宅去，他们要见老爷。

两个人再次谢过王伊，跟着女孩儿走了。

女孩儿年纪不大，长得很清秀，也很活泼健谈。一路上蹦蹦跳跳，跟他们有说有笑。钱坚兴奋得有点儿忘形了，几次上坡过沟的时候，居然主动拉住了女孩儿手。女孩儿也不在意，落落大方。

别看一路上钱坚无话，见到这女孩儿便打开了话匣子，有话收不住，没话找话茬儿。他问，你为什么叫茵蝶呢？

女孩儿反问，叫茵蝶怎么了？

钱坚说，好听，也很像你这个人，名如其人。

女孩问，怎么像了？

钱坚说，你看，茵嘛，原指车上的垫子，不美，不能这样理解。应该是草，绿草如茵嘛。一株鲜嫩的小草，含着朝露，带着清香。这时候，一只蝴蝶扇动着翅膀，飘飘飞来……

女孩儿叫起来，哎呀，你酸不酸呀？

钱坚说，是酸是甜，尝了才知道。

女孩儿故意噘起了嘴，你讨厌啦。

钱坚忙换了话题，你名字叫茵蝶，姓什么？

女孩儿说，我不告诉你。

钱坚说，你父亲姓什么？

女孩儿说，我没有父亲。

钱坚说，你母亲姓什么？

女孩儿说，我也没有母亲。

钱坚说，你无父无母，难道是石头缝里蹦出来的？

女孩儿说，我不是石头缝里蹦出来的，我是竹子上结出来的。先开花，后结果，果子熟了，裂开，我就从里面跳出来了。

钱坚开心地笑起来。

翁岩也笑了，我说钱老弟，我印象你平时是个少言寡语的人，没想到见了女孩儿，口吐莲花大展才华啊！

钱坚不好意思地笑了。

女孩儿朝他看了看，怎么还脸红了？这位大哥揭你老底儿了吧？

到了潘宅，茵蝶把他们领到门房前面，走了，连招呼都没打。钱坚急了，要叫住女孩儿，女孩儿已经消逝在大门里面了。

钱坚原本跟着女孩儿是走在前面的，女孩儿走了，他回头看了看翁岩，翁岩刚刚上台阶。他怕翁岩又说他只在女孩儿面前打开话匣子，便主动上前，向门房施了个礼，恭敬地说，劳您驾，烦请通报一下，天地会翁岩、钱坚求见潘老爷。

门房是个有点儿发福的中年汉子，他看了看钱坚，愣是把脸一扬，没理睬他。

钱坚心里立即窝起了火，刚要发作，翁岩上来，递给门房一枚五两银锭，恭敬地说，有劳门政大爷。

门房立刻眉开眼笑，先生有何吩咐？

翁岩从身上掏出拜帖，递给门房。

门房看了看，说了声，请稍等，便一路小跑进了院子。

钱坚气愤地说，狗，看门狗，见了骨头才会摇尾巴。

翁岩说，这是规矩，登门求见，第一步就是献门敬。

钱坚说，哪儿来的规矩，学的都是衙门那一套，还他妈门政大爷，还要献门敬。他潘清多大的官呀，装什么大尾巴狼呀！

钱坚正在愤愤不平，潘清便从院子里匆匆走了出来。潘清衣着长衫，头戴礼帽，身姿伟健，玉树临风，一表人才，而又笑容满面，礼仪周全。见了候在门口的翁岩和钱坚，他忙行礼客套，二位贵客临门，有失远迎，得罪得罪。

翁岩急忙拉钱坚施礼，潘老爷在上，翁岩钱坚冒失了。

潘清忙说，哪儿的话，请还请不来呢，来来，里面说话。

说着，拉着翁岩和钱坚的手，朝院子里走去，亲热得如同久别重逢的至亲密友。

简短的茶叙之后，潘清便命人安排翁岩、钱坚住下。客房在东跨院，两个人进来的时候，里面已经收拾得干干净净了。

一个人一间房，翁岩住在上房东屋，钱坚住在厢房北屋。钱坚到自己的房间里看了看，便来到翁岩的屋里。他还是怨愤难平，嘟囔着说，桓侯大爷也真是，干吗非要拉姓潘的入伙呢？看他那架势，给他宰相他都嫌官小，咱天地会搁得下他吗？

翁岩劝慰说，别这样说潘老爷，你没见吗，江湖上那么多人都来投奔他，为什么呢？良禽择木而栖，贤臣择主而事，可见是人心所向，众望所归。

钱坚说，算了吧，我看就是他有几个臭钱，用小恩小惠收买人心。投奔他的那些人也没多大的出息，都是见钱眼开的贱骨头。

翁岩有些不满了，你的话可越来越过分了，他有些架子不假，盛名之下，谁都难免会做出一些违心的事情来，但是你不能嫉恨人家有钱。家资丰厚，是人家祖上的阴德；产业增聚，是人家经营有方。

钱坚说，我不是嫉恨他有钱，我就是看不惯他的做派。

两个人正议论着，潘清来了，他亲自来问询住宿安排，请他们到前厅参加为他们接风洗尘的晚宴。

潘清算是谦恭得体礼仪周全了，翁岩看了钱坚一眼，意思是让他对潘清尊重一些。钱坚也算懂事，大面上也彬彬有礼，过得去。双方又都客气了几句，便来到前厅餐厅。

潘清看来很高兴，跟两位天地会访客交谈甚欢，特别是对翁岩，一见便敞开心扉，如多年故交。

三个人把酒纵情，海阔天空。话固然没有少说，酒也越喝越多。喝到绝佳处，潘清兴起，提议效仿刘关张桃园结义，结拜为异姓兄弟。

翁岩极为高兴，钱坚却闭嘴无言。

不知道潘清是酒喝多了，还是豪迈中的粗漏，竟然没有发现钱坚的冷淡。好在钱坚也是久在江湖中人，有里有面，心里不痛快，也不会让人下不来台。更主要的是有翁岩的衬托，热度足够掩饰钱坚的微冷。

潘清立即报出了自己的生辰四柱，又热情地问询翁岩和钱坚。翁岩马上说了出来，钱坚还在迟疑，翁岩在桌下踢了他一下，钱坚也慌忙报了自己的年齿。排列起来，翁岩为长，钱坚次之，潘清最小。于是长幼分明，举杯为约。潘清说，他明天要请人择出吉日良辰，三个人到关帝庙去歃血结盟。又痛饮了几杯，潘清还嫌不尽情，招呼奴婢前来陪客劝酒。

让钱坚大喜过望的是，前来陪酒的几个姑娘中，居然有白天欢谈过的茵蝶。

潘清让她们陪坐在客人身边，茵蝶原本该就近坐在翁岩身边，翁岩却指了指钱坚，让姑娘过去。

钱坚感激地看了一眼翁岩，拉茵蝶坐在了自己的身边。

喝了几杯酒后，潘清又让请来琴师，茵蝶起身离席，演唱起来。茵蝶演唱的是弋阳腔。弋阳腔后来与昆腔融会形成了徽剧，乾隆年间，四大徽班相继进京，在帝都扎根，继而风靡全国，最终演化成国粹京剧。这是后话。现在茵蝶演唱的是《采茶小调》。虽然没穿行头，但是身段动作毫不含糊，一招一式，一板一眼，无不细腻精致，乖巧纯净，出神入化。钱坚看呆了，也听呆了，连潘清举杯敬酒他都看不见，翁岩要提醒他，被潘清拦住了。

春日采茶春日长，
妹在茶山等情郎。

嫩嫩的雀舌含在口，

等待阿哥来品尝……

茵蝶顿挫阴阳地唱着，钱坚跟着打节拍。唱得含情脉脉，听得如醉如痴。别说，钱坚还真有点儿音律天赋，那戏迷般的节奏和表情，让演唱者如遇知音。

演唱完了，又是喝酒。茵蝶特意为钱坚斟酒，钱坚还沉醉在茵蝶那音韵里，缓不过神来，觉得身边有人过来，一扬手，正好打在茵蝶的手腕上。茵蝶手里的酒杯掉了，满杯的酒都洒在了钱坚的衣襟上。

潘清怒斥着，无礼!

茵蝶急忙跪下，向钱坚赔罪。

钱坚却受不了了，急忙站起来要将茵蝶搀扶起来。

潘清忙阻止，让她自己起来就是了。

这么一折腾，钱坚的兴致大增，态度也大变，变得热情奔放声高气壮起来，并且主动地向潘清敬酒，赞美他海洋胸襟，义薄云天。

翁岩偷偷地笑起来，对于钱坚来说，酒能醉人，美色更能醉人。

酒席散去之后，钱坚依然很兴奋，来到他们歇息的东跨院，钱坚还舍不得安眠，又跟着去了翁岩住的上房，喋喋不休地说起了潘清的仗义豪爽，是大丈夫，真豪杰。接着又夸起了茵蝶的美貌和唱功。又喝了半天茶，翁岩催促了几次，钱坚才极不情愿地回到自己的寝室。

推开房门，钱坚吓了一大跳，屋子里亮着灯，床头上坐着一个女孩儿，细一看，竟然叫出声来，茵蝶……

茵蝶一改白天和晚宴时的活泼劲儿，低着头，红着脸，站起身来。

钱坚问，你……你怎么来了?

茵蝶羞怯地说，我……来陪您。

钱坚简直不敢相信自己的耳朵，什么?你……来陪我?陪我什么?

茵蝶说，陪您就寝……

钱坚更难以置信了，这……这……怎么可能呢?

茵蝶为了掩饰内心的紧张，故意扬起头来说，这么说您不愿意了。反正是老爷让我来陪您的，您要是嫌弃我，我走就是了，明天您可要跟老爷说一声，是您让我走的。

茵蝶说着就往门口走，钱坚急忙横在她面前挡住去路。

茵蝶说，请您让开，您不要我，嫌弃我，又不让我走，算怎么回事?

钱坚急了，谁说我不要你了，谁说我嫌弃你了……只是这……这也太突然了，我一时转不过弯儿来。

茵蝶说，那您慢慢地转弯儿，等转好了我再来。

说着，茵蝶伸手推着钱坚，要出门离去。

钱坚猛地将茵蝶抱住了，顿时热血冲头，浑身燥热，呼的一下子将茵蝶扔在床上，又猛扑过去……

茵蝶吓坏了，急忙挣扎着，您疯了，放开我……

翁岩他们来到安庆的第四天，是一个黄道吉日，三个人同去关帝庙义结金兰。潘清早已经派人到关帝庙安排好供品香烛以及有关仪轨盟约，一大早他们便更衣出了门。本来预备好了三顶蓝呢大轿，翁岩和钱坚都不习惯，说要徒步而行，也好观察一下安庆的市景。

潘清只好依了二位兄长，缓缓前行，边走边聊。好在天色尚早，一切都来得及。

去关帝庙经过永昌禅寺，大老远，就看见寺门口人流涌动，不知道出了什么事。三个人加快了脚步，朝前赶去。到了庙门口，他们又随着人流进了大寺，直奔向了振风塔。

振风塔是永昌禅寺的主要建筑，塔影横江更是安庆的独特风景。据说安庆在明之前不兴举子进士，修建此塔振兴文风，自此安庆人才辈出，地灵人杰。振风塔是长江流域少见的七级浮屠，挺拔雄劲，气势凌空。素有“万里长江第一塔”和“过了安庆不说塔”之美誉。

塔下已经围满了人，三个人不好往里挤，欠起脚尖儿透过人缝朝里面看去。宝塔前立着一位僧人，双手合十，默默地冲着塔上的万佛诵经。塔的底层供奉着丈五高的接引佛，二层供奉着弥勒佛，三层供奉着五方佛，四层以上还供奉着六百多尊佛像。故振风塔又被称为万佛塔。

僧人诵经良久，一直是垂首闭目。诵经毕，转过身来，人们尊敬地让出一条路。说也怪，僧人绝对不会知道翁钱潘三人的到来，三人见僧人要离开宝塔，没有与众人争睹僧人的慈容，故意躲在人群的后面。

僧人却向三个人走来，翁钱潘立即迎上前去，躬身施礼。

僧人身披袈裟，脚踩芒鞋，银须飘胸，一脸庄严慈悲。僧人双手合十对翁钱潘说，三位施主驾到，老僧倍感欣喜，阿弥陀佛。

翁岩上前施礼，未识长老上下，从哪座宝山前来？

僧人道，老僧姓陆名逵，法号道圆，从五台上来，前往杭州传经说法。

翁岩说，小生姓翁名岩，此乃我盟弟钱坚，此乃盟弟潘清，有幸结识长老，大幸万幸，望长老指点迷津。

陆逵分别打量了一下三个人，便说，老僧还要赶路，不在此地久留，他日或能相遇，以此偈为约：

江水滔滔奔向东
半是色来半是空
待到海清河晏日
天庾正供建奇功

陆逵说完，又施了一礼，便朝大雄宝殿走去。到了大雄宝殿门前，击掌三下，便立身等候。

一只巨大的神龟从大雄宝殿里爬了出来，到了陆逵面前，伸出头来，叩了三下，便朝门外爬去。

人们都惊呆了，失踪了整整七天的神龟又出现了。神龟在前面爬着，不慌不忙，步履艰难稳健，出了庙门，径直爬向江边。陆逵跟在神龟的后面，围观的人群跟在陆逵的后面。没有人敢胡言乱语，更没有人大声喧哗，心里再惊奇，也暗压心底。到了江边，神龟停下了脚步，陆逵缓缓地踩在了神龟的背上，挺直了身子。神龟慢慢地爬进江水里，向东浮划而去。

此时，旭日东升，万缕霞光照耀着前面的滚滚长江，长江翻涛滚浪，一片辉煌。人们依然列在江边眺望，神龟上的陆逵满身金光缭绕，升腾在紫红色的氤氲之中。

直到陆逵的身影消逝在万里长江的天际，翁钱潘才与众人一起离开江边，朝关帝庙走去。

三个人像是经历过了一场洗礼，觉得眼界大开，心胸寥廓，通身舒畅。

在安庆又逗留了两日，潘清收拾了行李，雇了一艘快船，与翁岩钱坚一起上路了。

与他们同行的还有茵蝶。

茵蝶没想到钱坚会把她带走的。这几天与钱坚缠绵缱绻，如胶似漆，恨不得一时一刻都不分开。可是她的心里却常常告诫自己，不可认真，不可太认真。情再深意再浓，也是一场露水夫妻。太阳出来了，露水一干，他们便生生死死地分开了。说到底，她只是男人的玩物，男人玩完了玩烦了玩腻了，便会拍拍屁股离去。从此天各一方，谁还会记得谁呢？她肯定忘不了钱坚，毕竟是她的第一个男人，钱坚会想起她吗？第二天早上，钱坚从自己的脖子上摘下来一枚玉坠儿，和田羊脂玉，雕刻的是一个小葫芦。钱坚把玉坠儿戴在她的脖子上，告诉她，这是他家的传家信物。她感动了，甚至还流了泪。她相信钱坚是真的，至少此时此刻是真的。

这两天，听见潘清他们商量着要一起离开安庆，她常常躲在一边落泪。她知道钱坚要离去了，迟早会有这一天的。知道如此，何必落泪？她一边落泪，一边骂自己没出息。为男人落泪，值得吗？鬼知道钱坚怎么想的？

钱坚当然有自己的想法，他喜爱美色不假，但他不是那种采花盗草玩世不恭的登徒子。既然与茵蝶结缘，又满心欢喜，自然要对她负责。钱坚决定娶茵蝶为妻，没想到茵蝶却誓不相从。钱坚无奈，只好托出潘清从中撮合。

茵蝶的祖上是大明的朱氏皇族，具体是哪一支她说不清楚，反正有明二百余年，家族显赫，身世高贵。李自成、张献忠扯旗造反，朱氏家族遭了天谴，数百万皇亲国戚几乎被斩草除根。茵蝶的曾祖带领家人四处躲藏，惶惶不可终日。特别是康熙年间出了朱三太子之案，清廷对朱氏后人在全国拉网式地搜捕。曾祖为了保全血脉，将全家男子改姓，女子更名。就这样，还是没有逃脱厄运，大部分人都陆续被捕被杀了。茵蝶是母亲带着她逃走的，遇见了土匪，母亲被掠。那时候她五岁，母亲把她藏在了草丛中，才未被土匪发现。

她五岁便成了孤儿，后来被人劫去，糊里糊涂地卖到了扬州娼寮。她天资聪颖花容月貌，成了老鸨重金打造的扬州瘦马。安庆的桃花楼老鸨是把她高价从扬州买来的，指望她能成为万里长江第一妓的头牌。她坚决不从，以死发誓，只卖艺不卖身。

前年的春天，刚满十四岁的她便被以三千两银子开苞的高价“许配”给了一个盐商。她依然誓死不从，从桃花楼上跳了下来。潘清正好从此处路过，见有人落水，连衣服都没有脱便跳下了江，在众人的帮助下，把她救上来。潘清知道她的身世及遭遇后，替她赎了身，她从此成了潘宅的一名奴婢。

其实，茵蝶是喜爱钱坚的。钱坚一表人才，性情豪爽，又精明干练，从哪方面说，都是值得一个女人爱惜的如意郎君。但是，她觉得自己家世不清，出身低贱，不能辱没了钱坚的声名。茵蝶不嫁，钱坚苦苦哀求，潘清耐心劝说，最后茵蝶提出了一个条件，要嫁，只做偏房，不做正室。正室留给将来一位德言容工俱佳的女人，才能与钱坚相配。如果不答应她这个条件，她便誓死不从。

潘清知道茵蝶的倔强，又劝说钱坚答应了这个条件。

钱坚与茵蝶百般恩爱，缠绵悱恻，如胶似漆。知道了茵蝶的身世后，钱坚便让她理直气壮地姓朱，茵蝶答应了。

茵蝶终于敢姓朱了，很高兴，让钱坚唤她朱茵蝶。钱坚便朱茵蝶朱茵蝶地叫个不休，朱茵蝶也一声跟着一声地答应着。一声叫，一声应；百声叫，百声应。应着叫着，叫着应着，直到热血沸腾，风催浪起，两个人又疯狂起来。

一路风光无限，不日便到了镇江。他们弃船登岸，来到潘清熟悉的北固山客栈。刚一进门，掌柜便问，潘爷，您带的两位客人中有位翁先生吗？

翁岩一愣，说，我姓翁。

掌柜的说，您大名翁岩？

翁岩说，正是。

掌柜的说，半个月前，有位姑娘留下个话，说在鹤林烟雨茶楼给您留下一封信，让您去取一下。

翁岩一听便知道留信的一定是银凤七妹。这么说，银凤七妹来过镇江，她干什么来了呢？

翁岩将行李放下，便去了鹤林烟雨茶楼。

信取回来了，果然是银凤七妹留下的。信中说，桓侯大爷张岳一个月前暴病仙逝了，插花三爷董超升为桓侯大爷。董超遇难是翁岩和银凤七妹救出来的，钱坚也出了力。但是，董超却是个心胸狭窄之人，不愿意让潘清投奔洪门。因为凭着潘清的名望和才识，进了天地会肯定要在董超之上。银凤七妹在信中说，她原本要在镇江等他们面谈的，舅舅家里还有些事情需要她去处理，他们何时到镇江又遥遥无期，便留下书信不再等了。

翁岩和钱坚去安庆，本来是奉桓侯大爷张岳之命拉潘清入天地会的，现在银凤七妹这样说，再去也没有什么意思了。钱坚本来打算带着朱茵蝶去拜见表叔张岳的，现在也只好作罢。三个人商量了一下，潘清说他要去杭州，那里还有一些祖产和生意，需要打理一下。翁岩呢，离开家太久了，想回家看望独守空房的妻子。

于是三人商议，翁岩回山东东昌府，潘清带着钱坚去杭州。钱坚去杭州是潘清一再邀请的，他说杭州有现成的宅院，可以收拾出一所院子给钱坚和朱茵蝶安家。既然潘清和钱坚都去了杭州，便也要求翁岩速去速回，把妻子接到杭州居住，潘清也给他准备一所院子。如此一来，三个人便可以在杭州落脚扎根，以后闯荡江湖，也有个归巢。潘清再将妻子也接过来，三家互相有个照顾。

更为重要的是，他们都没有忘记在安庆永昌禅寺的振风塔前，僧人陆逵与他们的杭州之约。

翁钱潘三人相聚在杭州。

翁岩开始被安置在潘宅的一套院子里居住，后来有朋友介绍了哑巴桥边的一所宅院，便买了下来，带着妻子搬了进去。钱坚见翁岩自己买了宅子，也与朱茵蝶商量，或买或建一所属于自己的院子。朱茵蝶固然愿意，可是钱坚拿什么买呢？钱坚不比潘清，祖上没有给他留下什么遗产，自己这些年闯荡江湖，也没攒下多少钱。潘清理解钱坚的心思，一个男人，又娶了老婆，居住别人的房子，总会有寄人篱下之感。尽管他们是结义兄弟，情同手足胜似手足，在钱财上也要分得清楚。亲戚远了香，近了打堵墙，亲兄弟还要明算账呢。这是男人的体面尊严。潘清与翁岩商量，将钱坚住的房子卖给他，并把房契都拿来了。

翁岩拿着房契找到钱坚，说了潘清的意思，钱坚却说什么也不干。不为别的，只因为这房价要得太低了。前后三进院子，还有很大的一个后花园，才要六百两银子。当初建这套宅子的时候，不算宅基地，没有二千两银子也建不下来。

翁岩说，潘清说了，这毕竟是一所旧宅子，你别按照新宅子算。

钱坚说，就算是旧宅子，你满杭州打听打听，有没有这么便宜的？这是卖吗？这是送。

翁岩说，你说对了，潘清还就是想送给你的，怕你不要，才出此下策。

钱坚说，要卖给我也行，公平交易，合理价钱。

那你说多少钱算是合理？

少二千两银子我不要。

你不是说，新建的宅子二千两吗？

大哥，您别忘了，还有宅基地呢。

潘清说了，也要把咱兄弟之间的情义算进去。

要说情义，千金不换。

翁岩说，这样吧，我做个主儿，拦腰砍一刀，一千两银子。

钱坚讨价还价，一千八百两。

翁岩说，一千二百两。

钱坚说，一千七百两。

又经过一番口舌争执，最后两个人敲定一千五百两，分十年还清。

钱坚说，那得加点儿利息。

翁岩说，利息算我的，我是大哥，听我的。

钱坚流下了眼泪，他紧紧地握住了翁岩的手，说，平生有你们一兄一弟，我钱坚这辈子值了……

一顿酒席，钱坚坚持要请客，翁岩说，要请，就在家里请，就让弟妹下厨，这才显出了咱兄弟间的情分。

这天晚上，钱坚在家里帮助朱茵蝶下厨操勺，叮叮当当忙活起来。虽说是家常便饭，却也非常认真精致。朱茵蝶毕竟是扬州瘦马出身，不但懂得琴棋书画，更精于烹饪女红。

翁岩和潘清几乎是同时到来的，钱坚和朱茵蝶早早地恭候在了家门口。

潘清给钱坚带来一件神秘的礼物，两个家丁抬着，外面裹着红绸子。

翁岩也觉得奇怪，什么呢？

潘清命家人把红绸子打开，原来是一块匾额，上面雕刻着两个大字：钱宅。

是潘清亲笔书写。

钱坚感动得深鞠一躬，紧紧地拉着潘清的手，哆嗦着嘴唇，不知道说什么好了。

翁岩指挥着潘清的家丁将匾额挂在了大门上。

然后，钱坚招呼着大哥三弟，朱茵蝶搀扶着二位夫人，走进了大门。

满桌佳肴摆好之后，钱坚招呼着翁岩、潘清和二位夫人就座。

别人都坐好了，朱茵蝶却不入席，以奴婢礼仪垂手立在桌前。

翁夫人朱氏和潘夫人黄氏起身劝请，朱茵蝶仍然不动。

潘清说话了，二嫂，请吧，坐在二哥的身边。

朱茵蝶哇的一声哭了，咕咚跪在了潘清的面前。

潘清慌了，怎么了？怎么了？二哥欺负你了？

朱茵蝶哭着说，老爷，您叫我二嫂，我担当不起啊……

潘清说，哎呀，哪儿的话，我跟大哥二哥已经结拜为兄弟了，这你是知道的，我不叫你二嫂，叫你什么呢？你不是让我潘清做个不义无礼之徒吧？

朱茵蝶哭着说，老爷，我的一切都是您给的，您替我赎了身，我就是您的奴仆，一辈子生死由您。您替我做主嫁给了钱老爷，我便是他的奴仆，一辈子好好伺候他才不负您的恩德。

翁岩也说话了，弟妹，这就是你的不对了。我们兄弟义结金兰，有福同享，有难同当，手心手背，肩膀一般齐。你既然嫁给了二弟，自然是丈夫同兄弟，夫人同妯娌，你屈身自贬，让我们怎么相处呀？

朱茵蝶说，翁老爷，当初说好，我是做钱老爷偏房的。

翁岩说，偏房也是如夫人，在钱坚迎娶正室之前，你就是内当家。

朱茵蝶说，如夫人毕竟不是正室，朱茵蝶万难从命。

潘清说，你自称朱茵蝶，已经不是过去的茵蝶了。现在的茵蝶，不再是潘家的奴仆，要堂堂正正地姓朱，堂堂正正地做钱夫人。

朱茵蝶震惊了，感动得昏天黑地，叩着头对潘清说，老爷这么抬举我茵蝶，恩重如山，难以回报。但是在你们改口之前，请您受我三拜，算我茵蝶有人心，记住了您的恩德。

说着，朱茵蝶额头叩地，给潘清磕了三个头。

然后朱茵蝶入席，三家六口举杯欢庆，佳音不断，笑语连连……

有人欢乐有人愁。屋内，情深意浓，泪眼飞花，其乐融融。窗外，却隔着一个断肠人。

谁呢？银凤七妹。

银凤七妹是今天来到杭州的，她是来投奔翁岩的。

料理完舅舅张岳的丧事和家事之后，银凤七妹又变得举目无亲孤身一人了。她只能投奔翁岩，在她的心里，早就把翁岩当成了亲人，现在还是唯一的亲人。她先到镇江，来到他们联络的鹤林烟雨茶楼。翁岩果然不是个无情无义的人，给银凤七妹留下了一封信，告诉了他们的去处和归处。银凤七妹算了算，翁岩应该已经到了杭州了，于是她便搭上回空的漕船，来到了杭州。

她几乎没费什么劲儿便打听到了潘清和翁岩的住处，这时候已经到了傍晚。一天没进食，肚子早就饿了，她忍着不吃，期盼着见到翁岩后两个人好好痛饮几杯。

来到了翁岩宅门口，看见翁岩骑着一匹马出来了，后面紧跟着一顶二人抬的小轿。

银凤七妹明白了，这是翁岩带着夫人出行，很可能去参加重要的活动。她下意识地闪在路边，放翁岩和小轿过去。

银凤七妹并不是很吃惊，她自从认识翁岩的时候起，就知道他已经结婚了。她虽然有些遗憾，可也并没有特别在意。好汉子占九妻，翁岩不会就娶一个老婆吧。当不了大老婆，当个小老婆也行。以后大老婆在家相夫教子，我陪伴着翁岩闯荡江湖行走天下就是了。心里是这么想，可是从来也没有对翁岩表白。这次到杭州来，她就想跟翁岩摊牌的，这辈子我跟定你了，你想甩也甩不掉了。

现在，银凤七妹看到翁岩带着夫人出门了，心轰的一下坍塌了。不要说勇气，连一丝气力都没有了。

翁岩走出很远，她才迈动脚步，不甘心又不情愿地跟了过去。跟着他们干吗？不知道。眼见着翁岩携着夫人进了钱宅，她只能暗暗地躲在一边。

第八章　白卷·丁篇

何为罗教？罗教，乃前辈罗清创立的新教，始祖达摩，属禅宗之临济派。罗教汇集三教之真谛，道派不紊，教化众生，洗礼人心，其道义正大光明，其主旨义气千秋，故而可以永久长存……

杭州刘氏庵堂，高僧陆逵在传经布道，下面听众有百十人。陆逵在布道中已经注意到了，翁钱潘坐在了人群的后面。他没有与他们打招呼，继续讲述着。

世称三教者，儒释道也，名义虽殊，实系同源。经云：红莲白藕青荷叶，三教本源是一家。何为道，生天生地生人生物者也。道创造天地人万物，涵盖天地人万物。故在儒释两教之前，已有道教。道教始于老子，老子姓李名耳字聃，周朝之守藏室之官，著有《道德经》五千言。

孔子学礼于老子，至二十三岁回鲁，临行老子赠之以言曰，富贵者送人以财，仁义者送人以言。遂将东方教化之事托付给孔子。

老子骑青牛过函谷关，函谷关令乃周朝大将军尹喜。尹喜者，字文公，号文始真人，乃道教始祖之一。尹喜见紫气东来，便开关迎接老子。老子将《道德经》留给尹喜，西渡流沙河抵印度，传道于西方。

老子由兜率宫降玄元之气，以感印度净饭王后摹耶夫人受孕，在蓝毗尼园的无忧树下，立而生下释迦牟尼。

释迦牟尼乃老子之化身，孔子学礼于老子，故太上东渡仲尼，西化牟尼，故此儒释同源也。而罗教者，乃奉儒教之学，行释教之法，修道教之行，三教归一也……

陆逵每天上午在刘氏庵堂讲经，翁钱潘三人听得聚精会神，如沐春风。这天，翁岩在听经时无意中向外瞥了一眼，心里一惊，一个熟悉的身影一闪而过。翁岩悄悄地出了庵堂，果然，银凤七妹在外面等着他。

翁岩忙问，你什么时候来的？

银凤七妹说，来了十几天了。

翁岩说，哦，这么久了，你怎么今天才来找我们？

银凤七妹扫了翁岩一眼，低下了头。

翁岩说，此处不是说话的地方，也快到吃饭的时候了，前面有个临河楼饭庄，我们到那里去吧。

银凤七妹默默地跟在翁岩后面，进了临河楼饭庄，拣一个僻静的座位坐下。

翁岩说，饿了吧，想吃什么？

银凤七妹不说话，也不看翁岩，默默地低着头，摆弄着自己的辫梢儿。

伙计过来招呼，翁岩让先上一壶好茶，然后再点菜。

银凤七妹不置可否，扭过脸看着窗外。

翁岩觉得很奇怪，银凤七妹向来爽快泼辣，敢说敢做，今天怎么变得这样扭捏了呢？

翁岩倒了一杯茶，递给银凤七妹。

银凤七妹依然没说话。

翁岩看着银凤七妹的脸色，琢磨着，你这是怎么了？不舒服吗？或者出了什么事？

银凤七妹轻轻地摇了摇头。

翁岩突然发现，银凤七妹的眼睛里闪着泪光，无疑这是受了委屈，谁欺负她了呢？

翁岩关切地问，七妹，你遇上什么不顺心的事了？

银凤七妹瞪了他一眼，憋屈地说，你是真糊涂还是装糊涂？我们分开这么久了，你恐怕早就把我忘了吧？你还知道我是谁吗？

翁岩说，我不是给你留下信了吗？告诉你我到杭州来了。

银凤七妹说，是啊，你到杭州来了，你到杭州干什么来了？

翁岩说，我不是跟你说了吗，我跟钱坚潘清两兄弟一起到杭州谋生计。

银凤七妹说，是啊，你来谋生计，买了房子，安了家，把老婆也接来了，过起了甜甜美美的小日子。那么我呢？你想到我了吗？

翁岩开始明白银凤七妹的怨气了，安慰她说，七妹，你还年轻，做什么都不晚，也为自己打算打算吧？

银凤七妹说，你让我为自己打算？怎么打算？这么说，你不打算管我了？

翁岩为难地说，你让我……唉，说吧，你让我怎么管你？

银凤七妹说，你自己心里明白。

翁岩心里当然明白，自打两个人在逃荒的路上遇见了，这个小丫头儿便缠上了他。后来入了天地会，更是形影不离。进进出出总是成双成对，连外出办理差使，张岳都把他们派在一起。天地会上下，都知道两人的关系，早早晚晚会成为一家人的。翁岩并不讨厌银凤七妹，何止是不讨厌，简直是打心眼儿里喜欢，能有这么一个有情有趣的小尤物同床共枕，也是人生的一大幸事。可是，他已经有了老婆了，明媒正娶的原配夫人，该怎么办呢？

银凤七妹说，你是男人，男人有本事，三妻四妾的是常事，我都不在乎，你在乎什么？

翁岩从来就没想过纳妾，要纳妾也得正室夫人同意才行啊？

银凤七妹说，你老婆不是来了吗？你回去就跟她说。我什么条件都没有，连花轿都可以不坐，只要有碗饭吃，有张床住就可以了。

正在这时候，门口有人大声叫嚷，我说大哥怎么听半截儿经就跑了呢？原来是洁香妹妹来了。洁香妹妹，这就是你的不对了，来了不先找我这个名正言顺的表哥，倒先找翁大哥，也太让我丢面子了吧？

翁岩和银凤七妹连忙站起来，钱坚的后面跟着的是潘清。

翁岩说，你们怎么找到这儿来了？

钱坚说，什么找的，我们见你走了，以为家里有什么事，打算先在外面吃点儿东西，然后再去找你。也活该打扰你们，碰上了。

翁岩忙向银凤七妹引见潘清。

银凤七妹向潘清施礼，久仰潘老爷大名，今日有缘相见，幸会幸会。

钱坚说，别叫潘老爷了，你得叫三哥，我们已经结为兄弟了。

钱坚和潘清坐下来，开始点菜要酒，一起为银凤七妹接风洗尘。

酒过三巡，谈起了正事。钱坚问银凤七妹到杭州是短住还是久留，有何打算，有没有需要帮忙的地方。

银凤七妹的脸又阴沉起来，指着翁岩说，你问他。

钱坚转向翁岩，我表妹是不是催婚来了？

银凤七妹使劲捶打着钱坚，你要死呀，讨厌不讨厌呀？

钱坚一边告饶一边说，洁香妹妹向来快言快语，怎么害羞起来了？

翁岩说，你们别闹了，二位贤弟，让你们笑话了，你们快给我出出主意，我该怎么办呀？

潘清也听出了门道，况且此前也多次听说过银凤七妹和翁岩的关系，便说，大哥想怎么办就怎么办？你只负责想就行了，所有的事情都由我和二哥去办。

钱坚说，没错，三弟出钱，我跑腿儿。

翁岩说，此事非同儿戏，我想给七妹一个名分，可是谈何容易？

潘清说，你是怕大嫂不容，不会的，大嫂是个通情达理的人。

翁岩说，我从来没这个想法，也从来没跟你大嫂提过这个话题。

钱坚说，你要是不好开口，我跟大嫂去说。

翁岩说，关键是现在不能说。

钱坚问，为什么？

翁岩说，你大嫂有了身孕，人家怀着你的孩子，你跟人家说这事，也太伤天害理了。

潘清一听，立即大叫起来，大哥你说什么？大嫂有了身孕？

翁岩说，三个多月了。

潘清更加放高了声调，哎呀……等等，二哥，你怎么样？二嫂有没有动静？

钱坚有点儿羞赧地说，好像也……

潘清说，也什么呀也，到底怀上没怀上？

钱坚说，前几天闹着要吃酸的，还恶心呕吐……

潘清说，那就是怀上了。大哥二哥，告诉你们吧，你们的弟妹也怀上了。这是天意，天意啊，我们三个兄弟要同时有后了，以后我们是男即为义子，是女就成婚配，自此通家之好，代代相传，来来来，我们举起杯，庆贺一下。

三个人兴奋异常，待举起酒杯，才发现银凤七妹不见了。

翁岩说，糟了，我们光顾自己高兴了，把七妹得罪了。

钱坚一见，说，哎呀，我们真是昏了头了，你们等一下，我去找……

道教的根本在《易经》，儒家与佛家之经典均是阐发《易经》。譬如《金刚经》,《金刚经》全称为《金刚般若波罗蜜经》，金刚者乃无形万劫不坏之金刚，即《易经》之乾元是也。大哉乾元，万物资始，亦即孟子所说的浩然之气，至大至刚。金刚在佛教名谓牟尼宝珠，在道教名曰金丹圣胎，在儒教名称九曲明珠，即是《中庸》所云，不贰之物，均系金刚之别名。金刚来自何处？就是人身之三宝精气神锻炼而成。能顺能逆能分能合，合则以般若为法门，逆则以金刚为究竟。炼精化气，炼气化神，炼神还虚。逆行向上，即可成仙、成佛、成圣。由神生气，由气生精，顺行向下，即可生男生女。故顺行为凡，逆行则圣。顺行为礼天治人之道，逆行为尽人合天之道。

三教俱以讲性为主，儒教存心养性，道教修心炼性，释教明心见性。所讲之性，乃先天之性，非后天之性；所明之心，乃先天之心，非后天之心。先天之心，乃虚灵之心；后天之心，乃知觉之心。先天之性，乃天命之性；后天之性，乃气质之性。故道家所炼的，儒家所养的，与佛家所见的，均指先天而言。现在讲的，多是后天的功夫。有总合的功夫，有分段的功夫。总合的功夫《中庸》的致中和，也就是金刚经上面的阿耨多罗三藐三菩提，即为无上正等正觉。若依儒教之讲法，三藐是人身上中下三丹田。人生在世，嗜好甚多，酒色财气喜怒哀乐贪嗔爱欲将三丹田弄得乱草一般，需用三菩提功夫拔除之。先去物欲，就是儒家说的去人欲，其功夫就是阿耨，就是《礼记》上讲的修礼以耕之。如农夫锄草一样，莠去则苗生，人去私欲，三田始能乾坤。故曰，去人欲，以存天理，天理即是天性……

刘氏庵堂里，陆逵这段讲经传道在翁钱潘心里掀起了很大的波澜，布道之后，三个人又来到了陆逵的净室，认真地讨教探索起来。

陆逵问，你们为什么要学佛念经？

翁岩说，我自幼在家严的教诲下，也曾经寒窗苦读，希图登科入仕，还考中了生员。后来家严家慈先后病逝，叔婶依然供我读书，我却读不下去了。一是当初家严和后来的叔婶让我读书，为的是科举成名，混上一官半职，为翁家耀祖光宗。那时候我已经十六岁了，我们家又非望族，我不能这样白吃白喝，我要赚钱养家糊口。更主要的是，我读书能读出什么来呢？都说读书人为的是修身齐家治国平天下，修身齐家且不说了，我相信我是一个好人，也会把一个家庭维护好。可是读书人总要志存高远，总要兼济天下，尽忠尽孝。尽忠就是忠心报国，可是国在哪儿？从我刚记事的时候，祖父父亲及乡亲们给我讲的都是“扬州屠城十日”“阎应元江阴抗清”“史可法慷慨赴死”，大明完了，这国还算是我的国吗？书读不下去了，我又到少林寺习武。可是我为什么要习武呢？习武有什么用呢？后来参加了天地会，有了一帮志同道合的兄弟，似乎又找到了归宿，可是我还要挣钱养家，还要奔自己的日子。天地会给了一些希望和寄托，却没有给我出路。我不知道出路在哪儿，有幸见到了师父，望师父为我指点迷津。

陆逵听了翁岩的讲述，点了点头，没有说什么，又问钱坚，你呢？你为什么学佛？

钱坚说，我跟大哥不一样，大哥是个有心人，我是个没心没肺的人。从小读书二五眼，练武不认真，过日子也没什么念想。有钱就花，有酒就喝。心里有气就想动手，见到不平就多管闲事。要说有什么追求，我就佩服梁山一百单八将，我当不了宋江，也做不了林冲，顶多就是个武松李逵鲁智深，想的是大碗喝酒，大块吃肉，大秤分银两。我就想遇到宋江，能把我引上梁山。我也想过宏大的，譬如我是张飞，能遇到刘备关羽，干一番掀天翻地的事业，也不枉今生……遇见了翁大哥和潘贤弟，我好像一切都有了，一切都不用我发愁了。特别是潘贤弟又送我一个可心的媳妇，今生无所求了。大哥三弟要干什么，我就跟着干什么，决不偷奸耍滑。您问我为什么学佛，我还真没想法，就是跟着大哥三弟来了，他们学，我能不学吗？

翁岩和潘清笑了，你呀你呀，让师父说你什么好呢？

陆逵也笑了，我觉得钱坚说得挺好，都是真性情，本真率性。

翁岩说，师父，在您面前我们不打妄语，您别见怪。

陆逵说，非名山不留仙住，是真佛只谈家常。

潘清说，既然说什么都行，那我也说说吧。在别人看来，我行了，太行了。有钱，几辈子都花不完的钱；有地位，统领着安庆漕帮，手下有一大帮人前呼后拥，够了。

钱坚说，何止够了，你那架子可够大了，你问大哥，当初见到你差点儿把我气跑了。

翁岩说，让三弟说，你别打岔。

潘清问，哎，二哥你倒说说，我怎么气你了？

钱坚说，你倒没有直接气我，我就看不惯你那装模作样的摆谱儿，比四品黄堂的架子还大。

翁岩说，当初你说我们三个要结拜兄弟，钱坚还真的不高兴呢，差点儿就跑了。

潘清说，真有此事？我可一点儿都不觉得，那后来怎么没跑呢？大哥把你拦住了？

钱坚说，哪儿呀，你把朱茵蝶送给我了，我还能跑，我是那种没良心的人吗？

翁岩和潘清都哈哈大笑起来。

陆逵却饶有兴致地看着钱坚，似乎更多了几分欣赏和喜爱。

潘清接着说，有钱也好，有势力也罢，可是我就觉得没劲，日子过得没劲。按说不愁吃不愁花的，你还想怎样？我不想怎样，我也不知道该怎样，就是觉得日子过得挺憋屈，喘不过气来，直不起腰来，打不起精神来。也许我太不知足了，就是师父您说的贪欲，我可能贪欲太大了。

翁岩说，不是，要说贪欲人人都有，贪欲大小看跟谁比，看怎么说了。三弟说的没劲，憋屈，我颇有同感。憋屈从何而来，跟世道有关，整天价看到的听到的，都是憋屈人憋屈事，心里能不憋屈吗？满族入主中原之后，实行的是高压强权方略，全国的老百姓都变成了他们的奴隶，动辄便抓便杀。京畿附近和各地的肥田沃土，都被他们跑马圈地霸占了。城里的宅院和乡村的庄园，他们说要，立即把主人赶走，不走就强逼着离开，或者干脆杀掉。他们像割韭菜一样把老百姓辛辛苦苦几十年几百年积累的财产抢劫一空。他们与民为敌，视民如仇，畏民如虎，防民如火。您看看，写几行不痛不痒的文字就满门抄斩，替人写个状子就流放宁古塔，衙役们随便抓人，说几句公道话就被关进大牢。老百姓是茕茕孑立、形影相吊。至于的吗？你的朝廷是泥捏的纸糊的，碰一碰就碎捅一捅就破？

陆逵忍不住插言说，这是因为他们心虚，他们的江山来得不明不白，理不直气不壮。

陆逵这句话，让翁钱潘三人大吃一惊，直直地抬起头来看着师父。师父是出家人，是高僧大德，不应该跟他们一起随便议论朝政的。居然说出的话与天地会如出一辙，难道师父他……

陆逵微微笑了一下，我知道你们在想什么？不错，我是出家人，但是出家人不是神，也不是佛，他还是个人，也有普通人的爱憎和喜乐。咱们中国人，总是在儒释道三界徘徊，有时出世，有时入世，有时遁世。佛教讲普度众生，如果看到百姓在水深火热之中不发慈悲，那便不是真佛，只是块石头。普度众生，是要救赎众生的一切苦厄。

翁岩感到心中震颤，深深地被陆逵的话打动了。

沉吟了一会儿，潘清说，请师父慈悲，我们看到的众生，往往都是浑浑噩噩之辈，他们愚痴麻木。无论官府怎么欺负人，只要不碰到他们头上，他们就站在一边观看，像猪见猪被杀羊见羊被宰一样，一点儿血性都没有。为了芝麻绿豆一点儿小利，就兄弟相残，父子相争，夫妻反目。还有，见人有了就眼红，见人失了就得意，见人倒霉了就幸灾乐祸。不是说人人都有佛性吗？他们身上只有兽性，禽兽不如。算了，普度众生我不想了，我想的就是修行自身，免除烦恼，免除轮回之苦，得到清净解脱。

陆逵听了三个人的话，耐心地说，佛教讲究小乘和大乘。小乘讲的是自身的修行和解脱，通过涅槃成佛成仙成圣，而大乘则讲的是帮助一切众人解除痛苦和烦恼，众人皆可成佛……

突然有人砰砰地敲门，跑进来一个小童，是翁岩家的邻居。还没容翁岩问话，小童急切地说，翁叔叔，您快回家吧？翁婶她……要生了。

翁岩急着问，现在怎么样？

小童说，我娘在您家照顾呢，我娘让我告诉您，快点儿去请接生婆孙奶奶。

翁岩对陆逵和二位兄弟说，我先回去看看。

潘清说，你快走吧，有什么需要告诉我们。

翁岩跟着小童匆匆地走着，小童叫秀儿，住在翁岩家东院。他家姓丹，父亲丹同舟是大运河的纤夫，靠给船舶拉纤为生，母亲给邻居做些针线活儿赚点儿钱添补家用。一家人老实本分，心地善良。现在，妻子临产阵痛，秀儿的母亲准是听说了过去帮忙。以后要好好谢谢他们。

要回家，必须经过拱辰桥。翁岩和秀儿心里急，一路快走小跑，都出了一身汗。刚下拱辰桥，就看见前面乱哄哄的人群，不知道出了什么事。原本他们是无心管闲事的，架不住要穿过这乱哄哄的人群，事情找到他们头上来了。

一个女孩儿高喊着，秀儿秀儿，快救救我……

秀儿停步一看，天呀，是姐姐在喊他。

七八个衙役提刀持棍，押解着三个女人，推推搡搡地朝前面走，这其中被押送的就有秀儿的姐姐蔓儿。

翁岩是认得蔓儿的，为什么被衙役抓住了，又要把她们押到何处？

蔓儿还在喊着，同时看见了翁岩，翁大叔，快救救我……

翁岩冲上前去，拦住了衙役，你们要干什么？她们犯了什么法？

衙役推开翁岩，去去去，别管闲事。

翁岩说，别人的闲事我可以不管，可是这姑娘是我的邻居，你们抓她干什么？

衙役说，谁抓她了？是督粮官来了，要喝酒。

翁岩说，督粮官喝酒跟她们有何关系？

衙役说，你以为督粮官喝酒像你一样，端起碗来就往窟窿里倒。请督粮官总得有人陪酒吧？总得有人把盏吧？总得有人在旁边伺候着吧？

翁岩急了，什么什么？你让她们去给督粮官陪酒？光天化日之下，你们居然敢如此伤天害理?

衙役火了，你再胡说八道，连你一起抓走。陪酒怎么了?能陪督粮官喝酒是她们的造化，你没见我们选的都是有点儿姿色的?说不定让督粮官看上了就能让她们一步登天。

翁岩怒火顿时冲上来，抓住一个说话的头目，指着蔓儿说，你们把她放了，她还是个黄花大姑娘，不能让狗官糟蹋。

头目也火了，抡起手中的棍子朝翁岩打来，你滚开!

翁岩顺手夺过头目的棍子，反手用棍子压住了头目的脖子。身边几个衙役一起围上来。

翁岩将头目推到旁边的一棵树上，用棍子紧紧地压住了他。然后挥拳踢脚，对付围上来的衙役。

翁岩冲着秀儿大叫着，快带你姐姐跑。

秀儿扑上去，拉起姐姐就跑。

几个衙役与翁岩打斗起来，翁岩凭着气怒和一身的本事，将衙役撂倒了两三个，但毕竟寡不敌众，又惦记着家里临产的妻子，最后还是被他们摁倒了……

翁岩被抓的消息第二天早上才传到钱坚和潘清的耳朵里，潘清立即调动一切关系，将翁岩保了出来。

翁岩回到家里，妻子已经死了。她直挺挺地躺在床上，床上一片血红，秀儿的母亲守在旁边。

翁岩傻了，噗的一下跪倒在妻子的旁边，大喊了一声，便山一样倒在了地上。

秀儿和母亲又慌忙地救护翁岩，摇晃着，呼唤着，掐着人中穴位。

好半天，他才缓过气来，喃喃叫着朱氏的名字，逢春啊逢春啊，是我害了你啊……逢春啊……

秀儿的母亲扶起翁岩，劝慰着，大哥，你先别哭，别哭，大姐给你留了后……留了后啊……

翁岩迷蒙地看着秀儿的母亲，不知道她在说什么。

蔓儿进来了，怀里抱着一个婴儿。

翁岩抬眼看着那个婴儿。

蔓儿把婴儿递给翁岩，翁岩接过婴儿，紧紧地抱在怀里，呆愣愣地看着……

就这样，翁岩坐在地上，坐在妻子的床边，一直紧紧地抱着那个婴儿，呆愣愣地睁着眼睛，不哭了，不流泪了，也不说话，一动都不动。

钱坚和潘清来了，将翁岩搀扶起来。

他们把翁岩和孩子安置在另外一个房间，钱坚专门留下来陪着他，潘清则找人帮助料理翁夫人朱氏的后事。

翁岩痛失爱妻，晴天霹雳，一下子被击倒了。他每天沉浸在昏昏沉沉的悲痛中，精心地照顾妻子留给他的遗孤。他抱着孩子，到处寻求喂乳期的母亲，求她们给孩子一口奶吃。

与翁岩同样陷入痛苦和愧疚中的是丹氏一家，翁岩是为了救蔓儿耽搁请接生婆才导致妻子死亡的，丹家不知道该怎么办才能对得起翁岩。他们全家每天守在门口，看着翁岩抱着孩子出门，又抱着孩子回来，都泪汪汪的心里难受。蔓儿每天把做好的菜饭送在翁岩的床边，翁岩一口都不想吃。

该怎么办呢？丹同舟是个有情有义的男人，他跟妻子商量，让蔓儿嫁给翁岩，照顾翁岩并替他抚养孩子。

这实在是对不起自己的女儿了，女儿刚刚十六岁，又长得眉清目秀，品貌无瑕，怎么好给一个中年鳏夫续弦呢？父母有此心却不敢跟蔓儿讲，蔓儿看出了父母的意思，主动提出来愿意与翁岩结为伉俪。

丹氏夫妇宽心了许多，去和翁岩兄弟钱坚和潘清商量，并求他们做媒。钱坚与潘清也觉得是好事，便跟翁岩讲了，并且一切都不用他操心，全凭两个人去张罗准备。

翁岩依然是什么话都不说，他似乎已经失去了用语言与别人交流的功能。他提着一个篮子，篮子里装着供果和香烛黄纸。

一座新坟。翁岩摆好了供果，点燃了香烛，烧着纸钱。纸灰化作白蝴蝶，啼血染成红杜鹃。翁岩咬破手指，滴在酒杯里，高高地举过了头，呜咽起来，逢春啊，我的爱妻，我对不起你，是我害了你。你放心，我就是再苦再难，也要把咱的孩子养大成人。朗朗苍天在上，我翁岩对天盟誓，你是我永生永世的妻子，今生今世绝不再娶，只等着在九泉之下与你相聚……

钱坚、潘清和丹氏一家人站在后面，听着翁岩的誓言，都流下了眼泪……

翁岩从坟上起来，挎起篮子，也不理睬众人，竟自走了。

钱坚、潘清也只好与丹家人告辞，并说了几句客气话。

潘清走在后面，隐隐地发现后面有人跟着。扭头一看，是丹家的小童秀儿。

在近几日与丹家的接触中，潘清常常被这个小童吸引，只是事情太多，无暇顾及。现在小童跟上来，不知道有什么事情，便问，你叫什么？

小童说，学生大号丹秀。

丹秀生得眉清目秀，斯斯文文，谈吐落落大方。潘清打心眼儿里喜欢这个小童。又问，你跟着我有什么事情吗？

丹秀说，可以向先生请教一个字吗？耳刀旁，右边一个获取的取字。

潘清很兴奋，耐心地说，此字念“邹”，与姓邹的“邹”同音。当角落、聚居讲，如“穷陬”“僻陬”“海陬”，也是正月的别称。

丹秀向潘清鞠了一躬，谢谢先生，学生记住了。

潘清问，你在读书吗？

丹秀说，去年冬天读了三个月的私塾，后来父亲给不起先生的束脩，便辍学了。

潘清叹息了一声。

丹秀说，不过学生一直自己学习，遇见不认识的字就向人请教，我有许多像先生这样的一字之师。

潘清说，我可不想当你的一字之师，我要你读更多的书，长大学问。

丹秀一时没明白，先生的意思是……

潘清问，你知道状元街吗？

丹秀说，当然知道，那是因先生祖上的状元桂冠而得名，杭州读书人都把状元街当成圣地。

潘清说，状元街上有一家书房，是专门为潘氏子弟读书设立的，从明天起，你去那里读书吧。不要束脩，还管一顿午饭。

丹秀一听，居然有这样的好事，他犹豫了一下，伏身跪下，给潘清磕了一个头，感谢先生的大恩大德，学生将没齿不忘。

不到一个月，潘清的妻子也临产了，顺利地生下了一个健壮的婴儿。

潘清亲自来到翁岩的家里，死说活劝，将翁岩的孩子接走了。他向翁岩保证，自己的妻子就是这孩子的母亲，亲生的母亲。两只奶，一个孩子一个，绝对亏待不了孩子……

翁岩把自己的孩子抱到了潘家。

时令已经将近初冬，从通州回空的漕船渐渐地多起来，大运河岸边聚集了许多运丁。这些运丁有的是无家可归，有的是有家难归。漕运船帮每年从江南装粮，沿大运河北上，到通州交粮，往来需要半年到八个月的时间。运丁的劳务费用很低，每人只有六七两银子。再加上有点儿土宜收入，到手的也不过十几两银子。这可怜巴巴的银子到了运丁手里，连回家的路费都不够。只好把钱捎回家，自己在杭州等待，到来年春天才能再随帮行运。一等就是几个月的时间，天寒衣薄，没有住处，吃饭也无着落。

这些都是常态了，年年如此，艰难度日。

翁钱潘看到运丁的艰辛，在一起商量，如何给些周济。翁岩提议设个粥场舍粥，钱坚提出打扫几所寺庙以供住宿。潘清说，这些都不是长久之计。这件事我想了几年了，我想在哑巴桥附近买块地，盖一些茅屋草棚，供运丁过冬之用。再购置一些田地，让运丁自己种点儿菜，好歹能把一个冬天凑合过去。

两个人齐声说，好是好，可是这要破费不少银子。

潘清说，银子的事情你们别发愁，我想办法就是了。我手头的事情比较多，只求两位哥哥多操心了。

这还有什么说的，向来是有钱出钱，有力出力，如此善举，翁岩和钱坚必定要竭心效力。

其实，潘清将这件事情交给翁岩和钱坚去办，还有另一层意思。翁岩还没有从丧妻的苦痛中挣脱出来，做一些操心的事情，也转移一下他的心境。钱坚呢，妻子几乎是与大嫂、弟妹同时怀孕的，没想到三个月的时候便流产了。两口子心里也很难过，只是跟翁岩丧妻比起来，痛楚要轻得多。

翁岩和钱坚为了置地建房的事情奔忙起来，沿着运河两岸，到处察看，问询地价，反复比较协商，每天也跑得腰酸腿疼。

这一天潘清家里突然来了一个人，是粮米帮杭三帮帮头姚发。姚发是潘清的子侄辈的好友，情义深厚。他是晚上偷偷摸摸溜进潘宅的。他是向潘清求救来的，他的三个弟兄，在通州完粮回空途中，见到在大运河上称王称霸的云南铜船欺负民船，打抱不平，失手打死了一名舵手。官兵一路追捕，他们逃到了杭州，无处藏身，让潘清帮助想想办法。

潘清想到翁岩的家里只有他一个人，还算清静，又不引人注目，便找来翁岩商量，将三个人安置进了翁岩的家里。

晚上，翁岩摆酒招待三位好汉，互道姓名，盘起了根脉。这三个人是：

朱筱权，字光明，别号金毛狮子，江西南昌人。

黄象，字润玉，别号玉麒麟，江苏丹徒人。

刘玉诚，字兴汉，别号通臂猿猴，山东青州人。

翁岩一边喝酒一边仔细观察这三个人，都是仪表堂堂英气袭人的才俊，把酒畅谈，又是一番豪气，壮志凌云。翁岩与他们一见如故，交谈甚欢。

谈到三个人的去处，都犯起难来。翁岩突然心里一亮，放下酒杯说，你们在杭州可以躲避一时，但不是长久之计。因为你们身上背的是人命官司，人命关天，官衙不会轻易放过你们的。不妨先找个安全的地方躲避几年，待到风头过去，你们再出来，也就没人在意了。

可是，到哪儿去呢？

翁岩说，我认识一个朋友，姓石，名士宝，别号铁骨金刚。原籍台湾人，后随父迁居杭州城内。此人性情刚猛，豪爽仗义，几年前也是因为打抱不平，杀了一个恶人。他逃匿到江苏巴斗山，入伙当了山贼。寨主是半截塔王怀志，前几年被清廷六合县官吏捕杀。众好汉推荐石士宝为寨主……

翁岩的话还没说完，朱筱权便叫了起来，什么？你让我们上山为匪盗？我们祖祖辈辈可都是良民，哪儿能与盗贼为伍？

黄象说，盗贼就盗贼，盗贼也有许多英雄好汉。

翁岩说，你说得对，我的话还没说完。这位石寨主就是位英雄豪杰，他当上寨主之后，立约法三条，铭刻在石碑上：一不劫残废孤独以及妇女孺子，二不劫小本商客和僧道，三不劫忠臣孝子与善士居士。

除此之外，在周围四十里之内，不准有抢劫拦夺等事，如犯，杀无赦。此举深获人心，附近居民都称其为公道大王。许多英雄纷纷投靠，目前巴斗山势力非同小可，令官府十分头痛……

翁岩如此一说，三个人异常兴奋，立即表示明日即动身前往巴斗山……

陆逵师祖传经一年有余，要回五台山了。翁钱潘三人恋恋不舍，要求入门拜师，同往五台山。

陆逵师祖要求他们在原籍修炼，传播罗教，等待召唤。临行前又将一张纸条儿塞在翁岩的手里。

三人诺诺而应，送陆逵师祖在哑巴桥登船北上。白帆顺风远去，渐渐地驶向云端，云端上一片紫霞……

翁岩打开陆逵师祖留下的纸条儿，钱坚和潘清凑过来一起观看，原来是两句偈词：

黄河夺淮入东海

访师学道入五台

第九章　白卷·戊篇

秋高气爽，日朗风清，一个难得的好天气，也是一个难得的好日子。

这个日子是请风水大师推选出来的，潘家大宅竣工，总管王伊请大家聚到大宅，小庆一下。为什么叫小庆呢？因为潘家的老爷潘清不在，他的义兄翁岩和钱坚也不在。翁钱潘三个人早在三年前就去了五台山。三年前阴雨兼旬，黄河洪水泛滥，夺了淮河的入海口，江淮大地一片汪洋。翁钱潘想到了师父陆逵留下的偈词：黄河夺淮入东海，访师学道入五台。三个人收拾了行装，告别了家人，到五台山去了。

一去就是三年了，潘清临走前将修建大宅的事情全权托付给了王伊。地址就选在翁岩购买的那块地上，武林门外哑巴桥西侧。

王伊从招募工匠到备料到施工，没日没夜，寸步不离现场，忙了三年，终于竣工了。

小庆那天，是丹秀带着大家来的。三顶轿子，分别坐着潘清的夫人黄氏、钱坚的如夫人朱茵蝶和丹秀的母亲，后面跟着两辆驴车，上面坐着女佣和几个小孩子。

本来，丹秀也给潘灵芝准备了一顶轿子，毕竟是年逾及笄的小姐了，该有大家闺秀的礼遇了。可是潘灵芝不要，非要跟翁麒麟钱金豹一起骑马去。如此抛头露面实属不妥，黄氏惯着女儿，居然很爽快地答应了，还偷偷在朱茵蝶的耳边说，她是离不开翁麒麟。

朱茵蝶笑了，哪有您这样说女儿的。

黄氏却还嘻嘻地笑，满脸的得意。

翁麒麟他们骑马，自然要快得多。总管王伊早已在此恭候了，他们下了马，把马缰绳交给仆人，便跟着王伊参观起了大宅。

这所大宅实在气派，前有青龙山，后有宝华山，左有龙潭寺，右有三仙洞。大门外是非常开阔的场院，左栽青松绿柳，右种天竺海棠。

有顷，轿子和驴车也到了，前呼后拥一帮人，大人笑，孩子闹，十分热闹。王伊站在大门前，一边领路一边讲解着，大门阔五尺八寸，遵照的是五行八方，宽三尺六寸，遵照的是三十六天罡；门槛高七寸二分五厘，遵照的是大运河七十二个半码头，门檐至门槛，上下六尺三寸一分，遵照的是三山六水一分田……

潘灵芝惊叫起来，天啊，这么多讲究，麒麟哥，你没想到吧？

翁麒麟含蓄地笑了笑，没说什么。

大门两旁，蹲着一对石狮子，几个小厮见了，争着往上爬。翁麒麟拍着石狮子的脑袋，对黄氏说，娘，您说这狮子有多重？

黄氏说，怎么也得有十万八千斤吧？

王伊逢迎着说，夫人说得真对，这狮子重十万八千斤，遵照的是十万八千号丧鬼。

黄氏说，怎么听着这么不吉利，哪儿来的十万八千号丧鬼。

翁麒麟说，娘，听我跟您讲吧，这大运河上，有十万八千号丧鬼，还有三万六千无头鬼。

黄氏说，快别说了，太瘆人了。

翁麒麟说，娘，您别害怕。这号丧鬼和无头鬼，说的都是人。大运河从杭州到通州，有行船的、拉纤的、过闸的、驳船的、卸粮的、入仓的，一路上处处能听到运河号子，各种各样的号子。这些号子唱起来有板有眼有高有低有缓有急，嗨嗨哟哟不绝于耳，就像是无数个号丧鬼……

黄氏说，哦，原来号丧鬼是唱运河号子的，那无头鬼呢？

翁麒麟说，无头鬼是扛粮食的，粮食都是用麻袋装着，扛在肩上，远处一看，一个个半截身子顶个大包，像没有脑袋一样……

黄氏笑起来。

潘灵芝不失时机地说，我哥什么都懂。

王伊领着众人进了大门，前面正堂十三间，遵照的是天下十三省……

翁麒麟附在黄氏的耳边说，十三省指的是大明，现在是十八省。

大殿上面是汉式砖瓦盖顶，下面白矾石块铺地，八角天井，四面游廊，油漆彩绘，粉壁纱窗，非常精致整洁。沿石上，摆的是四时鲜花和盆景。

朱茵蝶看着翁麒麟一直围在黄氏左右，羡慕地说，这孩子跟你真亲。

黄氏自豪地说，那当然了，不看是谁生的，要看吃谁的奶水长大的。

进了大门一直朝后走，过了好几进院子还没有到头，黄氏问，总共有多少间房子?

王伊说，九十九间半。

黄氏说，怎么还有半间，这又有什么说道?

王伊说，这……您等老爷回来问他吧，我是照图施工的。

钱金豹悄声说，他是卖关子呢。

翁麒麟说，他不是卖关子，是不敢说?

钱金豹说，莫非这里面还有什么玄关?

翁麒麟说，这里的玄关太多了。

参观完了大宅，王伊把大家请入饭堂，两桌酒席早已准备好了。

王伊原来准备的是一桌女眷，一桌男人。可是潘灵芝非要跟翁麒麟一桌，翁麒麟非要跟黄氏一桌。

王伊有点儿为难，黄氏说，来吧，来吧，反正也没有外人，谁愿意坐哪儿就坐哪儿吧。

于是，黄氏和朱茵蝶并排坐下了，丹秀的母亲坐在黄氏旁边，翁麒麟坐在黄氏的下面，潘灵芝坐在翁麒麟的身边。如此一来，钱金豹挨着母亲朱茵蝶坐下，王伊丹秀居在下首作陪。

王伊招呼众人喝酒，说，今天除了为新宅小庆，还有一件大事，就是麒麟兄弟和丹秀兄弟今年要参加乡试大比，我们预祝他们蟾宫折桂高中孝廉。

众人一起举杯向二人敬酒。

朱茵蝶说，要我说呀，干脆再加一喜，凑个三喜临门。

钱金豹说，还有什么喜?

朱茵蝶说，反正没有你什么事。

钱金豹说，娘，您就这么小瞧我？

朱茵蝶说，娘不是小瞧你，是还没轮到你。

钱金豹说，哦……那我知道了，您是说给麒麟哥和灵芝姐办喜事吧？

众人笑了。

潘灵芝冲着钱金豹噘起了嘴，你胡说什么？

钱金豹说，我这怎么是胡说呢？难道你不想嫁给麒麟哥吗？

潘灵芝说，他要是考不中举人，我就不嫁。

众人大笑起来，潘灵芝羞得趴在了桌子上……

翁钱潘跟着师父陆逵在五台山紫云洞修行整整三年了，三个人终日打坐参禅，听经礼佛，都觉得悟性渐明，佛性大增。然而近半年来，陆逵在传经布道之余，跟他们讲得最多的，却是天下大局大势之变幻。

此时康熙帝宾天，雍正登上大宝。

陆逵最为关注的是大运河的漕运。清代漕运，承袭明制，依然是官粮官运。京城的人口军队都多于前朝，粮食需求量也大大增多。可是漕粮运送却非常糟糕，河道年久失修，许多地方淤塞梗堵，停航断流。更要命的是，漕运的混乱失控。粮米帮一百二十八帮半，没有统一的管理掌控，谁也不听谁的，谁也不配合谁，各自为霸。帮里经常内讧，帮间经常火并。每年运往京师的漕粮，要不亏空，要不掺假，要不根本不能抵通。沿河督粮押运的官吏，大官大贪小官小贪无官不贪，层层盘剥，层层加码。甚至督运官员与运丁勾结，盗卖漕粮，以次充好，弄虚作假。朝廷屡屡派出要员整治，越整越乱。一河污泥浊水，谁跳进去都是一身臊一身臭。朝廷治理不了大运河，大运河倒是能把朝廷搞乱。

终于，朝廷束手无策，贴出了皇榜，招募能将贤才治理运河，统管漕运。

在紫云洞里，陆逵对翁钱潘说，你们的机会来了，现在到了你们下山建功立业的时候了。

三个人都激动起来，也紧张起来。

陆逵说，机不可失，时不再来，如果放过了这个机会，就要等到二百年之后。你们立即下山揭皇榜，取得雍正皇帝的信任，然后在大运河上招兵买马……

潘清问，这么说，我们要登高一呼，昭示天下，驱除鞑虏，反清复明。

陆逵说，什么时候起事听我的命令，你们目前的任务是筹建队伍，备足粮草。

三个人不明就里，认真地听着陆逵的指示。

陆逵说，粮草不用准备，大运河就是运粮食的，满河都是粮食。

翁岩问，师父所说的兵马从何处招募。

陆逵说，兵马也是现成的，天佑我也，大运河的粮米帮，有十万之众，你们过去又都在粮米帮干过。你们组建的帮会称为安清，亦称青门。青门不同于洪门，洪门是四海之内皆兄弟，青门则长幼有序，拜三帮九代。但是，你们与洪门的宗旨都是一样的，反清复明。记住，青洪一家。青门为隐，洪门为显，犹如佛家有密宗显宗之分。

说着，陆逵在罗祖灵前燃香点烛，摆上供果，带领翁钱潘三参九叩首。然后将安清二十四代谱系传给三人，即：

清净道德，文成佛法，能仁智慧，

本来自性，圆明行理，大通悟学。

第一代祖师金碧峰，法号清源，为清字辈；第二代祖师罗清，法号净清，为净字辈；第三代祖师陆逵，法号道元，为道字辈。翁钱潘为第四代，赐翁岩法号为德正，道号为进修禅师；钱坚法号为德慧，道号为进觉禅师；潘清法号为德林，道号为进清禅师。

翁钱潘谢师，又向陆逵三参九叩首。

接着，陆逵向三个人传授了安清左三右四的舒指秘法。即左手中指无名指小指并列伸开，意为三；拇指伸向手心，意为一；食指勾起，意为九，合起来便是三一九。右手两个连贯动作，一是将拇指拳曲，其余四指伸开；二是将四指拳曲，拇指伸开，意为四一四。三月十九日乃崇祯皇帝在煤山殉国之日，为国难日；四月十四日乃吴三桂引清兵入关之日，为国耻日。

舒指法在门徒入门之后要教给他们，并讲明其含义。你们开山领众收徒之后，对外仍然可以叫作粮米帮，对内称安清帮。安清帮弟子见面，频频舒开三一九的手势，此乃伸手不离三，开口不离安。

最后，陆逵从罗祖的灵位下取出一石函，打开石函，里面装的是一部天书，称石函天书。

天书里面记载着安清帮的建制、香堂规范、家法帮规及各种仪式仪轨及通草隐语等项。

陆逵捧着石函递向三个人，翁岩动作稍微迟缓一点儿，潘清便主动替大哥接了过来，捧在了手里。

一个风清日朗，宇宙澄明的早晨，翁钱潘向陆逵辞行，下了山。

皇榜是在河南揭下来的。河南巡抚田文镜是潘清的世交，论起来潘清是田文镜的世侄。三个人捧着皇榜觐见田文镜，田巡抚听了他们的治漕方略，觉得别出心裁头头是道周密可行，便不敢怠慢，与漕运总督张大有、河工钦差何国宗同本上奏。雍正帝很快降旨，封翁钱潘为五品督粮官，归漕运总督张大有节制，并听命河工钦差何国宗指挥。

翁钱潘立刻走马上任，首先做了两件大事。一是疏通河道，二是建造漕船。

钦差何国宗奏请朝廷，拨银一百一十万两，从山东征调民工十六万五千人，将济宁以北淤塞的河道清理疏浚。然后便是招募工匠建造漕船。

首先设计图纸，制定漕船规制。

头船长十二丈八尺半，按漕运一百二十八帮半设计；宽二丈四尺，按二十四节气设计；深一丈八尺，按十八罗汉设计。

尾船九丈五尺，按九江五岳设计，宽深与头船同。

每船用板三百六十五块，按周天三百六十五度设计。

外有三块板，即头顶黄板，身背纤板，脚踏跳板。

每船用钉七千七百七十二根，按七十二地煞设计。

共造船九千九百九十九只半，所谓无半不成帮，半只是脚划子。

浚河与造船完成之后，又由漕运总督张大有奏明皇上，恩准翁钱潘三人各开山门广收弟子，以配备漕船行运。然后再由弟子开山门收弟子，延绵永续……

翁岩设翁佑堂，收弟子八人，意取八仙过海。

钱坚设钱保堂，收弟子二十八人，意取二十八宿。

潘清设潘安堂，收弟子三十六人，意取三十六天罡。

翁佑堂、钱保堂、潘安堂，意即保佑安平。故定帮名为安清。

又是疏浚河道，又是造船，又是开山门收徒，每件事都工程巨大，翁钱潘宵衣旰食殚精竭虑只恨分身无术。

待一切均有些头绪了，翁岩却觉得恐慌起来。这种恐慌来自内心深处，开始不明显，只是莫名其妙地心跳，眼睛发花，后来渐渐地难以入眠了。到底是什么搅得他心神不宁呢？直到二弟妹朱茵蝶来找他，他才若有所悟。

朱茵蝶是借口为翁麒麟缝被子来找他的。多少时日了，他日日夜夜摸爬滚打在大运河上，很少回家。翁麒麟和丹秀乡试高中，考取了孝廉。原本应该好好庆贺一下，可是翁钱潘三个人都忙得手脚朝天，实在顾不上了。今天他需要将一些入室弟子的档案资料送回家里，便抽空回来一趟。

朱茵蝶见到他，热情地说，大哥回来了，在外面风餐露宿的，吃不好睡不好，麒麟，我们给你父亲做顿家常饭吧。

没容翁岩客气，朱茵蝶便派翁麒麟去打酒买菜。自从翁岩失去妻子以后，黄氏和朱茵蝶就担当起了三家的主妇。特别是翁麒麟读书之后，回到了翁宅居住，黄氏和朱茵蝶便时不时地过来操持家务。她们的家是翁氏父子的家，同样，这个家也是她们的家。

吃饭的时候，朱茵蝶建议翁麒麟陪父亲喝杯酒，翁岩也让朱茵蝶喝一点儿。果然是一点儿，三个人都把喝酒当成了样子，主要是想让翁岩踏踏实实地吃顿顺口的饭菜。

翁麒麟最先离开了桌子，考中举人之后，他读书更加刻苦了。他要一鼓作气，准备进京会试夺魁。

朱茵蝶看了看翁岩，试探着问，大哥，您这两天跟钱坚在一起吗？

翁岩随口说，太忙，忙得我们也是十天半月见不到一面，见面之后，也是有事说事，无事只打个招呼。

朱茵蝶说，大哥，您说钱坚他……会不会？

翁岩见朱茵蝶欲言又止的样子，心里疑惑起来。

朱茵蝶红着脸说，我是说，大哥您得把控一点儿，别让钱坚做出蠢事来。

翁岩忙着问，出了什么事吗？

朱茵蝶说，倒是没有出什么事，我是怕钱坚那脾气，他心里有话搁不住，非闹腾出来不可。大哥，你们三个人走到一起不容易，情同手足胜似手足，可别……坏了情义。

翁岩的恐慌感又袭上了心头，钱坚他说了什么？

朱茵蝶说，你们男人干的是经天纬地的大事业，我们女人不敢多嘴，也不能多嘴，我只是恳请大哥抽空跟钱坚谈谈，他心里有话还是能跟大哥讲的。

翁岩沉吟起来。

朱茵蝶闭上了嘴不再说什么，她是个聪明的女人，聪明的女人不但知道该什么时候说话，该说什么话，更懂得分寸火候，点到为止，绝不嚼舌。

哑巴桥东头有一个茶棚。所谓茶棚，就是用木棒芦席搭建的棚子。上面遮阳避雨，四面敞开，里面摆几张粗木桌子板凳，上的是大碗茶，主要是招揽在运河上卖苦力的人。

翁岩和钱坚就是在这茶棚里见面的，天较晚了，睡觉早的都已经上了床，茶棚里的人也少了。翁岩先来的，他泡了一壶茶等候着钱坚。茶喝了一泡之后钱坚才来的，见了面钱坚就说忙，太忙了，连个放屁的工夫都挤不出来。

翁岩给他倒了一碗茶，是啊，官身不由己，现在尝到滋味儿了吧？

钱坚说，还说呢，皇帝的封赏刚下来的时候，我总怀疑这是做梦。我跟茵蝶说，没读书科考，也没花钱捐纳，天上掉下来一个五品文官。身穿白鹇补子的官服，头戴小蓝宝石的朝冠，还有岁俸八十两白银，您说这是真的吗？

翁岩说，沾祖师爷灵光，当然是真的。

钱坚说，茵蝶说了，人家十年寒窗，头悬梁锥刺股，考上了进士才封个七品县太爷，你们一下子就拿了个五品，可得好好捧着这个金饭碗，千万别砸了。

翁岩每每听钱坚讲话，三句话不离朱茵蝶，可见朱茵蝶在他心里占着何等重要的位置。翁岩为他高兴，他找到了千古难逢的知己。

钱坚说，大哥，这么晚了，您找我有事？

翁岩说，大家都挺忙，咱们开门见山长话短说，听说你心里有些不痛快，赶紧跟我吐出来。说破了无贼，憋在心里是块病。

钱坚本来有一肚子话要向大哥说的，可是听大哥这么一说，他竟然不知道该不该说，该从哪儿说了。

突然跑来一个人，是钱坚的开山首徒姜四保。

姜四保怒气冲冲，说话的声调都变了，太他妈不地道了，太他妈势利眼了，太他妈不是人了……

钱坚望着姜四保这位得意弟子，有话慢慢说，你这是骂谁呢？

姜四保说，大狗蛋二狗蛋羊卵子，他妈的什么玩意儿呀？

钱坚说，不许叫人家小名，叫大号。

姜四保说，他们也配称大号，都是些狗眼看人低的东西。

钱坚说，他们都是你的师弟，不许这样说人家。

姜四保说，我才不认这样的师弟呢，丢人。

钱坚问，他们到底怎么了？

姜四保说，怎么啦，他们要退帮。

钱坚问，退帮？退什么帮？

姜四保说，他们见潘安堂势力大，拜师的时候大吃八喝，每人还给五两银子，就要求退出钱保堂，要去投奔潘安堂……

钱坚一听就火了，拍着桌子说，让他们滚蛋，滚蛋，立马给我滚蛋……

大哥，还用我说吗？你不是都看见了吗？同时开山门收弟子，凭什么您收八名，我收二十八名，他收三十六名？一说就是师父的指示，师父的指示在哪儿？在那部石函天书里吗？师父的石函天书是给我们三弟子的，凭什么他匿在手里不拿出来？要说这天书该放在您手里呀，您是老大呀，他眼里还有您这个大哥没有？

同时开门收徒，您在师父讲过经的刘氏庵堂里，我在宝华山大庙的殿里，他呢，把新建的大宅改成了“潘安堂”，挂了一个大牌匾，多唬人啊！我们拜师，只摆香供，磕了头认了师便散去了。他呢，拜师之后还大摆宴席庆贺，据说有的人还给银子，有的二两有的五两不等。都是肉眼凡胎的俗人，有几个见钱眼不开见肉嘴不馋的？这是收徒吗？纯粹是邀买人心。

再有，我们收徒首先要看重人品，看他是否讲义气，看他是否孝敬父母，看他是否懂得礼义廉耻。他呢，只要能干，只要有本事，什么人都收……

说到这儿，前面胡同口突然哄乱起来，推推搡搡地晃动着一群人影。

翁岩说，出什么事了，我们快去看看。

三个无赖，半夜三更地在张寡妇的酒馆里胡闹。张寡妇四十多岁，每天接触的都是大运河的运丁船夫。从河里出来的男人都野，口无遮拦，来了就跟张寡妇打情骂俏。张寡妇见识多了，也不在乎，也常常跟着他们周旋两句。她在乎又能怎样呢？为了生计，忍一忍和气生财。三个无赖是张寡妇酒馆的常客，平时也跟张寡妇随口荤素，张寡妇也像对待别人一样佯怒笑骂。谁都懂得规矩，君子动口不动手。男人图占个便宜，女人图多赚几个钱，从来没有大出格。现在三个无赖不同了，他们入了安清帮了，成了鼎鼎有名的潘大老爷的入室弟子了。身价高了，气势足了，嗓门大了，色胆也肥了。从天黑直到将近子时，三个人一直在张寡妇的酒馆里闹腾。从说荤段子到骂张寡妇又骚又浪，张寡妇都忍了。后来越发不像话，要求张寡妇敬他们酒，给谁敬酒必须坐在谁的怀里，还要嘴对嘴地喝交杯酒。张寡妇忍不住了，说我是卖酒的，不是卖身的，要想找姐儿到春香楼，别在我这儿过瘾。三个无赖火了，硬是拉着张寡妇就范。张寡妇死活不从，他们竟然把张寡妇的褂子扯下来，把酒倒在了张寡妇的奶子上……

张寡妇翻脸了，三个无赖仗着安清帮的势力要起了混蛋，将张寡妇直接按在地上，要在大庭广众之下强奸张寡妇。旁边喝酒的人不干了，纷纷指责他们，三个无赖有恃无恐，更加放肆，居然大骂那些喝酒的人。于是从动嘴到动手，从张寡妇的酒馆一直打到了胡同外面。

翁岩和钱坚赶到的时候，人们已经散开了。据说王伊听说后赶来了，给三个无赖每人一个嘴巴，打跑了。

翁岩很痛苦。在痛苦中纠结，越纠结越痛苦。

他听了钱坚的抱怨，又亲眼看见了几件事情，让他必须面对现实了。师父陆逵对他们寄予天大的希望，他们不能搞砸了。如果搞砸了，不是对不起师父的问题，是对不起天下百姓，对不起反清复明的大事业，他们会成为千古罪人的。

原以为这些天辛辛苦苦，一切都进行得很顺利，没想到刚刚开始就出了这么多乱子。

这些乱子显然都发生在潘清身上，潘清为什么要这么做呢？钱坚说他有野心，他想独霸安清帮。

会吗？潘清是这样的人吗？

钱坚说，怎么不会呢？我们下山的时候，师父传给我们舒指法，伸手不离三，开口不离安。您知道他们潘安堂的弟子怎么说？伸手不离三，开口不离潘。

翁岩一惊，有这等事？

钱坚说，是我亲耳听到的。

翁岩说，也许是他们记错了。

钱坚说，一个人记错了，两个人记错了，还能都记错了？要是都记错了，肯定就是教错了。我亲耳听到的就不下十来个人这样说。

翁岩心里一阵发紧，如果真是这样……

钱坚说，潘清对我有恩，特别是他把茵蝶给了我，这是天大的恩德，我得知恩图报。如果安清帮是一笔买卖，赚多赚少都归他，我钱坚绝无二话。可是安清帮不是买卖，是天降大任，是关系到国运兴衰的大事。我慷慨不起，我大方不起，他如此作为，与师父的初衷有悖，我不能不闻不问袖手旁观。那牺牲的不是我个人，是整个安清帮。

翁岩也深有同感，他暗暗地下了决心，该找潘清谈一谈了。

钱坚说，我知道大哥您宽宏厚道，心胸开阔，如果您不好开口，我说，都知道我心直口快，我说错了也坏不了事。

翁岩说，我们一起谈，你先别开口，还是由我说吧。

钱坚笑了，大哥还是信不过我呀，我服。

这桌宴席是设在潘安堂里的。

如同心动神知一样，还没容翁岩钱坚找潘清，潘清却提前下了请帖，很正规，请大哥二哥前来赴宴。酒席上除了他俩，还有丹秀。丹秀侧坐下手，随时伺候着三位兄弟。

刚端起酒杯，还没有容翁岩钱坚说话，潘清便抢先开口了。

大哥二哥，这些日子忙，忙得六亲不认了，怪小弟，小弟给大哥二哥赔罪，先自罚一杯。

翁岩说，大家都忙，怎能怪你呢？

潘清开门见山，见不得面喝不成酒可以宽恕，但是小弟得罪大哥二哥的地方不能不究。大哥二哥不必开口，听小弟说。一切都是因为忙，忙中肯定生乱，忙中肯定出错。不瞒大哥二哥说，我已经三天三夜没睡觉了。不睡觉不是因为忙，是因为检讨这些天来的过失和谬误。我先说几件事，一是关于开山门收徒的事，我实在是考虑不周，让大哥二哥受委屈了。

翁岩问，此话怎讲？

潘清说，开始也没想到开山领众这么复杂，我这个人又没主心骨，随波逐流，越弄越复杂，越弄越大扯。我修这座大宅，原本是想与二位哥哥共享的，将来老了三家并一家，朝夕相处，岂不快哉。开山以后，呼啦拥进了这么多人，我只好把潘安堂设在这里。后来才知道，大哥在刘氏庵堂开的山门，二哥在宝华山开的山门，这也太寒酸了。不过请二位哥哥放心，有小弟的必定有哥哥的。我已经派王伊又去买了两块地，建两所宅院，一是翁佑堂，一是钱保堂。不过要等些时日，二位哥哥先对付一下。

这还有什么说的吗？钱坚满肚子牢骚都在这潘安堂大宅上，还开什么口，潘清几句话，把他满肚子的话都堵死了。

潘清又说，开山领众的事情咱以前没做过，没有章程，又急于求成，难免会出岔子。头两天有三个人向我递了拜师帖，幸亏丹秀提醒了我，说这三个已经拜师在二哥的钱保堂了，现在又想改换门庭，这哪儿行呢？没规矩了，二哥收了我怎么能再收呢？也确实是没规矩，没规矩怎么办，咱要定几个规矩，不能让那些投机取巧的人钻空子。我让丹秀拟了几条，大哥二哥看看，如果可以就定成咱安清帮的规矩。

丹秀早有准备，从怀里掏出一张写好了的条款，念了起来。

一禁　一徒不准拜二师

二禁　父子不准同师

三禁　师死不准再拜师

四禁　关山门不准重开

五禁　徒不收不准师收

六禁　兄弟字派有高低

七禁　师过方代师收徒

总共七条，丹秀念完了以后，翁岩点了点头，表示满意。又说，再加一条，禁止本帮与本帮引道。我们安清帮讲的是三帮九代，本命师在本帮，那么引进师、传道师需隔帮聘请。这样一来，每个弟子三个师父，分别在三个帮里。各帮之间，盘根错节融为一体，安清帮便牢不可破。

翁岩的话让钱坚张大了嘴巴，半天才咂摸出滋味儿来。等他完全弄明白大哥的意思，心里怦怦地跳着，差点儿惊叫起来。他万万想不到大哥会出这么一个主意。你潘清不是收了三十六弟子吗？弟子还要再收弟子，子子孙孙发展下去，要不了多久就会独家坐大。那时候，翁佑堂和钱保堂肯定受排挤，甚至维持不下去。安清帮的天下就真的姓潘了。大哥出了这么个主意，三帮不管谁大谁小，都是你中有我，我中有你，每个徒弟都跟三个帮密不可分，你潘安堂再大，也不能一手遮天。大哥啊，我真的服了你了，别看你不言不语的，原来心里有数。不但心里有数，心里还有谋略。大哥就是大哥，有这个大哥天下无忧了。

潘清听完翁岩这番话，先是心里一惊，大哥这是什么意思？可是细一想，大哥说得也有道理，而且大有好处。本来潘安堂想一家独大，可是再大逃不出个“独”字。翁佑堂钱保堂就在那里，你能把人家吃掉吗？可是现在三家合一了，不用谁吃掉谁，就能统起来。至于将来谁统嘛，就看天意了。

钱坚和潘清同时叫好，都说大哥高瞻远瞩，为安清帮定下了百年大计。潘清为了表示赞同和诚意，还即兴吟咏了一首诗：

千枝万叶本同根，异性犹如骨肉亲。
若叙安清分远近，吾门岂有众儿孙。

丹秀立即说这诗好，应该放在安清帮的条规里，让安清子弟都能吟咏，以铭记安清宗旨。

随即，钱坚也兴奋起来，我也说一条，看合适不合适，香头低不准爬高。有些人没有被我们收为弟子，只好投靠我们的弟子为师，这样就低了一辈。原本都是肩膀齐的弟兄，入了安清降了一辈，就不服气。不服气就想方设法地往上攀爬，现在我们在还好办，把住关口就行了。就怕将来我们的后辈，谁有钱有势就高香头高辈分，那就江湖乱道了。

翁岩点了点头。

潘清附和说，这条也很重要。要教诲我们的弟子，我再诌一首诗，作为弟子的教诲：

香头虽高人不高，香头虽低人不低。
在帮原是讲仁义，爬香自高无脸皮。

翁岩钱坚又说好，并让丹秀记录在案。

翁岩说，现在是九条禁止，三弟你再加一条，凑成十禁止，这样显得规范些。

潘清想了想说，我加一条是在道不准诽谤道。我安清是佛教禅宗临济派之一支派，为带发修行，方便法门。古云，道不破道，僧不骂僧。在帮之人不能自丧修道人格，禁止诽谤任何佛门道派，这样才显出安清的大雅大量。我再诌一诗：

安清宗派临济门，佛家岂可骂人神。
诽谤本教与外道，查出斥革不徇情。

安清《十禁》由此诞生，将载入条规典册。

潘清又说起了第二个话题，安清建帮虽然经过了诸多筹备，但是依然仓促，时间又急迫，入帮之徒难免良莠不齐鱼龙混杂。我听王伊说，前几天有几个安清子弟居然调戏酒馆掌柜张寡妇，被他训斥了一顿。窃以为，光有训斥是不够的，必须有条规法则，违者严加责罚，而且要责罚有据。小弟也让丹秀拟定了几条，请二位哥哥审定。

丹秀念起了他拟的条规，正好十条：

不准欺师灭祖

不准藐视前人

不准爬灰倒笼

不准奸盗淫邪

不准江湖乱道

不准引法代跳

不准扰乱帮规

不准以卑为尊

不准开闸放水

不准欺软凌弱

《十大帮规》经过翁钱潘讨论顺利通过。

潘清说，为了严肃帮规禁令，必须明确家法惩处条例，根据违规轻重，制定一套家法执行的规矩。先制造一个家法，将来供放在香堂上，让安清子弟见到家法有神圣感敬畏感。

说着，丹秀出去，手捧着一个红缎子包着的物件，打开一看，是一块樟木黄板，长二尺四寸，按一年二十四节气；宽四寸，按一年四季；厚五分，按东西南北中五方；上端有一圆洞，按天圆地方。圆洞上贯穿麻绳一根，吊挂在香堂案右端。黄板的正面写着“护法”，背面写着“违犯家规，打死不论”。

潘清设置的这桌宴席，制定了《十禁》和《十大帮规》，还制定了家法及违犯处罚条款，应该说在安清帮历史上是一个很重要的举措。

翁岩和钱坚都很高兴，都觉得潘清做出了很大的贡献，也消除了翁岩和钱坚的许多误会。但是，两个人又隐隐地觉得还有些地方不对头，甚至云里雾里的不清晰。是什么呢？又都说不上来。

不管怎么说，安清帮走向了正轨。大运河漕运有条不紊焕然一新，出现了一个波澜壮阔的崭新局面。三千里京杭大运河，帆樯蔽日，舳舻齐发，天庾正供，万艘朝宗。通州漕运码头上，更是漕船盈河，呼号震天。

从安清立帮第一年始，运往京都的漕粮就达到五百万石之多，还有堆积如山的皇家货物和民间所需。朝廷多次表彰翁钱潘三位帮主，运丁船夫纤夫扛夫入帮者甚众，几年之内便发展近十万安清弟子，辈分已经派到了法字派，即第八代。

安清帮已经成了大气候，翁岩和钱坚与潘清商量，让潘清统领三帮，他们二位到五台山访师禀报。潘清说，要去我们一起去，别将我一个人留下。翁岩说，访师要紧，运送漕粮更要紧，帮务离不开你。等我们回来，来年你再去五台山。潘清只得应允，翁岩钱坚启程奔向口外，潘清留下领帮行运。

翁岩钱坚一去，杳无音信。潘清日夜期盼，心焦如焚，终于按捺不住，将帮务交给王伊，去五台山寻访二位兄长。

潘清来到五台山，见到陆逵师父。

陆逵说，他们二人已经有了极好结局，无须寻访，尔可回去了。

潘清只得含泪告别。

陆逵又将《定国天书》赐给潘清，说，我俗缘已满，即将入寂。说罢催促潘清下山，潘清忍泪告别，回头一看，见洞门紧闭，反身久推不开。大哭一场，怏怏而去。

潘清含悲忍痛回到杭州，将翁岩钱坚的衣冠用物收集在一起，代替肉身，招魂安葬在武林门外。又请来僧道二班，礼佛诵经，追荐七七四十九天，又派可靠弟子终年守墓，永世祭奠……

第十章　青卷·寅篇

假的，一切都是假的。他们在说谎，在欺骗，欺骗安清帮的十万弟子，欺骗全天下。

我们的父亲没有死，杭州武林门外那两座坟是假的，是给别人看的。

翁麒麟从小殿堂里走来，一直是恍恍惚惚，直到他回到与钱金豹住的小院，神志还没有清醒过来。

钱金豹问他，你去哪儿了？

翁麒麟只见钱金豹的嘴唇嚅动着，却听不见他说什么。

钱金豹站起来，伸出手在他面前晃了晃，你怎么了？

翁麒麟“哦”了一声，像是猛然从梦中惊醒。

钱金豹又问，出去这么半天，你干什么去了？

翁麒麟说，梦哈拉古拉胡胡吉……

钱金豹问，你在说什么？

翁麒麟睁大了眼睛，看着钱金豹。半天，突然“啊”了一声，是你呀？

不是我是谁？

我这是怎么了？

谁知道你怎么了？像丢了魂儿似的。

翁麒麟摇了摇头，无奈地坐在了炕沿上。

钱金豹给他倒一碗水，你大概太累了，喝口水，一会儿咱出去吃饭。

翁麒麟接过水，大口大口地喝着，像是很渴的样子。

钱金豹说，这个蓝蝴蝶可真怪，把咱们送到这儿，连个招呼都不打就走了。你说她会去哪儿呢？

莫非他回通州了？

不会吧？哪有这么无情无义又不懂事的人。

莫非她去找她的师父了？

她的师父不是就在哪王庙吗？

莫非她是奸细？

奸细？她去告密了，向谁告密？告什么？告我们来找父亲？

难说，你没见路上有人跟踪我们吗？

可是……我们到哪儿去找父亲呢？

我在这大寺里转了半天，好像一个人都没有见到。

好像？这么说你好像也见到人了？

翁麒麟摇了摇头，不知道，这寺庙太大，太阴森，太神秘。

钱金豹说，进门的时候，我们不是见到一个小喇嘛吗？

翁麒麟说，是啊，是见到一个小喇嘛。

翁麒麟和钱金豹来到了铜雀镇，漫不经心地闲逛着。钱金豹说饿了，找家饭店先吃点儿东西。翁麒麟却不理睬他，继续闲逛着。他走在铜雀镇大街上，又恍惚起来。一切都变得不真实，似梦非梦。大街上的店铺货摊，还有来来往往的人流，都虚幻起来。他不是走在扎扎实实的大地上，而是走在虚无缥缈的海市蜃楼中。或者，他是古人一幅画中的人物。画是真的，他则是真的；画是假的，他则是假的。

钱金豹觉得今天翁麒麟很反常，又很执拗，便不再说话，顺从地跟着他。

铜雀镇北门里面有一个拐角处，一间简陋的小门面，门前挂着酒馆的幌子。翁麒麟也不跟钱金豹打招呼，便顾自进去了。正是未时刚过，午饭过了，晚饭还没到点儿。小酒馆里冷冷清清的，只有三两个闲人在喝酒聊天。

翁麒麟随便找一张桌子坐下，钱金豹也跟着坐下了。

掌柜的是个女人，一身青衣，不施粉黛，素面朝天。近前再看，却粉面弯眉，明眸皓齿，颇有几分姿色。

钱金豹确实饿了，没等翁麒麟开口，便自作主张点了几个菜，一壶酒，两盘肉丝炒面。

酒菜很快上来了，钱金豹给翁麒麟倒酒。

翁麒麟把身子探向钱金豹，你带着钱吗？

钱金豹摸了摸口袋，傻了。这一路上，几乎没有花什么钱，花钱也是翁麒麟付，他身上一文钱都没有。忙说，大哥，您也没带钱。

翁麒麟说，钱都在行李里，你催得紧，没顾上拿。

钱金豹说，先吃吧，吃完再说。

两个人很快吃喝完了，翁麒麟叫过女掌柜，从脖子上把那只金锁摘下来了，交给女掌柜。

女掌柜看着金锁，又放在鼻子底下闻了闻，问，能打开看看吗？

翁麒麟点了点头。

女掌柜打开金锁，里面是一尊达摩雕像。再仔细一看，这雕像的材质是极品沉香奇楠。她又看了看翁麒麟，说，这很贵重的，怕是传家宝吧？

翁麒麟说，掌柜的好眼力，确实是传家宝，到我这儿已经是第七代了。

女掌柜说，公子莫非要用这传家宝抵酒钱？

翁麒麟说，我们哥儿俩出来的时候仓促，没带钱。先把这金锁押在您这儿，等我们把钱给您送回来，再赎回金锁。

女掌柜又翻看了一下金锁，这上面有个“潘”字，莫非公子姓潘？

翁麒麟说，哦，在下不姓潘，说来话长……

女掌柜看着翁麒麟，莫非公子姓翁？

翁麒麟和钱金豹都愣住了。

女掌柜说，这金锁是潘清送给你的？

翁麒麟呆呆地看着女掌柜，说不出话来了。

女掌柜将金锁还给翁麒麟，拿着吧。

翁麒麟急忙站起来行礼，未识前辈上下。意思是，请教前辈的尊姓大名。

女掌柜站在桌前，双手手指成“三把半香”状，右手搭在左手的上面，交叉在胸前；同时，右腿交叉在左腿前面。

翁麒麟失声叫了出来，您是七姑？

女掌柜的姿势表明她是天地会的银凤七妹。银凤七妹不是名字，是天地会的官位职称，在十大官职中排行第七。翁麒麟多次听父亲讲过银凤七妹，翁麒麟自然称她为七姑了。钱金豹自然也听父亲提起过银凤七妹，从桓侯大爷张岳那边论，他们还是亲戚。

银凤七妹笑了，这么说你是翁麒麟，你是钱金豹，我猜得不错吧。

翁麒麟和钱金豹又重新给银凤七妹行长辈礼。

银凤七妹吩咐伙计炒两盘菜，端来一壶酒，然后自己坐在了翁麒麟和钱金豹的对面。

翁麒麟觉得七姑看他的眼光充满了慈爱，脸上的笑意也是暖暖的，像母亲。沉吟了一会儿，翁麒麟问，七姑，您怎么到这儿来了？

银凤七妹说，别问我，我先问你们，你们是怎么回事？

翁麒麟把进京赶考、漕运客栈的怪梦、与蓝蝴蝶的巧遇简要地说了一遍。

银凤七妹的脸色凝重起来，眼睛里闪着泪花。

翁麒麟问，七姑，您说，我们的父亲真的活着吗？

银凤七妹点了点头。

翁麒麟急着问，他们是在哪王庙吗？

银凤七妹摇了摇头。

钱金豹问，他们在哪儿？

银凤七妹说，从哪王庙往北，顺着一条小路往山里走，大约二十里，有一座娘娘庙，你们到那里看看吧。可惜我不能陪着你们去，我这里白天黑夜都被贼眼盯着，你们也要小心。记住，没有要紧的事情，不要到我这酒馆里来了。要来，你们也分开来，或者晚上来。

比起哪王庙来，娘娘庙可谓惨不忍睹。庙宇本来不大，坐落在半山腰上。墙垣残破了几个大豁口，庙门只剩下了半扇。里面的殿堂也歪歪扭扭，有的倒了山墙，有的漏了屋顶。院子里长满了蓬蒿荒草，连个下脚的地方都没有。钱金豹抽出剑来走在前面，翁麒麟也挥着铁箫扒拉着草丛，时不时地会惊起野兔和黄鼠狼，还有叫不上名字的鸟雀。

来到后院，只剩下一片废墟了。一个衣衫褴褛蓬头垢面的人在挥着扫帚打扫着。真不知道这院子还有什么可扫的，扫得干净吗？

两个人近前打招呼，翁麒麟猛地发现，这个拿着扫帚的人竟然是自己的父亲。

翁麒麟扑到父亲的怀里，哭叫着，爸爸……爸爸……是您，真的是您啊……

钱金豹也抓住翁岩的胳膊，叫着，大伯大伯……我们可找到您了……

翁岩直起身来，神情是懵懂的，眼神是迷蒙的，脸上呆板得像是结了一层壳。他看着两个人，直愣愣的，像是什么都没看见。

翁麒麟依然哭叫着，爸爸……爸爸……您怎么了？您不认识我了吗？我是麒麟，麒麟啊……

钱金豹也叫着，大伯，我是金豹，金豹啊……

翁岩突然嘿嘿笑起来，沙哑着嗓子说，你们是萧何韩信啊……萧何，你把韩信追回来了？

翁麒麟说，爸爸，我是麒麟，麒麟啊……

钱金豹说，大伯，我是金豹，您在这儿，我爸爸呢？我爸爸在哪儿？

翁岩拉着长声说，哦，是孟良焦赞啊，你们不是去了洪羊洞吗？

翁麒麟心凉了，父亲疯了，疯得很厉害。他谁都不认识了，谁都不记得了。

翁麒麟拉着父亲，爸爸，跟我们走吧，我们回家……

翁岩猛地挣脱翁麒麟和钱金豹的拉扯，转身便跑。出了后院有一条通往山上的小路，翁岩沿着小路猛跑，一边跑一边呼号着，像是遇见了天灾强敌。小路通向一座挂在山崖上的小庙。这座小庙还算齐整，墙垣屋舍都保存得好好的。翁岩冲开庙门，又反身将庙门关上，从里面上了门闩。

翁麒麟和钱金豹使劲拍打着庙门，翁岩躲在里面，像是没听见一样。

这是一个凄冷的夜晚。塞北的月亮都是冰的，发着悠悠的寒光，像一只冰寒的盾牌。风也是寒冷的，从山脚下往上吹，穿过树丛，爬过草尖儿，向黑暗中弥漫。整个黑夜变成了冷冰冰的世界，远近山峰蜷缩着头颅，像是群饥寒交迫的乞丐。对面山顶上，传来凄厉的嗥叫，那是来自更北的北方的狼。

翁麒麟坐在山腰的一块凌空飘起的巨石上，吹起了铁箫。这铁箫是父亲送给他的，那是他十三岁那年，考中了贡生，翁钱潘三家一起为他祝贺，席间，父亲吹起了这铁箫。翁麒麟听着父亲的箫声，顿时入了迷，央求父亲教他吹箫。可以说，翁麒麟是听着父亲的箫声长大的，很小的时候就央求父亲教他吹箫。父亲怕耽误他的学业，一直没有教他。现在翁麒麟考上贡生了，父亲便非常爽快地答应了。父亲把自己的铁箫送给了翁麒麟，教他吹的第一支曲子就是《苏武牧羊》。

翁麒麟吹着箫，钱金豹站在他的身边，和着箫声唱了起来：

苏武留胡节不辱
雪地又冰天
苦忍十九年
渴饮雪，饥吞毡
牧羊北海边
心存汉社稷
旄落人未还……

箫声瑟瑟发抖，歌声也像在冰雪中穿行。一个吹得凄婉幽咽，一个唱得肝肠寸断。这箫声和歌声，与残忍的寒风一道，穿过黑夜，匍匐进入那座小庙里。那座小庙在黑夜中显得更黑，在冰冷中显得更冷。它默默地承受着，忍受着，接受着，没有半点儿生息。

箫声与歌声刚落，后面响起了蓝蝴蝶的声音，翁麒麟，你这箫吹得真好听，生生把我引来了。咦，你怎么哭了？怎么满脸都是泪，吹箫也能把人吹哭？

翁麒麟不说话，眼睛瞪着黑暗中的小庙。

蓝蝴蝶掏出汗巾递给翁麒麟，快擦擦眼泪吧，一会儿就结冰了。

钱金豹瞪了蓝蝴蝶一眼，扭头走了。

蓝蝴蝶奇怪地问，我来了你怎么走了？

钱金豹没好气地说，不走干什么？给你们当影子？

蓝蝴蝶纳闷了，你怎么了？谁得罪你了？

钱金豹说，明明这里是我们两个人，他吹我唱，你却只说他的箫吹得好听；明明我也唱哭了，你却只问他为什么哭？我呢？我在哪儿？你没看见吗？

蓝蝴蝶说，真小心眼儿，不是个爷们儿。

钱金豹说，你说谁不是个爷们儿，我问你，这两天你去哪儿了？

蓝蝴蝶说，我去看我师父了，怎么了？

钱金豹说，胡说，你师父不是就在哪王庙吗？

蓝蝴蝶说，你在哪王庙看见我师父了？

钱金豹说，这么说，你师父不在哪王庙？啊，你看你师父可以，你倒是跟我们打个招呼呀？一声不吭就走了？

蓝蝴蝶说，你们不是让我把你们送到哪王庙吗？我不是送到了吗？

钱金豹哼了一声，算了吧，你眼里根本就没有我们。

听着钱金豹和蓝蝴蝶吵嘴，翁麒麟只想笑，这也太小孩子气了。

那座小庙的门再也没有打开，也看不见里面的烟囱冒烟。若不是翁麒麟亲眼看见父亲跑了进去，他根本不相信里面会有人。父亲吃什么呀？他在哪儿睡觉呀？有被子吗？冷不冷呀？

再担心也没有用，那扇庙门是砸不开的。他想翻墙进去，可是小庙的墙壁都建在峭崖上，无法攀越。

他托蓝蝴蝶想办法，蓝蝴蝶也摇头。

钱金豹说，求求你师父不行吗？他住在这里，肯定跟你师父熟悉。

蓝蝴蝶说，我师父去五台山了。

无奈，翁麒麟和钱金豹每天都来到这里，坐在对面的凌空巨石上，牢牢地守候着这座小庙。

终于有一天，小庙的门开了。翁岩从里面出来，依然是衣衫褴褛蓬头垢面。他肩上背着一只筐，手里拿着一把镰刀，像是要去砍柴。

翁麒麟和钱金豹急忙迎上去，翁岩却从小庙的侧面攀上了一条小路。

翁麒麟和钱金豹紧紧地跟上去。

所谓小路，根本就不是路，看不出路的模样，只是顺着稀疏一点儿的荆棘草丛试探着向上攀登。

在南方水乡长大的翁麒麟和钱金豹，都没有攀登山峦的经验，他们踉踉跄跄，不是被草丛绊住了脚，就是被荆棘缠住了裤脚儿，半天迈不出一步。而前面的翁岩却轻车熟路，健步如飞，不大一会儿，就远远地甩下了他们。

翁麒麟和钱金豹气喘吁吁地紧跟着，也不管脚下的障碍了，拼着命地向前追赶着。

终于爬上了一条较为像样的小路，弯弯曲曲地挂在山崖上。翁麒麟和钱金豹加快了脚步。

突然，翁岩站住了，转过了身。

翁麒麟看着父亲，父亲的目光不再呆滞了，脸上也出现了红润的颜色。

翁麒麟急切地叫着，爸爸，爸爸……

翁岩没有理他，扭过头示意他们朝后看。

左后方几百步的地方，出现了几个莫名其妙的人。这些人身强力壮，手里还拿着武器。

翁麒麟明白了，有人盯上了他们。

翁岩直接对钱金豹说，金豹，你在后面抵挡一下，我跟麒麟有几句要紧的话要说。

说完，翁岩拉着翁麒麟朝山上跑去。

爸爸终于恢复了正常，不，爸爸压根就没有疯。翁麒麟很紧张，又很兴奋，毕竟找到了爸爸，毕竟跟爸爸一起了，毕竟可以听到爸爸跟他说话了。

那伙人冲上来，钱金豹选择了一个小隘口，又搬过一些石头。等那伙人靠近，就往下扔石头，阻止他们上山。

翁岩拉着翁麒麟躲在一个小山坳后面。

钱金豹尽可能地拖延时间，不让那伙人攻上来。

糟糕的是，那伙人手里有弓箭和火铳，他们一会儿放箭，一会儿打火铳。钱金豹只有一个人，无论如何也阻挡不住他们。那伙人冲上来，眼看就要突破钱金豹坚守的小隘口。

翁麒麟急切地问，爸爸，到底是怎么回事？他们为什么说您和钱叔叔已经死了，追杀你们的到底是什么人？

翁岩说，来不及细说了，我把最紧要的告诉你。追杀我们的是漕标兵，漕标是漕运总督张大有的亲兵。为了实施安清帮反清复明的大业，我们奉陆师祖之命去准噶尔联络起兵之事，就是潘清向张大有告密的……

翁麒麟惊叫起来，爸爸，您说什么？难道是潘叔叔……

翁岩从怀里掏出一封书信，叮嘱说，孩子，一定要把这个交给陆师祖，告诉他，潘清背叛了安清帮，出卖了我们……

呐喊声逼近了，两个漕标兵已经举着刀冲杀上来，翁麒麟急忙掏出他的汉隶镖抛了出去，漕标兵应声倒下，又有几个漕标往上冲着……

翁岩说，你顺着这条路下山，遇到路口向左转，穿过一片白桦林，就到了铜雀镇。你快跑。

翁麒麟说，爸爸，您跟我一起跑吧。

翁岩说，他们是冲着我来的。

翁麒麟说，我不让您落在他们手里。

翁岩说，放心吧，我不会落在他们手里。

翁麒麟说，那我也不能跑，还有金豹兄弟呢。

翁岩说，你快跑，记住我跟你说的话，保存好我给你的东西，你一定要亲手交给你陆师祖……记住孩子，你不能擅自找潘清报仇，你万万不可妄动，一切都交由陆师祖和你钱叔叔处置，你记住了吗？

翁麒麟哭着说，我记住了。

翁岩说，你们快去找陆师祖他们……记住孩子，万万不可擅自行动……

翁麒麟叫了一声爸爸，哭着跑了。

小隘口这边，那伙人已经冲了上来。钱金豹挥着剑与他们搏斗着，以一当十。翁岩从后面蹿上来，挥着手里的镰刀迎战，一步跨到钱金豹的前面。

钱金豹高喊着，伯伯，您闪开。

翁岩说，你快跑，我掩护你。

钱金豹哪里肯撤，又冲到翁岩的面前。

正在这时，轰的一声，火铳打在了翁岩的胸口上。

浓烟中，翁岩倒下了。

钱金豹扑上去，伯伯……

翁岩使劲挥着手，别管我……快跑……

那伙人冲上来，尖刀利剑和火铳一起指上了钱金豹。

钱金豹看到，翁岩胸口上，鲜血像喷泉样地涌出来。

突然哗啦一声，蓝蝴蝶从山崖上飞下来，挥着长剑一通乱杀乱砍。

那伙人完全没有料到蓝蝴蝶神兵一样从天而降，纷纷惊慌地应战后退。

蓝蝴蝶拉起钱金豹，贴着峭壁一样的山崖攀登着。钱金豹几次失足，都被蓝蝴蝶拉了上来。那伙人又叫喊着冲上来，山崖上悬空挂着一棵老榆树，蓝蝴蝶攀住老榆树的枝条儿，让钱金豹紧紧地搂住她的腰，晃了两晃，双脚一登山崖，飞地悬空而起，降落到对面的崖口上。

那伙人冲到老榆树下，老榆树的枝条儿又弹了回来。

蓝蝴蝶和钱金豹不见了……

熬到了晚上，又过了深夜，翁麒麟和钱金豹确信那伙人没有发现他们，又悄悄地上了山。

他们找到了翁岩的尸体，背下了山，把他埋葬在小庙后面的山头上。

直到这个时候，钱金豹才开口问，伯伯提到我父亲了吗？

翁麒麟点了点头。

钱金豹说，我父亲在哪儿？

翁麒麟说，钱叔叔和朱黄刘石四位师兄找陆师祖去了。

钱金豹说，他们去哪里找陆师祖？

翁麒麟说，甘肃平凉崆峒山。

钱金豹问，我们该怎么办？

翁麒麟说，父亲一再叮嘱，让我们去找陆师祖和你父亲，一切交由他们处置。

钱金豹狠狠地说，我一定亲手宰了潘清这个叛贼！

回去的路上，远远没来时那么轻松和有趣了。三个心里都很沉重，翁麒麟找到了父亲，又亲眼看到父亲被人杀害了，并且亲手埋葬了父亲。钱金豹心里惦记着父亲，神灵时时飞出躯壳，飞向了崆峒山。蓝蝴蝶深深地同情两个人的遭遇，也高兴不起来。

匆匆赶路，默默无语，不知不觉地回到了通州漕运码头，回到了漕运客栈。

陆青林一边招呼伙计接过他们的马匹行装，一边急急地对翁麒麟说，您可回来了，来人了。

翁麒麟问，谁来了？

陆青林说，您上楼看看就知道了。

翁麒麟匆匆上了楼，推开门，见到的是潘灵芝。潘灵芝弯腰伏在炕沿上整理着衣物，听见门响转过身来。

两个人都僵住了。

翁麒麟和潘灵芝是一起抢奶头长大的，从小亲密无间。都到了翁麒麟考上贡生之后，两个人还不懂得男女之大防。他们一直以兄妹相称，小时候潘灵芝叫哥，大一点儿了叫麒麟哥。潘灵芝最喜欢的就是跟这个哥哥耍赖，两个人小时候针锋相对，常常不是你把我打哭，就是我把你骂惨，常常闹翻了谁也不理谁，发誓一辈子不理睬。可是没过多会儿，又都忘了，狗撕皮一样扭在了一起。不知道从什么时候起，翁麒麟懂事了，知道向着妹妹照顾妹妹了。这无疑是对妹妹的纵容和娇惯，潘灵芝常常以妹妹的身份故意不讲理，欺负哥哥。两个人到河边割草，翁麒麟吭哧吭哧地干活儿，潘灵芝就在一边心安理得地玩耍。回家的时候，翁麒麟还得把自己割的草分给妹妹一半，免得她到家受母亲的训斥。只要出门，两个人都是成双成对，潘灵芝总是紧紧地拉着哥哥的手，走不了多远，就喊累，就让哥哥背着。直到有一回，两个人的关系突然变了。

那是翁麒麟与丹秀一起赴省城参加乡试之后，一天中午他在自己的房间里洗澡。翁麒麟是站在一个大木盆里的，往身上打着胰子。突然潘灵芝推门进来了，两个人面对面地呆愣着，只是一瞬间，却好像很久很久，时间凝固了，一切都虚空了，像他们的神志。潘灵芝第一次看见了男人的一切，突然哇的一声叫起来，捂着脸跑了出去。

翁麒麟紧张极了，也害怕极了，像犯下了弥天大罪。从此，他不敢面对潘灵芝，不敢正视她的眼睛，也不敢随随便便地说话。潘灵芝呢，见到翁麒麟脸就红，莫名的红，总是低着头，不但不再跟他耍赖，连话也不敢说，哥也不叫了。

他们知道将来要成为夫妻的，从小就知道，没有谁告诉他们，似乎这是天经地义顺理成章的事情。不知道为什么？将来要成为夫妻的小两口却格外生分起来，比跟任何人都生分。可是，他们又谁也离不开谁，见不到就想，想了就找，找到了又无话可说。这次翁麒麟进京赶考，母亲让潘灵芝送他到码头上船，潘灵芝却总是胆胆突突地跟在翁麒麟的后面，什么话都不说，直到翁麒麟登上船之前，她才慌慌张张地塞给他一个小包袱，那里面是她为翁麒麟亲手缝制的内衣……

眼下，在漕运客栈的房间里，两个人面对面地站着，依然是那样的生分、紧张，找不到开口的话题。过了许久，翁麒麟才说，你怎么来了？

说完这句话，翁麒麟就后悔了。这好像是在指责，你的未婚妻来了不是应该的吗？

潘灵芝依然低着头，红着脸，动了动嘴唇没出声。

翁麒麟紧张得说话都有些结巴了，啊……我是说，你事先也没来个信儿……

这更像是指责了，翁麒麟恨不得抽自己两个嘴巴，你怎么这么笨呀？满腹经纶都哪儿去了，怎么在女孩子面前连话都不会说了？

潘灵芝终于说话了，爸爸说，你在外面不方便，让我来照顾你。

翁麒麟立即警觉起来，她为什么说爸爸说呢？这话应该是妈妈说的呀。做母亲的说这话，理所应当，她知道母亲牵挂他，更知道母亲时刻惦记着他们的关系。他一直视潘母为母亲，从小就跟着潘灵芝一起喊妈妈，习惯了，改不过来了。可是，他从来不叫潘清爸爸，总是叫叔叔。他有自己的父亲，不能再叫别人爸爸。

翁麒麟渐渐地平静下来，说话也顺畅多了，你什么时候到的？

潘灵芝也自然多了，大前天到的。听陆掌柜说，你和金豹去口外了。春闱不是在北京吗？你们到口外干什么去了？

翁麒麟说，哦，离春闱的时间还早得很，我跟金豹到口外随便转转，自幼生活在江南，从来没见过北国风光，去见识见识，也散散心。

潘灵芝恢复了常态，看你这一身土，先洗把脸吧，把衣服换下来我给你洗洗。

翁麒麟说，不忙，怎么是叔叔让你来的，妈妈同意吗？

潘灵芝说，开始的时候，妈妈让我在家等你的消息。有一天爸爸提出来让我到北京来，妈妈当然听爸爸的了。

翁麒麟心里打起了鼓，看来潘清已经知道我去口外了，或许也知道我去口外的目的了。安清帮的眼线不但在三千里大运河上织成了网，也扩展到了口外乃至全国各地。想到这些，他更加警惕了。

潘灵芝见翁麒麟陷入了沉思，又红着脸不说话了。

翁麒麟问，你是怎么来的？

潘灵芝说，我是搭姚发哥哥的香末船来的。

这不奇怪，香末船是安清帮自家的私船。粮米帮一百二十八帮半，所谓无半不成帮。待翁钱潘领帮行运以后，重新按帮配置新的漕船，其中的半帮船为一百六十四只半，半只为脚划子。这半帮归了姚发领运，不运漕船，专门运载香末和土宜货物。香末即香料，有数百种之多，是制作香的原料。这些香料多来自海南云南，有的来自西域南洋，利润巨大。实际上姚发的半帮成了商船，所赚银两作为安清帮主要的收入来源。姚发，法号文铨，浙江杭州人，早先是潘清的书童，潘清开山门之后，遂收为弟子。安清帮内传说，姚发伶俐俊秀，忠诚事主，潘清爱之如子。将半帮私船交给他，潘清是绝对放心的。

潘灵芝又说，丹秀哥哥也来了。

翁麒麟心里一震，丹秀是安清帮的文胆和军师，潘清是须臾离不开他的。

潘灵芝说，他来……是为咱俩的事。

翁麒麟没明白。

潘灵芝说，爸爸说，我来北京照顾你，孤男寡女有诸多不便，让我们……正式结婚。

翁麒麟明白了，丹秀是受潘清的委托，前来张罗他和潘灵芝的婚事的。顿时，他的心里像塞进了一团铁蒺藜，又乱又疼。

寒风乍起，时令已经进入了晚秋。大运河两岸的树叶上结了白霜，河面皴皱起来，冷冷地聚起了冰碴儿。最后的一批漕船来自湖北的头二三帮，漕粮已经上坝，等着验收之后便回空南归了。

虽然万寿宫及东关的粮行商铺依然热闹非凡，土石两坝依然人流如蚁，但是卖呆的人却越来越难了。什么是卖呆的人呢，说白了就是卖苦力的。这些人有的是卸船扛麻袋的，名曰扛大个儿的，也叫无头鬼；有的是给漕船拉纤的，一边拉纤一边喊着运河号子，俗称号丧鬼；还有的人是打杂儿的，河边上有什么活儿干什么，搬挪扛运，装货卸货，挣几个小钱。这些人都是当天干活儿赚当天的钱，每天早早地来到码头上，等待着主顾前来挑选派活儿。等活儿的时候，一个个缩着脖子，揣着袖子，瞪着眼睛。呆呆愣愣的，码头上都叫他们是卖呆的。

最难混的要算是王培玉了。

王培玉祖籍四川成都，大明崇祯年间，天下大乱，张献忠举旗造反，与李自成一样成了气候。他在四川称帝，建国号大西，改元大顺。张献忠的残暴堪称史上无双，大肆杀戮，四川大地尸横遍野，成都城空了大半。王培玉一家侥幸逃出，来到了北京。王培玉的祖父原本是大财主，便用随身携带的银两在京畿购置了几十顷良田，买了一所宅院，希图重整家业。未曾料到清军入关，多尔衮为顺治皇帝抢了紫禁城。同时将京城的百姓尽数赶出城外，四九城被八旗官兵侵占。北城为正黄镶黄二旗，驻防安定门德胜门；东城为正白镶白二旗，驻防在东直门朝阳门；西城为正红镶红二旗，驻防在西直门阜成门；南城为正蓝镶蓝二旗，驻防在崇文门宣武门。王培玉家的宅院正好在宣武门内，即在强迫迁出的范围之内。最为可怕的是，皇帝和八旗占领了京城后，满族的勋贵开始抢占农民的土地。多尔衮以顺治皇帝的名义发布了“圈地令”，京畿五百里之内的土地任意抢占，谁抢到手归谁所有。这些勋贵疯狂抢夺起来。他们扬鞭策马，在选好了的土地上玩命奔驰。马匹所圈的地方，便归了自己，即所谓“跑马占圈”。有些勋贵为了圈地，不顾马匹死活，玩命驰奔，将马累死了。京畿许多村名叫作“马坟”，就是当年他们为累死的马匹立的坟墓。据传，不到三年时间，他们就抢占了十九万顷良田。满族勋贵占领的土地成了自己的庄园，称为庄子，京畿许多村名谓之为庄，故此。被圈占了土地的农民，或者外迁，或者留在原来的土地上成了佃户。不幸的是，王培玉的祖父购置的土地尽在通州马驹桥一带，统统被圈走了。

失去了宅院又失去了土地，当年成都的望族没有被张献忠杀戮，却在京城沦为赤贫。祖父和父母相继谢世，王培玉成了孤儿，为了活下去，只好到通州漕运码头上靠卖苦力混饭吃。

王培玉生得人高马大虎背熊腰，小时候又曾拜师习武，有过人之力。他在码头上扛大个儿，别人扛一个，他扛两个，别人跑两趟，他跑三趟。扛大个儿是军粮经纪雇用来的，扛一个麻包，发一个竹筹。到了晚上，按竹筹多少领工钱。

王培玉也与许多卖呆的人一样，卖一天力气混一天吃喝，家无隔夜粮。早晨睁开眼睛，就匆匆来到漕运码头上。漕运码头上有一种典当行，叫作“小押”。卖呆的人将身上的汗褟儿脱下来，押几个铜板儿。然后掂着手心里的铜板儿来到油锅摊儿前，油锅里炸的是半斤面摊成的大油饼，码头人叫它炉箅子。押汗褟儿钱刚好能买两个炉箅子，抹着大酱卷着大葱吃下去，便到岸边扛麻包。到了晚上收工，用领到的工钱再把汗褟儿赎回来。周而复始，天天如此，仅够活命而已。

姚发领运的半帮船虽然运载的是私货，却是天庾正供的编制，悬挂的是安清帮的旗号，能直接抵达通州，停靠在土坝上。这半帮船有一个名正言顺的称呼，叫作随运尾帮船，意思是为整个漕帮服务的。船帮停靠好之后，姚发将船务交给手下，便雇了一头小毛驴，溜溜达达地到漕运码头上游玩，也是为了看望一下随船队上来的潘灵芝，他知道潘灵芝住在漕运客栈。

漕运客栈在运河东岸，他是从北关过来的，要过河或乘摆渡或绕道浮桥。姚发骑着驴，乘摆渡不便，便沿着河堤朝浮桥走去。已经是傍晚时分，路过石坝附近看到人群骚乱，叫喊声惊天动地，他便凑了过去。

几个官兵要抓捕一个壮汉，壮汉与官兵打斗起来。壮汉的功夫十分了得，左突右击，踢腿挥拳，将几个官兵撂倒在地上。从大光楼那边冲过来一队官兵前来支援。壮汉赤手空拳，官兵们都拿着刀枪，很快壮汉就要抵挡不住了。姚发向围观的人打听，原来这壮汉叫王培玉，扛了一天麻包，用手里的竹筹换不来工钱。管账的先生说他竹筹太多了，怀疑他作假。王培玉跟管账的先生讲理，管账先生蛮横无理，骂王培玉是混混儿流氓，王培玉火了，跟管账先生撕扯起来。码头是官家的天下，官兵赶来要将王培玉抓走。王培玉不服，又与官兵冲突起来。

明显的是管账先生仗势欺人，姚发也是个好打抱不平的英雄，立刻上前，拦住了官兵，将王培玉护在身后。

官兵见姚发衣装整洁，气势沉稳，知道不是一般的平民百姓，也客气了许多。

姚发从怀里掏出一锭五两的银子，塞给官兵的头目。官兵于是罢手，放过了王培玉。

王培玉见姚发如此仗义，也不问尊姓大名，纳头便拜，口称先生洪恩大德。

姚发扶起王培玉，谦和地说，如果好汉方便，我们不妨去喝两杯。

王培玉一听，又千恩万谢，连工钱也不领了，汗褟儿也不赎了，便跟着姚发走了。

第十一章　白卷·己篇

天地玄黄，宇宙洪荒。在无边的大荒中，陆逵单身匹马，孤苦伶仃茕茕孑立。不是他要向前走的，是他的马驮着他向前走的。前路茫茫，后路缈缈，既无去处，又无归程。他的脑子也像这迷蒙的天地一样，一片混沌。似乎过了千百年，刚刚所发生的一切都已经远去，苦痛和屈辱也像漫天黄沙一样消散了。他还是他吗？如果他不是他，那他又是谁呢？是的，他已经死了，像是又重新投胎出世。然而，眼前的情景不像人间，像是通往地狱的迷途。

扬州十日，清兵屠城，杀死了八十多万人啊！满蒙八旗所有的兵力也不足八十万啊，却能在泱泱两亿人的大国任意杀戮，天理何在？八十多万具尸体横陈在扬州城内外，大运河里漂浮的不再是帆樯如云的漕船，而是肢残体裂的尸体；大运河流淌的不再是清凉的河水，而是扬州人的鲜血。他亲眼看到了史可法慷慨就义，他亲眼看见了全家八十多口人倒在宅院内外。作为南明朝廷的右江总兵，作为史可法的部将，他曾经与将士们一起拼死抵抗。他踏着同伴的尸体，杀清兵杀得十把钢刀都卷了刃。他成了一个血人，红惨惨的像是从血缸里爬出来的一样。幸运的是，他身上的血不是从自己的骨肉里流出来的，是敌人和战友的鲜血染红了他。

他居然活了，真是神迹。是他的马寸步不离地跟着他，当他倒下之后，又是他的马将他拱醒，卧下身子驮起了他。以后，便是马在奔跑，从敌窟中冲了出来，沿着大运河疾驰，又穿插过了无数条歧路。现在到了什么地方，他全然不知道，甚至连东西南北的方向都辨别不出来。就这样，他的马不停地奔驰，不吃不喝不停顿，他也不记得过了多少个日夜了。

这是一个晚霞如燃的傍晚，他的马放慢了脚步，他也挣扎着直起腰来，放目远眺。眼前的山高低起伏，峰峦叠嶂。神奇的是，这些山峰不是扎扎实实屹立在大地上的，而是像在海上漂浮着。缓缓地移动，悄悄地变幻着形态。山形之上，云烟氤氲，暮霭沉沉。

他的马依然缓步向前，一条蜿蜒如绳的小路通往大山深处。霞光暗淡下来，主峰上苍绿如烟，滚动着一条横空出世的苍龙。沿着小路往上攀爬，一座青顶白墙的道观盘在了前面。看见了紧闭的红漆大门，两只门环瞪着奇怪的目光。他的马倒下了，他也从马背上滑下来……

陆逵醒来的时候，第一眼看见的就是白发垂胸的青鸾道长。道长怀抱着拂尘，弯着腰端详着他，见他醒了，长长地吁了一口气。

陆逵要挺身起来，青鸾道长摁住了他的肩膀，壮士莫动，你需要静养安神。

一个小道士进来，端着一碗粥。

这时候青鸾道长才将他扶坐起来，靠在床上，又在他的后背垫上被子。

小道士把粥碗端过来，用勺子一口一口地喂他。

他慢慢地恢复了体力和神志，道长一直站在他的身边，用慈善的目光望着他。

请问道长尊姓大名?

贫道青鸾见过大将军。

啊，原来是大名鼎鼎的青鸾道长，难道这里是茅山吗?

此处正是茅山。

陆逵见自己依然穿着血染的战袍，歉疚地说，弄脏了道长的斋堂，罪过罪过。

青鸾道长说，壮士能活下来便是洪福齐天了。

陆逵抱起双拳，坐在床上深深地鞠躬行礼，末将陆逵拜见青鸾道长，谢念道长的救命之恩。

青鸾道长“哦”了一声，莫非壮士就是右江总兵陆将军?

陆逵说，末将正是。

青鸾道长忙拱手行礼，久闻英雄大名，今日在小观相见，实乃青鸾之幸，小观之幸。

陆逵说，败将而已，羞愧难当，本已无颜再苟活世上，何谈英雄。

青鸾道长说，将军这是欲去往何处?

陆逵说，国破家亡，身无所依。从今之后，只有漂泊荡身了。

青鸾道长说，将军若不嫌弃，随便在小观长住短留，青山绿水，可以娱愁，遑论荡身。

陆逵再次拱手，大恩不言谢，道长之恩德没齿难忘。

青鸾道长说，一会儿让徒儿给你找件干净的衣服换上，你且静养几日，方可行动。

陆逵猛然想起了自己的马。

青鸾道长说，不幸得很，将军的马为主尽忠了。

陆逵闻听，悲从心起，竟失声哭泣起来。

第二天，陆逵便挣扎着爬起来，在道士们的帮助下，在后山选了块地方，将自己的爱马安葬了。

茅山是著名的道教圣地，列为十大洞天的第八洞天，七十二福地的第一福地。茅山原名句曲山，相传西汉景帝时，有茅盈、茅固、茅衷兄弟三人在此炼制金丹为百姓袪灾治病，后又在此处飞升成仙。故此，句曲山改名为茅山。

青鸾道长住持的这座道观名为九霄万福宫，正是茅氏三兄弟创建的洞天福地。

陆逵在九霄万福宫里住了下来。外面是血腥的世界，是魑魅魍魉的天下，是群魔乱舞的王朝。陆逵不愿意再想起那个人间地狱，只有忘掉它，才能彻底解脱，才能从一切苦厄中挣扎出来。

这里山青水绿，云淡风轻，香烟缭绕，玉音磬乐声声入耳，鸟鸣兽吟浸透肺腑。在这里可以重生，何为重生？父母生下我们的肉身都是肉眼凡胎，唯有修炼才能获得重生。修儒可以成圣，千古流芳；修道可以成仙，长生不老；修佛可以摆脱轮回之苦，穿越三生三世。陆逵自幼便胸怀大志，读圣贤书，学文武艺，为的是贷与帝王家。结果呢？他没有成为圣贤，帝王家垮了，他也随之国破家亡。

他几次来到青鸾道长的斋堂，听道长给他谈经讲法。道长是个谦恭随和之人，与他推心置腹交谈甚欢。可是，不知道为什么，他几次明里暗里地要拜道长为师，在茅山修道，终老一生，道长总是顾左右而言他，不接他的话茬儿。终于有一次，他实在忍不住了，直截了当地提了出来。

青鸾道长沉吟了许久，才开口说，你还在燃烧。

燃烧？

你的心里燃烧着熊熊烈焰，你的头顶冒着腾腾戾气，你的眼睛被仇恨的烟雾遮蔽着，看不见三清世界，也修不了内丹外丹。

陆逵明白了，青鸾道长说得没有错，他还没有从那仇恨的世界中逃脱出来。可是他想逃出来，他不想在那里受煎熬受折磨，于是他对道长说，我从师道长就是为了摆脱苦厄，熄灭胸中烈焰头上戾气，请道长慈悲。

青鸾道长说，先不提拜师修道之事，这里山清水秀气候宜人，最适于廓清心中杂念，你不妨先静下心来，然后再做道理。

陆逵问，我怎么才能静下心来呢？

青鸾道长说，我教你子午诀吧，子午诀可以镇惊避邪、制幻养性。

陆逵恭恭敬敬地坐在青鸾道长的面前。

青鸾道长说，子午诀是道家的一种手印，无名指的指根处为子位，中指指尖处为午位。用右手的食指和拇指掐住左手的子位，左手的拇指掐中指的指尖，翻过来放在腿上，此乃子午诀是也。

陆逵也不顾道家的礼仪，跪下给青鸾道长磕了一个头，表示感谢。

陆逵是个有心人，青鸾道长传授了他子午诀，他便潜心修行。他在九霄万福宫外面转悠起来，凭着感觉选择了一块福地，与茅山主峰遥遥相对的一个小山峰，正好在同一条子午线上。小山峰叫鹤峰，背靠着茅山山脉，面朝着南方巨野，幽幽莽莽，云蒸霞蔚，酷似东海的蓬莱仙境。山顶有一棵千年古松，虬曲引颈，展翅迎风。更为难得的是，松树下面还有一块一尺宽的方石，据说当年茅盈祖师就是在此处得道成仙的。

陆逵在鹤峰上持子午诀修炼，日复一日，月复一月，又年复一年。三个年头过去了。日就月将，学有缉熙光明。他的心境渐渐地沉静下来，空旷澄明，如碧空万里，秋风涤荡。曾经在他胸中燃烧的熊熊烈火熄灭了，沉淀成一层热灰；冲冠的戾气也消逝了，化作了抚慰心灵的清泉。

但是，青鸾道长一直不提他出家拜师的事情。他反而不急了，连等待都没有了。他已经进入了清静无为超凡脱俗的坦途，就不在乎将来会得到什么果位了。每当夕阳照耀在茅山主峰和鹤峰的时候，天空中便飘来天籁之声，声音悦耳澄怀，有如仙乐。一团火焰从晚霞深处飘飞过来，如翔如舞，如风如云，鲜艳夺目。他打坐修行的时候是闭着眼睛的，但是他看见了，看得真真切切。莫非是开了天眼？

火焰扑落在他的面前，他以为会燃起熊熊大火，他会在火中涅槃重生。没有，落在他面前的不是热，而是凉，是扇动秋风一般的凉爽。他等待着，无论是火是风，都会坦然地接受，哪怕是霹雳闪电，他都无所畏惧。人到了无我的境地，是没有挂碍和恐惧的。

静静的，什么都没有发生。又过了许久许久，他睁开了眼睛，眼前立着一只白鹤。这白鹤就是刚才飞扑过来的那团火，是霞光把它染成了金红。

白鹤默默地站在他的面前，提起一条腿，很舒服的样子。而那宝石般的眼睛却柔柔地看着他，像是向他学法的谦恭的小弟子。白鹤是那样的漂亮，那样的优雅，又是那样的适意通灵。他激动起来，抚摸着白鹤的羽毛，心里充满慈悲和爱怜。

一连几日都是这样，天边挂满暮霞的时候白鹤便火团一样地飞来，直到他起身回观，它才恋恋不舍地展翅而去……

青鸾道长说，这只白鹤是罗清的。罗清是五台山上的一位在世修行的佛祖，是青鸾道长的同胞兄弟。罗清行二，青鸾名罗源，年龄最幼。早在总角少年时候，有一次两兄弟到渭水边打青草。来到河滩上，发现两只鸾鹤被狩猎夹钳住了，一只青鸾，一只白鹤。两只鸾鹤匍匐在地上，已经奄奄一息，见到罗清两兄弟，眼里露出了哀怜的目光。他们急忙打开狩猎夹，将两只鸾鹤救回了家。

他们请郎中为鸾鹤敷药疗伤，又到渭水捉来小鱼小虾河蚌喂它们。两只鸾鹤很快痊愈了，出落得健壮俊美。两兄弟原本放它们回到天空阔野，但是两只鸾鹤却不走，早晨放飞了，晚上又飞了回来。从此，两兄弟身边便各自多了一个形影不离的伙伴儿。白鹤跟着罗清，青鸾跟着罗源。直到两兄弟同时离开家乡到外面闯世界，两只鸾鹤依然紧跟着他们。两兄弟骑着马在路上走，两只鸾鹤在他们的头顶上展翅随飞。清兵攻打南明的时候，多铎领兵开往茅山，青鸾发现了，拼命地鸣叫报信。多铎拉弓射了一箭，正中青鸾的胸脯，青鸾从空中栽了下来。陆逵记起来了，后山坡上，就在陆逵安葬宝马的茔墓后面，有一个小坟包，上面的石碑上刻着“青鸾之仙位”。

陆逵掐指算了算，白鹤来过七七四十九次。在白鹤不再来的日子里，每当霞光漫天的时候，陆逵便听到来自北方的呼唤。

那是圣者的呼唤，没有声音，没有语言，只是一种通灵通神的意念。这意念很强烈，总是拨动得他心弦震颤。

青鸾道长说，我为什么一直没有收你为徒呢？就是觉得你与道家无缘。你还是到五台山投奔罗清去吧，那是你前世的因缘。

陆逵离开了茅山，开始了云游之旅。他三次来到五台山，均未访到罗清。陆逵又来到金陵，意欲寻觅当年达摩佛祖的遗迹。他到栖霞寺进香，断断续续地听闻罗清从南海天竺来到了金陵，细打探，又都不知所云。忽一日，陆逵在栖霞寺门前看见一位僧人，袈裟草履都很普通，却仪表非凡气质超俗。陆逵毕竟也是苦修有年开了天眼的人，见到僧人头上笼罩着紫霞，足下生着遁光，知道这便是罗清无疑了，急忙趋步上前，纳头便拜，口称师父慈悲。

僧人果然是罗清，他见到跪在面前的陆逵，转身便走。陆逵在后面急急追赶，来到长江边上。见罗清折下一枝苇条儿，抛进江里，像达摩佛祖一样，踏苇为舟，过江而去……陆逵艰辛跋涉锲而不舍，终于再次攀登上了五台山，寻到了罗清修行的紫霞洞，见洞门紧闭，便在洞前跪求不起。三日夜后，一个小童开了洞门，对他说，你若真心求道，需跪到红雪齐腰，芦芽穿膝。到了那时，罗祖方能见你。红雪齐腰，芦芽穿膝，这是什么境界？世间有此等奇异之事吗？分明是罗祖在拒绝我，找出了这么一个根本不存在的理由。陆逵近乎绝望了，但是他毕竟是青鸾道长引导过的半仙之体，有着本能的悟性和感知。尽管他不明白红雪齐腰、芦芽穿膝是怎么回事，却没有放弃。他连放弃的念头都没有过，继续跪在紫霞洞的门前。他不再奢求拜见罗祖，就是如此跪着也是一种修行。修行是自度度人，无须人言，无须人见，克己而已。

又这样跪了三天三夜，突然寒风骤起，大雪弥天。陆逵冻得浑身发抖，牙齿打战，心骨透凉。他实在坚持不住了，便到山下的山沟和农田里，取来一些稻草苇条儿，遮盖在身上御寒。鹅毛大雪依然扑天漫地，将陆逵及其身上的稻草苇条儿都埋上了。陆逵冻僵了，失去了知觉，只有心中一丝热气，倒在了紫霞洞前。

翌日清晨，风停雪息，气朗天晴。饥饿的飞鸟四处觅食，只见满山积雪盈尺，无食可觅。忽见紫霞洞前的雪堆中露出一些稻草苇条儿，群鸟飞扑而来，啄着稻草苇条儿。啄来啄去，啄烂了陆逵单薄的衣衫，啄破了陆逵的骨肉。鲜血淋淋，染红了覆盖陆逵腰间的白雪。日头高照，大地回暖，盖在他腿上的芦条儿浸漫了雪水，竟然发了芽。芦芽穿过了陆逵的膝盖，红雪堆拥在陆逵的腰间。陆逵渐渐醒来，见到此情此景，茅塞顿开，这不正是红雪齐腰、芦芽穿膝吗？

他拼尽气力，挣扎起来，拍着洞门，狂喜地呼叫着师父，洞门打开了……

陆逵在哪王庙挂单之后便住了下来。临下山的时候，师父罗清给哪王庙住持大喇嘛丹巴嘉写了一封亲笔信，丹巴嘉遂对陆逵以贵宾相待。

哪王庙是蒙古地区最大的丛林，属于藏传佛教格鲁派，是由第十代生根活佛色龙生根翁述传播而来。庙内的喇嘛有七八十人，丹巴嘉大喇嘛专门腾出一个小跨院让陆逵住下。陆逵跟着罗清师父在五台山紫霞洞修道三年，师父便派他下山云游。察天下大势，访民间贤良，看世道人心。陆逵打算在哪王庙住得久一些，除了跟丹巴嘉大喇嘛学经修道，还想在附近看一看。一日，他出了哪王庙，雇了一头小毛驴，朝东南方向走去。天晴日朗，四处绿草红花，眼前是辽阔无边的大草原。他感到浑身畅快，不由得抽打着小毛驴，一路奔跑起来。路过一块田地，一个农夫正在为玉米锄草。奇怪的是，这个农夫穿的是明朝的服装，儒冠青袍，脚下踩的是圆口纳帮鞋。陆逵从驴背上下来，缓步走向田间，谦恭地打着招呼，老哥，玉米长得不错啊。

农夫停下锄头，抬眼看了陆逵，没有应声，又埋头锄起草来。

陆逵有些尴尬，又亲切地说，今年雨水充沛，肯定是个丰收年景。

农夫依然低头锄草，没有理睬陆逵。

陆逵还是不甘心，又寻着话茬儿说，老哥家住在附近吗？

农夫索性转过身，锄着草往回返了。

陆逵无奈，又站了一会儿，悻悻地走了。

这件事陆逵觉得很奇怪，看似一个玉树临风、风度儒雅的学人，怎么下田锄草呢？陆逵觉得自己已经礼貌周全了，为什么那个农夫却不理睬他呢？

两天之后的一个晚上，丹巴嘉大喇嘛打发人请陆逵到他的净室用餐。

陆逵来到丹巴嘉的净室，进门一看，不由得愣住了。八仙桌的上首坐着一个人，仔细一看，正是那个农夫。没等丹巴嘉引荐，那个人便站起身来，向陆逵拱手道，师父里面请，前两日在田间冷落了师父，特请大喇嘛设酒告罪。陆逵有些不解，一时竟不知道如何是好了。

在下顾亭林，拜见陆师父。

陆逵惊得大张着嘴巴，顾亭林？他便是大名鼎鼎的顾炎武先生，这……怎么可能呢？

丹巴嘉大喇嘛笑了，替顾亭林解释说，亭林先生早就有意结识陆师父。那日在田间相见，顾及四处是盯着顾先生的耳目，怕连累陆师父，还望陆师父海涵。

天呀，原来如此。

于是入座饮茶。俄顷，两个小喇嘛进来，一个端着热气腾腾的火锅，一个端着托盘，托盘里放着切好的羊肉和菜蔬。居然还有一壶酒。

丹巴嘉大喇嘛对陆逵说，酒是供给顾先生的，我们以茶代酒。

顾亭林也不谦让，接过酒壶自斟了一杯。

羊肉下锅，盈室荤香，陆逵有些不适。

丹巴嘉大喇嘛又说，我吃三净肉，陆师父如有不便，让下面去炒几个素菜便是了。

陆逵忙说，不妨，不妨，我吃锅边素。

所谓三净肉，是指没有亲眼看到是为我而杀的，没有听到我信任的人说是专门为我而杀的，自己没有怀疑此肉是专门为我而杀的。而锅边素则是出家人为了不麻烦别人，与俗客一起用餐，只吃锅里或盘里的素菜。

三个人相互敬酒敬茶，边吃边聊，很快聊起了天下大势。

陆逵说，听闻顾先生不惧薙发易服严令，多次拒绝清廷赐官招募，六谒孝陵，六谒恩陵，两谒昌平明陵，两受牢狱之苦，着实令人感动之至，忠烈之心昭然可示。

顾亭林说，易姓改号，谓之亡天下。保国者，其君其臣，食肉者谋之；保天下者，匹夫之贱，与有责耳矣。

陆逵被震动了，他知道顾亭林的遭遇，知道亡天下的苦痛。清兵入关，昆山沦，常熟陷，其母王夫人绝食十五日而亡。临终前对他说，我虽妇人，身受国恩，与国俱亡，义也。汝无为异国臣子，无负世世国恩，无忘先祖遗训，则吾方可以瞑目于地下了……

谈及躬耕陇亩，顾亭林说，念及昔日伯夷、叔齐不食周粟，我深感亡国之耻。然华夏大地原属汉人，蛮夷抢占掠之。我隐于塞北，不必采薇而食，自耕自种，自食其力，足矣。三个人话题越谈越深入，陆逵谦恭地请教如何救天下，重光华夏。

顾亭林说了十二个字，卧薪尝胆，聚结人心，蓄势待发。

陆逵细细地品味着，深感顾亭林所言寓意深远，非三五语所能阐明。

自此之后，陆逵每日都到顾亭林的田间，根本不顾及四周耳目监察。顾亭林也非常佩服陆逵的鸿志和胆略，所思所论志同道合，共谋天下大计。

顾亭林提出，聚结人心就是组织帮会，洪门天地会已经建立起来了，确定了反清复明的宗旨。还要再创建一个帮会，可称为安清帮，亦称青帮，以漕运粮米帮为根基，开山收徒。如此，洪青二帮互为犄角，相得益彰。洪帮为显，青帮为隐；洪帮与朝廷分庭抗礼，青帮为朝廷护漕运粮；洪帮为横向之合，四海之内皆兄弟；青帮为纵向之联，三帮九代，义气千秋。仓廪实则天下安，漕运衰必龙廷溃。京杭大运河的漕运，是清廷的命脉之所在。漕帮有十万之众，待时机来到，洪青二帮通力合心，高举义旗，驱除鞑虏，重整山河。十万安清弟子便是十万精兵强将，能掀起大运河的滔天巨浪，掀翻蛮夷朝廷。两个人越发深入探讨，陆逵说，国家可以改朝换代，唯宗教能万古流传，创帮立会，应以教义聚结人心。

顾亭林深以为然，儒家讲入世，道家讲出世，佛家讲救世；儒家讲天命，道家讲自然，佛家讲解脱；儒家求君子，道家求逍遥，佛家求自在。唯罗教集三教之精粹，既讲修为，又讲济世；既炼内丹，又炼外丹；既讲自度，又讲度人。

陆逵听到顾亭林如此高论，激动得心怦怦乱跳。是啊，聚结人心，唯有罗教。红莲白藕青荷叶，三教原本是一家。罗教正是师父罗清所创，他则是师父的开山弟子……

翁钱潘收到师父陆逵的指令，激烈地争吵起来。

安清帮是顾亭林和陆逵密谋策划的，又是通过陆逵的开门弟子翁钱潘创建和发展起来的。历经近十年，在京杭大运河上凝聚起一股强大周密又纪律严明的力量，这股力量成了陆逵完成反清复明大业的中流砥柱。

陆逵与他的同党反复考察商讨，觉得时机已经成熟。机不可失，时不再来，失去这次机会就会成为千古罪人。

他们判定，雍正帝遇到了前所未有的劫难，可以说是内外交困。雍正帝御极，深知自己的帝位名不正言不顺，朝廷内外不服者甚众。心虚气弱导致他残暴无情，排斥异己，屠杀无辜，大兴文字狱，为自己积累得仇恨满满，树敌众多。这些觊觎他龙廷宝座的劲敌包括：忠于皇十四子胤禵及皇八子胤禩者，为废太子不平者，年羹尧的部下，隆科多的一系，吕留良、汪景祺、查嗣庭等各大文字狱的受害者及同情者。这几股势力一直在暗中涌动，渐渐地汇集到诚亲王胤祉的旗下。只要诚亲王登高一呼，即可掀翻雍正的龙廷宝座。

这是内部之患，外部之忧更让他头痛。新疆准噶尔部屡屡犯边进攻。雍正帝对准噶尔用兵，岳钟琪为宁远大将军，出西路；傅尔丹为靖边大将军，出北路。可是两路兵马连战连败，准噶尔部长驱直入。雍正一怒之下，以“误国负恩”之罪将岳钟琪夺官囚禁……

内有胤祉强大的势力，外有准噶尔精兵悍将，雍正万般无奈，又只好将岳钟琪官复原职。

陆逵振奋起来，如果将内外两股劲敌联合起来，加上他和顾亭林掌控的青洪二帮，再把岳钟琪策反，准噶尔从新疆进攻，岳钟琪从甘陕起兵，安清帮掌控漕运，断了京城的粮草，便可以气壮山河翻天覆地，一起将雍正赶下台。紧接着再昭示天下，一举将满蒙鞑子赶出山海关。

合谋诚亲王胤祉的事情他要亲自出马，策反岳钟琪的事情另有安排，那么出关联络准噶尔的重任，便落在了翁岩、钱坚的头上了。

翁钱潘开法领众之后，三个人有个明确的分工：漕务之事由潘清负责，反清复明大计则由翁岩钱坚筹备。养兵千日，用兵一时，现在到了关键时刻，翁钱潘的态度却大相径庭。翁岩和钱坚认为，师父召唤，便是神谕使命，没有什么好说的，更不能讨价还价，直接前往就是了。潘清则认为，事关重大，应该慎之再慎，不能轻举妄动。

翁岩说，动与不动，我们没有权力反对，师父的决策就是命令。

潘清说，你们考虑过后果吗？我们从五台山下来，揭了皇榜，朝廷授予五品督粮官，将天庾正供的重任交给我们，我们能说毁就毁了吗？

钱坚说，你是朝廷的人还是安清帮的人？朝廷赏你个芝麻官你还认真了，当官上瘾了？天庾正供是他满蒙鞑子的，跟我们汉人百姓有屁关系？

潘清说，我不是为了这官，也不是甘心当朝廷的走狗，我是为安清帮思虑。我们创建这么一个大帮容易吗？能说毁就毁吗？万一举事失败了，大运河就是杀戮场，十万安清弟子就要人头落地血流成河。

翁岩说，别忘了师父的主旨和我们的初衷，我们创建安清帮，其目的就是反清复明。真正举起义旗，安清弟子就是战士，战士流血牺牲是天职使命。

潘清也觉得自己不大占理，很难说服翁岩和钱坚，只好答应全面统筹一下，多准备几条方略，尽可能避免最大的牺牲和损失。

如此一来，三位祖师原本可能达成一致意见的，没想到突然来了一个人。

此人是茅山九霄万福宫的青鸾道长。

青鸾道长说，陆逵所为他已经注意数年了，此事关系重大，贫道不能袖手旁观。何况他又在万福宫修过道，亦是贫道将他举荐给胞兄罗清的。无论道缘还是佛缘，都是天命所定，天命所定便不能违逆天意。大道之行，顺之者昌逆之者亡。

翁钱潘知道青鸾道长的厉害，细论起来，他该是师父陆逵的师叔，也就是他们的师爷了。于是三个人一起向青鸾道长施礼让座，谦恭讨教。

青鸾道长直截了当地说，陆逵不能起事，起事必败。

翁岩和钱坚不高兴了，但是他们没有资格跟青鸾道长辩论，更不能跟他犟嘴。

潘清却如遇救星，急着说，请师爷明示愚孙。青鸾道长说，几年以来，我一直用袁天罡的《太白会运逆兆通代记图》推演，大清朝廷气数未尽。不仅气数未尽，且方兴未艾，还要出现两三个盛世，自顺治二百七十年之后，才在劫难逃。如今日莽撞行事，必定惨遭杀戮，身败名裂。

“身败名裂”这个词是最不能让潘清接受的，——曾有相士断言，翁岩喜酒，钱坚喜色，潘清喜名。潘清喜名不仅仅是当下的好声名，他追求的是流芳百世名垂千古。有青鸾道长在，三个人不能再争论下去了。好在青鸾道长住了一日便走了，他要去找陆逵，亲自去制止他的盲目行为。潘清有了青鸾道长的推论，如获至宝，苦口婆心地劝阻翁岩和钱坚。翁岩钱坚只相信师父，毫不动摇地执行师父的旨意，虽九死而不悔。

翁岩钱坚与潘清分道扬镳。他们按照师父的旨意，带着朱小全、黄象、刘玉诚、石士宝上了路。朱黄刘石四个人在文字辈安清子弟中威望极高，举足轻重。安清帮创建不久，便有传言说，上有翁钱潘三老，下有朱黄刘石四少，统称为安清帮三老四少。

他们从杭州出发，搭乘漕船北上，直抵通州。然后在通州上岸，换马前行。

翁岩钱坚和四少出了通州北关，向口外进发。一路上打尖住店昼行夜宿，也还算顺利。谁都没有发现，他们的后面尾随着一个人，银凤七妹。

银凤七妹是洪门天地会坐堂派遣来的。洪门接到了陆逵行动的计划，准备全力配合，但又不明就里，便派银凤七妹悄悄地跟在翁钱一行后面观察动静，见机行事。坐堂原本要给银凤七妹派两个帮手的，银凤七妹说，您不让我跟翁钱他们见面，为了隐蔽，还是一个人方便些。

铜雀镇前面的两狼山上已经张开了一张大网，翁钱一行浑然不觉地钻进了网里。突然一声巨响，地动山摇。几十个兵丁披挂挥刀，向他们拼杀过来。

翁钱和四个弟子奋力抵抗，拼死突围。但敌众我寡，几次突围都没有成功。翁岩毕竟是习武之人，遇事沉着冷静。他放眼观望，发现了一条挂在绝壁上的小路。于是，翁岩断后掩护，钱坚带着四位弟子冲杀了出去……

翁岩奋力与冲上来的兵丁拼搏，直到最后跳下山崖。

当了俘虏的翁岩为了对付审讯和严刑拷打，装了疯。

第十二章　青卷·卯篇

翁麒麟心乱如麻，急不得恼不得又躲不得，潘灵芝的到来，把他的一切计划都打乱了。

他被夹在了丹秀和钱金豹中间，像钻进了风箱里的老鼠，一阵风把他吹进去，又一阵风把他吹出来，出来进去，两头都是气。

丹秀在通州城里天桥湾附近踅摸到一座四合院，拉着他去看看。他不好推托，只好去了。四合院不错，临街，高门楼，大扇门，门前还有一棵百年老槐树。里面是两进园子，大门开在倒座房的东南角，坎宅巽门，不用问人。前院很宽阔，照壁游廊，正房前面是一个秫秸搭盖的天棚，天棚下面有花坛、鱼缸、石榴树。翁麒麟立即想起北京殷实家境的标准：天棚鱼缸石榴树，老爷肥狗胖丫头。

胖丫头立即在眼前出现了，见了翁麒麟，热情地叫道，麒麟哥，你怎么才来呀，灵芝姐等你都等急了。

这胖丫头叫菱荇，是丹秀从无锡买来孝敬潘母的，潘母又让她伺候灵芝，灵芝便给她取了这个名字。菱荇进入潘家的时候刚好六岁，比灵芝小两岁。其实菱荇并不胖，只是小胳膊小腿小个子小圆脸儿，显得有点儿胖。更主要的是，灵芝为她取的名字，又不好认又不好写，大家宁愿叫她胖丫头。

胖丫头开始属于他和灵芝两个人的，饮食起居外出游玩都由胖丫头照顾。后来翁麒麟读书离开了家，胖丫头就属于灵芝一个人的贴身丫头了。胖丫头小脸蛋儿小嘴唇高鼻梁大眼睛，皮肤又白嫩细腻，像个瓷娃娃，着实有几分可爱。更主要的是，胖丫头聪明伶俐，手脚勤快，又善解人意，很受灵芝喜爱。父亲让灵芝进京来伺候翁麒麟，母亲却让她带上菱荇，作为灵芝的陪房丫鬟。陪房丫鬟便是通房丫头，将来是有机会与翁麒麟同床共衾的。大户人家的奴婢也有梦想和追求，丫鬟追求伺候小姐，当上通房丫头便与小姐同属于一个男人了，若是能有一男半女，便能升为妾，妾算是有身份了。胖丫头知道自己要陪同小姐一起嫁给翁麒麟，心里也特别喜欢翁麒麟，灵芝不在，她自然表现得要亲热一些。

丹秀开玩笑说，真是小姐不急丫头急，见到翁公子，乐得嘴都合不上了。

胖丫头羞红了脸，秀哥，你净嘲弄我，我不理你了。

丹秀说，有了麒麟哥，你当然不会理我了，我有自知之明。

说来也怪，翁麒麟离开家之后，在思念灵芝的时候，乃至在梦中与灵芝相遇的时候，总是离不开胖丫头。他承认，他是喜欢胖丫头的，只是喜欢而已。想到将来能一屋三好，也是人间一件趣事。

丹秀似乎看透了翁麒麟的心思，麒麟，你艳福不浅啊。

可是现在，翁麒麟完全没有心思，连对灵芝的缱绻幻想和对胖丫头的歪心思都没有了。

丹秀带着他穿过天井，来到后院。后院是磨坊碾棚牲口圈，也有几间住房和草棚。胖丫头一直跟着他们，喋喋不休地说着灵芝小姐如何惦念麒麟哥的话茬儿。这都是借小姐的名分谈自己的心思，胖丫头的小心眼儿早就被丹秀看破了，只是不揭穿她，让她放心表现，权当一乐。

出了后院的门，便是通惠河。往左看，舟船盈河，直通皇城大通桥；往右看，便是燃灯宝塔，塔下面漕粮如山。这确实是一所不错的宅院，不知道主人为什么舍得出让。

无论是豪宅还是美女，都不能打动翁麒麟。他的魂灵总是离开他的躯壳飞逃出去，飞到钱金豹的身边。钱金豹还在急如火燎地等着他，他该怎么办呢？

丹秀问，怎么样？

翁麒麟懵懂地点了点头。

丹秀说，师父说，是租是买全听你的，你的意思呢？

翁麒麟说，还是问问灵芝吧，由她做主。

胖丫头说，麒麟哥，你就别客气了，灵芝姐还不是听你的。

丹秀说，那我做主，我跟房主谈了，价钱也公道，买下来算了，无论你将来去哪儿，漕运码头上总得有个家。

翁麒麟仍然未置可否。

丹秀按照他的思路说，买下来之后，我再派人粉刷一下，添置几件像样的家具，很快你们就能搬进来。

翁麒麟还是没有说什么。

丹秀又道，这所院子，好歹也算个大宅门了，总得有宅号为好。

杭州状元街，那是师父祖上留下来的，名闻遐迩。我看，这宅院叫状元门第如何？

这回翁麒麟不能不表态了，急忙摇头，不可不可，万万不可。

丹秀问，依麒麟弟的意思呢？

翁麒麟思索了一下，说到底，我只是个读书人，虽然中了举人，会试前途未卜。不如随性一些，就叫翁宅吧。

翁麒麟有自己的想法，叫翁宅，实在是为了祭奠父亲，为了翁氏家族，也提醒自己是翁家的子孙。

丹秀再机敏，也不会猜透翁麒麟的心思。只是觉得翁宅俗了些，可也挑剔不出大毛病，也只好如此。

潘灵芝的到来，让钱金豹也措手不及。他知道翁麒麟和潘灵芝的关系，不能阻止他们见面。更何况还有丹秀，丹秀是潘清的顶山门弟子，是潘清的军师兼大内。翁麒麟虽然跟他关系密切，可也不敢过分逆着他。钱金豹想，好歹让翁麒麟应付几日，然后他们再谋办法。

可是一连四五天了，翁麒麟被丹秀纠缠着，不是看房子，就是看家具，要不就是筹备婚礼的琐事。翁麒麟脱不开身，钱金豹连见他一面都难。他既不能拆开翁麒麟和潘灵芝，又不能把翁麒麟从丹秀面前拉走。如此生命攸关的大事，万万不可露出马脚，丹秀贼得很，任何蛛丝马迹都逃不脱他的眼睛。

心里急，又无计可施，只好整天价喝酒消磨。他怕在漕运客栈酗酒被丹秀看见，便跑到万寿宫的运丁酒家厮混。顾名思义，聚集在运丁酒家的大多是在大运河卖苦力的船夫扛夫纤夫及船户车户花户，反正都是吃漕运的。这是通州码头上最大最热闹的酒家，有上下两层，下面的酒家是散客，上面有一些小包间。下面的客人纯粹就是喝酒，而上面的小包间里，虽然也喝酒，却有另一番景象。酒桌上有花枝招展的窑姐儿和淫词艳调的艺人，总之，下层是买醉的，上层是买乐的；下层花的是小钱，上层花的是大钱；下层是浑身汗臭的苦力，上层是装模作样的商贾官吏。

蓝蝴蝶不放心钱金豹，有时候一身男人装陪着他出来。钱金豹这时就会变得很乖，喝酒适可而止，说话也讲究分寸，斯斯文文的像个书生。

其实，知道翁麒麟的未婚妻来了，蓝蝴蝶心里也很不是滋味儿。她自己也说不清为什么？是吃醋吗？笑话，跟我一文钱的关系都没有。她向来没有把翁麒麟放在眼里，何止是翁麒麟，读书人个个都是臭狗屎，她连沾都不愿沾。可是话又说回来了，翁麒麟到底还是有些例外。开始认识他的时候，她就对他轻蔑鄙视冷嘲热讽，可是不知怎么的，后来见到他却不那么讨厌了。不讨厌了就形同陌路人吧，又不行，有意无意有心无心地总想往翁麒麟身边凑，凑过去又总想听他说说话，说说话还意犹未尽，还想怎么样？她没想，也不敢想。她觉得心里有一块最柔软的地方，碰不得，碰到一点儿便生疼生疼的。

从运丁酒家出来，蓝蝴蝶陪着钱金豹回漕运客栈。过河下船，来到漕运客栈外面，发现月光下站着一个人，像是翁麒麟的身影，两个人急忙赶过去。

翁麒麟似乎是等着他们的到来，又似乎是在躲避着他们。

钱金豹开门见山地问，大哥，你准备怎么办？

翁麒麟深深地叹了一口气。

钱金豹逼问着，我们到底什么时候启程？

翁麒麟迷蒙地问，启程？去哪儿？

钱金豹有些急了，你难道忘了？我们说好了的，先去崆峒山找我的父亲，然后……

翁麒麟为难地说，我也没想到……灵芝来了。

钱金豹说，灵芝来了又怎么样？你难道不想陪我去找父亲了吗？

翁麒麟说，金豹……如果我不想跟你前往，我能在这儿等着你吗？你找到父亲之后我们再……

钱金豹更急了，你知道的，找到我的父亲之后再去找我们的师祖，商量清除内奸，为安清报仇，为你的父亲报仇雪恨。你……变卦了？

翁麒麟说，可是……灵芝……灵芝她是无辜的呀。

钱金豹说，我知道灵芝是无辜的，我们又不是要杀灵芝，我们要杀的是潘清。

翁麒麟说，可是潘清是灵芝的父亲……我们要是结了婚，他就是我的岳父，我能忍心杀他吗？

钱金豹火了，你也有父亲，你的父亲是被她的父亲害死的，杀父之仇能不报吗？你还是男人吗？

翁麒麟崩溃了，他抱着头，蹲在了地上。

钱金豹说，这么说，你不跟我走了？

翁麒麟将脑袋埋在裤裆里。

钱金豹又说，杀父之仇你不报了是吗？

翁麒麟的脑袋垂得更低了。

钱金豹狠狠地点了点头，明白了，我全明白了……我原来觉得你是一个有骨气的读书人，到头来还是个窝囊废。好了，我不为难了，我们的情义到此为止了。告辞！

钱金豹怒气冲冲地走了，翁麒麟扬脸看着他的背影，想喊他，却张不开口；想追他，又直不起腰来。

一直躲在不远处听着两兄弟争吵的蓝蝴蝶，狠狠地瞪了翁麒麟一眼，追上钱金豹。

蓝蝴蝶说，金豹，我跟你去。

钱金豹停住了脚步。

蓝蝴蝶说，我早就知道，读书人就是这么寡情少义，成不了大事。

依照姚发的意见，翁麒麟和潘灵芝的婚礼要大办。安清帮师祖潘清聘女儿，女婿又是大房翁佑堂师祖翁岩的公子，能让整条大运河都欢腾起来，如果有足够大的地方，光是前来参加婚礼的安清弟子就会有数万之众。这能行吗？

姚发说办就办，将漕运码头上的八家大饭庄全包下来，天河楼是婚礼的主场，漕运老店是德字辈的前辈，其余六家根据不同香头高低大小分配。此外，还有数千余位安清徒孙及门外宾客，在运河岸边上搭十里长棚，吃流水席。

丹秀却不同意，他主张避免张扬。原因是这是在通州漕运码头上，离皇城只有三十里之遥，风吹草动都会惊动龙廷官府。眼下的龙廷官府都很敏感很脆弱，见到百姓聚在一起便吓破了胆。此其一。其二是长房翁师祖和二房钱师祖已经过方，翁麒麟守孝三年刚满，加上此次婚礼潘清师父及师娘并不参加，因之也不宜大办。所请之客限安清三房之首要，定天河楼一家饭庄即可。

姚发和丹秀为潘清的左膀右臂，在帮里都是举足轻重的人物。帮内云：姚发为潘师祖之钱柜，丹秀为潘师祖之文胆。两个人意见相左，自然谁也难说服谁。

正在这时候，潘如虎来了。潘如虎是潘清的儿子，潘灵芝的弟弟，他是专门代表父母前来操持并参加姐姐的婚礼的。姚发和丹秀立即征询潘如虎的意见，潘如虎说，父亲的意思是一切从简。

一切从简，简到什么程度？

潘如虎说，只摆一桌家宴即可。

两个人同时叫起来，这也太潦草了，麒麟师弟和大小姐的婚礼是咱安清帮的大事，无论如何不能过于寒酸。

潘如虎是个庄重严肃不苟言笑的人，听了姚发和丹秀的意见，不争辩也不解释，只是淡淡地说，这是我父亲的旨意。

既然是旨意，还有什么好说的，照办就是了。

对于潘如虎的到来，翁麒麟是反复琢磨的。潘清为什么如此急切地逼迫他和潘灵芝结婚，既然结婚为什么又如此草率，为什么他自己不来为他们主婚，而派潘如虎来呢？莫非他知道了什么？或者感觉到了什么？

堪称是简单的婚礼，翁宅内外，贴红挂彩；厅堂里点满了红烛，烛光里一桌酒宴。

酒席上新郎翁麒麟也披着红绸戴着状元帽，风流倜傥英姿勃发，甚是令人艳羡。新娘潘灵芝穿着大红的丝绸衣裤，身上披着白色纱裙，头上插满金簪步摇，脸上遮着盖头。在一边搀扶着新娘的菱荇，也是通身红艳艳的新衣裙，头上没遮盖头，脸红涨得像衣裙一样熠熠发光。她知道自己虽然不是新娘，却是陪嫁的丫鬟。今夜之后，小姐是麒麟哥的了，自己也是麒麟哥的了。她能不高兴不激动不脸热吗？

拜了天地之后，翁麒麟便抱着潘灵芝走进新房，将她放在炕上。炕上有一个绣着“福”字的绸垫，新娘端坐在上面，名曰坐福。鲜亮的新芦席上，铺着大红的鸳鸯被，被子上散落着红枣、栗子、花生等吉祥物。菱荇忙上炕，将潘灵芝的纱裙铺展开。在烛光的照耀下，犹如映着霞光的湖水中盛开出一朵嫩艳的红莲。

翁麒麟不由得动了心，望着潘灵芝，眼睛里闪着复杂的泪花。

菱荇冲着翁麒麟做了一个意味深长的鬼脸儿，翁麒麟装作没有看见。

然后便是入席喝酒，翁麒麟是新郎官，首席入座。潘如虎是小舅子，又算是替父亲主婚的，坐在翁麒麟的左边首陪的席位，丹秀作为证婚人坐在翁麒麟的右边。然后便是姚发、王培玉、陆青林等贵宾。

宾主纷纷举杯敬酒言欢，说着吉祥喜庆的贺词。

潘如虎站起身，举杯对着翁麒麟，父亲让我告诉你，结婚之后便安心读书。明年春闱会试如果蟾宫折桂，你便是安清帮第一位进士。如果再有幸高中状元，你便是杭州状元街第七代传人。父亲将要重修状元街，并在状元街上专门为你修一座状元楼……

几个人一听，潘师祖对翁麒麟如此器重并满怀希望，都激动得站起来，争着向翁麒麟敬酒。

姚发从怀里掏出一张银票，放在翁麒麟面前，说，这不是贺礼，这是师父让我给你的。师父知道你才华超群满腹经纶，但是凡事都要谋划再三，避免意外。京城该打通的关系，该认的门路，该收集的消息，都不能掉以轻心。这些银子就是为了让你做些准备的。

翁麒麟瞟了一眼银票，足足三千两，他心里却笑了一下。

姚发说，有些关系关节，你不好出面的，由安清帮负责，你只要告诉我们需要什么就行了。

丹秀说，听说明年的主考官是文华殿大学士蒋廷锡，举子进京首要的事情是拜门子，如果能拜在蒋廷锡的门下，将来会前途无量。我们临来的时候，师父专门叮嘱我进京去寻求关系。有姚发老兄的钱柜在，应该是没什么问题的。

翁麒麟原本该表示一下感谢，可是不知道为什么，这个“谢”字就是说不出口来。说不出来就不说，他傻傻地端着酒杯，陪着敬酒的人喝酒。

丹秀看着翁麒麟，目光里充满了关切。

翁麒麟却冲着丹秀嘿嘿地笑了一下，想说什么，又闭上了嘴巴。

丹秀满怀期待地说，麒麟，你参加会试，觉得有几分把握，我们不妨预测一下。

翁麒麟依然冲着他傻笑着，半天才摇了摇头。

丹秀琢磨不透翁麒麟是什么意思。

陆青林突然发现了一个问题，猛然问道，钱金豹呢？钱金豹怎么没有来？

直到这时候，所有的人才发现了问题的严重性。是啊，钱金豹是跟翁麒麟一起北上京城的，来到漕运码头之后又跟着翁麒麟去口外游玩，怎么翁麒麟结婚这么大的事情，却不见了钱金豹呢？

所有的人都怨自己大意了，忙忘了，都直逼着翁麒麟问。

翁麒麟沉默了一会儿，摇了摇头，他走了。

众人齐声问，走了？去哪儿了？

翁麒麟还是摇着头，不知道。

丹秀扶着翁麒麟的肩膀问，怎么回事？到底出了什么事？

翁麒麟低下了头。

姚发说，莫非他家出了什么事？

翁麒麟没吭声。

潘如虎说，哥，你倒是快说呀，真是急死人了。

翁麒麟只好说，我们吵架了……

丹秀说，吵架了？吵架也不至于不来参加婚礼呀，他怎么这么不懂事呀？

翁麒麟说，不怪他，怪我。

丹秀问，怪你什么？你们到底因为什么吵架？

翁麒麟羞愧地说，为了……一个女人。

众人都不说话了。两个男人为了一个女人吵架，什么情况都有可能发生，割袍断义也不足为奇。

酒席散后，王培玉走在了后面，悄悄交给翁麒麟一样东西，悄声说，是金豹让我给你的。

王培玉走后，翁麒麟回到书房，才认真看那样东西。一个小布袋儿，沉甸甸的。翁麒麟打开，里面是一颗一颗的汉隶镖。翁麒麟把汉隶镖倒在桌子上，数了数，共一百零八颗。

翁麒麟将汉隶镖捧在掌心里，眼泪流了下来。

夜已经很深了，翁麒麟进了洞房。

潘灵芝端端正正地坐福，神圣虔诚；菱荇陪在她的身边，也规规矩矩地坐着，屁股紧紧地压着福垫的一角。似乎她要沾沾小姐的福气，又似乎在表明她的合法身份。

看得出来，两个女孩儿都很紧张，潘灵芝的身子微微颤抖着，胖丫头的脸也涨得通红，眼睛里却燃烧着火苗儿一样的光亮。她们在等待着，等待着翁麒麟的到来。到来之后呢？两个女孩儿不敢想了，羞死人了。

翁麒麟在她们面前站了一会儿，说，丫头，天不早了，你伺候小姐安歇吧。

菱荇惊愕地看着翁麒麟，那么您呢？

翁麒麟说，我要到书房去读书。

读书？今天不是您跟小姐大喜的日子吗？

眼看着就要春闱会试了，懈怠不得，我必须去读书。

洞房花烛之夜也不能歇一天吗？

不行，读书是头等大事，一时一刻都耽搁不得。

求求您了，您就陪小姐一夜吧。您知道吗？小姐盼着今天盼得多苦吗？

再等等吧，等我参加完会试……

会试还有好几个月呢？小姐怎么能等这么长时间呢？老爷，菱荇求求您了……

说着，菱荇下了炕，在翁麒麟面前跪了下来。

菱荇，你这是干什么？

老爷要是不留下，菱荇就不起来。

菱荇，你怎么突然叫起老爷来了？你不是一直叫我麒麟哥吗？

那是因为菱荇小，不懂事。结了婚就是大人了，我们得叫您老爷。

翁麒麟看着泪水汪汪的菱荇，又看了看端坐在炕上的灵芝，毅然转身出去了。

洞房里，两个女孩儿抱在一起哭了起来。

翁麒麟离开洞房，并没有回到自己的书房，而是迈着慌乱的步子出了宅门，朝运河边走去。

皓月凌空，照耀着宽阔的河面。漕船都已经回空了，河面上结了冰。冰层在月光下闪着水一样的银光，河岸上的杨柳榆槐也都涂抹上了一层银色。

燃灯塔和大光楼矗立在银色的世界中，如冰雕玉砌，相映成趣。通州城里的房屋店铺，都在银辉中沉睡了，只有不远处的校书里胡同还红灯高挂，生机勃勃。或有挎着竹篮的小贩凄冷地吆喝着：刚出锅的肉包儿……

一阵细碎的马蹄声，两匹马沿着通惠河南岸走过来。翁麒麟心里一惊，是钱金豹和蓝蝴蝶。他们要上路了，他们要一起到崆峒山寻找钱金豹的父亲。这应该是我跟他们一起去的，我却留了下来。留下来的理由是结婚，这是理由吗？这理由站得住脚吗？钱金豹虽然声称与他割袍断义了，还是等着他的婚礼结束了，还托王培玉送来了意味深长的礼物。翁麒麟心里明白，结婚毕竟是一件大事，钱金豹虽然没有参加婚礼，一定是躲在暗处默默地祝福他。毕竟是兄弟，同门兄弟，比结义兄弟还要珍贵重要。翁麒麟心里更加愧疚了，从今以后，还怎么面对钱金豹呢？

还有蓝蝴蝶，她是怎么想的？他清清楚楚地听到了蓝蝴蝶对钱金豹说的那句话，我跟你走，我早就知道，读书人就是这么寡情少义，成不了大事。

这几句话像是脆生生的大嘴巴扇过来，翁麒麟脸上火烧火燎地疼。他知道蓝蝴蝶痛恨读书人，他更知道是读书人害惨了她的母亲。一趟哪王庙之行，好不容易转变了蓝蝴蝶对读书人的看法，自己却又以更丑陋的嘴脸让蓝蝴蝶看透了读书人。毋庸讳言，翁麒麟是喜欢蓝蝴蝶的，经过了一番磨合了解之后，蓝蝴蝶也渐渐地喜欢上了他。他很珍惜他与蓝蝴蝶的感情，他曾经无数次想过，自己无法跟潘灵芝结婚，就娶蓝蝴蝶为妻。他还无数次地想过，如果他与蓝蝴蝶结为伉俪，一定好好疼她爱她珍惜她，不仅仅因为男女之间的缠绵情义，也为无良的读书人赎罪。古往今来，读书人留给人间的罪恶太多了。如果说，李清照的双溪舴艋舟载不动许多愁，那么大运河的舳舻千里，也装不下读书人的罪恶。

钱金豹和蓝蝴蝶的身影渐行渐远，模糊在银色的月光里。翁麒麟一动不动地看着远方，看着这无声无息的世界。这个世界是没有颜色的，没有颜色的世界显得无限大，大得没有边际，大成了一片虚无。

梦哈拉古拉胡胡吉……

又来了，那股烟雾又袭上了他的头顶，在他的全身弥漫着。很快，整个世界都被这股烟雾占领了。

还有一种奇异的香味儿。

这烟雾和香味儿稀释着他的灵魂，他的灵魂飘浮起来，在这个银色的世界里蒲公英一样地飞着。

运河边，也是这样一个银色的夜晚，但是不冷，那是一个美丽的夏天。运河边上的夏天，一湾芦苇。穿过芦苇间的小径，通向一片波光粼粼的河湾处。这是京杭大运河的河湾，由于离岸较远，没有停泊船只。河水纯净清凉，像是仙女沐浴的天湖。

潘灵芝在河湾处洗衣服，天色晚了，潘母不放心，让翁麒麟去找找她。

翁麒麟沿着芦苇丛中的小径朝河湾处走去，喊着灵芝的名字。

两只在芦苇丛中偷情的鸟儿被惊飞了，翁麒麟觉得很歉疚，遂放慢了脚步。

潘灵芝听见了，急忙说，哥，你别过来。

翁麒麟停住脚步，透过芦苇的间隙，隐约见到一个模糊的身影，还听到哗啦哗啦的水响。他明白了，灵芝在洗澡。

翁麒麟解释说，娘不放心，让我来找找你。

潘灵芝说，哥你等一下，我马上就好。

无论事情多么紧急，女孩子都有把时间拉长的本领。潘灵芝说的“马上”，翁麒麟理解只是片刻乃至一瞬间。但是潘灵芝对“马上”的解释却不是这样，半个时辰，一个时辰，或者更长的时间，都算是“马上”。翁麒麟耐心地等候着，站在芦苇丛里，抬头看着天上的月亮。他的脖子都看酸了，腿都站麻了，潘灵芝还是没有洗完。她是在用水洗身子呢？还是在用水重新塑造一个潘灵芝。

也不知道过了多久，潘灵芝湿淋淋地出现在她的面前。头发是湿淋淋的，搭在肩上滴着水珠儿；身上的衣服也湿了大半，紧紧地贴出了她的婀娜的身姿，脸盘光光亮亮的，润着饱满的水色。

翁麒麟接过她夹着的木盆，里面装着洗好的衣服。

潘灵芝腾出了手，用桃木梳子梳理着她的长发。

芦苇丛中的小径很窄，两个人肩并肩地走着，潘灵芝那湿淋淋的身子紧紧地靠着他，凉丝丝的，香喷喷的，让翁麒麟心猿意马。

潘灵芝用胳膊肘碰了一下翁麒麟，我刚才在河里洗澡的时候，你看我没有?

没有啊，怎么会呢?

为什么不看?

我的女人，怎么能随便让人看呢?

你也不能看吗?

不能。

你想看吗?

想。

你肯定是偷看了。

绝对没有，我的眼睛一直在看天上的月亮。

你不是说你想看吗?

想看也不能看。

为什么?

我要留着。

留到什么时候?

等洞房花烛夜的时候，我要看个够，每一个毛孔都不放过。

潘灵芝双手搂住了翁麒麟的腰，将脸紧紧地贴在他的背上……

跑来了，银色的世界里跑来了两个精灵。她们依然穿着鲜艳的红装，像是银色水面上盛开的红莲花，醒目极了。

两个精灵站在了他的对面，他不敢直视她们。

为什么？你不是说到书房里读书吗？怎么跑到这里来了，你到这里来干什么？

为什么？你不是说让我给你留着吗？你不是说等到洞房花烛的时候把我看个够吗？现在终于等到这一天了，可你连碰都不碰我。

为什么？你不想结婚吗？你后悔了吗？我配不上你了吗？到底是为什么？

为什么？天知道为什么。

翁麒麟的书房在正房的西屋，一铺土炕，炕上摆着一张书案。书案是放在中间的，靠山墙的一面放着一只炕箱，里面装着书籍及衣服，靠窗户的一面铺有被褥，为的是临时歇息方便。翁麒麟一连几天都是在书房度过的，半夜的时候，菱荇又过来一次，端来一碗莲子粥。

菱荇把粥放在书案边上，却站着不走。

翁麒麟在看书，知道她没有走，也没有理睬她。

菱荇说，趁热把莲子粥喝了吧。

翁麒麟“嗯”了一声，继续看书。

菱荇还是站在他的面前，眼睛直瞪瞪地看着他。

翁麒麟说，我这儿没事了，你去伺候小姐歇息吧。

菱荇说，老爷今天还不到新房去睡吗？

翁麒麟说，我不是跟你们说了吗，很快就要会试了，读书一天都不能耽搁。

菱荇带着哭腔说，小姐……小姐整夜以泪洗面……

翁麒麟心里一酸，还是咬了咬牙，挥手让菱荇出去了。

鸡叫头遍，胡同里也传过来初更的梆子声。翁麒麟感到很乏很累，身子软软的，眼皮也抬不起来了。他打了个哈欠，顺手拉过被子，和衣躺下，小憩片刻。

这一躺下便沉沉地睡下去了，这些天实在是精疲力竭了，该好好睡一觉了。

北方的冬天外面狂风如吼，冰天雪地，屋子里面却是暖暖和和的。一是盖房的时候宽墙厚顶，隔热遮寒；二是窗户纸糊得很厚，门帘儿也是棉的，保温的效果极好；更主要的是热炕，每天傍晚，不管有没有饭食要做，都要用柴火把炕烧热。烧热了还不算，临睡觉的时候，还要将灶膛里塞满树枝茬头儿等耐烧的东西，整夜烟火不断。这漫长漫长的冬天就靠着热热的炕头，热热的炕头引人入睡，让人安眠。

不知道睡了多久，迷迷糊糊的梦里，翁麒麟觉得心口很热，不像是炕头烧的那样的热，而是一种春风拂面般的柔柔的热。这热不仅仅让他感到舒服，更让他感到兴奋。从温热的心口窝儿开始，被蒸腾起来的热血烈马般地奔腾起来。无数骏马在飞奔，在嘶鸣，扬起了铺天盖地的烟尘。他的身子也随着骏马奔驰的节奏狂涛般地起伏着、涌动着，冲撞着堤岸。固若金汤的堤岸出现了裂缝，一块一块的泥土溃落下来，眼看堤岸就要坍塌，山峰般的洪水就要决堤而出……

梦幻渐渐地退去，他渐渐地醒过来。一只手伸进了他的衣襟，紧紧地抚在他的心口窝儿上。他猛地意识到，是灵芝睡在了他的身边。

灵芝并没有睡，她的脑袋枕在他的肩膀上，脸紧紧地贴着他的脸。进而，他听到了她的哭泣，嘤嘤的哭泣。

他没有动，他狠不下心来将她赶走。有多少次，无论是在梦中还是半睡半醒的遐思中，他总能体味到两个人就是这样相拥而眠。这是人生最幸福最平静的睡眠，既然上天创造了牝牡鸟兽饮食男女，人世间就应该是如此这般的良辰美景。“延首叹息，雨泣交颈”，这是谁的诗句？

哥……

这嘤嘤的一声哥，加上脸上那如雨淋湿了一样的泪水，让翁麒麟几近崩溃了。他这是怎么了？青梅竹马相亲相爱一起长大的兄妹，怎么爱恋都不过分，怎么能如此无情地伤害她呢？还记得吗？有一次潘灵芝问他，都说金兰之交、刎颈之交、生死之交，你说我们是什么之交？我们是“夺乳之交”，他脱口而出。潘灵芝羞嗔地说，你可真坏。

难道不是吗？我们是吃着同一个母亲的两个奶头长大的，你夺我的，我夺你的，难道不是夺乳之交吗？

夺乳之交的一对金童玉女，结婚之后该有多么恩爱多么缠绵多么放肆啊！在大运河的帆船上，两个人对着滔滔的河水和圆圆的月亮发过誓，此生此世，在天比翼双飞，在地连理相缠，永不分离。

无限的愧歉和无限的情爱交织在一起，如干柴烈火般地燃烧起来。翁麒麟腾地翻起，压在了潘灵芝的身上。

潘灵芝睁着狂喜的眼睛看着他，在书案上那只未熄的烛光照耀下，她长长的睫毛上挂着细碎的泪珠儿。

翁麒麟粗野地撕扯着潘灵芝的衣衫。

潘灵芝手忙脚乱地配合着。

衣衫敞开了，洁白丰满的胸脯上罩着大红的抹胸。

大红的颜色，红得眼花缭乱，翁麒麟的脑袋轰地被炸开了。

他看见了另外一片鲜红，是父亲胸前的鲜红。鲜红的血喷泉一样从胸口冒出来……

翁麒麟停下来，他像是被点了死穴一样僵直了。不不，我要杀死他……钱金豹说得对，杀父之仇不能不报……可是，我能睡了人家的女儿，然后再杀死人家的父亲吗？我能这样做吗？这样做还是人吗？

翁麒麟像被抽掉筋骨一样瘫软了，从潘灵芝的身上滑下来。

潘灵芝惊愕地叫着，哥……哥……你怎么了？

窗纸上舔破一个洞，洞外面也是一只惊愕的眼睛……

第十三章　青卷·辰篇

一路上，钱金豹与蓝蝴蝶或并辔齐行，或一前一后，信马由缰地行进着。离开了翁麒麟，与蓝蝴蝶同行上路，钱金豹又是兴奋又是紧张。兴奋的是，他终于可以单独与蓝蝴蝶在一起了，而且是蓝蝴蝶主动陪他而来的；紧张呢，说不上来，他向来不善于与女孩子交流。与翁麒麟在一起，他时不时地与蓝蝴蝶调笑一下，还算自然轻松。让他独自发挥，便难为他了。本来想借这个机会好好与蓝蝴蝶交流一下，增进情感，发展关系。可是事到临头，他常常无话可说，找话茬儿也找得十分不得体，他钦佩翁麒麟，也嫉妒他，他在女孩子面前，怎么有那么多有趣的话题呢？

蓝蝴蝶的感受就是一个，别扭。原来跟他们兄弟两个在一起，十分自然愉快。那主要是因为有翁麒麟，钱金豹呢，能说两句就说两句，不能说就闭嘴，倒也不讨厌。轮到与钱金豹单独在一起了，害得她也无话可说了。沉默了好半天，钱金豹才蹦出一句话，还把自己的脸憋得通红。

钱金豹问，你这么漂亮的女人，为什么当强盗呢？

蓝蝴蝶知道钱金豹在找话茬儿与她搭讪，可是你也不能总是哪壶不开提哪壶呀？你是有的说还是没的说，没的说就闭嘴。

钱金豹见蓝蝴蝶不说话，也知道她不高兴了，又急忙往回找补。便说，你妈被读书人害死了，真惨，那个王八蛋后来怎么样了？

蓝蝴蝶更加不舒服，刚才那句话，伤的是她的脸面，这句话却是直接向她的痛处捅刀子。

钱金豹见蓝蝴蝶还是不说话，便没词儿了。两个人默默地赶路，蓝蝴蝶的马渐渐地落在后面。不想听他说话，倒不如自己看看路边的风景。

见不能讨好蓝蝴蝶，钱金豹又愤恨起来。他恨翁麒麟，说好的跟他一起到崆峒山寻找父亲的，却因为潘灵芝的到来变了卦。为了女人居然与他义断情绝，居然连为父报仇这么大的事情都忘了。值得吗？不就是个娘儿们吗？你怎么这么没出息呢？读书人就是英雄气短，儿女情长，毛病全出在女人身上。女人耽误事，祸国殃民，古往今来多少男人栽在女人怀里，多少大事要事被女人祸害了。女人是妖魔，是祸水，是害人精。钱金豹愤愤地嘟囔着，越嘟囔越气愤，越气愤嘟囔的声调越高，跟在后面的蓝蝴蝶听见了，策辔跟了上去，问道，你嚷嚷什么呢？

钱金豹说，我没嚷嚷。

我在后面都听见了，你还说没嚷嚷？

我那是生气。

跟谁生气，跟我吗？

你又没得罪我，我气的是翁麒麟。

别人有气都在心里窝火，你怎么把气出在嘴上？

我心里藏不住，不从嘴里吐出来，还不把我憋死？

蓝蝴蝶笑了，钱金豹简单，没有城府，心里的喜怒哀乐都放在脸上，倒也值得信赖，甚至还有几分可爱。想到这些，蓝蝴蝶倒是觉得自己太认真了，别跟一个老实巴交的男人计较。于是便劝解说，你已经离开他了，就应彻底放弃，不应该总搁在心里，搁在心里就是块病。

蓝蝴蝶说出这话，自己心里突然一动，这是劝钱金豹呢，还是劝自己呢？

这一路上，蓝蝴蝶总是有意无意地想起翁麒麟。她虽然恨读书人，经过了一趟口外之行，对翁麒麟却越来越有好感了。跟翁麒麟一起多快活，他懂得那么多，他说话那么风趣，他那么能迎合女人的心境，从来没有遇见过这么有趣的男人。男人有趣对女人有着致命的杀伤力。翁麒麟把她杀伤了，她几乎被俘虏了。杀得更惨的是，翁麒麟居然有个未婚妻，未婚妻居然还找到通州来了，并且是来跟翁麒麟结婚的。想到翁麒麟，就想到翁麒麟身边那个女人。如果说，钱金豹的心里充满着怒气，她的心里则是在滴着血，生疼生疼的。

一个年轻人策马飞奔而来，见到他们热情地打着招呼，去哪儿呀二位？

钱金豹说，我们去平凉。

年轻人说，巧了，我去兰州，正好路过平凉。缘分，缘分啊。

钱金豹只好顺口说，是啊，是啊，是挺巧的。

年轻人说，我姓白，是做药材生意的，到兰州采购，手下的人赶着车在后面呢，我想策马跑一跑，没想到遇见了你们。二位是哪里人?

钱金豹说，原籍杭州，长年漂泊在大运河上，也说不清是哪儿的人了。

白掌柜说，又是缘分，我是临清人，也是喝大运河水长大的，同饮一江水呀。您贵姓?

钱金豹说，贱姓钱。

哈哈，姓钱还贱?有钱则贵，有钱则大，有钱便是爷，有钱便是英雄豪杰。

没等钱金豹搭话，白掌柜又转向蓝蝴蝶，大小姐也姓钱吗?

蓝蝴蝶说，我不姓钱，我姓蓝。

白掌柜一听，便拿腔作调地吟哦起来，朝饮木兰之坠露兮，夕餐秋菊之落英。这是屈原《离骚》中的诗句。卖弄了卖弄了，让大小姐笑话了。

蓝蝴蝶说，我姓的不是木兰的兰，是蓝色的蓝。

白掌柜又卖弄起来，终朝采蓝，不盈一襜，五日为期，六日不詹。这是《诗经》里的诗句，说的是丈夫外出逾期不归，妻子的思念之情。

蓝蝴蝶说，看来白掌柜也是个读书人了。

白掌柜说，哪里哪里，在下不才，读书不求进取，只好子承父业，做起了药材生意。

蓝蝴蝶说，做生意好啊，又赚钱又游山玩水，还不用受寒窗之苦。

白掌柜兴奋起来，说得对，大小姐说得对，在下就是个散淡的人，走南闯北，自去自来，寻的就是良辰美景奈何天……

蓝蝴蝶觉得，白掌柜虽然有些酸腐卖弄，倒还有趣。他的到来，打破了一路上的沉闷，冲淡了她与钱金豹之间的尴尬。于是，便轻松自然地与白掌柜攀谈起来，几乎忽略了钱金豹的存在和不快。

直到傍晚，在一个小镇上住宿用餐，钱金豹一直阴沉着脸，不理睬蓝蝴蝶。蓝蝴蝶不知道又碰到了钱金豹哪根筋，也不操这些闲心，随你的便，不理就不理，吃过饭之后，便径直回自己的房间睡觉去了。

第二天一大早，钱金豹便敲蓝蝴蝶的门，催她立即上路。

蓝蝴蝶说，白掌柜还没起床呢，他不是要与我们同行吗？

钱金豹没好气地说，他是咱什么人，搭理他干什么？

蓝蝴蝶无奈，只好胡乱洗漱一下，跟着钱金豹匆匆走了。

路上依然无话，钱金豹的脸色冒着黑烟，呼呼地喘着粗气。

蓝蝴蝶沉不住气了，你怎么了？谁得罪你了？

钱金豹说，那姓白的一看就是个轻浮浪子，你还跟他勾勾搭搭……

蓝蝴蝶火了，什么什么？你说我跟姓白的勾勾搭搭？我怎么跟他勾勾搭搭了，你把我看成什么人了？

钱金豹自知这句话说重了，也说错了，想解释，又找不到合适的词句，急得结结巴巴，我不是那意思……

蓝蝴蝶说，那你是什么意思？

我……我没那意思。

你没那意思有什么意思？

我……我也不知道什么意思。

你这个人真没意思，没意思透了。

蓝蝴蝶真的生气了，双腿夹了一下马肚子，向前飞奔而去，将钱金豹远远地甩在了后边。

前往平凉的路上，钱金豹与蓝蝴蝶匆匆前行。这几天闹得很不愉快，钱金豹感觉到了蓝蝴蝶对他的冷淡和不满，极力想挽回关系，却又不知道从何处入手。

蓝蝴蝶心里也很乱，不知道为什么，她总是想起翁麒麟。她骂自己贱，没出息，翁麒麟人家整天价搂着新媳妇亲不够爱不够，早就把你忘到哪王庙去了，你想人家干什么？脑子这个东西，像一个娇惯坏了的孩子。他想要的东西，你越不让他要，他越非要不可。哭着闹着打着滚儿，用什么招数都撕扯不开。脑子里搅着翁麒麟，她也是无法将他撕扯开。随他便吧，想想也无妨。

钱金豹从怀里掏出两个羊肉包子，用荷叶裹着。中午在一家小店里吃饭，他发现蓝蝴蝶喜欢吃，临走时又要了两个。他对蓝蝴蝶说，怕凉了，我一直揣在胸口窝儿里。

蓝蝴蝶接过羊肉包子，倒真的是不大凉，只是打开荷叶，那包子已经烂成了一团肉糊糊，看着都恶心，更不要说吃了。想到了钱金豹的好心，她还是假装往嘴里塞，趁钱金豹不注意，顺手扔在路边的草丛里。

就这样，日行夜宿，两个人还算平静，没有再闹更不愉快的事情。

其实，这两天蓝蝴蝶很不舒服，月信来了。女人一个月当中总有那么几天麻烦，而且蓝蝴蝶每次都痛经，痛得很厉害。钱金豹说晚上要赶到庆阳，不断地催着蓝蝴蝶。蓝蝴蝶肚子疼得难忍，又不好跟钱金豹说，只好强忍着策马奔驰。

蓝蝴蝶已经忍到极限了，再催马她就会从马背上落下来。钱金豹却总是嫌慢，挥着鞭子朝蓝蝴蝶的马屁股上抽打着。蓝蝴蝶在飞奔的马背上几乎要昏死过去，她紧紧地勒住缰绳，伏身在马背上。

好不容易到了庆阳，寻了一家客栈住下。蓝蝴蝶连饭都没有吃，就躺在了炕上。

钱金豹以为蓝蝴蝶累了，吩咐客栈的伙计将饭菜送到蓝蝴蝶的房间里，自己便出去探听消息了。

蓝蝴蝶趴在炕上，炕上是冰凉的。她把被子褥子堆放在一起，垫在身子底下。肚子疼痛，浑身乏力，懒得动弹，便迷迷糊糊地睡去了。

不知道什么时候了，突然听到外面有人敲击着窗户。蓝蝴蝶以为是钱金豹，便决心不理睬他。你钱金豹也太过分了，我身体不舒服，你连问都不问一声，只是打发伙计把菜饭端进了我的房间。你知道我想吃什么吗？你知道我吃得下吃不下呀？你也太不拿我当回事了。

她又想起了翁麒麟。

从哪王庙回来的路上，蓝蝴蝶也是来了月信，也是肚子疼。她强忍着，只是在马背上皱了几下眉头，细心的翁麒麟便发现了。天还没有黑，翁麒麟便早早地寻找客栈住下了。

钱金豹一个劲儿地埋怨翁麒麟，这么磨磨蹭蹭的，我们什么时候才能回去。

翁麒麟掩饰着说，又没有什么要紧的事情，早一天晚一天怕什么？

钱金豹还跟翁麒麟抬杠，为父报仇还不是要紧的事情吗？你不急我急。

翁麒麟被顶撞得无话可说了，闭上了嘴巴。钱金豹生起了闷气。

晚上吃饭的时候，蓝蝴蝶没有胃口，钱金豹却非催着她喝酒。

翁麒麟说，蓝大侠今天不舒服，就别让她喝酒了。

钱金豹却说，她身上不舒服你怎么知道的？

翁麒麟说，人吃五谷杂粮，难免小病小痛的。

钱金豹说，小病小痛碍不着喝酒呀，蓝大侠可不是娇小姐。对吧？

钱金豹还以为这是夸蓝蝴蝶，蓝蝴蝶有苦难言哭笑不得。

饭后，翁麒麟早早地让蓝蝴蝶回房间歇息。蓝蝴蝶躺在炕上，发现炕是热的，炕席上还铺了一条狗皮褥子。这都是翁麒麟事先打发伙计准备的。蓝蝴蝶感动得心里发烫，一个女人遇上这么一个知冷知热的男人，得多大的造化呀！

外面的窗户敲击得很轻，这可不像是钱金豹。钱金豹应该是敲门的，而且会大声呼叫的。

蓝小姐，您睡了吗？

蓝蝴蝶听出来了，是路上遇到的那个白掌柜。钱金豹起个大早儿赶路，还快马加鞭，以为把人家甩掉了，却没想到人家也住进了这家客栈。蓝蝴蝶不由得笑了笑，便说，是白掌柜吗？有事吗？

白掌柜轻声说，我知道蓝小姐身子不舒服，给您烫了个汤婆子，正好，您拿进去暖暖身子。

蓝蝴蝶鼻子一酸，叹了一口气。心想，白掌柜毕竟也是个读书人。读书人就是心细，读书人就是懂得疼女人，女人大多逃不出读书人的手掌心。

白掌柜见蓝蝴蝶没吭声，又说，我给您放在窗台上了，您自个儿拿进去吧。我不打扰您了，明儿见。

白掌柜走了，蓝蝴蝶没有起来去拿白掌柜放下的汤婆子，心里却翻江倒海般地折腾起来。钱金豹就在隔壁住着，白掌柜说的话，他应该都听到了。如果她起身拿进那个汤婆子，明天难免又是一场不痛快。钱金豹心粗，心眼儿却小，动不动就嫉妒，嫉妒了就发火。实际上，这一路上，蓝蝴蝶一直在迁就他。她为什么要迁就他呢？她一个江湖大侠，迁就过谁呢？你钱金豹有什么可贵之处让我服气、让我迁就呢？不行，不能再迁就他了。不迁就他就要吵架。吵架是最没意思的，特别是跟男人吵架，跟你不爱的男人吵架，图个啥呢？再说，我跟着你去干什么？去找你的父亲，你的父亲又不是我的父亲，跟我有什么关系？找你的父亲是为了给翁麒麟的父亲报仇，这还算是说得通。给翁麒麟的父亲报仇我责无旁贷，可是要为翁麒麟的父亲报仇也不一定要去找你的父亲啊……

蓝蝴蝶想到这些，突然咬着牙起身，她要离开钱金豹。

一切都做得轻手轻脚，尽量不弄出一点儿声响。她收拾好自己的东西，悄悄地开了门，蹑手蹑脚地来到前院，牵出自己的马……

离开这家客栈，她抽打着马，朝城外飞奔而去。

还没到城门口，蓝蝴蝶突然听到后面响起踏踏的马蹄声。心想，糟了，钱金豹发现追来了，该怎么办呢？她狠了狠心，扬起马鞭，使劲抽打着马屁股。

后面喊了起来，蓝小姐，等等我，我跟你一起走……

天啊，又是白掌柜。他追来干什么？他要跟我一起走？一起去哪儿？我都不知道要去哪儿？

不行，这太不像话了。我离开钱金豹，跟着白掌柜走了，这不是私奔吗？明天一早，钱金豹就会发现，从客栈掌柜的那儿一查，跟白掌柜私奔的罪名就算坐实了。先别说钱金豹如何暴跳如雷，这罪名也太难听了，她担待不起啊！

想到这些，蓝蝴蝶继续打马，却没有出城，而是钻进了一条胡同，到了胡同口，又拐向一条大街。

转来转去，蓝蝴蝶又回到了原来的客栈。

她跳下了马，将马重新拴回马棚。

白掌柜气喘吁吁地问，蓝小姐，您怎么又回来了？

蓝蝴蝶说，我原本也没想走，只是出来透透气儿。

白掌柜看着蓝蝴蝶，疑惑地说，不会吧，出来透透气儿怎么还背着行李？

蓝蝴蝶懒得解释，便顾自回了房间。

进了陕甘境内，钱金豹发现许多地方都在传播罗教。虽然这些教民离大运河甚远，却对安清帮很熟悉，视安清帮为亲人。

钱金豹来到一家小酒馆，找一张小桌坐下，摘下帽子，朝上放在桌边上，又将自己身上的佩坠儿扔进帽壳里。然后，向伙计点了两盘小菜和一壶酒。

很快，一位老者端着自己的酒壶过来了，坐在了钱金豹的身边。

老者悄声问，在本地有亲戚？

钱金豹说，有亲叙亲，有友叙友，无亲无友，方叙安清道友。

老者抿了一口酒，看着钱金豹，没说话。

钱金豹有点儿慌了，他担心自己判断错了。离京杭大运河这么远，怎么会有安清帮的人呢？于是他直截了当地问，老大在帮吗？

老者说，沾祖师爷灵光，旱码头孝祖。

钱金豹明白了，安清帮自创建以来，发展迅速，入门之徒不仅限于漕运的粮米帮，还有许多与漕运无关的人员，称为旱码头孝祖。船上孝祖和旱码头孝祖是有着很大的区别的，无论规矩礼仪和通草隐语，都不大一样，所谓是，船上孝祖不盘岸上仓，岸上进会不问水中船。

为了慎重，钱金豹继续盘道，旱码头孝祖，有何典何教何根派？

老者从容地说，传流安清，出自佛门，临济根派。

令尊师尊姓上下？

敝尊师姓石上士下宝，别号铁骨金刚。

钱金豹点了点头，这就对了。翁钱潘开山领众之后，石士宝便带着朱筱权、黄象、刘玉诚从巴斗山上下来，投奔安清帮，拜在了翁钱潘门下。四个人深得翁钱潘三老的器重，很快就成为四少，石士宝便是四少之首。一年前伯父翁岩和父亲一起出口外去准噶尔，也是这四位豪杰一起陪同前往的。

钱金豹又问，贵师爷尊姓上下？

老者说，敝师爷姓钱单字坚。

钱金豹心里轰的一动，下面便不用问了，父亲是他的师爷，他应该比老者还要长一辈。钱金豹不好意思盘香头儿，只好舒指三一九端起酒杯，老者却站起身来，左腿向前一屈，欲行安清礼。精明的老者早已经猜出了钱金豹的身份。

钱金豹忙伸出右手舒指四一四，悄悄地说，请免礼，此处不大方便。

老者复坐下，向钱金豹敬酒。

钱金豹放心了，急切地问，请问老大，贵师爷还在崆峒山吗？

老者说，目前还在，几日后便要离去。

钱金豹急了，啊，何时离去？

老者摇了摇头。

钱金豹又问，他们要去哪儿？

老者又摇了摇头。

陆师祖他们在一起吗？

老者说，师祖、师爷、师父和三位师叔都在一起。

钱金豹把酒一饮而尽，告别了老者，回到了客栈。

他匆匆走到蓝蝴蝶的门前，见屋里黑着灯，知道蓝蝴蝶睡了，便没有打扰她。天不亮，钱金豹便敲门招呼蓝蝴蝶起床赶路。

蓝蝴蝶身子不舒服，又到外面折腾了一个来回，后半夜时才勉强睡了一会儿，身子发软，睡意蒙眬，本不想起来，又怕钱金豹发火，便挣扎着爬了起来。

两个人没顾上吃早饭，便匆匆赶路。

蓝蝴蝶问为什么这么急，钱金豹说，我听说我父亲不日要离开崆峒山了，我们必须在他们离开之前赶到，否则就麻烦了。

见钱金豹如此急迫，蓝蝴蝶也不再说什么了。

到了中午时分，他们来到一家小镇上。蓝蝴蝶说，我实在饿得受不了了，昨天晚上就没吃东西。

钱金豹说，我昨天不是让伙计把饭菜给你送到房间了吗？

蓝蝴蝶说，送是送了，我没吃。

钱金豹埋怨说，你怎么没吃，你为什么没吃？

蓝蝴蝶不好说理由，只好沉默了。

钱金豹说，你可真任性，怎么说不吃就不吃呢？

蓝蝴蝶越发委屈，紧紧地闭着嘴。

钱金豹只好说，那我们打打尖吧，吃碗羊肉面就赶路。

两个人进了一家小饭馆，钱金豹果真只要了两碗羊肉面。

羊肉面端上来了，蓝蝴蝶本来就不大喜欢羊肉的膻味儿，加上现在身子不舒服，就更没了胃口，见了羊肉面，干哕起来，举着筷子犹豫着。

钱金豹见了，你不是说饿了吗？

蓝蝴蝶说，突然没了胃口。

钱金豹说，要不，给你做点儿别的吧，你想吃什么？

蓝蝴蝶说，算了，面都端来了，也不能退了。

钱金豹说，别因为心疼一碗面勉强自己，要不……你胃不好，给你做碗鸡蛋羹吧。

谢天谢地，钱金豹还是有几分温柔的。

蓝蝴蝶突然用手胡噜一下头发，心里跳起来，不好，我的蝴蝶绢花落在客栈了。

钱金豹一看，蓝蝴蝶的头上确实没了蝴蝶绢花。

蓝蝴蝶说，早上我梳洗的时候，摘下来放在脸盆架子上了。

钱金豹淡淡地说，算了，不就是一个绢花吗？到了平凉我给你买一打。

蓝蝴蝶说，我那可是蝴蝶绢花，定制的，天下无双。

钱金豹说，旧的不去，新的不来，以后回京城再定制一些就是了。

蓝蝴蝶说，不行，我得回去找。

钱金豹急了，我们都走出大半天了，你再回去天就黑了，今天的路算是白走了。

蓝蝴蝶说，你可以在这儿等着我，也可以自己先走，我找到绢花后去追你就是了。

钱金豹说，你不能回去，我们必须赶路，三天之内必须赶到平凉。

蓝蝴蝶看了钱金豹一眼，起身就往外走。

钱金豹赶紧追了出来。

正在这个时候，白掌柜到了。这个白掌柜真像是一贴老膏药一样贴上了他们，怎么甩都甩不掉。钱金豹心里赌气，索性不理他。

白掌柜说，我紧赶慢赶，还说请你们一起吃饭呢？没想到你们又吃完了。算了，我也不吃了，你们要赶路是吧，我陪你们走。

钱金豹心里骂着，你怎么他妈的这么无赖呀？

蓝蝴蝶知道钱金豹烦透了这个姓白的，便说，白掌柜还是别跟着我们了，我们要回去。

白掌柜问，回去，为什么要回去？

蓝蝴蝶说自己的蝴蝶绢花忘在那家客栈了，要回去取。

白掌柜更加献起了殷勤，说，你们在这儿等着，我去取，我去给你们取。

蓝蝴蝶忙说，哪好麻烦白掌柜呢？还是我自己回去取吧。

蓝蝴蝶这回没说“我们要回去”，而是说“自己回去取”，她看出钱金豹马上就要发作了，小心地试探着。

白掌柜忙说，那好，让钱先生在这儿等候，我陪小姐回去取，快去快回……

钱金豹忍无可忍了，冲着白掌柜咆哮起来，你他妈算老几？跟你有什么关系？

白掌柜说，我……我这不是好心嘛，在家靠父母，出外靠朋友……

你给我住嘴！还他妈的好心，我看你压根儿就没安好心。告诉你，不许你再跟着我们了，你给我滚，滚……

白掌柜挂不住脸儿了，钱先生，您好歹也是个读书人，说话客气点儿好不好？

我他妈不是读书人，你们读书人没有好东西，我跟你客气不着，你要是再跟着我，小心我揍扁了你。

姓钱的，你不要把别人的修养当成老实，当成软弱可欺，既然走南闯北，就不怕耍光棍的。光棍立着一竖，躺着一横，谁也不比谁短……

钱金豹一听，顿时火冒三丈，抽出身上的佩剑。

白掌柜也不甘示弱，把身上的佩刀也拔了出来。

两个人怒视着，一刀一剑闪着寒光。

蓝蝴蝶不好相劝，心生一计，立即跨上马鞍飞奔而去。

钱金豹一见，果然放下了白掌柜，跨上马追赶向前。

白掌柜站在原处，没有追上来。

回到昨天住的客栈，天已经全黑了，他们只好重新住下。正如钱金豹所说的，今天的路算是白走了。好在蓝蝴蝶找到了蝴蝶绢花，心里舒坦了许多。钱金豹却心如火燎，坐卧不安。好不容易挨到天明，二人继续赶路。

这么一折腾，两个人的关系更紧张了。关系紧张之后，却都冷静下来。虽然还是一路无话，双方却各自克制，相互谦让，竟然客气起来。当晚是在一个小镇的客栈住下来的，钱金豹要了几个菜，又让伙计端到蓝蝴蝶的房间。蓝蝴蝶正在疑惑，钱金豹进来了。

两个人坐下来吃饭。钱金豹说，这几天总是发脾气，是我的不对，这顿饭在你的房间里吃，算是赔礼吧。

蓝蝴蝶有点儿小小的感动，男人嘴硬，很难在女人面前说软话。

没有酒，蓝蝴蝶觉得奇怪，每天钱金豹都要喝两杯的，男人嘛。

钱金豹说，我常常向你发脾气，跟酒有关系，喝了酒就容易暴躁，控制不住自己。

蓝蝴蝶笑了，这可真是睡不着觉怨枕头了。人家翁麒麟也喝酒，可是……

这句话一出口，蓝蝴蝶就觉得失言了，急忙打住。

钱金豹接着蓝蝴蝶的话茬儿说，我跟他可比不了，他可不是凡人。有一回清明节，他带着我和潘如虎兄弟去给翁大伯和我爸上坟，哦……你知道的，早在三年前他们就把翁大伯和我爸埋了，建的是衣冠冢。上坟的路上，遇见几个流氓混混儿，要抢我们上坟的饺子和供品。我和潘如虎上前要与他们拼斗，翁麒麟却拦住了我们，从兜里掏出一把铜钱，给了这伙儿流氓。我跟潘如虎愤愤不平，翁麒麟说，凡事都有个轻重缓急，你跟那伙儿流氓拼斗，就算你斗赢了，把上坟的事耽误了，你说值吗？回来以后，我把这件事情跟我三叔说了，你猜我三叔说什么？

蓝蝴蝶问，说什么？

钱金豹说，我三叔说，翁麒麟这叫圣人之举。

蓝蝴蝶说，这也太夸张了吧？

钱金豹说，我也是这样对我三叔说的，我三叔说，当年翁麒麟的母亲生他的时候，翁大伯就是在路上打抱不平，耽误了去请接生婆，害死了翁麒麟的母亲。

蓝蝴蝶沉默了，能把父辈的教训牢牢记在心里，遇到事情能冷静应对，也堪称是圣人之举。可是……为了潘灵芝，他放弃了为父报仇的大任，又算什么呢？

钱金豹见蓝蝴蝶不说话了，便从怀里掏出一张信笺，交给了蓝蝴蝶。

蓝蝴蝶问，这是什么？

钱金豹说，翁麒麟和潘灵芝结婚那天，我没有参加婚礼，心里很不是滋味儿，就托王培玉给翁麒麟带去了一百零八颗汉隶镖。一是算作送给他们的结婚礼物，再则也想提醒他别忘了为父报仇的大事。王培玉回来之后，交给我这张纸条儿，我一看是张药方，以为是送给我父亲的，就没在意。昨天翻腾行李，见到这药方，好像是女人用的方子，是不是送给你的？你看看。

蓝蝴蝶打开药方一看，上面写着“泽兰汤”，下面便是具体配方：

泽兰四钱　香附四钱　续断四钱　红花一钱　当归三钱

柏子仁三钱　赤芍三钱　牛膝二钱　延胡索二钱

水煎服每日一剂，甜酒为引

蓝蝴蝶立即想了起来，从哪王庙回来的路上，蓝蝴蝶痛经的毛病被翁麒麟发现了。事后翁麒麟悄悄告诉她，有一个方子很管用，叫“泽兰汤”，他现在记不下来，等回去后找来抄给她。经历了这么多的事情，又发生了这么大的变故，翁麒麟居然还想着这件事情。蓝蝴蝶心里一堵，鼻子一酸，眼泪险些掉下来。

钱金豹问，这是给你的方子吗？我记得路上你们好像提过药方什么的。

蓝蝴蝶突然说，我想喝点儿酒。

钱金豹高兴起来，高声喊着伙计要酒。

三天之后，他们来到了崆峒山。

崆峒山位于甘肃平凉，南依关山，北峙萧关，西接六盘山，东望八百里秦川，是出入关中之要塞，素有道教第一山之美誉。传说中华始祖轩辕黄帝亲临崆峒山，向智者广成子请教治国之道和养生之术。秦始皇、汉武帝亦慕名登山，大文人司马迁、杜甫、白居易都留下了许多名诗佳句。

钱金豹和蓝蝴蝶牵马上山，拜见素白真人。素白真人迎出了观门外。

钱金豹急忙上前施礼问询父亲和陆祖师。

素白真人说，不凑巧，他们昨天午后便下山了。

钱金豹头上的汗忽地冒了出来，他们去哪儿了？

素白真人说，出家人不便关注世间事，贫道不曾问及。

钱金豹顿时火了，当着素白真人的面便向蓝蝴蝶发起了脾气，都怨你，都怨你，要不是你那么啰唆，我们正好赶上……

素白真人见钱金豹如此向一个女人发火，便拱了拱手，退回了观门之内。

蓝蝴蝶见钱金豹当着外人的面便向她大发雷霆，脸上也挂不住了，争辩说，能全怪我吗？那天早上要不是你催我，我能把蝴蝶绢花落下吗？

钱金豹咆哮着吵了起来，这么说你还怨我，这一路上你都是磨磨蹭蹭的，工夫都耽误在你身上了。

蓝蝴蝶跺着脚说，你不是嫌我啰唆吗？你不是嫌我磨蹭吗？你不是说我耽误了你的事吗？那好，我走，我走还不行？

钱金豹喊着，你走？你走哪儿去？

蓝蝴蝶也叫喊着说，你管不着！

蓝蝴蝶说着，牵起自己的马就下了山。

钱金豹也牵上马，跟在蓝蝴蝶的后面，还在拼命地吼叫着，蓝蝴蝶却不理他，跨上马飞奔而去……

第十四章　青卷·巳篇

丹秀喜欢大运河的傍晚，傍晚的大运河最有人情味儿，最有烟火气，最有鲜活劲儿。

晚霞把燃灯塔的倒影在静静的河水里拉长，又抖搂得乱蹦乱跳，像是乍入油锅的金鲤鱼，又像是少女舞动的红绸子。满河的船只收篷拢帆，摇着橹往岸边停靠。大光楼前面的晒粮场上，稻谷堆积成光灿灿的金山。成群结队的男男女女，肩搭布巾手端脸盆朝河湾处走去。河湾处演绎着最快乐最惬意的人间戏剧。或茂密或稀疏的芦苇菖蒲，划分出两个清凉的水域。男人一侧，女人一侧，脱得光溜溜的，把自己和一天的疲惫浸在凉丝丝的河水中。隔着芦苇菖蒲的男男女女无拘无束地调戏着，痛快淋漓地说着脏话丑话私密话，露骨地放肆地调情取笑。生活就是这样日复一日地进行着，苦也苦得，累也累得，穷也穷得，乐也乐得。就是这乐也乐得，让大运河的儿女有了生活的希望，有了奔向明天的勇气。

大运河仿佛安静下来，丹秀却觉得，真正的喧哗与活力刚刚开始。

他喜欢静静地听运河号子。

傍晚的时候，是运河号子集中演唱的高潮。远处船夫唱着拉纤号子，声音低沉而幽远，有如倾诉；河滩处，搁浅的船夫唱着闯滩号子，声音惨烈，有如呼救；河岸边，泊靠的船夫唱着摇橹号子，轻松伴着嬉闹，有如群鸟归巢……号子声此起彼伏，伴随着波浪奔流远去。摇摇晃晃的扛夫便唱起了懒洋洋的闲号子：

嗨，年轻的小伙儿哎
缺少一个做饭的人哟
来了，干干净净的小媳妇哟
铺起了花被窝儿哟
来了哟哟……

如此安闲恬静的大运河，丹秀的心却踏实不下来。如同耳边的运河号子一样，总是在他的心里掀起不大不小的波澜。

他惦记的是翁麒麟。

一切都是不正常的。

翁麒麟本来是进京准备参加明年春闱会试的，怎么刚刚到通州就跟钱金豹一起去了口外呢？他们去口外的消息似乎很快便传到了师父潘清的耳朵里，师父当即决定，让翁麒麟与潘灵芝完婚。翁麒麟与潘灵芝的婚礼，这是翁家和潘家的事情吗？这是整个安清帮的大事，就如同翁麒麟果真考上进士一样，还不把大运河折腾个底儿朝天？能这样匆忙草率吗？虽说师父说了许多理由，但那是理由吗？能服众吗？在通州见到翁麒麟，翁麒麟像换了一个人。跟潘灵芝不亲了，跟他不亲了，跟潘如虎、姚发都不亲了，更有甚者，还跟钱金豹翻脸了，钱金豹连他的婚礼都没有参加。翁麒麟不是这样的人，自幼一起读书，一起考生员、参加乡试，谁有丹秀更了解翁麒麟呢？

更让丹秀担心的是翁麒麟的身体，多聪明多机敏多有趣的人啊，怎么变得呆呆愣愣的，常常傻笑，还迟钝，还健忘，还木讷。他到口外到底遇见了什么事情？他真的变成了这样，还是故意装成了这样。他很想找钱金豹问问，可是钱金豹连影儿都见不到，没有人知道他在哪儿？钱金豹为什么躲着他们？

这一切都是个谜。不知道潘如虎发现没有，姚发感觉到了没有。

丹秀心绪不佳，又受了点儿风寒，身上不自在，回到老堂船之后，便和衣睡下了。这是随运尾帮船的老堂船，收拾得不算奢华，但是很舒适。船舱里的小间被褥干净，日常用品一应俱全。姚发、王培玉各有房间，即便是停靠在岸，他们也不愿意住客栈。还有几间客房，丹秀便住在了这里。

昏昏沉沉中丹秀睡着了，似睡非睡，外面的动静他能感觉得到。模模糊糊中，他听到有人在说话。在隔壁的小客厅，似乎在喝酒。丹秀裹着被子，身上有了点儿汗，脑子也清醒过来。哦，是姚发在说话，还有那个大舌头蒙嘎拉大喇嘛。蒙嘎拉大喇嘛今天上午到的，原本姚发说请他和王培玉一起接待一下的。他把这事忘了，忘得死死的。

原来不是到外面用餐，就是在船舱里喝酒。其实，船舱里面更方便些，菜饭都是天河楼送来的，酒是自带来的天庾贡酒。如果不讲排场，在船舱里招待客人是不错的选择。他想睁开眼睛爬起来去陪客，毕竟姚发打过招呼了。懒一懒的时候便将注意力转移到小客厅里的谈话声。

似乎是姚发在埋怨蒙嘎拉，您这事办得也太过分了，翁麒麟下了那么多功夫，这次会试是十拿九稳的。潘师祖还让丹秀找主考官蒋廷锡的门子呢，这么一来，全毁了。

蒙嘎拉用他那大舌头说，误会，完全是个误会。本来这香是准备用在翁岩身上的，可是翁岩死活不住进哪王庙。我们只好开着那香坊等待机会，谁知道翁麒麟会来呀。还好，他只进去了不大一会儿，就被丹巴嘉大喇嘛发现了，把他叫了出来。

姚发问，您说他只进去一会儿，一会儿的工夫就把翁麒麟的脑子毁了？您这香可够厉害。

蒙嘎拉说，您知道的，配制梦哈拉古拉胡胡吉是我耗用了大半辈子的心血，用的都是世间珍稀的材料。

姚发叹息着，可惜啊可惜，翁麒麟是我们翁师祖的独子，又天赋极佳。无论是翁师祖还是潘师祖，包括整个安清帮，都指望着他蟾宫折桂耀祖光宗呢。

蒙嘎拉说，还好，请您放心。梦哈拉古拉胡胡吉只入了翁公子的肺部，并未及入心血，更未入骨髓。

姚发问，有没有补救的办法？

蒙嘎拉说，不必，不必，时日久了，翁公子体内的残香自然会排出来，一切都会康复的。

姚发问，需要多长时间？

蒙嘎拉说，少则半年，多则一两年。

王培玉回来了，说，我在运河两岸找了个遍，您说这丹秀师父哪儿去了？连个人影儿都没有。

姚发说，或许有什么事情耽搁了，咱不等他了，来，你也坐下。蒙嘎拉上师，这酒我给您倒上了，您是喝还是不喝呢？

蒙嘎拉爽快地说，姚当家的酒，贫僧当然要喝了……

丹秀犹豫着，是起来去喝酒陪客呢，还是继续装睡？

自从潘灵芝深夜进入翁麒麟的书房之后，翁麒麟便搬到潞河驿来住，为的是避免如此难堪的事情再次发生。

潞河驿即通州驿，潞河是通州的古称。潞河驿乃京门首驿，一个很少见的水陆驿站。其修建于明永乐年间，紧靠在运河西岸。门前一座耸立的驿亭，六角攒尖，琉璃筒瓦，金黄宝顶，颇有帝都气派。

翁麒麟住进潞河驿是理所当然的，隋唐以来，驿站除了接待官员、传送公文，还有一个功能就是迎送举子进京赶考。举子入住驿站，不但食宿费用全免，还可以搭乘公家的车马。故此，举人又称为公车。

这一天，有朝鲜使臣进京朝贡，从大运河下船之后进入了潞河驿，礼部的官员从京城赶来迎接。自古以来官员出行，上自皇帝老子下至七品芝麻官，统统都是扰民、限民、整民、治民乃至任意逮捕关押敲诈勒索百姓的灾难。据说礼部来了个侍郎，全通州都戒了严，所有的店铺关门停业，大小街道行人止步，称为“净街”。然后还要清水泼街黄土垫道，弄得人心惶惶天昏地暗。运河除了漕船之外，无论商船货船民船渔船一律不许靠岸。潞河驿里住宿的各色人等，大多被清出，不便清出的都要重新登记造册。连祖宗八代都要交代得清清楚楚，留下档案。翁麒麟心里极为愤怒，这些大大小小的官员为什么如此惧怕百姓呢？视百姓为仇敌，肯定是做出了无数坑害百姓的丧尽天良的事情。他们不是父母官吗？哪儿有父母惧怕儿女的？儿女若要动了杀害父母的心，那得有多大的仇恨啊！天理能容吗？

翁麒麟图个心静，离开了潞河驿。万寿宫大街上三步一岗五步一哨，翁麒麟便沿着土坝朝北走去。正好碰到了丹秀，丹秀也气得骂祖宗，原本计划好登船回杭州的，因为朝鲜使臣的到来码头被关闭了。

翁麒麟没敢告诉丹秀自己离家住进潞河驿的事情，他原以为丹秀已经离开通州了。两个人想找个茶馆酒馆坐下聊聊都难，家家打烊上板店门紧闭。翁麒麟灵机一动，说要去文庙拜圣人，丹秀一听此乃正理，便陪他一起前往。

通州的文庙乃三教庙之一。三教庙位于通州城北，是三座独立又相互关联照应的庙宇，成“品”字形布列。

三教庙即儒教的文庙，亦称学宫；佛教的佑胜教，亦称塔庵；道教的紫清宫，亦称红孩儿庙。三教庙的西侧，便是燃灯舍利塔。燃灯舍利塔乃京杭大运河四座宝塔之一，其余三座为杭州的六和塔、扬州的文峰塔及临清的舍利塔。三庙一塔互映互衬，成为漕运码头上一道独特的风景。平时便游人如缕，庙会时更是潮涌浪涌。

安清帮信奉的是罗教，罗教倡行的是三教合一。因此，通州的三教庙乃安清帮的圣地，一百二十八帮半的帮主及教徒经常前来朝拜，犹如伊斯兰教徒朝拜圣地麦加一般。

三座庙宇中文庙在前，规模最大，创建于元大德二年，比北京的孔庙还要早四年。走进庙门，便是照壁、射圃、如日中天坊，左为忠义祠，右为节孝祠；再往前还有两座建筑，左为德配天地坊，右为道冠古今坊；过了棂星门之后是泮池泮桥，两边是名宦祠和乡贤祠……

尽管城里戒严了，文庙里还是很热闹，原因是参加明年春闱会试的举子都已经陆续来到京城，乘船而来的又多在通州登岸逗留。登科夺冠，给孔圣人上香磕头是免不了的。泮桥前后已经拥挤不动了，举子们都集中在这里取吉利。泮桥中间为状元桥，两边是榜眼桥和探花桥，据说在桥上匍匐而过，便高登状元或榜眼探花。不知道什么时候泮桥前面又多了一眼井，名曰状元井。喝了状元井的水便能高中，井台上有人高声吆喝着卖水，十文一杯。更为奇异的是，还有文具摊儿上卖状元笔、进士笔的，据说都是历朝参加会试的进士用过的笔。

丹秀自然不相信这些无稽之谈，可又逗着翁麒麟说，你不取取吉利？爬爬状元桥，喝杯状元水，买支状元笔？

翁麒麟说，读书人让人这么捉弄，也着实可怜。

丹秀深以为然，有人读书往脑子里灌的是学问，有人读书往脑子里灌的是泔水。

翁麒麟说，脑子里灌的是泔水还好，有的人灌的简直就是屎尿。

丹秀笑了笑，跟着翁麒麟径直朝大成殿走去。

自从翁麒麟遇见丹秀之后，他就一直想问一件事。丹秀来到通州之后，亲口答应进京寻找主考官蒋廷锡的关系，力争让自己成为蒋廷锡的门生。这自然是很荣光很体面又很有实际利益的事情，可是丹秀说过这句话之后便没了下文。他不在乎能不能拜在蒋廷锡的门下，他在乎的是丹秀到底去没去找门路。找与不找，找到没找到，都没有关系，关键是话说出去了该有个交代。换作别人，倒也无所谓，丹秀却不同。几乎从刚刚懂事的时候起，他就把丹秀当作哥哥，丹秀与他的亲密程度超过了任何一个人。无论什么事情，他都能跟丹秀敞开胸怀。他既是他的兄长，又是他的知己，还是他的依靠。丹秀不会对他的事情这样不上心吧？

到了大成殿门前，翁麒麟让丹秀等他一下，他要去买香。可是“香”字到了嘴边却说不出来。

丹秀问，你到底干什么去？

翁麒麟说，我去买……买……那个……

丹秀问，那个是什么？

翁麒麟越急越想不起来，双手比画着，长长的，细细的，可以点燃的，点燃后会冒烟……啊，梦哈拉古拉胡胡吉……

丹秀一愣，你说什么？

翁麒麟又重复了一遍，梦哈拉古拉胡胡吉。

这个陌生的词丹秀听见过，在随运尾帮船的老堂船上，是大舌头蒙嘎拉大喇嘛对姚发讲的。丹秀一阵心痛，拉起翁麒麟的手，来到了卖香的摊儿前，买了几炷香，交给了翁麒麟。

翁麒麟到大成殿里烧香朝拜，丹秀在门外等候着。

当翁麒麟从大成殿里出来的时候，发现丹秀趴在大殿外面的窗户上，双手捂着脸。

翁麒麟走上前，叫了一声，秀哥，你怎么了？

丹秀急忙用衣袖擦了擦脸，支吾着没说什么。

翁麒麟发现，丹秀的脸上沾满了泪痕……

翁麒麟似乎意识到了什么，又不好问，只是淡淡地说，咱走吧。

丹秀没说什么，跟在翁麒麟的后面，朝门外走去。看见翁麒麟那单薄的背影，丹秀又不禁心酸起来。

翁麒麟离开家已经有半个多月了，菱荇多次提出要潘灵芝去看看他，潘灵芝咬着牙不去。她真的有点儿生翁麒麟的气了，她冥思苦想，怎么也想不出个道道儿来，翁麒麟为什么嫌弃她。对了，直到最近几天，她才知道用“嫌弃”这个词儿来定位两个人的关系。原来翁麒麟的一切借口，她都信以为真，至少多半是信的。洞房第一天，他不与她同房，说是要读书，她信了。信中也有疑，她怀疑翁麒麟是脸皮儿薄，不敢行男女之大礼。一连几天他都不进入洞房，她便开始怀疑了。于是她闯进了翁麒麟的书房，与他同衾而卧。她希望用自己的主动打开幸福之门，然而，当幸福之门已经打开的时候，又砰的一声关上了。这到底是怎么了？难道翁麒麟不爱她了吗？怎么会呢？两个人一起长大的，吃的是同一个母亲的奶水，他们的血肉早就连在一起了。能撕扯得开吗？真的要撕扯开，恐怕要皮开肉绽血肉模糊的。

到后来翁麒麟索性离开了家，搬到潞河驿去住了。潘灵芝心里明白，自从翁麒麟残忍地拒绝了她之后，两个人也无法睡在同一个屋檐下了。潘灵芝受到了极大的伤害，她整日以泪洗面，整日怨恨责难，她到底做错了什么让翁麒麟如此义断情绝？

菱荇也想不明白，心里想不明白嘴上还得劝小姐，这是做丫鬟的本分。菱荇说，小姐您别多想，老爷就是累了，累得顾不上许多了。

潘灵芝说，他什么累了，不就是读读书吗？从三岁他就开始读书，读了快二十年了，也没见把他累成什么样？

菱荇说，过去读书和眼下读书不一样，眼下是准备参加春闱会试，全国的举人都进京比拼，说成千上万也差不多，最后呢，只取那么几十个，您说，不玩命行吗？

潘灵芝说，他参加乡试的时候，那阵势也不小，全省的秀才一起比。临出行的时候，还跟我们一起去宝华山野餐呢，你忘了？

菱荇说，不管怎么说，老爷现在是最操心最费心最揪心的时候，我们应该好好照顾他，别分他的心才是。就算老爷有什么地方做得不对，现在也不是抱怨的时候，让他尽心尽力地跃过龙门，便什么事情都云消雾散了。

潘灵芝说，能云消雾散吗？恐怕到了那个时候，金榜题名了，蟾宫折桂了，入翰林院了，真真正正成了大老爷了，他不是更嫌弃我们了吗？

菱荇说，小姐别胡思乱想了，老爷不是那种人，他就是中了状元，被选作驸马，也不会把我们忘记的。

潘灵芝叫起来，你胡说什么呀？中状元也就罢了，还选为驸马？选为驸马他就要跟皇上的公主结婚，那我们算什么？那不真的成了秦香莲了？

菱荇笑了，她知道自己这句话没过脑子，便说，不会的不会的，现在是大清朝，大清朝的驸马爷都是旗人，哪能要汉人呢？

潘灵芝也笑了，你呀，就一个二百五，不着调儿。

菱荇放肆地说，姐，您还别说，我觉得吧，老爷还挺喜欢我这傻乎乎的样子的。

潘灵芝绷起脸问，你是不是又在老爷面前犯骚了？

菱荇说，我哪儿敢呀，菱荇傻是傻点儿，但守得住规矩。

不知不觉地，两个女孩儿谈话的口气格外地亲昵起来。亲昵得不分彼此，谈到翁麒麟，用的是“我们”而不是“我”。默契地表达翁麒麟是“我们”的，不是某个人独占的。女人也许面临被男人抛弃的危机时，才能忘掉妒忌，本能地结合成一体。

直到掌灯时分，朝鲜贡使和礼部侍郎离开潞河驿的一个时辰之后，通州城才踏实下来，百姓才被允许过正常的日子。翁麒麟和丹秀来到白马关帝庙附近的一家小饭馆，拖着遛酸了的腿脚坐了下来。一天没正经吃东西了，中午只在三教庙垫补了一点儿零食。他们要了几个菜，上了一壶酒，两个人懒洋洋地喝起来。

喝酒懒洋洋的，是因为累了。说话也懒洋洋的，似乎是漫不经心地应付对方，又似乎在小心翼翼地提防伤害对方。

安清帮的两个才子，自幼的同窗契友，竟然变得如此陌生如此客气起来。

翁麒麟胆怯，生怕丹秀问起他们的口外之行。

谢天谢地，丹秀没有问。不是他不想问，他知道，翁麒麟不会告诉他的。

几杯酒下肚，翁麒麟又找回了与丹秀的亲近与信任，便直截了当地说，秀哥，蒋廷锡的门路寻得如何了。此公乃当朝丹青妙手，藏书大家。我拜在他门下，不是为了会试受他照顾，更不是为了将来仕途发达。我主要是钦佩他的学问，老老实实跟他学习真功夫。

丹秀点了点头，他相信翁麒麟说的是心里话。读书入仕之人，除了专事钻营者，大多还是讲究真才实学的。政绩只能让皇帝高兴，令同寅妒忌，唯有学问才能比出高低虚实。大清朝的官场和学界，还没有彻底溃烂，至少在那个时候还有救。

丹秀没有直接回答翁麒麟，却问了另外一句话，麒麟，你觉得如果今年参加会试……能有几成希望？

翁麒麟笑了，秀哥你怎么问这么一个可笑的问题，考场如战场，谁敢说谁死谁活呢？

丹秀却沉着脸，严肃地说，麒麟，你不觉得……你有些什么不对吗？

翁麒麟一惊，有什么不对？

丹秀看着翁麒麟。

翁麒麟有些心虚，你是问……潘灵芝？

丹秀也警惕起来，潘灵芝怎么了？

翁麒麟自觉失言，忙掩饰说，哦，我以为……你是问我们两个人的关系。

丹秀说，你们两个青梅竹马，还有什么好担心的。我是问你的身体。

我的身体……我的身体没事啊。

你没觉得你的脑子……不如以前了吗？

翁麒麟的脑袋轰地震动了一下。

我见你常常发呆，又容易忘记事情……

是了，是这样，我感觉到了。可是我……我没当回事。你看出来什么了？严重吗？

我看出来了，姚发、王培玉也看出来了，大家都为你担心。我专门去问过一位名医。

名医怎么说?

名医说，你或许是受了什么刺激，或许是染上了什么小恙，无大碍，只是需要调养一下。

怎么调养?

也不需要特殊的调养，歇息一段时间就会好的。

这么说，你不建议我参加今年的会试了。

如果……再等三年，你好好调养一下身体，把学问再积累得扎实些，机会也许会更大一些。

翁麒麟把杯中的酒一饮而尽，低下了头。丹秀的话把他触动了。他的脑子又活跃起来，一匹马，白色的骏马，奔驰在草原上。草原上鲜花盛开，一只蓝色的蝴蝶在花丛中翩翩起舞……

丹秀给翁麒麟满上酒，麒麟，我还想多问你一句，你跟钱金豹到底怎么了?

翁麒麟看着丹秀，喃喃地说，梦哈拉古拉胡胡吉……

丹秀叹息着摇了摇头。

翁麒麟回来了，当菱荇打开大门的时候，看见翁麒麟的后面跟着一个书童，书童担着他的行李和书箱。菱荇立即明白了，这不是回家看看，而是真正地回家。她顾不上跟翁麒麟说话，便扭头朝后院喊，小姐小姐，老爷回来了……

翁麒麟嗔笑着说，我回来就回来了，至于嚷得让四街八巷都知道吗?

菱荇说，我这不是高兴吗？不光我一个人高兴，也得立马让小姐高兴高兴啊！

菱荇与别家的丫鬟不同，虽然她也明白尊卑长幼，恪守规矩方圆，但是却从来不把自己当外人。自打进了潘家门，她就把自己当成了潘家的人。跟了潘灵芝之后，更是把小姐的一切当成了自己的一切，包括饥渴冷暖，包括喜怒哀乐。但凡潘灵芝遇上的，她都会主动承担起来。当然，她也同样享受着潘灵芝的幸福和快乐，甚至婚姻。她知道自己是陪房丫鬟，小姐嫁给谁，她便随同嫁给谁，小姐的男人也是她的男人。所以，她从来不掩饰自己对翁麒麟的欣赏和关爱。一个贫贱如草芥般的女孩儿，能得到一个大才子大公子将来或许还是大官的宠幸，这得积多大的阴德啊！她不管什么丫鬟不丫鬟，也不管什么陪房不陪房，能跟这么伟大的男人生活在一起，哪怕是整天价伺候他照顾他，她也乐上了天。

翁麒麟对潘灵芝说，我们回家吧。

潘灵芝没听懂，回家？回什么家？

翁麒麟说，先回东昌府吧，我家在那里有一座老宅子，先住下来。

潘灵芝问，什么时候？

翁麒麟说，收拾收拾，过两天就走吧。

潘灵芝不相信地看着翁麒麟，可是……马上就到春闱会试的时间了。

翁麒麟说，我知道，我们还是回家吧。

潘灵芝问，那考试呢？

翁麒麟说，我……不想考了。

潘灵芝惊叫起来，你……不想考了？

翁麒麟平静地说，我放弃了。

为什么？

就是不想考了。

这是你想不想的事情吗？这些年你都在干什么呢？从考上贡生就准备考举人，考上了举人又准备着考进士……这还用想吗？我们结了婚，你连洞房都不进，说要读书，读书为什么？这还用想吗？你说家里乱，怕有人打扰你，搬到潞河驿去住。到潞河驿干什么？不还是为了准备会试吗？这还用想吗？为了让你好好读书，为了让你能蟾宫折桂，我，还有菱荇，受到你冷落，连抱怨一声都不敢；哭，都不敢在你面前掉眼泪。为什么，不都是为了让你安心考试吗？你怎么说不考就不考了呢？你要是不考了，十几年的苦不是白吃了吗？你苦巴苦熬，我们苦等苦盼。你说不考了就不考了，你不是白熬了吗？我们不是白盼了吗？除了你，除了我和菱荇，还有我爹我娘，还有丹秀姚发，还有安清父老兄弟，你……你怎么跟他们交代呀？

潘灵芝哇啦哇啦地说了一通，似乎要把这些天积郁的苦水和怨气统统地倒出来。说完之后，便趴在炕上呜呜地哭起来。

菱荇伏在潘灵芝的后背上，一边安抚着潘灵芝，一边悄悄地问翁麒麟，老爷，您真的不考了？

翁麒麟叹了一口气，坐在了炕下的春凳上。

潘灵芝一直在哭泣。

翁麒麟坐在春凳上一直默默无语。

傍晚，菱荇去准备菜饭了。

直到天黑之后，菱荇才把潘灵芝和翁麒麟劝到饭桌上。

菱荇心里慌手上忙，有些凌乱无序。

翁麒麟发现桌上盘里有菜，碗里有饭，却没有筷子。他让菱荇去拿，却一时想不起来“筷子”叫什么了。于是他比画着对菱荇说，那个……长长的，细细的，一头儿方一头儿圆的，能夹菜的……

潘灵芝抬起头来，呆呆地看着翁麒麟比画着，笨拙地描绘着他想要的东西，又低头看了自己的碗边，明白了。问，你是要筷子吗？

翁麒麟忙说，对对对，是筷子……它是叫筷子……筷子……

菱荇倒没太在意，只是自责，看我这记性，怎么把筷子忘了呢？

潘灵芝默默地观察着翁麒麟，回想起前些天看见翁麒麟在书房里转悠，像是很着急的样子。桌上铺着纸，纸旁边是研好的墨，像是在寻找什么。潘灵芝忍不住进来了，问，你在找什么呢？

翁麒麟说，笔呢？我的笔呢？刚刚还在这儿呢，我研墨的时候就放在笔山上了……

潘灵芝说，你手里拿的不是笔吗？

翁麒麟举手看了看，不好意思地笑了，啊……真是的，骑着毛驴找毛驴……

潘灵芝担心地说，你最近是不是太累了，好像记性不大集中。

翁麒麟说，我总是闻到一种味道。

潘灵芝问，什么味道？

翁麒麟说，梦哈拉古拉胡胡吉。

潘灵芝问，你说什么呢？

翁麒麟又羞赧地摇了摇头，啊，没什么。

翁麒麟慢慢地吃着饭，潘灵芝也挑着米粒比画着，看得出来没有胃口。

菱荇看看这个，又瞧瞧那个，不知道该说什么。

翁麒麟终于开口了，灵芝，你听我说，放弃会试我想了很长时间了。

潘灵芝抬头看了他一眼。

翁麒麟说，你不是总问我为什么吗？你不觉得我会考得一塌糊涂吗？

潘灵芝盯住了他，怎么会？你读书读得那么好。

翁麒麟说，不是读书的事。

潘灵芝问，那是什么事？

翁麒麟说，我的脑子出了问题。我总是记住形而忘了名，记住远时的事而忘了近时的事，记起忘了的事而忘了想着的事。

潘灵芝望着翁麒麟，半天才喃喃地说，你病了……

菱荇的眼泪却掉了下来，老爷……你到底怎么了？

第十五章　白卷·庚篇

这是一个普普通通的金锁，纯银镀金的，乃婴儿百日时亲朋送的礼物。潘家这个金锁却是传家宝，跟第一代安清帮祖师金碧峰有关。

潘清的六世高祖潘海轩，天赋异禀，聪颖明丽，颇具文采。传说他在出生时，北斗第四颗星异常明亮，闪烁耀目，此乃文曲星降凡之兆。潘海轩十三岁考中秀才，十七岁中了举人，二十岁时正赶上会试大考，便雄心勃勃地来到南京，志在蟾宫折桂。文曲星果然非凡，顺风顺水，殿试一举夺魁，高中状元，入翰林院庶吉士。

此为前明洪武年间，潘海轩在翰林院散馆尚未授职，洪武帝朱元璋驾崩，其孙朱允炆继位，称建文皇帝。而后，燕王朱棣发动靖难之役，建文帝废黜，永乐帝登基。

潘海轩乃是洪武建文二帝的旧臣，若是再有些政绩名声，自然会受到新帝的忌恨和警惕。那些忠于前朝的诸如方孝孺之流，自然被处死灭族，而投降新帝的臣子，也不会受到重用。永乐帝迁都北平后，潘海轩在南京应了个闲差，终日庸庸碌碌虚度年华。他与同朝为官的林山、陈震最为交好，三人常常一起游山玩水吟诗醉酒，抱怨世道之不平，人生之乏味，前途之渺茫。混了些年，愈发觉得世风日下百无聊赖，遂生遁世之念。三个人想到了当年的同年金纯，金纯中了进士之后，跟随师父姚广亮去了北平，效忠在燕王旗下。

金纯字碧峰，又名金幼孜，应天府麒麟门外金家堡人，生于元至正十四年。时逢天灾，江南各地饿殍遍野，乞丐盈路。元朝廷昏庸残暴，各地各级官衙趁机抢财敛财，残酷欺凌敲诈百姓。天下苍生被逼上了绝路，英雄举旗登高，饥民投奔义军，天下豪杰纷纷起事，元朝廷摧枯拉朽仓皇北逃。朱元璋主宰了大势，灭元建明。

金纯六岁的时候，父母双亡，成了孤儿。好心的尤财主收留了他，让他当放牛娃，赏口活命的饭食。未承想，进了尤财主家，金纯却时来运转。尤家是书香门第，尤财主又是远近闻名的大善人。他家开设了义塾，聘请郭举人来做西席。村里贫困人家的子女，若有天分，都可以到尤家的义塾来读书，分文不取。金纯放牛回来，若赶上郭举人还在讲学，便挤进去默默地听讲。金纯天资聪颖，又刻苦好学。郭举人喜欢卖弄，教学生识字，还给学生讲经吟诗。读《大学》《中庸》，别的孩子认字还很吃力，金纯便能讲说得头头是道。郭举人非常喜欢这个编外学生，常常在尤财主面前啧啧夸奖。

尤财主有一个女儿，叫碧珠儿，与金纯同龄。尤碧珠儿是尤财主最宠爱的十三姨太生的，老蚌怀珠，尤财主尤为珍爱，视为掌上明珠。碧珠儿生得聪明伶俐，活泼可爱。尤财主一心想把小幺女培养成识文断字、德言容功俱佳的大家闺秀，便送到郭举人那里去读书。

碧珠儿受娇宠惯了，不爱读书，却喜欢跟着金纯去放牛。将牛群赶出村，来到长江岸边，那里便是一片新奇绮丽的天地。红花绿草，蓝天白云，江鸥野兔，无限生机勃勃。碧珠儿在鲜花野草间奔跑喊叫，蹦蹦跳跳，快活得像个小仙女。如此一来，放牛娃金纯便有了个快乐的小伙伴，每天的日子像花朵一般幸福开心。

这种情形很快被尤财主发现了，本来是送宝贝女儿读书的，没想到她却放牛去了，而且是跟放牛郎一起撒野胡闹。时间长了，肯定会让金纯把女儿带坏的。于是给了金纯二两银子，让他另谋生路。

金纯又成了流浪儿。

碧珠儿发现金纯被父亲赶走了，又哭又闹，逼着父亲把他找回来。尤财主不能惯着女儿任性，逼着她到义塾读书。碧珠儿犯起了犟脾气，离家出走了，说是去寻找金纯。

这一下尤财主慌了，忙派人将她找回来，关在小屋里，锁上门派人看守着，说是一定要收收她的野性子。没想到碧珠儿更加倔强起来，躺在床上绝食了。任山珍海味，看都不看一眼；任谁来劝说，理都不理。

十三姨太受不了了，自己的心肝宝贝怎么能受如此折磨呢？她跪在尤财主面前求情，尤财主也咬起了牙，说什么也不松口，非要将女儿管得服服帖帖不可。

十三姨太去求郭举人帮忙，郭举人来到尤财主的书房，讲起了麻衣神相。

观人之相貌，先观骨骼，次看五行。观三停之长短，察面部之盈亏，观眉目之清秀，看神气之荣枯，取手足之厚薄，观须发之密疏，量身材之短长，取五岳之归朝……

尤财主很看重郭举人的学问见识，却很讨厌他的炫耀卖弄。他喜欢读书人，却忍受不了许多读书人的穷酸气。人家尤财主不是那种目不识丁的土财主，祖上也出过清流。他小时候也读过四书五经，也考取过秀才，参加过乡试大比，只是没拿到功名罢了。见郭举人摆出了高谈阔论引经据典的架势，尤财主忙挥了挥手，先生有话直说罢了。

郭举人倒也知趣，直截了当地说，金纯面相非凡，将来必成大气候。您今日将他赶走，他也是潜龙之困，来日定会拨云见日，前途不可限量。

尤财主说，他富也好，贵也罢，与我何干？

郭举人说，您不为自己着想，也不为大小姐想想吗？

尤财主说，跟碧珠儿又有何干？

郭举人说，现在或许无干，将来呢？大小姐是您的心肝宝贝，您总得为她的前程虑一虑吧？

尤财主吃了一惊，你是说让我把碧珠儿许配给金纯？

郭举人说，我说的不是现在，是将来。

尤财主有点儿火了，将来更不行了，碧珠儿怎么能嫁给一个放牛娃呢？

尤财主说，将相本无种，白屋出公卿。如果金纯能在尤家成就大业，那不也是为尤家光宗耀祖吗？

尤财主不作声了。

郭举人又说，金纯有前程，大小姐又喜欢，天造地设的姻缘，命中注定的乘龙快婿。望东翁三思。

尤财主依然担心，若是把金纯找回来，碧珠儿不是照样玩心不改吗？

郭举人说，此事不难，只需东翁做一个小小的改动便可。

尤财主问，如何改动？

郭举人说，金纯回来之后，您不要再让他放牛了，索性让他专心读书。皇家和王府的公子读书，都有贫贱之娃伴读，东翁亦可让金纯成为大小姐的伴读。既收了大小姐的心，又成就了金纯未来的事业。种之黄茂，实方实苞，如此积德之善举，东翁何乐而不为呢？

尤财主被郭举人说得动了心，十三姨太也是深明大义之人，自然看见了女儿的似锦前程。虽说有点儿赌博之忧，人生于世，凡能成大器者，又有谁能不赌不博呢？

郭举人确实慧眼识珠，金纯也没有辜负尤财主夫妇的期冀，在科考及后来的仕途上，都大展宏图，长风破浪。

金纯考中贡生之后，乡试、会试、殿试一路顺风顺水。二十岁的时候，大金科登金榜，小金科洞房花烛，与尤碧珠儿结为伉俪。

金纯在登上桂榜中了举人之后，郭举人已自知无法再教给他什么东西了，便把他推荐给了大名鼎鼎的高僧姚广孝。

姚广孝是燕王朱棣发动靖难之役最终登上大宝的策划者和奠基人，是永乐帝业的第一功臣，号称“黑衣宰相”。金纯跟随在姚广孝的身边，自然近水楼台，高官得做，骏马得骑。金纯官授工部左侍郎，朱棣南征北伐，都由他负责督运粮草。一次在朱棣征讨辽东的战役中，金纯准备的粮草充足，直至凯旋，依然余有数千石军粮。这些粮食不能留在辽边，运回京城又要花费人力物力。正在踌躇为难之际，天空上突然飘来一朵祥云，云端上立着达摩佛祖。金纯见了，急忙跪下，口呼阿弥陀佛。达摩佛祖明示金纯，若干年后，将有罗清领兵受困两狼山，莫若将这些粮食留下。达摩佛祖飘然而去，恍若倏忽一梦。金纯跪在地上，见身边属下都奇怪地看着他。金纯问下属，你们见到达摩佛祖了吗？你们听到达摩佛祖说了什么吗？众人皆说未见未闻，金纯心中一惊，知道自己佛缘深厚。于是他将所有粮食藏在山洞深处，并在洞外建寺庙一座，聘请僧人住持寺院，看守军粮。

金纯屡立奇功，又加上姚广孝的举荐，很快便升任为文渊阁大学士。

成祖朱棣为了巩固帝位，稳定北边，迁都北平，修建北京城。这是一个巨大的工程，总规划是姚广孝完成的，其规模之恢宏壮阔举世无双。工部尚书宋礼先是到川蜀采集修建宫殿的神木，然后又去疏浚会通河，建造南旺水利枢纽。工部的事情都交给了金纯。修建皇宫及内外城第一要务便是勘察设计，凡是划归城内的房屋建筑统统都要拆毁腾退清除。北京的百姓实在是多灾多难，辛辛苦苦积攒几辈子的钱财，购置地皮建造了宅院，本想建百世基业，可是每一次改朝换代都要被拆毁驱赶。宋辽时期且不用说了，常年处于硝烟战火之中，只能苟且活命。海陵王完颜亮弑金熙宗后即位，自上京迁都燕京，建中都，将城内百姓扫地出门；元世祖忽必烈建元大都，又将金中都百姓赶出京城。老百姓就像生命力极其旺盛的韭菜一样，忍饥挨饿含辛茹苦地长起来，被朝廷的镰刀咔嚓咔嚓割个干净；又忍辱含羞地长起来，再被割干净。一茬儿又一茬儿，不等春风吹又生；一镰又一镰，无须长成便割净。现在好了，成祖要建北京城，这些韭菜不用镰刀割了，要用锄头连根铲除。

驱赶京城百姓的诏命自然落在了工部侍郎金纯的身上。那么好的宅院，要扒个片瓦不留。强制拆迁，亦称强拆。拆容易，迁到哪儿？

朝廷有令，迁到皇城之外。皇城之外的土地要自己去买，建造住宅的砖瓦木料需要自己购置，朝廷一分不补，限期搬迁。到时候没有迁走的人家，朝廷派来军队放火便烧，稍有反抗，举刀便砍。家境较为殷实者还好，迁走了另谋出路。可是居住在京城里面的，大多是靠苦力吃饭的穷人。房子没有了，他们就无处去住。北京的冬天，冰天雪地。被驱赶的百姓扶老携幼，再被恶狗一样的兵丁驱逐，饥寒交迫，大片大片地死在了护城河边……

金纯也是穷苦人出身，知道百姓的疾苦。不对百姓强拆驱赶，是不忠；逼百姓走向绝路，又于心不忍。金纯进退维谷，渐生逃避之念。

还有一件事情，更是让金纯心灰意冷。

成祖对金纯如此器重，金纯诚惶诚恐战战兢兢，对于如此高官厚禄，自然是心满意足感谢皇恩了。

未曾逆料到的是，女人的野心要比男人大得多。夫人尤碧珠儿是跟着金纯一起来到北平的，依照金纯的想法，两个人夫唱妇随，安安稳稳地过着荣华富贵的日子，便是最大的修行与福报。可是碧珠儿却不这样想，她原本是个爱玩好动的女人，广泛交际是她与生俱来的本事。成祖迁都北平之后，碧珠儿便成了皇次子朱高煦的门上常客。

朱高煦文武兼备仪表堂堂风流倜傥，碧珠儿姿容娇艳聪颖乖巧伶俐剔透，两个人一见钟情暗生爱慕。朱高煦是个有野心的人，他看不起肥胖蠢钝的哥哥朱高炽，一心欲取而代之。碧珠儿攀上朱高煦这棵大树，也忘乎所以不知天高海阔。一个想黄袍加身，一个要母仪天下。

金纯发现了妻子与朱高煦的私情，自然痛苦万分怒不可遏。可是面对着皇次子，他亦无可奈何。又见官场上钩心斗角相互倾轧，太子皇子之间刀光剑影必有一场血战。思虑良久，觉得夫妻之情原来是镜花水月，高官骏马亦是虚幻泡影，顿觉世无可恋，遂生遁世之心。

此时，姚广孝已经坐化归西，供进了明祖庙。金纯向永乐帝辞了官，上了栖霞山。金纯自视清高，不拜师受戒，也不与俗僧为伍。每天日出之时，他便登上栖霞山顶，念的是佛家经典，练的是道家功夫。面对红日，虔诚吟诵，吐故纳新。日日如此，风雨无阻。

一天早晨，金纯正在对着日出吐纳练气，忽然听到背后有笑声。回首一看，一位老僧端坐在一块青石上。老僧面目慈祥，神态安宁，气度非凡。金纯躬身施礼，未识长老上下？

老僧说，贫僧法名所信。

金纯问，长老何时到此？

天明时即到。

从何而来？

西域而来。

去往何处？

去往五台山。

到此有何贵干？

老僧见你终日在此练功修行，很是用心。可惜啊，你仍难逃脱轮回之苦。

长老有何见教？

敢问道者，是金碧峰否？

长老怎知在下是金碧峰？

达摩指示我，栖霞山上有一似僧非僧，似道非道之俗装者，乃金碧峰，为西域菩提转世。现立于迷途之中，命我前来指点迷津。

金纯闻说，急忙跪下叩首，请长老指引真途。

老僧说，你前往五台山皈依佛门，便可修成正果。

金纯抬起头来，刚要问询详要，老僧却不见了踪影。金纯起身四下张望，群山莽莽，如巨澜倒海。旭日东升，霞光万道，一缕天籁之音，自天外飘来。金纯顿时醒悟，长老非为凡僧，乃达摩佛祖之化身。

金纯来到五台山上，拜在禅宗临济派三十六世鹅头禅师门下，取名清源，隐于北台之紫霞洞内修炼。

一连数年，金纯一边修炼，一遍著书立说。忽一日，小僧进来通报，说门外有三位先生求见。

金纯出来一看，原来是应天府会试时的同年：福建连江人林山，浙江海宁人陈震，杭州人潘海轩。

三个人留在了北台山上，在金纯的指引下修行练功，如此又过了数年。

金碧峰先后收了林山和陈震二位弟子，林山赐道号净修，陈震赐道号净觉，却一直没有收潘海轩。潘海轩颇为不解，金碧峰说，你俗缘深厚，非一时一世可断，你的子孙还有一番大事业要做。所以你要回去经营家业，娶妻生子，瓜瓞延绵，荫庇后世。临行前，金碧峰送给潘海轩一枚金锁，告诉他，金锁里面有一达摩佛祖雕像，乃为沉香奇楠所雕，要好生收藏。

潘海轩告别金碧峰下山了，林山、陈震留在了紫霞洞内与金碧峰一起修行。

如此又过了数年，一日，金碧峰召林山、陈震二弟子近前，对他们说，吾俗缘已满，即要脱凡西去，未来有一名罗清者到此，特留下遗著和偈语，授予尔等及罗清。

初祖始来没字传
神光中土有遗言
宗分南北皆归正
道无东西一教行
隐于深山十余载
潜心古洞悟参禅
有缘人受有缘法
师弟相间不计年

金碧峰将偈语念完，便闭目圆寂了。

那一夜的暴风雨来得异常迅猛，奔流咆哮腾空而起，将满江的激流搅上天空，又从天空中扑洒下来。一时间，打乱了天地间上下左右的秩序。不知道风雨是从地上掀起的，还是从空中劈泼下来的。霹雳和闪电也像是从地心深处喷发出来的，像一个个巨型火蛋砸在天庭上，又从天庭上掉在了漕船的甲板上，几乎将船炸得粉碎。天狂地怒，诸神疯狂，大地万物生民更加显得弱小和绝望。

潘清却兴奋起来。

多年以来，他当家安清帮，终日漂泊在漕船上，患了严重的失眠症。无论在岸上或船上，他整夜整夜地睡不着觉。也无论多累多乏甚或多困，只要把自己放平，脑袋挨上了枕头，便睡意全无。

失眠的痛苦只有失眠的人才能体味到，说痛不欲生毫不夸张。正常的人该睡则睡，该醒则醒，可是失眠的人该睡却睡不着。睡不着觉在床上翻来覆去地折饼，心里烦躁得像是长满了草，草越长越多，越长越旺，越长越杂。所有的草都堆积在心里，有清香的，有恶臭的，有嫩叶的，有毛刺儿的，乱乱糟糟纠缠在一起，像牛羊一样地反刍。越睡不着越烦，越烦越睡不着。稍稍有点儿睡意，便格外珍惜，越珍惜越容易破碎。一点儿微小的动静，哪怕是嗓子痒了想咳嗽一下，便会将那点儿可怜的睡意赶跑。没有办法，人患了失眠症就是魔鬼缠身，除了神力，没有人能摆脱。躺在床上发狠，恨不得掉下个铁锚将自己的脑袋砸烂。也恨不得天翻地覆，将自己这讨厌的肉身和世界一起毁灭。

现在，潘清的祈盼果然来了，天翻地覆，世界末日，万千魔鬼从地狱里冲杀出来，要将天上人间齐刷刷地毁灭干净。一个接一个轰隆隆的炸雷都砸在了潘清的身上，一道接一道冲天入地的闪电都在潘清的肉体上燃烧。潘清突然神清气爽，披衣下床，走出船舱，兴奋地站立在风雨之前。望着毁灭前的混乱，他激动得想蹦想跳想高声叫喊。污浊的世界能够如此寂灭，苦难的人生能够如此解脱，那将是多么痛快淋漓的壮举啊！

脚下有小东西在蠕动，一二三四，八只小眼睛在滴溜溜地看着他，像是在求救，又像是在求宠。是什么呢？江豚，又不像，哦，四只小兔子。船上怎么会有小兔子呢，总不会是从江里爬出来的吧……

风平浪静，红日又从江心里跳了出来。雨后初晴，江面、天空都显得洁净透亮，重新冲洗过的太阳也是格外耀眼。潘清站在船头上，有些晃眼，故而有些眩晕。昨夜的疾风暴雨连一点儿痕迹都没有留下，平静的江面上波光粼粼，远处有白帆移动，耳旁依稀有桨声橹声，吱吱嘎嘎，像小兔子的叫声。咦，那四只小兔子呢？潘清低头看看脚下，自己却在床上。什么时候上的床，难道自己睡着了？难道昨晚的一切都是梦境？不会的，他不会睡得这么踏实的，更不会做这么完整的梦。

王伊走到他的床边，说发现了一条船。

滚滚滔滔万里长江，发现一条船有什么奇怪的。

是一条无人的船。

无人的船也说不定，昨夜那么狂烈的风雨，会有船脱锚断缆的，自然会漂泊在水面上。

那条船很大，很奇怪，像是从远处漂来的。

哦，船里装着什么？

满船的香末。

潘清腾地坐起来，船上没有人吗？

连个人影儿都没有。

他们来到了那条船上。船确实很大，跟他们漕运的头船差不多。船舱里都是大大小小的箱子，摆放得整整齐齐。船舱里散发着浓郁的香气，这些香气无疑是从那些箱子里钻出来的。有两只箱子已经打开了，潘清蹲在其中一只箱子旁边，仔细察看着箱子里的东西。这些东西都用草纸包裹着，白如冰雪，颗粒状，散发着清凉的香气，还有淡淡的苦味儿。人闻之，即可觉得神清气爽，入心入肺。

王伊说，这是龙脑香，也叫羯婆罗香，它的香膏叫婆律香。

潘清抬头看了看王伊，这么说是外国货？

王伊说，西方婆利国有一种树，高八九丈，粗有两三个人合抱。这种树像松树，又像杉树，有肥有瘦。肥者生龙脑香，瘦者生婆律香膏。龙脑香和婆律香膏都是生在树心之中，砍倒树木，将树干劈开，树脂便会从纹理中流出来……

王伊将龙脑香说得头头是道，潘清认真地听着。

他们又凑在另一只箱子旁边，里面是黑乎乎的碎木块儿，大如核桃，小如樱桃。潘清拿起一块闻了闻，香气浓郁，熏得鼻孔发痒。

王伊说，这是熏陆香，也叫乳香。

潘清问，不用说，也是外国货了？

王伊说，这种香产于大食国。

潘清笑了笑。

王伊说，在大食国的深山幽谷中，生长着一种树。山民用刀将树皮砍破，树脂便顺着伤口流下来。这些树脂凝结成香，聚积成块。山民把这些香块儿用大象运到三佛齐国，三佛齐国的商人又用船运到广州交易。

潘清认真地听着。

王伊说，熏陆香品类不同，上品又大又圆，像女人的乳头，故称为乳香。次一点儿的是拣香，再次一点儿的是瓶香。瓶香是收集时放入瓶中的。次于瓶香的为袋香，是用袋子收集的。次于袋香的叫乳塌，再次一点儿叫黑塌……

潘清站起身来，久久地看着王伊。

王伊有点儿摸不着头脑了，呆呆地望着潘清。

潘清说，你怎么对香料这么门儿清？

王伊说，行家不叫香料，叫香末。

潘清说，这么说，你是个行家？

王伊说，一知半解，算个力笨儿吧。

潘清笑了，这还算一知半解，把我都说蒙了。

王伊说，您是知道的，粮米帮的漕船上是允许带一些土宜的，我一直担任着头舵，定量为三石。别人都带些丝绸瓷器茶叶什么的，我带的是香末，比别人多卖三五倍的价钱。

潘清问，你的香末到哪儿卖？卖给谁？

王伊说，到通州再卖，卖给哪王庙的蒙嘎拉大喇嘛。

潘清心里一动，这么说，这船香末有销路了？

王伊说，现成的销路，您就等着点银子吧。

运去黄金失色，时来铁也生光。运交华盖，做任何事情都顺风顺水，随心所欲。潘清和王伊雇用了几名技术高超的水手，驾驶着那条装满香末的无人船，扬帆破浪来到了通州漕运码头。船靠岸之后，潘清看守着船只，王伊上岸去寻找蒙嘎拉大喇嘛。

哪王庙不但是口外最大的丛林，而且是蒙古地区实力雄厚的商家。他们主要是做香生意，从西域南海运来的香末，除了供应皇宫外，主要是供给各大寺院。寺院用这些香末制成熏香、和香、坨香、线香，再卖给别的寺院及香客，还有普通百姓人家的用度。这是一笔利润可观的生意，要资金，要技术，还要地盘。

哪王庙为了生意方便，在通州城东北十余里处买了几千亩地，建起了一个庄子，盖起了许多宽阔的大院房舍。土地出租给附近的农户，房舍却用来制香和储存香末。久而久之，这座庄子便被称为喇嘛庄。每到香船南来的时候，蒙嘎拉大喇嘛都要到喇嘛庄来住些时日，亲自处理买进卖出及运输事宜。

潘清他们的香末船是七月末到达通州的，正是香末生意最合时宜的日子。

令潘清大感意外的是，蒙嘎拉大喇嘛是带着四位小喇嘛来的。大喇嘛出行，带着小喇嘛本无甚异常，只是这四个小喇嘛非同寻常。年纪很轻，十四五岁，个个明眸皓齿，冰肌玉骨，脸蛋儿鲜嫩水润，吹弹即破。说出话来，也是莺声燕语，呢喃娇嫩。

潘清悄声问，莫非这几个小喇嘛是女孩儿？

王伊说，您说对了，她们不是小喇嘛，是小觉姆。

是小尼姑？

相当于我们内地的比丘尼。

四个小觉姆搀扶着蒙嘎拉大喇嘛上了船，潘清和王伊急忙上前迎接施礼。

蒙嘎拉大喇嘛是个豪爽痛快的人，寒暄了几句之后，便急着要看香末。

王伊在前，潘清陪着蒙嘎拉大喇嘛，后面是四个如花似玉的小觉姆。

他们来到了船舱，在码放得整整齐齐的箱子之中转了一遍。蒙嘎拉大喇嘛真是行家，只这么一看一闻，便知道箱子里装的是什么货，每样货有多少。直到这个时候，他才把四个小觉姆介绍给潘清和王伊，她们分别是沉香、檀香、龙涎、麝香。

不愧是做香生意的，连伙计的名字都是香名。

蒙嘎拉大喇嘛说，制香如制药，讲究的是君臣佐使，上药一百二十种为君，主养命；中药一百二十种为臣，主养性；下药一百二十种为佐使，主治病。而制香呢，上中下所需也有三四百种，但为君之位者，只有四种，即沉檀龙麝。沉是沉香，檀是檀香，龙是龙涎，麝是麝香。

潘清有点儿震惊，没想到香的学问有这么大。蒙嘎拉大喇嘛一定多发慈悲，不吝赐教。

蒙嘎拉大喇嘛说，那么……咱就从沉香看起吧。您让我讲讲香的学问，惭愧了。

潘清忙说，大喇嘛，您是行家，我们孤陋寡闻，纯属门外汉。

蒙嘎拉大喇嘛对四个小觉姆说，那好吧，你们在看香的时候，不妨多说两句，卖弄卖弄，让两位先生开开心。

四个小觉姆齐声答应着，声音婉转娇媚，令人心弦乱颤。

蒙嘎拉大喇嘛说，先从沉香开始吧。

那个叫作沉香的小觉姆缓步来到一排箱子面前，几个小觉姆一起动手，把箱子搬下来，在地上摆成一排。

沉香小觉姆打开一只箱子，从里面拿出一款香木，对蒙嘎拉大喇嘛说，师父，这是水沉香。

蒙嘎拉大喇嘛指了指潘清和王伊，沉香转身鞠了一躬，谦逊地说，让二位先生见笑了。这块黑色的香是角沉，属于水沉香。

蒙嘎拉大喇嘛说，你还是从头讲讲吧。

沉香小觉姆点了点头，娓娓说道，放入水中沉入水底的，叫水沉香；放入水中半浮半沉的，称为栈香；漂浮在水面的，称为黄熟。沉香产自香树。香树，交趾人称蜜香树。梵书称沉香为阿迦嚧香。香树分泌的树脂结成沉香，分为四种：香树自然病变后分泌树脂所结的香，是熟结；刀斧斫砍后，伤口渗出的树脂所结的香，是生结；枝干朽落过程中树脂所结的香，是脱落；树虫菌类对树木的蛀蚀所结的香，是虫漏。生结是沉香的上品，熟结次之。以颜色区分：质地坚硬的黑色沉香为上品，黄色次之。上品包括角沉、黄沉、蜡沉和革沉。角沉为黑色，质地坚润；黄沉为黄色，质地温润；蜡沉较柔韧；革沉纹理纵横。香木遇水而结香，山民进入山中，用斧头将弯曲的树干和倾斜的树枝砍掉，使树木形成伤口，再经过雨水多年的浸渍，凝结成香。山民把它锯下来，刮去上面的白痂，香已经结成斑点状，即鹧鸪斑。依附在树皮上凝结成的香，称为青桂。埋在土壤中多年，结成薄片儿香，称为龙鳞，用刀削过自己会卷起来，咀嚼起来有柔韧的香，称为黄蜡沉，这种香尤为难得。交趾蜜香树所产的香，亦有所不同。树心和骨节坚硬且呈黑色者，为沉香；置于水中与水面持平者，为鸡骨香；枝杈腐烂生成的香为青桂香；果实和花朵结成的香是鸡舌香，这是珍奇香品中的根本。品质上乘的香出自海南黎峒，又名土沉香，像牛角、附子、芝菌、茅竹叶，皆为佳品。本地人用牛和黎人与香民换香，一头牛或一个黎人换一担香。换回的香再挑选分类，其中沉水香还不到十之一二……

沉香不停地从箱子里拿出样品，耐心地讲解着，说得头头是道，一发而不可收。

潘清完全蒙了，一块小小的沉香，却有这么大的学问，这么多的故事。尤为难能可贵的是，小小的沉香小觉姆，谈起香来如数家珍，清晰透彻。这得下多大的功夫啊，不不，不是功夫，不仅仅是功夫，是天赋，如此冰雪聪慧又如此神姿仙态，非神人所能及也……

沉香小觉姆与众人一起说香品香，蒙嘎拉大喇嘛却在后面仔细检查着鉴别着。他拿着一块奇楠，走到潘清面前，打断了沉香小觉姆，问潘清，先生身上有什么香饰吗？

潘清不解，香饰？

蒙嘎拉大喇嘛说，譬如香囊，或者香木手把件挂件什么的？

潘清突然醒悟了，哦，有的有的……说着，他解开衣领扣，掏出一把挂在脖子上的金锁。

蒙嘎拉大喇嘛接过金锁，仔细察看着，又放在鼻子下面闻了闻，这里面有一个雕件？

潘清说，上师可以打开看看。

蒙嘎拉大喇嘛打开金锁，从里面取出一个花生米大小的雕件，对着阳光观看起来。

潘清说，这是我高祖传下来的。

蒙嘎拉大喇嘛问，你知道这是什么吗？

潘清说，是达摩佛祖的雕像。

蒙嘎拉大喇嘛又问，知道是什么雕刻的吗？

潘清摇了摇头。

蒙嘎拉大喇嘛把达摩佛祖雕像交给沉香小觉姆。

沉香小觉姆看了看，说，这是奇楠雕刻的。奇楠是沉香中的极品，就是现在的价钱，一两奇楠，也要三千两银子。

潘清听后，倒吸了一口凉气。他身上戴着一个传家宝，是从曾祖父祖父父亲一代一代传到他这儿的。他知道这是件宝物，世代传承已是无价。果真要论起价来，他一直以为贵重的是那把金锁，没想到金锁里的雕件却贵金锁万倍。

蒙嘎拉大喇嘛把达摩雕像接过来，又对着阳光仔细看了看，问潘清，你是不是总失眠？

潘清忙说，对啊对啊，失眠得很厉害，常常彻夜难眠。

蒙嘎拉大喇嘛问，多长时间了？

潘清说，总有五六年了。

蒙嘎拉大喇嘛点了点头，这就对了。

潘清问，这里有什么不对吗？

蒙嘎拉大喇嘛说，你这金锁进水里了，达摩佛祖一直在水里泡着。佛祖很难受，你能睡得着吗？

潘清恍然大悟。

蒙嘎拉大喇嘛说，今日先看到这儿吧，回去之后，我得替你向佛祖焚香赎罪。

潘清随着蒙嘎拉大喇嘛来到净室，净室里供着释迦牟尼佛祖，香案上五尊香炉，六盏酥油灯。潘清为酥油灯添了灯油，又在香炉上了香，跪在蒲团上叩拜佛祖。

蒙嘎拉大喇嘛将达摩佛祖的雕像放在香炉里面的香灰里，埋好，又在上面插了三炷香。

三天之后，达摩佛祖身上的水汽才能排除干净。

潘清说，要那么久？

蒙嘎拉大喇嘛说，达摩佛祖在水里浸泡得太久了，水汽已经浸到齐楠香木的纹理深处了。

潘清觉得头有些轻，身上也开始绵软起来，脑袋却沉沉的，想躺下。许久许久没有这种感觉了，他像是在茫茫大海中抓住了一只竹筏，将全身都紧紧地贴靠上去，生怕失去。

蒙嘎拉大喇嘛把他引进一间卧房，卧房里干干净净，又凉爽如秋。里面一张大床，床上铺着松软的棉被。他嘱咐潘清，把衣服脱了，舒舒服服地睡上一觉。蒙嘎拉大喇嘛给他放下帷帐，拉上窗帘，便退了出去。

潘清宽衣上床，调整好姿势，躺了下来。虽然睡意浓浓，却还很清醒。他望了望被窗帘遮挡的窗外，太阳已经西沉了，院子里有一棵西府海棠，茂密的海棠叶清晰地印在窗纸上。一切都那么安静和谐，充满了暖洋洋的蜜意柔情。四个鲜鲜嫩嫩的小觉姆同时出现在了他的眼前，说不清是眼睛在笑还是嘴巴在笑，笑得像湖面上一圈儿一圈儿的涟漪……

潘清觉得自己似乎并没有睡，如果睡了，怎么连个梦都没有？好像又睡了，睡得还很沉很沉，沉得连梦都没有做。他睁开眼睛的时候，首先看见的是窗纸上那印着的海棠叶，一片一片的，清晰可数。太阳正在西沉，还是那个位置，难道他真的没有睡？

王伊进来了，师父这一觉睡足了吧？

潘清说，我睡了多久？

王伊问，您说呢？

有一个时辰吗？

一个时辰？哈哈。

你瞧，这不是太阳还没有落山吗？

您知道这是哪天的太阳吗？

莫非……我睡了一天一夜？

王伊将金锁和达摩佛祖雕像递给他，蒙嘎拉大喇嘛说，达摩佛祖身上的水汽已经除去了。

这么说……三天……我难道睡了三天？

第十六章　青卷·午篇

运河开，举子来。

北京的春天短暂得像冬天打了个喷嚏，随着迎春花火一样的燃烧，大运河厚厚的冰层石破天惊地开裂了，大块大块云朵般的冰块顺流追逐，边追逐边融化。还未融化完，第一批漕运的粮船便轰隆隆闯了过来。大运河的云朵又在天上绽开了，帆樯蔽日万艘朝宗，漕运码头刹那间便喧闹起来。

举子们为了春闱会试，云趋鹜赴地赶入京城，翁麒麟却要离去了。

翁宅的大门外停着一辆马车，车上装满了箱子行李，潘灵芝也已经上车等候了。翁麒麟拿起鞭子要跨上车辕，似乎意识到了什么，又放下鞭子回来了。

菱荇在大门里面，她没有出来送主人，这不合规矩。可是她实在是不忍望着他们离去，只是扒着门边看着他们。

翁麒麟回来了，她似乎并不觉得意外，只是转过身，低着头。

翁麒麟说，菱荇，我们走了，这里就交给你了。

菱荇突然转过身，紧紧地抱住了翁麒麟。

翁麒麟试图挣脱开菱荇的搂抱，菱荇却哇地哭了起来。她哭得像个小孩子，很任性地哭，声音大得惊人。

翁麒麟则轻声地劝慰着，不是说好了嘛，这么大的宅子总要留下个人。

菱荇哭着叫喊着，这么大的宅子留下我一个人，你们也放心？

翁麒麟说，不是还有看门的张大爷吗，他会替你守着大门的。

菱荇越发大哭起来，一个聋老头子，守什么大门，天上打雷他都听不见。这空空荡荡的大宅院，孤苦伶仃的，连个能打招呼的人都没有。

翁麒麟说，放心，我们很快就会回来的。

菱荇说，骗人，你骗人，我再不相信你了。结婚这么长时间了，你连小姐碰都没碰过，什么时候才能轮到我……我白等你这么多年了……

翁麒麟觉得菱荇说得很可笑，却笑不出来。一个女孩子能说出如此大胆直白的话，得需要多大的勇气，那渴望得多么迫切啊！

翁麒麟被感动了，他也伸出双臂搂住了菱荇的腰肢，紧紧地抱了抱。

菱荇顿时止住了哭声，扬起脸来看着翁麒麟，眼巴巴地望着，泪水中燃起了腾腾的火苗儿。

翁麒麟将嘴唇贴在她的嘴巴上，菱荇身子软软地瘫了下去，藤萝一样缠在了翁麒麟的身上。

翁麒麟久久地深吻着菱荇，是菱荇紧紧地抱住了他，也是他自己舍不得分开。

最后，菱荇深深地喘了一口气，推开了翁麒麟，老爷，你们走吧，菱荇知足了……

马车顺着运河大堤一路南行，堤岸两旁的垂柳绵绵，柳芽吐黄，柳莺在枝头上穿飞着鸣唱着。运河里云帆旗影，号子声声，一番生机勃勃的太平气象。翁麒麟心境好了许多，能静静地想想心事了。他斜跨在车辕上，不扬鞭也不吆喝，任驾车的马信步由缰。

翁麒麟心里纠结的是，他放弃会试，难道真的是因为他的脑子出了毛病吗？是的，自从出了哪王庙之后，他的脑子常常断片失忆，常常突然间嗅到那股异香。可是，这都是很短暂的，稍纵即逝。凭着他十几年的功夫，他考中进士还是蛮有把握的。可是他放弃了，为什么放弃，他说因为自己的脑子坏了。潘灵芝信了，丹秀信了，后来他自己也信了。

离开通州，他说要回东昌府的，那里有他家的祖宅祖业。他要去养息调理身子，他要去居家过日子，也许还读读书写写字什么的。这些说法，潘灵芝信了，丹秀信了，后来他自己也信了。

能不信吗？不信这些他又能信什么呢？

他信钱金豹，钱金豹说的每一句话都是对的。杀父之仇不能忘，不能因为一个女人就放过仇人。与钱金豹割袍断义他很后悔，又很无奈，他能怎么样呢？把真相告诉潘灵芝，一个柔弱的女人如何能承受这大山一样的灾殃？把真相告诉丹秀，那就一切都完了，不仅仅杀父之仇报不了，自身也会性命难保，还会让丹秀活得不自在。他怀疑许多事情丹秀是知道的，甚至还是参与做的。他答应去找蒋廷锡的门路却没有找，连提都不提了。还有，在文庙的大成殿门外，他为什么落泪？难道他知道翁麒麟不会参加会试了，或者即使参加也不会有好结果。他们为什么会这样呢？

钱金豹眼下在什么地方呢？蓝蝴蝶还跟他在一起吗？蓝蝴蝶的仗

义让他无地自容，他在蓝蝴蝶的眼睛里又变成了不共戴天的读书人。往来哪王庙的路上，他费了多大的气力才赢得蓝蝴蝶的好感和信任啊，这下好了，全砸了，砸得粉碎。但愿蓝蝴蝶能跟钱金豹好起来，能吗？他清清楚楚地明白，蓝蝴蝶是倾心于他的，他也是那么喜爱蓝蝴蝶。他让蓝蝴蝶那么失望，那么鄙视，他的心也碎了。碎得如此污秽，如此不堪。

潘灵芝坐在车篷里，望着前面的道路，也望着翁麒麟的背影，总想说点儿什么，却总也找不到开口的话题。她怎么也想不明白，她与翁麒麟这是怎么了？他们青梅竹马，从两小无猜到倾心相爱，那么贴心，那么亲密。他们无话不说，连不让父母知道的事情都不相瞒，连不对母亲讲的话都对他讲，怎么现在却无话可说了呢？

他们那么期待着结为伉俪，那么热盼着洞房花烛，可是突然间就在他们中间结了一层厚厚的冰，就像北运河的冬天一样。谁是他们的冬天，那刺骨的苦寒从何而来？到底出了什么事情，他们仅仅离开了两个月的时间啊？是翁麒麟变心了吗？他没有理由变心啊！是翁麒麟又爱上了别的女人吗？好像也没有？翁麒麟是个有情有义又风趣幽默的男人，怎么突然间变成了一块沉默的石头？是受了什么刺激吗？就算是遇到了什么灾难和不幸，也不应该瞒着她呀！

马蹄嗒嗒，车轮碾在沙土堤岸上，扬起了淡雾般的烟尘。两个人坐在马车上，各想各的心事，沉默得有些残忍。

凭着一种奇妙的感觉，翁麒麟总觉得他们的后面跟着一个人。这种感觉越来越强烈，他忍不住侧身回头，没看见什么。越是没看见什么越是不安宁，他回过头来跟潘灵芝打着招呼，喂，我说……

不知从什么时候起，他与潘灵芝之间不再称呼对方的名字。这倒不奇怪，无论大户人家还是布衣百姓，夫妻之间是避讳称呼名字的。大户人家的夫妻称老爷夫人，平民百姓则称他爹他娘，是指着孩子称呼的，没有孩子的时候，只能称喂、嗨、我说之类的借词。

潘灵芝“哦”了一声，算是回应了。

翁麒麟放下鞭子，你坐到前面来看着点儿车，我总觉得后面有人跟着咱们，我去看看。

潘灵芝挪到了前面的车辕上坐下来。

翁麒麟溜下了车，躲在路边的一丛紫穗槐后面。

马车继续前行，翁麒麟透过紫穗槐的叶隙，看见后面一个骑毛驴的人过来了。毛驴背上驮着褡裢，褡裢上面坐着个人。褡裢里装着许多小布袋，坐在褡裢上面的人手里拿着一个虎撑子，类似手镯形状的串铃儿。虎撑子不时发出丁零零悦耳的响声，显然这是一个卖药的商贩。卖药的一边赶路，一边鬼鬼祟祟东张西望。这个人五十多岁，留着山羊胡子，脸尖尖的，眼睛发黄，很像只老山羊。这个人怎么这么眼熟呀，好像在哪儿见过，谁呢？

晓行夜宿，在客栈歇息了一夜之后，第二天依然驱车赶路。相比昨天，两个人的话似乎多了一些，相处也自然了许多。潘灵芝说，你说得对，我也觉得后面有人跟着咱们。

翁麒麟说，昨天我看清了，是个干瘦老头儿，卖药的。

我怎么觉得是个年轻的公子呢？

不会的，我看得真真的。

这回你赶着车往前走，我下车看看。

潘灵芝下了车，也学着翁麒麟的样子，躲在路边的紫穗槐后面。

翁麒麟跨在车辕上，心里突然不踏实起来，莫非真的有个公子跟着他们？如此想着，心便跳起来。他顺手拿起放在车厢内的铁箫，吹了起来。几乎想都没想，他便吹起了《苏武牧羊》，嘴里吹着曲子，心里却响起了钱金豹随唱的歌词：

苏武留胡节不辱

雪地又冰天

苦忍十九年

渴饮雪，饥吞毡……

眼前又出现了那个凄冷的夜晚，寒风瑟瑟发抖的小庙，钱金豹那浑厚苍凉的歌声，蓝蝴蝶的到来……

踏踏的马蹄踏碎了他的箫声，寒风变成了暖风。高大的马头，穿着白披风的翩翩公子超越他的马车，闪电般地呼啸而过。还没容他抬头观看，啪的一声，一件东西落在他的怀里，捡起来一看，是一朵蓝色的蝴蝶绢花。

潘灵芝在后面喊着，等等我，你倒是等等我啊……

翁麒麟急忙把绢花藏在怀里，停住了车。

潘灵芝气喘吁吁地跑来，边往车上爬，边说，我看清了，是一位骑马的公子，跑到咱前面去了……

一连好几天了，胖丫头菱荇都无法踏踏实实地入睡。她不是胆小的人，可是守着这么一个大宅院心里还是发毛。说不清为什么发毛，总觉得前后院落的每个房间里都有人或者什么活着的东西，譬如狐狸、刺猬、黄鼠狼什么的。她竖起耳朵，总能听见来自各个角落的乱七八糟的动静。管他呢，睡觉。她越是这样嘱咐自己，越是无法平静，任何一个声音都能激发起她无限的想象。有人翻墙越脊进了院子，有人伏在屋顶上，有人在撬门，有人……

还真的有人，她分明听见了敲门声，还有人说话的声音。什么人，这么晚了。她知道前院住着张大爷，可是张大爷是个聋子，打雷都听不见，跟她说话扯开嗓子喊都不行，主要靠比画，靠猜测。

敲门声和说话声是从前院传过来的，她不能指望着张大爷。丹秀也是，找个看门的还是聋子，这不是耽误事吗？

菱荇穿好了衣服，悄悄地出了屋门，蹑手蹑脚地朝前院走去。前院的西厢房里亮着灯光，透过窗户纸，能看见屋子里晃动的人影儿。她知道张大爷住在那里，莫非张大爷还没有睡？似乎还有说话声，张大爷可真逗，耳朵聋还爱说话，没人跟他说便自说自话，魔怔似的。

出于好奇，菱荇顺着墙根朝窗口蹭过去。不对，不是张大爷在自说自话，说话的不是一个人。张大爷有客人来，这么晚了张大爷还待客？

菱荇靠近窗户，用手指蘸了点儿唾沫，在窗户纸上捅了个洞，把一只眼睛靠近洞边。

菱荇大吃一惊。

张大爷的屋里有三个人，炕上一张小桌，桌上摆着几个酒菜，张大爷正陪着两个客人喝酒。

让菱荇吃惊的不是张大爷屋里有人，而是张大爷根本就不是一个聋子。他与那两个人说话，声音并不高，有时候还故意把声音低下来，近乎耳语。天啊，原来张大爷的聋子是装的，搞的什么鬼？

搞鬼的人说的一定是鬼话，他们在说什么？

张大爷说，张总督有命令，翁麒麟是万万不能伤害的，我到这儿来，是监看着他，更主要的是保护他。无论是谁，绝对不能伤害翁少爷。

来者说，老张头儿，你也太死心眼儿了，张总督说不能伤害翁麒麟，是你不能伤害，又没说不让我们伤害。

张大爷说，谁也不能伤害，这是张总督向潘师祖保证过的。你们当兵的就知道杀伐痛快，坏了大事张总督是饶不了你们的。

来者说，翁麒麟不是翁岩的儿子吗？翁岩都让我们杀死了，不斩草除根，难道留着他为父报仇吗？

张大爷说，你只知道翁麒麟是翁岩的儿子，知道他岳父是谁吗？

来者说，他岳父是谁？

张大爷说，就是潘清潘师祖。

来者"哦"了一声，哎呀，幸亏你今天提醒一句，差点儿让我们铸成大错。

张大爷问，怎么？你已经派出人去了？

来者说，放心，我派出的人只是跟着翁麒麟，没有我的命令不会动手的。

张大爷说，你赶紧再派人叮嘱一下，万万不能做出蠢事。

来者又问，钱金豹呢？他没跟翁麒麟在一起吗？

张大爷说，我来的时候，就没见到过钱金豹。听丹秀念叨，好像翁麒麟和钱金豹吵架了，钱金豹离开了通州。

来者问，离开通州他去了哪儿?

张大爷说，不清楚，我也不方便打听，他们都知道我是个聋子，谁都不大跟我说话。

窗外的菱荇听见这些，急忙蹲下身子，顺着窗根退了出来，又匆忙朝后院跑去。

天呀，原来张大爷是漕运总督张大有派来的卧底，前来找张大爷的人竟然是杀害翁伯伯的凶手，更要命的是，他们还在追杀翁麒麟和钱金豹。丹秀知道这些吗?潘老爷知道这些吗?

翁麒麟危险，小姐也危险。菱荇做出了一个果断的决定，马上去追赶翁麒麟和小姐，要把这个重要的情况告诉他们……

此刻，翁麒麟和潘灵芝已经在一个小客栈里住了下来。这里是直隶清河县境内的一个沿河小镇，住房建筑非常独特，家家户户的屋顶都是平的，没有屋脊。据当地人说，此地多种植棉花，这种屋顶主要是晾晒棉花方便。到了秋日棉花采摘季节，全村的屋顶一片洁白，像是把漫天的云朵都铺盖在了大地上，甚是壮观。

眼下是初夏季节，天气已经开始炎热起来，屋顶成了村民纳凉的场所。许多家庭在屋顶上铺上凉席，或者干脆打扫一下，直接睡在了屋顶上。

睡在屋顶上没有睡意便闲聊起来。不是家人之间聊天，是邻居相互躺着聊。村民的宅院都不大，房屋挨着房屋，各家的屋顶连成一铺大炕，几户人家都可以互相照应。这里还有一个风俗，男人和已婚女人到了夏天都打赤膊，睡觉的时候更是如此。有的人聊得尽情便坐起来或站起来，光着膀子交谈或调笑，难免粗言秽语，荤素成趣。

潘灵芝见不得这些，在屋顶上坐了一会儿便回屋睡觉去了。翁麒麟倒是蛮有兴致，他们所住的客栈离邻居都较远，便独自欣赏起了这清凉的夏夜。兴之所至，他拿起铁箫吹了起来。他吹的是名曲《良宵》，此景此情此曲，完美地契合融会，他的心里也随之震颤起来。贴在胸口上的那朵蓝色的蝴蝶，也在轻轻扇动着翅膀，搔着他的心，他的心躁动起来，又痒又痛。

这种又痒又痛被骚扰的感觉是从蓝蝴蝶离开他开始的。犹如记忆蓦然逃离他的脑子一样，灵魂也会逃离躯体的。记忆是被梦哈拉古拉胡胡吉带走的，而灵魂则是被蓝蝴蝶带走的。是的，他的灵魂被蓝蝴蝶占据了，或者说灵魂本身已经成了蓝蝴蝶。那么在遇见蓝蝴蝶之前呢？潘灵芝算是他的灵魂吗？不，不，应该不是。潘灵芝是他的骨肉，是他的亲人，但不是他的灵魂，他的灵魂是属于蓝蝴蝶的。

说不清楚是从什么时候开始的，蓝蝴蝶对于他是如此重要。如果说缘分，潘灵芝是父母安排的，而蓝蝴蝶是他自己选择的，是命运安排的。在潘灵芝面前，他更多的是扮演哥哥的角色，保护她照顾她满足她的要求就是了；而在蓝蝴蝶面前，他总是全身心地扑上去，与她亲密无间地融合在一起，成为她灵与肉的一部分……

残月如钩，在散乱的繁星中穿行，散发着淡淡的清光，摇动着婆娑的花影树荫。

屋顶上的人渐渐地安静下来，翁麒麟也收起了铁箫，准备回屋歇息。蓦然间，他发现不远处的一株茂密的合欢树上，似乎有一个人影儿。清风吹起，人影儿溶化在甜津津的空气中。他顺着梯子爬下屋顶，没有回屋，向客栈后面的运河边走去……

大运河也静谧地睡去了，漕船安详地停泊在岸边，船桅上的风灯也熄灭了。

翁麒麟顺着运河大堤朝前走去，堤岸上的柳丝轻拂着他的衣襟。前面是一大片芦苇湾，芦芽新叶欢快地舔食着甘露，水鸟在芦根下面安眠。突然，头顶上的柳枝晃动了一下，还没容他多想，一个香软的身躯便挂在了他的脖子上。

他一阵狂喜，顺手将蓝蝴蝶放下来。

蓝蝴蝶却没有松开他，依然紧紧地搂抱着他的脖子。

芦苇湾处有一条小船，翁麒麟上了船，蓝蝴蝶拿起竹篙，轻轻一撑，小船离开了岸边，冲向了芦苇深处。

两只交颈而眠的鹭鸶被惊醒了，慌忙掠着芦尖儿飞逃，见没有什么危险，又贴着双翅回到了它们的缱绻缠绵之处。

小船停在了芦苇湾中间的一块开阔的水面上，蓝蝴蝶放下竹篙坐在了翁麒麟的对面。

翁麒麟迫不及待地问，你不是跟钱金豹走了吗？怎么又回来了？钱金豹呢？

蓝蝴蝶简单地讲了讲她与钱金豹相处的经过，叹息道，我真的受不了他，真的。再让我跟他在一起，我非疯了不可。

钱金豹现在怎么样？

还能怎么样，继续找他的父亲呗。

他一个人乱闯乱撞，到哪儿去找呢？

那就不是我的事了，我本来是真心实意帮助他的，谁知道他是这样的狗脾气。

我这个弟弟，脾气不大好，心眼儿是不坏的。

咱别老说他好不好？我把我知道的都告诉你了。

那就说说你吧，你准备去哪儿？

你怎么也这样没良心，我明明是来找你，你还问我准备去哪儿？

找我？我都不知道我要去哪儿？

你不是要回老家吗？

难道你还跟我回老家？

这有什么不可以。

还真的不可以，你没见我带着媳妇吗？

那我不管，反正你去哪儿我就跟着你去哪儿。

翁麒麟嘿嘿笑了笑，我还没见过这么耍赖的。

蓝蝴蝶说，真正的耍赖还没开始呢。

你还想怎么样？

我想游泳。

想游就游呗，又没有人阻拦你。

我想跟你一起游。

你先下去。

蓝蝴蝶果然站起身来，脱去了外衣长裤，只剩下了短裤和肚兜儿。

短裤和肚兜儿都是大红的，翁麒麟震惊了，蓝蝴蝶的胆子也太大了。

蓝蝴蝶瞪着翁麒麟，你看什么？

翁麒麟的胆子也大起来，当然是看你了。

你不是说，你媳妇在大运河里光着身子洗澡你都不看吗？

你又没有光着身子。

我光着身子你敢看吗？

你敢光我就敢看。

小心打瞎你的眼。

说着，蓝蝴蝶扑通一声跳进了水里，身子蛙一样地展开，钻入水底，又浮出水面……

翁麒麟见了，也立即脱掉身上的长衫长裤，跳进了水里。

蓝蝴蝶见翁麒麟下了水，向着他的脸上猛击了几下水，便钻进水里逃窜了。

翁麒麟从水里钻出来，追上去报复。

两个人击水相攻，嬉笑打闹，惊得眠鸟呼啦啦从苇丛里飞出来。

折腾了好一会儿，两个人都累了，便不约而同地爬上了小船，并肩躺在船舱里喘气。

月牙儿像一条小船在天河里颠簸，两颗小星星在船舱里打闹着嬉笑着，小船顺风顺水，悠悠地向西方的天边划去。

两个人静静地躺着，谁也不说话，动也不动，内心深处却翻卷着惊涛骇浪。

蓝蝴蝶说，你发现没有，这天也是透明的。你看，上面映出了我们的小船，还有你和我……

翁麒麟笑了，嗯，真是的，我看见了你，但是怎么看不见我自己呀？

蓝蝴蝶用胳膊肘撞了他一下，你讨厌啦。

翁麒麟又安静起来，试图让自己放松些，再放松些。

真想让这小船永远这样漂下去。

漂到哪儿？

爱漂哪儿漂哪儿，管他海角还是天边。

等我报了仇，就为你买一只小船，任凭你漂到哪儿都行。

不行，到时候你得跟我走。

去哪儿？

蒙古。

还去哪王庙？

蓝蝴蝶说，呼伦贝尔大草原。那草原啊，你没去过，那个大呀，你会觉得它比天还大，它的边际伸展到天边，还往外伸展，一直伸展到天边之外……你再看草原上的蓝天，你见过大海吗？比大海宽阔多了，世界上所有的大海连在一起，还是在蓝天下面。这么说吧，呼伦贝尔大草原有多大，那草原上的天空就有多大。而且那天蓝得呀，像水洗过的一样干净。那蓝天下的白云，就像是一块块专门擦拭天空的白绫子。那草原上的马呀，还有马背上小伙子和姑娘们的歌声……你真的不知道有多么美……

翁麒麟顺着蓝蝴蝶的描述想象着，不由得说，好，那我们就去呼伦贝尔大草原，每人骑一匹骏马，在草原上像鹰一样地飞翔……

蓝蝴蝶说，不，我们骑一匹马。我骑在前面，你在后面搂着我。

翁麒麟说，好，就依着你。

我现在就想。

想什么？

想骑马。

哪儿来的马？

我就是马，我当你的马，快骑上来，我要带你飞上天去……

蓝蝴蝶的声音颤抖了，浑身也剧烈地颤动起来。

翁麒麟腾地翻身压在了蓝蝴蝶的身上，两个人相互搂抱着、亲吻着、撕扯着对方的短裤……

狂风骤起，巨浪冲天。小船在惊涛骇浪中颠簸着，冲上了天空，又沉到了水底；一声惊呼，小船又从水底中奇迹般地冲上来，向着更高的浪尖儿呼啸……

如船的残月羞愧地潜入了天河的一角。

翁麒麟和蓝蝴蝶弃舟登岸，顿时僵住了。

岸边的一棵枯木桩上，坐着潘灵芝。

蓝蝴蝶轻声地说，你媳妇找你来了，快去吧。

翁麒麟没动。

蓝蝴蝶却打着口哨扬长而去。

翁麒麟走近潘灵芝，你怎么来了？

潘灵芝冷冷地问，她是谁？

翁麒麟说，你不是都看见了吗？

潘灵芝高声说，我问你她是谁？

翁麒麟说，她不就是那个骑马的公子吗？

潘灵芝说，她不是公子，她是女人。

翁麒麟说，没错，她是女人。

潘灵芝带着哭腔说，我明白了，全明白了，怪不得结婚这么多天了，你碰都不碰我一下，原来你在外面有女人了……你们早就认识了，是不是？

翁麒麟不知道该怎么跟潘灵芝说，也说不清楚。

潘灵芝起身跑了，哭声撕破了这寂静的黑夜，东方露出了鱼肚白。

菱荇沿着运河大堤踉踉跄跄地走着，她的两只脚上都打了泡，双腿也像断了筋骨般地疼痛。她走不动了，还是咬着牙坚持着朝前走。她要尽快找到翁麒麟，漕运总督张大有的漕标兵要杀他，她必须救他的命。

菱荇是跟着潘灵芝从杭州搭船来到通州的，一路上经过许多城市和乡村，她记住了一些。她知道翁少爷和潘小姐是回东昌府的，她知道东昌府就在运河边上，只要沿着运河大堤走，就一定能到东昌府。

菱荇临出门的时候，并没有告诉张大爷自己的行踪，只是说翁少爷嘱咐过，要去通州城里给朋友送点儿东西。她背了一个小包袱，小包袱里有几件她换洗的衣服。翁麒麟夫妇临走的时候，给她留下了一些银票和零钱。这些银子过日子是足够了，可是她要上路就需要省着花了。住宿吃饭都要钱，都是听起来很吓人的数字。她尽可能住小店，吃小馆子，能省一文是一文，谁知道什么时候能找到翁少爷呢？

受苦受累忍饥挨冻她都不怕，她是苦水里泡大的孩子，什么苦都吃过。父母是黄河边上的农民，靠租种几亩薄田养家糊口。她三岁的时候，妈妈跟着一个走村串巷锢漏锅的跑了。妈妈实在是穷怕了饿怕了，为了混口饱饭丢下了她和父亲。父亲是个老实得有点儿窝囊的庄稼人，除了种地什么本事都没有。后来有人给父亲带来一个女人，那个女人又高又壮又黑又凶，说话的声音比老爷们儿还粗。她不知道父亲为什么看上了这么一个女人，整个就是一个黑熊外婆。她听妈妈讲过黑熊外婆的故事，把小孩儿的手指当胡萝卜吃。每到夜里她不好好睡觉的时候，妈妈就吓唬她说，黑熊外婆来了。

黑熊外婆果然可怕，到了她家便称王称霸。父亲本来就窝囊，在黑熊外婆面前连个大气都不敢出。黑熊外婆每天都让她干许多活儿，叠被子扫地，喂猪喂鸡，挖野菜拾柴火。妈妈在的时候，从来不让她干这些。她不会干，干不好就挨打。黑熊外婆的熊掌打在她的身上脸上脑袋上，生疼生疼的，她的劲儿也太大了。她不但挨打，还挨饿。黑熊外婆常常不让她吃饭，不管她做错了什么还是没做错什么，说不让她吃饭就不让她吃饭。没过多久，黑熊外婆生了个熊崽子，她要干的活儿更多了。给熊崽子洗屁股洗尿布，还要抱着熊崽子玩。无论熊崽子因为什么哭，那黑乎乎的熊掌肯定落在她的身上……

黑熊外婆不在的时候，她跟父亲哭诉自己的委屈，可是父亲连句安慰的话都不会说，这让她觉得无依无靠。

就这样，她在黑熊外婆的虐待下长到了七岁，尽管苦累饿冻都经历了，还是出落得水灵灵的，算是个漂亮的女孩儿了。那年夏天闹洪水，父亲被征派到运河护堤，整日整夜不回家。村里来了个收小孩儿的，专门收购女孩儿，说要卖到扬州培养瘦马的。那个收小孩儿的秃子看上了她，答应给黑熊外婆十两银子。十两银子对于小门小户的农家可是一笔不小的财富，黑熊外婆当时就同意了，也不跟父亲商量，立马在一张纸上摁下了手印，捧起了人家送给她的两个小元宝。

这一切都没有瞒着她，黑熊外婆也太霸道了。秃头贩子说第二天一早就带她走，让黑熊外婆好好给她洗洗澡，换件干净的衣服。

她趁着黑熊外婆奶孩子的工夫逃跑了，她跑到运河大堤上找父亲，没有找到，又不敢回家，就沿着运河大堤朝前走去，跟眼下一样。不同的是，她眼下知道要到哪里去，当时不知道能走到什么地方。直到走到一个叫作无锡的城里，她累得走不动，饿得两只眼睛冒金星儿。她有点儿后悔了，还不如跟着收小孩儿的走了呢，跟着人家走至少不会挨饿的。她问人家哪儿有卖小孩儿的，有人带着她来到了无锡南长街的人市。人市上确实有卖小孩儿的，也有卖女人的。人家都是父母或亲戚卖小孩儿，她呢，没有人卖她，只有自己卖自己。她也学着样子，在脑袋上插了一根草标。不少人看见了，看了看她就笑一下走了。都以为她是闹着玩的，可她是认真的。

终于来了两个年轻人，后来菱荇才知道，他们是安清帮大名鼎鼎的姚发和丹秀。两个人是到无锡采办土宜的，闲来无事到人市上遛遛。见到一个小姑娘自卖自身，很好奇，丹秀便问，你要多少钱？

她想到了秃头贩子给黑熊外婆的价钱，便说，十两银子行吗？

丹秀笑了，你还挺懂行市，你卖了钱给谁呀？

她说，我谁都不给，自己拿着。

姚发也来了兴致，问，你一个小孩儿，要这么多钱干什么？

她说，有钱还愁花？我总得吃饭吧？总得买点儿衣服吧？我还想买个小镜子。

姚发说，我把你买走，管吃管穿，小镜子也白送给你，什么钱都不需要花。

她说，要是那样，我就要几个大制钱儿。

姚发说，你要大制钱儿干什么？

她说，别家的孩子都有点儿零花钱，我也要有点儿，就是不花，藏在身上，心里踏实脸上有光。

姚发说，我把你买回去，经常给你零花钱。

她说，那我就不要了。

丹秀笑起来，我问你，把你买回去，给我家小姐当丫鬟你干不干？

她说，挨打吗？

丹秀说，我家小姐不会打人。

她说，挨饿吗？

丹秀说，家里有的是饭，你随便吃。

她说，那我再要个金耳坠儿行吗？

丹秀伸手摘掉她头上的草标，成交。

就这样，潘灵芝十二岁生日的时候，姚发和丹秀把她作为生日的礼物送给了潘灵芝。

菱荇没日没夜地赶路，说也奇怪，走过几天之后，腿不疼了，身上不累了，脚上的泡也结成了茧子。两条腿越走越有劲儿，可以一天走百十里路了。人是地上仙，十天走一千嘛。

这一天来到了吴桥县城，菱荇便走不动了。她走不动不是因为累，而是眼睛不够用了。这里是杂技之乡，整个城市就是一个大演艺场，每条街道都有不同的场子，有钻火圈儿的，有蹬大缸的，有走钢丝的，有变戏法的，有舞狮子的……嚯，眼花缭乱，她见什么喜欢什么，看什么都新奇，生怕有什么落下看不到，便一路飞跑起来。边跑边看，太好玩的便停下来看。人多的地方就挤进人群里看。

在一个耍花枪的场子里她看得入了迷，耍花枪的是一个比她大不了多少的小伙子，长得真是精神利索。一条长枪在他身上翻飞旋转，如长蛇，如闪电，如绳儿如圈儿如环儿，真是神了。她看得眼睛都直了，忍不住跟着别人叫起好来。突然，她肩膀被人猛地拽了一下，险些摔倒。转过身来，原来肩上的包袱被人抢走了。她急忙挤出人群，叫喊着，抓贼啊，贼抢了我的包袱……

两个小毛贼在前面跑，她在后面死死地追着，边追边喊，抓贼啊……

小毛贼拐进了一个胡同，又三拐两拐，不见了。

她急得哭了起来。

突然，面前出现了一个年轻人，手里拎着她被抢走的包袱，递给了她，看看，丢了什么没有？

仔细一看，追回她包袱的原来就是那个耍花枪的小伙子，他是什么时候跑到她的前面去的呢？又是怎样把她的包袱夺回来的呢？

第十七章　青卷·末篇

去沧州投奔强氏四杰，是翁麒麟冥思苦想了一夜之后做出的决定。

本来他是带着潘灵芝回东昌老宅的，潘灵芝给母亲写了信，母亲接到信之后便动身从杭州奔东昌而来。潘母一来，翁麒麟与潘灵芝的关系就更不好处了。蓝蝴蝶的出现，让翁麒麟有了摆脱潘灵芝的理由。不错，是翁麒麟背叛了潘灵芝，潘灵芝一怒之下离开翁麒麟。这是最好的结局，尽管翁麒麟会由此落下不仁不义的罪名，这个罪名他愿意承担。比起为父报仇的大计，这点儿罪名算得了什么。只要潘灵芝能名正言顺地离开他，他就可以向潘清复仇了。

遗憾的是，潘灵芝并没有离开他，连提都没有提。潘灵芝不提，他又不好赶她，人家又没有错。如果他们这样去了东昌府，在潘母面前，还有什么理由分手呀？就算是潘清害死了他的父亲，他也不能辜负潘母的养育之恩。

已经快进入山东界了，他却掉转车头往回奔去。

潘灵芝知道他改变了行进的方向，却不理睬他，问也不问。那架势很明显，反正我是嫁鸡随鸡嫁狗随狗嫁个无赖跟着走了。翁麒麟怕的就是这个，他知道潘灵芝的心被伤害了，但是比起将来要杀死她的父亲，这伤害又算得了什么？

这下可苦了蓝蝴蝶，蓝蝴蝶知道他们要去东昌，便快马加鞭先到了夏津，她想在那里等着他们。等了两天还没见到他们，便知道有变，又打马回程，直到她回到原来翁麒麟住过的沿河客栈，才从老板那里知道他们前往沧州了。

蓝蝴蝶想得没有那么复杂，她从自己跟着钱金豹前往平凉的那一天起，就知道自己不可救药地爱上了翁麒麟。她与钱金豹一起别扭争吵以及最后分手，有钱金豹自身的责任，但是更主要的还是她不想跟钱金豹在一起了，她每日每时地都在想念着翁麒麟。爱上了一个读书人，这简直是荒唐。她背叛了母亲，也背叛了自己。不，她没有背叛自己，只是背叛了认识翁麒麟之前的那个自己。那个自己让她讨厌天下一切读书人，认识翁麒麟之后，她便是除了翁麒麟之外，讨厌天下一切读书人。她走在路上，抬起头来，对着天上的母亲说，娘，您不会怪罪我吧？女人是管不住自己的，当年您不是也因为管不住自己，才献身给那个无情无义的读书人吗？

跨进沧州地界，便不断地听到强氏四杰的名字。翁麒麟真正体会到了什么叫如雷贯耳了。所谓强氏四杰，指的是强永年的四个儿子。强永年乃山东济右帮林堃之高足，自幼习武，慷慨豪义，以保镖为业。翁钱潘揭了皇榜开山领众整饬漕运，强永年的四个儿子都入了安清帮，各自领帮行运。老大强林，法名仁英，统领桐油麻包头帮，驻山东胶州；老二强深，法名仁雄，统领桐油麻包二帮，驻山东郓城；老三强凤，法名仁俊，统领桐油麻包三帮，驻山东成武；老四强魁，法名仁杰，统领桐油麻包四帮，驻山东禹城。强家的大宅院几乎占据了半条街，围绕着主宅左右四座大宅，主宅住着老太爷强永年，大宅分别住着强氏四兄弟。翁麒麟走南闯北，也见过许多大宅门。不同的是，别的大宅门一般都养着恶狗家丁，驱赶着乞丐和过往的穷人。而强氏大宅则迥然不同，无论主宅还是大宅，都大门洞开，来者随便出入。门前既无恶狗亦无恶狗一样的家丁，只有一个门房笑呵呵地迎来送往。更为令人惊异的是，每个宅门的外面，都放着两口大缸，一口缸装着五谷杂粮，一口缸装着面粉。桑梓孤贫需要任意自取，不需告之主人，更不需偿还。

正是漕运繁忙季节，强氏四兄弟都在大运河上领帮行运，翁麒麟直接来到主宅，向门房递上了求见的名帖。不大一会儿，强老太爷披着衣服趿拉着鞋便迎了出来。翁麒麟见了，忙携着潘灵芝上前施礼，没想到强老太爷却躬腿弯腰向翁麒麟施安清大礼。

翁麒麟急忙还礼说，沾祖师爷灵光，强老太爷不必向晚生行礼。

强老太爷说，不能坏了规矩，老朽与小老大差着辈分呢。

翁麒麟说，香头高人不高，香头低人不低。强老太爷在安清帮德高望重，强氏四杰更是名震江湖，令晚生钦佩之至。

强老太爷立即将翁麒麟夫妇迎进内宅，茶叙之后，便命人安排在东跨院住下，晚上又设宴招待，热情周到又大方得体。

强氏主宅的东跨院临着南大街，是沧州城里十分热闹的地方。跨院前面有个小门，可以直通南大街。

安排停当之后，翁麒麟客气地对潘灵芝说，听说沧州城里很是繁华，我陪你去转转吧。

潘灵芝赌着气说，不敢劳您大驾，要转我自己会去。

菱荇又不在，你单身上街多有不便。

那我就不出去，大门不出二门不迈。

我们要在这儿住下来，你不能总是在家闷着吧？

我还没问你呢，你不是说回东昌府吗？到这里来干什么？

翁麒麟沉吟了一下，母亲有信来，她老人家已经到了东昌府，我们这样……该让母亲伤心了。

我们怎样了？没病没伤，她老人家有什么不放心的？

我是说……我们之间的关系，不尴不尬的，还能瞒过母亲的眼睛？

为什么不尴不尬的？你能给我说清楚吗？

你不是都看见了吗？那个骑马的“公子”……

你们确实有私情？

确实有私情！

这样老老实实地承认，总算是个理由。他要离开潘灵芝，总得有个理由。没想到这个理由来得如此及时又如此真实，为了替父报仇必须跟潘灵芝撇开关系，翁麒麟不怕承担抛弃原配的罪名。

潘灵芝问，什么时候开始的？

我到通州之后认识她的，后来又一起去口外玩了一趟。

我就不信了，前后算起来，你们不过认识两三个月的时间，我们可是从小一起长大的。

翁麒麟真诚地说，灵芝，我……对不起你。

潘灵芝说，你真的离不开她了？

翁麒麟狠心地说，离……不开了。

在吴桥为菱荇夺回包袱的年轻人名叫沈良，山东临清人。自幼父母双亡，在大运河沿途流浪。是卖艺的沧州武把式收留了他，并教他刀枪棍棒，带着他一起卖艺讨生活。一年前，师父病亡在卖艺的路上，他将师父安葬在老家之后，便独自出来闯荡江湖。

沈良将抢回来的包袱交给菱荇，菱荇打开一看，哇地哭起来。

沈良慌了，怎么了，包袱不是夺回来了吗？你怎么反倒哭了？

菱荇哭着说，这毛贼太狡猾了，太狡猾了……他把我的银子……都拿走了。

沈良也傻眼了，这并非是一般的毛贼，原来是个手段高超的惯偷儿。怪不得追他的时候，他那么痛快地把包袱丢下了呢。

菱荇哭得更厉害了，这可怎么办呀，没有了银子我怎么活呀，我活不了……可是，我得找翁少爷啊……

沈良不知道她哭的是什么，但是看到她那副急得要死要活的样子，便安慰她说，妹妹，你别哭了，银子没了也得活，别哭了行吗？

菱荇哭声不减，沈良束手无策。

菱荇哭够了，便央求沈良说，大哥，您能借给我点儿银子吗？

沈良为难地说，我刚刚出来卖艺没几天，当天挣的当天花，身上只有一些铜板儿。

说着，沈良将身上的铜板儿都抖搂出来，交给菱荇。

菱荇手里捧着十几文可怜巴巴的铜板儿，又哭起来。

菱荇虽说是苦出身，又是当丫鬟的命，却特别爱哭。因为哭，没少挨后娘的打骂，可她就是改不了。穷人家的孩子，除了哭，还有什么办法吗？

沈良被菱荇哭得心里发慌，皱着眉头想办法，说，要不这样吧，今天这几个铜板还够咱吃饭的，从明天开始，你跟着我卖艺。卖多卖少，钱都归你，什么时候攒够了钱，你再上路。

菱荇当即冲着沈良鞠躬致谢。这个躬鞠得太突然，沈良躲闪不及，菱荇的脑门儿刚好砸在他的鼻子上。

沈良"嗷"地叫了一声，捂住了鼻子。

菱荇也慌了，急忙捧着沈良的脸，连连道歉，对不起对不起，我……我不是故意的。

沈良抬起头来，疼得眼泪都流出来了。

就这样，菱荇跟着沈良在吴桥卖艺。他们每天早出晚归，沈良拼命地舞枪弄棒，菱荇扯着嗓子吆喝，钱挣得是多了一点儿，可是又多了一个人吃饭，还是攒不下钱。

就这样过了几日，菱荇又哭起来。

沈良也急了，说，这样吧，你跟我回沧州吧，我师娘手里还有点儿钱，跟我师娘好好说说，她肯定能把钱借给你。

没有别的办法，也只好如此。菱荇跟着沈良边卖艺边朝着沧州的方向走，两个人同吃同住同卖艺，渐渐地熟悉起来。

沈良见菱荇聪明伶俐，长得又俊俏可爱，便渐生爱恋之情。菱荇对沈良的行侠仗义充满了感激，又为沈良的一身好武艺所吸引，也渐渐地动起心来。

走在繁花绿柳莺飞草长的运河大堤上，情窦初开的小男女便说开了情话。

沈良说，到了沧州你就别走了，我们一起卖艺攒钱，将来……

菱荇厉声说，将来什么将来，我们没有将来。

怎么没有将来？每个人都有将来。

我说我跟你没有将来。

难道你的将来属于别人的。

用不着将来，我早就属于别人了。

沈良惊愕地问，真的？

菱荇说，骗你不是人。

谁呀，你能告诉我吗？

我不是告诉你了嘛，就是我到东昌府要去找的人。

沈良不无醋意地说，原来是千里寻夫呀，早知道我就不管你的事了。

菱荇又哭起来，哭得很突然。

你怎么又哭了？

我还以为你是个扶危济困的英雄呢，却原来是个心怀鬼胎的小人。

我怎么心怀鬼胎了？

你在打我的主意。

一家女九家问，谁知道你已经有人了？再说，谁知道你那男人是什么东西？

不许你说我男人的坏话，我要是把我的男人说出来，能吓得你两腿发软。

让我两腿发软的人还没出生呢。

我男人是个举人，原本要进京考进士的，说不定还能得个状元呢。

吹牛吧，就你？还举人？还进士？还状元？

我要有半句假话，天打五雷轰。

那你说说他姓字名谁？

翁麒麟，听说过吗？

沈良嘀咕着，翁麒麟……名字还真有点儿熟。

菱荇说，你要是不知道翁麒麟，总该知道翁岩吧？

沈良说，翁岩谁不知道？喝过大运河水的人都知道翁岩。莫非……

菱荇得意地仰起脸儿，对喽。

什么就对喽？

没错，翁麒麟就是翁岩的大公子。

沈良顿时惊愣了，你……你是翁岩的儿媳妇？

菱荇说，说不上儿媳妇，跟儿媳妇也没什么两样。

沈良不解，这是什么意思？

菱荇说，我是翁麒麟媳妇的丫鬟，通房丫头，你懂吗？

沈良愣了半天，点头说，这还靠谱儿。

菱荇面对着沈良，后退一步，咕咚跪下了。

沈良慌了，你……你要干什么？

菱荇说，沈公子，菱荇不是没良心的人，我知道你对我好，可是我……我已经有了人家，就让我认你做哥哥吧，你对我的恩德和情义，今生今世忘不了，来生来世再相报……

蓝蝴蝶骑马远远地跟着翁麒麟，跟进了沧州城，却跟丢了。没办法，她住进了一家客栈，把马喂上，把行李放好，来到沧州大街上，一边寻找着翁麒麟的下落，一边游览街上的景致。景致再好，她也无心观看，她的眼前总是闪回着那一幕美妙的情景。

芦苇荡里那惊心动魄的一幕是她有生以来的巅峰体验。她不后悔，尽管如此仓促地委身于男人，她也毫无悔意。对于翁麒麟，她想清楚了，她确认自己对他的爱恋，她不能欺骗自己。哪怕此生此世只有一次，她也知足了。从自己的切身体验中，她也懂得了自己的母亲。母亲对那个负心的读书人爱恋过吗？如果爱恋过，又为什么拼死拼活地恨那个男人呢？如果没有爱恋过，为什么轻易地以身相许呢？仅仅是轻信受骗吗？如果不图人家有远大的前程，不幻想着将来夫贵妻荣，会如此不堪吗？她发誓，如果自己真的怀了翁麒麟的孩子，她绝不会跟翁麒麟拼命，而是悄悄地把孩子生下来并悄悄地养大，总算没有白爱恋一场。

心里是这样想的，但是她不能放弃翁麒麟，至少现在不能放弃。她知道翁麒麟跟潘灵芝不会长久的，他早早晚晚会离开潘灵芝，或者潘灵芝离开他。因为翁麒麟不会忘记杀父之仇，读书人是薄情寡义，但是他们毕竟读的是圣贤书，讲的是天道人伦礼义廉耻。

所以，她与翁麒麟上了岸，看见潘灵芝的时候，她没有丝毫歉疚，也没有半点儿不安。她深知，翁麒麟将来会属于她的，她有这个自信。更主要的是，她唯有如此，才能让翁麒麟摆脱潘灵芝，才能完成为父报仇的使命。

蓝蝴蝶漫无目标地在沧州大街上溜达着，寻找着翁麒麟的踪迹。沧州地处九河下梢，土地贫瘠，盐碱低洼，易旱易涝。又东临渤海，方圆数百里，均系芦荡荒滩，人烟稀少。自古以来既是犯军发配之地，又是叛将蔽身良所。八十万禁军教头林冲蒙冤发配沧州的故事妇孺皆知，亦令沧州尚武之风名传天下。走在沧州大街上，各类镖局武馆鳞次栉比，吆喝声呐喊声叫好声不绝于耳。街头上卖艺的练武的更是异彩纷呈，骇世惊人。家家户户的门前都挂着刀枪棍棒，上自九旬老叟，下至学步娃娃，都是一派武林绝门的英雄气度。

蓝蝴蝶是个武林高手，自然看得出这里面的万千气象，不由得心生暗叹。这里的门派几乎囊括了大半个武林天下，六合、八极、密宗、通臂、螳螂、飞虎、少林、形意、青萍剑、闯王刀、八盘掌、疯魔棍、杨家枪……琳琅满目，各显神通。

突然，蓝蝴蝶隐约听见前面响起一串虎撑子的铃声，她立即警觉起来，快步朝前走去。果然，那个一直跟踪着翁麒麟的药贩子混杂在人群中。蓝蝴蝶暗笑了一下，看来无能的不光是我，这个药贩子也把翁麒麟跟丢了。

蓝蝴蝶听见有人在喊她，回头看了看，背着包袱扛着长枪的沈良跑过来，蓝姐，我喊您半天了。

蓝蝴蝶抱歉地说，我光顾看着前面了，没在意后面有人喊我。你不是在吴桥卖艺吗？又回沧州了？

沈良说，遇上点儿事，回来一趟，过些天还想出去。沧州这个地方藏龙卧虎，我那点儿功夫卖弄不出去。

蓝蝴蝶笑了，我劝你呀，还是改行做点儿别的吧，练把式这碗饭你吃不饱。

沈良说，我除了会舞弄两下刀枪也不会别的，蓝姐有什么好差役想着点儿兄弟。

蓝蝴蝶说，刚才你说在吴桥遇见点儿事，什么事呀？

沈良说，也没啥，就是管了点儿闲事。

蓝蝴蝶说，跟着你师父功夫学得稀松，热心肠倒是都继承下来了。你师娘还好吧？

沈良说，还好，硬朗着呢，谢谢您惦记着。对了，蓝姐，您怎么到沧州来了？

蓝蝴蝶说，哦，我来找个朋友。

沈良说，访友啊，那不是急事，我先请您喝酒吧。

蓝蝴蝶说，算了吧，我可不想花你的血汗钱。哦对了，你说，外面到沧州来的，一般住在什么地方？

沈良说，那要看什么人了，练武的一般都去武馆，做生意的住旅店，当官的去驿站。

蓝蝴蝶说，要是读书人呢？

沈良摇了摇头，读书人……咱没接触过，大概也会去旅店吧？

蓝蝴蝶说，要是有点儿来头的读书人呢？

沈良说，那要看什么来头了，官府的，还是江湖的？

蓝蝴蝶说，安清帮的。

沈良脱口叫起来，蓝姐，您不会是找翁麒麟吧？

蓝蝴蝶大吃一惊，什么？你怎么知道我在找翁麒麟？

沈良说，前几天在吴桥遇上一个姑娘，就是找翁麒麟的。

蓝蝴蝶更惊讶了，一个姑娘找翁麒麟？这姑娘是谁？她找翁麒麟干什么？

沈良说，这姑娘是翁麒麟的……哦，也算是翁麒麟的女人吧。

蓝蝴蝶简直要蹦起来，什么什么？翁麒麟的女人？翁麒麟到底有多少个女人？

沈良突然像是明白了什么，忙问，蓝姐，您是说，翁麒麟到沧州来了？

蓝蝴蝶说，是啊，昨天到的。

沈良使劲儿拍着自己的脑袋，坏了坏了……

蓝蝴蝶问，什么坏了？

沈良说，我今天早上才把她送走的，哎呀，早知道我多留她一天啊……

蓝蝴蝶说，你说的到底是谁？

沈良说，她叫菱荇，您知道吗？

蓝蝴蝶说，菱荇？她是潘灵芝的丫鬟，她不是在通州吗？怎么跑到这儿来了？

沈良说，她是从通州跑过来的，说是有天大的事情要找到翁麒麟。

蓝蝴蝶说，哪儿有什么天大的事情，这丫头也疯了。

沈良说，她是这么说的，我问她，她不告诉我。可是看她的样子很急很急的。

蓝蝴蝶说，你先别操她的心了，还是快帮我想，翁麒麟有可能住在哪儿吧。

沈良认真地想了想，安清帮……安清帮不就是漕运船帮吗？有了……

蓝蝴蝶很高兴，在一家叫螳螂舍的小饭馆，请沈良喝酒。

沈良说，真的不好意思，到了沧州，我这个做弟弟的没尽地主之谊也就算了，还让您请我喝酒。

蓝蝴蝶说，你的师父是我的师叔，你呢，是我的师弟，师姐请师弟喝酒理所应当。再说，你还帮助我找到翁麒麟了，算是师姐感谢你吧。

沈良说，我就奇怪了，您找到翁麒麟了，怎么不去跟他见面呢？连门都不进。

蓝蝴蝶说，找到门了就不愁见面，不见面自然有不见面的理由。

沈良诡谲地看着蓝蝴蝶，蓝姐，您跟翁麒麟到底是什么关系？不会是……

蓝蝴蝶说，你想说什么？

沈良大胆地说，我想说，翁麒麟不会是我姐夫吧？

蓝蝴蝶脸唰地红了，你觉得呢？

沈良说，我觉得……又像又不像。说像呢，看您提到翁麒麟的样子，就知道关系不一般；说不像呢，人家翁麒麟有媳妇呀，还有个通房丫头呢。

蓝蝴蝶脸扭向了一边，她注意到了，在小饭馆里面的一个角落里，有一个人在低头喝着酒。

沈良问，蓝姐，又遇见熟人了？

蓝蝴蝶低声说，别回头，等会儿你帮我个忙……

沈良说，蓝姐，您说的是那个卖药的吗？贼眉鼠眼的，他好像也注意到了您。

蓝蝴蝶说，他也在找翁麒麟。

沈良说，他找翁麒麟干什么？他是什么人？

蓝蝴蝶说，三言两语的说不清楚，盯着他点儿，别让他溜了。

沈良说，蓝姐，您好像摊上大事了。若有用得着弟弟的地方，我绝对义不容辞。

蓝蝴蝶说，先喝酒吧，来，姐姐敬你一杯……

天色渐渐地晚了，生机勃勃的沧州大街安静下来，街道两旁的店铺门前都挂起了灯笼，人影幢幢，鬼魅般地移动着。远处的大运河里，传来运河号子的声音。

蓝蝴蝶和沈良早就吃饱喝足了，只是为了等着那个卖药的，一直没有离开桌子。

那个卖药的似乎也在熬着他们，毕竟一个人熬不过两个人，终于，他结了账起身出了小饭馆的门。

门外面的拴马桩上拴着一头小毛驴，卖药的解着驴缰绳。

蓝蝴蝶从后面上来，一把尖刀顶住了卖药的腰眼儿。

卖药的直起腰来，低声问，你要干什么？

蓝蝴蝶说，别出声，跟我们走。

卖药的问，去哪儿？

蓝蝴蝶说，你不是要找翁麒麟吗？我带你去。

卖药的说，什么翁麒麟？你认错人了吧？

蓝蝴蝶厉声说，少废话，再啰唆我一刀捅了你。

沈良站在蓝蝴蝶的身边，手中的长枪几乎戳到了他的脑门上。

蓝蝴蝶命令着，快走。

翁麒麟坐在屋子里读书，外面响起了敲门声。

潘灵芝主动出去开门。

门开了，潘灵芝看见门外站着的是蓝蝴蝶，便砰地又把门关上了。

蓝蝴蝶说，你先别关门，我是来给翁麒麟送礼的。

潘灵芝说，你能送什么礼？翁麒麟不需要。

蓝蝴蝶说，你开门看看就知道了。

翁麒麟在屋里听见门开了又关上了，担心有什么事情，便急忙出来了。

潘灵芝见翁麒麟出来了，又把门打开了，说，你的礼物呢？放这儿吧，你不许进来。

蓝蝴蝶转身拉过卖药的，推到潘灵芝面前。

潘灵芝吓了一跳，急忙朝后躲去。

蓝蝴蝶说，我送的就是这个活宝，翁麒麟正等着他呢。

翁麒麟见了，一把将卖药的拉进院门。

蓝蝴蝶对沈良说，你在外面盯着点儿，别让人进来。说着，她便跟着进去，又反身关上了门。

近距离看着这个人，翁麒麟立即想起来了，他们去哪王庙，跟在后面拉骆驼的人就有他。

蓝蝴蝶又用短刀顶住了卖药的腰眼儿，押着他跨过天井，走向后院。

翁麒麟对吓呆了的潘灵芝说，你先回屋睡觉吧。

后院有一个大缸，里面满满的一缸水，水面上漂着几朵睡莲，睡莲下面藏着几条昏昏欲睡的金鱼。

蓝蝴蝶将卖药的推到水缸前面，抓住他的辫子，使劲往水缸里一摁，浸在了大缸里。

卖药的咕咚咕咚喝了几口大缸里的水，身子一个劲儿地挣扎。

蓝蝴蝶将他的脑袋提起来，卖药的刚喘了一口气，又被摁进了大缸里。

如此反复三次，卖药的身子便瘫软了。

蓝蝴蝶不让他倒下，将他顶靠在大缸上，厉声说，快点儿交代，你到底是干什么的？

卖药的硬着嘴说，你们……误会了，我……就是个卖药的。

蓝蝴蝶拎起卖药的辫子，又把他的脑袋摁在大缸里，浸了好一会儿，才拎起来。

卖药的受不了了，出溜在地上。

蓝蝴蝶一把抓住他的衣领，又把他从地上拎起来。

翁麒麟说话了，你大概也知道这是个什么地方，你要是不说实话，就不可能活着从这里出去。

卖药的打量了一下四周，一座黑洞洞的深宅。

翁麒麟问，你叫什么？

卖药的支支吾吾地说，我叫……冯六……

翁麒麟问，你是干什么的？

冯六胆怯地说，我是……卖……

蓝蝴蝶说，你要是再说是卖药的，我就把你浸死在大缸里。

冯六犹豫了一会儿，低声说，我是……漕标……

翁麒麟说，我知道你是漕标，我问你，你为什么跟着我？

冯六试图蒙混，我没有……跟着您……只是顺路……

翁麒麟说，你不是顺路，你也不是卖药的。我们去口外的时候，你一路上就跟着我们。那个时候，你是拉骆驼的。我说得不错吧。

冯六一听，瘫软地跪在了地上，翁公子饶命……

翁麒麟说，要想活命就得说实话。

冯六慌忙说，翁公子……我说，我全说……我是漕运总督张大有的亲兵……我们一路跟着您，也是为了保护您……您别误会……

翁麒麟问，此话怎讲?

冯六说，四年之前，翁岩钱坚出关去准噶尔，张总督派邓守备带着漕标兵在两狼山拦截……

翁麒麟说，等等，张总督怎么知道翁钱二师祖要去准噶尔?

冯六看着翁麒麟，吞吐着说，这……小的不敢说。

蓝蝴蝶又拎住冯六的辫子，冯六吓得哆嗦着说，我……我说……是潘师祖告诉张总督的……

翁麒麟紧盯着问，这么说，翁钱二师祖出口外，是潘师祖告的密?

冯六说，不过，潘师祖要求张总督不能伤害翁钱二师祖……张总督也嘱咐邓守备，不能杀人……

翁麒麟说，不能杀人? 你们当着我的面杀害了我的父亲! 张总督不是有令吗? 你们为什么杀害我父亲?

冯六说，那是因为……邓守备见翁师祖没有疯……

翁麒麟愤怒地叫起来，翁师祖没有疯，你们就杀了他。我问你，这件事潘师祖知道吗?

潘师祖说……

说什么?

潘师祖说，翁师祖已经过方了，安清帮已经在杭州宝华山把翁钱二师祖安葬了……

翁麒麟明白了，看了看蓝蝴蝶。

蓝蝴蝶四下看了看，发现靠近南墙根有一眼废旧的枯井。蓝蝴蝶扯下冯六的半片衣襟，塞在他的嘴里，又把他用麻绳捆了起来，塞进那口枯井里。

翁麒麟帮助蓝蝴蝶把立在墙边的一盘磨扇推过来，盖在了井口上。

翁麒麟回到房间。

潘灵芝跪在炕沿下，炕上的小桌上点着油灯，油灯下铺着纸张，旁边是研好的墨和蘸好的笔。

翁麒麟呆呆地看着潘灵芝。

潘灵芝说，你写吧。

写什么？

我不怨你，你把我休了吧。

就是因为蓝蝴蝶？

无论因为什么，随便你编个理由……

翁麒麟明白了，刚才在后院审讯冯六，多半让潘灵芝听见了。

潘灵芝说，我求你，给我写个休书吧。

翁麒麟不知如何是好，上前搀扶着潘灵芝，你先起来，咱慢慢说。

潘灵芝说，我不起来，你不写休书，我是不会起来的。

翁麒麟站着不动。

潘灵芝说，你比谁都清楚，这个休书你早晚要写的。我不是成全你，我是成全我自己，你写吧。

潘灵芝说得对，翁麒麟必须跟潘灵芝撇脱关系，这个休书是早晚要写的。他想过无数种可能，却从来没有想到潘灵芝会求着他写。

翁麒麟还在犹豫着。

潘灵芝说，我只有一个要求。你休的是妻子，可是我们之间只有夫妻之名，没有夫妻之实。在你休我之前，我只求做一次你的妻子，实实在在的妻子，也不枉跟你结了一回婚，也不枉我们青梅竹马的情义……一次，我只要一次……

潘灵芝说得很平静，却又充满了女人的娇柔与软弱。她仰起脸，眼巴巴地看见翁麒麟。她的眼睛里闪着泪光，水盈盈的泪光，却没有眼泪。与菱荇不同的是，潘灵芝自从长大以后从来不哭，受了委屈也不哭，有什么要求得不到满足也不哭。她从来不像别的女孩子那样，用哭来表达自己的不满和诉求。她只用眼睛看着你，用那双充盈着泪光和渴求的眼睛看着你。在这双眼睛面前，翁麒麟是毫无抵抗力的……

翁麒麟俯下身子，将潘灵芝抱起来。

原本柔柔的身子突然爆发般地疯狂起来，扑进翁麒麟的怀里。翁麒麟的怀里燃烧起一团炽烈的火焰，他被烧得浑身狂躁，猛然将潘灵芝抱到炕上……

第二天早上，翁麒麟从昏睡中醒来的时候，发现潘灵芝已经不在炕上了。他喊了两声，不见回应，急忙穿上衣裳，冲出屋子。

潘灵芝不见了。

他警觉地来到后院，后院那口枯井上的磨扇被移动了，旁边还放着一根木棒。

冯六跑了。

显然是潘灵芝放跑的。

在翁麒麟的眼里，潘灵芝就是一个温柔娇弱的小女子。从昨天晚上她逼着翁麒麟写休书，主动要求与翁麒麟行夫妻之事，到今晨放走了冯六，完全改变了翁麒麟对她的看法。关键时刻，潘灵芝是有见识、敢作为的。到底是潘清的女儿，到底是安清帮的人。

翁麒麟对潘灵芝不由得生发出一股钦佩之情。

第十八章　青卷·申篇

钱金豹绝望了。

此生年方弱冠，学无所成，大业未就，父仇未报，母恩未孝，难道就要葬身在这黄土高坡的深沟里了？不甘心啊不甘心，呼天不应叫地不灵，又能奈何？

该死的黄土高原。对，这种地形叫塬，据说是千百亿年流水冲刷而成的，呈台状，四周陡峭。如果站在上面远望，一马平川，除了颜色是黄的，与华北大平原无异。可是走着走着，就让人胆战心惊。一道道悬崖峭壁，刀削一般，深不见底。

眼下，他已经在峭壁的最底下了。那峭壁又陡又斜，不可能攀爬。宽的地方还能见到天，窄处只能看见一条缝隙或一丝亮光。如果阴天了，你根本不知道是白天还是黑夜。

他已经在这里面转一天一夜了，找不到任何出路。没有吃的，没有水，连花草都没有。他就是不饿死渴死，恐怕也要闷死。一片死寂的深渊，如果真的有地狱，地狱很可能就是这个样子。

还有他的马，幸亏还有他的马。他的马也像他一样的急躁，不停地咴咴地叫着，用前蹄刨着沟底，像是要从沟底下刨出一条路来。

蓝蝴蝶走了之后，他便后悔了。他使劲捶打着自己的脑袋，狠狠地骂自己。真他娘的混蛋，一个大男人，跟女人发什么脾气？

他想到了自己的父亲，父亲跟母亲从来不发脾气。在外面遇见灾难的事情，回到家里都平静如常。而邻居家的郑叔却不是这样，总是跟自己的女人暴跳如雷。无论是不是女人的过错，他都要冲着女人吼叫咆哮。还打女人，郑婶常常被打得遍体鳞伤。有一回郑叔在外面赌钱输了，回来又跟女人闹气，劈头盖脸地打着郑婶。打完了，又命令郑婶去给他烧水洗脚。郑婶也贱，挣扎着从地上爬起来，一边流着眼泪一边给男人洗脚。

郑叔是大运河上的纤夫，安清帮创立之后，郑叔多次求父亲收他为徒。父亲不允，郑叔气坏了，又去找别人引见。可是安清帮有一条规矩，师不收不准徒收。安清上下多是翁钱潘的徒子徒孙，更何况父亲又是安清帮的师祖之一。可是不入安清帮，郑叔在大运河上就混不下去，无论是撑船的拉纤的还是扛大个儿的，不是安清帮的人，连活儿都找不到。

于是，郑叔又冲自己的女人发泄，对着郑婶拳打脚踢，父亲忍不住出面了。

你知道我为什么不收你入安清帮吗？

郑叔不吱声。

你根本就不是一个男人。

我怎么不是男人了？

因为你打老婆。

哪个男人不打老婆？

你整天在我眼皮底下打老婆我就看不惯，一个大男人，有本事到外面去逞强，有力气用在正经的地方，跟老婆撒气发火算什么东西？你老婆跟着你受穷受苦，给你喂鸡养狗，还给你生孩子，一天忙到晚，还要受你的气，挨你的打，她上辈子造了什么孽了，遇上你这么一个混蛋……

父亲把郑叔骂得狗血喷头，郑叔连个大气都不敢出。最后，父亲问郑叔，这混蛋毛病能不能改，郑叔说，能改。父亲说，那好，给你老婆跪下。郑叔看着父亲，父亲吼叫着，跪下。郑叔无奈，跪在了郑婶面前。父亲说，你就这么跪着，没我的话你不许起来。又命令郑婶，不许给他吃，连水都不能给他喝。

父亲骂完了郑叔就回家了，郑叔整整跪了一个晚上。夜深了，父亲都要睡了，郑婶来敲门为郑叔求情，您别让他跪了，干一天活儿了，晚饭还没吃呢。

你就是贱，他这么混蛋，都是你惯的。我告诉你，他要是敢起来，以后别想见我。

就这样，郑叔跪了整整一夜，第二天吃过早饭，父亲才让郑婶去告诉郑叔，可以起来了。

郑叔被管住了，父亲又考察了他整整一年，见他确实没有再打老婆，才让弟子收他入了安清帮。

蓝蝴蝶走后，首先出现在眼前的就是父亲教训郑叔的画面。连他自己也奇怪，这件事情他从来没有想起来过，好像已经忘干净了。可是为什么又突然冒出来了呢？是父亲冥冥之中在指责他吗？是的，父亲若是知道他对一个女人这样浑不讲理，肯定会生气的。父亲是个叱咤风云的英雄，当年连朝廷的轻赍银都敢劫持，可是在母亲面前却总是彬彬有礼，连句重话都没说过。他听翁岩伯伯说过，母亲在嫁给父亲的时候，提出的唯一条件就是只做偏房，不做正室。可是结婚以后，父亲从来不考虑娶正室，正室一直虚席以待。他还听别人说过，父亲在认识母亲之前是个花花公子，阅女人无数。自从母亲进门之后，父亲则专情于母亲，从未拈花惹草。他很钦佩父亲对母亲的感情，是的，一个懂得爱会爱女人的男人才算是真正的男人，这话是父亲说的。父亲是真正的男人，他对父亲的崇拜之情是自此而始自幼而始的。

他策马去追赶蓝蝴蝶，他知道把蓝蝴蝶伤透了，即使追上了，她也不一定会回来。可是他必须追上她，哪怕只向她认个错也好，不求她的原谅，只求自己有脸去见父亲。

三天三夜，他几乎是马不停蹄地追，可是连蓝蝴蝶的影子都没见到。

没见到蓝蝴蝶也就算了，还迷了路，迷了路也没什么，偏偏又陷入这深深的塬沟里。宁在山里迷路，不在塬上散步。跌入塬沟里太可怕了，你想问个路，连个人影儿都见不到。

天完全黑下来，塬沟里的风简直不叫风，像万千个魔鬼在号叫，有的尖厉，有的粗犷，有的嘶哑，有的怪异……从来没有听见过这么可怕的声音。他拉着马爬上了一个小高台，他发现高台的后面有一个小洞口，可以躲一躲这酷寒刺骨的妖风。他在洞口里面紧紧地缩着身子，他的马就卧在洞口外面，为他挡着风寒。

肚子饿得又咕咕叫起来，还有渴。这风不但寒冷，还干，吹得他皮肤都紧缩在一起，像风干了的橘子皮一样皱皱着。嘴唇早就干裂了，流出的血都是干的。

夜已经很深很深了，黑得连眼前的马都看不见了。

风好像停了，可是那号叫却没有停。怎么还有光亮了，绿幽幽的光，一点一点的，萤火虫一般。天呀，他惊出了一身冷汗，差点儿呼叫起来。是狼，几只饿狼似乎闻到了他和马的味道，寻找上来了。

看不清有几只狼，从嗥叫的声音判断，总有七八只吧？

这七八只狼把他和他的马都吃干净也填不饱肚子，完了，这回算是彻底地完了。没有饿死，没有渴死，没有冻死，倒活活地喂了狼。谁能知道他被狼吃了，就算有人能到这里来，发现这洞口有一堆白骨，可是又有谁认得出来这是我钱金豹的骨头呢？

他翻腾着身边的包袱，不知道为什么要翻腾包袱，这里能找到救命的稻草吗？

还真有，他翻出了一块火镰。鬼知道是什么时候把火镰放进包袱里的。

他脱下身上的衣服，长袍，褂子，长裤……统统脱下来，堆放在洞口，打起了火镰。

衣服被点燃了，呼呼地冒着黑烟，不时地还跳动出几条蛇芯似的火苗儿。

狼群溜走了，是被这浓浓的黑烟呛走的。

天亮了，他身上软塌塌的，像是眼前那堆灰烬，火苗儿不会再跳动了，但是浓烟还在冒着，顺着洞口沿着峭壁一直往上蒸腾着……他闭上了沉重的眼睛。

模模糊糊中，他听到了一个声音，一个来自天宫的仙女般的声音。

他以为是在梦中，可是分明已经醒了，那个声音从上面传下来，真真切切。

他挣扎着爬出洞口，扶着峭壁站在马背上，抬头朝上面看着。

那个声音又传过来，他听清了，有人吗……下面有人吗……

他狂喜地惊叫着，啊……有人……救命啊……

可是他立即泄气了，他的嗓子嘶哑了，已经很难发出响亮的声音了。

他从马背上溜下来，敲打着马屁股。

马明白了他的意思，挣扎着站起来，仰着头，朝上面嘶鸣着：咴咴咴……

他也试图站起来，眼前一黑，便什么都不知道了。

钱金豹醒来的时候，发现自己躺在一个窑洞里。眼前一个姑娘，一个仙女般的神奇的姑娘，她端着一只冒着热气的碗，笑盈盈地看着他。

你醒了，快起来喝口粥，爷爷说，你是饿昏了，我说，你是吓昏了。你说，是爷爷说得对，还是我说得对？哦，先别管谁说得对了，你快起来喝口粥吧……

钱金豹疑惑地看着姑娘，不由得说，仙姑，谢谢你救了我……

姑娘笑起来，咯咯地笑着，你叫我什么？

仙姑……

我可不是仙姑，我叫苏叶儿。

苏叶儿仙姑……

你怎么还叫我仙姑，快起来喝粥。

钱金豹欠了一下身子，又慌忙躺下了。他这才发现自己身上盖着被子，同时他也意识到，被子里面的他几乎是裸着身子的。

苏叶儿发现了他的尴尬，同时自己的脸也红了，把粥碗放在炕沿上，出去了。

旋即，姑娘又进来了，扔给钱金豹一套衣裤，你的衣服都烧光了，你先换上爷爷的吧，别嫌旧啊。

姑娘转身要走，钱金豹叫住了她，仙姑……啊，苏叶儿，你是怎么发现我的？

苏叶儿说，你不是在求救吗？

钱金豹困惑了，求救？

是啊，你把自己的衣服烧了，我看见了黑烟，就发现了你。

哦，要不是你……我就没命了。

苏叶儿说，掉进塬沟里的人，都是这样求救的。

天啊，钱金豹心里怦怦地跳着，是谁教会了我这种求救的方式？是天意，还是本能？

外面的羊群咩咩地叫起来，苏叶儿出去了。

钱金豹喝完粥，换好衣服，也走出了窑洞。他出窑洞是想看看自己的马，发现在窑洞的院墙下，他的马正静静地吃草。他轻轻地走过去，抚着马背，亲昵地拍了拍。老伙计，让你跟着我受苦了……

外面有呼呼的风响和踢腿踏地的震动声，钱金豹出了院门。一片开阔的空地上，一位老者正在练武。老人银须白发，面如重枣，饱满红润，身材高大魁梧，身板儿硬朗灵活。他练的是一把大刀，宛似关老爷的青龙偃月刀。大刀在老者的手里舞动着，上下翻飞，犹如一条翻腾的蛟龙在围着老者的身子缠绕着，刀锋上的寒光划动着一道道的闪电，编织成一个银光耀眼的笼子，牢牢地将老者笼罩在里面。

钱金豹见了，不由得叫起好来。

老者收住大刀，立在钱金豹面前，脸不变色气不喘。

钱金豹立即上前施礼，晚生钱金豹拜见爷爷，感谢您的救命之恩。

老者哈哈大笑起来，何谈救命之恩，只不过你小子命大罢了。

钱金豹听到此言，竟然无话可说了。

老者又哈哈笑起来，小伙子，看来你也是个练家子，过来，玩玩我的大刀。

钱金豹确实有点儿手痒，见老者这么一说，便不客气地走上前去，接过大刀。

钱金豹将老者的大刀接在手里，便暗中叫起苦来。别看大刀在老者的手里上下翻飞，如要弄玩具一般，压在钱金豹手里便不一样了。钢刀铁杆儿，足有七八十斤，在钱金豹手里沉甸甸的，坠得两只胳膊都有些发麻。争强好胜的钱金豹不服气，咬紧牙关挥舞起来。大刀重如巨石，举起来怕掉下，掉下了又怕举不起来。要弄了七八下，钱金豹再也举不起来，将大刀戳在了地上，一个劲儿地说，出丑了出丑了，让爷爷笑话了。

老者说，不错了，别的年轻人能举起来就算不错了，你还能凑合要两下。

钱金豹红着脸把大刀还给老者。

老者把大刀靠在墙上，招呼着钱金豹说，来，小伙子，咱爷儿俩聊聊。

旁边有一个碾子，碾盘上放着茶壶茶碗，看来老者每天练完之后都会在这里喝茶的。

老者坐在碾盘上，也让钱金豹坐下，并给钱金豹倒了一杯茶。

钱金豹没有坐在碾盘上，而是在老者对面的一块老树根上坐下了。

老者看着钱金豹，说说吧，怎么走上英雄末路的？

钱金豹说，爷爷您笑话我了，我算什么英雄？

老者喝着茶，眯缝着眼睛看着钱金豹。

钱金豹将他和蓝蝴蝶吵架分手，自己又追赶迷路的事情说了一遍。

老者说，吴三桂是冲冠一怒为红颜，你小子是塬中迷路为红颜。

钱金豹说，也算不上什么红颜，同路而已。

老者说，这么要死要活的还算不上红颜？

钱金豹说，落花有意，流水无情。

老者哈哈大笑起来，看来你小子还读过几天书。

钱金豹站起身来，习惯地舒指抱拳躬身说，爷爷不让我感谢救命之恩，可还没向爷爷请教尊姓上下呢。

老者一愣，你小子在帮？

钱金豹说，沾祖师爷灵光。

老者说，从何处起纤？

钱金豹说，杭州哑巴桥。

老者又问，去往何处？

钱金豹说，长纤通州坝，短纤枫林闸。

老者说，这么说，你是安清帮的了？

钱金豹恭敬地问，请问爷爷，您是家里人吗？

老者说，不瞒你说，我在门槛外面。

钱金豹点了点头说，爷爷并非寻常之人，请问尊姓大名，何处高就，又因何在此穷山僻壤屈尊？

老者说，既然你跟我说了实话，我也实话告诉你吧。老朽姓庞名天佑，曾是抚远大将军年羹尧的……

钱金豹急着问，莫非爷爷就是年羹尧的副将庞将军？

老者说，正是末将。

钱金豹慌忙跪下叩首，钱金豹有眼无珠，请庞将军见谅。

老者又笑了，没想到你还知道老朽。小伙子，还没告诉我你的名字呢。

钱金豹说，禀告爷爷，小的名叫钱金豹。

庞天佑沉吟道，你爸爸是谁？

钱坚。

安清帮师祖钱坚？

正是家严。

哎呀，原来是钱公子，哦……用你们门内的话说，应该是小老大。咦，苏叶儿哪儿去了？苏叶儿……

苏叶儿应声从院子里跑出来，爷爷，你找我？

庞天佑说，中午烧两个好菜，我要跟钱公子喝两杯。

苏叶儿说，哪儿来的钱公子。

庞天佑指着钱金豹说，这位是安清帮钱师祖的公子，快过来行礼。

苏叶儿嘴一噘，我才不管什么公子呢，他还是我从塬沟里救出来的呢，凭什么给他行礼？

钱金豹说，对对，爷爷，您弄错了，该我给苏叶儿行礼，感谢苏叶儿的救命之恩。

这一下，苏叶儿倒不自在了，忙说，妈呀妈呀，出我的丑呀？

说着，苏叶儿转身回去了。

庞天佑说，看见了吧，这姑奶奶惹不起哟。

话是这么说，苏叶儿准备的午饭还是相当丰富的，现杀了一只鸡，大锅炖的。一盘炒鸡蛋，一盘土豆丝，还有一盘炸花生米。酒菜摆上了，庞天佑招呼着钱金豹坐下喝酒，钱金豹请苏叶儿一起上桌，苏叶儿说还没忙完，让他们先喝着。

钱金豹说，苏叶儿还忙什么呢，这么多菜了。

别管她，咱先喝酒。我要跟你好好聊聊。

我也有许多话要问您呢。

问吧。

爷爷，您这儿到底是什么地方呀？我还糊涂着呢。

知道合阳吗？

合阳？合阳不是陕西吗？我是从甘肃平凉出发的，怎么跑到陕西来了？

我说你为了红颜你还不承认，红颜迷人心窍，不做蠢事才怪。

我误到合阳是蠢事，那么爷爷您呢？您怎么也到合阳来了？

关于我的故事咱们以后再讲，先把你的事情说清楚。

我的事情是竹筒倒豆子，都跟您说了。

你知道合阳是谁的老家吗？

钱金豹摇了摇头，不知道。

庞天佑说，你们安清帮的顶头上司，漕运总督张大有。

钱金豹叫起来，张大有！那是我的杀父仇人，我要宰了他……

庞天佑伸手盖住了钱金豹的酒杯，等等，你刚刚跟我说，你的事情是竹筒倒豆子，都跟我交代干净了，怎么又出了个杀父仇人？而且还是漕运总督张大有。

钱金豹无奈地叹了口气，爷爷，有些事情，您还是不知道的好。

庞天佑说，你已经让我知道了，快说吧……

钱金豹只好将与翁麒麟一起进京赶考，遇见蓝蝴蝶拦路打劫，又一起到口外寻找父亲，以及在哪王庙找到翁伯伯，又遇到漕标兵围追堵截，翁伯伯牺牲，他和翁麒麟发誓为父报仇回到通州，又发生了翁麒麟与潘灵芝结婚，等等，说与了庞天佑，只是省略了他与蓝蝴蝶西去平凉又中途分手的经历。庞天佑也不再多问。

酒喝得差不多了，苏叶儿端上来一个大平盘放在了钱金豹面前，盘里面有肉有面有调料，红艳艳油汪汪热气腾腾香气诱人，钱金豹顿时垂涎欲滴，举起筷子就要朝盘里夹。

庞天佑笑着说，且慢，知道这是什么吗？

钱金豹摇了摇头，眼睛一直盯着大平盘里的美食。

庞天佑对孙女说，苏叶儿，你告诉他。

苏叶儿也给爷爷端来一盘，自己面前也放了一盘，但是都没有钱金豹盘里的多。

钱金豹抬眼等着苏叶儿说话。

苏叶儿却抿着嘴儿笑。

钱金豹有点儿急了，苏叶儿，这到底是什么呀？

苏叶儿说，别听爷爷的，你先尝尝。

钱金豹说，不行，我还是得先知道这是什么，要不吃了也尝不出什么名堂来。

苏叶儿说，这是糊饽，面糊的糊，饽饽的饽。这可是我们合阳最好吃的东西了。俗话说，宁吃一盘糊饽，不吃酒席一桌。你知道它是怎么做的吗？

钱金豹又摇了摇头。

苏叶儿说，你先看这肉，这是有名的黑池羊肉。光炖这羊肉，就需要十种调料。知道哪十种吗？我告诉你：大茴香、小茴香、丁香、肉桂、荜拨、良姜、胡椒、表盐、草蔻、三奈。再说这烙饼，要用热水烫面，加上青盐和碱水，反复揉，擀成盘子这么大的饼，用鏊子烙到焦黄，然后再把饼切成丝，放进小锅里煮。煮好后放入羊肉羊汤，加上葱花辣子油……

钱金豹叫起来，天呀，这么会儿工夫你干了这么多活儿，你也太能干了。

钱金豹说着又要动筷子，庞天佑又拦住了他。

庞天佑说，老夫还想考考你，你知道这糊饽的来历吗？

钱金豹说，请教爷爷。

苏叶儿不干了，爷爷，让钱公子先吃吧。

庞天佑说，不，钱公子说，不弄明白了，尝不出名堂来。

钱金豹索性放下筷子，好，感念爷爷慈悲。

庞天佑说，这是你们安清帮的敬语。这糊饽呀，说起来与岳飞有关。话说当年金将王镇归顺了南宋，领兵南下，行至合阳黑池附近的韩庄，天已昏黑。老百姓见王镇的队伍军纪严明秋毫无犯，便跑出来热情招待，有的端羊肉，有的送烩饼。王镇又饥又渴，就将这两样东西掺和在一起，吃起来喷香，妙不可言。于是便令火头军向老乡将这两样东西的做法学会。南宋绍兴十年，王镇与岳飞在朱仙镇里应外合，大败金兀术。祝捷会上，王镇便用这“二合一”招待岳飞。岳飞品尝之后，觉得味道极美，问询何物。王镇说，肉是羊肉，饼子呢，汉族叫饽饽，我们胡人很爱吃。岳飞说，胡汉能成为兄弟，就是一家人了，那就叫糊饽吧。

庞天佑说完之后，也不跟钱金豹打招呼，自己却端起糊饽大吃起来。

钱金豹见了，也大快朵颐。

苏叶儿看着爷爷耍弄钱金豹，咯咯地笑起来。

庞天佑让钱金豹安心地住下，自己却每天早出晚归。钱金豹每次问，他都说到镇上会朋友，或者到县城办点儿事。就是不说会什么朋友，办什么事。

钱金豹无所事事，整天跟着苏叶儿上山放羊。苏叶儿大概有十五六岁的样子，个头儿不算小，就是身板单薄一点儿，说话还有些孩子气。钱金豹几次想问苏叶儿的年龄，都闭上了嘴。他觉得一个大男人随便问一个女孩儿的年龄是不礼貌的，人家也不一定会告诉你，别自讨没趣。

钱金豹总觉得有点儿紧张、不自然，他真的没有学会与女孩儿相处。要是有翁麒麟一半的本事就可以了，与蓝蝴蝶的关系已经让他搞砸了，千万别再得罪苏叶儿。

看来苏叶儿不像蓝蝴蝶那么好得罪。苏叶儿从不跟他吵，更不跟他争辩。她特别喜欢笑，无论看见什么或者听见什么，她的第一个表情肯定是笑。高兴了大笑，能笑得弯腰；不高兴了也不沉着脸，而是抿着嘴笑。说话的时候笑，不笑不开口；做事的时候笑，手脚动嘴角也动；看人的时候笑，用笑盈盈的小脸蛋儿灯光一样照着对方；被人看的时候也笑，低着头噘着小嘴调皮地笑。就是生气了的时候都用笑来表达，似乎笑能使人愉悦，也能让人发泄一样。笑着骂你是猪，被骂的人真的像猪了，越骂越像，骂着骂着自己便开心地大笑起来。笑让一个女孩儿如此可爱，对男人有此巨大的征服力。

两个人赶着羊群上塬下沟，宽阔的高塬一望无际，天地间只有他们一男一女还有一群羊，多么容易令人想入非非呀。

钱金豹没有放过羊，但是在运河边上看到过放羊的。大运河有许多河滩，河滩有大有小。大的河滩十几里几十里连成片，上面长着茂密的鲜花绿草。河滩的草地上放牧着或雪白或黑褐的羊群，放牧大羊群的多是老汉，放牧小羊群的则是少女和儿童。无论大人还是孩子，牧羊人拿的都是鞭子。是一种长长的拴着红缨的鞭子，鞭梢儿甩动的时候，红缨在空中划过一道漂亮的火焰，煞是好看。牧羊人甩动着长长的鞭梢儿轻轻抽打着离群的羊只，即使没有羊只离群，他们也习惯地甩动着鞭梢儿，让鞭梢儿在空中抖动炸响，鞭炮一般。运河两岸许多农家的孩子都喜欢玩鞭子，不是为了赶牛赶羊，就是玩鞭花儿。在村头河边上，常常有一些儿童乃至成年人，举行着正式或非正式的鞭花儿比赛。谁的鞭花儿甩得响，甩得漂亮，就能让别人叹服，就能获得女孩儿的青睐。翁麒麟就会甩鞭花儿，自己跟他学过，硬是没学会。怎么想起翁麒麟来了，没出息。

黄土高坡的牧羊人不用鞭子，用的是牧羊铲。这铲子很特别，长长的柄，铲心却不大。如果有的羊只离群了，他们就用牧羊铲铲起地上的一块小石子，甩出去，打在羊只的身上，离群的羊只便会乖乖地回到群里。

如同甩长鞭一样，挥铲的动作也很美、很潇洒。石子从铲上飞出去，在空中划出一道弧线，精准地打在羊只的身上。

苏叶儿一边跟钱金豹聊天，一边不停地挥着牧羊铲甩着石子。一颗一颗的石子飞出去，在羊群上划着流萤般的弧线，鞭花儿一样的漂亮。

钱金豹问，你甩出的石子，能想打哪儿就打哪儿吗？

苏叶儿自豪地说，那当然，丝毫不差。

钱金豹说，恐怕还是没有牧羊鞭准。

苏叶儿不服气，说吧，打哪只羊。

钱金豹看了看，前面那只老母羊，黑肚皮的那只。

打哪儿？

打屁股吧。

苏叶儿铲起一颗石子，嗖地甩了出去，正好打在前面老母羊的屁股上。老母羊疼得跳了一下，扭头看了看苏叶儿，似乎是不服气，我没离群呀，你打我干什么？

钱金豹又说，老母羊旁边的那只大尾巴绵羊，尾巴上沾了许多草籽儿的那只。

苏叶儿问，打哪儿？

钱金豹出了难题，打犄角行吗？

苏叶儿问，左边的还是右边的？

钱金豹说，左边的吧。

苏叶儿稍微瞄了一下，将石子甩出去，不偏不倚，正好打在大尾巴绵羊左边的犄角上。大尾巴绵羊使劲晃摇着脑袋，委屈地叫起来：咩……

钱金豹笑了，太棒了，太厉害了！

苏叶儿更是得意，哈哈大笑起来。

钱金豹说，差不多赶上我们用的汉隶镖了。汉隶镖是我教给翁麒麟的，可是他有天分，后来用得比我厉害，百发百中。

怎么又提起了翁麒麟，钱金豹啊钱金豹，你算没救了。

苏叶儿见钱金豹一副心不在焉的样子，举着牧羊铲在他眼前晃了晃，又咯咯地笑起来。

钱金豹看见苏叶儿这副笑模样儿，突然想到了潘灵芝有个丫鬟叫菱荇，是个爱哭的姑娘。动不动就哭，值得不值得都哭，哭起来不管不顾，惊天动地。要是把菱荇和苏叶儿放在一起，一个爱哭，一个爱笑，会是怎么样呢？

钱金豹知道自己喜欢苏叶儿了。他却不敢承认，怎么可能呢？蓝蝴蝶刚刚离开他，莫非他就变了心？真不是东西。

见不到庞天佑，钱金豹总是想从苏叶儿的嘴里多知道点儿什么。苏叶儿喜欢笑，也喜欢说，跟钱金豹聊天，苏叶儿也很快乐。

钱金豹说，有个爷爷真好，我从小就没见过我爷爷。

苏叶儿说，你不是有爸爸妈妈吗？

钱金豹说，那么你呢？你的爸爸妈妈呢？

苏叶儿低下了头，嘴角的笑纹稍稍变了形态，像是要把笑收敛起来，又隐藏不住。

过了一会儿，苏叶儿说，我爷爷没告诉你吗？

告诉我什么？

他不是我的亲爷爷。

怎么会呢？他对你那么亲。

是亲，比亲爷爷还亲呢。

到底是怎么回事呢？

苏叶儿把脸仰起来看着瓦蓝瓦蓝的天空，一只苍鹰在盘旋，忽而俯冲下来，目标是地上吃草的羊群。忽而又振翅高飞，在白云下面滑翔。

罗卜藏丹津叛乱，青海大乱，新疆西藏及陕甘地区都卷入战火之中。雍正皇帝命年羹尧任抚远大将军，总督各军，指挥作战。年羹尧命岳钟琪和爷爷庞天佑为副将分路平叛，岳钟琪进攻南线，庞天佑进攻北线。当时父亲在庞副将属下任骁骑参领，也是个五品大员呢。庞副将的军队非常勇猛，一出兵便将罗卜藏丹津杀得溃不成军，狼狈逃窜。他们逃到桌子山，固守着关口要塞。那个桌子山真像一张桌子，端端正正地摆在山腰上。两边是悬崖深渊，唯一的路就被这张桌子挡住了。庞副将率众攻关，久攻不下，死伤很大，桌子山下堆满了将士的尸体。

年羹尧能打仗，对下属是非常严厉的。他命令庞副将三日内破关，否则提着人头来见。

庞副将急了，父亲想出了一条妙计。他侦察到了，罗卜藏丹津的军队正从后山运粮草，他要赶着一辆粮车混在运粮的队伍中。

这是很要命的事，无论成功或者失败，父亲都必死无疑。父亲报定了必死的决心，庞副将终于同意了父亲的计策。临出发之前，庞将军让父亲将家里的详细地址写下来交给他，庞将军说，若有不测，你的家人就是我的家人，我定会为你照顾好全家。

父亲的车辆成功混入了罗卜藏丹津运粮的队伍，他赶的那辆大车上，除了有几包粮食，还有几包黄蜂。黄蜂是最厉害的蜂了，被它叮了能死人。父亲的车进入桌子山之后，正赶上士兵们吃饭。父亲故意将车赶到阵地中间，抽出短刀将装黄蜂的麻袋割开。成千上万的黄蜂在麻包里憋坏了，轰地飞出来，见人便叮。父亲趁机点燃了车上的粮草，浓烟滚滚，更把黄蜂惹火了，黄蜂疯狂地进攻着，桌子山乱成了一锅粥。

下面的庞副将见桌子山起火，组织猛攻，一举拿下了桌子山……

父亲牺牲了。

后来年羹尧大将军被雍正皇帝杀害了，庞将军离开了军队。

庞将军解甲之后，没有回老家，而是按照父亲留下来的地址找到了合阳。

父亲走的时候，家里有奶奶、妈妈，我刚刚三岁。庞将军来的时候，我们家空无一人。几年大旱，奶奶和妈妈都饿死了。我跟着几个小伙伴外出讨饭。

庞将军为了找到我，竟然也混在乞丐的队伍中乞讨，几个月之后才把我找到。

我叫庞将军爷爷，他认了我这个孙女，我们祖孙俩回到家里，重新整理家舍，耕种田地，相依为命……

第十九章　青卷·西篇

这天晚上，庞天佑从外面回来，带回了许多酒肉蔬菜，还有给苏叶儿买的新衣服。

苏叶儿试穿着新衣服，高兴得又笑又唱，唱得是合阳小调儿：打开柜子揭开箱，换上几件新衣裳……

庞天佑听了，跟着唱了起来：杏花村过了是桃花庄，连跑带蹦看情郎……

苏叶儿叫嚷起来，哎呀爷爷，您瞎唱个啥呀？

庞天佑招呼钱金豹，让她自个儿美吧，咱先喝酒。

钱金豹在庞天佑的对面坐下来，端起酒壶斟酒，爷爷，您又买酒又买肉，还给苏叶儿买衣服，遇上了什么喜事了吗？

当然有喜事了，这个喜事跟你有关系。

跟我有关系？那您快说说。

我找到了陆师祖和你父亲的下落了。

啊，真的？太好了……来，爷爷，我敬您，谢谢您……爷爷，我父亲他们在哪儿？

在甘肃天水。

天水……离这儿有多远？

不远，要是骑马，三四天的路程。

太好了，来爷爷，我再敬您一大杯……

苏叶儿叫起来，什么事呀大呼小叫的？

钱金豹说，爷爷找到我父亲了，还有陆师祖……

是吗？这么大喜的事，我也要喝点儿酒……

高兴的劲头儿还没过去，苏叶儿便唰地把笑纹缩进去了。

钱金豹急着要去找父亲，庞天佑说要跟钱金豹一起去，苏叶儿叫嚷起来，你们都走了，我怎么办？

庞天佑说，镇上有一家绣坊你知道吧？

苏叶儿说，知道呀，啊？您不会把我卖到绣坊去吧？

庞天佑说，说啥呢，爷爷怎么舍得卖你呢？绣坊的女掌柜人很好，心地善良脾气又好。

苏叶儿说，这跟我有啥关系？

庞天佑说，我让你到她的绣坊去，你愿意当绣娘呢就当绣娘，不愿意当绣娘呢就替她管管事，反正也没多久，我回来之后再把你接回家。

不行，我要跟你们一起走。男人到了外面就忘了家。当年我爸爸就是这样，说当兵几年后就把我和妈妈接走。我和妈妈天天等夜夜盼，结果呢……

庞天佑不说话了，男人到了外面，当兵打仗也好，做生意当官也罢，身不由己啊。他们不是不惦记着家，只是无奈，只是顾不上，只是外面有太多的事情需要男人去担当。想到这些，庞天佑对苏叶儿说，叶儿，你看爷爷都这么大年纪了，我怎么会不惦记着家呢，我还等着跟着你颐养天年呢。

您能回来我信，那金豹哥呢？

钱金豹立即说，我也回来，我跟爷爷一起回来。

真的？

我发誓……

说着，钱金豹郑重其事地站起身，举起酒杯，朗声说，上有青天，下有厚土，中间有爷爷和苏叶儿，我钱金豹对天盟誓……

苏叶儿看着钱金豹的样子，咯咯笑起来。

钱金豹挂不住脸儿，你笑什么？我是认真的。

苏叶儿笑着说，算了吧，瞧你那傻样儿。

钱金豹被嘲弄得无地自容，冲着庞天佑说，爷爷，您管管苏叶儿好不好？

庞天佑说，来来来，快坐下喝酒吧，明天一早还要赶路呢。

苏叶儿不动声色地问，你们明天就走？

钱金豹说，急不如快，我们早去早归。

第二天一早，钱金豹就催着庞天佑出发了。苏叶儿依然像往常一样，笑呵呵地为他们准备好了早饭，又送他们骑马上路。

要离开苏叶儿了，钱金豹突然心里一阵发堵，一口气没喘上来，眼泪却掉下来了。

苏叶儿哈哈大笑起来，金豹哥，你怎么了？不会吧？

钱金豹忍不住带出了哭腔，什么不会，你怎么这么没心没肺？人家是舍不得离开你……

苏叶儿笑得更加邪乎了，都弯下了腰，哎哟，至于的吗？不就是分开一会儿吗？还大老爷们儿呢！

钱金豹说，什么分开一会儿，谁知道什么时候才能再见到你。

庞天佑反倒在一边催促起来，好了好了，别整这些儿女情长的事了。等完了事，我把苏叶儿许配给你当媳妇。

这下苏叶儿可笑不出来了，爷爷，您胡说什么呀？

庞天佑说，怎么，你不愿意吗？

钱金豹却笑起来，抢着说，爷爷，我愿意。

苏叶儿朝钱金豹的马屁股上狠狠地打了一下，马奔跑起来，钱金豹一个闪身，差点儿从马背上摔下来……

钱金豹和庞天佑说说笑笑地上路了，心里急，脚下却不急。他们先到了镇上，庞天佑又跟绣坊的女掌柜交代一下，说苏叶儿把家里收拾一下就过来，嘱咐女掌柜好好照顾苏叶儿，回来会有重谢云云。

然后又边走边聊，奇怪的是，钱金豹似乎也不着急了，任马由缰信步。他走在路上，心却被苏叶儿坠着，能急吗？

庞天佑很兴奋，居然跟他讲起了年羹尧大将军的故事。

年大将军去西藏平叛的时候，宿营山下。三更时分，忽然一阵西风吹来，很急很猛，过了一会儿风停了，无声无息。年大将军当即命令本副将，哦，那时候我还是参将，率领飞骑三百，前往西南密林中搜查，果然敌军袭来。本参将率众兵将把他们一网打尽。我一直很纳闷，不就是刮了一阵风吗？年大将军怎么知道会有敌军来袭？回来问大将军，大将军说，一霎而绝，非风也，乃飞鸟振羽声也。夜半而鸟出，必有惊之者。此去西南十数里，有丛林密树，宿鸟必多，必是贼来潜伏，故群鸟惊飞也……

钱金豹正在赞叹年大将军用兵如神，突然发现前面的山凹高处，坐着一个红衣少女，仔细一看，惊叫起来，爷爷您看，那不是苏叶儿吗？她穿的是昨天您给她买的衣服。

庞天佑一看，笑了。

苏叶儿从山凹处跑下来，拦住了钱金豹的马。

庞天佑说，我就知道你会来送行的，没想到你会跑这么远送钱公子。

苏叶儿说，爷爷，这回您猜错了，我不是来送行的。

你不是来送行，跑这儿干什么来了？

我要跟你们一起去天水。

这怎么行呢？我们又不是去走亲戚。

不管你们去干啥，我都要去。

苏叶儿，别调皮，我说的是正事。

我说的也是正事，我非跟你们走不可。

钱金豹突然心动了，爷爷，要不……就带上苏叶儿一起去吧。

庞天佑也知道苏叶儿的脾气，为难地说，可是……这么远……她又没有马。

苏叶儿说，我跟金豹哥骑一匹马。

庞天佑说，那怎么行？大男小女的……让人看见了成何体统？

苏叶儿说，您不是把我许配给钱公子了吗？嫁鸡随鸡嫁狗随狗嫁给钱公子骑马走。

庞天佑被气笑了，你呀，脸皮怎么这么厚呀？

苏叶儿冲庞天佑做了个鬼脸，拉住钱金豹的衣襟，往上一跳，便跨上了马，搂住了钱金豹的腰，然后使劲拍了一下马的屁股，马奔跑起来，超过了庞天佑……

不知道为什么，钱金豹见到了父亲，并没有想象的那么激动。家庭亦朝廷，父子亦君臣，这是孔圣人规定好了的。许许多多的父子之间，特别是上流社会的父子之间，都是非常陌生、非常规矩、礼仪严明的。也许小的时候跟父亲撒过娇，也得到过父亲的宠爱。但是长大以后都渐渐地淡忘了，记住的就是父亲的训斥、打骂、教训。一边是威严不可侵犯的家长，一边是驯服顺从的孝子。到底是一种什么力量，将最亲密的两个人都成功地安装上了冰冷僵硬的面具呢？

一道一道的墙，不是砖石垒砌的墙，是冷漠、戒备、威严、屈从构建的无形的墙。在泱泱大国的土地上，这道墙无处不在，只要有人的地方就有墙。它割断的是亲情、是交流、是爱的表达，它允许通过的只能是虚伪、是猜度、是防范与利用。中国的父子之间有爱吗？应该是有的，那么这种可怜的爱如何表达呢？他们拥抱吗？他们握手吗？他们谈心吗？

钱金豹当然没有想到这些，他亦如同千千万万对父子一样，只是以规范的模式战战兢兢地交流着他们的情感，每句话都是经过斟酌之后才说出口的。钱金豹觉得，在他所见到的所有的男人当中，父亲是对女人最好脾气的。父亲不是没有脾气的人，在江湖上也是一条响当当的英雄好汉。可是在母亲面前，他却总是笑眯眯的，说话柔声细气，温驯得像一只老绵羊。这不是装的，装是装不长久的。在儿女面前，和别的父亲比较起来，父亲也算不上最严厉的。父亲也对他们发过脾气，也训斥过他们，但是没有打过他们。这已经非常值得钱金豹在外面吹牛了。

钱坚依例问，你娘怎么样？

谁都知道，钱坚对妻子有一种特殊的感情，他们之间的感情是可以称为爱情的。爱情在中国的男女之间是一个忌讳的字眼儿。男女之间爱得再热烈，也只能在被窝儿里用行动而不是用语言表达出来。大庭广众之下，更是避讳谈情说爱。在道学家的眼睛里，似乎所有的男女之爱都是乱伦，都是十恶不赦，都要遭天谴遭雷劈遭千夫所指的。

钱金豹见父亲问，犹豫了许久，他不知道该如何告诉父亲。母亲只知道父亲死了，死后连尸首都没有找到。宝华山安葬的是父亲和翁伯伯的衣冠冢。母亲听到父亲死去的噩耗，哭得昏天黑地，昏死过好几次。在那些日子里，钱金豹和弟弟以及亲戚朋友轮流守护在母亲的身边，生怕她寻短见。事后想一想，母亲似乎没有寻短见的意思。她还有两个儿子和一个女儿，还有一个心爱的丈夫留下的家。她不能扔下子女和家庭去追随父亲。更重要的是，母亲心里似乎有一种预感，有一种信念，她觉得父亲没有死。钱金豹陪同翁麒麟进京赶考与母亲告别的时候，母亲跟他悄悄说了一句话，到外面留点儿心，打听打听你的父亲……

母亲只说让他留点儿心，打听打听父亲，她并没有说打听父亲的死活，或者打听父亲的下落。母亲是个绝顶聪明的人，她为自己的预感留下了余地。

更让钱金豹坚信母亲有这种预感的是，母亲临别时送给他一个玉坠儿。这玉坠儿是和田羊脂玉的，雕刻着一个小葫芦。母亲告诉他，这是当年认识父亲的时候，父亲送给她的。

钱金豹将那个玉坠儿从脖子上摘下来，递给了父亲，什么话都没有说。

钱坚接过玉坠儿，像不认识似的，放在手心里仔细地察看着，想要从上面读出妻子的信息。他的脸色越发凝重起来，黑黑的，像罩上了一层浓雾。钱金豹看见，父亲的眼睛浑浊了，两滴大大的泪珠儿在眼眶里打转转儿。父亲极力克制着，不让泪珠儿在儿子面前掉落下来。

沉默了半天，钱金豹问，要不要把您还活着的消息告诉母亲？

是啊，这是个问题。当然，如果母亲知道父亲还活着，那该多高兴啊。但是，知道父亲还活着，又见不到父亲，又不知道父亲的处境，那又该有多么的担心啊！

父亲大概也想到了这些，说了声，先不急吧，好在你娘也扛过去了。

这句话钱金豹懂了，看来父亲是懂得母亲的，他想象得到，母亲熬过了怎样的生死劫难，才硬生生地扛过了这场灾难。

爸爸，我一直想不明白，潘叔叔为什么要出卖你们呢？安清帮的条规是你们一起制定的，不准爬灰倒笼。犯下这一条，要绑在铁猫上烧死的，他忘了吗？

钱坚冷冷地笑了笑，温和地说，孩子，你到底是读过几天书的人。读过几天书的人都相信纸上写的东西。有哪些条规，是自己给自己制定的呢？

钱金豹也笑了，又问，他总该给你们一个说法吧，你们毕竟是结义兄弟，又共同创立了安清帮，他这么不仁不义，不怕给自己留下恶名吗？

钱坚说，是啊，开始我和你翁伯伯也是这样想的，后来我明白了，胜者王侯败者贼。只要他胜利了，就会千方百计地把恶名扣在别人头上，把美名留给自己。在这茫茫黄土高原上，我夜里睡不着觉，常常对着满天的星星发呆。我想，天道不公，每一颗星星或许都是一个冤魂。

钱金豹被父亲的话震惊了，激愤地说，难道翁伯伯就白死了吗？

钱坚突然问，你麒麟哥怎么说？

钱金豹心里又腾腾地冒起了火，缓了半天，才说，他翁麒麟还有什么好说的？为了个女人，杀父之仇都不报了，还算个男人吗？

钱坚平静地说，如果我死了，我也不希望你为我报仇。

钱金豹大为不解，为什么？

钱坚说，我也说不清楚为什么，我只是觉得不值。

钱金豹更困惑了，什么不值？

钱坚说，什么都不值。原本我们应该有自己的生活，只要努力，不偷懒，不败家，日子也能过得不错。可是我们为什么要做这些呢？我也想不明白，你也别问我了。我想不明白的事情做也就做了，不后悔，也后悔不起。可是你们就不能跟着我们蹚浑水了。

钱金豹呆呆地看着父亲，父亲这是怎么了？他又想起了翁麒麟，难道翁麒麟应该这样做吗？这样做对吗？如果这样做是对的，那么他呢？他难道错了吗？

不远处，传来了苏叶儿的歌声。高坡上，一朵红霞在万花丛中绽放开来，少女的馨香和蓬勃的活力膨胀着、鼓噪着，扇动着诱惑的翅膀。美好的欲望和粗野的冲动在钱金豹的身上蒸腾着，云端处，钱金豹看见了自己在飞旋。

钱坚是见过苏叶儿的，也看得出来钱金豹是喜欢这个大西北的女孩儿的，便站起身对钱金豹说，走吧，咱也到高坡上转转。

钱金豹觉得父亲看出了自己的心思，故意给他个方便。他的脸红了。

苏叶儿再爱笑，也笑不出来了。

他们来到天水的麦积山之后，爷爷便被陆逵迎进他修炼的灵泉洞密谈。已经三天三夜了。

灵泉洞在麦积山石窟的后面，一道黑黝黝的深渊把大山割裂开来。深渊两边宽不过丈余，要进出洞窟，唯一的通道便是一座吊桥。吊桥由朱小全、黄象、刘玉诚、石士宝四位壮士看守，自从他们在两狼山逃脱了漕标兵的围剿找到师祖陆逵之后，便时刻跟随在陆师祖左右。陆师祖出洞，他们放下吊桥随行。陆师祖进洞，他们守护着吊桥。

爷爷进入灵泉洞之后，苏叶儿便在外面耐心等待着。好在有钱金豹陪伴着她，她也不感到孤单。可是三天三夜爷爷都没有回来，苏叶儿沉不住气了。

钱金豹带着她去找父亲，要求父亲到洞里问问。

钱坚说，那是陆师祖修炼的地方，任何人都不能随便入内，我也只是刚来的时候进去过一次。

苏叶儿急着问，那里面有吃的吗？

钱坚摇了摇头。

苏叶儿又问，那里面有喝的吗？

钱坚又摇了摇头。

那里面有什么？

除了香炉烛台，就只有一个陆师祖打坐的蒲团了。

连被褥也没有？

没有。

苏叶儿更急了，整整三天三夜了，他们不吃不喝不睡？

陆师祖是修炼成佛之身，可以辟谷九九八十一天，不衣丝麻，不食五谷。

陆师祖可以不吃不喝不睡，我爷爷可不行。我爷爷是肉身凡胎，怎么受得了？

恐怕……陆师祖是有办法的。

有什么办法，难道让我爷爷跟着他修道不成？我爷爷七十多岁了，受不了这么大的苦……

苏叶儿拉着钱金豹到对面山崖上等爷爷，灵泉洞的石门紧闭，似乎从来就没有打开过，而且永远也不会打开了。

苏叶儿冲着洞口喊着，爷爷……爷爷……你在里面吗？

钱金豹也跟着苏叶儿喊着，爷爷……爷爷……你听见了吗？

没有任何回应，石门死沉着脸。

钱金豹央求着守护吊桥的壮士，黄象哥哥，麻烦您通报一下，就说苏叶儿要见她爷爷。

守护在石门口的黄象说，金豹兄弟，你这不是难为我们吗？师爷在洞里，是不允许任何人打扰的。

钱金豹说，已经三天了，苏叶儿见不到爷爷，都要急死了。

黄象说，她爷爷跟师爷在一起，有什么好急的。

钱金豹说，苏叶儿惦记着她爷爷吃饭。

黄象说，饿不死。

苏叶儿冲着黄象嚷道，你说的什么狗屁话，敢情不是你的爷爷，换了你的爷爷你不急吗？

黄象不跟她一般见识，躲进旁边的小岩洞里不出来了。

苏叶儿急得团团转，转来转去，朝山崖上爬去……

钱金豹见苏叶儿攀岩越崖像山羊一样的灵活，大的崖口攀爬，小的崖口则一跃而过。钱金豹看得胆战心惊，用尽浑身的胆量和气力依然追不上她，只好坐在山腰上等着她。

傍晚的时候，苏叶儿下来了，对钱金豹说，你得跟我去救爷爷。

钱金豹问，怎么救？

苏叶儿说，你跟我走就是了。

钱金豹问，朝哪儿走？

苏叶儿说，我们得先下山找根绳索。

他们找到了一根绳索，又吃了点儿东西，苏叶儿往怀里给爷爷揣了两个馍，便朝山上走去。

天已经黑了，黑灯瞎火地爬山，山上又没有路，除了石头就是荆棘草丛，这可苦了钱金豹。

钱金豹是在运河边长大的，在水里浪里能自由翻滚，鱼儿一般。可到了山上，他却脚笨腿软，脚下没根，磕磕绊绊踉踉跄跄。苏叶儿走在前面，蹦跳如飞，身轻如燕。钱金豹跟在后面，气喘吁吁，连话都说不上来了。逢沟过坎，总要苏叶儿回过头来拉他一把才行。

就这样攀爬了两个时辰，终于到山顶了。

苏叶儿说，下面就是灵泉洞。

钱金豹望着黑洞洞的深崖，惊恐地问，从这儿下去？

苏叶儿说，我下去，你在上面接应我。

钱金豹说，你下去也不行啊，这山崖太深了，扔块石头，连个回音都听不到。

苏叶儿不跟他解释，找了一块大石头，将绳索的一头拴在石头上，然后，又将绳索的另一头绑在自己的腰上。

钱金豹更加恐惧起来，苏叶儿，不行，这太危险了。

苏叶儿盘着手里的绳索朝山崖走去，你拉着绳索，慢慢地往下放。等我找到了爷爷，就使劲拽绳索，你再把我拉上来。

钱金豹见无法再阻止苏叶儿了，便依照她的话拉起了绳索，一个劲儿地嘱咐，小心啊，你可千万要小心……

苏叶儿一边朝山崖下溜着，一边说，你烦不烦呀，我们山里的孩子爬山跟你们走平地没有什么两样。

钱金豹还想再说什么，苏叶儿却不见了，她已经攀着绳索下了崖。

钱金豹紧紧地抓住绳索，按照苏叶儿的吩咐，一点儿一点儿地往下放着。他感觉得到，苏叶儿在山崖上伸开双腿，一弹一跳地溜向下面。眼前一片黑暗，不要说那深不见底的山崖，连周围的山峦草木都难以辨认。天空也是黑沉沉的，星光也被阴云遮住了。钱金豹小心翼翼地掌控着手里的绳索，想象着她下沉的速度和距离。一切都还顺利，他一寸一寸地放着绳索，半点儿不敢大意。他掌心里跳动着苏叶儿的体态和重量，自己的心却停止了跳动。苏叶儿的身体还在一寸一寸地朝下移动着，他猜测着苏叶儿的身体离灵泉洞还有多远，手心里的绳索越握越紧。突然，他像是感觉到了什么，双手往上弹跳了一下，顿时，所有的重量都失去了。他抖动着双手，绳索像蛇一样地蹿上来……他哇地惊叫起来，爬向深崖，拼命地喊叫着：苏叶儿……苏叶儿……苏叶儿啊……

绳索断了，被崖上尖利的石头磨断的。

苏叶儿的身体呼的一下子像是飘了起来。不不，不对，不是飘，是下落。她手臂不由自主地伸展开了，身子急遽地坠向崖底。崖底很深，深得像是从高远的天庭落向地面一样。耳边的风啸如虎狼般地嚎叫，又像鬼怪般地嘲笑。她也想笑，但是笑不出来，下坠的五脏六腑将她的喉咙堵上了，连呼吸也堵上了。只有她的脑子还在转动，她知道她将要在崖底粉身碎骨，非常非常地清楚，她的眼睛突然亮了起来，一片金碧辉煌，耳边的风啸变成了悦耳的鼓乐声……她来到了另外一个世界，这难道就是传说中的天庭吗？

她被抱住了，紧紧地抱住了。她的身体不再下沉，是移动，摔打般地移动，非常强烈，她被弄疼了。呼的一下子，她什么都不知道了。

弥留中她听见了一个声音，非常强烈的声音，这声音像山洪般地冲击着她，她的身体猛烈地震动着。

她感觉到被一个温暖的世界搂抱着，一个扎扎实实的世界，没有半点儿虚幻。

爷爷，是爷爷……这是爷爷的怀抱，爷爷把她紧紧地抱在怀里……

她惊喜地叫着，爷爷……爷爷，是您吗？真的是您啊爷爷……

爷爷摇晃着她的脑袋，叫着，孩子孩子……你醒醒……醒醒……

苏叶儿睁开了眼睛，我们这是在哪儿？在天庭吗？我死了吗？我死了吗爷爷？那么您呢……您怎么也到这儿来了？

爷爷安慰着她，别说傻话了孩子，你没死，没死，你活得好好的……

苏叶儿，我死了爷爷，我死了……

爷爷说，胡说，你死了还会说话？

苏叶儿说，我掉在悬崖下摔死了……

爷爷说，不是不是孩子，爷爷把你接住了，你没掉下去……

苏叶儿终于听清了那个撕心裂肺的呼叫声，那声音来自山崖的上面，苏叶儿……苏叶儿啊……我的苏叶儿啊，是我害死你啊……苏叶儿啊……

是钱金豹，钱金豹在山崖上哭喊着她。

苏叶儿挣脱了爷爷的怀抱，来到洞口，冲着上面喊着，金豹哥哥，你别哭，我没死……

苏叶儿啊……苏叶儿……

金豹哥哥，我在……我是苏叶儿啊……

是你吗苏叶儿？真的是你啊，你没死，你没掉下去？

是爷爷把我接住了……爷爷接住了我……

苏叶儿啊，谢天谢地啊苏叶儿……

金豹哥哥，我没事，你自己下山吧……

哈哈哈哈，苏叶儿，我在山下等你，哈哈哈哈……

苏叶儿听到了钱金豹的笑声，自己也笑了，终于笑了。

爷爷，你怎么知道我来了，怎么把我接住了？

我跟陆师祖在山洞里打坐，突然听到一个奇怪的声音，我不放心，打开洞门，你刚好坠落下来，我就把你接住了……

钱金豹下山回到灵泉洞对面的时候，天光已经大开了。

苏叶儿和爷爷在山头上等着他，还有陆师祖，还有父亲，还有朱黄刘石四位师兄。

钱金豹奔跑上来，像一头勇猛的豹子。

苏叶儿迎了过来，张开双臂像是要与他拥抱。

钱金豹避开了苏叶儿，径直扑倒在庞天佑面前，咚咚地磕着头。

所有的人都蒙了。

钱金豹哭着说，谢谢爷爷，谢谢大恩大德的爷爷，是您救了苏叶儿啊……

庞天佑笑了，我救的是自己的孙女，你谢我什么？

钱金豹意识到了什么，抬起头来，众人都看着他笑。

父亲拉起了他，快起来吧，陆师祖摆下了酒宴，正要招待庞将军呢。

到了通州，翁麒麟和蓝蝴蝶住进了漕运客栈。一路风尘，蓝蝴蝶要洗漱一番，翁麒麟则借故出去转转，回到了天桥湾的翁宅，他要去看看菱荇。不知道为什么，他心里总是惦记着这个胖丫头。他觉得菱荇是个有情有义有趣味儿的女孩儿，他也知道胖丫头早晚会委身于他的。说私密话，他心底还常常有丝丝的期待，也曾经猥琐地想象过将胖丫头搂在怀里的感觉。他还暗暗地将潘灵芝和胖丫头进行过比较，因为将来他们毕竟要一室三好的。他觉得跟潘灵芝更多是情感上的交融，而跟胖丫头却可以放肆地享受肉欲。想到这些，翁麒麟哑然笑了。不行，太龌龊了，非读书人之所思所想。自己定要按照圣人的教诲，破心中贼，存天理灭人欲。

翁麒麟推开虚掩的大门，聋子张大爷立即从门房里出来，好像专门等待他的到来一样。两个人似乎都吃了一惊，又都很快恢复了常态。

翁麒麟向张大爷问候，张大爷却急急地把他拉入门房。张大爷的耳朵实在是聋得不行了，好在他还会写字。纸和墨都准备好了，可见他一直在用写字与别人交流的。

张大爷告诉他，菱荇走了。

翁麒麟接过笔写道，去哪儿了？

张大爷使劲摇着头。

翁麒麟又用笔问张大爷，她是自己走的，还是被别人逼迫走的？

张大爷告诉他，是自己走的，走的时候背着个小包袱，告诉他去给别人送点儿东西，可是出了门就一直没有回来。

这可奇怪了，菱荇不是那种不靠谱的人，说好了让她看家，怎么能擅自走了呢？她一个女孩子，无亲无故，能去哪儿呢？莫非真的是出门遇上了不测？翁麒麟紧张起来，他急忙奔向后宅。门锁着，他让张大爷把锁打开，在屋子里仔细查看着。东西收拾得整整齐齐，炕上的被褥都叠得规规矩矩。不像是仓皇离去的，再打开炕箱看了看，翁麒麟留给她的银票和零钱也都带走了。

翁麒麟没有再向张大爷问什么，张大爷从怀里掏出一封信交给了他。

信是潘清的亲笔，说自己已经到了沧州，要在沧州跟他见一面。寥寥数行文字，说得很清楚，却又如同什么都没说，只是约他相聚。

翁麒麟算了算日子，潘灵芝已经到东昌府了，他们的事潘清都知道了。那么，菱荇是不是潘灵芝招呼走的呢？按照张大爷说的日期，又不对，菱荇走的时候，他和潘灵芝还没有分手。

刚从沧州来到通州，又立马要返回沧州，蓝蝴蝶很是疑惑。翁麒麟只是告诉她接到了潘清的信，而且把潘清的信给她看了，她还是想不明白。

为什么接到潘清的信立马就要动身呢？在翁麒麟的眼里，潘清还是他的长辈或者安清帮的首领吗？翁麒麟对潘清到底是心怀敬畏还是满腔仇恨？为什么我们刚离开沧州，潘清就到了沧州呢？到了沧州为什么又急急召见翁麒麟呢？

翁麒麟说，他召见我，我为什么不去，我正想找他呢。

蓝蝴蝶说，你找他是为了报仇吗？

翁麒麟说，当然，杀父之仇岂有不报之理。

翁麒麟说得很慷慨，蓝蝴蝶却依然狐疑满腹。她觉得事情不会像翁麒麟说的那么简单，翁麒麟似乎对她隐瞒了什么。

翁麒麟确实没有欺瞒蓝蝴蝶，只是有些话不想对她说。譬如对菱荇的担忧，还有……他之所以急着去见潘清，不仅仅是为了报仇，他还想知道潘灵芝的消息。他和潘灵芝毕竟是青梅竹马一起长大的，情同骨肉，就这么分开了。难说是愧疚还是割舍不断，总之是放不下。潘灵芝从来没有离开过他，每天都沉沉地压在他的心底。

两个人骑着马顺着运河大堤走着，各自想着心事。天气晴好，水碧云白。一切都是静静的，河面上无风，帆樯静静地等待着。河岸上的杨柳也静静地梳理着枝条儿，多情地戏弄着穿梭的柳莺。河滩上，母鸡带着雏儿欢快地寻觅着，啄开了满地的小黄花。突然，天空掠过一道黑影，一只老鹰俯冲下来，伸出利爪抓住了一只母鸡。小鸡雏喳喳地奔跑呼救着，踩灭了满地星光般的小黄花。

翁麒麟眼疾手快，掏出汉隶镖抛向空中的老鹰，老鹰哇地叫了一声，扔下爪下的老母鸡，带着伤跑了。

蓝蝴蝶也哇地叫了一声，你的汉隶镖真厉害。

翁麒麟叹息着说，这还是金豹教给我的，也不知道他现在怎么样了。

蓝蝴蝶看了看翁麒麟，没有接他的话茬儿。

眼前这一幕一闪而过，蓝蝴蝶突然说，不对，我们不能去沧州。

为什么？

潘清已经布下了陷阱，你报不了仇，恐怕还要把自己的命搭进去。

怎么可能呢？

怎么不可能呢，这么长时间了，他肯定了解了你和钱金豹的底细，知道你们要找他报仇，他能伸着脑袋等着你们去砍吗？现在，你们把他当成了仇敌，他也同样把你们当成了眼中钉，肯定要想尽办法除掉你们。

翁麒麟不作声了。

蓝蝴蝶说，我们应该去找你们师爷。

翁麒麟说，你是说，我们要去找钱金豹。

钱金豹现在应该找到了你们的师爷，你应该跟他们会合，共谋为安清帮除奸的大计。

那么你呢?

我已经是你的人了，当然要跟着你了。

翁麒麟沉重地摇了摇头，不……无论如何我要见潘清一面。

潘清要杀死你的。

我看不至于。

你别那么天真了好不好?

我会小心的。

他们已经有所准备，你再小心也没用。

不是还有你吗?

就怕我们寡不敌众。

大不了拼个鱼死网破……

第二十章　白卷·辛篇

让漕运总督张大有寝食难安的有两件烦心事，一公一私。

先说公事，他的案头上放着一份雍正皇帝的御批，是李卫把一个烫手的煮鸡蛋扔给了他。

雍正皇帝继位之谜在朝野中有许多猜测和传说，这些风传也自然亵渎了圣听。越是名不正言不顺的幸运儿，越是自命不凡，越是需要有人把他抬到神坛上。雍正皇帝除了用自己的勤政和冷酷表现自己，还著书立说，多方证实自己是真龙天子，天助神佑，普天拥戴。上有所好，下必甚焉。地方官员比着表忠心献祥瑞，刻意逢迎，花样迭出，颇具创意。这是张大有出任漕运总督的第二年，山东、江苏、浙江大闹蝗灾。蝗虫遮天蔽日，疯狂地吞食尚未成熟的庄稼。百姓急疯了，也像蝗虫般地扑向田间，没日没夜地抢收半熟的庄稼，与蝗虫争食。毕竟人力无法抗拒天灾，那一年的收成只有三四成。地方大员为了讨皇帝欢心，非但隐瞒灾情不报，还纷纷上表政绩，超额完成税课。官府横征暴敛，百姓手中无粮。官府于是临时招募大量的混混儿打手，以官衙的名义闯入百姓家中。见粮就抢，无粮就打，打亦无粮，便抓进牢笼关押。更有甚者，大员们还争先恐后地向皇帝献祥瑞之兆，“双穗瑞谷”“一杆四穗”“同茎分蒂”“瑞气蓬生”云云，报捷的喜讯雪片般地飞向紫禁城，飞向皇帝的龙案上。运河两岸则是哀鸿遍野饿殍盈路，到处是乞讨逃荒的灾民。张大有实在看不下去了，便冒死给皇帝奏明灾情：百姓将半熟之高粱稻谷抢收三四成，其余全被蝗虫食尽，秋收无望，饥民哀恳救济，赈灾为当务之急。皇帝接到张大有的奏章，派可靠之人前去调查，发现灾情最严重的地方，恰是捷报最早最多的地方，也是官员贪腐最严重的地方。为了治理天灾人祸，皇帝诏令严查不殆，并救灾抚民。

这件事让雍正皇帝对张大有更加信任，给予嘉奖，自然也有一大批官员落马遭贬。作为浙江巡抚的李卫，虽然没有像其他官员那样大张旗鼓地表忠献瑞，却也没有如实奏报灾情。李卫是个清正廉洁的能吏，深得雍正宠信。他没有受到惩罚，只是被皇帝轻描淡写地训斥了两句。李卫表面上是个豪气凛然大刀阔斧之人，却有点儿小心眼。张大有让他如此难堪，他也暗暗忌恨在心了。最近，他在杭州抓到一个传播罗教的僧人，叫罗忠明，来自五台山。李卫派出的爪牙禀报，说此人在传教当中，多次讲起“扬州十日”“嘉定三屠”“阎应元抗清”等历史事件，涉嫌寻衅滋事颠覆朝廷。李卫将这个案件直接上奏给了雍正皇帝，雍正皇帝又很快批转给了张大有，命他严查罗教，抓捕教首，捣毁传教庵堂。

此事甚大，直接关系到了安清帮。安清帮是翁钱潘创立的，翁钱潘的五品督粮官是雍正皇帝恩封的，让他们开山收徒也是雍正皇帝亲自批准的，张大有负责辖治安清帮也是雍正皇帝亲授的。安清帮以教治帮，信奉的正是罗教。安清帮的香堂上供奉的达摩始祖下面，第一代师祖是金碧峰，为“清”字辈；第二代师祖是罗清，为“净”字辈；第三代师祖是陆逵，为“道”字辈；后面才是翁钱潘，为第四代“德”字辈。而罗教就是罗清受了金碧峰的衣钵而创立的，很早就在粮米帮中广泛传播，安清立帮后更是定为帮教传承。清除罗教，必然要牵连安清帮。安清帮已经羽翼丰满，有十数万之众，若是处置不好，逼得安清反叛朝廷，张大有肯定会惹来杀身灭族之祸端。李卫啊李卫，我不过说了几句实话，让你难堪一下，你却要我家破人亡身败名裂。算你狠!

再说让张大有烦心的私事。

张大有乃陕西合阳人氏，自幼家贫，却是家学渊源功底深厚。康熙三十三年中进士，选授庶吉士，散馆期间成绩最优，授翰林院编修。因居官勤慎，历任礼部给事中，奉天、顺天府尹，都察院左佥都御史，大理寺卿，左副都御史，兵部左侍郎，工部尚书，礼部尚书，代理兵部尚书，漕运总督……在宦海上，张大有可以说是顺风顺水，帆篷满涨。可是在私生活中，却有些不尽如人意。一妻二妾，连生三个丫头，直到五十岁了，才得了个儿子。九月九日重阳节出生的，原籍又是合阳，取名张三阳。

算命先生说，张三阳命硬，不好养活。三岁的时候，张三阳的生母带着他到运河边看庙会，孩子淘气活泼，与同伴追追闹闹，失足掉进了运河里。众人将他救上来之后，他连睡三天三夜，失了魂魄。有巫婆掐算，说是遇见了水鬼。这水鬼是一个妙龄女子，因恋上一个风流才子而不得婚嫁，投河自尽了。女水鬼阴魂难散心有不甘，每年都出来寻找聪明伶俐的男童，将他的魂魄借用几日。借几日再还回来倒也无大碍，权当嗜睡几日。可怕的是，男童尚幼，魂魄未驻牢，女水鬼又马虎大意，常常放了男童魂魄，魂魄却迷失途中，找不到附体元神。如此一来，便生出许多麻烦，要请和尚道士前来念经烧香做道场招魂。

更麻烦的是，张三阳的魂魄丢失了一次便成了常例，被女水鬼记住了，每年都要前来借取张三阳的魂魄。每年一次也就算了，可就是行无定期，期无定日。不知道什么时候张三阳便昏睡过去，也不知道要昏睡几日。果真如巫婆所言，女水鬼将张三阳的魂魄借去不还怎么办？或者女水鬼忘记了归还的路径，魂魄回不来怎么办？

眼下端阳过后，正是漕运繁忙的时节，张三阳又昏睡过去了。张三阳是正室夫人的嫡出，算是老蚌怀珠。张大有老来得子，夫妻俩对三阳格外宠爱。张大有心疼儿子，三阳的母亲郑氏更是急得火烧火燎。有病寻医，医不成则寻巫寻僧寻道。往年都是委派张巫婆请慈云禅寺的住持慈光上师前来做道场，今年张巫婆自己先失了魂魄，死了。慈云禅寺的慈光上师又云游去了。郑氏有点儿抓瞎，张大有觉得张巫婆与慈光上师所谓的道场招魂，也是虚应故事，真假难说。可是不管怎么样，聊胜于无。有他们这么热闹着，多多少少总算有些安慰，有些期盼，不管时间长短，儿子总是能魂归元神的。

张大有来到儿子的卧房，三阳安静地躺在床上熟睡，脸色苍白，像是一片遭到霜打的嫩叶，额头上的青筋都暴突出来，呼吸也忽急忽慢忽停，常常被憋住，半天缓不过气来。张大有一阵心痛，看了看坐在床边的妻子。妻子郑氏的脸上是愁苦的，懒于梳妆，眼角上还挂着泪痕。

站在一边伺候着的杜妈说，夫人两天两夜没合眼，饭也吃不下。

张大有又心疼起了妻子，你这样可不行，孩子总会醒来的，你不能把自己熬垮。

郑氏固执地说，不行，我得看住他，等着他的魂魄回来。

张大有叹息着，也在儿子身边的床头上坐下了。

郑氏轻声说，你说怪不怪，我虽说没睡着，可是只要一闭上眼睛，就能够看见一只青鸾飞进窗口。

张大有说，也许是梦吧，是个打盹儿的短梦。

郑氏说，可是我明明没睡着呀。

张大有也觉得有些奇怪，青鸾……青鸾白鹤……白鹤乘风去，青鸾随云来……

杜妈突然说话了，夫人说的青鸾，是不是青鸾道长？

张大有一惊，哪个青鸾道长？

杜妈说，茅山上的九霄万福宫您听说过吗？那里的青鸾道长可有道行了，前年我舅舅有病，我还上山找他去求过符呢，可灵验了，我舅舅的病很快就好了。

张大有沉吟着，青鸾道长还活着，得有多大年纪了？

杜妈说，总有百岁开外了，人家说，青鸾道长已经成了仙，长生不老了。

郑氏沉不住气了，杜妈，你能把青鸾道长请来吗？

早在京城为官的时候，张大有便听说过茅山的青鸾道长，说此人神通广大，能来往于天上人间。传说更多的是，青鸾道长救世济民，为百姓治病除灾，仙道美誉远播江南。来到淮安任漕运总督之后，亦有人谈及青鸾道长，张大有并没有在意，心想青鸾道长或许早已离开了人间。若是他仍在世间云游，张大有说不定早就去拜访了。张大有是个读书人，他看重读书人，更尊敬各界的高僧大德。张大有想了想说，这样吧，让管家张福跟你一起去吧，多带些礼物，我再写封信。

杜妈说，有老爷的亲笔信，青鸾道长肯定给面子，小少爷有救了。

郑氏急忙说，别让管家去了，青鸾道长这么高的道行，我该亲自前往敬请。

张大有看了看妻子，有些不放心，又觉得夫人说得十分在理，便同意了。

青鸾道长是傍晚时分来到漕运总督府后宅的，张大有急忙出来迎接，青鸾道长客套了两句，就进了卧房给张三阳把脉问诊。张大有说出了巫婆对病症的说法，请教青鸾道长。

青鸾道长浅浅地笑了笑，姑且听之，可信，亦可不信。

张大有问，那么请教道长，犬子的病症何在?

青鸾道长说，人之病，有有因，有无因；有有状，有无状；有有名，有无名。贫道带来一服药，权且给小公子试试。

说着，青鸾道长打开随身带来的褡裢，从里面拿出一包草药。

张大有接过来，又随手交给了郑氏。

郑氏捧着药包儿说，请教道长，此仙药如何服用?

青鸾道长说，此药不必服用，请拿出药锅火盆，就在小公子的卧房里煎熬。先用猛火烧开，然后用文火慢熬，用药散发出来的气味熏蒸，小公子便会慢慢醒过来。

杜妈立即取来药锅火盆。

青鸾道长说，我们可以离开小公子的卧房，请夫人留下煎药即可。

一般客人来访，张大有都是在客厅接待的。青鸾道长来了，却将他请进了自己的书房。

张大有做官以清廉勤政务实著称，尽管声名大噪，却为人谨慎低调，不善张扬。他很看不起那些张扬膨胀的官员，觉得他们太浅薄，难以与之为伍。他就任漕运总督以来，励精图治，布衣草履，往来于大河上下漕船之间，既调查官员漕弊，又关心运丁冷暖，向雍正皇帝提出了“建石坎，修水势，编船次，均运量，明约束，绝奸宄，选才任，惩渔霸”等八项良策，均被准奏。特别是帮助翁钱潘创建了安清帮，使漕运主力通过安清帮统一指挥，天庾正供面貌一新。张大有运筹帷幄，指挥自如，朝野上下赞誉不绝。雍正皇帝为了褒奖和支持他，特赐他湘妃竹金面折扇一把，上题诗云：

天庾关国计
输挽最艰辛
萆秸来千里
膏旨念万民
无忧任土贡
已得济川人
可靳功高赏
恩光宠锡频

御制诗的前后，还加盖了“为君难”“朝乾夕惕”“雍正宸翰”三枚雍正私用印章。

这无疑是巨大的奖励和荣光，是可以留给子孙万代的传家宝。若是普通官员，不知道该怎样张扬与鼓吹呢。可是张大有却内敛得很，连客厅都没有摆放，只是收藏在自己的书房里。许多人知道此事，上门求得一见圣宝，张大有便谦虚地将人引至书房敬览。

多么谦虚内涵的人也有内心的得意与自豪，特别是在一些重要的人物面前，张大有忍不住地想让人知道皇帝对他的恩宠与信任，不动声色地将人请进书房，并不炫耀，让别人自己发现并赞扬。青鸾道长乃道家巨擘，令无数人倾倒敬畏，张大有自然不能等闲视之。青鸾道长进了张大有的书房，立即看见了高悬墙壁上的御赐金扇，他知道张大有想要什么，便故作惊异地说道，早就听说圣上赏赐给大人的金扇，今日亲睹圣宝，实乃贫道三生有幸。

张大有自然也淡淡地谦逊几句，脸上却掩饰着得意，立即请道长入座，吩咐小童上茶。然后再次作揖施礼，言道青鸾道长下山救护犬子，大有感激不尽。

青鸾道长说，张大人不必客气，贫道对大人的官道人品钦佩之至，仰慕已久，能为大人分忧解困，乃贫道修行之幸。贫道此次前来，尚有几句要紧的话想对大人禀报。

张大有说，请道长教诲。

青鸾道长说，贫道欲与大人谈谈罗教。

张大有愣了一下，罗教？道长不是传习黄老之学吗？

青鸾道长说，罗教虽承禅宗临济根脉，却倡三教归一，内融黄老之学，外习孔孟之道。更何况，罗清乃贫道之胞兄。大人欲灭罗教，家兄有难，理当自救……

这可让张大有万万没有想到，青鸾道长怎么可能是罗清的同胞兄弟呢？

青鸾道长说，贫道知道大人已经狐疑满腹，想到罗清前明之人，怎么可能是贫道的兄弟呢？可谓是英雄不论出处，仙家不问年龄。

张大有极力抑制着内心的惊异，莫非世上真有得道成仙长生不老之人？

贫道乃甘肃兰州府渭源县东乡罗家庄人，家父上天下文，家母秦氏。贫道有兄弟五人，罗清行二，贫道最幼。罗清十二岁入黉门，十七岁中嘉靖恩科举人，赐进士出身，擢任监察御史、户部侍郎……

青鸾道长向张大有娓娓道来，其实这些都不用讲，早在张大有少年时期，就听到过许多关于罗清的传奇故事。罗清是渭源人，属于陇中；张大有是合阳人，属于关中。陇中和关中同属陕甘地区，广义上也可以称作同乡。

明嘉靖年间，外敌纷纷犯边。嘉靖帝命戚继光屯师舟山，抗击倭寇；又命曾铣总督三边军务，平息俺答扰边。此间吐鲁番趁机侵犯，严嵩因恨罗清不为己所用，保举罗清往征。罗清领旨，祭旗出征，应战番将满速儿，不幸被困于两狼山下。重兵包围，人断食马断草，无奈只好杀马充饥。罗清焚香祈祷，求佛祖显灵救助，忽来一僧人，对罗清说，山后有寺，寺后有崖，崖下有洞，洞内有粮。乃本朝清源禅师北征时留存于此。罗清大喜前往，见石洞口外立一石碑，上刻诗一首：

刃自征夫饮
功为大将成
伴君如伴虎
功臣皆狗烹
痛尔为谁苦
留下救济粮
速归原来路
五台去参禅
正统丙辰岁次五台僧人清源识

罗清感激不已，下令全军焚香叩谢清源禅师活命之恩。翌日，罗清率军突围，身先士卒，斩番军主将满速儿，敌军溃败如山倒，罗清领兵乘胜追击，直至哈密城下。番主拜牙狼出城纳降，发誓永不叛明室……罗清班师回京途中，到五台山上寻访清源禅师踪迹，北寺方丈恨修禅师出见，讲述了清源禅师一生史迹，并将遗文偈语经典从佛龛里取出，交给罗清拜读。罗清如饥似渴手不释卷，忽见卷中夹一纸条儿，上书此物统赠罗清。罗清又喜又惊，不知缘由。恨修禅师说，清源禅师乃西域菩提转世，后皈依佛门，属禅宗临济派，三十六世鹅头禅师弟子。清源禅师创立一新门派，志在普度众生，称为清门。清门弟子带发修行，不易服，不受戒；重修性，不重修形；戒人之心贪，不戒人之食禄，免去了佛门许多繁文缛节。现在清源禅师已经成佛，苦无人传承其教，实在可惜。罗清领悟玄机，愿意承嗣清门之宗。恨修禅师将他领到清源禅师的灵塔前，拜清源为师，遵遗嘱取名净清。此举开安清帮灵前孝祖之先河，遂成经典。

罗清回京面君，嘉靖帝立即喝令武士将其推出午门问斩。众大臣苦苦哀求，嘉靖帝才将其免死，关进大牢。

罗清知道是奸臣严嵩父子所害，在牢中便专心拜佛读经，著《定国天书》五部……

青鸾道长讲述着罗清的故事，此类传说张大有早已烂熟于胸，虽说版本各异，也大同小异。只是传说终归是传说，难辨真伪。而张大有作为读书人，对此类稗官之言也只当作街谈巷议，无大兴致。张大有昏昏欲睡，碍于青鸾道长的情面，强打着精神应付着，心里却惦念着卧房中丢失了魂魄的儿子。

一股异香，若有若无，弃之便有，寻之便无。如蛛丝马迹，似秋虫低鸣。这淡淡的香气潜移默化地影响着张大有，令他渐渐地摆脱不开了。更为奇怪的是，他的头脑慢慢地清晰起来，心胸也浸漫着秋风甘露一般，越发神清气爽，再无瞌睡疲倦之意。

青鸾道长默默地看了看他，嘴角掠过一丝不易觉察的得意。张大有抬头朝儿子卧房的方向看了看，顿时明白了。是妻子在煎熬青鸾道长送来的仙药，异香便是从那里飘过来的。青鸾道长果然道行非凡，淡淡飘来的异香便能提神醒脑，何愁儿子的魂魄不归？想到刚刚对青鸾道长讲述的不恭，心生愧疚，便直了直身子，目光投向青鸾道长，做出一副专心致志状。

青鸾道长继续讲述着罗清的故事。

及至前明万历皇帝登基，罗清已经在大牢里待了十二年。此时吐蕃王派来使臣哈美利，献石函天书一部。万历帝将哈美利宣上金銮殿，问其来由，哈美利非常傲慢猖狂，叫嚣在二十一天内，如果朝廷有人识得天书，并以同样文字复书一封，即可息争，否则便不再向天朝称臣纳贡，或以刀兵相见。

万历帝及朝臣听此狂言，都怒不可遏，出于礼节牵制，只好含羞忍耐，让他们在金台宾馆住下。接下来，万历皇帝三次临朝，询问有谁能认识天书文字。三朝老臣吴江出班保奏说，天牢中关押的罗清博学广闻，识得满蒙回藏众多文字，必能破识天书。

万历帝当即下旨召见罗清。

罗清听说此事，已经胸有成竹，对前来宣召的廷臣说，若要我去辨认天书，需应我三件事：一要上不见天，日月星辰；二要下不见地，泥土砖石；三要不穿俗家衣冠，并且在朝门外搭建起一座三丈六尺高的神坛。万历帝一一准奏，并赐予罗清一件金丝袈裟。届时，罗清身披袈裟，出天牢上天桥，沿途上搭五色彩棚，下铺红毡地毯，所谓上有珍珠罩顶，下有金叶铺路。

罗清上了神坛，番臣将天书呈上。罗清阅毕，对番臣说，此乃石函天书，书中所述均是修道成佛的秘法，乃达摩佛祖所著，用仓颉古文字书写，藏于熊耳山上，不知何以落入番人手中。番臣一听，惊得目瞪口呆，连连称是。万历帝大喜，命将番使推出斩首。罗清急忙跪奏求情，答应代为圣上训斥番使。遂又以仓颉古文复书吐蕃王。

老臣吴江见罗清为万历帝挣足了面子，复奏云，罗清在牢中撰著《定国天书》五部，均是治世修道大法，今又立此奇功，应加恩赐爵。万历帝准奏，着六部公议。罗清闻言，即行跪奏，将昔日征战吐鲁番在两狼山被困绝粮，被金祖存粮所救之事说与圣听。然后奏道，臣已皈依佛门，拜五台山清源禅师门下，誓死不仕。万历帝不允，罗清遂将《定国天书》献上。万历帝翻看第一部，乃正心修身，教人自立根基，务本勤学；第二部乃齐家治国，教人力行孝悌忠信礼义廉耻，是成圣成佛之基；第三部乃学道参禅，教人却欲避邪，锻炼德行，可保万世不朽之体；第四部乃普度众生，教人力学舍己利人，救济众生之道；第五部乃乐池两部，上部讲往返瑶池之乐，下部说修炼学道之法。

万历帝阅罢《定国天书》，深悉罗清已经道行高深，去志已坚，不可再留。遂降旨追封清源禅师为金光佛祖，封罗清为定国真人，并将番臣送来的《石函天书》赐予罗清。

罗清谢恩，回到五台山北寺与恨修禅师相见。恨修禅师将栖霞山紫云洞的钥匙交给罗清，罗清便在紫云洞修炼成佛……

郑氏在儿子的卧房里煎着仙药，小火炉上的药锅沸腾着，冒出缕缕热气。起初的热气是苦涩的，呛得郑氏的喉咙一阵阵发痒，床上的三阳也被呛得紧一声慢一声地咳嗽着。郑氏上前俯身轻轻抚摸儿子的脸蛋儿，儿子越发咳嗽得厉害。郑氏轻声地呼唤着儿子，儿子却紧紧地闭着眼睛。接下来的药味变得酸臭起来，像腐烂的菜缸发出来的味道。郑氏忍受着恶心，胃里却翻江倒海般地折腾起来。要呕吐，又离不开卧房，咬着牙控制着自己。更要命的味道出来了，说不清是什么味道，却来势汹汹。像是酷暑茅房里的尿臊，比尿臊还厉害，不但刺激着鼻子，还腌着眼睛。嗓子被堵住了，喘不过气来，眼睛也被腌得睁不开。再看床上的儿子，浑身都抽搐起来。郑氏慌了，手足无措，终于忍不住来找张大有，想向青鸾道长讨教一下。

郑氏犹豫了半天，终于将张大有的书房推开一条缝隙。

张大有看见了妻子的半张脸，要起身出门。

青鸾道长伸手示意让他坐下，大人放心，告诉夫人莫要慌张。此药的味道变化多端，有时令人不适，过一会儿就好了。

张大有坐下来，门外的郑氏听见了青鸾道长如此说，便转身回去了。

还没进入儿子的房间，郑氏便觉得味道变了。气味从门缝里飘了出来。郑氏急忙进屋，搅拌着药锅里的汤水，一股异香喷鼻而入。这香气很清很淡，却真真切切。再看床上的儿子，也安静下来。

郑氏坐在儿子的身边，疼惜地看着儿子。儿子的神态渐渐地松弛下来，脸色也慢慢地红润起来，额头平复了，暴突的青筋不见了，呼吸也均匀了。

那只青鸾又飞来了，落在了郑氏的身边，高仰着头颅。郑氏身不由己地起身，又身不由己地骑在了青鸾的背上。青鸾突地腾飞起来，郑氏骑在青鸾的身上，轻飘飘的，脚下一片棉花般的云朵。她知道自己上了天，下面是密密麻麻的凡间俗界，弯弯曲曲的河流，土坷垃一样的村庄，蚂蚁一样的人群。原来人世间这么小，这么乱，这么微不足道。抬头望去，天上金碧辉煌，让人眼花缭乱。仙乐盈耳，令人心清气畅。

青鸾朝着远方飞去，奇怪的是，她知道那是北方。她不是辨认出来的，而是感觉到的，清清楚楚那就是北方。北方的河流，北方的山峦，北方的树木。哦，还有北方的庙宇。青鸾降下来，落在一个仙雾缭绕，佛光照耀的山头上。

一只白鹤，又像是一个垂垂老矣的僧人。不知道是白鹤穿着白色的袈裟，还是僧人披着白色的羽毛。是鹤人，郑氏轻轻地笑起来，她得意自己的灵光，竟然想出了这么一个贴切的名字……鹤人真的很老了，老眼昏花，身躯枯槁，似乎连声音都发不出来了。郑氏突然心生悲悯，很想上前拥抱老态龙钟的鹤人……

郑氏意识到了自己是在做梦，慢慢地睁开了眼睛。眼前的床上空空的，儿子不见了。她急得大叫，又发不出声来。她意识到自己的梦还没有醒，反而不急了。反正是梦，又不是真的，儿子就躺在床上，怎么会不见呢？梦有时候就是这么吓人，要不怎么叫噩梦呢？

真的是噩梦吗？她怎么觉得自己已经醒了呢？卧房是真的，墙上还挂着儿子玩的宝剑和花枪。床铺也是真实的，上面扔着儿子盖的被子。被子也是真实的，上面还有儿子的体温。还有……还有这小火炉，这药锅，药锅上蒸腾的热气……可是儿子为什么不见了呢？三阳……三阳……她终于喊出了声。

杜妈进来了，夫人，您喊我？

她问，三阳呢？

杜妈朝床上看了看，啊？三阳呢？

我问你呢？三阳呢？

您不是一直在屋里吗？

我……我刚才可能是睡着了……

三阳他……他不是睡着了吗？

杜妈转身朝外跑去，焦急地叫着，三阳……三阳……

郑氏突然觉得还是在做梦，梦中梦……可是，她怎么也找不到梦的感觉了，怎么像是真的呢？我到底是睡着，还是醒着？

大人，我跟您说这些，就是想告诉您，罗教是根清枝正的佛教，是达摩始祖传下的禅宗临济派，是教人修性行善的，是修身齐家治国的，不是反朝廷的……

青鸾道长说得很中肯很真诚，字字句句都入了张大有的心。

可是张大有的心里依然充满了疑惑，反问青鸾道长，道长知道罗教的主旨是什么？

青鸾道长说，贫道刚才说了，罗教的主旨是修身济世治国。

张大有说，可是本官听说，罗教的主旨是反清复明。

青鸾道长轻轻地笑了，大人您信吗？

说实话，半信半疑。

大人您别忘了，罗清是深受严嵩父子陷害的，坐了十二年的天牢。

严嵩父子是奸臣，陷害的是忠良。可是请道长明察，罗清是前明的忠良，更何况罗清还帮助万历皇帝解了困，受了万历皇帝的封赏。

也请张大人明鉴，罗清已经厌倦了宦海的倾轧和人间的贪欲，他拒绝了万历皇帝的封官晋爵，一心修道成佛。反清复明，回到前明对他有什么好处？

那罗忠明是怎么回事？

大人您是说被李卫巡抚抓捕的罗忠明吗？一听他的名字就知道他是个疯子，正常一点儿的人，能取这么明目张胆的名字吗？

可是他传播的是罗教。

一教一说传流之后，必会有无数人趋之若鹜。有虔心忠诚的信徒，有附庸风雅的俗客，有拉大旗作虎皮的奸佞，有索利求惠的势利小人，也有借经典贩私货别有用心的不良之徒。罗忠明之所为，显然是利用罗教蛊惑人心，望大人明察。

张大有看着青鸾道长，暗自思忖着，道长说得未必是实情，却是占理。在没有充分的证据之前，便认定罗忠明所传播的是罗教真义，未免过于武断。如果罗忠明借着罗教鼓动反对朝廷，那便是他个人违法犯罪，与罗教无关。这些话只是站在青鸾道长的立场上着想，李卫可未必这样想，也未必能采纳青鸾道长的辩护。摆在张大有面前的依然是个难解的疙瘩。

青鸾道长也不再说什么了，似乎告诉张大有，我的话说完了，该如何处理罗教，您瞧着办吧。

一个小脑袋无声无息地伸出案头，一双小手扒着桌边，还有一双滴溜溜的大眼睛，好奇地看着青鸾道长。

张大有也没在意，以为是他家的小猫咪爬了进来，仔细一看，立即惊叫起来，三阳，是你吗？你……怎么来了？你不是在卧房躺着吗？你醒了？你娘呢？

张三阳看着张大有，怯生生地叫着，爸爸……

张大有急忙起身，抱起儿子，高兴得大叫着，儿子……我的儿子，你可急死我了……

青鸾道长也站起来，抚摸着张三阳的小脑袋，慈祥地说，小公子果然仪表不凡，将来必成大器，有大前途。

张大有这才想起来，对张三阳说，儿子，这是青鸾道长，是他把你救醒的，是他的仙药把你的魂魄招回来的，快点儿谢谢道长。

张三阳非常懂事，立即从爸爸的身上爬下来，在青鸾道长面前跪下磕头，谢谢老道长救命之恩……

外面响来郑氏仓皇的呼叫，三阳……三阳……

书房的门被推开了，郑氏闯了进来，看见儿子张三阳正在给青鸾道长磕头，立即松懈下来，软塌塌地倚在了门框上，悠悠地说，可吓死我了……

杜妈跟着跑进来，扶住了郑氏。

郑氏过来，拉住了儿子的手，向青鸾道长抱歉地点了点头，出去了。

张大有作揖说，道长的仙药救醒了犬子，大有感激不尽。

见没有声息，张大有抬起头来，青鸾道长已不见了。

第二十一章　青卷·戊篇

按照信上所说，潘清会在天庚客栈等待翁麒麟。翁麒麟和蓝蝴蝶是下午到达沧州的，为了小心防备，他们没有去强家借宿，而是找了一家清静的旅店住下了。

蓝蝴蝶说，你别动，我先出去察看一下，反正潘清也不认识我。小心不为过，等我确认安全了你再去见他。

出门的时候，翁麒麟拉住了蓝蝴蝶的手，深情地望着她。

蓝蝴蝶心里发笑，读书人就是这么会黏糊人。

翁麒麟说，蓝蓝，难为你了。

这话从何说起呢？

你为我做得太多了，我亏欠你的。

行了，咱俩都到这份儿上了，还客气什么？

可是我连个名分都没给你。

我说过，我不在乎。

唉，让我该怎么报答你呢？

你要是真想报答我，等杀了你的仇人，你带我到杭州玩玩吧？

为什么要去杭州?

都说上有天堂，下有苏杭。苏州杭州我都没去过，我要到天堂走一走，才不枉今生。

这个太容易了，等我的事情办完了，我带着你到苏州杭州游个遍。不过……

不过什么?

翁麒麟紧贴着蓝蝴蝶站着，郑重地说，在去杭州之前，我们先要办一场像样儿的婚礼，我要明媒正娶，我们要成为堂堂正正的夫妻。

蓝蝴蝶鼻子一酸，眼泪差点儿掉下来，她亲热地拍了拍翁麒麟的脑袋，走了……

晚上，翁麒麟去见潘清。

天庾客栈是一座三进院落，前院是平房，中院是两层楼房，后院是三层楼房。这种建筑设计叫作步步高升，不仅仅取的是吉利，更主要的是增加了使用面积，充分利用了空间。

潘清住在中院正房，翁麒麟得到蓝蝴蝶的安全确认后才进去的。

见到潘清，翁麒麟心里竟然一阵发酸。短短几个月的时间，潘清苍老了许多。翁麒麟离开他的时候，他的头发还是花白的，现在不但全白了，还稀疏得露出了脑瓜皮，垂落在后面的辫子松松细细的，耗子尾巴一般。他的精神也是萎靡的，脸是浮肿的，眼睛被松懈的眼袋坠得变了形。眼珠儿是浑浊的，还有眼屎。

翁麒麟调整着内心的情绪，心里嘀咕了一句。干坏事也是要操心的，老天是公平的，好人坏人都会衰老并终究要死去。

潘清竟然站起来迎接他，这是正房的正堂，一张八仙桌，两把太师椅。潘清行动已经很迟缓了，他要给翁麒麟倒茶，端茶壶的手却剧烈地颤抖起来。

几乎是出于习惯，翁麒麟忙把茶壶接过来，为潘清满上前面的茶杯，又为自己斟了一杯。

潘清示意翁麒麟坐下，翁麒麟老老实实地坐下了。

翁麒麟的手心里早已准备好了一只汉隶镖，此时出手抛出去，可以直击潘清的脑门儿，也可以射进潘清的心脏，无论怎么样，都能让潘清一镖毙命。

翁麒麟手心的汉隶镖攥得死死的，他已经如此风烛残年了，我还要亲手杀死他吗？

潘清冲着他温和地笑着，目光也是暖洋洋的。尽管他已经老得变了形态，但是这笑、这目光却没有变。这是亲人骨肉之间才有的那种笑和目光，里面充满了欣赏、充满了娇宠、充满了爱意。从出生到少年乃至成人之后，翁麒麟都是在潘家度过的。表面上，他叫潘清叔叔，可是在心里早就把他当成了父亲，就像将潘母当成母亲一样理所当然。父亲也爱他，也关心他，也对他寄予宏大的期望。但是父亲却不跟他生活在一起，小的时候每十天八天才来看望他一回，待他长大了，读书了，科考了，要过几个月乃至半年才能见到父亲一回。他知道翁岩是自己的亲生父亲，但是总觉得隔着一层陌生与威严，与潘清夫妇永远都是亲密无间。他总觉得称父亲为家严是对的，无论是生父翁岩还是养父潘清，都没有打过他、骂过他、训斥过他，连严厉的批评都没有。即便他惹了祸，将邻居的同伴打伤了，潘清也只是拉着他去赔礼道歉，并没有训斥他。那一年的元宵节，翁麒麟两岁吧，全家人一起去赶灵隐寺庙会。庙会上热闹极了，许多花会争抢着表演，每一档花会都被围得严严实实。里面有踩高跷的，翁麒麟看不见，急着叫喊。潘清把他肩起来，让他骑在自己的脖子上。里面表演的是猪八戒背媳妇，翁麒麟被那憨态百出的猪八戒逗得直叫喊，颠着屁股砸着潘清的脖子。潘母大声呵斥他，让他老实点儿。他不听，越发疯狂起来。更讨厌的是，他明明憋了一泡尿，为了看猪八戒舍不得下来撒尿。后来实在憋不住了，竟然在潘清的脖子上尿了。潘清的身上都湿了。回到家里，潘母一边给潘清换衣服，一边数落翁麒麟，你也太淘气了。要是别家的孩子，屁股早就被打两瓣儿了。翁麒麟却说，我的屁股本来就是两瓣儿的，不用打。潘清呢，非但不生气，还夸奖翁麒麟的话说得机智有趣。

他能亲手杀死这么一个慈爱的父辈吗？可是，他对自己的亲生父亲却没有心慈手软，他害死了父亲，杀父之仇能不报吗？他使劲攥了攥右手的拳头，感觉到了汉隶镖的尖利。这尖利的汉隶镖就要杀死眼前这个伪善人、伪君子了。

你见到你父亲了？

翁麒麟万万没想到，潘清竟然如此大胆地提起他的父亲，而且说话的语气竟然如此平静，好像任何事情都没有发生过一样。翁麒麟火了，怒不可遏地问，你不是说他死了吗？你们不是找过他吗？你们不是在宝华山给他修了衣冠冢吗？

潘清依然平静地点了点头，是的，我们是找过他，是陆师祖说他过方了。陆师祖的话我们能不信吗？你父亲现在怎么样？他还好吗？

翁麒麟瞪了他一眼，你真的不知道吗？

潘清说，我不敢再相信道听途说了，我这次约你来，就是想知道真相。

翁麒麟更加气怒，他这次真的死了，你满意了吧？

潘清说，你父亲临死前说了些什么？

翁麒麟哼了一声，他能说什么？他已经疯了，什么都不能说了，说什么都没有人信了，这是你最想要的吧？

潘清不回答翁麒麟的任何问题，端起茶杯，喝了一口茶，严肃地说，你把灵芝休了？到底为什么？她做了什么对不起你的事情？

翁麒麟愣怔了一下，灵芝怎么说？

潘清说，她什么都不说，整日以泪洗面。

翁麒麟心里又一阵发酸，极力控制着将要涌出来的泪水。

潘清说，她怀孕了。

翁麒麟浑身震颤了一下，愣愣地看着潘清。

潘清逼问着，我只想知道，你们到底为什么？

翁麒麟大叫起来，为什么？你还问为什么？你难道不知道吗？

潘清坐在他的面前，静静地看着他发火。

翁麒麟紧紧地握着手心里的汉隶镖，寻找着一个更加恰当的机会抛向眼前这个可怜虫。

潘清说，如果你不想跟我说，总可以跟你妈说吧？

我妈来了？

她在二楼。

我妈来干什么？

她想你，整日陪着灵芝哭，眼睛都要哭瞎了，也舍不得怨你一句，骂你一句。你去看看她吧。

翁麒麟使劲攥了一下那只汉隶镖，转身出去了。

翁麒麟来到院子里，他没有上楼，而是眼睁睁地看着二楼，慢慢地跪下了。妈……恕孩儿不孝，孩儿这次不去看您了……

楼上的窗口边，潘母看着跪在院子里的翁麒麟，已经泣不成声了。

翁麒麟起身，逃跑似的离开了院子。

蓝蝴蝶在大门外等着他。

回到旅店，蓝蝴蝶便朝翁麒麟发起了火。能不火吗？我们到沧州干什么来了？你为什么要去见潘清，不就是为父报仇吗？你都进了仇人的房间了，而且仇人根本没有任何防范，多好的机会啊。你倒好，怎么进去又怎么出来了。早知道你这么没用，我何必事先为你侦察个遍。读书人就是无情无义，还真不能这么说，你这回倒真的有情有义了，是对仇人有情有义。我真的是纳闷了，他杀害你父亲的时候那么心黑手辣，你怎么就下不去手呢？没用，废物，你爸爸在天上看着你呢，见到你这么一个不争气的儿子，他老人家会怎么样呢……

蓝蝴蝶从来没发过这么大的火，对翁麒麟也从来没有这么不客气过，看来她是真的气疯了。翁麒麟坐在对面的案桌上，案桌上铺着一块洁白的桌布。桌子上有茶壶茶杯，蓝蝴蝶说得口干舌燥了，很想喝口水。但是她知道茶壶是空的，他们回来之后还没来得及喊伙计送水。蓝蝴蝶吧唧着干渴的嘴唇，眼睛却不由自主地盯着茶壶。盯着盯着，她发现不对了，翁麒麟放着拳头的地方怎么红了，桌布被浸染着，红的面积越来越大。她突然认识到了什么，慌忙闭上了嘴巴，扑过去，掰开翁麒麟紧握的拳头。拳头里紧紧地攥着那只汉隶镖，镖已经深深地镶进了他的肉里，掌心里满是鲜血……

蓝蝴蝶明白了，她忙扯过汗巾，为翁麒麟包扎着……

翁麒麟的眼睛里满是泪水。

蓝蝴蝶后悔了，把脸贴在翁麒麟的手掌上，心疼得流起了眼泪，对不起……我不该……

翁麒麟另一只拳头仍然紧紧地握着，不，你骂得对，我没用，真的没用。

你是个读书人，你的手是用来拿笔杆的，不是拿刀的，这种事情不能由你来做。

我必须做，我必须亲手杀了这个奸贼。

交给我吧，我替你做。

不，他害的是我的父亲，我必须为父报仇。

我是你的人了，你的父亲就是我的父亲。

翁麒麟抚摸着蓝蝴蝶的头发，蓝蝴蝶将翁麒麟拥进怀里。

翁麒麟和蓝蝴蝶没有走，潘清也没有离开沧州，似乎双方都在等待着什么。

午后，走在沧州大街上，翁麒麟突然觉得沧州的气氛紧张起来，几乎所有的武馆都在迫不及待地操练，还有一些背着行囊的年轻人从外地赶来，投奔几家规模较大的武馆。满街都是呐喊声和吆喝声，莫非沧州城兵临城下，进入了临战状态。眼下天下太平，没有听说有什么外敌入侵啊？

西门外是一个空场，那是大户人家打轧晾晒粮食的场院。场院上搭起了一个高台，高台下是挥刀持枪的青年壮汉，一个个英姿勃发，斗志昂扬。高台上站着一个老者，挥着令旗指挥着。翁麒麟一眼就看出来了，这不是什么练武，而是练兵布阵。再看高台上的老者，银须飘胸，精神矍铄，穿着褡裢，敞着黑红健硕的胸膛，口令斩钉截铁，声若洪钟。这是一位身经百战的老将军，是正气凛然的老英雄，谁呢？他们要干什么呢？

突然有人在背后拍了拍他的肩膀，翁麒麟回头一看，大吃一惊，原来是强老太爷。

翁麒麟急忙躬身施礼。

强老太爷问他，什么时候到的。

翁麒麟随口说，刚刚到来。

说完，翁麒麟的脸腾地红了，他不该欺瞒强老太爷。

好在强老太爷并没有在意，翁麒麟忙把蓝蝴蝶引见给强老太爷，只说是他的师妹。顾不上许多寒暄，翁麒麟急着问，沧州出了什么事情，为什么如此兴师动众，台上的那位老英雄又是谁。

强老太爷说，这位是庞将军，当年年羹尧大将军的副将。

翁麒麟惊叫起来，莫非是大名鼎鼎的庞天佑将军？

强老太爷说，正是庞将军。

老将军怎么到这儿来了？

他老人家是从甘肃来，陆师祖派来的。

陆师祖？莫非……

此处不是说话的地方，我们回家吧。

翁麒麟要跟着强老太爷去强宅，考虑到蓝蝴蝶的身份有点儿不便，便让她暂时回旅店等着他。

强老太爷请蓝蝴蝶同行，蓝蝴蝶说，还有事情要料理一下。

强老太爷安排翁麒麟住在强宅东跨院，让他先歇息一下，晚上专门设宴为他洗尘，并且要将庞将军引见给他。

翁麒麟本想告诉强老太爷，要把蓝蝴蝶接过来同住的。可是这话实在说不出口，上次来是带着潘灵芝来的，那是明媒正娶的妻子，蓝蝴蝶又算什么？再说，强老太爷并不知道他已经休了潘灵芝，更要命的是，潘清是大名鼎鼎的安清帮师祖，无疑也是强老太爷的朋友。他这样做强老太爷能容他吗？也只好暂且住下再说，委屈蓝蝴蝶了。

还没等到晚上，强老太爷便来找他，告诉他陆师祖明天就到了，约他明天一起到码头上迎接陆师祖。强老太爷还告诉他，潘清也要到沧州来，陆师祖要接见他。看来，强老太爷还不知道潘清已经在沧州了。翁麒麟突然明白了，潘清到沧州来，不是专门见他的，而是陆师祖召见他来的。

翁麒麟听到这些情况，便跟强老太爷商量，今晚就不必设宴了，等到明天一起接待陆师祖吧。

强老太爷却不干，说明天是大宴，今天是小宴，两不耽误。

翁麒麟却暗中叫起苦来，把蓝蝴蝶一个人扔在旅店，实在于心不忍。抬头看了看外面，太阳已经西沉，到旅店跟蓝蝴蝶打个招呼，已经来不及了。

晚宴准时开始，在强老太爷的正堂里。席面实在是多彩多姿，山珍海味水陆杂陈，京菜鲁肴淮扬美味，盘叠碗摞。喝的又是有名的天庚贡酒，满室盈香。

翁麒麟不禁叫起来，哎呀老太爷，您还说今晚是小宴，真不知道大宴该何等壮观。

庞天佑哈哈大笑起来，麒麟贤契，实话跟你说，我在年大将军帐下多年，也曾经山珍海味大快朵颐，可是到了强家，才真正开了洋荤。相比之下，老夫大半辈子吃的都是粗茶淡饭，可惜我这副好下水了。

乍听说要与庞将军同席用餐，翁麒麟还有几分畏惧，没想到老英雄却是如此爽快随和之人。看来越是高人，越是真人。只有那些一瓶子不满半瓶子咣当的人，才装模作样摆谱儿要架子吓唬人。无论是读书的习武的概莫能外，当官的尤甚。

几杯热酒之后，寒暄话说完了，翁麒麟便急忙向庞天佑打听陆师祖钱坚叔叔和钱金豹弟弟，这是他最为关心的。

庞天佑的脸色沉重下来，听说你结婚了，娶的就是潘清的女儿，对吧。

翁麒麟忙说，是的。

强老天爷插话说，我见到了，很好的一个姑娘，知书达礼的，人也漂亮。

庞天佑问，现在呢？还跟你在一起吗？

翁麒麟支吾着说，啊……她回娘家了。

庞天佑突然又问，对了，听钱金豹说，原本有个女孩儿跟他一起进关中的，后来两个人吵翻了分手了，钱金豹很是不放心，为她差点儿丢了命，现在这个女孩儿在哪儿？

翁麒麟更加急切地问，钱金豹怎么跟那个女孩儿吵翻的，又怎么差点儿丢了命。

庞天佑说，看来咱爷儿俩都是急脾气的人，你先告诉我，那个女孩儿呢？你别说你不知道，钱金豹说了，她离开关中，肯定去找你了。

翁麒麟只好承认，是的，她是来找我了。

庞天佑说，她现在怎么样？我得马上写封信告诉钱金豹，要不他会急死的。对了，她叫蓝蝴蝶是不是？

强老天爷一听，忙说，蓝蝴蝶？是不是跟你在一起的那个女孩儿？

翁麒麟点了点头，是的。

庞天佑急了，什么？她在沧州？在哪儿呢？你怎么不把她带来？

翁麒麟高兴地说，明天我把她带来，给您老人家和强老太爷请安。

谈话渐渐地松弛下来，酒量便放开了。翁麒麟记得自己是被人搀扶着送回去的，幸亏他极力控制着自己，没有在两位老前辈面前出丑。

如此一来，到了第二天中午他才醒过酒来，赶忙到旅店去找蓝蝴蝶。房间里换了客人，旅店掌柜告诉他，蓝蝴蝶昨天下午就结账走了。

翁麒麟傻了。

招待陆师祖的大宴没有如愿举行，陆师祖婉拒了。庞将军知道陆师祖的脾气，告诉强老太爷，陆师祖不同意的事情，千万不要勉强他，无论什么事情，他是不会因为任何人的劝说舍经从权的。

陆师祖是傍晚才到达沧州的，强老太爷将整个中院都腾空了供陆师祖使用。免了招待晚宴，陆师祖立即召见等候在天庚客栈的潘清。

庞天佑、强老太爷和翁麒麟都在前院的厅堂里等候着。翁麒麟心里依然记挂着蓝蝴蝶离去的事情，思忖着到底是因为什么让蓝蝴蝶伤了心。固然，他让蓝蝴蝶不满的地方很多，譬如，自己来到了强氏大宅，把她一个人留在了小旅店。可是蓝蝴蝶不是那种小肚鸡肠的人，不会这么不通情理吧？再譬如，他没能刺杀成功潘清，表现出了让她鄙视的软弱。可是他这种软弱蓝蝴蝶是清楚的，怎么会突然如此计较呢？还比如，他在潘清面前流露出来对潘灵芝的惦念，这应该是人之常情啊，蓝蝴蝶会不包容吗？

幸亏庞将军和强老太爷都没有再提起蓝蝴蝶，陆师祖的到来，一切都不重要了。

潘清走了，陆师祖又召见庞天佑。陆师祖与潘清谈了有一个多时辰，与庞天佑又谈了一个多时辰，轮到召见翁麒麟的时候，已经临近子时了。没吃任何东西，案桌上只放着一壶清茶，茶杯里的茶水早已经凉了，陆师祖似乎动都没有动。

这是翁麒麟第一次见到陆师祖，见老人家须发皆白，银光闪闪，正襟危坐仙风道骨，不由得心生敬畏。三参九叩之后，陆师祖赐座，翁麒麟坐下，不知道该如何开口了。

陆师祖直截了当，钱金豹说，你已经放弃了为父报仇？

杀父之仇，不共戴天，麒麟不敢忘记。

砍竹惜笋，投鼠忌器，对吗？

师爷圣明，也怪徒孙生性软弱，瞻前顾后过甚。

你父亲临终前说了些什么？

父亲叮嘱说，不让我去找潘清报仇。

呵呵，你父亲太仁慈了。在三兄弟中，你父亲向来就是个忠厚慈爱的兄长。可是，做大事业，仁慈往往会害了自己的。当年在鸿门宴上，项庄舞剑要杀刘邦，项羽百般护着刘邦，让刘邦逃了。后来怎么样？该下毒手的时候，刘邦一点儿都没有仁慈吧？我说这些你懂吗？

徒孙懂的。

翁麒麟答应着，从怀里掏出一封信，递给了陆师祖。这封信，父亲嘱咐，一定要亲手交给陆师祖。所以，从前他跟谁都没有说起过，包括钱金豹和蓝蝴蝶。

这是潘清背叛安清帮的铁证。

翁岩钱坚为了执行陆师祖的命令，与潘清吵翻之后，便坚决前往准噶尔。随同他们的还有朱黄刘石安清四少，一行共六人。当然，后面还尾随着银凤七妹。

潘清生怕翁钱他们闯出大祸，便给镇守通州漕运码头的邓守备写了一封密信。信中潘清要求邓守备拦住翁钱六人，可以抓，可以关，但是千万不要伤害他们的性命。邓守备接到潘清的信后，翁钱一行已经离开通州奔向口外了。邓守备事先得到过总督张大有的密令，知道此事非同小可，把信往怀里一揣，立即率兵追赶。一直到两狼山，邓守备才追上翁岩等人。六人当中，翁岩是少林寺的弟子，武功最高。他让钱坚带着四位弟子逃跑，由他断后。翁岩为了引开邓守备，攀上一座高峰踞守。邓守备领兵冲上高峰，翁岩在高峰上与追兵厮杀起来。翁岩坚持着死守拼杀，尽量拖延着时间。但是终归寡不敌众，渐渐体力不支，被邓守备逼到了悬崖边缘。翁岩眼看就要被邓守备活捉，猛地朝邓守备身上一扑，紧紧地搂在一起，跌下悬崖。

坠下悬崖之后，两个人分开了。翁岩命大，挂在了山崖上横长出来的一棵树上，邓守备却摔下了崖底。翁岩猛然想了起来，邓守备是潘清的同乡挚友，翁岩与他也有过一面之缘。他攀着树枝歇息片刻，顺着悬崖石缝爬了下来。到了崖底，翁岩找到邓守备，邓守备已经断了气。翁岩将邓守备的遗体搬到一块高出的石头上，免得被溪水浸泡。在整理邓守备衣装的时候，发现了这封信……

陆师祖看完了这封密信，勃然大怒，立即命令庞将军去捉拿潘清。

庞将军领着人来到潘清住宿的天庾客栈，潘清已经走了。他们又追到运河边，半点儿潘清的踪影都没有了。

陆师祖听到禀报之后，沉思了许久，对翁麒麟说，潘清必须除掉。我们创建安清帮，为的是反清复明的大计。潘清不除，安清帮非但不能反清复明，反而成了清廷的鹰犬，我们将死无葬身之地。

翁麒麟犹豫了一下，禀报说，短短几年时间，他已经成功地把安清帮变成了潘清帮。您原来制定的典籍，安清帮子弟是伸手不离三，开口不离安；眼下全帮上下，是伸手不离三，开口不离潘。原来盘海底通报姓名，是在家姓某，出门姓安；现在是在家姓某，出门姓潘；原来问答是，本姓安，还是头顶安；现在问答是，本姓潘，还是头顶潘？

陆师祖听到这些，气得胡子都颤抖起来，居然有这种事情？这姓潘的野心也太大了。他把翁岩和钱坚置之何处了？翁岩过方了，可是钱坚还活着。不能让他如此任意胡为了，安清帮还要姓安，安清帮的宗旨是反清复明，这是不能改变的。

翁麒麟担忧地问，师爷，您除掉潘清，由谁来领帮行运？

陆师祖说，按照规矩，应该由钱坚承任，可是钱坚现在有重任在身，不能回来。我看，就由你来领帮。

翁麒麟一听，忙起身推辞，师爷，不可，万万不可。

陆师祖说，你不愿意干？

翁麒麟说，我不愿意干，也干不了。您是知道的，我只是个书生，百无一用。如此十几万人的安清子弟，我怎么能统率得了呢？

陆师祖说，也该让你们年轻人历练历练了。你放心，我要亲自召集三房七十二门派和一百二十八帮半帮头，让他们对天盟誓，拥戴你为安清新主。

翁麒麟急得跪在了陆师祖面前，师爷，麒麟真的不行，请您好好掂量一下。真的要是除掉潘清，您还是将钱坚叔叔派回来吧……

陆师祖看着翁麒麟这副紧张的样子，笑了，好了，谁来领帮另议，眼下首要的是先清理门户，除掉潘清！翁麒麟，这件事情你能不能做？

翁麒麟问，您是说除掉潘清？

陆师祖说，你想好了，如果你做不了，或者不愿意去做，我不会怪你，安清帮也不会怪你，大家都知道你是个读书人。我可以另外安排别人去做。

翁麒麟坚定地说，不，师爷，您不能安排别人去做，这件事必须由我来做。潘清害死的是我的父亲，杀父之仇让别人替报，是我的奇耻大辱。师爷，我向您发誓，我一定要亲手把潘清杀掉！

陆师祖说，好样的，像是翁岩的儿子。你父亲的在天之灵，看到他的儿子如此英雄气概，会很欣慰的。

翁麒麟豪迈地起身，向陆师祖参叩告辞。

钱坚与陆逵师祖争论起来。在整个安清帮，包括翁钱潘三位安清帮的创建者，陆逵是有着绝对权威的。他不仅仅是安清的师祖，还是一尊不可冒犯和亵渎的神。他是佛，或者说是佛的化身。他至高无上，金口玉言，言出法从，不可忤逆。可是钱坚却跟他争论起来，这让陪在他们身边的朱黄刘石很震惊、很惶恐，又很担心。

回到天水麦积山之后，陆逵立即将钱坚和朱黄刘石召集到灵泉洞，向他们讲述了此番出行的巨大收获。他在北京秘密会见了诚亲王，向诚亲王表述了安清帮对他的忠诚，谋划共成大业。庞天佑在沧州练兵，完全按照正规军的标准训练的。在沧州强永年的宅院里，他召见了潘清和翁麒麟。翁麒麟把翁岩遗留给他的一封信交给了他，这是潘清背叛安清卖友求荣的铁证。

陆逵说着，将潘清写给邓守备的亲笔信取了出来，让钱坚和四少传阅。

几个人都气愤起来，叫嚷着要杀回大运河，活捉潘清，为翁岩报仇。

陆逵平静地说，杀潘清的事情我已经安排好了，你们放心吧。

钱坚问了一句，您将此大任交给哪位英雄了？

陆逵自豪地说，翁麒麟。

钱坚不由得叫了一声：啊……这……

陆逵说，冤有头债有主，翁麒麟年轻气盛，英气逼人，当然要为父报仇了。

钱坚立即跪了下来，师父，此事不妥，请您速速收回成命。

陆逵问，有何不妥？

清除潘清叛贼，应该由弟子亲为。

说说理由？

当初在安庆，弟子与翁岩、潘清结为异姓兄弟，誓效桃园三结义，不学瓦岗一炉香。后来又共同拜在师父门下，跟师父学经修道，创建安清，志在反清复明。可是潘清却勾结蛮夷当朝，害死了翁岩大哥。此仇源于我们兄弟之间，必须由我去了结，方为正宗正理。

钱坚啊，你不要意气用事。表面看来，潘清背叛的是你们三兄弟，实际上，他背叛的是安清帮，破坏的是反清复明的大业。如此深仇大恨，绝不能囿于你们兄弟之间。安清上下，无论香头高低，都有权共诛之。更何况是翁麒麟前去报仇，恐怕比你还理直气壮名正言顺。

师父，不可不可，万万不可啊师父。

有何不可？

这是我们这辈人的恩怨情仇，不能把后辈牵连进去。

你这是什么话？潘清害死了翁岩，难道翁岩的儿子不该为父报仇吗？

钱坚无言以对，却依然冲着陆逵叩头哀求，师父，还是成全一下弟子吧，让弟子亲手杀死潘清吧……

陆逵生气了，钱坚，你怎么这么不懂事，我说了这么多，你还纠缠什么，下去吧。

钱坚倔强地说，师父，弟子决心已下，今夜就出发，我要提着潘清的人头来见您。

陆逵也发火了，你要是敢离开麦积山半步，就永远不要再回来见我。

朱黄刘石在一边看着，不知道该说什么好。

陆逵不耐烦地挥了挥手，让他们都下去了。

离开灵泉洞，钱坚没有回自己的房间，而是径直敲开了儿子钱金豹的门。夜已经很深了，钱金豹还没有睡。一是父亲没回来不放心，等候着父亲；二是有苏叶儿在身边，他舍得睡吗？

钱金豹见父亲的神情有些异样，急忙站起来打招呼。

钱坚对苏叶儿说，姑娘，你先回屋睡觉吧，我跟金豹说两句话。

苏叶儿答应着走了。

钱坚坐在炕沿上。

钱金豹给父亲倒了一碗水，心里充满了疑惑。

钱坚指了指对面的春凳，让钱金豹坐下。

钱金豹小心地问，爸爸，您……有事？

钱坚叹了一口气。

钱金豹说，爸爸，有什么事情您就跟我说吧，我是您儿子，您还不相信我吗？

钱坚摇了摇头，难，难啊……

在钱金豹的眼睛里，父亲是个敢作敢为当机立断的男子汉。从小到大，他从来没有见过父亲发过愁犯过难，似乎天塌下来，他都能用两个肩膀扛起来。现在，什么事情让父亲如此唉声叹气呢？

钱坚说，金豹，这件事情本来跟你没关系，我不想让你参与……可是，现在爸爸离不开……陆师祖不让我离开半步。

钱金豹说，爸爸，请您放心，无论什么事情，您就交给我吧。

钱坚说，孩子……这事非同小可啊！

钱金豹说，正因为关系重大的事情，您才要交给我去办。您说吧，什么事？

钱坚抬起头来，果断地说，你要连夜出发，尽快回到大运河。

钱金豹问，做什么？

钱坚说，杀死潘清！

钱金豹愣了一下，立即说，没问题，爸爸，孩儿领命。

陆师祖把杀死潘清的任务给了翁麒麟，你必须赶在翁麒麟之前杀死潘清。

孩儿明白。

记住，不能让翁麒麟亲手杀死潘清，你不要问为什么。现在不要问，将来也不要问，问我也不会告诉你的。你回到大运河后，先找到翁麒麟。不要跟他说你的任务，想办法把他拖住，然后你再去找潘清。

钱金豹站起身来，爸爸，您放心吧。

钱坚也站起来，拍了拍钱金豹的肩膀，孩子，这件事是你替爸爸去做的，爸爸拜托你了。

父亲的事就是我的事，孩儿定会不辱使命。

钱坚离开后，钱金豹立即收拾行囊，准备立即出发。一切准备停当之后，天快亮了。钱金豹敲击着苏叶儿的窗户。

苏叶儿醒来了，金豹哥哥，是你吗？

钱金豹说，苏叶儿，你接着睡吧，别起来。我临时有事出去几天。

钱金豹想象着，苏叶儿一定会立即爬起来，拉着他死死地纠缠，要求带着她一起去。可是不行，他是遵照父亲的命令出发的，去做一件很重要很秘密的事情。父亲是绝对不会同意带着苏叶儿去的。他做不了主，实在缠不过苏叶儿，只能让苏叶儿自己去找父亲求情。

没想到，苏叶儿没有起来，只是淡淡地说，好吧，你放心去吧，钱叔叔这里有我照顾呢。

钱金豹没想到苏叶儿答应得这么痛快，这让他有些失落。大概她以为钱金豹只是在附近办点儿零碎事儿，用不了两三天就回来呢。要不要跟她讲清楚呢？算了吧，这么好的女孩儿，这么单纯的女孩儿，还是别让她掺和太多吧。

第二十二章　青卷·亥篇

钱金豹单枪匹马日夜兼程，一口气奔跑出了甘肃，继续又穿过陕西，从韩城过黄河来到了河津。这时候，他的马已经被汗水浸成了水葫芦。他自己也又饿又累，几次都趴在马鞍上睡着了。实在坚持不住了，他便在城边找了一个小客栈住下来。天还未黑，小客栈的客人进进出出。他先给马饮好了水，又嘱咐伙计多加点儿精饲料，然后才顾上自己。原本想倒头便睡，肚子咕噜噜乱叫，想早点儿吃饭，浑身的汗水把衣服都湿透了，很难受。他强挣扎着，端着木盆和换洗的衣服来到了院子里。

小客栈的后院有一口井，住宿的客人都在这里洗澡。正是初夏季节，几个男人脱得精光，哗啦哗啦地洗着。钱金豹也用辘轳摇上一罐水，刚要往自己的盆里倒，一个大木盆伸过来，朋友，劳您驾。

这没有什么，出门在外，谁帮谁一把是很自然的事情。钱金豹端起水罐往木盆里倒水，眼前的人吓了他一跳。白花花的身子，细皮嫩肉的，像个女人。钱金豹不由得抬起头来，那个人冲着他笑着，钱先生，不认识了？

原来是来的时候路上遇到的白掌柜。

钱金豹也笑了，真是冤家路窄，我命里欠你一罐水。

蓝小姐在房间里吧，要不要我把水给她送过去?

钱金豹说，我是一个人出来的。

那蓝小姐呢?

她没跟我在一起。

那……蓝小姐在哪儿?

钱金豹懒得理他，把水罐丢进井里，辘轳哗啦啦转动着。

白掌柜在一边洗着澡，眼睛不断瞟着钱金豹。

钱金豹打完了水，也找了个背静地方脱下衣服，洗了起来。

白掌柜又过来了，钱先生，我给你搓搓背吧。

钱金豹冷冷地说，用不着。

白掌柜说，我订好晚饭了，一会儿咱喝一杯。谁让咱有缘呢?

钱金豹说，我累了，随便吃口东西要睡觉了。

白掌柜尴尬地走了。

年轻就是好，累得精疲力竭抽筋扒皮，睡了一觉，缓过来了，又浑身是劲儿精神百倍。马也是如此，皮毛鲜亮四蹄乱刨，见了钱金豹欢快地打起了响鼻儿。

人强马壮，钱金豹用过早餐后又策马上路了。白掌柜早在一边盯着他呢，见钱金豹出了客栈的大门，也急忙打马跟了上去。

钱金豹回头见了他，很不耐烦，你怎么又跟着我。

我说咱有缘呢。

你去哪儿?

我一个生意人，哪有财路就奔向哪儿。

钱金豹不再理睬他。

原来蓝小姐真的没跟你在一起呀？她到底在哪儿？

她在哪儿，跟你有关系吗？

我不过闲提话乱操心，一路同行，总要说点儿什么吧。

我可不想与你同行。

嗨，明知不是伴，事急且相随嘛。听说了吗？前面的遮马峪近来不大太平，常有土匪劫持路人的货物。

钱金豹冷笑了一下，行走江湖，遇到劫匪还不是家常便饭？

妈咿，您别吓唬我，我可胆小。

真是说什么有什么，他们临近遮马峪的时候，天已经快黑了。白掌柜提议找个客栈歇息一晚再走。

钱金豹说，我可没你那么多闲工夫，你歇吧，我得赶路。

白掌柜舍不得失去钱金豹这个“有缘人”，赖着不走，只好跟着钱金豹进了遮马峪。

遮马峪是一条河，从双峰山下流淌出来，汇入黄河。道路还算好走，只是临河依山，有些狭窄。此时天黑了，月亮很圆很亮，把遮马峪的河水照耀得白花花的、金灿灿的。初夏季节，风清水凉，草鲜花香。路窄了，两个人不便并辔而行，钱金豹走在前面，白掌柜紧随在后面。

河湾处，一棵从山崖上横斜出来的老榆树，枝繁叶茂，黑云般地遮住前面。钱金豹勒了一下马的缰绳，要低头弯腰从树下钻过去。呼啦啦一声响，从树上跳下来三个大汉，高声呼喊着：此山是我开，此树是我栽，若从此处过，留下买路钱……

白掌柜果然胆小，见到前面有人挡路，立即掉转马头疾驰而去，把钱金豹一个人丢下了。

钱金豹不惊慌，他冷静地拔出佩剑，沉着应付着三个劫匪。劫匪用的是长枪大刀，乱挥乱砍。不但刺他砍他，还冲着他的马下毒手。钱金豹怕自己的马受伤，前路遥遥，都指望着马呢。他噌地从马上跳下来，与之周旋。

钱金豹以一敌三，这倒没有什么。问题是他又要防身，又要护马，有些应接不暇。他看见一个劫匪绕过他，挥着大刀直接朝他的马头上砍去。他的马惊慌地扬起前蹄，咴咴地叫着。他转身护马，后腰撞在了树干上。一个趔趄，险些摔倒，三个人冲上前来，一根长枪和一把大刀架在了他的脖子上，前面的一个人已经把大刀高高地举了起来，朝他的身上砍下来。

嗖的一声，像是呼啸的石子飞过来，咣当，那把大刀掉在了他的面前，挥刀的人嗷地叫了一声，倒在了地上。紧接着，又是啪啪两声，他一左一右的长枪大刀都掉在了地上，三个人连滚带爬，呼叫跑了。

钱金豹还没弄明白是怎么回事，苏叶儿攥着牧羊铲跑来了。

苏叶儿关切地问，金豹哥，你没事吧？

钱金豹傻子似的看着苏叶儿，满心满脸都是疑惑。

苏叶儿咯咯地笑起来。

钱金豹说，亏你还笑得出来，你不要命了？

真没良心，我救了你一命，不感谢我，反倒埋怨起了我。

哎呀，我错了，感谢苏叶儿小姐的第二次救命之恩。

我的牧羊铲比你那汉隶镖如何？

不分伯仲各有千秋。

哈哈哈哈……

这么说，你一直在跟着我。

给你当保镖啊。

你怎么不露面，害得我一路上孤孤单单的。

我要是早露面，跟你一路同行，那不是一块儿落在劫匪的手里了吗？谁来救咱们？

钱金豹激动得恨不得紧紧地把苏叶儿抱起来，但忍住了。真没想到，你居然有如此谋略，谁教你的？

别忘了，我爷爷是将军，爸爸是骁骑参领，好歹我也算是个将门之女吧？

钱金豹高兴坏了。这一路上，他快马加鞭地赶路，虽说心急如火，顾不上许多，却总觉得缺点儿什么。缺什么呢，现在他明白了，就缺苏叶儿。

苏叶儿跟在钱金豹身边，策马奔驰，一路风驰电掣，钱金豹心里涨满了风帆，总有要飞的感觉。

白掌柜又死皮赖脸地追上来。

苏叶儿先发现的，那个讨厌鬼又来了，他为什么总缠着你？

钱金豹勒住马，回过头来，不客气地说，你的脸皮真厚，还说我们有缘，还说与我结伴儿，遇见危险了，你倒先跑了。

白掌柜觍着脸说，钱先生，您别怪我，我不是说了嘛，我这个人胆子小。先生真有艳福，走了一个穿红的，又来个挂绿的。这位妹妹尊姓大名呀?

钱金豹说，你还说胆子小，我看你的色胆比谁都大。

苏叶儿用牧羊铲轻轻地拍了一下钱金豹的肩头，钱金豹明白，掉转马头便跑。

钱金豹和苏叶儿跑在前面，白掌柜紧紧地追在后面。前面是一条岔道儿，苏叶儿指了指左边的一条大路，钱金豹策马而去。苏叶儿则向右边的一条路上奔驰。

果然，白掌柜跟着苏叶儿追来了。

苏叶儿见了，立即掉转马头朝回跑，贴着白掌柜的身边飞驰而过。

白掌柜来不及掉转马头，继续朝前面跑去。还没容他勒住马的缰绳，苏叶儿举起牧羊铲，铲起一枚石子，朝白掌柜的马抛去，不偏不倚，正好打在马的耳朵后面。这是马的软肋，疼得马扬蹄大叫，狂奔起来。如此一来，白掌柜便被他们远远地甩在了后面，连影儿都见不到了。

钱金豹把苏叶儿送到家，便匆匆走了。

临走的时候，给母亲朱茵蝶撂下一句话：告诉您一个好消息，我爸爸还活着。您先别问，这事说起来太麻烦。我先去办一件要紧的事情，回来再跟您讲。

这一切都来得太突然了，朱茵蝶完全蒙了。

首先是钱金豹领回来一个姑娘，这姑娘是谁，跟钱金豹什么关系，一概没说。然后又说了一件天大的事情，钱坚还活着。就这么一句，还不让问，说办完事情回来再说。有什么事情这么急呀？再急，还急得过你爹还活着这件事情吗?

朱茵蝶原以为，钱金豹就是在家门口办一件要紧的事情，要不了多久就回来，最多也就是一两个时辰的工夫。那朱茵蝶就等着吧。好在是件天大的喜事，喜事不怕晚。可是等到天黑，钱金豹还没回来，第二天第三天钱金豹还是没有回来。朱茵蝶这下可慌了。

好在钱金豹还留下一个姑娘，这姑娘穿戴土了点儿，长得还挺可人。瓜子儿脸，高鼻梁儿，大眼睛。就是爱笑，总是笑眯眯的。开始的时候，朱茵蝶见她不说话，总是笑，还以为是傻子。后来渐渐地熟悉了，跟姑娘聊起天来，才发现姑娘很聪明。许多话，朱茵蝶想问姑娘，又觉得不大方便。后来试探着问了一下，发现姑娘知道的事情还很多，便拉着姑娘仔细询问起来。

让朱茵蝶惊喜的是，姑娘还见过钱金豹的爸爸，在天水。听到这名字朱茵蝶就吓了一跳，天水?莫非在天上?姑娘咯咯地笑起来，不是在天上，是在地上。甘肃您知道吗?听说过。天水就在甘肃。甘肃这名字听起来也很遥远，钱金豹跑到那么远的地方干什么?

哦，对了，这姑娘叫苏叶儿。是钱金豹走后朱茵蝶问出来的。苏叶儿说，钱金豹到甘肃去找他的爸爸，迷了路，掉进塬沟里了，还是我和爷爷把他救上来的呢。

天呀，这又是怎么回事。钱金豹怎么会到甘肃去找他的爸爸?

苏叶儿说，钱金豹的爸爸原本就在天水呀!还是爷爷打听出来他的下落呢。

钱金豹不是跟着翁麒麟进京赶考吗?怎么在甘肃迷了路呢?

苏叶儿说，因为一个女人跑了，钱金豹去追……

女人？什么女人？

这女人跟钱金豹吵架了。

什么乱七八糟，你快说说，金豹的爸爸现在怎么样？

挺好的呀，在麦积山有许多朋友……

怎么又麦积山了？你不是说天水吗？

麦积山就在天水啊……

金豹既然找到了他爸爸，怎么不把他爸爸带回家，怎么把你带回来了？

他也没带我，是我悄悄跟在他后面，他在路上遇见了劫匪，还是我救了他呢！

又是你救了他？你是他的救命恩人，他是得好好报答你……哦，对了，你跟金豹到底是什么关系？莫非……莫非你是他媳妇？

苏叶儿低下了头，不再笑了，脸涨得通红。

朱茵蝶见状，心里忽然一动，姑娘，跟我说实话，我是金豹的妈。

苏叶儿红着脸说，金豹哥说，要娶我……可是，也得您答应才行……

朱茵蝶心里乐了。乐，不仅仅是因为金豹给她带回来一个儿媳妇，更主要的是，儿子眼里有她。苏叶儿那句话说得多好，也得您答应才行啊。

是的，金豹是她和钱坚的长子。这孩子从小就仁义，对兄妹疼爱，对父母孝顺，对朋友忠诚。朱茵蝶常常跟钱坚说，他们的二子一女，金豹最像父亲。金豹从小就跟母亲亲，什么话都跟母亲说。像许多男孩子一样，许多话是不对父亲说的，却跟母亲说。他在母亲面前无拘无束，甚至最隐秘的话，包括喜欢哪个女孩儿，哪个女孩儿对他示好了，他都说。更主要的是，他还敢在母亲面前吹牛，无论如何儿子是不敢在父亲面前吹牛的。三个孩子当中，朱茵蝶最信任金豹，觉得他办事靠谱儿。可是这次，却不那么靠谱儿了。已经四天过去了，钱金豹还没有回来。朱茵蝶沉不住气了，问苏叶儿，金豹到底干什么去了？

苏叶儿说，您不知道吗？

他刚到家，什么都没跟我说就走了，我怎么会知道。

您不知道也别问我，我不能说。

你必须说。

金豹哥不让我说。

我是金豹的妈。

金豹哥说，对谁都不能说。

你还想不想当金豹的媳妇？说，想不想？

想……

要想当金豹的媳妇，你必须告诉我。否则，我不会让你进钱家门的……

可是……可是……

甭可是，快告诉我。

他……去杀人。

啊！

朱茵蝶从炕沿上蹦了起来，惊叫着，他……他杀人……杀谁？

杀一个叛贼……

那个叛贼是谁？

潘清……

朱茵蝶眼前一黑，差点儿跌倒。这……这……怎么得了……你这死丫头，怎么不早告诉我？

潘母和女儿潘灵芝正在吃晚饭，潘母哄着潘灵芝的孩子睡下了。突然外面门开了，朱茵蝶慌慌张张地跑进来，见到潘母，急着问，老爷在哪儿？

潘母见了朱茵蝶那失魂落魄的样子，大吃一惊，忙问，怎么回事？

朱茵蝶更加急切地问，老爷在哪儿？

这么多年了，朱茵蝶一直没有改变对潘清的称呼，总是叫老爷。尽管潘清和潘母一再纠正，没用，朱茵蝶就是这么固执。

潘母说，老爷没在家。

老爷去哪儿了？

他整年走南闯北的，我哪儿知道。

快快……我们必须快点儿找到老爷。

怎么回事？出了什么事？

有人要杀老爷。

谁？谁要杀老爷？

是金豹。

什么什么？你说什么？

是金豹。

你儿子金豹？

他要杀老爷。

为什么……为什么？他疯了吗？

您先别问那么多了，快点儿找到老爷，让他躲一躲吧……

可是……我们去哪儿找老爷呢？

朱茵蝶转向潘灵芝，灵芝，你知道老爷在哪儿吗？

潘灵芝说，我劝你们还是别找了。

朱茵蝶问，为什么？

潘灵芝说，翁麒麟也要杀我爹。

潘母急了，冲着潘灵芝叫喊起来，你说什么？你乱说什么？怎么可能？

潘灵芝说，怎么不可能？翁麒麟不是都把我休了吗？他休了我，就是为了杀我爹。

朱茵蝶叫起来，这……这到底是为什么？

潘灵芝说，我爹害死了他爹，还有金豹的爹。

两个女人都惊呆了，这到底是怎么回事呀？苍天啊……

对于翁麒麟来说，眼下最要紧的不是除掉潘清，而是找到蓝蝴蝶。蓝蝴蝶到哪儿去找呢？她有可能去哪儿呢？莫非回了通州，抑或去了哪王庙？不对，她一定是去了苏州杭州，他们约好报杀父之仇后，一起到苏杭游玩的。现在，蓝蝴蝶对翁麒麟彻底失望了，一定是独自去了苏杭。

翁麒麟离开了沧州，骑着马沿着运河南下。

朱茵蝶报来的消息和女儿潘灵芝所说的事情，像两道晴天霹雳，直接把潘母击倒了。潘母当即倒在餐桌前，不省人事。潘灵芝和朱茵蝶一边呼救，一边派人去请郎中救治。

潘母病倒了，潘灵芝离不开，朱茵蝶只好带着苏叶儿去寻找潘清。怎么走呢？乘船倒是方便，可是太慢。苏叶儿问朱茵蝶会不会骑马，朱茵蝶说没骑过。苏叶儿说，那就买头毛驴吧，总比船快许多。

朱茵蝶骑毛驴走在前面，苏叶儿骑马跟在后面，两个女人就这样上路了，边走边向漕船上的当家打听，没有人知道潘清的下落。她们只好盲目地一路向北。

这一天傍晚，她们来到了东昌府，住进了运河边上的一家客栈。朱茵蝶从来没有骑驴赶过这么远的路，累了，躺在房间里休息。苏叶儿在院子里洗着衣服，她故意在院子中央，不是为了用水方便，而是为了打听潘清的下落。住宿的客人不少，南来的北往的，难免会议论起安清帮的事情。她一边洗着衣服，一边支棱着耳朵捕捉有用的消息。

进来一个年轻人，牵着马，长袍马褂，千层底儿的布鞋，一派读书人的模样。店里的伙计急忙迎上前去，接过马缰绳，将马拴进马棚，又急忙过来招呼客人。

年轻人说，给我一间清静点儿的房间。

伙计答应着，带着年轻人朝后院走去。

年轻人背着包袱，相貌堂堂，玉树临风，走路的步子很轻快。苏叶儿心想，看来像是个有些身份的人，说不定他会知道潘清的下落。心里这么想着，不由得多看了两眼年轻人。年轻人经过她的身边，也看了她一眼。两下目光碰在一起，苏叶儿的脸红了，反而不好意思搭讪了。眼瞧着年轻人到后院去了，苏叶儿心里骂着自己，没出息，你又没做亏心事，脸红什么？

过了一会儿，年轻人从后院走出来，换了一身衣服，像是要出去。苏叶儿不能再错过机会了，站起来打招呼。

先生是从京城来吗？

年轻人一愣，“啊”了一声。

先生一定对漕船很熟悉了。

年轻人又“啊”了一声，用奇怪的目光看着苏叶儿。

先生您别误会，我只想打听点儿事。

小姐想问什么？

您知道潘清在哪儿吗？

潘……清？

啊，就是安清帮的潘师祖。

年轻人摇了摇头。

苏叶儿不甘心，索性多问一句，那……您知道钱金豹吗？

年轻人惊愕了，钱金豹？你打听钱金豹干什么？

这么说您认识钱金豹了？您知道他在哪儿吗？

小姐是钱金豹的什么人？

苏叶儿慌了，啊……不是我要找钱金豹，是他……他母亲！

他母亲？钱金豹的母亲？

正在这时候，朱茵蝶出来了，见苏叶儿跟一个年轻人说话，不由得问，苏叶儿，你在跟谁说话？

年轻人抬起头来，顿时惊呆了。

朱茵蝶也惊呆了，叫起来，麒麟……

翁麒麟趋步向前，婶婶，您……麒麟给婶婶请安。

朱茵蝶慌不迭地说，这也太巧了，你从哪儿来？怎么在这儿？

苏叶儿忽然意识到眼前这个人是谁了，忙说，您就是麒麟大哥……

翁麒麟问朱茵蝶，婶婶，这姑娘是……

朱茵蝶说，哦，是金豹的媳妇。

苏叶儿羞得急忙掩饰，姨……

朱茵蝶又补充说，还没过门。

翁麒麟笑了，原来是弟媳呀，可真是太巧了。

苏叶儿说，翁大哥，金豹经常提起您。

翁麒麟说，是经常骂我吧。

苏叶儿忍不住又咯咯笑起来。

朱茵蝶对翁麒麟说，你这个弟媳呀，就是爱笑。

翁麒麟说，婶婶，我也是刚住进来，正要到外面吃饭。现在好了，我们一起去吧，有许多事情正好要跟婶婶禀报呢。

朱茵蝶说，吃饭是小事，我也有许多事情要问你呢。

吃完晚饭回到客栈，翁麒麟又来到了朱茵蝶和苏叶儿住的房间，将在外面不便说的话继续说下去。翁麒麟详细讲述了他与钱金豹进京，遇到蓝蝴蝶，知道他们的父亲还活着，又到口外寻父的事情。朱茵蝶沉默了。

翁麒麟说，我的父亲是潘清害死的，钱叔叔亡命麦积山也是潘清害的，婶婶，您说，这叫不叫杀父之仇，杀父之仇该不该报。

朱茵蝶无话可说，只是一声接一声地叹息，不停地说，怎么会这样呢？怎么会这样呢？

翁麒麟说，婶婶，有些事情您知其然，却不知其所以然。刚才在外面吃饭的时候，您一个劲儿问我，为什么要休掉灵芝。灵芝是个好女人，对我很好，我们都是吃母亲的奶长大的。我就是有一千条一万条理由，也不能休掉灵芝啊！可是婶婶，我不休掉灵芝，潘清就是我的岳父。我要为父报仇就必须杀掉潘清，如果潘清是我的岳父，我又怎么能杀他呢？杀岳父与弑父无异，这天大的罪名我翁麒麟担不起啊婶婶……

翁麒麟说到这里，竟然失声哭了起来。

朱茵蝶拍着翁麒麟的肩头，安慰着。

翁麒麟走了，把一个天大的难题压在了朱茵蝶的心上。

万万没有想到，潘清会干出如此卑劣的事情。你们是结义兄弟啊，当年到关帝庙义结金兰的时候，你们是对天盟过誓的。就算兄弟反目，割袍断义也就算了，怎么可以害命呢？你们兄弟之间如此刀光剑影鲜血淋淋，让孩子们怎么办？有杀父之仇就有为父报仇，如此互相残杀，什么时候能有个了结呢？

刚开始听说钱坚让金豹回来刺杀潘清的时候，朱茵蝶心里充满了怒火。你们兄弟之间恩恩怨怨，怎么好把孩子牵扯进去呢？想到这里，朱茵蝶突然意识到了一个问题。钱金豹去刺杀潘清了，翁麒麟是在刺杀潘清的路上。原本，她与苏叶儿去寻找潘清，是要给潘清通风报信的，是要让潘清逃跑的。潘清是她的恩人，恩人有难自然要拼死相助。滴水之恩尚需涌泉相报，何况潘清对她有如海一样的恩情呢？

现在不同了，她知道了事情的真相，明白了潘清既是她的恩人，又是她的仇人。他害的是自己的丈夫和丈夫的义兄，如此深仇大恨能不报吗？她不能再去给潘清通风报信了，也不能再阻止翁麒麟和钱金豹去报仇了。不，钱金豹不能阻止，翁麒麟一定要阻止。钱坚是对的，自己的男人太了不起了，他宁愿让自己的儿子去杀戮，也不愿意让翁麒麟去染指。翁麒麟的哭声是撕心裂肺的，这天大的罪名，我承担不起啊！

想通了这些，朱茵蝶当机立断，要想尽一切办法，拖住翁麒麟，给钱金豹腾出时间，把刺杀潘清的机会留给钱金豹。

第二天一早，翁麒麟向朱茵蝶告辞。朱茵蝶躺在炕上没有起来，苏叶儿说姨病了，折腾了一夜。

翁麒麟急忙到外面请来了郎中，郎中给朱茵蝶诊病，翁麒麟本来想听听病情，朱茵蝶又打发他去买早餐，说想吃东昌府有名的沙镇呱嗒。

翁麒麟跑了一条街，好不容易找到了沙镇呱嗒，回来的时候郎中居然还没有走。朱茵蝶躺在床上哼哼唧唧，郎中把他拉到门外，悄悄地说，赶快让夫人回家吧，晚了怕来不及了。

翁麒麟一惊，昨天还好好的，到底得的是什么病？

郎中说，是心衰病，血脉衰微，随时都有性命之虞。

翁麒麟忙跟苏叶儿商量，苏叶儿也同意马上送夫人回家。

既然身染重病，骑驴恐怕不行了。翁麒麟到外面买了一辆马车，让夫人躺在车上。他赶着车，苏叶儿继续骑马，他的马则拴在了车后面。

翁麒麟惦记着蓝蝴蝶，又惦记着为父报仇的事情，急得心里冒火。

可是朱茵蝶是他的婶婶，他又不能扔下不管。交给苏叶儿显然不妥，万一路上有个三长两短，苏叶儿一个女孩儿怎么处置？无奈，只有紧催着拉车的马匹。马跑得快了，朱茵蝶又在车上叫嚷起来，颠得心慌，慢点儿行吗……

一路上，朱茵蝶总是有事，一会儿说渴了要喝热水，一会儿说饿了要吃什么特色美食，翁麒麟只好耐着性子满足她的要求。几天下来，连淮安都没有到，翁麒麟算计着，这样慢慢腾腾回到杭州，总要半个多月的工夫。他实在耽搁不起，又没有办法离开。

渐渐地，翁麒麟发现有些诡谲，好像朱茵蝶常常提出一些过分的要求。比如，没走出多远，就要求住下，说是没住过乡村小店。有时到了一个地方要吃饭，非要点名吃当地的特色美食，没有就换地方。翁麒麟怀疑她在有意地拖延时间。更令他生疑的是，郎中说朱茵蝶的病很严重，可是翁麒麟却没有见到朱茵蝶有什么病态。整天价折腾，精力充沛底气很足。郎中不是说她心衰病吗？怎么一点儿也瞧不出气血衰微的样子。翁麒麟是懂得一点儿医学医理的，读书人都是要读点儿医书的。那天到了高邮，朱茵蝶非要到镇国寺去进香。翁麒麟正好认识镇国寺的住持弘水大和尚，便痛快地答应了。弘水大和尚热情地招待了翁麒麟一行，并请他们吃了斋饭。弘水大和尚不仅是有名的高僧，医术也非常高深。翁麒麟悄悄地请弘水大和尚为婶婶诊病，弘水大和尚说，老夫人身体健康得很，没有什么毛病。翁麒麟说，在东昌府请一个郎中看过，说婶婶患了心衰病，有性命之虞，让我速速带婶婶回家。弘水大和尚说，那位郎中不是庸医，便是收了人家的钱财说谎。一句话惊醒了梦中人，翁麒麟灵光一闪，明白了朱茵蝶的良苦用心。

离开镇国寺，翁麒麟赶着马车走了一个多时辰，突然叫道，糟糕，我的铁箫忘在大和尚的净室里了。朱茵蝶看见翁麒麟身边确实不见了铁箫，便说赶车回去。翁麒麟说赶车再回去太麻烦，还是自己骑马回去取吧。

朱茵蝶几天以来见翁麒麟没有生疑，也放心地让他骑马去了……

翁麒麟是故意把铁箫落在镇国寺的，他骑马取回来之后，便朝着朱茵蝶相反的方向奔驰而去。

屈指算来，朱茵蝶耽误了他整整五天的时间。他很后悔，怎么就上了一个女人的当呢？走了半天了，他突然意识到不对，他原本是想到杭州去找蓝蝴蝶的，怎么又朝北走了呢？

浓重的大雾将整个天地都笼罩起来，大运河凝固了。船只无法行进，停靠在岸边或者排列在河面上。堤岸上的行人车辆缓慢地移动着，大雾蒙蔽了人的眼睛，没有眼睛的世界是混沌的，如初始前的天地。人们的思想也变得迟钝麻木了，一切都不由自主地进行着，又都按部就班。只有拉纤的号子声低沉而艰涩，像漫漫长夜中的呻吟。

翁麒麟无法再赶路了，在河边的一个茶棚里坐下来，要了壶六安瓜片，心事重重地独饮着。这是一个非常简陋的茶棚，周围竖起几根木棍，上面用苇席遮盖着，四面敞开，八面来风，一目了然。几张歪七扭八的桌子，几条缺腿儿裂面儿的板凳，就能够开张营业。大运河两岸这种茶棚很多，为赶路的行人和靠岸的船只提供方便。来茶棚的人多是临时歇歇脚儿，喝口水，或者打听一些什么事情。闲暇的人还可以看看岸边的风景，也可以听听南来北往的过客说点儿新鲜事。

翁麒麟不急于离去，雾太大，无法赶路。再说，他连自己要去哪儿都不知道，又急什么呢？

过来一个年轻人，穿着褡裢，背着个小包袱，扛着一杆长枪，一看就知道是走江湖卖艺的。

年轻人走进茶棚，冲着翁麒麟问，大哥劳您驾，哪边是北呀？

茶棚里的茶客一听，都笑了。这可真是找不到北了。

年轻人也羞赧地笑了，胡噜着脑袋说，转来转去，转晕了。

翁麒麟问，你要去哪儿？

年轻人说，我要去通州。

翁麒麟说，这么大的雾，去哪儿都不用着急了，先坐下喝口茶。

年轻人忙摆手，不不，不打扰您了。

翁麒麟说，别客气，同路结伴，都是缘分。

年轻人高兴起来，这么说，大哥也要到通州去？

翁麒麟见年轻人虽然是走江湖的，却是满脸憨厚诚实，没有许多艺人的油嘴滑舌和轻浮之态，便招呼掌柜的送来一只茶杯，给年轻人斟上茶水。

年轻人又客气了两句，坐在了翁麒麟的对面。

翁麒麟问，要去京师拜码头？

年轻人说，也是，也不是。

翁麒麟问，此话怎讲？

年轻人说，干我们这行的，都是一日练一日有，一日不练一日无。走千里路，靠的全是一身筋骨一张嘴。所以说呢，到哪儿去都是为了混口饭吃。

翁麒麟又问，那么也不是呢？

年轻人的脸突然红了，哦……想去寻访个人。

翁麒麟看着年轻人，故意逗他说，我猜，一定是个女孩儿。

年轻人叫起来，大哥您会看相？

翁麒麟索性要逗逗年轻人，故作高深地说，这个女孩儿很漂亮，也很义气，有股侠气。

大哥您说得太对了，真是神了。您再给我看看，这个女孩儿现在何处？

你不是说在通州吗？

三个月之前她从通州来，然后去了东昌府，说好了回来要见我的，一直没有音信。我去东昌府找过她，她家的主人说她来过，又走了，去哪儿了不知道。她说过，她家在通州，我算计着她可能已经回去了。

三个月之前从通州来，她要到东昌府干什么？

说是去找她的主人和小姐。

从通州来……这个女孩儿个子不高，有一张娃娃脸？

大哥，您可越来越神了，连长相都算出来了？

她是不是叫菱荇？

不会吧大哥，您还能算出名字来？啊……您是不是认识她？

翁麒麟激动起来，催促着年轻人，到底是什么情况，你快点儿跟我说说。对了，忘了问你了，你叫什么？

年轻人说，我叫沈良，河北沧州人。

接着，沈良把与菱荇在沧州相遇的事情说了一遍，翁麒麟简直听傻了，天下居然有这么巧的事情，莫非也是天意。

翁麒麟仔细地询问着沈良，你到东昌府找菱荇的时候，遇见的是什么人？

沈良说，一个老太太，不算老，五十多岁吧，挺和善的。赏了我一顿饭，还给了我二两银子。

翁麒麟又问，没见到她家的男主人吗？

天呀，您知道她家的男主人是谁吗？就是安清帮的师祖，大名鼎鼎的潘老太爷。

你见到了？

我哪儿见得到呀。

翁麒麟沉吟起来。

沈良继续说，潘老太太的管家说，潘老太爷今年特别忙，一直漂在大运河上。

翁麒麟随便问了一句，漂在大运河上干什么？

今年大旱无雨，海河黄河都快干了，大运河水浅了许多，漕船难以北上，可是各帮的漕船到通州都是有期限的，误了期限叫作违限，违限要受到重罚的，闹不好掉脑袋都有可能。目前，临清的河道都堵满了漕船，拉纤的夜里都不准歇息。我听说，连漕运张总督、安清潘师祖都前来督运。

翁麒麟心里嘀咕着沈良的话，安清潘师祖前来督运……

第二十三章　白卷·壬篇

一个多月了，潘清在临济寺整天焚香礼佛诵经问道，为的是消除烦恼，求得解脱。在沧州，被陆逵师祖召见之后，他便陷入了无法摆脱的自我煎熬中。他身上缠满了绳索，无头无绪，越解越乱，到处都是死结。

我错了吗？为了安清帮的生死存亡，为了十万安清弟子的身家性命，我不去冒险，不去用鸡蛋砸石头，这何罪之有？我不是反对反清复明的主旨，我只是认为时机不到，不能轻举妄动。如果你们侥幸胜利了，坐了龙廷。你们的史官肯定会把我写成叛贼内奸，我不在乎。我宁可承担这千古罪名，也希望你们胜利。可是这可能吗？如果你们失败了呢？那将是尸横遍野血流成河，那可是安清弟子的血肉之躯啊！

他问无尘禅师，无尘禅师笑容可掬地看着他。他希望无尘禅师能为他指点迷津，可是无尘禅师却热衷与他讲述临济派的源流。是的，安清帮信奉的是罗教，罗教承袭的是禅宗临济派。罗清师祖灵前孝祖，拜的是金碧峰师祖，金碧峰乃临济派三十六世鹅头禅师之弟子。

达摩始祖来到东土，与梁武帝萧衍话不投机，乃北上嵩山少林寺面壁静修，留下一偈：吾本来兹土，传法救迷情。一花开五叶，结果自然成。其后三百年间，禅宗传至六祖惠能。惠能之后不再以衣钵传承，遂形成南禅五宗：沩仰宗、临济宗、云门宗、曹洞宗、法眼宗。南禅五宗都是惠能的传人，追根溯源，乃达摩一花所开。

义玄禅师乃山东菏泽东明人，俗姓邢。幼时聪敏，以孝闻名。受戒于黄檗禅师，学法三十三年。唐宣宗大中八年，临济宗始祖义玄禅师驻锡本寺。

临济寺位于直隶正定县，始建于东魏孝静帝兴和二年，因临滹沱河，故名临济。

义玄禅师以“三玄、三要、四料简、四宾主、四喝八棒”接引众徒，门风峭峻，归者云众，遂成一宗，乃临济宗，亦称临济派。

无尘禅师正在饶有兴致地给潘清讲述临济始祖的故事，一个小沙弥跑来禀报，说门外来了一对母女，前来寻找潘清师祖。

潘清急忙出去，女儿潘灵芝搀扶着母亲立在庙门前。母女两个形容憔悴，头发散乱。

见到潘清，妻子黄氏先哭了起来。

女儿潘灵芝劝慰着，您先别哭呀，您看我爸爸不是好好的吗？

潘清急忙把母女俩引进庙门。无尘禅师出来相见，吩咐寺庙管事重新收拾房间，安排潘清一家人住下。

刚刚进屋坐下，潘灵芝便慌忙向潘清禀报，说母亲知道陆师祖派人前来刺杀潘清，十分不放心，拖着病体也要亲自上路寻找父亲……

是王伊安排你们来的吧？

潘灵芝点了点头。

他来临济寺，只有王伊一个人知道。安清上下，都传说潘清失踪了，连他的亲信丹秀、姚发、王培玉都不知道他的下落。

这一切都是真的吗？

妻子黄氏睁着一双血红的眼睛，直愣愣地看着潘清。

潘清没有回答。

爸爸，这到底是怎么回事呀？

女儿潘灵芝焦灼地追问着潘清。

看着风尘仆仆前来寻找自己的母女俩，潘清心里涌起了一阵阵的波涛，鼻子一酸，泪水也不禁淌了下来。

好好的三兄弟，好好的三家人，怎么变成了仇人？

黄氏依然泪眼婆娑地看着潘清。

潘清能说什么呢？

爸爸，我跟麒麟也应该是好好的，可是……

潘清没有勇气正视女儿的眼睛。

这一切都变化太大了，所有的美好都被扯得粉碎，变得如此糟糕；所有的神圣都被亵渎了，变得如此卑劣；所有的体面都被践踏了，变得如此不堪。他将如何向妻子解释，如何向女儿交代呢？他的所作所为，无论是功是罪，是福是祸，都应该由他自己承担，不能把老婆孩子牵扯进来。

知道你躲到这里，我们娘儿俩都放心了。要不你就留下来吧，你要是觉得青灯黄卷太孤单，我留下来陪你。

妻子的语气里充满了央求，她大概也是实在想不出别的办法了。

爸爸，别再管安清帮了。您这么大年纪了，也该消停几天了。

女儿劝慰着他，急切切的，又要落泪了。

他该怎么办呢?

深夜，他来到空空荡荡的大雄宝殿，跪在佛祖的神像前面。

他不是来向佛祖祈求什么，也不是想跟佛祖诉说什么，更不是对佛祖忏悔救赎。他只觉得需要到这里来，也只能到这里来。来到这里，心里才能安静一点儿，踏实一点儿。他的心里总是乱草一样地纠缠着，让他无法平静。

他什么都没有想，脑子里嗡嗡嘤嘤的。他真想如此跪下去，离佛祖那样近。无论多么大的人，在佛祖面前都是孩子；无论经历过怎样的风风雨雨，在佛祖面前总是委屈。人是多么脆弱啊，英雄豪杰圣贤志士概莫能外。

不如留下，他的耳边突然响起了妻子的声音。留下来，留在佛祖的身边，青灯黄卷暮鼓晨钟，倒不失是一种选择。人生如旅，原本就是在世间流浪的。倦鸟知还，谁都需要一个温暖的巢穴。无论你走多远，无论你飞多高，佛祖的臂弯终归是你的家。

若人求佛，是人失佛；若人求道，是人失道；若人求祖，是人失祖。

无尘的声音在他的身后响了起来，潘清转过身，并没有站起来。

如入之体，内如木石，不动不摇；外如虚空，不塞不碍。无方所，无相貌，无得失。

潘清渴求地望着无尘禅师，请上师慈悲，指点迷津。

以心印心，心心不异。是自本心，不生不灭。无须外求，无须内寻，无位真人自在你心中。按照自己的本心去做吧，因果自成。

潘清似懂非懂，但是又觉得明明白白，遂将自己拜师受戒的愿望说了出来。刚要纳头叩拜，无尘禅师制止了他。

阿弥陀佛，不可不可。先生俗缘未了，还有许多大功业要做。

说完，无尘禅师转身离去了。

果然如无尘禅师所言，第二天一早，王伊便慌慌张张地来到了临济寺，说漕运总督张大有召见他。

潘清急着问，何事？

王伊说，黄河断流，临清一带因乏水导致漕船滞留，运丁多有闹事者。张大有已经亲自前往处置，命您立即赶到临清。

潘清又一次深深地体会到了，什么叫作身不由己。他将妻子女儿安置在临济寺，自己跟着王伊走了。

离开茶棚之后，翁麒麟骑着马继续南行。浓雾淡了许多，天空中依稀还洇出几片太阳的光晕。路上的行人也多起来，恍恍惚惚，依然是静静的，梦境一般。

渐渐地，那股异香又神奇地飘了过来，他的脑子又恍惚了，不知道忘了什么，或者想起了什么。

梦哈拉古拉胡胡吉……

他忽然意识到，他脑子里储存记忆的容器变了。原来的记忆都放在一个大抽屉里，拉开抽屉，里面有什么都一目了然，不需要翻找。现在却不是了，有的放在大抽屉里，有的放在小抽屉里。大抽屉里有许多小抽屉，小抽屉里还套着许多更小的抽屉。他需要找什么东西了，拉开大抽屉不行，还要拉出许许多多小的和更小的抽屉。即便如此，也未必能找到自己所需要的。他常常放弃，不找了。往往放弃之后，那个东西又像变戏法一样地出现了。是记忆在跟他开玩笑，还是命运在捉弄他？

他突然发现了一个东西，被遗忘或被忽略的东西。他记起了蓝蝴蝶说过的一句话，你是个读书人，这种事情不能由你来做……交给我吧，我替你做。

他明白了，蓝蝴蝶不是离开了他，而是去为他完成一个使命：为父报仇。

想到这里，他浑身一震，心里哆嗦起来。天呀，不能这样，我怎么能让蓝蝴蝶替我报杀父之仇呢？

他一直不甚明白自己要去哪里，总是在寻找潘清和寻找蓝蝴蝶之间徘徊。现在好了，潘清在哪儿，蓝蝴蝶必定在哪儿出现。必须尽快赶到潘清所在的地方。沈良向他提供了重要的情报，潘清与漕运总督张大有都在临清督运。

他使劲挥起马鞭，朝着临清的方向飞奔起来。

京杭大运河临清漕运码头，是最繁忙最拥堵的河段。原因是水源不足，河道狭窄，河水浅涩。此段运河属于会通河，当年元世祖忽必烈命郭守敬疏浚京杭大运河的时候，就没有解决水源不足的问题。明洪武二十四年，黄河在原武决口，洪水挟带泥沙滚滚北上，会通河大部被毁，漕粮北运被阻。直至永乐年间，朱棣迁都北京，命工部尚书宋礼治理会通河。宋礼访得汶上老人白英，白英献了八十四字的《白英策》。宋礼与白英重新勘察设计，在被称作水脊南旺高地修建水库，引汶水分流。三分向南注入泗水，七分北上流入临清。可谓是七分朝天子，三分下江南。白英老人殉职在南旺枢纽工地上，被封为“功漕神”。

这只是临清河段拥堵的原因之一，还有更重要的原因，是临清的钞关和金砖。

钞关是税收衙门。大运河上共有八处钞关，分别是九江、杭州、浒墅、扬州、淮安、临清、河西务、崇文门。临清钞关为八大钞关之首，建于明正德四年。据说临清钞关每年的税收占全国的四分之一。往来于运河之上的商船、货船乃至捎带土宜的漕船，都要在这里检验纳税。停泊在这里等待纳税的船只之多便可想而知了。

再有就是金砖。自永乐帝修建北京城起，临清就担负起了向朝廷供应金砖的任务。临清的土胶中含沙，细腻无杂质，又经过一套严格复杂的工艺，烧出的砖坚固细密，有金石之声。据说，临清有皇家官窑三百余座，每年可出四千余窑，每窑出砖二三万块。所烧制的有建造城墙宫殿的城砖、副砖、券砖、斧刃砖、钱砖、线砖、平身砖、旺板砖、方砖，等等。每块砖上都有窑户和工匠的印章，烧制出窑后，都要由工部营缮司的官员检查合格后，用黄表纸封好。这些砖大多是由漕船捎带运往通州的，每条船运四十块，大砖每块重四十八斤。窑户将封好的金砖送到码头上，漕船经过需靠岸装砖。如此一来，又须排队等候，河面上将停靠多少船只？

翁麒麟站在临清漕运码头上，望着盈河的船只如云的帆篷，心里突然激动起来。还好，还好啊蓝蝴蝶。我知道你要替我报仇，你去找潘清了。可是你不知道潘清在哪里，我知道，我来了，我要在你到来之前，先干掉潘清，完成为父报仇的大业。

翁麒麟熟悉安清帮漕船的编制，他在帮中香头很高，又有着特殊身份，找到潘清并不是一件难事。滞留在这里的主要是江淮泗、兴武九和双凤头帮。双凤头帮属于安徽十六帮，那里是潘清的老巢，他肯定在香火船上。双凤头帮上打日月龙凤旗，中有金钩如意头，下有百宝珍珠伞。雀杆上有七星主旗，白旗红镶边，五色小旗，双飘带。香火船又称为老堂船，编号为十九。用不着打听，翁麒麟在万艘骈集中很容易就找到了潘清所在的船只。

翁麒麟激动起来，潘清啊潘清，你这个叛贼，今天夜里我就来取你的狗命。这句话没有说出口，翁麒麟突然心里一沉。潘清到底在不在双凤头帮的老堂船上呢？临清漕船堵塞滞留不假，可是漕运总督张大有和潘清现场督运只是道听途说。他们会来吗？这不过是沈良告诉他的一个小道消息，有谱儿吗？

不行，不能轻举妄动。不动则已，动必成功。我还是先找个客栈安顿下来再说吧。

十里春风客栈名不虚传，进了大门之后便如沐春风。小伙计说话高声，走路小跑，忙得热气腾腾人欢马叫。就连客栈的掌柜都走动在院子里亲自迎送，如同对待至爱亲朋。掌柜的姓单，四十多岁，精明热情，说话干脆，办事利索。差不多跟所有的客人都熟悉，一看就是个见多识广又记忆力极强的人。

翁麒麟要了一个房间，又让伙计端来几个简单的饭菜。刚要吃，掌柜的笑盈盈地进来了，冲着翁麒麟拱手一揖，客官辛苦了。

翁麒麟忙起身还礼，掌柜的辛苦。

掌柜的说，我来看看，您屋里收拾好了没有，被褥还干净吧？您还有什么吩咐?

翁麒麟忙说，很好很好，掌柜的贵姓?

贱姓单，客官请用膳吧，不打扰了。

翁麒麟心里一动，单掌柜，能向您打听点儿事吗?

客官请讲，凡是我知道的。

您知道安清帮潘师祖在不在临清啊?

单掌柜一愣，笑了笑。

您见识多，店里人来人往，或许有些消息。

消息倒是有些，只是不知道为什么，最近总有人打听潘师祖。

那是因为潘师祖弟子众多，还有谁向您打听过?

前几天有个姑娘，打听潘师祖的行踪。

那姑娘叫什么?

她只说姓蓝。

哦，还有呢?

还有一位姓钱的先生，哦，大概在三天前吧，也打听过。

翁麒麟心里都明白了，蓝蝴蝶和钱金豹都抢先他一步来到了临清。

单掌柜说，我也是心眼儿好，见不得人家着急上火的，把所闻所见都告诉他们了。

翁麒麟急着问，那么，潘师祖在哪儿?

单掌柜说，我也是道听途说，不一定靠谱，有人说看见潘师祖的夫人和女儿去找潘师祖了。

翁麒麟问，到哪儿去找了?

单掌柜说，临济寺知道吗?在直隶正定县。

翁麒麟在临济寺里转了一圈儿，没有见到潘清的踪影，却跟一个小沙弥熟悉起来。这个小沙弥眉清目秀，机灵乖巧，身上却有一股淡淡的脂粉味儿。翁麒麟断定，小沙弥绝非规矩之人，免不了外面有女人或者混迹于烟花柳巷。无论哪种可能，都需要钱。需要钱的男人就是一块胶泥，最容易让人捏来捏去的。到了一个僻静处，翁麒麟从怀里掏出一锭五两的银子，塞给小沙弥。小沙弥连推辞客气都没有，接过来就直接揣进怀里，媚态十足地说，施主有什么事情请吩咐。

翁麒麟问，潘清在哪儿？

哦……潘……潘师祖啊，他在后院。不过，后院有专人把守着，外人不许进去。

跟他在一起的还有什么人？

还有……潘师祖的夫人和女儿，哦，她们是前两天刚到的。

翁麒麟点了点头，麻烦你随时注意他们的动静，我每天申时前来进香，你在大雄宝殿门口等我就行了。

小沙弥忙说，贫僧愿意效劳。

翁麒麟开了句玩笑，我不是给了你银子了吗？还贫僧？

小沙弥脸红了。

翁麒麟说，好好干，我让你脱离贫字。

这天晚上，翁麒麟很高兴，他知道潘清离开临济寺到临清去了。漕运总督也到临清去了，朝廷命官与安清帮总帮主一起督运漕粮确有此事。不过这个事实的发生却在民间传播小道消息之后。是天意，是谶语，还是民间异人料事如神？

在临济寺旁边的一家饭店里，翁麒麟为自己要了两个菜一壶酒，准备吃饱喝足之后便连夜向临清出发。

他刚端起酒杯，面前便出现了一堵墙，抬头一看，手里的酒杯啪啦掉了下来。

站在他面前的是钱金豹。

有多少回，他想象着与钱金豹再次见面的情景。那一定是钱金豹对他怒目而视，一定是他愧疚得无地自容。可眼前的钱金豹却不是那样，他依然是那憨厚的样子，不说话，只是嘿嘿地笑着。这憨笑一点儿也没改，翁麒麟太熟悉了。

翁麒麟惊得都忘记起身了，也忘记请钱金豹入座了。还是钱金豹自己觉得尴尬了，顾自在他的对面坐下来。翁麒麟忙招呼伙计添加碗筷，又忙着给钱金豹斟酒。然后才问，你怎么到这儿来了？

钱金豹反问，你怎么来了？

这话其实都无须问了，翁麒麟已经知道钱金豹是来替他刺杀潘清的，替他报杀父之仇的还有蓝蝴蝶。于是问，蓝蝴蝶在哪儿？

钱金豹说，来了，又走了。

你们见面了？

没有，我看见了她，她没看见我。

那她为什么走了？

她大概没有找到潘清的踪迹。

你找到了吗？

他就在临济寺。

你怎么知道的？

前两天我看见潘婶婶和潘灵芝来了。

翁麒麟“哦”了一声，招呼钱金豹喝酒。

钱金豹直截了当地说，哥，你回去吧，这里没你的事情了。

翁麒麟问，你呢？

钱金豹说，我就在这庙门口守着，不信他潘清永远不出来。

翁麒麟说，他已经走了。

什么？他走了？

今天早上走的，我也是刚刚知道的。

不可能，我很早就起来了，死死盯着这庙门，没见到什么人出去。

他是从后门走的。

什么？这个庙还有后门？不可能呀，我都察看了。

这个庙确实没有后门，只有个侧门。侧门开在万通粮栈的后院。这样一来，万通粮栈的大门就成了临济寺的后门。

该死……我怎么这么笨？哥，这些你是怎么知道的？

翁麒麟笑了，通神。

通神？你能通神？

不是我能通神，是钱能通神。这年头，只要肯花钱，就没有办不成的事。

钱金豹急着问，你快告诉我，潘清跑哪儿去了？

翁麒麟要了个心眼儿，大概去了淮安。

他到淮安干什么？

漕运总督张大有召见他。

钱金豹沉思地点着头。

两个人约定，明天一早一起去淮安寻找潘清。翁麒麟要回自己住的客栈，钱金豹到自己的客栈退了房，搬来跟翁麒麟住在了一起。

翁麒麟说自己不胜酒量，撑不住了，躺在炕上就睡下了。

钱金豹也躺下了，见翁麒麟已经鼾声如雷，也眯上了眼睛。

半夜时分，钱金豹起身看了看翁麒麟，翁麒麟依然鼾声大作。钱金豹叫了几声大哥，翁麒麟毫无反应。钱金豹放心了，悄悄起身穿衣出了门。

钱金豹背着自己的行李，牵着马出了客栈的大门。

这一切，翁麒麟都看在了眼里。

翁麒麟又来到了临清。

临清运河段的船只依然堵塞得满满的，像是凝固在了河面上。

翁麒麟断定，潘清肯定在双凤头帮的老堂船上。

时机选在子夜之后，大运河停泊的舟船都拥在河底的灿烂星光中熟睡了，只有老堂船头上的风雨灯还在摇摇晃晃地强睁着眼睛。翁麒麟撑着一只脚划子，悄悄地靠了过来。几乎没有什么动静，划水的声音被浪拍船帮声淹没了。潘清应该已经在大舱里睡下了，舱门口两个卫士歪斜地站着，也处于半睡半醒的状态。翁麒麟是从船尾爬上来的，摸索着接近大舱。两个卫士被惊动了，都是安清帮的亲支近脉，自然认识翁麒麟，忙躬身行礼。翁麒麟朝他们摇了摇手，指了指大舱。

卫士轻声问，小老大，您怎么来了？

翁麒麟低声说，有急事，我必须马上见到潘师祖。

两个卫士拦住翁麒麟，小老大，现在您进去不方便……

翁麒麟不等他们说完，推开他们，径直闯了进去。

大舱的床上坐着潘清，翁麒麟一眼就看见潘清了，来不及半点儿犹豫，掏出汉隶镖便抛了出去。

一道白色的闪电突然横在潘清身前，正好挡住了翁麒麟抛出的汉隶镖。

翁麒麟哇的一声惊叫起来，飞身扑过去。

替潘清挡住汉隶镖的居然是蓝蝴蝶，翁麒麟一把将蓝蝴蝶抱在怀里。在蓝蝴蝶白色的衣衫上，鲜红的血流杜鹃花一样绽开了。

翁麒麟惨痛地呼叫着，蓝蓝……蓝蓝……我的蓝蓝啊……

蓝蝴蝶躺在翁麒麟的怀里，顽强地睁开眼睛，吃力地说，他是……你的……亲爹……

翁麒麟拼命地叫着，不不……蓝蓝，你不能……不能啊……

蓝蝴蝶疲倦地闭上了眼睛……

天旋地转，浪涛翻腾，整条大运河都哀号起来，蓝蓝……蓝蓝啊……

按照潘清的意见，是要把蓝蝴蝶安葬在杭州宝华山上的，那里是安清帮的圣地。不管怎么说，蓝蝴蝶是为他而死的，可以说是他的救命恩人。可是翁麒麟不同意，他要把蓝蝴蝶的灵柩运送到通州。潘清依从了翁麒麟的意愿，放下一切漕务，与翁麒麟一起随着蓝蝴蝶的灵船北上。

蓝蝴蝶的陵墓安葬在通州城西筛子庄，那里有一块安清帮的义冢。

从傍晚下完葬起，翁麒麟一直跪在蓝蝴蝶的陵墓前。他已经流干了眼泪，嗓子也嘶哑了，哭不出声来了。就这么跪着，一动不动，像安放在陵墓前的一尊雕像。

这尊雕像的前面，是一块墓碑。上面刻着：爱妻蓝蝴蝶之墓。

墓碑是翁麒麟亲笔写的，碑上的字也是他亲手刻的。

潘清及所有前来送葬的人都没有走，站在翁麒麟的身后，保护着翁麒麟，也守护着蓝蝴蝶。

泪水和哀痛浸透了天光，血红的晨曦从同样红艳艳的河水中挣脱出来，翁麒麟倒下去了。

潘清命人将翁麒麟抬回通州城里的翁宅，好生安顿好之后，潘清也没有离去，而是又守在了翁麒麟的身边。

又过了将近一个时辰，翁麒麟才慢慢地苏醒过来。他只是意识和记忆苏醒了，身体却依然不属于自己的。他不愿醒来，就这样昏死过去。蓝蝴蝶大概走得不算远，此时死去，还能在黄泉路上赶上她。

潘清知道他醒了，轻轻地呼唤着他，又亲手将他扶起来。

贴身护卫将准备好的药汤端进来，潘清接过药碗，要给翁麒麟喂药。

翁麒麟紧紧地闭着嘴，看也不看他。

潘清亲切地劝慰着，麒麟，喝口药好吗？爹求你了……

翁麒麟听见潘清自称“爹”字，脑袋轰然炸裂开了，眼前出现了蓝蝴蝶临死前的一幕，他是……你的……亲爹……

翁麒麟睁开了眼睛，死死地盯着潘清，沙哑着嗓子问，到底是怎么回事？

潘清沉痛地说，爹悔啊，悔死了……我知道你要杀死我……我不该让蓝蝴蝶替我去死……

翁麒麟的眼睛里充满了血丝，狰狞得吓人。

潘清接着说，我不该……不该对蓝蝴蝶说……

翁麒麟怒不可遏地问，你跟她说了什么？

我告诉了她真相。

什么真相？

我是你的亲爹……麒麟，你放松一下，听我说，我告诉你，我什么都告诉你。我知道，从小你就是翁岩的儿子，翁岩才是你的父亲。可是真相不是这样的，你翁岩父亲是个好男人，千古难寻的好男人，情深似海，义薄云天。你母亲生下了你就过世了，你翁岩父亲觉得是自己害死了你的母亲，对天盟誓，永不再婚……所有的兄弟朋友都劝他，让他续弦，他矢志不渝。你记得洪门的银凤七妹吗？与你翁岩父亲有着过命的交情，又发誓非你翁岩父亲不嫁。尽管如此，你翁岩父亲依然坚守誓言，与银凤七妹永远保持着兄妹之谊……你母亲生下的孩子不是你，是灵芝。灵芝是个女孩儿，如果你翁岩父亲从此不再婚，翁家就断了后。为了让翁家后继有人传承香火，我把你和灵芝对调了。灵芝成了我的女儿，你成了翁岩的儿子。这件事除了我们两家，只有丹秀家和钱坚夫妇知道。说实在的，将自己的儿子给了别人，我也心疼，有好多次，也很后悔。看到你聪明，读书争气，特别是考中举人之后，是个光宗耀祖的人，可是自己的儿子光了别人的宗，耀了别人的祖，我能不后悔吗？后悔是后悔，我还是痛苦地忍住了。为的是一个“义”字。你能说我不仁不义吗？我为什么要对蓝蝴蝶讲这些呢？我想死在蓝蝴蝶的手里，我不能让你担起弑父的罪名。谁都不知道，老天知道，弑父是天理不容的……蓝蝴蝶也愿意替你完成报仇的大任，她也很为难，我告诉她，如果你不想弄脏自己的手，我可以自尽。事实上，我已经多次想到过死了，我把自己的两个生死之交的兄弟都害死了，我还有什么面目活在这个世界上。我死了无所谓，可是安清帮不能垮，安清帮是我们三兄弟共同创建的，是我们的命根子。不仅仅是命根子，还是我们生命的根脉枝叶。人总是要死的，留下根脉枝叶才能千古不衰……

翁麒麟许久许久都没有说话，他也不再看潘清了。潘清知道他心里在翻江倒海，便悄悄地退了出去。

外面传来惊天动地的哭喊声，潘清吓了一跳。细一看，才看清是灵芝的丫鬟菱荇。这些天，这丫头跑哪儿去了，又是从哪儿跑回来的？

菱荇哭着进了房间，她终于找到翁麒麟了。她扑在翁麒麟的身上，紧紧地抱着翁麒麟，依然天呀地呀哭着。翁麒麟木木的，任凭菱荇摇晃着他的身子，任凭菱荇在他的怀里打滚儿，他什么都不说，神色依然像块木头。

潘清坐在东厢房里，听着菱荇惊天动地的哭声，心里翻腾着一阵一阵的波涛。把真相告诉了翁麒麟，他似乎解脱了。可是这山一样的重量就压在翁麒麟的身上了。他受得了吗？失去蓝蝴蝶，而且还是自己亲手杀死的。该死的应该是他，可是他偏偏又是翁麒麟的父亲，亲生父亲。罪孽啊，海一样的罪孽。翁麒麟能从这罪孽之海中挣扎出来吗？翁麒麟不说话，翁麒麟呆痴了，翁麒麟会疯吗？真的傻了疯了倒也好，忘掉这罪恶的一切。忘掉……忘掉……是的，他该忘掉……

潘清站在窗前，心里反复地叨念着：忘掉……忘掉……他该忘掉的……

夜深了，潘清看到菱荇捧着一碗参汤进了翁麒麟的房间，过了一会儿，又出来了。

潘清把菱荇叫到自己住的东厢房，问，少爷喝了吗？

菱荇含着眼泪摇了摇头。

也没吃东西吗？

菱荇又摇了摇头。

他睡着了吗？

菱荇说，我不知道，估计没睡着。

潘清想了想，菱荇，你知道少爷身上有一枚金锁吗？

知道，他一直戴着呢。

你把那枚金锁悄悄地摘下来，别让他发现。

老爷要那金锁干什么？

我去找个高僧给金锁加持，看来少爷真的需要佛祖保佑了。

第二天一早，菱荇把翁麒麟身上的金锁交给了潘清……

又一个早上到来了，翁麒麟从房间里出来，穿戴整齐，精神也好了许多。他跟谁都没有打招呼，径直朝门外走去。

一直紧紧盯着他的潘清拦下了他。

翁麒麟对他说，你别管我行吗？

潘清问，你要去哪儿？

你觉得我能去哪儿？

你去哪儿都行。

别忘了，我是个杀人犯，我手上沾着蓝蝴蝶的血。

我替你安排好了，你到临清去吧。朝廷的砖窑戒备森严，自成体系，许多犯了重罪的人都在那里避难，连地方的官府都无可奈何。

杀人偿命，这是天理，我去投案自首！

等一下。

潘清来到翁麒麟前面，从怀里掏出那枚金锁，重新给翁麒麟戴上，嘴里喃喃地说，忘记吧，忘记吧。

翁麒麟问，忘记什么？

潘清说，忘记痛苦，忘记罪恶。

翁麒麟看着潘清，没有说话。

忘记……啊，忘记。人是需要忘记的，人是有忘记的本能的，但不能选择。自己选择忘记，多是源于痛苦；别人强迫你忘记，大抵基于罪恶。

第二十四章　白卷·癸篇

已经三天了，每当夕阳西下漕粮停兑的时候，那个女人便出现在卧虎桥上。大运河上的舟船都靠岸停泊，帆篷静静地垂落下来。满河的霞光装饰着燃灯塔的倒影，那个女人的身影也长长地投映在河心里，与燃灯塔重叠在一起，又很不情愿地分开。是的，那个女人在移动，从桥的一端走向另一端，又返回来，似乎在选择着最佳的位置展现自己。

那个剪影很漂亮，王培玉从来没有意识到，女人的身姿也是如此的诱人。

王培玉是透过漕船的舷窗往外看的，那座桥、那个女人，还有那个巍巍耸立的宝塔，跟他隔着一条大河。他觉得心里有点儿不安，说不上为什么，坐不住了。他无意识地站起身，出了船舱，踏上跳板，上了岸。然后，他也是无意识地朝南面的浮桥走去，通过浮桥，便到了河对岸。他又身不由己地朝卧虎桥走去。

卧虎桥，又称恶虎桥。传说前明大奸臣严嵩，陷害忠良，作恶多端，终受报应。儿子被斩，孙子充军，家产被抄没。八十六岁高龄的老不死无家可归，端着皇帝御赐的金饭碗讨饭吃。这一天来到漕运码头上乞讨，没有人同情这个恶贯满盈的奸佞，连口粥都没有人赏给他。他又冻又饿，死在了这座桥上，故名。严嵩生前是只恶虎，伤害了多少无辜。

这个女人肯定是无辜的，无辜的女人要寻短见，怎么也不应该选择在恶虎桥啊！

像是事先排练好了似的，王培玉刚刚登上卧虎桥，那个女人便跳了下去。

周围有人看见了，惊呼救命，有人跳河了。

王培玉将外衣顺手一脱，扔在桥上，跳了下去。

河下还有人洗澡，人们帮助王培玉将那个女人救上岸。

女人肚子里灌满了水，岸上的人七手八脚地救护着，将她肚子里的水控出来，女人虽然喘气了，却依然昏迷着。

有人认出来了，说她是桃酥仙子，家住静安寺。王培玉救人救到底，找了一辆小驴车，把女人扶上车，送回了家。

女人醒了，浑身精湿。王培玉躲到屋外，让她换件衣服。女人又哭又叫，骂着王培玉多管闲事，不该救她。

王培玉耐心劝慰着，有什么想不开的，干吗非得死呢？

女人说，我不是去死，我去找我的孩子。

王培玉说，这就怪了，你的孩子在河里吗？

我的孩子在天上。

那你为什么往河里扎？

我的孩子死了，我只有死了，才能见到我的孩子……

王培玉也顾不上让那个女人换衣服了，又急忙进了屋，急着说，大姐，到底是怎么回事，你跟我说说，世界上活着的路有千条万条，死的路只有一条。你先别急着死，或许我们还能找到一条活路呢？

我的丈夫死了，我的孩子也要死了，我……我还有什么活路呀？

你……你的孩子到底死没死？

早晚得死，很快就会死的。

你能不能跟我说明白？

我的孩子叫丢丢，他杀了人，关进了刑部的大牢，判了，已经判了……

判什么了？斩立决？

是斩监候。

那不是还没死吗？斩监候要等秋天才进法场呢？你急着死干什么？

我……我不能……眼睁睁地看着我孩子被砍了头。

你要是死了，等你孩子被砍头的时候，谁替他收尸呀？没有人收尸，他就成了孤魂野鬼，永远托生不了。

女人愣住，王培玉的话把她打醒了，她瞪着两只红红的眼睛傻傻地看着王培玉。

王培玉来到刑部大牢，巧的是他遇见了司狱老刘。因为陆青林向他塞足了银子，但凡来探视翁麒麟的他都格外客气，网开一面。自然，王培玉也向老刘塞了银子。

司狱老刘说，丢丢确实已经判了斩监候，关到死牢那边去了。那边不归他管，通融不了。王培玉提出见见翁麒麟，司狱老刘满口答应了。

见到王培玉，翁麒麟非常意外。意外之余，又格外高兴。丢丢离开他之后，他就一直想见一个人。这个人是谁呢？他不知道。他绞尽脑汁，搜遍了自己认识的有些交情的人，都觉得不合适。这个人应该是可以信任的，是可以托付的。不能是安清帮的人，也不能是跟潘家有关联的人。谁呢？见到王培玉，猛然觉得要找的应该就是他。

只是，不知道他是不是安清帮的人。

王培玉是有备而来的，提着酒和菜。

翁麒麟的案子王培玉大抵是清楚的，除了关心一下饮食起居，也无须多问。两个人喝了几杯酒，王培玉便向他打听起了丢丢的事情。

翁麒麟感到奇怪，您怎么认识丢丢？

王培玉将丢丢母亲投河自杀被他救上来的事情说了一遍，翁麒麟说，天下真小，丢丢就是从我这牢房里被转移走的。

王培玉忧虑地说，丢丢的母亲，我只能劝得一时，劝不了长久。丢丢被砍头之后，她还是要寻死觅活的。一个女人，失去了丈夫，又失去了孩子，谁也受不了。

翁麒麟说，放心吧，丢丢死不了。

王培玉吃了一惊，为什么？

翁麒麟说，他罪不至死。

王培玉说，不是已经判斩监候了吗？

翁麒麟说，我已经托人到刑部去通融了，如果运气好的话，兴许能保住命。

王培玉说，那太好了，果真如此，丢丢妈也有活路了。

翁麒麟拿起酒瓶，先给王培玉斟了个满杯，又把自己的杯子满上。

然后，他端起酒杯，郑重地说，王先生，您长我几岁，请允许我叫您大哥吧。

王培玉赶忙谦让，别别，翁公子，您折杀我也。

翁麒麟说，大哥，我想问您一句话。

请讲。

您拜师孝祖了吗？

王培玉说，惭愧，递了愿列门墙的小帖，还没有进香堂。

翁麒麟把举起的酒杯放下了。

王培玉说，翁公子有话请讲，只要用得上我王培玉，我绝无二话。

翁麒麟摇了摇头。

王培玉说，莫非翁公子信不过我王培玉？

翁麒麟说，说实话，小弟真的有要事相托。

王培玉激动起来，我可以对天盟誓。

翁麒麟说，无须对天盟誓，只是……只是有一条要让大哥为难。

王培玉说，为公子解难，培玉不怕千难万难。

翁麒麟说，没有千难万难，只有一难。

王培玉说，公子请讲。

翁麒麟说，不入家门。

王培玉呆愣住了。

翁麒麟说，对不起，让大哥为难了。

王培玉说，容我想想好吗？

翁麒麟端起了酒杯，我也不希望大哥马上做出决断。来，我先敬大哥一杯。

姚发觉得很奇怪，一连好几天，王培玉早出晚归，行踪诡谲，以前从未有过这种状况。几年前在通州漕运码头上他救下了王培玉，便把王培玉留在了自己当家的随运尾帮船上。王培玉不但力大无穷，而且为人正直可靠。更为难得的是，别看他长得虎背熊腰，却自幼饱读诗书，有学问有见识，看人断事总是棋高一着。姚发很是欣赏，不断提携重用，他很快就成了姚发的管事。姚发将船务生意统统交给了他，他实际上成了随运尾帮船的二当家。

像往常一样，随运尾帮船在通州土坝靠岸，装卸货物，享用天庾正供的特权，做的却是安清帮的私家生意。货物已经卸完，没有回空南下，是因为采办的北货还没有装船。这些原本也没有必要姚发亲自监管，交给王培玉完全可以了。还有一件重要的事情没有完成，就是等待一批麝香。

前面我们提起过，沉檀龙麝，麝香是香料的四大君香之一，很是难得。这次北上没有采购到，缺货是常有的事情。他们的香料主要是卖给哪王庙蒙嘎拉大喇嘛的，跟他解释一下就是了。可是这次要麝香的却是安清帮师祖陆逵，陆逵指示，一定要搞到一批上好的麝香，交给一个叫作曾静的人。

麝香又叫寸香、元香、当门子，是麝鹿身上产出来的。鹿是一种性能力极强的动物，鹿鞭是高效壮阳药物。雄鹿自两岁成熟，阴囊中常常分泌一种黄色的膏状液体，储存在脐下的香囊里。雄鹿休息的时候，张开香囊，常常引得苍蝇昆虫聚来采食。雄鹿香囊发痒，突然关闭，便将蝇虫俘获包藏住，让自投罗网的蚊蝇昆虫在里面溶化发酵。获取麝香是要猎杀麝鹿的，猎杀后将香囊取下干燥，里面的分泌液渐渐地变硬，成颗粒状，棕色。这种麝香散发出来的味道是恶臭的，用水或酒稀释后才能散发出独特的香气。麝香很珍贵，麝鹿也知道猎人是为了获取它的香囊才杀害它的。精明的麝鹿在中了箭或被包围之后，便狠心地将自己的香囊扯掉抓碎，宁死也不能让猎人得到麝香。因之，捕杀麝鹿需要高超的猎技，必须一箭毙命，让麝鹿来不及扯掉香囊。如此一来，麝香便尤为难得弥足珍贵了。

不知道曾静何许人也，陆师祖没有说。只知道曾静要的这批麝香是送给岳钟琪的。川陕总督、抚远大将军岳钟琪的刀伤落下了后遗症，遇到一个杏林高手医治，需要上好的麝香。所谓上好的麝香，是来自尼泊尔的一种麝鹿。近年来准噶尔部联络西藏番王屡屡进犯，岳钟琪对他们的打击防范毫不留情。若从尼泊尔购买麝香，必须经过西藏，如此一来货源便很难沟通了。

姚发常年经营香料，途径甚多，千回百转搞到了尼泊尔的麝香，只是还在途中，他们只好在通州等候。

停船等待是一件很无聊的事情，姚发生意忙交际广，几乎每天都出去。王培玉留下来守候，好在他在通州无亲无故，又无其他爱好，在船上喝酒观景倒也自在。

姚发几天见不到王培玉，向随船的水手打听。水手说不知道，姚发让他去找一找。水手很快回来了，说王培玉在码头上扛大个儿。这就怪了，王培玉本来是在漕运码头上扛大个儿混饭的，受到欺负遇见姚发后才到随运尾帮船上来的。怎么又去扛大个儿了？是想活动一下筋骨，还是想挣几个零花钱？想到零花钱，姚发心里咯噔动了一下。坏了，王培玉上船之后，姚发一文钱都没有给过他。按照漕帮惯例，运丁的报酬分月粮和行粮，还有一点儿赠贴。月粮每月一石，一年十二石；行粮是行船期间的报酬，每人三石。一般的情况下，月粮和行粮一半给粮，一半折合银两。王培玉自从上船之后，既没给月粮，又没给行粮。这倒不是姚发克扣或忽略了，而是姚发将钱柜账目都交给王培玉管理，并且嘱咐过，需要钱的话，从柜上支取就是了。王培玉可能从来没有动用过船上的银两，吃住都在船上，他可能也不需要花钱。可是停船靠岸就不同了，总要手头方便才行啊。

想到这些，姚发觉得很愧疚，亲自上岸去找王培玉，无论如何不能再让他扛大个儿了。姚发来晚了，码头上的船都卸完了。姚发来到军粮经纪的账房，当天的工钱也发放完了。姚发怅怅地往回走，心想到船上要跟王培玉喝两杯，并且要给他一笔零用钱。不知不觉来到了万寿宫，前面有个粮店，从粮店里出来个人，手里提着半袋面。正是王培玉，姚发刚要喊他，心里突然觉得奇怪，船上有吃有喝，他买面干什么？想到这儿，姚发多了个心眼儿，在后面悄悄地跟着王培玉，看他到底要干什么。

左拐右转，进了静安寺旁边的一条胡同。王培玉停在了一个小门前，小门里出来个女人。王培玉把手里的面交给那个女人，说了几句话，告辞走了。

这个女人是谁呢？跟王培玉是什么关系呢？

姚发继续跟着王培玉，王培玉朝河边走去。姚发以为王培玉要回到船上去，可是到了东关，他却进了一家小饭馆。

姚发犹豫了一下，也进了那家小饭馆。饭馆里人还不少，王培玉没有发现姚发，姚发在他身后的一张小桌上坐下来。

王培玉要了盘素炒饼，二两烧酒，一盘拌黄瓜。

姚发心里一酸，眼泪都要掉下来了。他知道，王培玉是有酒量的，平平常常都能喝半斤酒。而且，王培玉喜欢吃肉，又很能吃。可是在这小饭馆里，他却这么节俭。他完全明白了，他去码头上扛大个儿，是为了挣几个钱，挣几个钱是为了周济那个女人。作为随运尾帮船的管事，每天经手的钱成百上千，他却一文不动。姚发再也忍不住了，悄悄地退出那个小饭馆。

翁麒麟要求王培玉不参加安清帮，确实让王培玉非常为难。自打认识姚发的第一天起，王培玉就想加入安清帮。

王培玉孤身一人，父母故去，尚未娶妻。虽说他应该算是通州人，却没有家。他的家就是一所空空荡荡的院子，没有亲人的院子能算家吗?

王培玉也没有朋友，不是他不好交，更不是他清高孤傲。他觉得交朋友应该对朋友有用，身无一技之长，家无隔夜之粮，他能对别人有什么帮助。没有帮助就是累赘，他不想麻烦别人，更不想占别人的半点儿便宜。他终日形单影只，游荡在漕运码头上，一人吃饱全家不饿。

没有家人，没有朋友，他倒是没有觉得有什么不便，只是觉得孤独。走在茫茫人海当中，摩肩接踵，却没有一个人跟他有关系。躺在冰凉的土炕上，睡不着觉的时候想谁?没有人让他牵挂，更没有人让他思念。当然，也没有人牵挂他，更没有人思念他。在这个世界上，有他不显得多，没他不显得少。他完全是一个多余的人，一个没用的人，一个可以忽略不计的人。

遇见姚发，他觉得不仅仅是遇见了一个人，而是完全进入了一个圈子，进入了一个属于他的圈子。以前卖苦力谋生，与任何人都不发生关联。想干就干，不想干就挨饿。没有人需要你，没有人关心你。到了船上，大家在一起谋生混饭吃，你离不开我，我离不开你。干活的时候，你需要我帮忙，我需要你配合。喝酒的时候，你敬我一杯，我敬你一杯。亲亲热热，吵吵闹闹。他忽然觉得这个世界不是他一个人了，他找到了一个家。

特别是安清帮，师徒如父子，兄弟如手足，有福同享，有难同当。安清帮就是一个大家庭，王培玉渴望融入这个大家庭里，成为其中的一员。每当安清子弟参师孝祖的时候，王培玉都默默地躲到一边。香堂里的颂歌和参拜的声音清晰地传出来，他总有一种莫名的委屈。尽管他已经是随运尾帮船的管事，但依然不被安清子弟当成自己人，是被排斥冷落的局外人。

实际上，王培玉想加入安清帮，安清帮也很想将他收入安清家门。可是这里有一个关节，安清帮太重视王培玉了。换作一般人，这件事情早就解决了，只要姚发作为引进师，开个香堂便可以了。可是王培玉不行，因为潘清师祖不同意。王培玉的人品和才华在随运尾帮船上越来越显现出来，潘清师祖觉得他是个将帅之才，应该纳入师祖之列。至少，他应该列在文字辈，与姚发、丹秀、翁麒麟、钱金豹、潘如虎同辈。可是，文字辈必须拜在德字辈门下。而德字辈只有翁钱潘三人，这三位师祖早已经关了山门。安清有定律，关山门不得再开山门。就算定律可以修改，翁岩和钱坚都不在了。一个人入帮，必须有引进师、本命师、传道师，光有潘清一个人是行不通的。潘清所以如此器重王培玉，还因为翁岩和钱坚不在了，他越来越觉得独木难支，需要一个得力的帮手。姚发很清楚潘清师祖的筹谋，如此一来，姚发就没有资格做王培玉的引进师了。姚发与潘清商量了多次，都难以找出通融的办法，因之便将王培玉入帮的事情搁置下来。

这些内情王培玉是不知道的，姚发也不便跟他讲。

这天晚上，姚发在老堂船上请王培玉喝酒。此时皓月当空，河盈万艘，漕运码头上繁华而美丽。

对于王培玉来说，姚发对他既有救命之恩又有知遇之恩，所以对他分外尊重，虽然自己年长他几岁，却总是称他大当家或者姚师父。而姚发呢，知道潘清师祖对王培玉的器重及安排设想，亦是对他尊重有加，原本可以称为兄长，却一直尊称为先生。

姚发递给王培玉一张银票，一千两银子。

王培玉接过来一看，以为要他去购买什么，便问，姚师父有何吩咐？

姚发说，王先生，对不起了，怪我，都怪我，怪我太粗心了。

王培玉摸不着头脑，问，姚师父，您何出此言？

姚发说，我原本以为，你单身一人，不需要什么花销。就算需要花销，从柜上支取也就是了。没承想，你如此清廉自律，让您受委屈了。这些钱您先用着，不够的话您再跟我说。

王培玉更加糊涂了，姚师父，我确实不需要什么花销。我在船上有吃有喝，要钱何用？

姚发说，先生就别客气了。实不相瞒，我知道先生这几天又到码头上扛大个儿了，还知道先生挣钱买面周济别人。

王培玉沉默了，他不知道该怎样向姚发解释。但是他很感动，他知道姚发给他钱是真诚的，是对他的关心和照料。他端起酒杯，顾自喝了口酒。

姚发也不深问，知道这是王培玉的隐私。

王培玉说，姚师父，自从遇见您，我才觉得自己有了亲人；自从上了随运尾帮船，我才觉得有了一个家。

王培玉说这话，是发自内心的感慨。可是姚发理解错了，他以为王培玉在跟他提加入安清帮的事情。于是支吾了一下，不得不说，王先生，潘师祖对您十分器重，几次跟我商量您加入安清的事情，只是为您请引进师、本命师、传道师这个难题，潘师祖费尽了琢磨。

王培玉突然离开座位，举着酒杯，愧疚地说，姚师父，对不起了，王某让您和潘师祖失望了。

姚发也站起身来，忙说，不不，是我们……是我，谋划不利，耽误了先生。

王培玉说，姚师父请您听我说，您能……能把我的记名小帖退还给我吗？

姚发更加慌了，王先生，您这是何必呢？何必呢？您放心，我很快就会向潘师祖请示，很快会把您的事情办妥。

不不，姚师父，您误会了我的意思。我不是催促您，我实在是不愿愧对清门，还是在门外做些事情吧。

先生为什么这么说呢，我们文字辈的弟兄，还有潘师祖，都对先生敬慕有加，求贤若渴。

是培玉不才，也是……也是另有因由。

另有因由？

我培玉对一位朋友有了承诺。

承诺什么？

承诺不加入清门。

为何有如此没道理的承诺？是什么样的朋友？

姚师父如果信得过培玉，便请不要深究。培玉既然是对朋友的承诺，也不会随便示人的。

姚发坐下来，也请王培玉坐下说话。可是聊天聊死了，下面再说什么话题，都只是应付了。

王培玉第二次来刑部大牢看望翁麒麟的时候，是带着丢丢的母亲一起来的。

原本王培玉是陪着杜采薇去探视丢丢的，司狱老爷死活不让进，塞银子也不行。说这是死牢，死囚不是谁想见就能见的。王培玉问，难道犯人的母亲也不行吗？司狱老爷说，行倒是行，要等到临刑前才能见。王培玉问，那要等到什么时候。司狱老爷说，秋决秋决，要等到秋天才能处决犯人。莫不成你们还盼望着自己的孩子早点儿被砍头？

说破了嘴皮子，就差给司狱老爷跪下了。谁知道遇上个一根筋。没办法，只好又央求司狱老爷，到时候一定要想着通知我们家属。还留下了家庭住址，当然，住址和银子是一块儿塞给司狱老爷的。

两个人很失望，特别是杜采薇，总觉得孩子没救了，又要死要活地掉起了眼泪。王培玉安慰她，并且带她来见翁麒麟，他要让杜采薇亲自听到翁麒麟的许诺，丢丢死不了。

翁麒麟见到王培玉和杜采薇，心里立即冒出了一个念头，差点儿说出来：这才是天生的一对儿。

看来丢丢没有吹牛，他的母亲确实漂亮，尽管经历这么多的磨难，依然容止高雅，姿色艳丽。心里算了算，她大概比王培玉还要大几岁，可是一点儿也看不出来。

翁麒麟向丢丢的母亲详尽地讲述了丢丢的事情，并且一再保证，丢丢不会被砍头的，最多坐几年牢就会出去的。杜采薇自然知道翁麒麟的身世，见到翁麒麟谈吐坦诚清晰，便相信了，脸上也有了笑模样。

王培玉直截了当地告诉杜采薇，他和翁麒麟还有一些话要说，让她先回去。杜采薇很明显地流露出了对王培玉的依恋之情，说自己不走，在大牢门口等着他。

翁麒麟开着玩笑说，王兄艳福不浅啊，真是一个难得的女人。

王培玉脸红了，辩解道，哪儿呀，只是萍水相逢。

翁麒麟说，又救人命，又探其子，还萍水相逢。

王培玉说，只是救人救到底，帮人帮到家罢了。

翁麒麟说，别遮掩了，我一眼就看出来了，她对你有情，你对她有意。我可警告你，好女人沙里淘金，万求不得；好姻缘如电光石火，稍纵即逝。你可千万别犯傻，要牢牢抓住不放，一时矜持，一辈子后悔不及。

王培玉对于杜采薇，原本只是单纯的救危济困，并无邪念。经翁麒麟这么一捅破，他突然记起了这个女人的许多绝佳之处，也勾起了男人对女人的爱恋之情。心上盖着一层壳，被翁麒麟揭开了，如同掀开锅盖，发现里面的水哗啦啦地沸腾起来。王培玉脸红心跳，怎么自己的情巢，反被别人先发现了呢？人最难隐藏的三件事是咳嗽、贫穷和爱。越是掩盖，越是欲盖弥彰。

翁麒麟今天情绪很好，本想再逗一逗王培玉，见王培玉羞得脖子都红了，便嘴下留情了。

王培玉说，公子切莫取笑我了，还是说说您的正经事吧。我已经跟姚当家要回了记名小帖。

翁麒麟感激地点了点头，却没说“谢”字，大恩不言谢。

王培玉说，请公子吩咐吧。

翁麒麟说，我要请兄长为我保存一样东西。

什么东西？

一部书稿。

书稿？

为了这部书稿，有的人送了命，有的人毁了大好前程，还有的夫妻被拆散，直到现在还有人在受各种磨难。

请公子放心，既然此书如此重要，我王培玉在，书在；我王培玉不在，书也在。这部书在哪儿？我怎么去取？

这部书稿在丢丢的脑子里。

公子……您在说什么？

是的，你发现了，很好。这很好，我知道你发现了，发现了我的脑子出了毛病。我脑子坏了，记忆开始残破了。就像陈年的窗户纸一样，破了许多的洞。早晚会有一天，风一吹，就哗啦啦地飞跑了，或许只留下一点儿零星的碎片。

请原谅愚兄的笨拙，我没有明白。

我是说，在我的记忆没有消逝之前，我已经把这部书稿装进了丢丢的记忆里。你大概也听说过，丢丢有过目不忘过耳不忘的天赋。丢丢出去之后，会把我装在他脑子里的东西一字不落地写出来。他写出来之后，麻烦也会随之而来。我拜托兄长，与丢丢一起，把这部书稿保存好。至于怎么保存，保存在哪儿，或者交给谁处理，我还没想好。兄长也替我想想，趁着我现在脑子还清醒，将此事拜托给兄长……

王培玉跪下了，郑重地说，苍天在上，我王培玉对天盟誓……

杜采薇的日子是掐着指头一天一天地挨，一天一天地熬。倏尔，她像常人一样，抱怨光阴似箭，时间过得太快。斩监候，候的就是时间，时间到了，孩子的脑袋就掉了。虽说翁麒麟一直保证，丢丢死不了。可是，万一呢？什么事情都怕万一，什么事情都有个万一。倏尔，她又觉得日头像蜗牛，时间如破车陷入泥潭里，推不出来，拉不上去。她亦盼望着秋天早点儿到来，到那个时候，司狱老爷就会通知她到大牢里看望孩子，运气极好的话，就能把孩子领回家。

这样的日子比坐大牢还要难熬。院子里有一棵合欢树，树冠遮住了大半个窗户。每天早上拉开窗帘，她都要躺在炕上细细地观察着树影和花叶。天时自夏至始，日头出来得渐晚，投在窗纸上的树影便向后移动。从窗框开始移动到窗棂，从第一个窗棂到第二、第三个窗棂，夏天缓慢地向秋天迈进。枝条儿上的花开了，由淡红到粉红，一天一个颜色。等到花蕊变成了果实，秋天就到了。

王培玉的出现加重了她心里的沉重。原来她思念孩子，仅仅是思念孩子。现在心里边又增添了一个王培玉，王培玉跟着随运尾帮船回空南下了，现在到了什么地方？沧州、德州、临清……也许更远。无疑是越走越远，可是她却觉得是越来越近。近得好像他还在通州的漕运码头上，还走在通州大街上，说不定什么时候就会推门进来。

合欢树上第一片叶子飘落的时候，是秋的消息。她不能再等了，再等下去就会发疯的。世间没有比等待一个凶吉未卜的结果更为折磨人了。她决定到大牢去一趟，无论让不让她见丢丢，她总是要去的。

她带着丢丢的衣服，天气凉了，大牢里又阴冷潮湿。她还带着丢丢最爱吃的几样饭菜，见到了就看着孩子把这些东西统统吃完，见不到就塞银子说好话，求司狱和狱卒一定把这些东西交给丢丢。

丢丢走了。这是司狱老爷板着脸说的一句话。

五雷轰顶，她眼前一黑，险些栽倒。身子晃了几晃，斜靠在墙壁上。丢丢走了，走了就是死了。丢丢是怎么走的？被砍头了？不是说秋决吗？现在到秋天了吗？你们是怎么算日子的？太阳还把人晒得贼死，怎么就算是秋天了呢？

司狱老爷见她那副样子，又说了一句，你不高兴吗？

高兴什么？你收了我的银子，我对你千求万求，你答应了在秋决之前通知我见孩子一面的。怎么着？合着你全忘了，我那些银子塞给狗爪子了？我那些好话说给狗听了？

司狱老爷终于把话说明白了，我是说，你孩子从大牢走了。

杜采薇依然懵懂着，走……哪儿去了？

我知道哪儿去了？他没回家吗？

什么什么？您说什么？您是说……丢丢被释放了？

不释放他能走吗？

杜采薇终于撑不住了，一屁股坐在了地上，哇地哭了起来，天啊，苍天啊……

你哭天干什么？您应该感谢皇恩浩荡，是当今圣上亲自降旨放了你的孩子。

杜采薇听说，急忙止住哭声，冲着紫禁城的方向跪拜，高呼皇上万岁万万岁……

世事就是这么弄人。杜采薇知道了，丢丢是昨天被释放的。昨天丢丢没有回家，肯定是被什么事情耽搁住了，今天一定会回去的。赶紧回家，要快，要赶回家做好了饭菜等着丢丢回去。她的家在通州，皇城到通州乘马车也要两个多时辰。

丢丢是昨天从死牢里出来的，出来之后的第一件事情不是回家，而是先要到刑部大牢看望一下翁麒麟。翁麒麟也出来了，他又跟司狱刘老爷喝了半天酒，喝完酒之后，他就没有雇车马的钱了，连个毛驴都雇不起了。天已经黑了，走着回去要后半夜才能到家，不如先找个地方住下，明天再踏踏实实回家。丢丢翻遍了全身找出几个铜板儿，在鸡毛小店里对付了一夜。天亮之后他朝通州走，肚子饿走不快，到了晚上才回到通州。到通州之后他又动了心思，一身脏衣服，脑袋成了连毛僧，应该洗个澡剃个头换身干净的衣服再回家，这样才不至于让妈妈见到他过分地伤心。于是他到鼓楼大街找到了解梦天师杜五经，要借几两银子。说借客气一些，实际上丢丢存在杜五经手里的银子总有十几两。杜五经倒也够意思，不但把银子给了丢丢，还请他吃了饭洗了澡。如此一折腾又过了一夜，直到来日的早上才回家。

丢丢回家正是母亲到死牢去看望他的时候。丢丢家住的是独门独院，家里摊上了这么大的事情，街坊四邻早就躲得远远的了。丢丢见门锁着，扒着门缝朝院子里看了看，见院子里无鸡鸭吵闹，合欢树下堆满了柴草，毫无人气，便断定母亲离家很久了，又不知道流浪何方了。丢丢离开了家，心里惦记着翁麒麟为救他卖家产的事情。他信不过陆青林，决心把这件事情弄清楚，便随着回空的漕船南下了。南下的主要目的是调查陆青林，运气好的话说不定还能打听到母亲的下落。

杜采薇急急忙忙地赶回通州，见家里的大门上还挂着锁，便急急开门进院。她采买了鸡鸭鱼肉干鲜果迎候着丢丢，又里里外外清理打扫一番。丢丢进入大牢之后，她连活下去的心思都没有了，哪儿还顾得上收拾房间院落。这也是丢丢觉得家里不见人气的原因。

等了几日，丢丢的人影儿都没见到。她断定丢丢不会回来了，她不知道为什么丢丢不回家。丢丢的命保住了，此为喜事；丢丢失踪了，她又忧心忡忡。以前忧虑焦躁，无依无靠，只是独自承担，没活路只有一死。现在为丢丢忧虑，自然想到了王培玉。她要去找他，他是男人，男人总是比女人有办法的。

王培玉是个有根有底儿的人，大运河上谁不知道随运尾帮船。只要搭乘一只漕船，很容易就会找到王培玉的。

王培玉与杜采薇的爱恋，不但被翁麒麟发现了，也被姚当家发现了。

杜采薇找到王培玉之后，姚发便张罗着给王培玉办一场婚礼，既然两人你情我愿，何必当苦命鸳鸯呢？成就一件婚事，胜造七级浮屠。

可是两个人都说，一定要等找到丢丢之后，才能考虑自己的事情。既然两个人都是这么个心思，姚发也不便说什么了。

潘清写来一封信，说漕运总督张大有家里要请一个女佣。要可靠，不知道是对张大有可靠，还是对安清帮可靠。还要规矩，最好知书达礼。姚发读罢信，立即想到了杜采薇。跟王培玉说了，王培玉做不了主，说问问杜采薇。没想到杜采薇却十分乐意。原因也是为了丢丢，漕运总督，整条大运河都归他管，他在大运河上找个人还不容易吗?

于是，王培玉向姚发告了几天假，将杜采薇送到了淮安漕运总督府。

第二十五章　正卷三

翁麒麟被释放了，他换上自己的衣服，出了刑部大牢。阴错阳差，他跟奉潘清之命前来接他的丹秀错开了。丹秀赶着马车，进的是长安左门，而他走的是长安右门。丹秀到来的时候，翁麒麟已经不见了。丹秀气得跟司狱发火，也不能怪司狱，司狱告诉了翁麒麟，说是有人来接他的。可是翁麒麟嘴上嗯嗯着，身子却晃晃悠悠出去了。司狱还以为他只是到门外看看，谁料他一去便没有回来。

丹秀将跟他来的人分开四下去寻找，有的去正阳门外，有的去西四牌楼，而丹秀则自己赶着马车原路返回。他料想，如果翁麒麟还认识路，会出崇文门一直朝东走的，这样遇见的概率大一些。

人找人累死人，无论哪路人马，晚上回通州翁宅的时候，都带着一脸的失望和不安。丹秀急得团团转，好不容易花银子打通了关节，将翁麒麟判了个过失杀人，原本该坐牢五年的，因为脑子出了问题，因病取保释放了。

潘清为翁麒麟安排得很周全，出狱之后不要回杭州了，依然住在通州的翁宅。原本更周全一些，他让潘灵芝与翁麒麟破镜重圆，踏踏实实过日子。可是潘灵芝死活不同意，经过这么大的变故，潘灵芝已经心灰意冷了。她无心再依恋翁麒麟，她知道翁麒麟也不会接纳她的。潘清还是很开通的，女儿不同意，而且夫人也支持女儿，便不再勉强了。

丹秀事先就命人将翁宅打扫干净，从通州张家湾人市上买了两个丫头，又在三河县雇了一个老妈子。翁麒麟病了，没有人照顾是不行的。自然，看门的还是那个聋子张大爷。

丹秀坐镇翁宅，每天都派人出去寻找翁麒麟。特别是漕运客栈的掌柜陆青林，丹秀让他关门停业 ，将伙计厨师都分派出去。一连十天了，依然不见翁麒麟的踪影。丹秀急了，急了就跟陆青林发火。他只能跟陆青林发火，身边的人除了陆青林，都是他临时找来的，跟人家发不着火。

陆青林被丹秀骂得狗血喷头，只好亲自出马。他骑着一头毛驴，漫不经心地寻找着。说他漫不经心，不仅仅是因为没有寻找目标的线索，海里捞针，走哪儿算哪儿呗，瞎猫也有碰上死耗子的时候。更主要的是，有一件事情无法跟翁麒麟交代。翁麒麟让他变卖了家产和地产，疏通关系把丢丢救出来。家产地产倒是卖了，可是银子一直藏在自己的匣子里，根本没有用在丢丢的案子上。他以为翁麒麟会和丢丢一样，杀人偿命，即使不会被砍脑袋，也很难再活着走出刑部大牢了。刑部大牢是什么地方，比地狱还地狱，比鬼门关还鬼门关。进了地狱还能出来吗？谁有本事逃出鬼门关？所以，那笔银子就踏踏实实在钱匣子里待着吧，早早晚晚它会姓陆。

陆青林早上从漕运客栈出来的，进东关出南关，顺着一条平坦宽阔的道路朝前走着。秋高气爽，两边的庄稼已经进入了成熟期，红的高粱，黄的稻米，白的棉花，像软绵绵胖乎乎又风情万种的女人一样，齐刷刷地拥到他面前，等待他挑选宠幸。陆青林的情欲不禁勃发起来。棉花地里，穿着花花绿绿薄衣衫的女人们在采摘着棉花。嬉闹声调笑声清水一样漫过来，如同夏日脱光了衣服游荡在大运河里，无比的惬意，又让人想入非非。大运河的野娘儿们是举世无双的，她们健硕豪爽口无遮拦，说起粗话来能让男人脸红。特别是成群结队的时候，更以当众调戏男人为乐子。

果然来了，这条道路虽说平坦宽阔，行人却不多。走在路上的，大多是扛锄牵牛的农民，或者挑担背筐的小贩。像陆青林这样骑着毛驴的，虽不新鲜，却也不多见。女人们闲得无聊，便常拿这些人取笑开心。

骑驴的哥哥，你的驴肥不肥呀？

不肥。

瘦不瘦呀？

不瘦。

不肥不瘦，屁股沟子严丝合缝，就是两个蛋蛋儿有点儿硌……

陆青林急忙抽打着驴屁股，再不离开，这帮野娘儿们不定要说出什么难听的话来。

一片哄笑声浪涛一样将陆青林涌向前去……

陆青林来到了京畿重镇马驹桥。他对这里并不陌生，这里的大集是二五八十，吸引着京南三县八乡三十六村的农户村民，人山人海，拥挤不动。陆青林贪热闹，经常来这里采购寻乐。今日还好，不是集日，街头上的人流稀少了许多。肚子饿了，身子也发懒。在一个小饭馆吃了一盘肉丝扣饼，喝了四两南路烧酒，脑袋发昏，睡意来了。四眼井北边路西有一家澡堂子，陆青林将毛驴拴在澡堂子外面的老槐树上，又从附近菜摊儿上拣了一些菜叶子萝卜缨儿，扔在驴前面。

陆青林是老主顾，掌柜的和小伙计都认识他，一进门就受到了热情的接待。小伙计高喊，陆爷来了，里面请……

陆青林在里面一个清静处选了一张小床，开始脱着衣服。

掌柜的姓王，除了澡堂子，还有一家卖铁锅的铺子，镇上的人都叫他锅王，叫白了便是国王。

国王过来，跟陆青林打着招呼，陆爷自然是自己带着茶呢，来，我给您沏上。

陆青林说，这回不是，出来得仓促，忘带了，沏包高末算了。

国王说，别价呀，您这么大的掌柜，喝高末多失身份呀，怎么着也得来包茉莉花呀。

陆青林说，那就遵国王的圣旨，来壶茉莉花。

国王高声喊着堂，茉莉花茶一壶……

马驹桥这个澡堂子，跟北京通州的许多澡堂子相比，规模还是比较大的，里面的陈设条件也不差。三十几张小床，床头有小茶几。衣服脱下来之后，放在床下面的柜子里。扬州人所谓“上午肉包水，下午水包肉”，说的是上午喝茶下午洗澡。京畿人将洗澡喝茶放在一起，有句歇后语，进澡堂子喝茶，里外一起涮。进澡堂子是一种派头和讲究，称为泡澡。脱光了衣服溜进热气腾腾的大池子里浸泡，水很烫，进去则高声叫喊，畅快淋漓。稍候一会儿，身体渐渐地适应了热烫，便来两口昆曲梆子，这是开始泡爽了。外面泡透了，回到小床上，便开始肉包水了。大池子里烫得通身大汗，又扯着嗓子疏通了气脉，自然口渴。躺在小床上慢慢地喝茶，身子外面泡透了，里面也要泡透。有的折腾饿了，便一边喝茶一边吃着点心。点心是自己带来的，权当午饭了。所谓泡澡堂子，还有一层意思，就是在这里泡工夫。许多人早上来的，到傍晚才回去，整整泡上一天。

小伙计把陆青林的茉莉花茶沏好了端过来，放在他床头的茶几上。陆青林并不急于喝茶，沏上的茶要先泡一会儿。泡透了再喝才有味道，趁这工夫应该先到大池子里泡一下。陆青林光着身子，穿着趿拉板来到大池子旁边，咬着牙往下溜，烫得他刚要大叫，顿时把嘴闭上了。

他看见了翁麒麟。

翁麒麟泡在旁边的温水池子里。一般澡堂子里的池子分为两三种，有的最烫，有的较烫，有的是温水。陆青林看见，翁麒麟闭着眼睛半躺在温水池子里，很舒服很惬意的样子。身子侧对着他，眯缝着眼睛，半睡半醒之间。

他是来寻找翁麒麟的，翁麒麟就在眼前，认还是不认？认，丹秀会非常高兴的，肯定会大肆夸奖千恩万谢，赏百十两银子也说不定。安清帮的前辈都是出手阔绰的。可是，丹秀高兴了，他怎么办？翁麒麟肯定会问他丢丢的事情，问起来怎么说？把藏在钱匣子的钱还给翁麒麟是肯定的，可是翁麒麟要的不是钱，是丢丢。翁麒麟是个读书人，他不傻，也不粗心，他会问那些钱给谁了，怎么给的，人家怎么答应的。因为丢丢没回来，他会去问的。他如果说这些钱没花出去，翁麒麟能饶了他吗？不把他撕碎才怪……

陆青林越想越怕，越怕越心虚。在烫水池子里待不下去了，溜进了隔得较远的那个不太烫的池子里，又将脸背过去，不声不响地泡着。

国王跑过来聊闲篇，今儿又不是集，陆爷怎么到我们这儿来了？

陆青林懒得与他搭讪，故意冷淡地应付着，啊啊……有点儿事，顺便顺便……

至少要泡三遍，内饮外泡，周身的每一个毛孔都要泡软，浸满了水。最后一步便是搓澡。

搓澡是最讲究的，搓澡师傅大多来自扬州或保定，分为南派和北派。这个澡堂子里的搓澡师傅属于北派，来自保定。北派的功夫是搓两遍，第一遍是粗搓，第二遍是细搓，浑身上下一百零八把，把把到位。搓完之后用水冲洗干净，周身能舒畅半个月。可谓是，泡澡不搓澡，这趟算白跑；泡澡又搓澡，神仙比不了。

陆青林可顾不上搓澡了，他从池子里爬出来，匆忙擦干净，又匆忙穿衣服。

国王高声问着，陆爷，还没搓澡呢，怎么穿衣服呀？

陆青林说，有急事，急事……我先走了。

小伙计也高声问着，陆爷，您的茶还没动呢。

陆青林没心思理小伙计了，穿好衣服贼一样地逃出了澡堂子……

七月十五盂兰盆会，亦称中元节、鬼节。到了晚上，运河两岸喧嚣热闹起来。各大寺庙观庵的比丘比丘尼，道士道姑，都前来做法事做道场，放生放焰口。香烟缭绕弥河，鼓瑟铙钹震天，诵经唱诗，祭祀先祖，悼念亡灵，慎终追远。

运河两岸，簇拥着前来放河灯的人。河灯有从市场上买的，但是大多是自己制作的。有的用木料雕刻的，有的用竹丝柳条儿编的，有的用油纸裱糊的，有的用果壳瓜皮削制的。里面的灯又不尽相同，有的是蜡烛，有的是油灯捻儿。钱金豹的河灯是用一个葫芦制作的，一个壶状的葫芦打磨光滑，上面雕出气孔，里面灌上灯油，将灯捻儿点燃。葫芦的上面，还缀着一朵鲜艳的蓝蝴蝶花。

钱金豹不愿意与众人挤在河边，雇了一只小船，来到了河中央。苏叶儿坐在小船上，默默地看着钱金豹所做的一切，她就是再爱笑，现在也必须严肃起来。她看着钱金豹把葫芦灯慢慢地放在河水里，呆呆地看着葫芦灯随着河水向远处漂去，融入无数河灯之中。宽阔平静的河面上，一片星光灿烂。闪闪烁烁，明灭有致。而月光充盈的天空上，却显得星辰稀疏暗淡了许多。钱金豹目送着葫芦灯远去，依然紧盯着不放，在万点星光中追逐着、辨认着。

苏叶儿看见，钱金豹的脸上挂着两颗豆粒儿大的泪珠儿，在河灯的照耀下，也星光般地闪耀着。

钱金豹站起身，拿起竹篙，撑起了小船向前划去。

沿运河向北五里，有一个清幽逸丽的地方，叫黄船坞，属于通州八景中的柳荫龙舟。此处乃京杭大运河的北端，多条上游的水系在此处交汇，形成了一个面积浩大的水湾。自前明永乐起，这里便建成了皇家码头，千百艘黄色的船只常年往来停泊于此。这些黄色的船只运载的是江南织造的丝绸锦缎及裙袍绣品，大清之后，此类船舶主要在天津停泊了。但黄船坞还在，岸边的白杨垂柳依然，开阔的水面沉静下来，覆盖着接天连岸的荷花，久而久之，黄船坞又多了一个百姓叫着亲切随意的名字：荷花塘。

荷花塘像一个乖巧多情的少妇，娇羞地依偎在大运河的臂弯里，忘我地享受着日月星辰的滋润和爱抚，感受着狂风暴雨冲击的畅快。风平浪静之后，她身心慵倦，软绵绵地像被抽去了筋骨。她像干渴的花蕾一样贪婪地吮吸着雨露，承受着春阳，恢复着体力与激情。激情犹在，充盈在她的内心深处，一层一层地掀动着涟漪。涟漪向外扩散着，一圈儿套着一圈儿，缠绕着荷叶，挑逗着花影。呼的一声，自己却绷不住了，掀起了一个狂野的浪头，冲向运河深处，跟随着滔滔滚滚的大运河狂呼呐喊奔腾向前。

荷塘依然是幽静的。整个天上人间皆是一片清澈光明，天空如水，水似天空。水像天空一样的纯净，云缕都是洁白的，镶着淡淡的透明的金边儿。仲夏之夜的月光如曼舞的轻纱，透着水一样的清凉。一条小船，两条小船，无数条小船悄悄地溜进了碧海般的荷塘里。莲叶掩面，荷花窃笑，从千古桎梏中挣脱出来的青年男女大胆地演绎着运河儿女的风情。

钱金豹依然默默地划着小船。

苏叶儿斜躺在船舱里，抬头望着少妇般光艳的满月，心里有一种从未有过的新奇。她觉得自己不再属于自己，而是属于天上的月亮的；而月亮也不再属于天空，而是属于大运河的；大运河也不再属于这广阔的大地，而是属于天空的。那么天空呢，天空是她的，是她苏叶儿的，而苏叶儿又是属于月亮的。那么到底谁属于谁的？

她奇怪自己为什么有这样怪异的念头，小船在清凉铺展的荷叶中穿行着，荷花挺直了腰杆儿，骄傲地举着花蕾，像村里那些不知羞耻的少妇，挺着饱胀的奶头招摇过市。荷叶上爬着两只更不要脸的青蛙，旁若无人地摞在一起，四只眼睛还滴溜溜地仰望着头顶上的荷花。在青蛙的眼里，荷花就是它们的月亮，它们或许以为，这漫天的光华都是荷花散发出来的，如同盈河的清香是来自荷花一样。

钱金豹反而忍不住寂寞了，你为什么不说话。

苏叶儿说，我在想事情。

钱金豹问，想什么？

苏叶儿没有说出她想的那些莫名其妙的东西，她怕钱金豹不懂，更怕钱金豹笑话她。于是她狡猾地说，我在替你想。

替我想什么？

想蓝蝴蝶。

钱金豹不说话了。

苏叶儿心里笑起来，你想什么我知道得清清楚楚，我想的是什么，你永远都不会知道的。

钱金豹说，如果我当初不跟蓝蝴蝶发脾气，她就不会走的；她不走，就不会去找翁麒麟；不找翁麒麟，就不会被翁麒麟杀死。都怪我，蓝蝴蝶太惨了，我对不起她……

苏叶儿知道，钱金豹心里依然很沉重。这美好的夜晚，她可不愿意这样残忍地度过。于是她说，如果你不跟蓝蝴蝶发脾气，就不会在塬沟里迷路，就不会遇见我。

钱金豹点了点头，这倒也是。

苏叶儿问，你后悔吗？

后悔什么？

后悔遇见我呀。

我怎么会后悔遇见你呢？有了你，我每天的日子都像有这亮堂堂的月亮照着。

那你后悔气走蓝蝴蝶吗？

这……反正我不愿意让她死。

也许这就是命。

真的有命？

你问问天上的月亮。

月亮怎么会如此晶莹透彻呢？整个天空都被它的光冲洗得干干净净。它不但涤荡了天空中的乌云惨雾，也将纯净的光辉泼洒下来，涤荡着大地上的污泥浊水。

揉碎在波光里的月影，漫溯在荷塘深处，少女鼓足勇气，唱起了流传千百代的《采莲歌》：

花儿采到手
花蕊还未开
叫你把花给俺戴
谁让你把俺拉入怀
看你斯斯文文的小哥哥
却也这么坏这么坏……

还真的有小哥对唱起来：

小哥哥若不坏

小妹妹咋来爱
快到我的船上来
我又给你把花采
又把你拉入怀……

寂静的荷花塘突然惊闹起来，潜伏在无数红花绿叶中的小情侣都撒起欢来，拍着巴掌叫起好来。

对面唱歌的小姑娘哑了，羞得钻到男人的怀里。

这美丽的夜晚和狂野的歌声，把在黄土高坡长大的苏叶儿撩拨起来，她站起身来，用陕北小调唱起来自己临时编的歌儿：

小妹妹我今年一十八
看上了运河撑船的娃
谁曾想船娃自幼水中游
水中龙水中鱼水中的蛙
水一样的心肠花花花……

歌声一落，满塘喝彩，高呼喊叫，所有的小船都嬉闹颠簸起来。躲在荷花下面的鸥鹭受不了这么放肆的调笑，呼啦啦飞跑了。

钱金豹顿时明白过来，挺身扑上去，好啊你，你敢唱歌骂我？

苏叶儿狡辩着，我唱的又不是你。

钱金豹将苏叶儿压倒在船上，看你还敢狡辩……

苏叶儿咯咯地笑着，这笑激发了钱金豹的勇气。

钱金豹扑在苏叶儿的身上，苏叶儿倒在了船舱里。钱金豹结结实实地压住了苏叶儿，苏叶儿惊愕地看着钱金豹。钱金豹也惊慌起来，苏叶儿的大眼睛呆呆地看着他，放射着月光一样的晶亮。钱金豹支撑着身子要起来，苏叶儿却把他紧紧地搂住了。钱金豹周身的烈火腾地点着了，狂躁地燃烧起来。他俯下身子，将火烫的嘴巴压在苏叶儿的红唇上……

突然，河面安静下来。从波光粼粼的水面上，传来了清风一样的箫声。这箫声吹的是《春江花月夜》，钱金豹非常熟悉，是翁麒麟最喜欢吹的曲子之一。箫声在月光中弥漫着，浸着荷香的晚风，把钱金豹带入了一个神奇的梦幻般的境界。他与翁麒麟泛舟杭州西湖上，还有潘灵芝和菱荇。也是月光如水凉风习习的夜晚，翁麒麟吹箫，钱金豹唱歌，享受着神仙之乐。潘灵芝缠着翁麒麟，要他教她吹箫。翁麒麟却说，不教你，我要教菱荇。潘灵芝问为什么，翁麒麟说不为什么，我就想教菱荇。菱荇你想学吗？菱荇高兴得跳起来，想啊，当然想了。没想到菱荇真是伶俐聪明，只一个晚上，就能把箫吹出调调儿来了。在以后的日子里，翁麒麟吹箫的时候，旁边总是有菱荇伺候着，日子一长，菱荇竟把箫吹得出神入化。只有熟悉翁麒麟和菱荇的钱金豹听得出来，菱荇的箫吹得更悠长更细腻，与翁麒麟风格迥异。凭着箫声，钱金豹往往觉得翁麒麟和菱荇才是天生的一对儿。潘灵芝会不会吃醋呢？有一次，钱金豹忍不住问潘灵芝，麒麟哥为什么不教你吹箫？潘灵芝说，后来我问过麒麟了，他说我的嘴唇不适合吹箫，菱荇的嘴唇才正适合。真的吗？钱金豹有点儿怀疑，不过潘灵芝肯定信了。

箫声依然像水波一样地传过来，钱金豹等不及了，站在船头上喊了起来，菱荇……菱荇……

菱荇听到喊声，兴奋地说，啊……是金豹哥。

沈良问，金豹是谁？

菱荇说，我不是跟你说过翁麒麟吗？跟翁麒麟一起进京赶考的就是金豹哥哥。钱金豹，也是我的哥哥。

沈良思忖着，钱金豹……莫非他是安清师祖钱坚的公子。

菱荇兴奋地说，对呀，是呀，正是呀，沈良，你真了不起，跟你说话一点儿都不费劲儿，说什么你都知道。

沈良自豪地说，别忘了咱是干啥的，咱是走江湖吃开口饭的，金皮彩挂，全靠说话。

菱荇催促着，快，快划过去。

菱荇沈良与钱金豹苏叶儿一样，也是听说翁麒麟出狱了，前来探望的。到了通州之后，才发现翁麒麟失踪了。他们暂时留下来，一边等候着翁麒麟的消息，一边在漕运码头上游览一番。

一只小船从荷塘深处划过来，金豹哥哥……金豹哥哥……

钱金豹看见了，啊，菱荇……快来，快过来……

还没等沈良划的船靠近，菱荇便一步蹦上了钱金豹的船，拉着钱金豹的胳膊便哭了起来。

苏叶儿却笑了，怎么一见面先哭呀？

钱金豹顾不上管菱荇的哭嚷，忙把沈良拉上来。沈良自我介绍，钱金豹又把苏叶儿引见给了沈良。

菱荇见没人理睬她，也不哭了，埋怨说，真没良心，你们不管我了？

钱金豹说，我们先说会儿话，你再哭会儿。

菱荇说，我待会儿再哭，你先把嫂子引见给我。

苏叶儿拉着菱荇的手，未曾开口先咯咯地笑起来。

菱荇不解，你笑什么？

苏叶儿见菱荇的样子，又咯咯笑起来，并且越笑越厉害，笑得弯下了腰。

菱荇哇的一声，又哭了起来。

沈良慌了，急忙问，怎么了怎么了？苏叶儿，你怎么她了？

苏叶儿笑得都说不出话来了，用双手捂着脸控制着。

菱荇越发大哭起来，你们欺负人……欺负人……

钱金豹上来搂着菱荇的肩膀，好了好了，没有人欺负你。

沈良还是不解，问苏叶儿，你真的欺负她了？

苏叶儿笑着说，我能欺负她吗？

钱金豹说，没事没事，我这个妹妹就是爱哭……

菱荇哭着向钱金豹发火，谁爱哭了谁爱哭了……

钱金豹急忙告饶，是我，我爱哭行了吧？

看着钱金豹没脾气的样子，苏叶儿又笑起来。

钱金豹装作生气的样子说，你们两个，一个不许笑，一个不许哭，听见没有？

苏叶儿说，我们这么巧遇见，还不值得笑吗？

菱荇说，那好吧，我也不哭了。

钱金豹提议上岸，找个饭店喝酒庆贺一下他们的巧遇，两只小船飞快地向岸边划去……

丢丢从刑部大牢出来，高兴得一步三跳，三跳一翻跟头。大街上的孩子以为是杂耍班子来了，跟在后面跑着吆喝着。丢丢更加兴奋，挎在身上的小包袱里的东西随便往外扔，什么手套呀帽子呀汗巾呀，孩子们在他的后边争抢着。扔着扔着，扔光了，只剩下一块包袱皮儿了，他连包袱皮儿也想扔掉，突然觉得里面还有点儿压手的东西。猛然想起，还有点儿铜板儿和碎银子。他乐颠颠地跑到一个小饭馆，把所有的钱都倒在了柜台上，尽数买了肉和酒。

丢丢提着酒肉来到关押翁麒麟的监狱，自己原来也囚禁在这里，轻车熟路。

司狱老刘见到丢丢，吓了一跳，叫了起来，妈呀，你到底是人是鬼呀？

丢丢说，我当然是人了，你没见地上有我的影子吗？

司狱老刘说，你不是在死刑监狱里等着砍脑袋吗？

丢丢说，老子等不及了，溜达出来了。

司狱老刘更慌了，怎么？你是越狱跑出来的？

丢丢说，我要是越狱跑出来，还敢拎着酒肉到这儿来，我傻呀？

司狱老刘想了想，是这么个理儿。

丢丢说，我是来探望翁麒麟的，快把门给我打开。

司狱老刘说，翁麒麟出狱了。

出狱了？什么时候？

总有一个月了吧？

哦，好事啊。来来来，这些酒肉归你们了。

司狱老刘很高兴，拉着丢丢来到自己的房间，摆上桌子喝起酒来。

司狱老刘对丢丢说，你提着酒肉来看翁麒麟，翁麒麟走了，这酒就归了我了。真不知道该感谢你，还是感谢翁麒麟。

丢丢说，我在这儿坐牢的时候，你们对我也不错，这酒给您喝，也是应该的。

司狱老刘看着丢丢，点了点头，嗯，我明白了。

丢丢说，您明白什么了？

司狱老刘说，你能活着出来，真要好好谢谢翁麒麟。你知道吗？是他变卖了东昌、杭州、开封的所有家产，才把你救出来的。

丢丢瞪大了眼睛，哦，我原以为……啊，翁麒麟不是在牢房里关押着吗？他是怎么变卖家产的？

司狱老刘说，是陆青林，漕运客栈的掌柜，翁麒麟委托陆青林帮助他卖的。

丢丢急速地动着脑筋，这……那么，翁麒麟是怎么出来的？他的家产能救我们两个人？

司狱老刘说，你也不问问翁麒麟是谁？他是安清帮长房翁岩的公子。普天之下，谁的势力最大，除了朝廷就是安清帮了。

丢丢点了点头，他信。他在这儿坐牢的时候，亲眼看见狱卒们对翁麒麟的态度。不要说翁麒麟，就是陆青林，到大牢出出进进，就跟自己的家门一样，狱卒们见了他还要点头哈腰称陆爷……

丢丢离开了刑部大牢，满脑子都是狐疑，乱乱哄哄地理不出个头绪来。他来到通州漕运码头，溜达了大半天，决定去找陆青林。

走到半路，他又折了回来。不对，不能去找陆青林，见到陆青林说什么？难道要感谢他出手相救吗？

他出狱的时候，是刑部郎中高大人接见他的。高大人是朝廷的五品大员，身上绣着白鹇的补服，吉服冠上缀着水晶石的顶子。那里狱卒说，从来没见过这么大的官到牢房里来。

丢丢以为是来监斩的，心想，能有这么大的官送他上断头台，也值了。后来高大人说要释放他，他以为高大人跟他开玩笑，死活不信。高大人拿出了雍正皇帝的御批给他看，他笑起来，先是轻轻地笑，忍不住；后来哈哈大笑，笑得拍手跺脚，也忍不住。高大人说，你先别顾笑了，赶紧谢恩啊。他这才清醒过来，咕咚跪在地上冲着皇帝的御批口称万岁，千恩万谢。

在见到司狱老刘之前，他一直确信是皇帝开恩放了他；可是听见司狱老刘一说，也许有道理。我跟皇帝非亲非故，人家凭什么放了我？皇帝就不爱银子吗？皇帝收了翁麒麟的银子，当然要放我了，这还用怀疑吗？

可是丢丢还是怀疑。刑部高大人告诉他，对了，高大人那么大的官，说话怎么那么和气，轻声慢语的，慈祥得像个老爷爷。芝麻大的小官他见多了，不是吹胡子瞪眼，就是爱搭不理，官架子摆得像纸糊的一样。人家五品郎中，还在紫禁城当差，怎么就一点儿架子都没有呢？高大人对他说，雍正皇帝非常勤勉，每天只睡两个时辰，常常整夜批阅奏章。那一天深夜，大概累了，出来走动走动，到了刑部，见值勤的官员趴在桌案上睡着了，雍正皇帝不让太监惊动他们，坐下来看着摊在桌案上的案卷。可巧就看见了丢丢的案卷，拿起笔来在上面批了一行字：母受辱而挺身，大孝也。虽难成英雄大义，亦不致获罪也。

这也太巧了吧？刑部的案卷堆积如山，怎么皇帝就看见了他的案卷了呢？莫非真的是买通了刑部的官员，把他的案卷摆在明处，等着皇帝或者别的什么大官来看？那么是谁呢？司狱老刘告诉他了，是陆青林变卖了翁麒麟所有的家产……

到底是皇帝救了他，还是陆青林救了他？

丢丢决心要弄个水落石出，既然没死，就应该明明白白地活下去。

一个月之后，丢丢来到了漕运客栈。这是一个晚上，将近亥时了，客栈的人大多安歇了。陆青林在柜台上拨拉着算盘珠子，像是在等待着丢丢的到来一样。

见到丢丢，他只是稍微惊愣了一下，立刻满脸堆笑，热情地迎上来。然后，又让伙计上茶，还让厨房打开火炒两个菜，说要为丢丢的大难不死好好庆祝一下。

丢丢的脸上始终是不卑不亢微微含笑。

倒是陆青林有点儿不自在，一个劲儿地用热情掩饰着。

喝了几杯酒，陆青林见丢丢什么都不提，心里紧张起来，索性直白地问，丢丢，你知道你是怎么出来的吗？

丢丢说，当然，我已经谢过浩荡皇恩了。

陆青林顺着丢丢的话茬儿说，翁麒麟是个好人啊，为了救你，让我把他的家产都卖了。

丢丢问，我正要问陆爷呢，翁麒麟的家产到底卖了多少？我得记住这笔恩德，滴水之恩，当涌泉相报的。

陆青林故意想了想，总共两千六百两银子吧，我全部用来打点刑部了，酒钱饭钱是我搭的。

丢丢说，酒钱饭钱您花了多少？

陆青林说，算了算了，不值一提。

丢丢说，不行，您的恩情我也不能忘。

陆青林说，不多，也就二百两吧。

丢丢似漫不经心地问，您是什么时候开始打点刑部的？

陆青林掐指算计着，总有一个月了，啊，对了，二十八天前，我记得清清楚楚，那天是台州帮的漕船漕粮上坝。

丢丢闭着眼睛低着头不说话。

陆青林说，没想到刑部办事这么拖沓，到今天才把你放出来。

丢丢把酒杯朝桌上一蹾，陆爷，没想到你的脸这么大。

陆青林一愣，你……这是从何说起？

丢丢说，你撒谎撒得也太没边了。告诉你，我从牢房里出来五十三天了，你是二十八天前才给刑部送银子，我都出来了你还送银子干什么？

陆青林的脸都白了，这……怎么可能呢？

丢丢说，我到底是什么时候出来的，你可以到监狱里去查。

陆青林说，可是……我……我不知道你出来呀……

丢丢说，这是其一，其二，翁麒麟的家产不是卖了二千六百两银子，而是三千八百两。

陆青林急了，你胡说什么？你听谁说的，我是有契约的。

丢丢说，你敢把契约拿出来吗？

陆青林结结巴巴，你……你……你怎么能这样？

丢丢从怀里掏出一张纸，扔给陆青林，你自己看吧，东昌府一处房产，开封城里一处房产，杭州四十顷地，总共是三千八百两，上面都有买主的证明签字手印。

陆青林拿起那张纸看着，双手哆嗦起来。突然，他狠狠地将那张纸撕得粉碎，大叫着，你混蛋，你这是污蔑，你讹诈是不是?

丢丢腾地站起来，狐狸尾巴露出来了吧，你发什么火呀?

陆青林大叫着，来人啊，把这个骗子给我打出去。

呼啦出来三五个壮汉，都是客栈值更护院的。

陆青林一指丢丢，几个壮汉上来就是一通拳打脚踢。丢丢挣扎地叫骂着，陆青林，你骗了翁公子的钱，我要去告你……

丢丢被驱赶着暴打着，踉踉跄跄地被推出了漕运客栈。丢丢跳着脚骂着陆青林，漕运客栈的大门关上了。丢丢捡起一块大石头，狠狠地朝大门上砸去。然后，竟然嘿嘿笑起来，抹了抹额头上的血，扬长而去。

第二十六章　正卷四

疾风暴雨像一对要拼个鱼死网破的反目夫妻，把漕运码头砸得盆烂碗碎，一片狼藉。河两边的树木披头散发，屋檐楼角泪水涟涟，撕心裂肺的哀号令帆篷垂落，舟船横斜。

丢丢在码头上溜溜达达，无所事事，像是看热闹，又像是要捡点儿漏儿淘点儿宝贝什么的。

有两个人匆匆从浮桥对面走来，丢丢一看，是安清帮的丹秀和姚发。丢丢曾经在姚发的随运尾帮船上当过差，一直称姚发为师父。他急忙迎上前，热情地叫着，师父，您来了？

姚发看了看他，认出了是丢丢，便淡淡地说，啊，我还有点儿事。

姚发就这么冷冷地走了，丢丢有些失落。

倒是丹秀突然想起了什么，对姚发说，那个是不是丢丢？

姚发说，是啊，现在没工夫搭理他。

丹秀说，说不定还有点儿用处。

姚发问，一个孩子，能有什么用处。

丹秀扭过头喊着，丢丢，你过来。

丢丢过去了，又跟他们一起过了浮桥，来到一个僻静处，丹秀对丢丢说了一件事。

一夜狂风暴雨，打翻了姚发十九号香火船。人员倒是没有受伤，东西损失了一些，这都没有什么。要命的是装着账本的箱子也掉进河里，等打捞上来一看，所有的账本都变成了纸糊糊儿。两个人正为这件事发愁呢，所以刚才冷落了丢丢。

丢丢问，账本重要吗？

姚发说，是给三家茶局七家绸缎铺和十八家骆驼店送货的账目，现在账本没有了，怎么跟人家结账呀？

丢丢想了一下，我记得每次在跟他们结账之前，都要先对一下账，然后再通过钱庄拨银子，对吗？

姚发说，是啊，原本说好今天就要到各家对账的，可是现在账本没了，拿什么跟人家对账啊？

丢丢笑了，再花钱买些新账本就行了。

姚发说，可是新账本上没账啊？

丢丢说，你们带上我去不就有账了吗？

丹秀听明白了，对丢丢说，三家茶局，七家绸缎铺，十八家骆驼店，少说也要有几千笔账，你记得住吗？

丢丢说，你们要是对我不放心，就自己想办法吧。

丹秀急忙拉住丢丢，哎哎，还是请你帮帮忙吧，我们要是有办法，就不至于着这么大的急了，你没见姚掌柜起了满嘴燎金泡。

就这样，姚发丹秀买了新账本，带着丢丢挨家挨户地去对账。

他们先来到了牛作坊的公祥茶局。所谓茶局，即是专门做茶叶生意的店铺。无论是茶船还是运丁携带的土宜，很少有直接与茶商交易的，一般将茶叶卸在茶局，再由茶局批发给茶商。公祥茶局的茶商大多是山西人，著名的大户是长盛川、三玉川和大德恒。

公祥茶局的洪掌柜见到姚发和丹秀来了，急忙热情招待，让座上茶，礼仪周全。丢丢扮作二位掌柜的跟班，身上背着木箱子，箱子里装着账本。

丹秀说，洪掌柜您就别张罗了，我们是来对账的，对好了账马上就让钱庄出银票了。

洪掌柜见说，忙吩咐账房先生拿出账本，报给二位掌柜核对。

账房先生捧着账本念着账目：一等茶砖一千二百八十八箱，每箱二十七饼；二等茶砖九百八十七箱，每箱三十六饼；三等茶砖八千七百六十七箱，每箱三十六饼。甲级红茶二千三百四十二包，每包二十四斤；乙级红茶一千二百七十八包，每包二十四斤，丙级红茶九百八十六包，每包二十四斤。一等串子茶二千二百四十五篓，每篓三十斤；二等串子茶七百八十五篓，每篓三十斤；三等串子茶八百九十篓，每篓三十斤。茶叶末儿一千二百零九包，每包三十六斤……

丹秀在对面也捧着一个账本翻看着。其实，丹秀的账本上什么都没有。丢丢站在一边静静地听着，账房先生念完了账本，他们急着告辞，又奔向了皇木厂的振兴茶局。这家茶局主要的生意是来自蒙古的茶商，以茶砖为主，账目比较简单，很快就核对完了。然后他们又去了同善茶局，中间遇上一点儿小麻烦。其中有一笔红茶的数目没有记清楚，账房先生红着脸问丹秀，您的账上是多少？丹秀一时不知该如何是好。丢丢歪着头假装看了看丹秀手里的账本，根据前后的数据推算出了一个数目，说了出来。账房先生痛快地认可了，毫不怀疑。

整整用了一天的时间，核对完成了三家茶局的账目。晚上回到漕运客栈，三个人又忙活儿起来。丢丢根据自己的记忆一家一家一笔一笔地报账，账房先生负责记账。姚发和丹秀开始的时候怕丢丢有误，还帮助他强记了一点儿。可是到后来，数目太多了，两个人的脑袋都大了，无论如何记不下来了，只好任凭丢丢记忆了。

第二天开始又去七家绸缎铺和十八家骆驼店，这里的账目更大更多更杂。丝绸有三十二种，分发到了七家绸缎铺；瓷器一百二十种，分发到了十一家骆驼店；纸张二十四种，分发到了十一家骆驼店；文具雨伞炊具糖果，种类繁多，数目又乱，而且十八家骆驼店均有分发。更要命的是香料和药材，有六百种之多，大的论包，小的论斤，还有贵重的论两论钱，听着都发晕。三个人早出晚归，每天只能核对三家，回来又要连夜造账。就这样，花了七八天的时间，总算把账核对完了。让账房先生汇总一下，居然与原始账目所差无几。

挽救这次暴风雨造成的灾难，丢丢立了大功。否则就不是损失一些银子的事情，直接受损的是随运尾帮船的声誉和信用，将来不好在码头上做生意了。姚发和丹秀请丢丢在漕运老店喝酒，姚发将一张二百两的银票递给了丢丢，算是谢仪。

丢丢将银票推给了姚发。

姚发以为丢丢嫌少。是啊，一百六十四只随运尾帮船的生意，少说也有二三十万两的利润，这二百两算什么。姚发觉得不合适了，忙说，丢丢你别误会，这二百两呢，不是给你的酬金，算是对你的慰问。你看看，你坐了大牢，还差点儿送了命，死里逃生，能活着见到我们，这容易吗？算是我和丹秀送你的红包，取个吉利。至于你的酬金，等把账收上来，当然不止这么一点儿。

丢丢说，师父您冤枉我了。

姚发一愣，怎么冤枉了。

丢丢说，您是我的师父，虽说没有递过帖上过香也没有给您磕过头，也师父师父地喊了这么多年了，您说，给您干点儿事，能跟您手心朝上要钱吗？您也太小瞧丢丢了。

丹秀说，早就知道丢丢是个仗义的人，年龄不大，义薄云天。

丢丢说，我也没有您说的那么好，我只是有点儿小心思罢了。

姚发忙问，有什么小心思，跟师父说。

丢丢说，我想加入安清帮。

丹秀听了忙表示赞成，好啊，安清帮欢迎啊。

丢丢说，不过，我有要求。

丹秀问，什么要求。

丢丢伸出手指，两个要求。

丹秀说，只要不过分，三个也行。

丢丢说，我要求马上给我开香堂。

姚发说，这可不行，安清的规矩，徒访师三年，师访徒三年，讨慈悲一年，加上来可是七年呢。

丢丢说，加入安清帮，都要等七年吗？

丹秀说，三师祖开山领众之初，没有这个规矩，只要递上帖子，安排好本命师、引进师、传道师即可。这个规矩是近两年才实行的。

丢丢说，你们能对我网开一面，按老规矩办吗？再说，我叫您师父，恐怕不止三年了。

丹秀对姚发说，这规矩刚刚开始实行，按说应该也可以通融一下。丢丢，你的第二个要求呢？

丢丢说，我必须比陆青林高一辈。

姚发叫起来，你比陆青林高一辈？亏你想得出来，陆青林可是佛字辈的，要比他高，必须是成字辈的。

丢丢说，成字辈有什么？翁麒麟是文字辈的吧？我还当过他师父呢？

丹秀叫起来，什么什么？你认识翁麒麟？

何止是认识呀，在刑部大牢里，我们俩关在一个单间牢房。

你刚才说，你给翁麒麟当过师父，怎么个师父呀？

我……教他学灭鼠……那可是能混饭的真功夫。你们听说过灭鼠天师吧，那可是我师父，算起来，翁麒麟该算是第三代传人。

丹秀和姚发互相看了一眼，对丢丢说，既然你认识翁麒麟，那事情就好办了。翁麒麟算是你的引进师吧，我当你的传道师，你不是在姚掌柜手下当过差吗？他就当你的本命师吧。

丢丢何等的聪明，听丹秀这么一说，立即起身施安清帮的参拜礼，二位师父在上，请受小徒三参九叩之礼……

丹秀和姚发无奈地苦笑了一下，只好还礼，沾祖师爷灵光。

丢丢再次来到漕运客栈的时候，那气派便大起来了。漕运客栈在运河东岸，他是从通州东关乘摆渡过来的。到渡口下了船，便被一个外出买菜的小伙计看见了。小伙计急忙跑进客栈大堂，向陆青林禀报。

陆青林趴在柜台上，眼看着丢丢走进客栈大堂的。看见丢丢穿着大褂儿，端着架势，挺着胸脯，迈着方步，眼睛朝上，陆青林直想笑，你装什么大尾巴狼呀，几天不见，就涨行市了？

丢丢自然也瞟见了陆青林，他大模大样地在一张桌子旁边坐下来，将肩上汗巾摘下来，叠成三叠，又折起一个角，放在桌子边上。

陆青林心里一动，这小子入了安清帮了？铁树不开花，安清是一家。不管怎么说，规矩还是要讲的。他慢慢腾腾地迎上来，又慢慢腾腾地吩咐伙计上茶。

丢丢挺直了腰板坐着，不卑不亢。

陆青林心里琢磨着，就算丢丢入了帮，也未必有多高的香头，辈分肯定在他之下。再说，这才几天呀，帮里的规矩你懂吗？要给他个下马威，杀杀他的威风。陆青林问，老大进帮几年？

丢丢答道，进帮七年。

何为七年？

徒访师三年，师访徒三年，讨慈悲一年。

何处扎根？

家里扎根。

何为家里扎根？

三帮九代为家里根本。

老大几炉香进帮？

头顶文字，身披成字，手牵佛字。

陆青林暗自打了个寒战，不会吧？丢丢若是成字辈，明显地比自己大了一辈。怎么可能呢？安清许充不许赖，这小子鬼花活多，千万不能让他唬住。跟他盘通草，不能这么简单地跟他问答，要往深里盘查，若是让我盘出底细，露了馅儿，看我怎么收拾你。

所为盘通草，就是通过隐语进行盘查。各帮会及江湖流派都有自己的隐语和秘籍，洪帮称“海底”，安清称“通草”，亦即“通漕”，丐帮称“破布”，江湖上称“春典”。弟子入帮，由本命师和传道师传授这些秘典。传授是分等级的，陆青林心想，即使丢丢真的入了安清帮，也不会知道秘籍核心的典故，今天不让他显露原形，也得让他出丑丢人。

陆青林继续盘问，老大何处起纤，何处经过，去往何处？

丢丢沉着答道，过状元桥，出武林门，走哑巴桥，踞虎岭，上龙山。左青龙潭，右宝华山，前紫云洞，后杭州府，家庙起纤。路上走的是三闸、五坝、七十二个半码头、七十二道半闸、二十四条半河，来到通州坝。

到通州坝有何事？

天庾正供奉命运粮。

老大可曾上过钱粮？

家师慈悲，为弟子开了香堂。

几份钱粮？

三份钱粮。

哪三份？

翁、钱、潘三祖各一份。

大香堂上什么款式？

三炉六蜡，檀香炉中有五字抱头香。

何为五字抱头香？

敬、学、吃、怕、求。

香堂供奉几位祖师？

七尊八刹，龙牌圣旨三道。

何为龙牌圣旨三道？

第一道，拿不孝之子；第二道，拿恶霸土豪；第三道，拿毁帮乱道之人。

六经六法为何？

佛顶心陀啰尼。

七字箴言为何？

跟拉船舵望靠给。

陆青林顿时泄了气。安清通草，最为绝密的是六经六法和七字箴言。不是根深叶旺的弟子，师父不会传授的。那么……陆青林突然想到了一个可怕的问题，又不得不盘问，请问贵引进师尊姓大名？

敝引进师姓翁上麒下麟。

陆青林心里哆嗦一下。

丢丢不等问，又说，敝家师姓姚讳发，敝传道师姓丹讳秀……

陆青林脸都青了，急忙起身，向丢丢行三参九叩大礼。

丢丢端坐还礼。

陆青林则移身坐在了丢丢的右侧。帮中规矩，晚辈不能面对长辈。

丢丢看了一眼陆青林，突然问道，何为安清？

陆青林迟疑了一下，答道，天庾正供，承运漕粮，上能裕国，下能便民，三教传法，即为安清。

丢丢问，安清根派何在？

陆青林答，出自佛门，临济根派。

丢丢问，何为三块板？

陆青林战战兢兢地答道，肩披纤板，脚踩踏板，头顶黄板。

丢丢紧盯陆青林，何为黄板？

黄板……乃安清家法。

家法何人所制？

翁钱潘三祖师所制。

为何样式？

香樟木质，长二尺四寸，按一年二十四节气；宽四寸，按一年四季；厚五分，按东西南北中五方；上端一圆洞，按天圆地方。

置于何处？

悬挂于香堂之右。

上书何字？

正面书“护法”二字，背面书“违犯家规，打死不论”八字。

丢丢大叫一声，陆青林，你可知罪？

陆青林忽地跪在地上，师叔饶命……

丢丢说，我若是不饶你，就将你交给你的师父用家法处置了。看在翁麒麟在刑部大牢的时候，你照顾得还不错，我呢，也沾了不少光。你瞧着办吧。

陆青林急忙回到屋里，捧出一个木匣，把里面的银票拿了出来，这是我卖翁师爷家产的银子，您说得对，总共三千八百两，都在这里。

丢丢拿起银票数了数，又从中拿出二百两，扔给陆青林，也不能让你白忙活，这就算是跑腿儿费吧。

陆青林刚要说什么，丢丢却卷起银票，扬长而去了。

丢丢目前最为迫切的，是寻找到母亲和翁麒麟。他是搭乘潘如虎的嘉白头帮回空船南下的。潘如虎是潘清的儿子，是潘安堂的小老大，又是翁佑堂翁岩的开山门弟子，在安清帮也是举足轻重的人物。

一路上，潘如虎总是缠着丢丢讲翁麒麟的故事。还真的是故事。潘如虎比翁麒麟小四岁，按说年龄差距不大，可是他们的童年几乎没有交集。翁麒麟六岁便进了黉门，到状元街与丹秀一起同窗苦读。而后考取生员、举人，又备考会试，大部分时间都没有待在家里。而潘如虎肯定无法跟翁麒麟一起读书，只是过节过年翁麒麟回家的时候，两兄弟才能一起玩几天。玩也玩不了尽兴，翁麒麟大几岁，又懂事，总是让着潘如虎。潘如虎觉得这个哥哥大他许多，须仰视才见。多年以来就这么过来的，有亲情无友情。对于潘如虎来说，翁麒麟就是兄长，是一个值得尊敬的楷模榜样。是的，从小父母就教育他要向哥哥翁麒麟学习，唯其如此，才能成大器有出息。后来翁麒麟离开了家，在钱金豹的陪同下进京赶考，又生发出了一系列的事情。在潘如虎的心目中，翁麒麟更加神秘而陌生了。

丢丢也乐得讲述与翁麒麟的亲密关系，特别是刑部大牢里那些奇异变故，他讲起来更是津津乐道乐此不疲。讲到翁麒麟向他拜师学艺的时候，他总是叹息，可惜啊可惜，到了最后我也没把灭鼠的秘诀告诉翁麒麟，不是我不想告诉，实在是来不及了。

潘如虎也叹息，甚至担心着急，你说，我大哥能去哪儿呢？出了大牢就像消失了一样，一点儿消息都没有。

丢丢还沉浸在讲述翁麒麟故事的兴奋之中，他身上肯定也没有几个钱，孤苦伶仃一个人，靠什么活着呀？我要是当初不那么啰唆，把灭鼠的秘诀传给他，也能混口饭吃呀。

前面就要到宿迁了。宿迁是京杭大运河重要的航道，北望齐鲁，南接江淮，居黄河长江两水中间，扼北京南京之咽喉要冲。风光旖旎，水软山温，素有“第一江山春好处”之誉。对于潘如虎来说，宿迁的花街柳巷尤为令人梦牵魂萦。杏雨轩彩屏姑娘的那楚楚可怜的大眼睛，把他的魂魄深深地勾住了。他没有忘记承诺，回来的时候一定再去找她，并给她带来了北京的小点心。

潘如虎突然问丢丢，你破了童子关没有？

丢丢不懂。

就是说，你玩过女人了吗？

丢丢羞得慌忙摇头。

这么说，你还是个童卵子？不行，到了宿迁，我一定找个好姑娘给你开苞儿。哦，不能说开苞儿，女孩儿才说开苞儿。反正我不能再让你当童男了，得做个真正的爷们儿。

潘如虎说话办事是个干脆利索的人。到了宿迁，刚好到了点灯时分，将老堂船在岸边停靠好，潘如虎便拉着丢丢跳下了甲板。

丢丢心里一片慌乱，又不好拒绝，只好任凭他拉扯着上了岸。

京杭大运河穿城而过，河岸两边灯火辉煌。潘如虎带着丢丢大步流星地朝前走着，穿过熙熙攘攘的人群和热热闹闹的店铺，丢丢肚子有点儿饿了，提议是不是先吃点儿东西。

潘如虎急了，吃饭着什么急，你哪天少吃了。

丢丢胆怯地问，那……我们去哪儿？

潘如虎说，杏雨轩呀，我不是跟你说过了吗？彩屏姑娘还等着我们哪，快点儿吧。

丢丢心里说，彩屏姑娘等的是你，关我什么事？你急你的，我急什么？

潘如虎越是催促着丢丢，丢丢越是紧张羞怯。进了一条小巷，眼看就要到杏雨轩了。丢丢急中生智，对潘如虎说，等一下，我要小解。

潘如虎说，马上到杏雨轩了，到那儿再尿。

丢丢说，我憋不住了。

潘如虎说，冲着墙根尿吧，没有人看见。

丢丢说，那边有个茅房，我快去快回。

不等潘如虎同意，丢丢便朝着小巷外面跑去。他知道潘如虎在等他，加快了脚步，出了巷口。巷口外面很是热闹，人流不绝如缕。丢丢钻入人群，又逶迤前行，很快便融入了人流中。潘如虎，对不起了，你愿意等就等吧，等不了就找你的彩屏姑娘吧。我们要分道扬镳了，日后如有邂逅，便说迷了路就是了。

丢丢知道已经远远地甩开了潘如虎，便放下心来，沿着河边放慢了脚步。想要吃点儿什么，肚子其实不大饿，小摊儿上买了个烤肉串，边吃边闲逛着。他给自己留了个心眼儿，换洗的衣服留在了漕船上，可是银票和零钱却装在了身上。

他很有兴致地逛着宿迁的夜市，吃的用的玩的什么都有，五花八门琳琅满目。丢丢却什么都不需要，只是过过眼瘾。突然离岸边不远处有个小店，门外的幌子把他吸引住了：麒麟酒家。

怎么会叫麒麟酒家？莫非是翁麒麟开的。他立即笑了一下，翁麒麟纵有千般本事，也不会在这儿开酒家的。管他呢，反正跟麒麟有关，是个好兆头，不妨进去喝一杯。

酒家不大，只有三张桌子，五六条板凳。看店的只有一个中年女人，说不清是掌柜的还是伙计。

丢丢点了两盘小菜，要了一壶酒，自斟自酌起来。酒桌正好对着河面，透过窗子可以看到河面上的桅灯闪亮，也可以听到游人吵吵嚷嚷，丢丢的心境大好起来。

店里人不多，中年女人凑过来跟他聊天，小哥也是运丁？

丢丢问，您看我像吗？

不像。

您看我像干什么的？

读书人？

读过书，可算不上读书人。

做生意的？

做过，无本小利，算不得生意。

耍把式卖艺的？

别说，也走过几天“搁念”（即江湖），后来金盆洗手了。

看你小小年纪，还穿破了不少“踢土儿”（即鞋）。你在这儿慢慢“抿山”（喝酒），我伙房还坐着锅呢。

中年女人转身要走，丢丢把她喊住了，大姨，您等等。

中年女人站住了，需要添点儿什么？

丢丢说，我想问您一句话，您这酒店，为什么叫麒麟呢？

中年女人反问，你说呢？

丢丢说，不是为了找人吧？

中年女人说，找什么人？

丢丢说，找一个叫麒麟的人呀？

中年女人一惊，你怎么知道的？

丢丢说，我……我知道什么了？我就这么一说，还真是呀？

中年女人说，你认识叫麒麟的人吗？

认识。

他姓什么？

姓翁。

翁麒麟？

是的。您是……

知道银凤七妹吗？

丢丢手里的酒杯啪地掉下来，惊叫着，七妹？您是银凤七妹？不不，我应该叫七姑……天呀，我遇上神仙了，遇上佛祖了，天助神佑啊……

银凤七妹听到丢丢的叫喊，也急不可待地问，翁麒麟在哪儿？他怎么样？你是谁？

没有找到翁麒麟，钱金豹和苏叶儿只能回沧州了。庞爷爷还在沧州等着他们，安清帮的大事业还等着他们去完成。钱金豹在漕运客栈摆了一桌酒席，请来沈良和菱荇，算是喝一次互相辞行酒。

沈良和菱荇离开了通州，依然是边卖艺边赶路，卖艺是为了生存，赶路是为了寻找翁麒麟。

一路上，他们虽然同行同吃同住，却一直以兄妹相称，也以兄妹相处。

天气转凉，秋风乍起，落英缤纷。这天下午，他们搭乘的船只来到了宿迁，弃舟上岸，要在宿迁逗留几日。

刚刚上岸，就看见一帮儿童围在一起哄闹着，谩骂喊打忽聚忽散。

菱荇好奇，走上前去询问。原来是一个疯子偷吃农家的藕，孩子们用石子瓦块儿投砸着疯子。菱荇上前看那个疯子，衣衫褴褛，蓬头垢面。用一只手遮挡着飞来的石子瓦块儿，一只手紧紧地攥着一根藕，大口大口地嚼着。额头已经被打破了，鲜血流满了脸。嘴里的藕洗都没洗，泥汤顺着嘴角流出来。菱荇眼前闪出一道阴影，急忙跑过去，扑在了疯子的身上，哭叫着，少爷……少爷……麒麟少爷啊……

孩子们纷纷逃去。

沈良明白了，急忙过来搀住了翁麒麟。

不远处有一个酒家，沈良和菱荇带着翁麒麟走过来。菱荇守着翁麒麟在门外等候着，沈良进了酒家。

沈良恭敬地问，大姑，您这儿有什么吃的吗?

银凤七妹说，我们这儿只卖酒菜，没有主食。

沈良说，随便什么都行，剩菜剩饭也行，我有个朋友，饿坏了，偷人家的藕吃……

银凤七妹说，我刚好煮了一碗阳春面，是给楼上客人煮的。哦……先给你吧，人呢?

在外面呢。

让他进来吃吧。

不，不行，他身上太脏了。

银凤七妹转身进了伙房，端出了那碗阳春面。刚才进来的沈良又出去了，门开着，门外站着姑娘和一个狼狈不堪的疯子。银凤七妹走出来，要把面交给沈良，随便看了疯子一眼，手里的面啪地掉在了地上，失声喊着，麒麟……是麒麟……

等候在楼上的丢丢见七姑的面半天没端上来，想要喊七姑问问，还没开口，却听见了七姑在楼下大叫，不知道出了什么事，急忙跑了下来……

自从来到麒麟酒家之后，丢丢便踏踏实实地住下来。一是银凤七妹让他帮助经营酒家，把他留下了；二是他也无处可去，乐得有个临时住脚的地方。还有，他还要做一件事情，重要的事情。在刑部大牢里，翁麒麟发现自己的记忆越来越差了，就把他当成了金罐子。

我总觉得我的记忆是液体，像一个个的小水珠儿。这小水珠儿可金贵，千金不换。而我的脑袋呢，却是一片阳光暴烈的大晒场。我那些娇贵的小水珠儿很快就会被晒干了，蒸发了。我要把我的小水珠儿封存在你的脑袋里，你的脑袋像不像一个密封的金罐子？

是的，丢丢的脑袋里储藏着翁麒麟记忆的小水珠儿，这些金贵的小水珠儿早早晚晚会原封不动地还给他的。为了这个，翁麒麟这么高贵的身份居然给他行了跪拜大礼。可见这事情有多么重要。可是现在，翁麒麟失踪了。为什么失踪，听说完全丧失了记忆，连回家的路都找不到了。丢丢必须做一件对翁麒麟负责的事情，就是把翁麒麟珍藏在他金罐子里的小水珠儿取出来，让它们变成金珠子。金珠子永远不会晒干，谁都可以保存。怎么才能把小水珠儿变成金珠子呢？写下来，原原本本地写下来，将来把他交给翁麒麟。

当丢丢买了笔墨纸砚回到麒麟酒家的时候，银凤七妹吓了一跳，以为是他做贼偷来的呢。

丢丢说，我要写书。

银凤七妹以为自己听错了，写……书？

丢丢说，您别瞧不起人好不好，我好歹也是个识文断字的人呢。

还识文断字，谁教你的？

我养父。

你不是有个养扬州瘦马的养母吗？怎么又多了个养父？那窑子里的老鸨又嫁人了？

哦哦……老鸨倒是没嫁人，可是她的男人多呀。教我的是一个唱苏州评弹的艺人。您可别小瞧那个唱苏州评弹的，人家可是个秀才。要不是后来眼睛坏了，说不定能像翁麒麟那样考上个举人呢。

还真的没看出来，丢丢原来还是个读书人。

我现在要做写书人了。

写什么书？

您别看我连个秀才都不是，我现在要替举人写书。

替你养父写？

替翁麒麟写。

于是，丢丢便把在刑部大牢里翁麒麟拜托他的事情说了一遍。丢丢说得很轻松，银凤七妹却庄重起来。这可是一件天大的事情，丢丢如果把这件事做成了，可为翁麒麟、为翁岩甚至为安清帮做了一件功德无量的事情。从此，银凤七妹让丢丢在楼上专心致志地写书，楼下酒家的闲杂事项都不用他操心，连一日三餐都是银凤七妹做好了给他端上去……

翁麒麟也被银凤七妹安排住在了楼上，就在丢丢的隔壁。翁麒麟整天坐在房间里面发呆，他不像别的疯子那样乱吵乱闹乱跑乱跳，他是个文文静静的疯子。要不怎么说还得是读书人呢，得了疯病也不会惹人讨厌。

丢丢坐在他的对面，给他剥着橘子。送给他一瓣儿，他就老老实实地吃一瓣儿，不给他也不要不抢。

一连三天了，丢丢总是试图让翁麒麟恢复记忆，最好能把他认出来。可是徒劳，翁麒麟总是对他客客气气地微笑着，完全把他当成了陌生人。

丢丢把一瓣儿橘子举到他的面前，告诉我，你叫什么名字？

翁麒麟摇了摇头。

我叫什么名字？

丢丢。

你怎么知道我叫丢丢？

你刚才告诉我的。

我还叫什么？

翁麒麟又摇了摇头。

秦小安……知道秦小安吗？

翁麒麟还是摇头。

金罐子，还记得金罐子吗？

翁麒麟依然摇了摇头。

丢丢想了想，回到自己的房间拿来写好的手稿，念给翁麒麟听：

家父讳岩，上德下林，字福亭，称进清禅师，生于顺治十三年五月十三日。江苏常熟人，祖居山东东昌府聊城县鼓楼街，后迁居河南南阳府北门外把子桥，秀才出身，后弃文习武，师从河南少林寺僧，后入天地会……

翁麒麟认真地听着，丢丢满怀期冀地看着他，记起来了吗？

翁麒麟傻傻地问，这是谁的家世？

丢丢叫喊着，你们家的呀，你们翁氏的呀？

梦哈拉古拉胡胡吉。

什么？你说什么？

梦哈拉古拉胡胡吉。

看到翁麒麟这个样子，银凤七妹非常难过，常常躲在一边偷偷落泪。有一天，银凤七妹看着丢丢伏案疾书，突然问，丢丢，你会写书，能画画吗？

丢丢抬头看了看银凤七妹，您问这个干什么？

银凤七妹说，我看你的字写得不错，有点儿功底，就想到了说不定也能画画。

丢丢说，我画画比写字好。

真的?

当然了，画画练的是童子功，有师传的。

能画人物吗?

我最拿手的就是画人物。

银凤七妹站起身来，郑重地说，丢丢，七姑有事求你。

丢丢问，七姑您尽管吩咐。

给翁麒麟的父亲画张像。

丢丢一愣，您……让我画翁岩师祖?

你见过翁岩吗?

只见过一面。

记住了吗?

丢丢笑了，您不相信我过目不忘?

银凤七妹也笑了，画好之后，有重赏。

赏什么?

赏你个媳妇。

不要不要不要……

哪有小伙子不要媳妇的?

菱荇和沈良也留在了麒麟酒家，没有人让他们留下来，他们自己也没张罗走，一切都是顺理成章的。更顺理成章的是菱荇，找到了翁麒麟，她便承担起了照顾翁麒麟的全部任务。沈良帮助银凤七妹打理酒店的生意，丢丢也可以继续专心致志地写作。很正常、很和谐，又很温馨。

可是不知道为什么，丢丢却觉得不舒服。特别是对于菱荇的身份和地位，丢丢总觉得有些不对头。菱荇照顾翁麒麟，又像是丫鬟，又像是小妾，又像是妻子。按说这也没有什么错，现在翁麒麟病了，也非常需要这么一个知冷知热温柔体贴的女人。翁麒麟需要，菱荇情愿，七姑认可，丢丢心里不舒服，那么沈良呢？鬼知道。

这天酒店打烊之后，天色尚早，大伙儿像家人一样围在一起喝茶聊天，丢丢突然提出，要给菱荇和沈良举行个简单的婚礼。大家都觉得很意外，菱荇和沈良张大着嘴巴愣是说不出话来了，瞪大了眼睛看着丢丢。

银凤七妹也很吃惊，丢丢，你这是唱的哪一出呀？

丢丢说，七姑您难道没看出来吗？菱荇和沈良是有情有义的一对儿，说不定早就私订终身了。

菱荇急扯白脸地辩解，丢丢，不是不是的，我们虽说有些情义，可是……一直是兄妹……

丢丢说，这个我懂，孤男寡女的在一起，为了避人耳目，只能以兄妹相称。

沈良也辩解着，丢丢，你误会了，真的误会了，我和菱荇什么也没有。

丢丢说，你们结了婚，不就什么都有了吗？

菱荇急得哭了起来，丢丢呀，你……你怎么就不相信我们呀……非得让我死给你看吗？

丢丢说，菱荇你先别哭，我知道你爱哭，你先忍着点儿，我这不是跟你们商量吗？

菱荇哭着说，有什么好商量的？你不知道我是有主儿的人吗？

丢丢奇怪地问，有主儿？谁呀？

菱荇说，我是翁少爷的人。

你说的是翁麒麟吗？你什么时候嫁给他了？

我是灵芝大小姐的通房丫头，灵芝大小姐嫁了，就等于我嫁了。

你不知道吗？翁麒麟已经把潘灵芝休了。

就算他把灵芝大小姐休了，也没说休我呀。

你还用休吗？你原本就是潘灵芝的人，跟着主人走就是了。

是啊，我是灵芝大小姐的人，你怎么可以随便把我许配给别人呢？

我这不是为了成全你们吗？你跟沈良有情有义，有情人终成眷属，我这是修善积德。

不行，我是潘家买来的，生是潘家人，死是潘家鬼，就算要我嫁人，也得潘家人说了才能算数。

我问你，你说你是潘家花钱买来的，他们花了多少钱？

当年丹秀大哥买我的时候，是要给钱的，我没要。

为什么没要？

潘家管吃管穿管住，我要钱干什么？

写卖身契了吗？

我自卖自身，跟谁写卖身契呀？

这不结了，一没要卖身的钱，二没有卖身契，你压根儿就是个自由的人，想嫁谁嫁谁？

沈良听丢丢这么一说，忍不住笑了，丢丢，你说的是真的？

丢丢指着沈良说，瞧把你乐的，嘴巴都撇到耳朵上去了。

沈良说，丢丢，你是我们的恩人，多谢你成全……

菱荇不干了，冲着沈良哭喊起来，我说要嫁给你了吗？

丢丢忙说，你怎么又哭了，这不是喜事吗？

菱荇哭着说，什么喜事，你们欺负人，合起伙儿来欺负人……

丢丢慌了，急忙向银凤七妹求救，七姑，您说，您做主……

银凤七妹站起身打了个哈欠，我老了，你们年轻人的事情我不懂。

丢丢说，七姑，您别不管呀。

银凤七妹说，不痴不聋，不做家翁。我困了，去睡觉了……

银凤七妹上了楼，突然听见翁麒麟的房间里有声音，仔细一听，是翁麒麟在呼叫着：爸爸……爸爸……

银凤七妹推开门，看见翁麒麟面对着墙壁，再往墙上一看，惊愣住了。墙上挂着一幅画像，画的是翁岩。这丢丢也太神奇了，他说只见过翁岩一面，可是画出来的翁岩，栩栩如生神形兼备。翁麒麟什么都忘了，居然认得父亲，他站在画像前面，声声呼唤着：爸爸……爸爸……

银凤七妹的眼睛模糊了，默默地说，翁岩，你听见了吗？你看见了吗？这是你的儿子，翁麒麟。还有我，我……银凤七妹啊……

第二十七章　正卷五

麒麟酒家的后院有一口水井，菱荇在井台上洗衣服，沈良摇着辘轳为她打水。今天菱荇要洗的衣服很多，除了所有人的内外衣衫，还有银凤七妹和丢丢铺盖的被褥也要全部拆洗一遍。后院的晾衣绳上已经挂满了，井台下面还堆积着许多。菱荇抱着大木盆用搓衣板搓洗着，头上是汗，脸上身上是水，溅的。沈良一桶一桶地把井水提上来，又倒进菱荇前面的大木盆里，紧接着又帮助菱荇晾晒衣服。两个人一边干活儿，一边亲密地交谈着。

还没到酒馆开门的时间，楼上的房间里，银凤七妹和丢丢一起陪着翁麒麟聊天，有一搭无一搭，纯属找话说，却也轻松愉快，像是一家人。

经过调养，翁麒麟的身体好多了。昨天晚上，沈良又带他到外面澡堂里洗了澡，剃了头，刮了脸，显得精神饱满，脸上也红润起来。他坐在床头上，看着七姑和丢丢在聊天，脸上眯眯地微笑着，就是不搭话。光看表面，一点儿也看不出翁麒麟是个病人。

丢丢扒着窗户看着后院洗衣服的菱荇和沈良，又提起他关心的那个话题，对七姑说，您看外面那两个多般配呀，您干吗不成全人家啊？

七姑说，你这话说得好没道理，你不是整天价劝人家结婚吗？是人家自己不同意啊。

丢丢说，有情人终成眷属，说成一门婚胜拜千次佛，您干吗放着河水不洗船呢？

七姑感叹地说，男女之间，光有情是不行的，还得有缘。有缘千里来相会，有情未必能成眷属……

正说到这儿，忽然听到外面“哇”的一声哭起来。

丢丢说，是菱荇哭了。

七姑说，这是咋了？猫抓了似的。

七姑急忙跑下楼，见菱荇坐在大木盆旁边，蹬扯着两条腿，双手捧着脸，孩子似的大哭着。

七姑瞪着眼睛看着沈良，这是怎么了？

沈良笑眯眯的，扶着镰铲一点儿也不着急。

七姑问，你欺负人家了？

沈良说，她就这样。

七姑不明白，什么叫就这样呀？

沈良说，她动不动就哭，哭起来就像个孩子。

七姑说，你还是招惹人家了，到底是为什么呀？

沈良说，您还是问问她自己吧。

七姑说，酒馆该开门了，你快到前面准备一下吧。

沈良走了，菱荇不哭了。菱荇爱哭是爱哭，可是不犟，一哄就好。

有时候没有人哄，自己哭累了哭够了哭过瘾了也会止住。

七姑还不大了解菱荇这毛病，蹲在她的对面，好言好语地问道，为什么呀？沈良真的欺负你了？

菱荇说，他就是欺负我，他总是欺负我，一点儿也不让着我。

七姑说，他怎么欺负你了？

菱荇说，他让我嫁给他。

七姑差点儿笑出声来，这算什么欺负？这说明人家喜欢你呀。

他凭什么喜欢我？

人家瞧你好呗。

我已经是有主儿的人了。

你不就是潘灵芝的通房丫头吗？丢丢不是说了吗？潘灵芝已经不是翁麒麟的老婆了，你还算什么通房丫头？

可是……可是……

可是什么？

我……我……已经是翁麒麟的人了。

什么？你跟翁麒麟睡过了？

那倒还没有。

那你怎么就是他的人了？

他……他抱了我……还亲了我。

在哪儿？

大门口……

哪个大门口？

通州翁宅。

什么时候？

就是他跟灵芝大小姐走的时候，我送他们到大门口……

七姑又差点儿笑出声来。

菱荇仰着脸看着七姑，您说，我算不算是翁麒麟的人了？

不算。

那……怎么才算？

睡了才算。

要不是翁麒麟休了灵芝大小姐，早晚会的。

这么说，你喜欢翁麒麟？

这么好的男人，哪个女人不喜欢？

噢……那你喜欢沈良吗？

菱荇低下头，不说话了。

不喜欢，对吗？

不是。

不太喜欢，对吗？

也不是。

那是为什么？

我就是觉得……对不起翁麒麟。

七姑站起来，戳了一下菱荇的额头，你就傻吧你。

菱荇没明白七姑在说什么，眨巴着眼睛看着她。七姑无意间转了一下头，被菱荇手边的一个东西吸引住了。

大木盆里漂着一只金锁。就是戴在翁麒麟脖子上的那只金锁，菱荇在收拾脏衣服的时候，发现这金锁也脏得没了模样，便拿出来清洗一下。

七姑弯腰捞起那只金锁，攥在了手心里看着。

菱荇说，这是少爷戴的金锁，太脏了。

七姑仔细地看着，没说话。

菱荇说，您觉得奇怪是不？我也觉得奇怪呢。

七姑问，奇怪什么？

菱荇说，原来这金锁是沉在水里的，现在怎么漂在水面上了呢？

七姑心里一震，是的，记得在铜雀镇的时候，翁麒麟把这只金锁给她看过，并且告诉她，里面装的是一尊奇楠雕刻的达摩佛祖像。奇楠是沉香中的上品，是沉于水中的，怎么会漂在水面上呢？七姑想到这里，对着太阳仔细观察着金锁，发现金锁是正反两爿紧合在一起的，密合处有一道很细小的缝隙。七姑取下头上的簪子，用簪尖儿撬开，里面果然有一枚雕像。但不是达摩佛祖的雕像，而是女性的佛像……

七姑问，你确认这金锁原来是沉在水里的？

菱荇说，我当然确认，我六岁进了潘家，大少爷的衣服一直是我洗。这个金锁我也清洗过无数次了，每次都像摸鱼一样在水里玩耍……

七姑点了点头，把金锁递给菱荇，走了。

丹秀突然来了，在麒麟酒店门口站了半天，突然若有所悟，推门就问，丢丢在这儿吗？

银凤七妹见眼前站着一个男人，心里一惊，问道，请问您是哪位？

丹秀见了银凤七妹，顿时客气起来，请问掌柜的，丢丢在这儿吗？

在楼上陪着翁麒麟的丢丢听见有人找他，便下了楼。一见，便兴奋地叫起来，哎呀师父，您怎么来了？

丹秀见了丢丢，急忙迎上来，丢丢，你果然在这儿呀！真是人算不如天算，天算不如你师父的心里算。

师父在上，请受弟子参叩。

说着，丢丢屈左腿向前，双手放在膝盖上，行安清参叩之礼。

丹秀也按照规矩还礼，沾祖师爷灵光。

银凤七妹看着丹秀，心里嘀咕着，这是谁呀？

丹秀见银凤七妹发愣，忙说，七姑，您不认识我吧，我可认识您。

请问尊姓大名？

在下丹秀。

哦，知道知道，麒麟和金豹经常提起您，安清帮的军师。

丢丢问，师父，您是路过还是有什么事情？

我是专门来找你的。

找我？不是账本又丢了吧？

师父来宿迁公干，受小老大潘如虎之托前来找你的。

丢丢听到是潘如虎要他来寻找的，哈哈大笑起来。

丹秀说，你还笑。小老大把你弄丢了，可急坏了，在宿迁寻找两天一夜，是潘师祖催着他开船，才离开的。这半年多他一直在叨念着，我这次领帮北上，又让我务必到宿迁停船寻找。

丢丢说，让潘师叔费心了，真对不住。实际上，还真的不是潘师叔把我弄丢了。

丹秀问，是谁把你绑架了？

丢丢说，想哪儿去了，是我……啊，是我自己走丢了。对了，对了，师父，您找到我是小事，还有一个更重要的人您也找到了。

丹秀问，谁？

丢丢说，徒儿的引进师姓翁上麒下麟。

丹秀大叫起来，啊？是麒麟？整个安清帮都在找他，把大运河都翻个底儿掉了……

丢丢把丹秀带到翁麒麟的房间，翁麒麟望着丹秀，依然是一副笑眯眯的模样儿，很安静，很友善。

丹秀向翁麒麟行礼，翁麒麟也起身还礼，并不搭话。

丹秀对翁麒麟说，麒麟，你不认识我了？我是丹秀，丹秀啊……

翁麒麟只是失忆，就是说以往的一切人和事都不记得了，发生在眼前的事情他还是懂的。丢丢已经习惯了翁麒麟的思维，把所有的事情都拉到当下，向翁麒麟讲解着，希图能唤醒他的一些记忆碎片。

丢丢告诉翁麒麟，丹秀是我的师父，我不是跟您说过吗？上次他跟姚发师父一起丢了账本，还是我帮助找回来的呢。

翁麒麟问，姚发是谁？

姚发是随运尾帮船的大当家。

随运尾帮船是谁家的？

当然也是安清帮的了，安清帮总共有一百二十八帮半，随运尾帮就是那半帮船。

安清帮是谁家的？是朝廷的吗？

也是，也不是。

普天之下，莫非王土，怎么会不是呢？

哎呀，这说起来可太麻烦了。

翁麒麟自己也泄气了，算了，你还是别说了，说了我也不懂。

丹秀关切地问，麒麟，你还记得自己是怎么失忆的吗？

丢丢说，我跟他一起在刑部大牢的时候，他的记忆就慢慢地变差了，他还让我当他的金罐子。

丹秀问，金罐子，什么金罐子？

丢丢说，就是把他脑子里的东西装进我的脑子里，我的脑子就成了他的金罐子。

丹秀一时没懂，依然耐心地看着翁麒麟。

银凤七妹端着茶盘进来了，哎呀，你们怎么干站着说话呀？丢丢，你也太不懂事了，快让你师父坐下喝茶。

丢丢忙接过银凤七妹的茶盘，给丹秀和翁麒麟斟茶。

丹秀这才开始关注屋子里的陈设，左边的墙壁上挂着一幅画像。丹秀一眼就认出来了，画像上的人是翁岩，惟妙惟肖，太像了。他郑重地向翁岩的画像参拜了一下，转身问丢丢，这是哪位画师的手笔？

丢丢故意问，您觉得这画像画得如何？

丹秀说，好，太好了。线条细腻精准，色彩自然贴切，形似更兼神似，大家手笔。请问这位画师是何方神仙？

丢丢得意地往丹秀面前一站，远在天边，近在眼前。

丹秀瞪大了眼睛，你？吹吧？

丢丢说，不信您问问七姑。

银凤七妹说，原来我也不相信丢丢会画得这么像，等画出来挂在墙上，我左看右看，越看越像，与真人无二。

丹秀依然用怀疑的眼光打量着丢丢。

丢丢说，师父，什么时候我也给您画一张如何？

丹秀说，我原来只知道你有过目不忘之功，真没想到你还是个丹青妙手。

丢丢更加得意了，徒弟还有一手您没见到呢？

丹秀问，还有什么让师父惊喜的？

丢丢说，徒弟还会写文章。

丹秀说，你会写文章？

丢丢说，我刚才不是说翁麒麟把我当作金罐子了吗？现在，我正在把金罐子里的东西给他取出来。

丹秀问，怎么取出来？

丢丢拿起桌子上写满了字的文稿，递给丹秀，您看，这就是翁麒麟储存在我金罐子里的东西。

丹秀拿起文稿，刚要看，翁麒麟却一把夺了过去。

丹秀惊异地看着翁麒麟。

翁麒麟突然说，梦哈拉古拉胡胡吉。

丹秀像是被当胸打了一拳，不由得趔趄了一下，你说什么？

梦哈拉古拉胡胡吉……

银凤七妹拉了一下丹秀的衣襟，丹秀随着她出来了。

银凤七妹将丹秀带到自己的房间，直截了当地问，听说你对香很有见识？

丹秀说，不敢说有见识，略知一二。姚发一直做香末生意，听他讲过一些。

银凤七妹拿出那枚金锁里的雕像，递给丹秀，你给看看，这雕的是什么？像是观音菩萨，又不大像。

丹秀接过那枚雕像，看了看，七姑，您说对了。这是观音菩萨，可不是咱们寺庙里的观音菩萨，是藏传佛教的观音菩萨，叫白度母。

银凤七妹“哦”了一声，你再看看，是什么材料雕刻的？

丹秀说，这是和香。

银凤七妹说，不是沉香？

丹秀说，当然不是沉香。和香是多种香料配置而成的，这种和香的主要原料是檀香和檀花。

银凤七妹疑惑地看着丹秀。

丹秀耐心地解释着，檀香分为黄檀、白檀，可以作香料，可以入药，佛祖释迦牟尼称为旃檀。产自天竺的老山檀乃是檀香中的上品，香味中带腥，需放置几十年上百年，待气息沉稳醇和之后才能使用……

银凤七妹拿着那枚白度母雕像，心里嘀咕着，看来这里面大有蹊跷。是谁捣的鬼呢？

一句话提醒了丹秀，几年前在姚发的老堂船上，他偶尔听到过姚发与蒙嘎拉的谈话。按照蒙嘎拉的说法，翁麒麟只是误吸了梦哈拉古拉胡胡吉，少则半年，多则一两年就可以恢复正常的。怎么在监狱里这么长时间，非但没有恢复，反而更加重了呢？那么，这金锁……金锁里的和香白度母……

银凤七妹把菱荇叫进来，让菱荇告诉丹秀，原来金锁里装着的是达摩佛祖像。可是现在……变成了白度母……

丹秀反复问菱荇，你确定原来金锁里的是达摩佛祖像。

菱荇说，当然能确定，原来的金锁是沉在水里的，现在浮在水面上了。

银凤七妹对丹秀说，我原来也看到过，里面确实是达摩佛祖像，而且是用奇楠雕刻的。会不会有人把里面的佛祖雕像换了。

丹秀沉思着。

菱荇突然说，哦，我想起来了，有可能是老爷换的。

丹秀问，你说什么？

菱荇说，蓝蝴蝶的葬礼过后，老爷让我把少爷的金锁摘下来交给他，他说请人给金锁加持，保佑少爷平安无事。

丹秀和银凤七妹都不说话了，沉默了半天，丹秀抬眼看了看银凤七妹。

银凤七妹说，他为什么要换佛祖雕像呢？

丹秀说，是为了……换香。

香？什么香？

梦哈拉古拉胡胡吉。

你在说什么？

梦哈拉古拉胡胡吉。

对了，翁麒麟也经常说这句话，他说的是什么？

他在说香，就是这种和香。我刚才说了，制作这种香的主要原料是檀香和檀花。檀香我说了，这檀花是非常独特的。南洋的盘盘国，有一种赤檀生于高山之南，江河之北，叶分七片儿，花开九瓣儿，日出花开，红若烈焰……由于此花有诸多的阳性，称作九阳檀花。又由于花色娇艳迷人，香气浓烈销魂，神仙也会被诱惑，所以又被称作迷魂花。用这种花为君，再佐以赤檀及其他香料，便能制出迷魂香。

迷魂香？

就是翁麒麟说的那句话，梦哈拉古拉胡胡吉。梦哈拉古拉胡，是迷魂的意思；胡吉，是香的意思。姚发做香末生意，主要客户是哪王庙的大喇嘛蒙嘎拉，我跟他见过几次面，也学了几句蒙古话。

这世界上真的有迷魂香？

原来只是书上有，后来蒙嘎拉大喇嘛得到了九阳檀花，便反复研制，终于做成了梦哈拉古拉胡胡吉。

这么说来，是蒙嘎拉大喇嘛给翁麒麟下了迷魂香。

这事……恐怕要找蒙嘎拉大喇嘛才能弄明白。

可是潘清……潘清他为什么要害麒麟呢？

也许……他想让翁麒麟忘记那些痛苦的事情。

如果翁麒麟被迷魂香伤了魂魄，还有救吗？

解铃还须系铃人，恐怕还是要去找蒙嘎拉大喇嘛。

来到铜雀镇，银凤七妹可谓是旧地重游，许多老相识老关系都用上了。很快她便打听到了，哪王庙的大喇嘛蒙嘎拉已经圆寂了，现在住持哪王庙的是大喇嘛丹巴嘉。丹巴嘉大喇嘛是蓝蝴蝶的救命恩人，又是蓝蝴蝶的师父。而蓝蝴蝶又是翁麒麟杀害的，尽管是误伤，却也难辞其咎。这让银凤七妹犯难了，要治翁麒麟的病，首先要找到病根儿；要找到病根儿，就要找蒙嘎拉大喇嘛；蒙嘎拉大喇嘛没了，只有向丹巴嘉大喇嘛求救了。求在一个有私仇的人手里，能有好结果吗？

银凤七妹在铜雀镇待了三天，总想找一个能跟丹巴嘉大喇嘛关系比较密切的人，再通过这个人从中斡旋一下。找来找去，找不到合适的人。想来想去，求人不如求己，还不如自己直接去找丹巴嘉大喇嘛，好在她在铜雀镇期间，有时到哪王庙进香，与丹巴嘉大喇嘛还有过一些缘分。

银凤七妹下定了决心要到哪王庙求见丹巴嘉大喇嘛。早上刚要出门，外面进来一个穿着袈裟的小喇嘛，说哪王庙住持丹巴嘉大喇嘛请她进庙相见，求她一定赏光。

这真是求佛胆怯佛上门了，有这般顺遂吉祥之事，得修几辈子的功德啊。银凤七妹激动得心脏怦怦乱跳，嘴里却忍不住地问，丹巴嘉大喇嘛怎么知道我到铜雀镇来了？

小喇嘛说，师父说了，银凤七妹该来了。

银凤七妹心里又嘀咕起来，丹巴嘉大喇嘛既然知道我会来，就一定知道我为什么来的。他是要找翁麒麟报仇呢，还是要帮助翁麒麟呢？

果然，小喇嘛说，师父说了，让翁麒麟和丢丢陪您一起去。

坏了，凶多吉少。是福不是祸，是祸躲不过。

小喇嘛又说，师父说，要为你们做香事。

做香事？丹巴嘉大喇嘛要为我们做香事？能得到一位高僧大德的香事邀请，这是多大的功德和荣光呀，我的天啊……

银凤七妹只是听说过香事，从未参与过。她曾经听翁岩讲过，文人九大雅事：琴、棋、书、画、诗、酒、花、香、茶，其中茶为大雅，亦为常见。香往往被忽略，只在少数文人中流行。实际上，品香之雅不输于茶，品香、斗茶、插花、挂画，乃文人雅士怡情养性的四般闲趣。

一大早，银凤七妹便嘱咐翁麒麟和丢丢沐浴更衣，漱口净手后来到了哪王庙。

丹巴嘉大喇嘛直接把他们引进了茶室，香席已经备好，地毯上一张香案。一主三宾，丹巴嘉大喇嘛坐在主席上，翁麒麟坐在他的对面，银凤七妹居左，丢丢居右。

香席上摆着香器，最为惹眼的是一只青铜博山炉和一只青铜豆熏，这两件器具均出自汉代，乃稀世珍品。茶盛之以壶，香燃之以炉。器具见格局人品，由此可窥一斑。

丹巴嘉大喇嘛慈眉善目和颜悦色平易近人，让人感到祖辈般的亲近温暖。他招呼众人坐下，便开始在香案上摆放着“焚香七要”：香炉、香盒、炉灰、香炭墼、隔火砂片、灵灰、匙箸。

丹巴嘉大喇嘛用香羽轻轻地清扫着香炉边沿上的香灰，香灰呈灰白色，极为细腻，若女人敷面用的扑粉。

一个小喇嘛在一旁伺候着，将已经烧透的炭墼端过来。丹巴嘉大喇嘛用香箸将炭墼夹起来放进香炉中，再用香铲将香灰埋在炭墼上面。然后把香灰堆积成一个四面塔状，用香压在塔壁上压出花纹，再把塔尖儿压平。又见丹巴嘉大喇嘛拿起香针，在顶部扎一个孔，为的是让埋在香灰里的炭墼能充分地燃烧。

丹巴嘉大喇嘛这个动作还没有做完，翁麒麟突然说，开香窗。

银凤七妹和丢丢都愣住了，翁麒麟怎么突然记起了香事？是他对香事过于熟稔，还是开始恢复记忆了？

丹巴嘉大喇嘛未动声色，继续按部就班地操作着。他用云叶夹把一片云母夹起来，放在香灰塔的香窗上。

翁麒麟又嘟囔了一句，沉香甲煎为庭燎，玉液琼苏作寿杯……

这一次，银凤七妹和丢丢不那么惊异了，希望翁麒麟能再想起更多的东西来。

丹巴嘉大喇嘛将香盘中的一个银匣子打开，里面便是香料了。丹巴嘉大喇嘛告诉他们，今天用的是奇楠。

银凤七妹心里一震，奇楠，翁麒麟那金锁里的达摩佛祖雕像，不就是奇楠雕制的吗？

奇楠是沉香中的上品，一片千金。而奇楠中又分为几类，最佳者为鹦哥绿，次之为兰花结，再次之为金丝结，还有糖结和铁结。他们用的又是奇楠中的最佳品，鹦哥绿。丹巴嘉大喇嘛小心翼翼地将鹦哥绿放在云母片上，然后端坐闭目，静心等候。

这便是香事中最为高雅的隔火熏香。

翁麒麟端正了身子，双手放在丹田处，吟诵般地说，香之袅袅，上达神明之境，下通幽隐之乡。幽窗之中驱除寂寞，绣阁之内聊以欢娱……

银凤七妹看了翁麒麟一眼，男人的脑子里怎么总有这些污浊之事。她生怕翁麒麟说出更加不雅的句子，轻轻地咳嗽了一下，便也学着丹巴嘉大喇嘛的样子，静心等候着。她期待着异香很快从香炉里飘出来，缭绕于室。却没有，香炉的香气并没有飘出来。她又看了看丢丢，丢丢很乖，也神态安宁地等候着。

有顷，丹巴嘉大喇嘛睁开眼睛，右手端起香炉，放在左掌心上。然后，将香炉端至鼻下，右手掩面，吸着香气。他吸得很慢，吸一口，便扭头向左，将气吐出来，再凑向香炉吸香气。如此反复三次，便拱手将香炉放在银凤七妹旁边的香案上。

银凤七妹学着丹巴嘉大喇嘛的样子，端握香炉，吸气吐气，反复三次，将香炉放在翁麒麟的旁边。

翁麒麟很熟悉此道，从容地端起香炉，从容地吸纳香气。姿势气度显得很大气、很优雅。

银凤七妹慢慢地体味着，并没有明显地感觉到香气。说有，很难捕捉到；说无，又似乎有淡淡的异香。这香到底是什么味道，她全然不知。

品香过了一轮，气氛渐渐地活跃起来。原本香事也是文人雅士的聚会，或吟诗，或赏画，或清谈，或听琴。丹巴嘉大喇嘛讲起了香事，银凤七妹突然想到，丹秀说过，蒙嘎拉大喇嘛虽然做的是香生意，又在品香和制作上有很深的造诣，但是真正懂香的还是丹巴嘉大喇嘛。丹巴嘉大喇嘛告诉他们，品香当中，能闻出香气味道的，为初等境界；能辨出香品等级的为中等境界，唯上等境界才能体味到香气在身体中的运行和功效。譬如沉香入脾胃肾经，能行气止痛，温中散寒，静心安神……

经过丹巴嘉大喇叭的讲解说教，银凤七妹渐渐体味到了熏香的奇妙之处。初闻气味甘甜醇正，再闻似有瓜果之香，又闻可嗅到幽兰之气，其气味愈发幽雅清秀，绵长隽永……

香事毕。丹巴嘉大喇嘛将银凤七妹请到净室，银凤七妹顾不得打量净室的幽雅，便迫不及待地跪下了。

丹巴嘉大喇嘛说，七妹不必多礼，有话请讲。

银凤七妹说，我替翁麒麟向上师请罪。

丹巴嘉大喇嘛说，翁麒麟为父报仇，何罪之有？

银凤七妹说，可是他误伤了蓝蝴蝶。

丹巴嘉大喇嘛说，如果他没有误伤蓝蝴蝶，恐怕就真的罪恶难恕了。

银凤七妹明白，如果翁麒麟伤害的不是蓝蝴蝶，则难脱弑父的罪名了。

丹巴嘉大喇嘛又说，蓝蝴蝶也是命途多舛，难逃此一劫。

银凤七妹掏出翁麒麟的金锁，递给了丹巴嘉大喇嘛，请上师过目。

丹巴嘉大喇嘛说，您是让我看看，金锁里的达摩佛祖像已经被人偷梁换柱了。

银凤七妹说，上师圣明。

丹巴嘉大喇嘛从佛龛上取出一个小木匣，打开小木匣递给银凤七妹。

小木匣里正是那枚达摩佛祖的雕像。

丹巴嘉大喇嘛说，蒙嘎拉在圆寂之际，已经向佛祖忏悔了。这是他在俗界中做的一件伤天害理的事情。

银凤七妹问，是谁让他这么做的？

丹巴嘉大喇嘛说，佛祖慈悲为怀，七妹还是不知道的好。

银凤七妹说，此事可暂时不深究，我只想请教上师，翁麒麟的病还有救吗？

丹巴嘉大喇嘛说，七妹尽管放心，蒙嘎拉犯下的罪过，贫僧有责任替他救赎。

银凤七姑激动地跪下，感谢丹巴嘉大喇嘛的大恩大德。

在接下来的日子里，银凤七妹、翁麒麟和丢丢都搬到哪王庙来住，依然是当初翁麒麟和钱金豹住的那个小院。闲暇的时候，银凤七妹让丢丢照料翁麒麟，自己来到哪王庙的后宅，与丹巴嘉大喇嘛谈香论道。

哪王庙的后宅堪称是一个香的世界，用柳编和秫秸搭建了一个很大的棚子，棚子里面的香料堆积如山。当然，堆积如山的香料大多是辅料，亦即臣香，有数百种。那些珍贵的香料，诸如沉檀龙麝等，则装箱存放在专用的密室里。

制作香的工人大多是从附近雇来的，总有百十号人。他们有的在用石磨石碾石臼粉碎香料，有的在晾晒粉碎好的香粉，还有的在进行专门加工，煮、炒、烹、炙、炮、烘焙、飞水、煅炭、炼蜜、炒香、合香、捣香、收香、窖香……

有几间大房子装的是已经修制出来的成品香，银凤七妹常常要求丹巴嘉大喇嘛带她进来参观，听丹巴嘉大喇嘛讲解。有常见的线香、坨香、盘香、熏香、香膏、香粉，也有各种香的衍生品，诸如香囊、香扇、香笔、香墨、香纸、香杯、香奁、香枕。在银凤七妹的见识里，原来认为香只是用来焚烧拜佛闻味儿的。丹巴嘉大喇嘛听了哈哈大笑，又带着她看了另外几个仓房和地窖。这里有各种味道的香茶，各种口味的香酒，各种形状的香饼，以及各种功效的香药。更为令人称奇的是，哪王庙还制造各种香具：香炉、香罐、香筒、香盘、香席、香箸、香铲、香匙、香匕、香罂、香范、羽尘……光是香炉就有百种之巨，鼎式炉、奁式炉、鬲式炉、簋式炉、觯式炉、豆式炉、钵式炉、瓿式炉、盏式炉、博山炉、琮炉、拟形炉、卧炉、手炉、香印炉、柄炉……

大棚里晾晒的香料，有的阴晒，有的阳晒，有的先阴后阳晒，有的先阳后阴晒，无论哪种晒法，都需要不停地翻散着，以免晾晒不匀凝结成块。银凤七妹喜欢做这种事情，她常常拿着一把木锨，与香工一起晾晒着香料。浓郁的香味包围着她，把她的衣衫浸透了，把她的肌肤染润了，又通过吐故纳新，把她的五脏六腑都熏香了。她感到无比畅快，无比舒坦，像换了一副全新的皮囊。

终于有一天，她忍不住跟丹巴嘉大喇嘛提出为翁麒麟治病的事情。

丹巴嘉大喇嘛说，他已经设置好了为翁麒麟治病的方略，需要香浴、香熏、香榻同步进行。药方已经拟好了，只是需要一副君香，他已经派人去通州的喇嘛庄去取了。

丹巴嘉大喇嘛所说的君香是传说中的龙涎香。这种香取回来之后，丹巴嘉大喇嘛把银凤七妹和丢丢请到了自己的净室，将龙涎香取出来给他们看，白惨惨的，像石灰石，闻不到半点儿香气。

丢丢说，这是香吗？

丹巴嘉大喇嘛笑了，这不但是香，还是最为名贵的香，比上等的沉香还难找。

银凤七妹说，我听说龙涎香是龙的唾液。

丹巴嘉大喇嘛笑了，那只是一种传说，实际上，龙涎香是从抹香鲸嘴里吐出来的。抹香鲸体大凶猛，吃东西囫囵吞下，常常无法消化，特别是生吞了大鱼大鳖之后，在胃里翻腾过后，又吐了出来。吐出来的东西初像胶脂，黑黄色，腥臭无比。待到沉入水中浸泡之后，便凝结成了香团。大的有斗笠，小的也有拳头那么大。此物主要产自大食国，该国近海，常年云雾蒸腾，抹香鲸睡在海底，见到云雾散去，便出来觅食。

银凤七妹说，听上师如此说，这龙涎也实在难以得到。

丹巴嘉大喇嘛说，更为难以寻找的是这种八阴龙涎香。

丢丢忙问，什么是八阴龙涎香？

丹巴嘉大喇嘛说，抹香鲸本身属阴，此一阴；是雌鲸所吐，二阴；山南所吐，三阴；双日所吐，四阴；月亏所吐，五阴……

丢丢听了，伸了伸舌头，看了看银凤七姑，那意思是难以置信。

丹巴嘉大喇嘛说，伤害翁公子的是梦哈拉古拉胡胡吉，制作梦哈拉古拉胡胡吉的君香是九阳檀花。现在医治翁公子的病，需要阿米拉古拉胡胡吉，制作阿米拉古拉胡胡吉的君香要用九阴龙涎香。

丢丢说，您不是说这是八阴龙涎香吗？

丹巴嘉大喇嘛说，是啊，还差一阴。

丢丢问，那一阴是什么？

丹巴嘉大喇嘛说，你七姑自然清楚。

又经过几天紧锣密鼓的准备，一切算是妥当了。丹巴嘉大喇嘛命人收拾出一间香房，香房里一条香案，一只大木桶，一张帷幔香榻。无须解释，香案是用来焚香的，木桶是用来沐浴的，香榻是用来睡眠的。翁麒麟就要在这里招回魂魄恢复记忆了。

银凤七妹把丢丢找来，丹巴嘉大喇嘛选好了日子，今天晚上月升之时，翁麒麟就要进入香房治病，在香房里要待八天八夜。这八天八夜，门窗紧闭，吃饭喝水有人从窗口递进去，不许出来……

丢丢高兴地叫起来，太好了，翁麒麟终于有救了。

银凤七妹说，有救没救就看你的了。

丢丢说，我……看我什么？

丹巴嘉大喇嘛说，你要跟翁麒麟一起进香房。

丢丢傻了，为什么要我去？

银凤七妹说，你不去谁去？

丢丢急得要哭了，不是有那么多小喇嘛吗？他们是丹巴嘉大喇嘛的徒弟，理应由他们去。

银凤七妹说，他们不能去。

丢丢问，为什么他们不能去？

银凤七妹说，他们统统属阳性。

他们统统属阳性？难道我是阴性？

你就是阴性。

我？

就是你。巴嘉大喇嘛不是说了吗？八阴龙涎香，还缺一阴，这一阴只能由你补上。你知道这是什么吗？这是密宗的男女双修，必须经过男女双修，翁麒麟才能痊愈。

翁麒麟男女双修，跟我有什么关系？

因为你是女人。

我是女人？您说我是女人？

你敢说你不是女人吗？

自从我走进江湖，从来没有人说我是女人。

银凤七妹微微地笑了，因为他们粗心。

丢丢说，您说他们粗心，一个粗心两个粗心，难道他们都粗心？

银凤七妹说，蓝蝴蝶粗心，是因为你年纪小，童心未泯，又会两下拳脚；翁麒麟粗心，是因为在大牢里，牢里人鬼都难辨，况乎男女；丹秀姚发粗心，是因为利益所在，他们要找回账目，急需使用你的天赋；陆青林粗心，是因为你抓住了他的软肋，他心虚眼迷。告诉你，打从你迈进我的麒麟酒家第一步，我就看出了你是公是母。

哎哟七姑，您可真够仙的，怎么看出来的？

连你那狗屁灭鼠天师都看出来了，我难道还不如他？告诉我，你那狗屁师父是不是发现了你是女人，要霸占你，你不同意，他才告发了你？

七姑，您是怎么知道的？

你那么急扯白脸地要菱荇跟沈良结婚，你以为我看不出来吗？

那……那不是我想成全人家嘛。

少废话，该干吗干吗去。

您说我该干吗？

给翁麒麟当媳妇，陪他睡觉去。

七姑，您……

别玩假招子，你心里早就乐得屁颠儿屁颠儿的了。

得，七姑，我算栽在您手里了。

甭得了便宜还卖乖，干吗去？

您不是让我陪麒麟睡觉去吗？

真不要脸。

我说七姑，我今天被您认出来了，这可是我这辈子第一天当女人，我好歹也是个黄花大姑娘，翁麒麟可是我第一个男人。就算我愿意，来不及明媒正娶我也认了，可这是我的洞房花烛，总得让我们烧个香磕个头吧？就算拉个牛配种，还要围着牛棚转三圈儿呢。我……我这也太操蛋了……您瞧，把我委屈得连脏话都说出来了。

七姑笑了，放心，回去之后，我给你补办一个体体面面的婚礼。

第二十八章　正卷六

朱茵蝶要疯了，她不是急疯的，不是愁疯的，而是被一连串莫名其妙纠缠不清的事情折磨疯的。

先是男人突然走了，说是去完成一件惊天动地的大事业。一去不归，说是过方了，又说成佛了。过方也好，成佛也罢，不就是死了吗？一个欢蹦乱跳的大男人，怎么说死就死了呢？说好要长相厮守的，说好要白头到老的。你却狠心将奴家扔下自己走了。潘清率领着安清帮为翁岩和男人建衣冠冢送葬的时候，她一头扎进了墓穴，要与男人同穴长眠。

她把自己关进了一个用悲痛铸造的柜子里，黑暗无光，密不透风。她要在这黑暗与窒息中磨灭自己，让干枯的灵魂飞升到天堂，去寻找自己的男人。儿子的离开让这黑暗的柜子裂开一条缝隙，吹进了一股气息。她的灵魂开始活动在麻木的肉身里，对儿子的牵挂与思念能将悲痛淡化些许，儿子离开她的时日越久，悲痛被淡化得越多。

钱金豹是跟着翁麒麟进京赶考的，奔的是大好前程。她没有理由不让儿子去，她盼望着翁麒麟一举夺冠金榜题名，也盼望着儿子与翁麒麟一起披红挂花衣锦还乡。

潘灵芝却回来了，说是到北京与翁麒麟结了婚又被休了。这到底是怎么回事呢？她去看望潘灵芝，潘家母女对她冷淡得过分，她尴尬得无地自容，都不知道是怎么离开潘宅的。

后来又影影绰绰地听到一些传闻，说翁岩和钱坚还活着。是潘清出卖了两兄弟，两兄弟的儿子翁麒麟和钱金豹要为父报仇，杀死潘清。

这怎么可能呢？这一切都太离谱了。翁钱潘三兄弟是生死之交，怎么变成了仇敌呢？争房子了吗？争地了吗？争金银财宝了吗？争女人了吗？都没有。男人之间除了这些还有什么可争的？没什么可争的怎么会反目成仇呢？

终于有一天，儿子钱金豹突然进了家门，还带着一个爱笑的姑娘。朱茵蝶高兴疯了，这回是真的疯了，疯疯癫癫地拉着儿子喋喋不休地问个不停，又疯疯癫癫地拉着姑娘没完没了地看上看下，连给他们做饭的事都忘了。

儿子告诉了她一切，这一切就是一堆烂渔网，任你有天大的本事，也理不出个头绪来。

三兄弟反目的事情不明白也就罢了，男人的心女人不懂，不懂也很无奈。但是，说潘清是坏人，说潘清陷害翁岩钱坚两兄弟，她死也不信。儿子指名道姓地骂着潘清，让她也跟着恨潘清，这怎么可能呢？

她是潘清送给钱坚的。潘清是她的救命恩人，又为她赎了身，自然成了她的主人。奴婢的一切包括贞节性命都是属于主人的。来到潘宅之后她曾经无数次设想着自己的前程与未来，最好的结果便是被潘清收了房。她知道潘清喜欢她，常常让她去做一些重要的事情。潘清已经有了一妻二妾，成为潘家四姨太是迟早的事情。被主人收房就算有了名分，也算是有了归宿。大户人家的丫鬟奴婢，都梦想着能被主人收房，或者给待字闺中的小姐当通房丫头。在潘宅待了三年多的时间，潘清似乎没有收纳她的意思。她便又动开了心思，将来主人会怎么安排她呢？最有可能的是许配给一个家丁或潘清的贴身保镖，可是那些人朱茵蝶都不喜欢。他们都是目不识丁的粗人，是靠卑贱和苦力混饭吃的下等人。朱茵蝶虽然是一个奴婢，身上却流淌着贵族的血液，从骨子里看不起下等人。

当潘清让她去给钱坚侍寝的时候，她恨不得要拿刀杀了谁，或者再一次投进长江。给客人侍寝，这跟娼寮里的窑姐儿有什么两样？今天让她陪姓钱的睡，明天就有可能让她陪姓李的睡，后天又是姓赵的。怪不得潘清不要她呢，原来要把她当成家妓了。她知道不少大户人家都是养家妓的，为的就是招待上司同寅生意伙伴新朋故友。她是一个活生生的人，却跟壶里的茶水和酒桌上的菜肴一样，都是用来招待客人供人享用取悦于人的。可是冷静下来之后，她便想通了，这便是命。这辈子要想活着，就是这么个活法。除非死，她已经死过一次了，不想再死了。既然是命，不认也得认。把自己的第一次交给钱坚，也不算亏。当初在桃花楼花三千两银子给她开苞的那个商人，胖得跟老母猪一样，浑身还散发着猪一样的腥臊。卑贱的女人注定是要让男人玩弄的，还不如把自己交给钱坚，毕竟还有几分喜欢。从第一眼见到钱坚，便知道他是个风流公子，今夜玩完了，转眼就会把她忘掉的。贱人贱命，别管那么多了。

万万没想到钱坚是个重情重义的男人，他那么稀罕自己，那么宠爱自己，那么把她当人对待，又那么对她坚贞不贰。即使在婚后，她想到这些，都会紧紧地抱着钱坚，把钱坚的胸脯子都哭得津湿。

确信钱坚还活着，她自然像重生般地高兴。可是，知道他在遥远的天水，她又忧虑起来。他们到底在干什么呀？怎么像噩梦一样，无根无由，说不清，道不明，天上地下，翻云覆雨，无止无休。

直到后来知道钱金豹回来是杀潘清的，而且是受父亲之命，要抢在翁麒麟前面去杀潘清。先不说潘清该不该杀，就算是潘清该杀一千回，也不能让翁麒麟去杀。翁麒麟是潘清的亲生儿子，此事除了翁岩和潘清夫妇，只有钱坚和她还有丹秀一家知道。她不想让儿子去杀人，特别是不想让儿子去杀潘清。但是为了翁麒麟，此事只能钱金豹去做。她明白，钱坚是对的，钱坚这样做，也是经过痛苦的选择的。

这些她都忍了，都过去了，她以为一切都结束了。没想到，钱坚来信了，让钱金豹马上回麦积山担当重任。钱金豹不能违背父命，准备立即出发，并且还要把爱笑的苏叶儿带走。

儿子的手上没有沾上潘清的血，已经够庆幸了。翁麒麟都进了大牢，而且出狱之后又失踪了，这报应已经足够惨痛了。这事情怎么还没完，你们到底要干什么？难道非要把潘清置于死地吗？就算你们不能罢休，难道非要把我的儿子搭进去吗？

钱坚似乎有预感，这几天总是梦见朱茵蝶和钱金豹。原来梦见朱茵蝶，朱茵蝶总是笑眯眯的，或者泪水汪汪的，还有许多温存缱绻的故事。可是近来梦中见到的，朱茵蝶要不是横眉立目，要不是面目模糊不清。到底是怎么了？朱茵蝶不会有事吧？

麦积山热闹起来，许多安清子弟和一些反清复明的有志之士从全国各地拥来，总有上千人了。这些人来了，要吃饭，要有地方住。陆逵师祖躲在灵泉洞筹谋大事，这些日常琐事便摊在钱坚的头上了。他原本不是料理事务的人，可是除了陆师祖，他的辈分最高，年龄也最大，自然要由他承头主事了。

来了一位神秘的人物，叫曾静。此人何等出身，从何处来的，他一概不知。只见陆师祖将他待为最尊贵的客人，在灵泉洞的旁边专门准备了一间窑洞，里面床铺被褥派人收拾得干干净净舒舒服服，还专门雇用一位当地的大嫂为他做饭，照料他的饮食起居。

曾静到来的第三天，陆师祖将钱坚召到灵泉洞，给他布置了任务。曾静要去兰州拜见岳钟琪大将军，派铁骨金刚石士宝和金毛狮子朱筱权担任保镖，再派一辆大车装着行李。

钱坚立即遵旨照办。跟石士宝和朱筱权交代完了，便去准备大车。大车好找，关键是大车要装行李。所谓行李，实际上就是曾静带给岳钟琪大将军的礼物。曾静来的时候，骑着一头毛驴，后面跟着一个挑担的脚夫。担子里是行李，当然也包括事先准备好的礼物。陆师祖说，这些礼物还不够，还要再筹备一些。这可让钱坚犯难了，钱坚没在官场上混过，官场上送什么礼物他一点儿也不懂。与朱黄刘石商量，他们更是一窍不通。钱坚很后悔庞天佑将军不在，庞将军久居官场，一定很懂的。寻常百姓送礼，无非是吃食用品，人家岳钟琪大将军，能缺这些吗？曾静带来一些药品，据说有非常珍贵的麝香，我们能送什么呢？

正在钱坚一筹莫展的时候，儿子钱金豹和苏叶儿姑娘回来了，更让他惊喜若狂的是，钱金豹将他的母亲带来了。暂且不说夫妻间的久别重逢和家人团聚的骨肉深情，苏叶儿带来了爷爷的一封信，解决了钱坚的燃眉之急。

庞天佑将军的信上说，知道陆师祖正在紧锣密鼓地筹划大事，肯定需要钱财。他当年随着年羹尧大将军征伐西番的时候，缴获了一批战利品，藏在麦积山的一个秘洞里。他已经把秘洞的详细地址告诉了苏叶儿。

钱坚顾不得与妻子缱绻缠绵，急忙带着庞天佑的书信去见陆逵。陆逵看了信，非常激动，从灵泉洞里出来，亲自前去寻宝。钱坚和朱黄刘石四员大将跟随着陆师祖，在苏叶儿的引导下奔向了麦积山的纵深处。

爷爷画了详尽的图形，苏叶儿很快找到了那个秘洞。秘洞是深埋在土山里的，刨开厚厚的土层，露出了一扇石门。石门紧闭，用手推不动，用镐刨不开。陆逵仔细地观察着，见石门的门楣上有几行文字，不是汉字，也不是满蒙文字。陆逵看完文字之后，便吩咐众人说，你们暂且回避一下。

钱坚带着众人离去了百十步远，只见陆逵面向石门，双手合十，口中念念有词。有顷，似乎听到一声轻微的响动，石门开了。钱坚等人跑上来，顾不得赞叹陆师祖的神功，忙探身进洞。石洞里有十几只大箱子，都是铁皮包木，金锁封闭。苏叶儿将随身带来的钥匙交给陆逵，陆逵又转手交给钱坚。钱坚上前，将金锁打开，掀开箱子，顿时秘洞里光芒耀眼，四壁生辉。十几只大箱子里，装的都是金银宝石，古玩奇器。没想到神秘的麦积山，还埋藏着这么多无价之宝。

陆逵激动地对苏叶儿说，告诉你爷爷，他帮了安清帮的大忙。大事成功之后，他将是头等功臣。

陆逵让钱坚等人搬出两只箱子，作为曾静送给岳钟琪的礼物。其余的原样封箱锁好，出了秘洞，关上石门，又用土重新埋上，尽量消除动过的痕迹。

一种从未体验过的新奇的幸福巨浪一样冲击着丢丢，她感到自己进入了一个崭新的世界。进入这个世界里，人不再是人，人是仙，是佛。仙佛也未必有如此的快活与甜蜜。原来人生不仅仅是苦难，不仅仅是忍饥挨饿颠沛流离，上苍造了人，还给了人如此震撼的感受。她算是明白了，怪不得人都不愿意死呢，除了吃饭睡觉，最重要的原来是男女之情。这才是人活在世间的最大理由。她怎么这么傻呢？她怎么一点儿都没有想到呢？她怎么从来没有往这方面想呢？

在没有找到妈妈之前，她没有男女之间的意识。她还小，少不更事，这难怪。当她懂得了男女有别之后，又四处漂泊流浪。为了流浪方便，她一直是女扮男装。没有人怀疑她，正因为没有人怀疑，她才大意了。她跟灭鼠天师学艺的时候，有一天在屋里洗澡，忘了关门，师父推门进来了。灭鼠天师知道自己的徒弟原来是个妙龄女子，如获至宝。总想着要占有她，丢丢先是回避，后是推拒。灭鼠天师动了粗，要强暴她，她一拳捶在了灭鼠天师的右眼上，把师父打瞎了。师父恼羞成怒，把她告发了。还没来得及逃跑，就被虎狼衙役的铁链子锁住了……

在刑部大牢里，她都没有暴露女儿身，若是暴露了，不被那些饿狼一样的囚徒生吞活剥才怪。万万没有想到，七姑的眼睛那么毒，她是从哪儿把她看破的呢?

银凤七妹要求她奉献女儿身配合丹巴嘉大喇嘛为翁麒麟治病，这事虽说来得突然，可是仔细思量之后，她愿意，打心眼儿里愿意。既然她是女人，总要嫁给男人的，嫁谁呢?她以前没想过，现在想想，还用问吗?再也没有比翁麒麟更适合的人了。她与翁麒麟有缘，缘分深了去了，不嫁给他还能嫁给谁?是的，他有过女人，妻子潘灵芝被他休了，患难红颜被他杀了，他现在孤身一人。不就是有病吗?又不是要命的病，我帮他治好就是了。

丹巴嘉大喇嘛为翁麒麟精心制作了阿米拉古拉胡胡吉，这是一种香，用汉话说就是还魂香。翁麒麟的魂魄是被迷魂香伤害了，就是蒙人说的梦哈拉古拉胡胡吉。现在疗治翁麒麟的魂魄要用还魂香，这还魂香制作起来很深奥很神秘很麻烦，主要的原料是八阴龙涎香。九阴缺一阴，这一阴硬是需要她来补，自己成了一味药。她愿意，为了救治翁麒麟，把她变成药渣儿她都心甘情愿。

她是心甘情愿进了给翁麒麟治病的香房的。治病的程序是香浴、香熏、香榻。她进门之后，看见翁麒麟已经把自己泡进了大木桶里。已经是月升时刻，屋子里烟雾缭绕，异香袭人，烛光在香案上跳动着，像是嘲笑和戏弄的眼睛。她紧张极了，心怦怦地跳着，要不是她紧捂着胸口，那颗心真的会从喉咙跳出来。喉咙被跳动的心堵住了，她说不出话，也喘不上气。她的双脚也不听使唤了，颤巍巍的，站不稳，走不动。翁麒麟闭着眼睛沉浸在香浴之中，没有发现她的到来。

她要与翁麒麟共浴，这是七姑吩咐她的。她脱掉衣服，光着身子站在了翁麒麟面前。翁麒麟吓得惊叫起来，你……你是谁？

见到翁麒麟那惊魂失魄的样子，她反而冷静下来。她溜进了大木桶，脚没有站稳，整个身子便扑倒在翁麒麟的怀里。翁麒麟一边惊叫着，一边推拒着她。推是推不掉的，木桶就这么大，两个人进去必然要挤在一起。木桶里的香汤很热，甚至有点儿烫。她却浑身打着寒战，上牙叩打着下牙，连手脚都抖动起来。翁麒麟终于意识到了什么，把她紧紧地搂在怀里。她平静下来之后首先感觉到的不是香汤的温度，而是翁麒麟的体热。他的身子怎么会这么烫呢？莫非发烧了？她不敢伸手去摸翁麒麟的额头，她一动也不敢动，也动不了。渐渐地，她听到了一个声音，很有力很有节奏的声音，把木桶里的水都震动起来。过了许久，她才明白，是心跳。是谁的心跳，她的，还是翁麒麟的？或许是两个人的，两颗心怎么能够同一个节拍跳动呢？

翁麒麟疯了，像一头凶猛的野兽，腾地从木桶里跳出来，又将她抱了起来，转身扔在香榻上。她一点儿准备都没有，面对着疯狂的翁麒麟，她无力抵抗，也无意抵抗。翁麒麟扑在她的身上，像饿极了的豹子对待到手的猎物一样，面目狰狞，眼睛是血红的，呼呼地喘着气。她被紧紧地压住了，双腿被粗暴地劈开，一阵剧烈的撕裂般的疼痛。紧接着，疼痛又被剧烈地冲撞着。她疼得几乎昏死过去，翁麒麟却毫不留情，毫无怜悯之心，复仇般地冲撞着她的痛处。终于，她的痛处麻木了，浑身都麻木了，她感觉不到疼痛了。短暂的麻木之后便是从未感受过的战栗，浑身上下每一个毛孔都收缩起来，四肢僵硬，通体紧绷。她受不了了，她的身体开始反抗了，疯狂地反抗。她感觉到整个身子都颤动起来，一种被虐的渴望使她变成了魔鬼。她叫喊起来，不是呻吟，不是呼救，是呐喊，痛快淋漓的呐喊……

激烈的厮杀让她和翁麒麟都精疲力竭了，两个湿漉漉的身子懒洋洋地纠缠在一块儿。不知道是汗水还是木桶里的香汤，整个香榻都被浸湿了，雪白的床单上还有一片桃红……

疲软的身子很快恢复过来，像将熄的火焰吹进了风，很快又熊熊燃烧起来。澎湃的激情像大运河掀起的巨浪，威力无穷地冲击着船帮。帆篷鼓胀，满载的舟船乘风破浪。

你到底是谁？翁麒麟终于腾出了精力问起了这个显而易见的问题。

丢丢笑了，笑得浑身乱颤，又一头扎进翁麒麟的怀里。

翁麒麟把她的头扳起来看着，你到底是谁？

你不是认识我吗？

我怎么会认识你呢？

我不是丢丢吗？

你怎么会是丢丢呢？

我为什么不是丢丢？

丢丢是男的。

丢丢又翻身压在了翁麒麟的身上，伏在他的耳边悄悄地说，我告诉你一个秘密，丢丢变成女人了。

翁麒麟摇着头，他不再问了，紧紧地搂抱着丢丢。

丢丢发现，阿米拉古拉胡胡吉真是神奇。在这间香房里，翁麒麟就是一个牙牙学语摇摇学步的婴儿，而丢丢则是满怀喜爱与期待的母亲。婴儿的每一个细微的进步，都会让她欣喜若狂。她也像母亲向婴儿表达肯定与鼓励一样，给予热烈的拥抱和亲吻。翁麒麟干枯的记忆之河流进了清泉，滋润着龟裂的土地。翁麒麟总是乘其不意地记起一些东西，一个人名，一个地名，一个词汇，甚至是一件事情的线索。干瘪的沉睡的记忆的种子开始膨胀了，发芽了，又吐出新的嫩叶。

他终于记起丢丢是谁了，哈哈，秦小安，我们一起坐过牢的。

实际上我姓赵，叫赵小芹，我亲爹姓赵名江字天流，江湖大号喊亮天。

对对对，我想起来了，你妈是桃酥仙子。哎呀，你跟我住了那么长时间，我怎么就没想到你是个女人呢？

你笨，书呆子，猪脑子。

我现在的脑子还不如猪呢。

我问你，你喜欢潘灵芝吗？

潘灵芝是谁？

你喜欢蓝蝴蝶吗？

蓝蝴蝶是谁？

那……你喜欢丢丢吗？

当然喜欢了，你是我的女人了。

你喜欢秦小安吗？

秦小安不就是丢丢吗？

你喜欢赵小芹吗？

刚才不是说了吗？赵小芹不就是你吗？

行啊你翁麒麟，你脑子比猪强多了……

好啊你丢丢，你骂我……

两个人互相追打着，又滚到了香榻上……

朱茵蝶对钱坚越来越觉得陌生了。算起来，他们也是二十几年的老夫老妻了。她没有怀疑钱坚对自己的感情，他对她依然那么体贴那么宠爱。恩爱的时候，两个人自然说些离别之苦和思念之情。但是朱茵蝶却觉得，钱坚的心思很少放在她和孩子的身上了。他像是以普度众生为己任的佛祖一样，进入了一种忘我和无我的境地。他痴迷着一件大事，除了吃饭睡觉和房事，整个身心都被这件大事填满了。

固然，男人是需要成就大事的。譬如男人有拼命赚钱者，有建功立业者，有著书立说者。这些都是大事，都是让女人欣赏崇拜的。赚钱者为了家门兴旺，建功立业者为了光宗耀祖，著书立说者为了名垂千古。可是钱坚干的是什么事呢？他又为了什么呢？

谋反！

无须钱坚说什么，她看得清清楚楚。谋反意味着什么？杀头，灭九族，最轻的也是坐牢、流放。

谋反的不是钱坚一个人，是一伙儿人。这伙儿人到底有多少，她不知道。可是，她在这里见到了西域人，钱金豹告诉她说是从准噶尔来的，他们是联合谋反的。

她又见到了从京城来的神秘人物，说是宫里的皇族。皇族也会谋反吗？当然，古往今来，谋反的大多是皇帝的亲支近脉。

还有，就是像苏叶儿的爷爷那样的，年羹尧的旧部。他们无疑是认为皇帝错杀了年羹尧，要给年羹尧报仇的。

这么多团伙儿结合在一起，得闹出多大的动静啊，还不得把天掀翻？

朱茵蝶恐惧起来，钱坚做的事情太可怕了。每天夜里，她听着身边钱坚如雷的鼾声，总是辗转反侧，冥思苦想，该怎么说服男人，这种事情不能做。你为什么要造反呢？你还想着当皇帝吗？就算你将来能当上皇帝，我也不愿意做皇后。她知道不能说服钱坚，不能说服也要说。我是你的女人，我的命和你的命是连在一起的。更何况我们还有儿子，儿子很快就要娶媳妇，我们很快就要有孙子了。多好的家呀，多称心的日子啊，干吗非要作死呢？

实在是隐忍不住了，她把钱坚叫醒了，直截了当地说，这事你们不能干。

钱坚明白朱茵蝶的话。朱茵蝶来天水找他，儿子就告诉了他母亲此行的目的。这些天他一直在回避着，尽量不触及这个话题。现在，妻子把他从睡梦中叫醒，他不得不面对妻子了。

他忍住性子，耐心地向妻子解释，自从我们创建安清帮的时候起，就确立了反清复明的主旨。这是不能变的，翁岩变不了，我也变不了。

那为什么潘清变了呢？

他是叛贼，是无耻的叛贼。

你知道的，潘清是个明白人，他想改变安清帮的主旨，必定有他的理由。你们没交过心吗？

他的理由就是贪生怕死，软骨头，胆小鬼，卖友求荣。

你觉得，你们能成功吗？

不成功便成仁，大丈夫生于天地之间，宁可站着死，也不跪着生……

话说到这个份儿上，就等于钻进了牛角尖儿，把话题谈死了。朱茵蝶闭上了嘴巴。

见妻子不吱声了，钱坚也使劲将冲到嘴边的话咽了下去。两个人都非常珍惜他们之间的恩爱，都小心翼翼地维护着和谐的关系。少年夫妻，容易夫唱妇随。相处的时日久了，难免马勺碰锅沿儿。朱茵蝶见惯了夫妻间翻脸打骂，你死我活，不共戴天。完了之后，还要一个锅里吃饭，一个被窝儿睡觉。这很可怕，嫁给钱坚之后，她尽可能地做一个贤淑良德的妻子。夫妻争论是难免的，即便为了一些生活琐事，也可能出口伤人。朱茵蝶的心计在于，她不直接跟丈夫顶撞，凡事能商量就商量，不好商量就放放再说，实在无法达成共识，只好牺牲自己，听丈夫的。钱坚虽然侠肝义胆豪气冲天，却讲究江湖道义，礼仪周全。娶到朱茵蝶这样的女人为妻，他知足，他珍惜。他也佩服妻子，妻子的学问比他好，处世能力比他强，他服气。夫妻两人互爱互敬，举案齐眉，在江湖上被传为佳话。越是这样，越是相互尊重，越是不能翻脸。

在许多事情上，朱茵蝶是很迁就钱坚的，钱坚心里清楚。但是眼下这件事情太大了，不能眼见他悬崖不勒马。可是朱茵蝶又没有能力改变钱坚，他太知道钱坚的脾气了，凡是他认准了的事情，明明知道前面是万丈深渊，他也会毫不犹豫地纵马飞腾。朱茵蝶很痛苦，被折磨得心力交瘁，无策可寻。

曾静回来了，带来了天大的好消息。他说服了川陕总督岳钟琪，共谋反清复明大业，筹划了起兵造反的诸多细节。

陆逵召集朱黄刘石带着曾静来到了钱坚的住处。来到天水之后，只有钱坚有一座像样的宅院，是从当地一个财主手里租用的。原本钱坚吩咐朱茵蝶准备好了菜饭，准备为曾静设宴庆功。陆逵制止了，说现在远不是庆功的时候，连酒宴都不让摆，只上茶水果品即可。

朱茵蝶从来没有见过陆师祖，他是安清帮的祖师爷，更是钱坚的师父，是神通广大不可亵渎的佛祖。翁岩钱坚和安清帮的众多弟子对他顶礼膜拜，倾心服膺。钱坚没有将朱茵蝶引见给陆师祖，朱茵蝶也很知趣地躲进了卧室。连沏茶倒水都是钱坚亲手去做，陆师祖的到来是天神下凡般的庄严神圣，凡人是不可近前的。

让朱茵蝶震惊的是，男人没有酒怎么也能如此亢奋激昂呢？卧室与客厅只隔着一道墙壁，他们的慷慨陈词听得清清楚楚，甚至连急促的呼吸都感觉得到。首先是曾静绘声绘色地汇报说服岳钟琪的情景，听得出来，曾静得意非凡以功臣自居了。

朱茵蝶不是消息闭塞见识短浅的家庭妇女，她识文断字，饱览群书。她知道岳钟琪的显赫身世，岳飞的第二十一世嫡孙，岳飞三子岳霖的后裔。他出身官宦武将世家，其父岳升龙当年跟随康熙皇帝西征准噶尔，颇有战功，擢任议政大臣，四川提督。岳钟琪家学渊源，熟读经史，研学兵法。在平息准噶尔汗国的叛乱中，出奇制胜，屡建奇功。

曾静颇具炫耀的讲述传了进来。岳大将军，还用我多说吗？您是千古大英雄岳飞的后人，岳飞当年抗击的是谁？金人嘛。金人是谁？满人的先祖嘛。您的先祖为了华夏热土奋勇抗金，而您呢？您却为金人的子孙卖命，如若苍天有眼，先祖有灵，您情何以堪？百年之后在天庭得遇先祖，先祖将如何处置您？岳大将军，您还记得这首诗吗？

号令风霆迅，天声动北陬。

长驱渡河洛，直捣向燕幽。

马蹀阏氏血，旗枭可汗头。

归来报明主，恢复旧神州。

紧接着便是一片喝彩声，陆师祖带头，以茶代酒，敬给曾静。

客厅里的声音渐渐地低下来，但是依然可以听得清清楚楚。是陆师祖的声音，他以佛祖的名义，向众弟子传达神的旨意。

噶尔丹策零自额尔齐斯河进发，绕道阿尔泰山南麓，攻占本博图山，直捣川陕要冲；岳钟琪从川陕起兵，沿黄河东下，抢占京杭大运河，直接进攻北京；我们安清帮的任务是，占领枫林渡，劫持江淮泗、兴武六、嘉兴卫的漕船，从运河折向黄河，将全部军粮交给东进的岳钟琪，以保障粮草供应充足……我们曾经设想过，三千里京杭大运河就是三千里大战场，十万安清帮兄弟就是十万天兵天将。战火燃起之后，诚亲王胤祉号令九门提督占领紫禁城。如此，里应外合，一举摧毁清廷，驱除鞑虏，复兴华夏……

通过窃窃欢腾和举手投足的激烈动作，朱茵蝶感觉到客厅里已经沸腾起来……

整整一个通宵，天快亮的时候，陆逵及众人才离去。钱坚毫无睡意，依然处在兴奋之中。他想洗洗脸，开始一天的生活。钱金豹跑进来，焦急地说，爸爸，我妈不见了。

钱坚随着钱金豹出了院门，慌忙出了村，朝山顶上跑去。有人告诉他们，看见一个女人独自上山了。

大老远，钱坚父子就看见了朱茵蝶。她站在高高的山崖上，脚下便是万丈深渊。太阳刚刚露出地面，淡淡的霞光染着朱茵蝶的身影，像一株屹立在山顶上的孤独的枫树。钱坚父子叫喊着，她并不为之所动，依然一动不动地站在高崖上。

钱金豹上前抱住了她，妈，您这是干啥呀？

钱坚带着埋怨的口吻说，茵蝶，别这样，有什么事不能好好商量呢？

朱茵蝶转过身来，满眼都是泪水。

钱坚说，茵蝶，我们还有儿子，还有女儿。

朱茵蝶控制着自己的眼泪，扶着钱金豹的肩头，对钱坚说，你别担心，我还没下决心要死。我是想到了死，可是我……我不放心。

钱坚说，你到底为了什么呀？就是因为我干的事情吗？

朱茵蝶说，我不忍心看着你家破人亡身败名裂。

钱坚说，你怎么知道我们会失败，要是成功了呢？你将来还有享不尽的夫贵子贤，荣华富贵。

朱茵蝶说，我不跟你争论这些了，我累了。我要是不死，必须离开这个地方。

钱坚想了想说，也好，这里毕竟太危险，等事成之后……

朱茵蝶说，别说你的事成之后，我要把金豹带走，还有苏叶儿姑娘。

钱坚为难了，这……马上我们就要起事了。

朱茵蝶说，正是因为这个，我才要把他带走。

钱坚说，安清帮需要他。

朱茵蝶说，我知道安清帮需要他。我要跟你说的是，你，翁岩大哥，还有潘清，你们的恩恩怨怨你们自己了结，别把后辈儿孙牵扯进来。已经毁了一个翁麒麟了，你还想再把金豹毁掉吗？翁麒麟好歹还保住了一条命，你不把金豹放走，他连命都得搭进去。我们夫妻这么多年，从来没有翻过脸。不翻脸不一定同心，只是能让则让，能躲则躲，能绕则绕就是了。这一次，我不能让，不能躲，也不能绕。你要是不让我把金豹带走，我就真的死在你面前……

钱坚看着朱茵蝶，沉默了半天，咕咚跪下了。

朱茵蝶拉起钱金豹，命令道，跟我走。

钱金豹看了看跪在地上的父亲，又为难地看着母亲。

朱茵蝶甩开钱金豹，转过身，决绝地下了山。

快到山底下了，朱茵蝶才听到钱金豹在后面的追喊声，妈妈……

第二十九章　正卷七

雍正十三年六月六日，黄河枫林渡。

这是安清帮历史上一个最为重要的祭日和最为重要的忌地。在未来二百年漫长的历史中，每年的这一天，安清帮都要开大香堂举行祭祀仪式。而在以后的安清典籍中，亦有漕船“三不到”之说，即黑风口不到，铜雀镇不到，枫林渡不到。

枫林渡，在黄河与京杭大运河的交汇处。运河自南北上，挽五江河，即为钱塘江、长江、淮河、黄河、海河。地势高低差距较大，水流轻重缓急有别，故运河与诸江河的交汇都是一个大难题。黄河水位高出运河数丈乃至十数丈，两河交汇，采取的是建造闸坝和弯道缓流的办法。闸坝且不说了，弯道缓流就是让水头差距逐渐缩小，这样河道就要转许多弯，距离延长了许多倍，故有三湾顶一坝之说。如此一来，在枫林渡就形成了很大的一片平缓开阔的水域。

这一天与平常没有什么两样，只是天气更好，朗朗乾坤显得更加清明辽阔。朗日当空，万里无云，有些闷热。

前些天一直是阴雨连绵，黄河伏汛险恶，许多漕船耽搁了行程。

现在天放晴了，就要抓紧时间北上。船多水汹，很容易出事。潘清放心不下，亲自领帮督运。集中在枫林渡前后的有江淮泗、兴武六、嘉兴卫、安庆二、松江后的几个船帮，总计有船近七八百艘，绵延四五十里。一路上，潘清和众领帮当家格外小心谨慎，调运着行船秩序，检查着漕船安全，协调着方方面面的纠葛。还有天气，伏期的天，小孩儿的脸，说变就变。更主要的还不是这些，是动静。什么动静，谁的动静。潘清他们不说，只有几个核心分子明了，内紧外松，保持漕运的稳定。稳定是第一要务，要清醒镇静临阵不慌。

此时，潘清正在老堂船上运筹帷幄。陪同他的是萧隆山和宿庆祥。宿庆祥与潘清下棋，萧隆山在一边观战。三个人表面上轻松悠然，心底却像这棋盘一样险象丛生，杀机四伏。

萧隆山字玉德，法名文祥，山东东昌府聊城人，乃潘清的关门弟子。他与王伊被称为潘清的左膀右臂，王伊乃潘清的开山门首徒。宿庆祥，法名文训，安徽宿县人，亦是潘清的得意门徒。

船舱外面，前后左右围着八个身材彪悍武艺高强的壮士，是潘清的贴身保镖。

姚发来了。姚发没有跟着他的随运尾帮船北上，近来形势紧迫，他特意留下来陪伴潘清，随机应变。他讲起了一件怪事，就在前面不远的运河大堤上，青天白日之下，无计其数的青蛙占领了运河大堤。密密麻麻挤挤摞摞，蜿蜒三五十里的长堤，变成了一条绿色的肉龙。人过下不去脚，马过伸不出蹄。这些青蛙像逢了透雨一样，呱呱地叫个不停，方圆几十里鼓噪惊天。人们都惊恐地传说着，远远地观看着，谁也不敢近前。

潘清听了，不由得头皮发麻，世上怎么还有这么奇怪的事情，遂问姚发，你亲眼看见了吗？

姚发说，我近前看了，就离青蛙大堤有几步远，浑身起鸡皮疙瘩。

潘清问宿庆祥，你听说过这样的事情吗？

在安清帮里，宿庆祥是读书比较多的，自幼走南闯北，属于见多识广之人。

宿庆祥说，我倒是听说过一件青蛙告状的事情。事发康熙初年，于成龙被擢升为直隶巡抚，编辑《畿辅通志》。有一次到通州巡察，路过漷县，听到一片惊心动魄的鼓噪声。他下马一看，眼前的运河大堤上，成千上万的青蛙冲着他立起后腿儿，前脚拱起作揖，呱呱呱地叫着。于成龙非常奇怪，他的师爷说，这些青蛙可能有冤情，前来向您告状。师爷的话音刚落，这些青蛙呼啦啦朝河滩上爬去，又扑通扑通跳进河里。于成龙见了，便让人下河察看，不一会儿，衙役们便从河下摸出一具尸体。于成龙立即组织仵作验尸，审查破案。最后查明，是坐粮厅厅丞杀害了通州知州。康熙皇帝下江南的时候，通州知州追赶皇船告发坐粮厅厅丞。坐粮厅厅丞勾结仓场总督贪污漕粮，被通州知州发现了。他们追上前往告御状的知州，把他杀害了……

潘清听了，觉得后背发凉，问宿庆祥，你说的是正史还是野史？

宿庆祥说，听说书人说的书，清官于成龙的事迹已经被人编成书了，在京畿直隶流传甚广。

船舱的窗户突然啪的一下打开了，紧接着便是呼呼的风声。潘清起身一看，外面变天了。刚才还是晴天朗日，现在天空中却是乌云滚滚，一股很强劲的风吹过来。大运河上，运丁们在慌手巴脚地收着帆篷，稳控船舵。天边外，响起了滚滚的雷声，将船身都震动得晃了起来。

姜四保急匆匆地闯进了船舱，神色有些慌张。姜四保字玉培，法号文讲，河南怀庆府人。他本是翁岩的入室弟子，却深受潘清的器重。他性情刚烈，武艺超群，不畏强暴。漕运官吏向漕船敲诈勒索，欺凌掠夺，已经成为常例。多数人能忍则忍，不能忍强忍，谁都不拿鸡蛋往城墙上碰。姜四保却不吃这一套，与贪官恶吏据理力争，骂则还口，打则还手，吃了许多亏。潘清爱其才，惜其身，时作谆谆教诲：吾观尔之言行，虽有坚毅卓立之精神，惜欠谦退之道。刚极则折，柔极则靡。有刚无柔，则谓强矫；有柔无刚，则谓卑弱。刚柔并备，临难不变，逢敌不惧，不卑不亢，而成大业……姜四保诺诺聆听受教匪浅，脾气秉性改变了许多，潘清则将他留在身边，视作心腹重将。

姜四保是潘清派出去侦探的，他掌握了诸多的重要情报之后才来向潘清禀报的。

姜四保说，有一队人马，已经分批分期地潜伏到了黄河渡口。他们带着兵器，行迹诡谲。有的是乘船来的，有的是骑马来的，有的是步行来的。

潘清问，他们从哪儿来？

应该是从直隶地区来的。

是官兵吗？

说不准。

是盗贼吗？

难说。

有多少人?

两三千吧。

莫非是冲着我们来的?

我们抓到了一个小卒，审讯了半天，硬是一句话都不说。关押到船舱之后，看见头舵喝酒，大概是饿极了，竟然跟头舵盘起了“通草”。

他是什么辈分?哪个堂口的?

没说，也许是一脚门里一脚门外的水子。

潘清说，不可大意，你再去好好察看一下，有什么新的情况随时来报我。

姜四保走了，潘清心里开始发毛了。外面的天黑下来，乌云遮住了日头，又到日落西山的时候了。一阵阵的罡风吹打着船舱的窗户，凉飕飕的，有点儿苦腥味儿。

潘清吩咐着宿庆祥，你快去把王培玉找来。

萧隆山把一件褂子披在师父的肩上，发现师父的肩头在瑟瑟发抖。他又将师父扶着坐下，潘清轻轻地叹了一口气，没说什么。看着师父的满头白发和憔悴的面容，萧隆山心里一阵难受，宽慰着说，师父，您甭担心，安清帮有十万子弟，谁敢与我为敌?

潘清苦笑了一下，隆山啊，到了这个时候，你知道我为什么召唤王培玉，没有召唤王伊吗?

萧隆山说，王伊统领着全帮漕运，关系重大，很难分身。

潘清又笑了一下，原来你小子知道啊，不简单。外面都说你跟王伊是我的左膀右臂，可是我这两只胳膊的劲儿不一样啊。

萧隆山说，那是自然，我哪儿能跟师兄相提并论。

潘清说，论聪明学识，你俩不相上下。论武功，王伊不如你。可是王伊心里有一盘棋，走一步，看三步，甚至看五步，看十步。你只能独当一面，王伊能统领全局。他又性情谦和，为人处世恭勤谨慎。

萧隆山说，师兄素以恒敬待人，深得帮中信赖。

潘清长出了一口气，有王伊在，我就放心了。

萧隆山心里一震，师父，您怎么说出这样的话来。

王培玉来了，神色有些紧张，他了解到了更多的情况，对潘清说，那伙儿人是从沧州来的，大多是强氏的家丁和他们领帮的运丁。

潘清急着问，他们要干什么？

为安清帮清理门户。

谁给他们的权力？

是陆师祖召集他们来的。

一道闪电把船舱照得透亮，紧接着便是山摇地动的霹雳。外面噼里啪啦地混乱着，核桃大的冰雹砸在船板上，河水也涌动起来，船舱摇晃着。运丁们急忙抛锚，稳住船只。

船舱里的人全然顾不上这些了，每个人的心里都是疾风暴雨电闪雷鸣。

萧隆山忍不住了，试探着说，师父，要不要向张总督求援，让他们派漕标兵增援我们。

潘清沉重地摇了摇头，陆师祖打的是清理门户的旗号，这是我们安清帮内部的事情，外人是不能插手的。

那我们怎么办？等着陆师祖来执行家法？

潘清说，隆山，你马上去找王伊，让他们转告各帮当家，如果陆师祖的人要抢占漕船，就放手给他们，不要做任何抵抗。

萧隆山简直要哭了，师父，您这是干什么呀？我们有什么罪？谁不知道安清帮是您一手创建起来的？不错，还有翁师伯和钱师伯，可是他们过方之后，不是您一手统领全帮吗？安清帮能有今天，不都是您的功劳吗？陆师祖前来清理门户，您一刀一枪都不过，就束手就擒，这……这也太他妈冤枉了。

潘清拍了拍萧隆山的肩膀，我不愿意因为我一个人让安清弟子流血牺牲，去吧，快去找王伊。

萧隆山哭着走了。

船舱里，只剩下了潘清和王培玉两个人。

王培玉突然说，潘师祖，我倒是觉得萧老大说得有道理。您不妨向漕运总督张大有求援。

潘清气呼呼地说，你也想让安清帮的兄弟流血？

王培玉说，潘师祖请听我说，陆师祖如果光是为了来清理门户，带几个人十几个人来足够了，至多带几十人上百人，可是现在他们来的有三千人。您说，这是清理门户吗？

潘清一惊，你是说，他们要造反？

您别忘了安清帮的主旨：反清复明。

这么说，他们动手了？就凭着他们这点儿人？

还不止他们这点儿人，传说陆师祖一直在川陕运筹，动员岳钟琪大将军起兵，还有……还有，准噶尔那边已经燃起了战火。更为严重的是，紫禁城里也有了动静……

潘清傻了，他愣愣地看着王培玉，这些……你是怎么知道的？

是杜采薇听到了一些只言碎语……

杜采薇是谁?

您忘了，张总督要找一个女佣，您让姚当家……

哦，原来你是张总督那个女佣的丈夫。

我们还没有正式成亲……

这么说，这些情况，张总督一清二楚。

至少比您清楚得多，您请他出兵，他自然要出兵；您不请他，他恐怕也要来。您向他保密，他来了，您可不好交代。

潘清沉吟起来。

还有，沧州的那支人马，您知道领兵的是谁吗？庞天佑。

哪个庞天佑?

年羹尧的副将，您知道吧?

这么说，他们真的要反了?

潘师祖，陆师祖如果是来清理门户，您不向张总督禀报，理所当然。可是现在有人谋反，您再不禀报，恐怕……

潘清久久地沉吟着，脸色凝重得如同一尊雕像。

王培玉继续催促着，您快点儿拿主意吧，再晚了就来不及了。

潘清开口说，他们谋反叛乱，我们向朝廷的命官去搬救兵，这无疑暴露了我们是知情者。这场乱子无论是谁发起的，谁指挥的，我们安清帮最终都逃不掉干系。

王培玉说，我们知情不报，即使被杀光了，朝廷也不会放过我们。如果朝廷顾及体面，不以内外勾结犯上作乱论处，也会给我们安个安清帮内讧，破坏天庾正供的罪名。到时候，我们十万冤魂一起开口，都说不清楚。

潘清说，要向张总督求救，只说我们受到了盗贼抢劫，盗贼来历不明且人员众多。这样，即使将来查明是叛军，不是盗贼，我们也不过是失察之罪，罪不当诛。

王培玉心里一亮，到底是安清帮的总帮主，经得多见得广，事情到了如此危机关头，还能如此镇静清醒，他更加对潘师祖敬佩不已，自愧弗如。

潘清说，王先生，我写一封密信，你辛苦一下，连夜给张总督送去……

王培玉欣然领命。

回到杭州之后，钱金豹便被母亲软禁了。

钱金豹与母亲一起住在中院正房，朱茵蝶住在东屋，钱金豹住在西屋，中间是堂屋。苏叶儿跟钱金豹还没有正式成亲，便和未来的婆婆同住东屋。朱茵蝶把内门外门都锁得严严实实，对外闭门谢客，对内闭关锁门。白天，她眼睛看着嘴里叫着，不让钱金豹离开她半步。夜里，她索性将西屋的门也锁上，听着钱金豹打起呼噜才能入睡。

钱金豹被母亲和父亲分成了两半。一半是身子，留在了母亲身边。儿子是母亲身上掉下的肉，怎么心疼怎么保护都不过分。可是儿子又是父亲的骨血，父亲在外面干舍身舍命的大事，儿子却不能跟随左右保护父亲，这能算个孝子吗？他整天被囚禁在这小院小屋里，心焦如焚。幸亏有苏叶儿陪伴，否则他非疯了不可。他整天掐着指头算计着，父亲他们应该离开麦积山了，应该来到大运河了，应该向枫林渡进发了……父亲啊父亲，您可千万要小心啊，千万千万不能……

其实，朱茵蝶心里，又何尝不惦记着丈夫呢？钱金豹心焦，她也同样心焦。钱金豹夜里睡不着觉，她同样是彻夜难眠。

心焦的还有苏叶儿。她惦记的是爷爷，爷爷已经六十高龄了，还老骥伏枥，以命相拼，到底是为了什么呢？就是因为年羹尧对他有知遇之恩吗？年羹尧可能是有点儿冤枉，可是人已经死了，就算你把皇帝拉下马了，年大将军还能活吗？但是爷爷就是爷爷，爷爷做的一切都是对的。不是理由，是为人。爷爷铮铮铁骨义薄云天，活得顶天立地。话又说回来了，在这个危难的时刻，她应该在爷爷身边，守护着爷爷……

离那个神圣的日子只有两天了，钱金豹再也待不下去了。如果再不去找父亲，就来不及了。如果父亲临难之际，他不能在父亲身边，他会后悔一辈子的。傍晚的时候，趁着母亲上茅房，他把苏叶儿拉到自己的卧房，把想好的妙计告诉了苏叶儿，让苏叶儿帮助他逃离出去。

苏叶儿却不干，不行，我要跟你一起走。

钱金豹说，咱俩只能出去一个，要不谁都别想出去。

苏叶儿说，你要去找父亲，我还要去找爷爷呢。

钱金豹说，你的爷爷也是我的爷爷，我找到了父亲，自然也就找到咱爷爷了。

苏叶儿说，你找到了，那我呢，我怎么办？

钱金豹搂抱着苏叶儿，又亲又哄又央求，说服了苏叶儿。

已经是深夜了，苏叶儿确信朱茵蝶已经睡熟了，悄悄地爬起身，从朱茵蝶的枕头底下取出钥匙，光着脚溜了出来。她先打开西屋门上的锁，溜了进来……

朱茵蝶是从梦中惊醒的，借着从窗口照进来的月光，她发现苏叶儿不见了，立即翻身起来，西屋门上的锁被打开了，她要推门进去，又觉得不妥，便轻轻地叫起来，苏叶儿，苏叶儿……

门开了，苏叶儿衣衫不整地打开门，倚在门框上挡着朱茵蝶。

朱茵蝶又惊又恼，你……怎么……

苏叶儿低着头，一副楚楚可怜的样子，金豹他……我说不，他非得……

朱茵蝶气怒地说，你们这叫怎么回事？

苏叶儿更加羞怯地说，我们……早就这样了。

朱茵蝶无奈，骂了句不要脸，气呼呼地回到东屋。

朱茵蝶回到东屋躺下，满肚子是气。儿子也太没出息了，媳妇还没过门，把人家肚子弄大了怎么办？你不要脸，我和你爹还要做人呢！苏叶儿也是，真是缺少家教，一点儿都不知道自重。骂着骂着，扑哧乐了，金豹随谁呢？肯定随他爹，他爹年轻的时候就是个风流鬼。这样气一会儿笑一会儿，突然脑洞裂开一道缝儿，不对，别是钱金豹调虎离山……她急忙跳下床，踹开了西屋的门，果然只有苏叶儿一个人睡在床上……

银凤七妹说，翁麒麟好了，丢丢倒病了。丢丢得的是什么病？花痴。

丢丢两岁多失去了父亲，同时也离开了母亲。后来虽然找到了母亲，不多久又进了大牢。她很期盼母爱，更不用说父爱了。她没有孩童的快乐，没有地方撒娇，连普通孩子的调皮都没有。她做了多年的少年郎，连自己都觉得是男儿。她没有女孩儿的感情体验，更没有与男孩儿相处的渴望与快乐。

现在好了，有了翁麒麟就有了一切，她可以酣畅淋漓地做女人了，可以任性撒娇调情取乐了。她要把深埋在体内的爱恋之火吹燃起来，把失去的女人的享受补回来。在哪王庙的八天八夜，她每时每刻都以女人的身份与翁麒麟厮混在一起。除了短暂的羞怯，她迅速地进入了角色。由于要封闭香房，要香熏香浴，她索性像翁麒麟那样，一丝不挂，自由自在。连吃饭的时候都你喂我，我喂你。想亲就亲，想抱就抱，想疯狂就扭在一起扑向香榻。

如此新奇幸福的时光转瞬而逝。他们离开香房之后，她怎么也不适应。无论什么时候，总想往翁麒麟的身上靠。从哪王庙回来是坐大车赶路的，本来翁麒麟赶车，她却从后面扒着翁麒麟的肩膀，或者搂着翁麒麟的腰，还说那些不要脸的话。银凤七妹看不下去了，接过翁麒麟的鞭子赶起车。翁麒麟回到车厢，她立刻躺进了翁麒麟的怀里。银凤七妹气得快马加鞭，大车在凹凸不平的路上颠簸着。她和翁麒麟两个人像元宵一样摇动着，她却觉像香榻上的节奏，高潮般地欢叫起来。

银凤七妹骂她，刚穿上花肚兜儿，你就浪得没边了。

她一点儿也不在乎，故意气着七姑，我就浪，我就浪，我又没跟别的男人浪，在自己的男人面前，不浪还叫女人吗?

回到宿迁之后，她住进了翁麒麟的小房间里。可是这间房左边是七姑，右边是菱荇，中间就隔了层木板儿，一点儿也不隔音。丢丢别扭坏了，自己跑到外面，转了三天，居然在宿迁城里买了一所四棱四致的小院。她带着翁麒麟和银凤七妹去看房，两个人都傻了。这房子八成新呢，还带着满堂家具，位置又好，得多少钱？

丢丢伸出拇指和食指，八百两银子，不贵吧？

翁麒麟为难了，他恐怕连八两银子都拿不出来。

银凤七妹上前摸了摸丢丢的额头，没发烧呀，做梦呢吧？

丢丢说，什么做梦，我连银子都交了。喏，这是房契。

翁麒麟问，你哪儿来的这么多银子？

丢丢说，当初在刑部大牢的时候，你为了救我，让陆青林把你在东昌、开封的两处房产，还有杭州的四十顷地都卖了，对吧？

翁麒麟说，是有这么回事。

丢丢问，你知道卖多少钱吗？

翁麒麟说，不知道，我一直就没见到陆青林。

丢丢说，告诉你吧，总共三千八百两，我给陆青林二百两辛苦费，还剩三千六百两。买这房子八百两，还剩两千八百两。

说着，丢丢从怀里把银票掏出来，你瞧瞧，都在这儿呢，是您存着还是我存着？

翁麒麟说，这钱怎么到你手里了？

丢丢说，我是皇帝开恩放出来的，陆青林一分钱没花出去，当然都给我吐出来了。

银凤七妹叫起来，我说丢丢，你可真有蔫主意，这么大的事情，你怎么从来没说过呢？

丢丢说，他病得连自己都不认识了，我跟他说有什么用？

银凤七妹说话算数，为翁麒麟和丢丢举行了一个体面的婚礼。婚礼就在丢丢新买的宅院里，银凤七妹是主婚人，嘉宾就是菱荇和沈良两个人。一桌酒席摆好了，供桌上也焚上了香，摆上了供果，银凤七妹就是迟迟不宣布典礼开始。

丢丢急了，七姑，您还等什么呢？

王培玉来了，带来了大包小包的礼物，还用红纸封了二十两银子。

都觉得很奇怪，翁麒麟和丢丢眼觑觑地望着七姑。

银凤七妹说，别问了，是我把王培玉叫来的，自从定下了日子，我就托人给他送信了。

轮到拜天地的时候，银凤七妹闪在了一边，让王培玉坐在了高堂的位置上。

翁麒麟和丢丢更觉得不可思议，原本他们要把七姑当成高堂跪拜的。

银凤七妹说，你们今天先拜着，愿意叫爹叫爹，不愿意叫爹叫叔。反正过不了多久，他就跟你妈成亲了。

丢丢叫嚷起来，这哪儿跟哪儿呀？谁妈呀？

银凤七妹说，当然是你妈了，他就要当你爹当麒麟的老丈人了。

丢丢更惊奇了，七姑，您……您没事吧？

银凤七妹说，少废话，这堂拜不拜？

丢丢说，要拜您也得说清楚呀，您刚才提到我妈，我妈在哪儿呢？

银凤七妹说，你被判斩监候之后，你妈跳了大运河，是王培玉把你妈救上来的。

半天，丢丢才反应过来，冲到王培玉面前，这是真的吗？我妈呢？我妈在哪儿？

王培玉只是笑眯眯地看着丢丢，并不说话。

银凤七妹说，话要一句一句地说，你们先拜了堂，带着新女婿把你妈接过来。

丢丢大叫起来，天呀，我说七姑，您还有多少事情瞒着我们呀？

银凤七妹说，你不是也有许多事情瞒着我吗？

丢丢脑袋一歪，哎呀！我的七姑哟……

银凤七妹挥了挥袖子，行了行了，你们还是先拜堂吧……等等，有句要紧的话我要说在前面，丢丢，我知道你为什么要买这所院子，就是想跟翁麒麟单独住在一起，没有人打扰，随心任性地疯，对吧？告诉你丢丢，你这也是做梦。人为什么结婚，结婚是为了过日子，为了生儿育女。结婚不是你们两个人的事情，你还有母亲，将来还有继父。结了婚你就不是孩子了，你要给父母尽孝。别图自己的小日子清静自在，要把你妈，还有你的继父接过来跟你们一起过，行不行呀？

丢丢说，当然行了，这还用您说吗？那是我的妈。

银凤七妹又问翁麒麟，你说呢？

翁麒麟说，我说不行。

丢丢不干了，冲着翁麒麟叫喊着，你凭什么说不行？你不要我的妈？

翁麒麟说，谁说我不要你妈了，你妈就是我妈。我是说，光把你妈接过来不行，还有七姑呢？七姑也要搬进来跟咱一起过。

丢丢听了，猛地扑向翁麒麟，不管不顾地哭起来，我的好郎君啊……

她这么一哭，银凤七妹的眼泪也掉下来了。

婚礼结束之后，王培玉悄悄地告诉翁麒麟，安清帮要大乱了，枫林渡将有一场大战。

陆逵和庞天佑站在高高的枫林闸上，掌控着全局，满怀信心地指挥着这场战斗。

风狂雨猛，浊浪腾空。漆黑一团，混乱一片。狂风掀动着篷帆船顶，骤雨拍打着堤岸漕船，霹雳闪电撼动着天上人间。混乱的黑暗中，不时闪出一团火光，庞天佑告诉陆逵，那是他们的队伍占领了漕船。不知道怎么回事，每只漕船上都有全副武装的押运官，许多还有专门聘用的武士保镖护航，怎么一点儿抵抗都没有呢？真的不费一刀一枪就将漕船抢到了吗？陆逵不相信，庞天佑也觉得很奇怪，他们是做了充分准备的，练兵摆阵就折腾了两年多。

两个庞天佑的佐将上来禀报，说已经截获了一百六十多艘漕船。漕船正按照事先的部署掉转方向，驶进了黄河。

陆逵问，总共有多少粮食？

佐将说，每只漕船都有千石之多。

陆逵问庞天佑，岳大将军出兵三万，粮食够了吗？

庞天佑说，足够了。

陆逵大喜，遂问佐将，死伤多少？

佐将说，无一死伤。

庞天佑问，漕船上没有人抵抗吗？

佐将说，漕船上的运丁说了，潘师祖有令，漕粮是朝廷的，安清帮兄弟的性命是自家的。

陆逵沉默了，潘清尚有一颗仁慈之心啊。

潘清独自坐在香火船的大舱里，香案上点着一对红烛，焚着五字抱头香，上面悬挂着达摩始祖及金祖罗祖的神像。面前的案桌上，放着一只碗，碗里斟满了酒。

钱坚进来的时候，潘清正静静地站在案桌前，像是特意等候着钱坚。

钱坚也不意外，像是平时拜访自家兄弟一样，静静地走进来。此前，他曾经无数次预想过两个人见面的情景，大多是愤怒激烈，谴责谩骂怒火冲天，最后拼杀在一起。现在却是如此的平静寡淡，心里涌起淡淡的失望。

潘清也没有招呼他，而是移步到香案前面，静默地站着。

钱坚急忙摘掉帽子，脱去身上的马甲，将辫子拉到胸前，站在潘清的身边。

潘清轻轻地说，还是你领拜吧。

钱坚镇定了一下，喊了一声“参”，便屈左腿向前，进行三参九叩首。

参叩祖师完毕，两个人回到了案桌前。

钱坚看了看潘清，你还有什么话要说吗？

潘清说，你没有错，大哥也没有错。你们为了践行安清帮的主旨，反清复明，举大事，成大业，光明磊落铁骨铮铮。即便牺牲，也会名垂千古流芳百世。我呢，背叛安清，违背祖训，卖友求荣，扮演的是一个卑鄙小人的角色，留下的是千古骂名，让后人诅咒唾弃。

钱坚说，你既然知道如此，为什么还要一意孤行？

潘清说，我难道是为了自己吗？为了自己我就不必皈依罗教，也不必去五台山拜师修行，更不必倾家荡产创建安清帮。我在粮米帮领帮行运的时候，也是一呼百应，也是美酒佳肴，也是豪宅美女。我何必舍金怀土，去精取粗，弃闲寻苦呢？

钱坚“哼”了一声，你还挺委屈是不是？

潘清说，我不委屈，我这样做完全是为了安清帮。安清帮是我们兄弟三人创建的，好比是我们三兄弟下的一窝儿蛋。我们不去好好呵护自己下的蛋，让他们孵出鸡雏来，还拿着这些宝贝疙瘩往城墙石壁上拽。蝼蚁尚且偷生，虎狼也知道护崽儿，我们这样做，还是人吗？还有点儿人味儿吗？那可是十万条性命啊！

钱坚说，你别忘了，陆师祖说过，十万安清十万兵，反清复明归正统。

你去问一问，有几个人加入安清帮是为了反清复明的，是为了正统大业的？

那他们为了什么？

为了活命，为了混碗饭吃，为了娶老婆生孩子。

告诉他们，怕死就别加入安清帮。

人家是来寻活路的，凭什么让人家去死？

为了反清复明的大业，死不值得吗？

潘清说，反清复明我赞成，可是现在不是成大业的时候。大清朝气数未尽，方兴未艾，现在轻举妄动，无异于飞蛾扑火蚍蜉撼树。明知不可为而为之，自己去冒险也就罢了，为什么还要把整个安清帮牵连进来。为了你们的所谓名节，就要让那么多人陪着你们去送死，这公道吗？

钱坚说，什么叫公道？你为了苟活，就出卖结义兄弟，这公平吗？

潘清说，我知道，这不公平。这是我的罪，我认罪，我也愿意抵罪。

钱坚看了看潘清，潘清脸上的表情是平静的中肯的，他竟一时无话可说了。

潘清躬身对钱坚说，罪人潘清，有个不情之请。

钱坚说，你说。

潘清说，为了向二位兄长赎罪，为了告慰大哥的在天之灵，潘清预备了一碗毒酒，请让我自行了结吧。

说着，潘清上前，伸手要端那碗毒酒。

钱坚拦住了他，等等。

潘清说，背叛安清，害死了大哥，潘清有罪，罪不可赦。

钱坚说，我们三个当初在关老爷面前磕头的时候，万万没想到会有今天。你害死了大哥，必须死。你死了，我也无法活了。我答应过朱茵蝶，我们这代人的恩怨由我们自己了结，不再牵连后辈儿孙。这碗酒该我喝。

潘清看到钱坚端起那杯毒酒，大口大口地喝着，急忙扑上去抢，二哥，你别……

一把短刀深深地插进了潘清的腹腔，鲜血喷泉般地涌出来。

这一刀，我是为大哥报仇，咱们两清了。

钱坚说完，将酒碗一扔，倒了下去。

钱金豹冲了进来，见到父亲倒了，哭着扑上去，爸爸……爸爸……

翁麒麟随即冲进来，蹲在潘清面前，急切地叫着，爹……爹……

钱金豹听见翁麒麟叫爹，抬起头来。

潘清看着翁麒麟，艰难地说，你认爹了，我死也瞑目了……别忘了，你姓翁，不要改姓，你永远姓翁，你的子子孙孙都姓翁，把翁家的香火传下去……

钱坚睁开了眼睛，对儿子说，跟你妈，好好过日子……

潘清挣扎着把手伸向钱坚，闭上了眼睛。

钱金豹将父亲抱起来，放在潘清的身边。

钱坚的手和潘清的手握在了一起。

潘清又睁开了眼睛，冲着钱坚艰难地笑了笑……

陆逵命令所有截获的粮船加速向前，他们与岳钟琪大将军约定，六月六日卯时在白马湖会师。

风停雨息，乌云尽散。天边露出了晨曦，河面上漂浮着残破的船只碎片，帆篷桨橹，还有遮盖漕船的苇席，装载漕粮的麻袋，满目疮痍，一片狼藉。前面出现了大批的人马，朝着白马湖包抄过来，如同天边涌来的乌云，来势汹汹势不可当。

陆逵兴奋起来，立即要跑上去迎接。

庞天佑拦住了他，陆师祖，不对……

陆逵问，什么不对？

庞天佑说，这不是岳大将军的队伍，是张大有的漕标兵……

庞天佑的话声未落，湖面上响起了惊天动地的冲杀呐喊声。刹那间，刀光剑影鲜血横飞。漕船上的兵丁毫无准备，纷纷被杀落水中。

石士宝和朱筱权跑过来，说张大有的漕标兵把整个白马湖都包围了，让陆师祖和庞将军快撤，由他们断后。

陆逵还不甘心，我们跟他们拼个鱼死网破。

庞天佑说，陆师祖，不能硬拼。张大有率领的是正规军，我们是散兵游勇；他们驾的是战船，我们的是粮船；再说，我们只有二千多人，他们的人马有上万。

陆逵说，我们要跟岳钟琪会师的，再坚持一下，岳将军会来增援的。

庞天佑说，陆师祖，我们上了岳钟琪的当了。我派人前去接应了，根本就没见到岳钟琪的人影儿。

陆逵说，准噶尔那边呢？他们不会也食言吧？

庞天佑说，山高路远，鞭长莫及，没用了。

陆逵又问，紫禁城呢？诚亲王那边也没有消息？

庞天佑摇了摇头。

漕标兵潮水般地涌了上来，朱筱权急了，庞将军，你快带着陆师祖撤退吧，快，快……

庞天佑急忙拉着陆逵下了黄河大堤，跨上马，夺路而逃……

第三十章　正卷八

一队灵船缓慢地行驶在雾霭茫茫的大运河上。

这队漕船来自姚发当家的随运尾帮船，四十四只。前面十三只头船开道，后面十三只断后，中间十七只护灵。灵船就是潘清平时乘坐的十九号香火船。船上放着巨大的棺椁，棺椁上盖着大红绣花丝绸棺罩。棺椁前面是香炉红烛和纸钱燃烧的聚宝盆。护送灵船的是翁麒麟和潘如虎，他们穿着孝袍，戴着孝帽，踩着麻鞋。不断有人上船来吊孝，大凡吊孝的人烧纸哀哭的时候，翁麒麟和潘如虎都要陪跪在一边。

灵船上插满了白色的旗幡，扎着一簇一簇的白花，连船帮也用油漆涂成了白色。挽联是白色的，纸花纸活儿是白色的，孝袍孝帽是白色的，连丧事也称作白事。白色代表着死亡。翁麒麟原来以为死亡是黑色的，人死了，便沉寂在无边无际的黑暗中了。比之黑色，白色似乎没有那么压抑没有那么绝望没有那么恐惧。白色是无色，无色为空，空即是色，色即是空。无论是谁，上自真龙天子，下至乞丐盗贼，最终都要尘归尘土归土化为白色。世间一切事物中，唯有死亡是最公平的。越是有权势有财产且为非作恶的人越怕死，求仙拜佛焚香舍财延长寿命。只能说，这是做梦，想得美。须知那些受你们欺凌压榨盘剥愚弄的人多么盼着你们死啊，他们没有办法报复你们打倒你们推翻你们，只能盼着你们死。因为这是唯一有盼头的东西。你们别再耽误工夫了，一个独裁者怎么烧香拜佛也抵不过亿万人民的诅咒。

天是半阴的，云很多，空气是湿漉漉的，头上还有一轮白惨惨的太阳。岸边滩涂上的花草噙着泪水，默默地低垂着。

原本翁麒麟希望将钱坚的灵骨也一起运往杭州的，他跟钱金豹商量，钱金豹做不了主。朱茵蝶来了，是王伊带着她来的。朱茵蝶不但不同意将钱坚的灵柩运往杭州，连公开的安葬都不允许。众皆不解，朱茵蝶对钱金豹说，你爹几年前就在杭州宝华山上安葬了。虽说是衣冠冢，也是立了碑的，受了香火的。人不能死两回，更不能埋两次。她已经决定在东昌府买块陵墓悄悄埋葬。

翁麒麟不明白，这到底是朱茵蝶的主意呢？还是王伊让她这么做的。

枫林渡惨案之后，王伊、丹秀、姚发、萧隆山、宿庆祥、姜四保、王培玉等临时组成了总帮议事会，商量着收拾残局等善后工作。最后决定，王伊、萧隆山、宿庆祥整顿漕船，该换的换，该修的修，该补空的补空，然后重新组帮，完成天庾正供的任务。由丹秀、姚发回杭州，选择墓地为潘清修建陵墓。而王培玉与翁麒麟、钱金豹一起随着灵船南下。

王培玉不但与两位小老大一起护送着灵船，还要处理来自方方面面的事情。不断有人上船来禀报，有的是漕帮的帮头，有的是王培玉派出去的密探。大多是坏消息，能有好消息吗？江淮泗的帮头说，陆师祖和庞将军下落不明。有人说看见陆师祖驾着一只仙鹤走了，有人说陆师祖和庞将军一起骑着马走了，至于去向何方，没有人知道。

王培玉的密探孙拐子得到一个重要的情报，朱黄刘石为了保护陆师祖和庞将军的撤退，坚守到最后，被张大有的漕标兵抓捕了。

王培玉惊出了一身冷汗，急忙到灵前找翁麒麟和钱金豹商量，向他们讲出了此中的厉害，这次官方动用军队，性质就变了。军队是干什么的？是镇压叛乱和匪患的，没有叛军和匪患，军队是不能这么大规模行动的。谁叛变？以前我们可以装糊涂，可以一股脑儿推到劫匪的身上，因为他们劫持的是皇家的粮船，我们也是受害者。现在张大有抓到了朱黄刘石，一审讯，朱黄刘石是安清帮的股肱之辈，安清还怎么逃脱干系呢？这事情要是上奏到皇帝那里，皇帝知道安清帮犯上作乱，安清帮就会面临灭顶之灾。

事态非常要重了，到了安清帮生死存亡的关头了。翁麒麟和钱金豹眼巴巴地看着王培玉。

王培玉慌了，你们光看着我干什么？你们两位小老大得拿主意啊。

翁麒麟说，早先安清帮是三兄弟共同当家，两兄弟离开之后，是潘师祖一人主事。不管怎么说，有人领帮就有主心骨，有定于一尊就有统一的行动。现在潘师祖走了，群龙无首，各行其道，安清帮成了一盘散沙。王叔，这可不行，国不可一日无君，安清也不可一日无主。

这正是王培玉最为头疼的事情。潘清过方之后，帮中元老都纷纷前来找他，要求尽快选出总帮主。为什么都来找他呢？因为王培玉人缘好威望高，为人处世棋高一着，大家信得过他。更重要的是，王培玉虽然为安清出力办事忠心耿耿，却不是安清帮的人。不在帮，就没有派，中立公正，上下左右都能说上话。王培玉反复想过，安清一百二十八帮半，有十万余安清子弟，这不是谁都能统领的。三位师祖相继过方，谁都没有留下关于继承人的遗训。按照常规，既然安清一家，就该父传子，传长不传幼，传嫡不传庶。如果从翁佑堂算，翁麒麟就是自然的接班人；如果从钱保堂算，钱金豹是合法的继承者；如果从潘安堂算，则非潘如虎莫属。安清帮总帮主，应该从这三个人里面出，名正言顺。

这是从名分上讲，如果从能力和声望上讲，这三位小老大都要逊色于王伊。王伊一直跟着潘清，安清帮的事情他都是亲力亲为亲自处理，安清帮的主他能做一半。他是潘清最得力的助手，是最信任的继承者。还不仅如此，他的实力也非同小可。他和萧隆山情同手足不分彼此，他是潘清的开山门弟子，萧隆山是潘清的关山门弟子。两人开山领众以来，王伊收徒九千七百八十四人，萧隆山收徒三千六百五十一人。两个人加起来门徒过万，加上徒孙，差不多占据了安清帮的半壁江山。

这一切，都让王培玉坐卧不安，焦虑犹豫，苦无良策。他原本可以不管，他又不是安清帮的人，与他何干？可是他又不能不管，为了姚发的救命之恩与知遇之恩，为了王伊的情投意合志趣同心，为了潘清的信任和嘱托，还有从丢丢这边说，他还是翁麒麟的岳父。他虽然不是安清帮的人，可是他早就把安清帮当成了自己的家。他不加入安清帮，是遵守他向翁麒麟许下的诺言。他是门槛外的安清帮，安清帮外的家里人。

说不清是白天还是黑夜，天空被厚厚的乌云遮住了，天地间是灰黑的，朦朦胧胧的。翁麒麟坐在船头上，瞪着眼睛发呆。真的，他的脑子居然可以停下来，什么都不想。眼睛睁着，也什么都看不见，耳朵支棱着，也什么都听不见。白天与黑夜，就是一个人的活着与死亡。这不黑不白的光景，不但混淆了日与夜的区别，也混淆了生与死的界限。他觉得自己同时处在日间和夜间，也同样处在生与死的境界。身边棺椁里躺着的是他的父亲，而他的另一个父亲，则安眠在两狼山的峡谷。他不由自主地将两个父亲进行比较，感情的天平往往向潘父这边倾斜。不是因为他现在知道了他是自己的生父，不是的。在以往的许多时日里，他都是这种感觉。翁父给他的是威严，是崇敬，是不可泯灭的教诲。而潘父给他的是慈爱，是关怀，是骨肉般的情感。慈爱的潘父送给他的是达摩金锁，险些将他废掉。威严的翁父送给他的是铁箫，不但给他带来无穷的慰藉，还多次成为他防身的武器。

翁麒麟默默拿起铁箫，一股哀伤溢满了他的心胸，他心口有些发堵，吹起了当年翁父教给他的曲子《雁落平沙》。

北去南来程万里
衡阳回首怯难行
怕见洲边缴矰影
咿唔奋翅不留停
忆上林，梦未成
辗转泪零零
辗转泪零零……

箫声如泣如诉，细雨斜风般地打在翁麒麟水盈盈的心里，一股酸楚涌了上来，他竟呜呜地哭起来。

王培玉来到了翁麒麟的身边，默默地听着这悲伤的曲子。

等翁麒麟吹完了曲子，将箫放下，王培玉才缓缓地说，小老大，您快拿主意吧。

翁麒麟问，拿什么主意？

王培玉说，您来领帮行运，全帮都会拥护您的，王伊帮主也会为您保驾护航。有些工作我可以做，我是门槛外的人，说话方便些。

翁麒麟说，王叔，您明明知道我是干不了的。我不过是书生，百无一用。不要说领帮，我连船帮都没跟过。漕船行运，天庾正供，我一概不清楚，连家里帮规我都是一知半解。您说，这么大的一个帮交给我，我扛得起来吗？

您是长房翁佑堂的老大，名正言顺。至于您说的漕运那些规矩琐事，谁都不是天生就熟悉的。您天分高，有学问，又有那么多同参兄弟扶持，又有何难？

王叔，麒麟跟您说实话吧，不要说我干不了，就是我能干，也不想干。老一辈的恩恩怨怨，我怕了，厌了，我绝不会掺和进这些纠缠角斗之中。再说，您是知道我的，我志在科考，等事情平息了，我的身体恢复得差不多了，我还是要参加京师会试的。

王培玉见翁麒麟说得很诚恳，便退一步说，如果您不担纲，只好请出钱金豹和潘如虎二位小老大了？你说，他们二位谁更合适一些？

翁麒麟笑了一下，听您这口气，就是二位都不大合适对吗？

王培玉忙辩解着，不不不，我不是那意思，小老大误会了。

翁麒麟说，王叔，过去我跟您称兄道弟，尊您为兄长。现在从丢丢这边论，您是我的长辈。我们一直互相尊重互相信任，您就跟我说实话吧，您说，安清帮的总帮主谁当最合适？

当然是三位小老大了。

您还是不相信我，没跟我说实话。

我说的是实话，这是从名分传承这方面说，如果只论威望功德能力，非王伊大当家莫属。

既然如此，那我们为什么不力推王伊？

我在下面征询了一些人的意见，推举三位小老大的还是占多数，特别是您。

我就不用说了，潘如虎是我的骨肉兄弟，我可以替他做主。至于钱金豹嘛，恐怕也未必有此野心。刚才您说了，如果您出面斡旋，公推王伊，我可以做两位兄弟的工作。

小老大，您想的是安清大局，谋的是安清大业，佩服，我从心眼儿里佩服。您说，下一步该怎么办？我听您的。

您要立即派人把王伊请回来，让他以总帮主的身份主持安清的一切帮务。到杭州安葬好潘师祖之后，立即召集各帮当家公议，将王伊册立为安清帮的总帮主。

一条小船划过来，丹秀登上了灵船。丹秀上船之后，先到潘师祖的灵前焚香烧纸吊唁，翁麒麟与潘如虎陪伴左右。

丹秀是专门来找翁麒麟的。潘清过方之后，群龙失首，灵船便成了安清帮的公所，而翁麒麟和潘如虎便成了名正言顺的核心。

丹秀拟好了安葬潘师祖的仪式以及坟茔的规制、墓碑的样式，还有为潘师祖撰写的墓志铭。他带着这些文书，是来向翁麒麟和潘如虎征询意见的。丹秀的安排自然天衣无缝，墓志铭也写得无可挑剔。有那么一瞬间，翁麒麟甚至觉得安清的总帮主，丹秀也是一个很好的选择。这念头只是一闪就过去了，翁麒麟太了解丹秀了。潘师祖生前就说过，丹秀是安清帮的文胆，天资聪慧，正点子歪点子鬼点子一拎一串。但是他没有实践历练，没有总领全局的能力。一句话，他是个将才，不是帅才；是个谋士，不是主公。他一直负责帮内的文书函牒，才处理得游刃有余得心应手。全帮人都知道，他和姚发两人，一个是潘师祖的笔杆子，一个是潘师祖的钱袋子。

翁麒麟想到这些，觉得丹秀不会为总帮主的位子动心思的，便将刚才与王培玉的谋划说了出来，顺便也把这番意思告诉了潘如虎。

潘如虎对王伊继承总帮主的位子感到有些惊异，可见他毫无思想准备。在此之前，看见日渐衰老力不从心的父亲，他是做好了接班的准备的。子承父业，这没有什么好说的。因此在日常帮务中，他总是主动承担起运筹之职。直至父亲临终的时候，突然揭示出翁麒麟是他同父同母的兄长，他心里委顿了许多。未来的安清大位，唯一有资格与他争的只有翁麒麟。他排斥翁麒麟的理由，无非是翁麒麟已经过继给翁岩。而翁岩又是安清的长房，原本该统领全帮的。他在心里反复掂量着，比来比去，他竟然与翁麒麟半斤八两难分伯仲，这让他很是懊恼。没想到翁麒麟放弃了总帮主的位子，提出了王伊，这又把他的嘴给堵上了。大哥不争了，我还能争吗？

翁麒麟用一种逼宫的口吻对丹秀说，安清不是皇家，又非私家，原本也没有继承之说。我和潘如虎又不是眷恋权力之辈，还是举贤选能，为了安清大业嘛。就算有人说七道八，也无关大碍。我和如虎出于公心放弃总帮主大位，将来丹秀师兄会在安清函牒中给我们写上一笔的。如虎兄弟，我们此举会上书的，将会青史留名的。你说呢?

潘如虎嗫嚅了半天，只好说，我听大哥的。

翁麒麟步步紧逼滴水不漏，丹秀师兄，烦劳您辛苦辛苦，草拟一份安清的文告，向全帮告之，经各帮当家公议，推举王伊为安清帮总帮主。在潘师祖下葬之际，此文告由潘如虎宣读。

潘如虎忙谦虚退让，不不，还是由大哥您来宣读吧。

翁麒麟说，别忘了，我姓翁，你姓潘。

潘如虎歉疚地看了看翁麒麟，脸上露出了满意之色。

翁麒麟紧接着说，丹秀师兄，您为潘师祖写一悼文，在潘如虎宣读完文告之后，悼文由王伊来诵读。

潘如虎看了看翁麒麟，没提出异议。

翁麒麟又说，当然，现在只是宣布由王伊担任临时总帮主。真正的任职，要待为潘师祖守孝三年期满。到时候再开全帮的大香堂，王伊师兄正式就位，领帮孝祖。

最为惊异的是王培玉，他心里怦怦狂跳着。翁麒麟还说自己没有领帮行运的才干，刚才这一番筹划安排，有条不紊无懈可击。特别是劝说潘如虎那些话，自然平和水到渠成，给足了潘如虎的面子。如此举重若轻神态自若，非大胸怀大气魄大才干所未能也。看来还是低估了翁麒麟，因之对翁麒麟也更加敬佩且心怀愧疚之情。

太阳出来了，翁麒麟、潘如虎、丹秀、王培玉又来到潘清的棺椁前，续香烧纸，跪拜吊唁一番。灵船的篷帆倒映在河水中，红光艳艳。

杭州武林门外宝华山。

细雨如烟似雾，天地间迷蒙混沌。没有风，却弥漫着如风呜咽；没有阳光，漫山遍野是白花花的世界。数千人穿着白色的孝衣，如湖泊中绽放的白莲。

武林门外蠕动出一条白色的巨龙，这是送葬的队伍。三十二人大杠抬着潘清师祖的棺椁，前面是十二档吹鼓手。笙管笛箫云锣铙钹一起吹奏，响声惊心动魄震动山河。走在棺椁前面的是打着灵幡抱着食罐的翁麒麟和潘如虎，周围还有众多举着哭丧棒和扛着旗幡的弟子和侄孙。

送葬的队伍缓缓地来到墓地，静静地等待着下葬的时辰。翁麒麟听到一阵熟悉的抽咽，转过头来，他的身后站立着满身孝服的潘灵芝。翁麒麟往后退了一步，轻轻地问，你还好吗？

潘灵芝没有说话，抬起泪眼看了看翁麒麟。

翁麒麟轻声地问，怎么没见到母亲大人？

潘灵芝哽咽着说，她老人家瘫痪在病床上许久了。

翁麒麟长叹了一口气，辛苦你了。

潘灵芝说，不想去看看你的儿子吗？

翁麒麟说，我这个当爹的不合格，没脸见孩子。

潘灵芝说，我后来什么都知道了，这都是命，怪不得你。

翁麒麟说，等完了事，我回去看看母亲和孩子。

王培玉跑来了，轻轻对翁麒麟说了几句话，翁麒麟便跟着他走了。

来到一个僻静处，那里是山坳处的一个小树林。翁麒麟看见，一个没有穿孝服的女人等候在那里。

王培玉引见着，这是丢丢的母亲。

翁麒麟很意外，忙躬身说，麒麟重孝在身，不能全礼，日后再跪拜岳母大人。

杜采薇忙说，算了算了，现在不是时候，等你们完了事，我们全家人要一起聚聚。听说丢丢没有死，我差不多也是起死回生了。又听说丢丢跟你结了婚，我更是高兴得睡不着觉。

翁麒麟说，是七姑成全了我们，王叔又替您周全了我们的婚礼，只是还没来得及去拜见您。

杜采薇说，七姑我还没见过，听你王叔说过。你王叔是我的救命恩人，多亏了他我才能活到今天。

翁麒麟说，我跟丢丢商量好了，等稍微消停了，就把您和王叔接过来，跟我们一起过，还有七姑。对了，到时候再把您和王叔的婚礼办了，一定要办得热闹一点儿。

杜采薇的脸红了，我们这么大岁数了，还办什么婚礼……

在翁麒麟和杜采薇说话的时候，没发现王培玉什么时候离开了。这会儿，见王培玉又把王伊带来了。

杜采薇忙说，我今天找到这儿来，是因为一件急事，很急很急的。

王培玉已经把王伊领到杜采薇的身边。

王伊躬身说，杜姐，您辛苦了，谢谢您。

王培玉对杜采薇说，你快跟王大当家说说吧。

杜采薇一下变得沉重起来，张总督正在调兵遣将，要剿灭安清帮。

王伊顿时急了，什么？他调了多少兵。

杜采薇说，张总督手下的漕标兵有七千多人，还跟李卫借兵三千，总共有一万人。

王伊问，他们什么时候动手?

杜采薇说，通往杭州的要道已经被他们控制了，说等潘师祖的葬礼之后，就开始抓人，要把安清一百二十八帮半的当家都一网打尽。

王伊沉默了一会儿，说，看来安清帮在劫难逃了。

王培玉说，王大当家，我有一个想法，不知道妥否。

王伊说，您快说。

王培玉说，跟潘如虎说说，一会儿宣读文书的时候，先别让他公布您当总帮主的事情，我以总帮主的名义去见见张总督。

王伊说，可是您……您不是安清的家里人呀?

王培玉说，我在不在帮，张总督并不知道。

王伊又说，可是您……您这是自投罗网啊。

王培玉说，张总督要清剿安清帮，我们都会落网。与其落网众人，不如我一个人去投网。

王伊问翁麒麟，小老大，您说呢?

翁麒麟说，我倒是觉得这可能是一条出路，只是替王叔担心。

王培玉说，事到临头，你们就别婆婆妈妈的了。王大当家，您回去下令各帮当家，潘师祖葬礼过后，都不要再参加葬宴了，立马撤离杭州城，能走水路的走水路，不能走水路的走旱路。您呢，也立马回到漕船上，继续领运天庾正供。我现在快马加鞭，到淮安去见张总督，潘师祖的葬礼我就不参加了。王大当家，烦劳您替我给潘师祖磕个头吧。

王培玉说完，转身要走。杜采薇看了翁麒麟一眼，也要跟着王培玉走。

王培玉又转过身来，对杜采薇说，对了，你不能再回总督府了，等葬礼过后，你就跟着翁麒麟去见丢丢吧。

杜采薇说，你去见张总督，我怎么能不跟着呢？毕竟我对总督府熟悉，跟张总督也说得上话。

翁麒麟问，您从淮安到杭州，也出来好几天了吧？您回去跟张总督怎么交代？

杜采薇说，我来的时候，是跟总督太太请的假，我告诉她我的儿子找到了，在宿迁，我要去认一下。我没说要到杭州来，这次回去，他们也不会怀疑的。

王培玉想了想，同意了杜采薇的请求，到了总督府，有杜采薇这么个内应，也好把情报传出来。于是，便拱起双手，向王伊和翁麒麟告辞。

王伊上前一步，请王先生稍等。

王培玉问，大当家有何吩咐？

王伊低声说，如果朱黄刘石还没有招供，请他们万勿承认是安清帮的人。

王培玉说，放心吧，我此行主要是为了这件事。

王伊把手放在王培玉的肩上，含着眼泪，垂下了头。

刑部侍郎励宗万来到了淮安，张大有喜出望外，备着轿子亲自到码头上迎接。张大有是一品大员，励宗万是从二品，差着很大的品位呢，为什么张大有如此屈尊呢？

清朝的官员，乃至隋唐以后的历朝官员，多是科举取士。读书才能做官，读书好才能做大官。当然也有花钱买官的，称为捐官。那是名正言顺正大光明地买，不像后来行贿买官的暗箱操作。因为当官凭的是真才实学，科考入仕的称为正途，亦称为老虎班。买官捐官进来的称为异途或偏途，属于俗吏。清朝官场三大鄙视链：满官鄙视汉官，文官鄙视武官，正途鄙视异途。

同是汉官，同是正途老虎班，也有个高下之分。按说在官言政，应该比的是政绩升迁，这只是其一，是摆在明面上的，是由朝廷乃至皇帝来评判的。政绩升迁除了才干，还有诸如后台、关系、机遇、投机钻营的本事，等等。真正令人心悦诚服的较量，还是真才实学。才学除了诗文功夫而外，看得见摸得着容易评判的主要是书法、绘画和藏书。这三项本领，在雍正朝野，公认的翘楚是张照和励宗万。张照是江南娄县人，励宗万是直隶静海人，因之有“南张北励”之美誉。更为奇绝的是，张照和励宗万都在刑部任职，张照任刑部尚书，励宗万任刑部左侍郎。一个充满血腥与恐惧的衙门，却是文曲星当值，翰墨争辉。

张大有是个功底深厚的文人，有《黄门诗集》《绿槐堂文集》《漕政简明书》等著作，惺惺惜惺惺，张大有对励宗万倾慕已久，从未有亲近交往的机会，如此天赐良机焉敢怠慢？

励宗万对张大有亦是敬佩服膺，朝中早有传言，说张大有身在金山银山，一尘不染。又有雍正皇帝赐扇赠诗，清官美名广播朝野。

两个人相见，自然十分亲热。张大有在家中设宴款待，饮之尽兴，交谈甚欢。

然而毕竟有公务在身，来不及探讨诗文书画，便将话题转到皇帝的旨意上来。励宗万说，枫林渡事件惊动了皇上，已经升为直隶总督的李卫眼睛一直盯着江南，向皇上呈奏说是安清帮勾结外敌内贼谋逆造反。皇上下旨令刑部严查，一旦坐实谋逆之罪，便取缔安清帮，彻底剿灭。张照大人原本欲亲自来淮安的，只是近来身体不适，受不了舟楫劳顿，才派下官前来，与总督大人同审安清帮要犯，查清案情。

张大有说，枫林渡劫持漕粮一案，是安清帮事先禀报的，是本官亲自带领漕标兵前往围剿的。本官事先得到情报，安清师祖陆逵参与了此事，直接指挥的是年羹尧的前副将庞天佑。不过，陆逵和庞天佑非常狡猾，不知道是没在现场，还是侥幸逃脱了，反正没有见到他们的踪影。

励宗万说，在兰州策反岳钟琪将军的曾静已经押解到了刑部，据他交代，陆逵还参与了策反岳钟琪的事件。并且……更为复杂的是，共谋此案的还有准噶尔的噶尔丹策零和诚亲王……

张大有心里打了个寒战，怎么还会有诚亲王呢？难道……怪不得皇上如此重视此案，派励宗万亲自前来呢。他不由得问，励大人前来有何见教？

励宗万说，皇上的旨意是查明安清帮到底是不是主谋，听说张大人抓到了几个要犯，张尚书要下官协助您严加审讯，查清来龙去脉。

张大有说，抓到的四个要犯关在漕运部院的大牢里，还未及审讯。励大人来得正好，审讯罪犯，本官是个外行，望励大人多多操劳指教。

励宗万说，张大人莫客气，此案实属漕运部院管辖，下官诚心协力配合就是了。

张大有说，前天还有一个人前来自首，自称是安清帮新任总帮主，本官也尚未来得及详查。

励宗万有些吃惊，安清帮新任总帮主自首，那么他们承认谋反了。

张大有说，没有，他是以渎职之罪自首的。

励宗万说，此中恐有蹊跷，望大人细细审查……

张大有设家宴招待励宗万，伺候在家宴前后的是杜采薇。杜采薇听到他们的谈话，早已吓得失魂落魄。当天晚上，她便通过牢头，把情报传送给了王培玉。

王培玉深深地感觉到了事态的严重，无论如何要劝说朱黄刘石，誓死不能承认自己是安清帮的人。

万万没想到，朱黄刘石却誓死不从。

为什么？为什么不让我们承认自己是安清帮的人？我们已经落在他们手里了，你让我们招供是谁？劫持漕船，除了安清帮，还能是谁？

你们就说是巴斗山的匪徒。

他们能信吗？

怎么不信，你们原本就是巴斗山的土匪嘛。

好啊你王培玉，我们可是安清帮的顶山门弟子，原来你还一直把我们看作巴斗山的土匪？我们当年上巴斗山的时候，翁师祖就告诉我们是权宜之策，后来翁钱潘创立安清帮，我们一把火烧了山寨，跑下山来磕头入帮。入了帮之后，我们才挺起了腰杆儿，堂堂正正地做人。在整个安清帮，没有人提起我们那肮脏的过往，我们已经洗心革面成了新人。江湖上走南闯北，谁愿意背一个土匪的名声；我们也是有家有室有脸面的人，谁愿意把这样一个污名留给后辈儿孙？

我也知道这样委屈了你们，对你们不公平。可是你们想一想，如果你们承认了自己是安清帮，判定谋反罪名的就不仅仅是你们四个人，而是整个安清帮。到那个时候，被抓捕被砍头的也不仅仅是你们，不知道有多少人要流血牺牲。为了翁钱潘三位师祖的安清大业，为了十万安清子弟，你们不该有这个担当吗？算我求你们了，安清子弟会记得你们的。

安清子弟应该记得的是反清复明，应该记得的是为反清复明献身牺牲的英雄。我们举事失败，落在他们手里，必死无疑。为了反清复明的大业，我们也唯有一死。同样是死，以烈士之名慷慨就义，重如泰山；以匪徒之罪被砍头诛杀，轻如鸿毛。

那别的安清弟子怎么办？

所有的安清弟子都应该举起义旗，拿起刀枪，推翻满清蛮子，恢复我大明王朝……

无论王培玉怎样苦口婆心费尽口舌，朱黄刘石总是反唇相讥毫不让步。这让王培玉想到了当初翁岩钱坚遵照陆师祖的指令去联络准噶尔一样，无论潘清怎样阻止都无济于事，最后只好闹得分道扬镳。人认准了一个信念就那么顽固吗？可以置兄弟的情义不顾，置自己的性命不顾，置万千人的存亡不顾吗？

从天黑争论到天露微曦，谁也说服不了谁，而且争论得都红了脸，把自己和对方都逼到了死角，没有回旋的余地了。

石士宝使了个眼色，朱筱权蹿到王培玉的身后，出手朝王培玉的脖颈用力一击，王培玉咕咚倒在了地上。

王培玉醒来之后，发现自己的双臂被反绑着，嘴里被塞上了一块破布。眼前的四个汉子都裸着上身，屋梁上挂着四个绳套儿。他明白了，朱黄刘石把自己的上衣撕碎编成了绳子，又将绳子挂在了屋梁上。

见王培玉醒了，石士宝说，王先生，我们四兄弟商量好了，与其不明不白地被当朝砍了脑袋，还不如我们自己了结。我们这样做，是为了成全自己的名节，也是为了不牵累安清帮。

说着，朱黄刘石齐刷刷站成一排，冲着窗外的苍天，躬身参拜：

安清文字辈石士宝，法号文杰，别号铁骨金刚，原籍台湾人，后迁居杭州，翁佑堂顶山门弟子，参叩安清帮列位祖师。

安清文字辈朱筱权，法号文英，别号金毛狮子，原籍南昌，后迁居杭州武林门外青龙山，翁佑堂顶山门弟子，参叩安清帮列位祖师。

安清文字辈黄象，法号文雄，别号玉麒麟，江苏丹徒人士，钱保堂顶山门弟子，参叩安清帮列位祖师。

安清文字辈刘玉诚，法号文俊，别号通臂猿猴，山东青州府人，潘安堂顶山门弟子，参叩安清帮列位祖师。

四个人参叩完毕，起身站好。石士宝向王培玉拱手一揖，王先生，别了。接着，他朝着朱筱权、黄象、刘玉诚喊了一声，兄弟们，上路。

四个人腾空跳起，每个人抓住自己的绳索，往脖子上一套，立即松手……

王培玉冲了上去，他嘴堵着，手被捆绑着，只好用肩膀扛起一个人，被踢开，再扛起一个人，又被踢开……渐渐地，王培玉无能为力了，四个人整整齐齐地垂挂在屋梁上。

王培玉内心大吼一声，将头向厚厚的牢门撞去……

早上，张大有和励宗万一起在大堂里正襟危坐，喝令提审王培玉和朱黄刘石。很快，衙役跑来禀报，牢房里有五具尸体，四个悬在屋梁，一个躺在牢门口……

五个安清帮要犯同时在牢房里毙命，出了这么大的纰漏张大有难辞其咎，励宗万也不想推诿责任。两个人终日为难，苦思冥想着补救办法。唯一的办法就是再抓到与枫林渡有关的安清帮首要，可是这样的人是谁呢？到哪儿去抓呢？更为可怕的是，如果李卫在皇上面前再加把火，皇上下达剿灭安清帮的圣旨，无法想象的灾难就会降临在大运河上，他们将如何处置？

终于有一天，京城发来八百里加急邸报，张大有和励宗万顿时觉得大难临头，惶恐得浑身发抖。最后，还是张大有战战兢兢地打开邸报，先是一阵惊悸，随后便大声哭喊起来：皇上宾天了！

第三十一章　正卷九

丢丢又丢了。

杜采薇听到这个消息差点儿晕了过去，银凤七妹也慌了，急忙命人去找翁麒麟。

前面报告消息的是苏叶儿。三年前，也就是枫林渡事件之后，翁麒麟亲自出面，将钱金豹一家接到自己的家里。钱金豹与苏叶儿已经成婚，爷爷庞天佑跟着陆师祖在五台山上修行，了断了俗缘。如此一来，宿迁的翁宅可真的热闹起来。后来翁麒麟和丢丢商量，将通州的那所宅子卖了，在原来的院子前面又加了两进院子，好在宅基地不小，够用。这样便成了一个真正的三进四合院，还有一个外院。外院原本是碾坊磨坊牲口棚，考虑到还有菱荇和沈良两个人，又加盖了三间倒座房。这样，外院住着菱荇和沈良，翁麒麟和丢丢住在前院，钱金豹和苏叶儿陪着母亲住在中院。七姑一个人住在后院。翁麒麟的意思是把七姑接到前院跟他们住在一起，照顾起来方便些。杜采薇亲自到后院去接，七姑坚决不来。杜采薇以为七姑客气，苦口婆心地劝说起来。

七姑说话了，冲丢丢我也不去。

杜采薇愣住了，哟，丢丢怎么得罪您了。这还行，我得好好说说她，让她来给您赔不是。

七姑说，用不着她来赔不是，她也没得罪我。我就是看不惯她在老爷们儿面前的贱样儿，甭管当着谁的面，就敢跟翁麒麟起腻，也不管白天黑夜，拉着翁麒麟就进屋关门挂窗帘儿。你说你怎么养了这么一个闺女呀？

杜采薇红着脸为女儿辩解着，那些年丢丢受委屈了，亏大发了，她也想找补回来。

七姑说，你说的是什么话呀？还受委屈了，还亏大发了？她亏什么了？吃不饱挨饿那叫亏嘴，她亏的是什么呀？亏男人的……

杜采薇扑哧笑了，瞧您这当老辈儿的，哪有这样糟蹋自己的侄媳妇的？

七姑也笑了，我就是不想让她在我眼前浪，她不要脸，我浑身不自在，满地掉鸡皮疙瘩。

杜采薇说，七姑，您也太偏心眼儿了。明明是丢丢和翁麒麟两个人的事，您却口口声声地骂丢丢，一个巴掌拍得响吗？

七姑说，翁麒麟是个读书人，原来挺斯文的，生生让丢丢带坏了。

杜采薇说，两口子的事情，谁带谁呀？

七姑说，就丢丢那骚浪劲儿，哪个老爷们儿扛得住呀？

杜采薇急忙闭上了嘴，生怕七姑说出什么更难听的话来，说不定还会把自己捎上。

七姑坚持住在后院，杜采薇也搬到后院去了。一是怕七姑孤单，岁数大了也需要照顾。二者，丢丢也确实如七姑所说，太没出息了。

那天翁麒麟从外面回来，丢丢竟然一下子蹿到他的身上，双手勾住他的脖子，让翁麒麟直接把她抱到屋里折腾起来。杜采薇毕竟是经得多见得广的人，她虽然觉得女儿的行为有些不大规矩，可毕竟是年轻人，干柴烈火在所难免。倒是翁麒麟往往很不自在，觉得在岳母大人面前丢丢过分了。杜采薇搬去跟七姑住，也解放了丢丢和翁麒麟，让他们无遮无拦地折腾去吧，难得如此相亲相爱。

苏叶儿慌慌张张跑来禀报丢丢失踪时，银凤七妹和杜采薇正带着几家人忙活着一件大事。

银凤七妹的麒麟酒家，位置好，生意也不错。原来只是她一个人经营，足够养活自己了。突然来了好几家人，除了沈良还能外出卖艺赚几个小钱儿，别人都是来坐吃山空的。这件事大家都很为难，都是打断了骨头连着筋的亲支近脉，谁都不能走，可谁也帮不上什么忙，只能是有苦有难共同担当就是了。

杜采薇提出了一个办法，要办一家经营淮扬菜的饭庄。她在漕运总督张大有的府上待了三年多，总督府有个厨师叫陈选，扬州人。扬州人有三把刀，走遍天下饿不着。剃头刀、修脚刀和切菜刀，陈选拎的是切菜刀，精通的是勤行，最拿手的是淮扬菜系。张大有是陕西人，却对淮扬菜情有独钟。陈选也像是遇到了知音，总是想方设法地炫耀他的手艺，菜品也越做越精。张大有请客，从来不到外面的饭店，总是让陈选大显身手。时日久了，都知道张总督府上的淮扬菜地道，陈选便也名声远播。陈选每次做菜，杜采薇总是去帮厨。一是杜采薇干净利索，让陈选得心应手；二是杜采薇也有做菜的天分，一看便懂，一上手便像模像样。杜采薇喜欢学，陈选也乐于教，几年之后，陈选那套看家的本领都被杜采薇掏得差不多了。

办饭庄首先要有地方，银凤七妹的酒家小了点儿，好在前后还有地方。于是便扒掉原来的旧屋，盖了栋三层临河的小楼。翁麒麟为饭庄取名为漕帮传菜，面向往来于大运河上的漕帮运丁。别认为这些漕帮运丁都是苦力穷汉，船上的领运押运督运都是官，有的还是卫所军的守备千总，穿着五品六品的官服。而那些不穿官服的头舵二舵，由于携带的土宜多，腰里的银子也不缺。就是那些靠行月粮养家糊口的水手，银子很重要，沿途的吃喝也是不能委屈的。

菱荇一听丢丢失踪，又哇的一声大哭起来，我的天呀……

苏叶儿见菱荇哭得如此夸张，竟然咯咯地笑起来。

菱荇止住了哭声，丢丢失踪了你还笑?

苏叶儿说，我在笑你。

菱荇说，我有什么可笑的?

苏叶儿说，我笑你哭得七荤八素。

银凤七妹可没心思搭理菱荇和苏叶儿，随她们神经去吧。现在当务之急是要去找翁麒麟。

银凤七妹和杜采薇找到翁麒麟的时候，翁麒麟正在一家刻字铺里刻牌匾。他不但为饭庄取了名号，还亲笔题写了匾额。翁麒麟字写得好，也想自己刻出来。刻字铺的掌柜是个老秀才，与翁麒麟有些交谊。翁麒麟到这里来刻牌匾，主要是为了向他请教刀功刀法。

两个女人急得要哭了，翁麒麟却不急，还眯眯地笑着。

银凤七妹说，你还笑得出来，你媳妇丢了。

翁麒麟说，谁说她丢了?

杜采薇说，苏叶儿亲眼看见她走了，在后面追她喊她，她连头都不回。追到运河边，眼见她上了一条船。

翁麒麟说，没事没事，您别急，过些天她就会回来的。

杜采薇说，她不会是离家出走吧？你们俩吵架了？

银凤七妹“哼”了一声，整天价蛤蟆配摞似的黏在一起，还舍得吵架？

翁麒麟说，她是被人借走了。

银凤七妹问，借走了？媳妇还有随便借的，谁借的？

翁麒麟说，丹秀。

银凤七妹叫起来，丹秀可是丢丢的大伯子，大伯子借兄弟媳妇，像话吗？

翁麒麟笑了，亏您想得出来。行了，你们该忙什么忙什么去吧，别瞎操心了。

原来翁麒麟知道丢丢的去向，这也是两难两好两无奈的事情。为什么这样说呢？首先从丢丢这边说，饭庄要盖房，还要添置家具厨具炊具，还要购置鸡鸭鱼肉柴米油盐。丢丢手里只有陆青林卖翁家房产的那点儿钱，买现在这所院子，花了三成，扩建院子，又花了三成，现在盖饭庄，全拿出来还不够，翁麒麟还拉了一千多两银子的债务。指望着将来饭庄开业还债，万一不赚钱呢？

丢丢花痴是有点儿，在自家男人面前骚浪她也承认，可是过日子也是个精细人，毕竟打小穷怕了。正在为欠下的债务发愁，丹秀来了，说请丢丢去干一件事。干什么事不说，反正不犯法不害人不丢人。丢丢问要去多少天，丹秀说少说二十天多则一个月。丢丢跟丹秀讨价还价，狮子大张口，说每天要一百两银子。翁麒麟当时就说丢丢穷疯了，没想到丹秀却满口答应了。

丹秀是翁麒麟在安清帮的同参师兄，又是同窗契友，况且还是丢丢的传道师，丢丢跟他走没有什么不放心的了。

还是这座潘家大宅，现在改成了安清帮的家庙。

往日如昨，昨日亦恍惚了，烈日下的烟霞，转瞬便蒸腾而逝。又是如此清晰，欢声笑语犹在耳畔。伤心桥下春波绿，曾是惊鸿照影来。那是潘家大宅刚刚落成的时候，是丹秀带着他们来的，潘母、朱茵蝶、丹秀的母亲坐着轿子，潘如虎等几个孩子是坐着马车来的，翁麒麟钱金豹和潘灵芝是骑着马来的。

当年是王伊带着他们参观的新宅，门口的大狮子惊疯了他们，他们爬到狮子上玩耍嬉闹。情窦初开的翁麒麟和潘灵芝，总是往一起凑，又总是弄巧成拙地避人耳目，钱婶和潘母取笑他们，他们羞得无地自容……

现在，大门改建了，更加高大宏伟。牌楼门楼油漆彩画，粉刷一新。门口的两个大狮子清洗得干干净净，披红挂彩。

王伊依然站在门前迎候着他们。

翁麒麟和钱金豹见到潘如虎，有些生分了，为了避免尴尬，又过于客气，全没了童年时的随便与亲热。好在又陆续来了不少安清的首要，多是文字辈的同参。有萧隆山、宿庆祥、姚发、姜四保，还有一些较为生疏的面孔。

名为王伊接待他们，实则是丹秀一路讲解。大门的匾额上写的是

“安清门”三个大字，颜体，很有气势，一看就知道是出自丹秀的手笔。大门两边的对联是“禅门深似海，佛法广无边”。二门的横匾是“天庾正供”，三门是“异姓堂”。“异姓堂”的对联写得端端正正，显然是王伊所书：长幼尊卑莫忘五个字，亲疏远近都是一家人。

大殿门里正中一座铁香炉，上面铸的是“三姓同宗”四个大字，前面并列着三座香炉。头炉重七十二斤，按周天七十二地煞；二炉重三十六斤，按三十六天罡；三炉重二十八斤，按二十八宿。后面又有白瓷香炉一座，出自景德镇官窑，重三斤五两四钱，按内地十三省五湖四海。旁边有烛台一对儿，共重九斤八两四钱，按九州八方四面。大殿天井内，有宝鼎一座，重八百斤，按八百里长江大河。供案前有三副烛台，第一副重二十四斤，按二十四节气；第二副重十二斤，按十二个时辰；第三副重九斤，按九曜星宿。又有烛剪一把，重二斤八两，按南北二京八省调兑。香堂门槛，九步到蒲团，按九叩首；蒲团共计九个，按《禹贡》九州岛；每个蒲团，用蒲草一百二十八根半编成，半根蒲草收头儿，按安清一百二十八帮半……

丹秀不厌其烦地讲解着，没有人记得住，但是都不得不佩服如此设置的庄严肃穆，神性浓重。听着听着，不由得心生敬畏。

王伊将众人请来，不仅是参观家庙，更是来参加安清元老公议的。何为公议，公议什么，翁麒麟毫无兴趣。既然他不想子承父业，也懒得再关心安清帮的事情。钱金豹亦是如此，他是带着苏叶儿来的。苏叶儿虽然出生在西北乡野，可不像丢丢那么疯。她不声不响地跟在钱金豹的身后，一个恬静淑贤的小媳妇的样子。看得出来，她是在绷着，使劲儿绷着。她看什么都新鲜，看到新鲜的东西就想笑，却又不敢笑。

晚宴在家庙的一个小房间里专门摆了一桌，只有翁麒麟、潘如虎和钱金豹夫妇。陪同他们的是丹秀，王伊和姚发去陪同别的贵宾了。丹秀透露了一下所谓元老公议的内容，说是潘师祖过方三年了，众弟子守孝期限已满，安清全帮要开特大香堂。香堂上要宣布王伊为总帮主，还要公布诸多重大事项。请大家前来，就是商量开大香堂的事情。翁麒麟和钱金豹的态度很冷淡，这一切和他们都没有多大的关系。潘如虎却还是很认真，问了许多具体事项，对许多方案都表示了强烈的不满。特别是对王伊担任总帮主，潘如虎反应尤为激烈。

潘如虎说，你不是请我们来公议的吗？不是还没开始公议吗？没公议你怎么就说王伊是总帮主了？要是大家公议不同意怎么办？合着你们早就捏咕好了，来让我们公议就是做个样子，遮人耳目。我问你，谁给你们这么大的权力？

丹秀说，潘师祖过方之后，一直是王伊统领帮务。三年以来，疏浚河道，修造漕船，整顿帮规，立路牌为人指路，建凉亭供人休憩……这些都是深得人心，有目共睹的。

潘如虎不依不饶，照你这么说，安清帮所有功绩都是他王伊的圣明决断，你们把翁钱潘三师祖置于何处？就算这些事情都是他王伊做的，那总帮主就一定是他吗？

丹秀说，潘师祖过方的时候，已有公议，由王伊临时代理总帮主。

潘如虎叫喊起来，别忘了，是临时，是代理。现在临时完了，代理也结束了。今后谁当总帮主，要重新公议才能算数，不能你丹秀说了算，也不能他王伊说了算。安清帮的元老还没死绝呢，你们不能一手遮天……

丹秀很尴尬，翁麒麟知道，所有这一切的设计筹划，都是出自丹秀的安排。他原来是潘师祖的军师和文胆，现在成了王伊的高参和总筹。

丹秀自然想寻求翁麒麟和钱金豹的帮助，以便牵制住潘如虎，不要闹出什么乱子来，便求救般地看着翁麒麟，麒麟贤弟，你来说说吧，翁钱潘三位师祖的后人，你是老大，你可要掌控局面啊。

潘如虎对丹秀如此说法更加反感，刚要发作，见翁麒麟却笑了。

潘如虎以为翁麒麟是支持自己的，便说，大哥，您说我刚才说的占理不？

翁麒麟说，丹秀大哥就是出尔反尔言而无信。

潘如虎得意地摇晃了一下肩膀。

丹秀顿时慌了，忙说，麒麟贤弟何出此言？

翁麒麟说，您说您借我媳妇用一个月，到今天都一个月零三天了，怎么还不把我媳妇还回来？

翁麒麟的话别人还没明白怎么回事，苏叶儿却笑起来。她这一笑便不可收拾，先是抿着嘴笑，渐渐地笑出了声，后来忍不住大笑起来。笑得趴在了桌子上，浑身乱颤……

钱金豹、潘如虎，甚至包括丹秀都被苏叶儿笑毛了，你看看我，我看看你，摸不着头脑。

翁麒麟也突然哈哈大笑起来，笑得前仰后合。

潘如虎问钱金豹，笑什么呢？

钱金豹说，大哥说把媳妇借给了丹秀。

潘如虎说，什么？丹秀跟大哥借媳妇？

钱金豹也哈哈大笑起来……

丹秀这才明白，原来说的是丢丢。嗨……怪我怪我，这一忙，把丢丢忘了，我该把她也请来啊……

得，一场剑拔弩张的争吵就这样给笑破了，气氛完全变了。尽管潘如虎还愤愤不平，也举起了酒杯，重新谈笑起来。

直到晚宴过后，所有的人都安排在家庙里住下，丹秀才领着翁麒麟来见丢丢。

丢丢没在安清家庙，丹秀把翁麒麟领到状元街的一个小院里。到了小院门口，丹秀拉了一下翁麒麟，交给他一张银票。

翁麒麟借着院里透出的光亮看了看，一万两。

丹秀说，你和钱金豹、潘如虎，每人都是这么多，是王伊师兄吩咐的。

翁麒麟说，算是封口费吧？

丹秀说，别把王伊师兄的好心当成驴肝肺，王伊师兄说了，这是给三位祖师后人发放的慰问金。

翁麒麟把手里的银票晃了一下，那就谢谢王伊师兄的美意了。

丹秀说，如果有什么需要，你再说话。潘如虎那边你再费费心，别争了，没用的。

翁麒麟说，是啊，没用的，潘如虎嘛，虎性难改啊。

丹秀说，丢丢在里面，我就不进去了。

翁麒麟想象着，丢丢见了他，一定会馋猫一样地扑上来，挂在他的脖子上，然后便疯狂地亲他抱他折磨他……可是没有，丢丢似乎早已经知道他要来了，只是抬头看了他一眼，然后又低着头忙活着自己的事情。

丢丢在一张硕大的画案上画着画，翁麒麟走过去，画案旁边的墙上已经挂满了画。天呀，这不是爸爸吗？这不是潘父吗？这不是钱坚叔叔吗？哦，这是石士宝、朱筱权、黄象、刘玉诚……这边呢？是陆师祖……这是谁？

丢丢抬起头看了一眼，说，你应该知道的，在陆师祖上面。

翁麒麟说，那应该是罗祖师了？这位呢？哦，我明白了，一定是金祖师……天呀，怎么还有达摩佛祖……

返回来再看丢丢画案上正在画的人像，这是谁？

丢丢说，我爸爸。

你爸爸？

我继父，你老岳父。

王培玉叔叔？

当然了，这是最后一张了，估计明天能完工。等等，你先别动，我拿样东西给你看。

丢丢说着，掀开画案上的毡子，从里面拿出一张银票。

翁麒麟一看，是一张三千两的银票，问，你的工钱？

丢丢又一把抢了过去，这是我挣的最多的一笔钱，这辈子恐怕都没这个机会了。

翁麒麟说，一个月不见，你怎么从花痴变成财迷了。

丢丢说，是啊，我也奇怪呢，原来没钱的时候，我对钱是一点儿感觉都没有。现在突然有了钱，我一下子就爱上了它。

翁麒麟说，你爱上了它，那我呢？

丢丢说，在这个世界上，除了我妈妈，第一个爱你，第二个就是爱钱。

翁麒麟把自己那张银票掏出来交给丢丢，既然你这么爱钱，就再给你点儿。

丢丢看了看，却没动心，又还给翁麒麟。

翁麒麟问，你不要？

丢丢说，这是你的，将来用它还债、修房子、过日子、做生意。

翁麒麟说，那你的钱呢？

丢丢说，我的钱嘛，等回去之后，我就把这银票兑换成大元宝，放在床箱里。夜里睡觉，往外翻身，搂住了你，往里翻身，就搂住了银元宝。

翁麒麟一把将丢丢抱起来，好啊你丢丢，你把我也当成钱了……

丢丢也顺势搂住翁麒麟，一如既往地疯了起来。

杭州武林门外。

安清帮家庙，张灯结彩，人欢马叫，锣鼓喧天，鞭炮齐鸣。来自安清一百二十八帮半的当家和随从，都聚集在家庙内外。今日是安清帮的庆典大喜之日，所有的船帮都送来了礼物。大包小箱、金银珠宝、绫罗绸缎、奇石文玩、山珍海味应有尽有，摆满了家庙的厅堂和三进大院的游廊。还有许多红帐条幅，名人字画，把家庙里里外外装饰得花团锦簇五彩缤纷。外面响器震天，姚发把杭州附近的乐班和吹鼓手都请来了，一些船帮还带来了自己的响器班。眼前人头攒动，耳边鼓乐震天，身边摩肩接踵。

王伊、丹秀、姚发、萧隆山、宿庆祥等在家庙大门外，迎接着各帮当家的到来。钱金豹和潘如虎也被他们拉在其中，两个人心里都不大痛快，也只好硬着头皮应付着。还是翁麒麟潇洒，被丢丢拉到家庙大殿去了。

丢丢属于安清帮成字辈弟子。今日进家庙，她又换上了男装。一身男装的丢丢生气勃勃，格外鲜亮，更让翁麒麟热血奔流，宠爱有加。

大殿里已经布置好了特大香堂，从墙上到供案到地下，都布置得琳琅满目富丽堂皇。丢丢不让翁麒麟看别的，就看墙上的画像。这都是出自丢丢的手笔，丢丢拉他来就是为了向他炫耀的。

从上到下，画像依次悬挂着。

第一列为达摩始祖。

第二列为二祖慧可禅师，三祖僧璨禅师，四祖道信禅师，五祖弘忍禅师，六祖惠能禅师。

第三列为金碧峰祖师。

第四列为罗清祖师，林山祖师，陈震祖师。

第五列为陆逵祖师。

第六列为翁岩师祖，钱坚师祖，潘清师祖。

主供案旁边，另有供案，上面悬挂着的画像是小祖石士宝、小祖朱筱权、小祖黄象、小祖刘玉诚。

香堂门外，另设一神龛，悬挂的画像是门外小爷王培玉。

每一张画像都非常精致，神形酷似，惟妙惟肖。翁麒麟看了看丢丢，心里涌起一股热浪。他从心眼儿里佩服丢丢的绘画功夫，更难得的是她的记忆。王培玉且不说了，丢丢是熟悉的，画得传神没的可说，那么其他人呢？你见过吗？

丢丢说，当然见过。我在姚师父的随运尾帮船上当差的时候，被派到潘师祖的香火船上当过几天茶童，有一次翁师祖和钱师祖来了，三个人在舱房里争吵了大半天，朱黄刘石那四个人，就在另一条船上等候着。

翁麒麟点了点头，只是那么一面之缘，丢丢便把每个人的容貌气质都记住了。

那么金祖师呢？罗祖师呢？陆祖师呢？还有林祖师、陈祖师以及禅宗六祖，你都见过吗？

丢丢笑了，这……也许见过。

翁麒麟惊疑地问，也许见过？在哪儿？

丢丢说，我画这些佛祖之前，先沐浴焚香，诵经祷告，他们好像飘飘忽忽地就到我眼前来了……

你可越说越神了。

我不骗你，有人说，诗能通神，文能通神，画能通神，或许就是真的。

翁麒麟心里嘀咕着，或许吧，莫非丢丢还有别的天赋？

丢丢说，你说，我给他们画了这么多，值不值三千两银子？

翁麒麟说，当然值了，三百年后，你的每一张画像，都万金难求。

丢丢说，本来还能多挣点儿。

翁麒麟开着玩笑说，就是嘛，当初你要三千，我还说你狮子大开口，现在看来真是要少了。

丢丢说，什么呀？本来我还可以多画一些的。

翁麒麟问，多画一些，还画谁？

丢丢说，安清帮信奉的是罗教，罗教属于禅宗临济派，禅宗的始祖是达摩，达摩是天竺佛第二十八祖。天竺佛第一祖是摩诃迦叶，第二祖是阿难，第三祖是商那和修，第四祖是优波毱多，第五祖是提多迦，第六祖是弥遮迦，第七祖是婆须蜜，第八祖是佛陀难提，第九祖是佛陀密多……

翁麒麟急忙做了一个手势拦住了她，好了好了，这些名字又长又怪又拗口，除了你的脑子，谁能记得住？

丢丢说，记不记得住不要紧，丹秀让我把这些佛祖都画下来，我跟他说了，画一张二百两银子。

翁麒麟问，怎么没画？

丢丢说，这不是时间不够了吗？要不，等开完大香堂，你先回去，我留下来接着画？

翁麒麟说，七姑说你花痴，我还觉得你对我有多痴迷呢！现在见了银子，立马把我甩了。

丢丢说，跟你在一块儿，有的是工夫，赚这种钱，可是过这村没这店。

翁麒麟说，我说丢丢，你到底有多贪呀？

丢丢说，我花痴有多贪，对银子就有多贪。

翁麒麟连连点头，好好，说得好，我算服了你了……

丢丢兴奋得不能自禁，手舞足蹈，翁麒麟生怕她在香堂里放肆起来，便转移她的注意力，又让她讲解画像下面的供案。

供案也是超大型的，宽约八尺，长有丈余。上面摆设着绞关棍一根，纤板一块，长寿香一支。长寿香用银纸包裹，亦称银杆儿香。两边的对联是：

一师三徒三帮三结义世世荣品

三祖万子万孙三贤人代代吉祥

丢丢又开始卖弄起来，看见了没有，供果九碟，分列三行，为三帮九代之意；清茶三碗，顺摆三炉香形，名为三顺：顺风顺水，顺风平浪，顺水行舟。你知道为什么不能横摆吗？横摆为横行霸道，违背祖师遗训。你再看，桅香一炷，五字抱头香五捆，每捆五支，用红纸包上两端。知道什么是五字抱头香吗？

翁麒麟表面上一副洗耳恭听的样子，心里却暗暗发笑。你把我当成空子了，还是当成小孩儿了？这是在加入安清帮之前，传道师"慈悲"的安清大宝。想到这儿，翁麒麟倒想考考丢丢。

丢丢得意地笑了，不知道了吧？告诉你吧，这五字抱头香是五个字：敬、求、学、吃、怕。

翁麒麟问，何为敬？

天地君亲师。

何为求？

福禄寿喜财。

何为学？

仁义礼智信。

何为吃？

金木水火土。

何为怕?

生老病苦死。

翁麒麟倒吸了一口凉气，居然没有考住她。

丢丢诲人不倦，继续说，这红绳代表的是纤绳，三丈六尺长，两端各拴六个金钱……

翁麒麟谦虚地点着头。

丢丢更加兴奋，供案上最有气势的是这香炉，你看：前排三座，后排三座；中间四排，每排十五座，这多少了?

翁麒麟说，六十六座。

丢丢说，对喽，门外还有半座。这次开的是特大香堂，摆的是六十六炉半……这匣子里面是《祖遗家法》，左有《金刚经》，右有《对金图》，大表一道，接驾炉一座，子孙炉一座，大钱粮三份。

丢丢的脸庞红红的，娇艳如同绽放的雪梅。雪梅在枝头上晃动着，微风徐来，飞起一只蓝色的蝴蝶……蓝蝴蝶，你看见我了吗?我看见你了。你为什么转身而去?如果不是父辈的反目，就不会有杀父之仇。没有杀父之仇，我就不会把你拖向深渊，我就不会把汉隶镖投出去，就不会误伤了你……

翁麒麟转过身去，面向墙壁。他看着这些香火供品和墙上的画像，心里很不是滋味儿。翁父是被潘父出卖而亡的，钱叔叔为翁父报仇，与潘父同归于尽。虽说最后都是尘归尘土归土，却作为安清帮的师祖列在同一个灵位上，还有朱黄刘石，还有王培玉，无论忠奸贤愚都享受同样的香火……早知今日，何必当初呢?

丢丢还沉浸在自鸣得意的心境中，见翁麒麟转过身去，似乎悟到了什么，嗔怒地说，原来这些你都知道呀？好啊，你玩我……

说着，丢丢就向翁麒麟扑上来。

翁麒麟却没有动，脸色凝重，泪水顺着他的脸颊无声地流下来。

丢丢慌了，你怎么了？

翁麒麟没说什么，叹了一口气。

外面响起了脚步声，丹秀进来了。见到翁麒麟和丢丢，埋怨说，麒麟，众兄弟都等着你呢，原来你们公母俩躲到这儿来私约了，不就一个月没见面吗？至于的吗？

翁麒麟看了看丹秀，指着香案和墙上的画像说，这都是你的杰作？

丹秀说，这是总帮主王伊小祖的宏图大略，也是从达摩始祖传下来的一脉相承的佛法。

翁麒麟讥讽地笑了一下，点了点头。

丹秀说，你觉得不好吗？

翁麒麟说，好啊，整个一个折箩，鸡鸭鱼肉水陆杂陈五味俱全。

折箩是北京大饭庄里出卖的一道菜，就是将一天下来酒桌上所有剩菜剩饭掺和在一起，晚上端出来卖给穷苦百姓。丹秀听翁麒麟这样说，有点儿生气，又不好说什么。

翁麒麟终于忍不住了，激愤地说，翁钱潘三祖创立了安清，又分道扬镳，总该有个说法吧？后来兄弟相残，以血还血以牙还牙，总该有个是非曲直吧？朱黄刘石参加安清，为的是洗清土匪的罪名，他们忠于安清，安清却不承认他们，最后不惜拼死自证清白。难道他们的血就白流了吗？

丹秀说，那你说该怎么办呢？争个青红皂白，拼个鱼死网破，冤冤相报，世代仇杀，什么时候是个头呢？

翁麒麟说，天地之间，总有“公正”二字，总该是神的归庙，是鬼的归坟。

丹秀问，那么谁是神谁是鬼呢？如果说翁钱二师祖是神，依照他们的所作所为，安清帮早就灰飞烟灭了；如果潘师祖是鬼，没有他的坚持，安清帮能有今天吗？麒麟，你别忘了，潘师祖是你的父亲，亲生父亲。

翁麒麟沉重地说，我知道他是我的父亲，可是我不知道该怎么样当他的儿子。翁父和潘父，两个父亲已经在我的心里纠缠成了一个解不开的死结。

丹秀说，我知道你不想跟我争论了，为什么不想争论，因为争论不清。世间的事情，不是非黑即白的，也不是几家圣贤之言就能够评判清楚的。为了安清帮的生存和发展，王伊没有遵循成王败寇的法则，而是念及三位师祖的初衷和情义，都让他们归了神位。这是再好不过的事情了，人人都可以接受。

翁麒麟说，我相信，公道自在人心，是非自有定论。

丹秀说，那就把这些留给历史，留给我们的子孙后代吧。

翁麒麟叫喊着说，可是，谁把真相留给历史，留给子孙后代？没有真相，让历史怎么评判？让子孙后代如何传承？

家庙里的钟声响了起来，庄严洪亮，广播天宇。门外的鼓乐息止，人声静默。安清子弟按照事先排练好的次序进了香堂。香堂容不下，有的则站在院子里，内院、二院、三院、外院都站满了人。按照香头资历，翁麒麟、钱金豹、潘如虎都是站在王伊后面的。丢丢自觉香头低，便悄悄地离开了翁麒麟，站在了后面。

今日担任总执事的是丹秀，领堂参拜的是萧隆山。萧隆山身材魁梧，面目端正，声音洪亮。

升冠——

升冠即脱帽，一般在进香堂之前都已经将帽子脱掉了。

整衣——

整衣较为复杂，主旨是脱掉“胡服”，复原“明装”。凡是坎肩马褂长袍外束腰带的，都要脱掉。将发辫移至前胸，不准拖在脑后。所谓复原明装，只是模仿。将长袍肩膀上第二个纽扣解开，把衣襟上面的尖角儿折叠向内，衣袖的袖口挽起上半边。在整衣的同时，还有专门的执事唱着整衣歌：

衣冠不敢忘前朝
义注相传教尔曹
今日整襟来拜祖
何时重见汉官袍

整衣毕，萧隆山高喊：漱口——

一杯清水放在香案前面，漱口时左足向前，双手背后，以左手压右手腕，弯腰含水，此为义气水，漱毕轻吐在旁边的盂中。又有漱口歌唱了起来：

一杯清水比江河
破碎江河感慨多
今日饮汤如饮血
大家同唱凯旋歌

漱口后即净面，一盆清水。净面者双手持巾，浸水搓三把半，再拧三把半。擦面不过顶。横擦为横行霸道，乱擦为江湖乱道，反擦为忤逆不道。必须顺擦三次自上而下，自中而左再右，意为顺天行道。擦完再搓拧三把半置于盆沿儿。

整衣漱口净面后，众皆端立，接下来便是“止静”“请祖”“上香”，而后参拜佛祖师祖。

下参跪拜，须平心静气，目不斜视，面朝香案，平目垂手，躬身肃立。听到执堂师喊出“参”字，左脚向前一步，右腿向后徐徐跪下。左手同时放在左膝，右手继而加放左手之上。

参后即拜，俟右腿徐徐落地后，双手同时撤回垂于腰下，左腿跪下，双脚并齐。抬头平视，向下一拜。左手先落地，掌心朝下，指尖儿向右。同时右手加于左手掌上，指尖儿向左。头顶叩在双手背上，抬头，撤双手于腰间。伸左手，扶左膝盖。伸腰先起右腿，再起左腿，双手复回，躬身肃立。跪拜时手掌是有区别的。凡是开了山门，收了弟子的，双手分开；凡是收了徒孙的，双掌至地后翻过来，掌心向上，谓之曰“双掌接佛”。

萧隆山喊着，西天佛祖一参三叩首，参——一叩首，再叩首，三叩首。升……

升即完成了一参三叩首，起身复原立姿。

萧隆山继续喊着，达摩始祖一参三叩首……

参拜诸位佛祖和安清帮祖师，是一个虔诚神圣又极为漫长的过程。达摩始祖之下，二三四五祖，一参三叩首。六祖一参三叩首，临济祖一参三叩首，临济宗历代祖师一参三叩首。安清金祖一参三叩首，罗祖一参三叩首，林祖一参三叩首，陈祖一参三叩首……共计三十六参一百零八叩首。

翁麒麟站在参拜的队伍里，听着萧隆山的领堂呼喊，规规矩矩一丝不苟地参拜着。开始的时候，他是清醒的，他觉得参拜的是佛祖，是神灵，是祖先。祖先已经升天了，他们在天上归了神位，与诸神同样享受着人间的香火。拜着拜着，他又突然意识到，先祖的神位是丹秀安排的，或许是王伊安排的。那些高高悬挂的神像，是丢丢画的。神是可以造出来的，是可以画出来的。王伊丹秀能造神，别人能不能造神呢？丢丢可以画佛像神像，别人是不是也可以画呢？他想得多了，脑子乱了。他的身子开始僵硬起来，脑子里嗡嗡作响。渐渐地，他觉得自己飘浮起来，不是身子飘浮，而是灵魂出了窍，飘浮在了半空中，并且随意地移动着。安清家庙内外，黑压压一片。家庙外面，延伸很远很远的地方，几乎全天下的人都在跪拜着，是跪拜着安清的神，还是跪拜他们自己的神。跪拜多久了，他全然不觉得了，似乎从出生便开始如此这般地跪着拜着，还要继续跪拜下去，直到永远，直到死去……

家庙内外，山河大地上，一大片一大片的脊梁弯下去又直起来，直起来再弯下去；一颗颗的头颅低下去抬起来，抬起来再低下去。身躯起起伏伏，像大海的浪潮在涌动。一波涌过去了，一波又涌上来，接连天边，无尽无休。

远处，传来低沉悲切的运河号子声，亦像呜咽的浪潮在黑暗中涌动。

第三十二章　卷外卷

钱塘潮之壮观，天下闻名。八月十八日是潮神的生日，据说这一天是观潮的最佳日期。而观潮的最佳地点则在海宁盐官镇，因之，钱塘潮又称海宁潮。

潘如虎提前半年就与翁麒麟和钱金豹分别约好，三家六口同来观潮。

一晃儿，三兄弟有三年没有见面了。见面之后，分外亲切，在杭州玩了几天，便来到了海宁盐官镇。

潘如虎事先让人在观潮台上订下了座位，临近岸边的一张茶桌。翁麒麟偕着丢丢，钱金豹偕着苏叶儿，潘如虎也结婚了，妻子叫小豆儿，一个很腼腆很内向的女孩儿。

三兄弟围坐一边，三妯娌挤在另一边。一边是久别重逢的高谈阔论，一边是亲如姐妹的窃窃私语。翁麒麟手里把玩着那支铁箫，一直没有吹。这高天壮阔大江奔流的境界，是不适合吹箫的。

正是深秋时节，江水苍茫，云遮雾盖。千里长堤下，是漫无边际、密无罅隙的芦苇荡。高天万里，沙鸥翔集，乱石堆岸，芦花飞白，故垒萧萧芦荻秋，使人愈发感到无限的空旷和苍凉。

这次相约，潘如虎和钱金豹还有一个愿望，就是想看看翁麒麟和丢丢写的书。三年以来，翁麒麟和丢丢没有住在宿迁，而是躲在常州的天宁寺里，宵衣旰食地在写一部书稿。丢丢写的是当年翁麒麟在大牢里的讲述，凭着超人的记忆将她“金罐子”里的水珠儿变成白纸黑字。而翁麒麟所写的，却是后来发生的一系列亲力亲为。

潘如虎和钱金豹很关心这部书稿，但是又不知道翁麒麟愿意不愿意给他们看。毕竟写的是安清帮的历史真相，里面主要写的是他们的父辈，当然也会有他们的所作所为。两个人踟蹰着，不知道该怎么向翁麒麟提起。

翁麒麟现在最感兴趣的是钱塘潮。给他们提壶送水的是一位守堤人，翁麒麟和他攀谈起来。

守堤人有些卖弄地讲着，潮神是伍子胥。当年，伍子胥辅佐吴王夫差打败了越国。越王勾践卧薪尝胆，决心复国。吴王夫差被胜利冲昏了头脑，终日沉湎于酒色之中。伍子胥再三劝谏吴王要警惕越王的报复，吴王却听信谗言，赐剑令伍子胥自杀。伍子胥死前让儿子把他的头挂在城门上，以便看到越王灭掉吴国。吴王大怒，命令把他的尸体投至江中。从此，便有了怒涛滚滚的钱江潮……

等待的焦灼刺激着人们的兴奋点，对于盼望已久即将来临的壮观，没有人能够平静地等待。人们开始议论纷纷，有的人迫不及待地站起身来，朝极远处眺望着，还有的人故弄玄虚地惊叫着。潘如虎沉不住气了，捅了捅旁边的钱金豹，示意他快说。

翁麒麟发现了，问，你们俩嘀咕什么呢?

潘如虎支支吾吾地说不出话来。

钱金豹只好说，我们听说大哥大嫂一直在写书，不知道写得怎么样了？

翁麒麟笑了，你们问这个呀，说实在的，要不是我们把书写完了，你们约我们来看钱塘潮，我们还真没那心思。

潘如虎激动起来，这么说，大哥大嫂已经把书写完了？

翁麒麟朝丢丢努了努嘴。

丢丢弯下腰，打开随身带来的柳编的行李箱，从里面抱出一个铁匣子，放在了茶桌上。

潘如虎和钱金豹同时伸手抚摸着这个铁匣子。铁匣子是生铁铸造而成的，沉甸甸。铁匣子的上面，还铸了四个字：安清秘典。两个人摸索着想打开，又找不到缝隙机关。

丢丢说，我已经把它封死了。

两个人听了，脸上露出了明显的遗憾。

翁麒麟说，这部书稿，原来是准备交给王培玉叔叔保存的。可是王培玉叔叔已经归天成佛了，就是他老人家健在，也不好担当此任了。他保存下来好说，将来传给谁？他与丢丢的母亲结婚，丢丢就成了他的继承人。这书稿不是又传回到我们手上了吗？

潘如虎和钱金豹似乎没听明白，又都频频点着头。

不知道是谁喊了一声，来了！

顿时，观潮台上静下来。人们都屏住了呼吸，侧起耳朵向远处倾听着，有的人还俯下身子把耳朵贴在观潮台的地面上。又过了半天，人们才隐约听到一种声音：极远处，沉沉的，有如男人那压抑已久的呜咽。须臾，这声音便渐渐清晰了。如疾风滚雷，越来越近。俄顷，又感觉到了脚下大地的震动。

终于，在水天相连处，出现了一个细小的白点儿，转瞬间变成了一缕银线，闪闪发光，乍隐乍现，时起时伏。

还没来得及仔细观看，伴随着闷雷般的潮声，汹涌的潮水呼啸而来。一层叠着一层，后浪赶着前浪，潮头高有丈余，推拥怒号，喷珠溅玉，势如万马奔腾。

闪电般的银线跳跃着向前，腾出江面。霎时，平阔如镜的江面上，耸立起一道潮水筑起的长堤。潮堤齐刷刷地向前推进，响声撼天动地，惊心动魄。潮头出现了，身穿银色铠甲的潮神伍子胥，驾着素车白马，挥舞着赶潮鞭，愤怒地抽打着雄狮般的浪潮，势不可当地冲杀过来……

潮峰到了脚下，如同捣翻了地狱，黑压压阴森森，群魔奔突。浪花飞溅在脸上，冷风寒凉刺骨，巨大的撼动使人既站不住脚，又稳不住心，都呐喊跳跃起来，恨不得一起跳进大潮，加入伍子胥的队伍。

谁也没有注意，翁麒麟捧起那个铁匣子，把身子探出观潮台外，将它扔进了大潮中。

潘如虎和钱金豹发现了，惊愕地看着翁麒麟。

翁麒麟依然平静地观看着钱塘潮。

潮峰呼啸而过，江水顿时涨至观潮台下。钱塘江更加波澜壮阔，浩浩荡荡，势不可当。顺之者昌，逆之者亡。

2018.10.10—2019.4.10完稿

2019.6.10改毕

图书在版编目（CIP）数据

漕运船帮 / 王梓夫著. — 北京：北京十月文艺出版社，2021. 3
ISBN 978-7-5302-2071-9

Ⅰ. ①漕… Ⅱ. ①王… Ⅲ. ①长篇小说—中国—当代
Ⅳ. ① I247.5

中国版本图书馆 CIP 数据核字 (2020) 第 159446 号

漕运船帮
CAOYUN CHUANBANG
王梓夫 著

出　　版　北京出版集团
　　　　　北京十月文艺出版社
地　　址　北京北三环中路 6 号
邮　　编　100120
网　　址　www.bph.com.cn
发　　行　新经典发行有限公司
　　　　　电话（010）68423599
经　　销　新华书店
印　　刷　北京盛通印刷股份有限公司
版　　次　2021 年 3 月第 1 版
　　　　　2021 年 3 月第 1 次印刷
开　　本　880 毫米 ×1230 毫米 1/32
印　　张　19.75
字　　数　436 千字
书　　号　ISBN 978-7-5302-2071-9
定　　价　79.80 元
质量监督电话　010-58572393
如有印装质量问题，由本社负责调换。